한국 시화사

韓國 詩話史

한국 시화사

韓國詩話史

안대회 지음

서문

『한국 시화사』의 인쇄를 앞두고 이런저런 감회가 오락가락한다. 30년 전 조선 후기의 시화를 수집하여 박사학위논문을 쓴 뒤로 한국 시화의 변화 과정을 밝혀보겠다는 생각을 버린 적이 없었다. 이제야 오래 묵은 나와의 약속을 실현하고 나니 뿌듯하고 홀가분하면서도 뭔가 허전한 느낌이 든다.

시화에 관심을 기울인 것은 한국 한시를 공부하는 좋은 방편으로 생각해서였다. 학위논문을 쓴 이후 지금까지 시화보다는 근대 이전의 한시와 산문 분야를 넘나들며 연구하고 번역하고 저술하였다. 그러면서도 마음 한구석에는 항상 시화사 저술의 공간을 마련해두었다. 서재에도 한국을 비롯하여 중국과 일본의 시화 자료를 차곡차곡 쌓아두었다. 그러는 사이 수십 종이 넘는 새로운 자료를 발굴하거나 입수하였고, 더 나은 선본도 다수 조사해두었다. 여건이 허락되는 대로 홍만종의 『소화시평』과 『시평보유』 등을 번역하여 출간하였고, 정만조의 『용등시화』를 발굴하여 번역 출간하였다. 국내외에서 연구가 많이 축적되어 한국 시화사의 체계를 잡아야 할 시기도 성숙하였고, 나이도 들어서 더 미룰 수 없다고 판단하여 오랫동안 뜸을 들인 원고를 한 권의 단행본으로 출간한다.

『한국 시화사』는 정서鄭敍의 『잡서雜書』와 이인로李仁老의 『파한집破閑集』에서 출발하여 신형철의 『인생의 역사』까지 천여 년에 가까운 장구한 시기 동안 발달한 시화의 역사이다. 긴 시간 동안 200종에 이르는 적지 않은 수량의 시화가 출현하였다. 시대의 추이와 문학 경향의 변화에 따라 저술의 수량도 불어났고, 주제와 대상도 달라졌으며, 비평도 풍부해졌다. 문예사조의 변화, 정치와 사상의 차이, 외국 문학의 수용에 호응하며 시화는 한국 고전문학의 주요 특징과 미학을 제시하며 다양한 흐름을 보였다. 시화의 역사를 종단하여 살피고 추적하려는 이유이다.

현대는 시화라고 하면 시화詩畵로 아는 시대이지만 시와 이야기가 섞인 시화詩話는 오랫동안 사랑받아 널리 읽혀온 수필이자 비평이다. 시를 쓰기 좋아하고, 시를 이야기하기 좋아한 한국인의 오랜 전통이 녹아 있는 문학 갈래이다. 시를 빼놓고 한국 문학을 말할 수 없고, 시화를 빼놓고 시를 말할 수 없다. 여기에 더해 시선집이면서 동시에 이야기책으로서 사대부의 문화를 다양하게 보여주는 수필과 필기筆記의 성격을 공유한다. 시화는 문학과 역사, 사회, 풍속, 학술을 두루 엿보는 도구이다. 그러니 시화사는 문학사의 하나이면서 비평사의 하나이고, 필기 역사의 하나이다.

『한국 시화사』에서 힘을 기울인 점을 자평하면, 전체 시화의 흐름을 역사적 관점에서 조명하였고, 주요 시화의 문헌적·역사적 가치를 엄정하게 평가하였으며, 새로 발굴한 많은 시화를 주요 시화와 함께 하나의 체계로 분석하였고, 연구의 사각지대로 남아 있던 20세기 현대 시화사를 폭넓게 조명하였다. 선조들의 시를 향유하고 비평한 태도와 관점을 이해하는 데 도움이 되기를 바란다.

이 책의 집필은 성균관대학교출판부의 현상철 선생과 오래 교감한 결과이다. 선생과는 학술총서 '知의회랑'과 주요 시화 원전을 번역한 '시화총서'를 함께 기획하였다. 2종의 총서와 이 책은 끈이 단단하게 연결되어 있다. 그동안 보여준 관심과 수고에 보답하는 작은 선물로 받아준다면 좋겠다.

2024년 정월에

저자는 쓴다

목차

일러두기

1. 이 책은 고려시대 시화와 조선시대 시화, 그리고 20세기 이후 현대 시화의 3단계로 구분하여 서술하였다. 고려와 조선 전기의 시화는 종수가 제한되어서 시기를 세분화하지 않았고, 조선 중기 이후에는 시기별 차이가 크고 수량이 많아서 50년 단위로 시기를 더 촘촘히 구분하였다.
2. 역사적 비중이 큰 시화는 단독 항목으로 다루었고, 비중이 작은 시화는 공통의 주제로 묶어서 서술하여 주제별 특징이 분명하게 드러나도록 하였다.
3. 20세기 이후에는 국가체제의 변동에 따라 대한제국기와 일제강점기, 대한민국기의 3단계로 구분하여 서술하였다.
4. 큰 주제 앞에는 시화사 전개의 개략과 주요 시화의 양상을 조감할 수 있는 내용과 시화목록을 제시하여 이해를 도왔다.
5. 다수의 시화에는 핵심적인 기사를 인용하여 시화의 특징을 살펴볼 수 있도록 고려하였다.
6. 주석에서는 출전과 참고문헌, 원문 등을 제시하였다. 책 뒤에 주석을 일괄 제시하여 본문 위주로 읽기에 편리하게 하였다.

제1장

고려 시화사

한국의 시화는 고려 중엽에 출현하였다. 고려시대에 나온 시화는 모두 6종으로 『파한집破閑集』과 『보한집補閑集』, 『역옹패설櫟翁稗說』, 『잡서雜書』, 『시평詩評』, 『백운소설白雲小說』로 다음에 도표로 정리하여 보인다.

저자	시화명	저술 시기	비고
정서(鄭敍, 인종조)	『잡서(雜書)』	1170년 이전	실전(失傳)
이인로(李仁老, 1152~1220)	『파한집(破閑集)』	1211년	1260년 기장현 초간
각훈(覺訓, ?~1230?)	『시평(詩評)』	1215년 어름	실전(失傳)
최자(崔滋, 1188~1260)	『보한집(補閑集)』	1254년 4월	1255년 7월 초간
이제현(李齊賢, 1287~1367)	『역옹패설(櫟翁稗說)』	1342년	1363년 경주 초간
이규보(李奎報, 1168~1241)	『백운소설(白雲小說)』	1712년	홍만종 편집 사본

『잡서』와 『시평』은 현재 전하지 않는다. 『백운소설』은 17세기 비평가인 홍만종이 이규보의 문집에서 초록하여 편집한 책이므로 엄밀한 의미에서는 고려의 시화로 보기 어렵다. 따라서 당대부터 후대까지 큰 영향을 끼치고 현재 전해지는 고려의 시화에는 『파한집』과 『보한집』, 『역옹패설』 3종이 있다. 고려 500년 동안 시화로는 수량이 적다.

수량은 적으나 정서의 『잡서』가 1170년 이전에 나왔으므로 상당히 이른 시기에 시를 평론하는 시화 장르가 발생하였다. 구양수(歐陽脩, 1007~1072)가 최초의 시화인 『시화詩話』를 지은 1071년에서 100년쯤 지난 시기에 고려에서 시화가 나왔다. 이후 시화가 띄엄띄엄 지어지기는 했으나 시화는 고려 비평의 주요 형식으로 굳어졌다.

다음은 고려에서 시화가 발생하고 시단에서 인기를 누리게 된 요인이다.

첫 번째로는 문인이 증가하고 한시 문학이 활성화되면서 비평의식이 성장한 결과이다. 광종光宗 이래 과거제가 시행되면서 사대부에게는 시의 창작이 꼭 필요한 능력으로 자리 잡았다. 사회가 안정되고 시문의 창작이 보편화하여 한시문을 감상하고 창작하는 문인이 증가하였다. 문인 계층이 두껍게 형성되면서 자국의 문학을 비평하는 행위에 관심이 늘어났다.

통일신라 시기의 문인은 벌써 유협劉勰의 『문심조룡文心雕龍』을 읽어 비평에 눈을 떴다. 광종 시기에 문인 최행귀崔行歸는 균여均如의 향가에 붙인 서문 「보현십원가한역서普賢十願歌漢譯序」에서 중국의 5언시와 7언시를 비롯한 형식과 후한 이래 당나라 말엽까지 시사에 깊은 지식을 갖추고 있음을 드러냈다. "교연皎然과 무가無可의 부류는 고운 문채를 다투어 꾸몄고, 제기齊己와 관휴貫休의 무리는 아름다운 시를 다투어 아로새겼다"[1]라고 하여 당나라 말엽과 오대五代 시기 시승詩僧의 존재까지 명확하게 이해하였다.

두 번째로는 북송北宋의 시화 양식을 수용하였다. 『파한집』과 『보한집』, 『역옹패설』에는 북송의 시화를 직접 인용한 기사가 많지 않다. 그래도 다수의 시화를 읽은 흔적을 찾을 수 있다. 『파한집』은 여러 곳에서 북송의 시승詩僧 혜홍(惠弘, 1071~1128)의 『냉재야화冷齋夜話』를 직접 인용하여 논의를 전개하였다.[2] 이는 『파한집』의 시론과 일화에서 중요한 의미를 지닌다. 상권 2칙에서 "혜홍惠弘의 저술 『냉재야화』를 읽었더니 열에 일곱 여덟이 모두 그의 작품이었다"[3]라고 했는데, 『파한집』에 저자 자신이 지은 작품을 실으려는 포석이었다.

구양수의 『시화』는 특히 널리 읽히며 영향을 끼쳤다. 구양수는 『시화』를 저술한 동기를 "거사가 여음汝陰에 물러나 살면서 (시의 이야기를) 모아서 한가롭게 대화를 나눌 소재로 삼는다"[4]라고 밝혔는데 한가로운 담론거리로서 시 이야기 곧 시화詩話의 성격을 선명하게 제시하였다. 실제로 엄정한 이론을 펼치지 않고 친근하고 가벼우며, 평이한 문장에 자유롭게 써나가는 수필식 문체를 구사하였다. 그에 따라 시에 얽힌 사연이나 시문을 보는 생각을 경쾌하게 펼친 시화 글쓰기가 고려와 조선에서 성행하였다.[5] 『파한집』 이후 한국 시화는 시평과 시론의 비중이 작고, 일화의 비중이 컸다. 한국 시화 일반의 특징이 시화의 첫 단계부터 두드러졌다.

『보한집』은 시평이 중심을 이뤘는데도 하권 50칙에서 저술 동기를 설명하면서 "지금 이 책은 감히 문장으로 나라의 영예를 드높이려는 것도 아니고, 또 우리나라에 전해오는 사적을 기록하려는 것도 아니다. 단지 하찮은 시문 부스러기를 모아서 웃으며 대화를 나눌 소재로 삼는다"[6]라고 하였다. 구양수의 글과 취지가 비슷하다. 이처럼 고려 시화의 발생과 성격, 특징에서 구양수의 『시화』와 혜홍의 『냉재야화』 등 북송의 시화가 영향을 미쳤다. 『역옹패설』의 경우에는 남송과 금나라 원나라의 영향까지 받았다.

세 번째로는 고려의 정치적 상황과 밀접한 관련이 있다. 정서의 『잡서』와 이제현의 『역옹패설』은 저자가 조정의 고위직에 있다가 정치적으로 실각한 시기에 지어졌다. 『파한집』과 『보한집』은 무신집권기의 정치와 밀접하게 연관되어 있다. 『파한집』은 무신집권기 초기에 지어졌고, 『보한집』은 말기에 지어졌다. 『파한집』이 무신에게 핍박당한 문신의 울분과 소외의 침울한 정서를 반영한 시화라면, 『보한집』은 『파한집』의 정서 표출에 반대하여 무신에게 협력한 문신 세력이 무신집권의 정당성을 옹호한 시화였다.

그 차이는 간행에도 깊숙이 관련되어 있다. 무신집권기 내내 『파한집』은 간행되지 못했고, 『보한집』을 간행할 때 함께 간행하려던 시도마저 불발하였다. 결국 최씨 정권의 마지막 실권자인 최의崔竩가 사망한 이후에야 겨우 간행되었다. 고려의 시화는 문예물로만 읽을 대상이 아니라 정치적 성격이 짙은 문예물로 읽을 대상이다.

고려의 시화는 『파한집』과 『보한집』, 『역옹패설』 3종을 중심으로 다룰 수밖에 없다. 이 시화 3종은 서로 긴밀한 관련 속에서 저술되었다. 두드러진 관련성은 두 가지이다. 하나는 사사롭고 하찮은 수필임을 표방하였다. 3종 외에 정서의 『잡서』는 그 명칭 자체가 잡스럽다고 표현하였고, 『역옹패설』은 쓸모없는 노인의 쭉정이 같고 피 같은 허튼 말이라고 자조의 의미를 담았다. 문인이 정치적 힘을 잃고 권력자에게 운명을 내맡긴 위치로 전락한 위기 상황에서 여러 시화가 저술되었다.

국가에서 저술의 편찬을 주도하던 관례에서 벗어나 문인이 사사롭게 저술한 장르로서 시화가 출현하였다. 문인의 개인적 활동을 가볍고 평이한 문체로 기록하는 수필류 산문이 시화라는 독특한 양식으로 표현되었다. 시화는 공적이지 않은 사사로운 삶의 개성을 서술하는 문학으로서 등장하였다.

『파한집』과 『보한집』은 그런 사사로움을 한가롭다는 말로 표현하였다. 두 저작은 본디 명칭이 『파한破閑』과 『보한補閑』이었다. 한가로움이란 말에는 중요한 의미가 담겨있다. 이세황은 발문에서 시화의 저술 동기와 과정을 설명하면서 정계에서 소외되었거나 관계에서 은퇴하여 너무 한가로운 사람들의 지루함을 깨트리기 위한 목적을 말하였다. 그게 아니면 벼슬자리를 잃고 한가로움에 빠질까 조바심 내는 사람들을 고치기 위한 목적을 말하였다. 어떤 경우이든 일없는 이들을 위한 위로의 수필임을 표방하였다. 하지만 『보한집』의 설명은 조금 다르다. 이장용李藏用은 발문에서 다음과 같이 말했다.

무릇 한가로움[閑]이란 아무런 일이 없이 소요하는 것을 일컫는 말이다. 한가롭기는 하지만 글을 읽고 쓰기를 해야 한다면 온전히 한가롭지 않기에 '깨트린다[破]'라고 하였다. 한가로움은 깨트릴 것이 아니라고 여겨 조용히 읊조리고 천진한 조화를 시원스레 드러내면 한가로움의 맛을 보태는 방법이 되기에 '보탠다[補]'라고 하였다. 그러니 참정(參政, 崔滋)이 이름을 지은 뜻은 본디 높다고 하겠다. 청하공(淸河公, 崔沆)은 공명과 부귀의 지위에 있으면서 경전과 사서를 즐겨 읽고, 문장에 조예가 깊다. 이 책을 보고서 기뻐하여 이렇게 말하였다. "공무에서 물러나 저녁을 먹고서 시회를 열어 훌륭한 선비를 맞아들일 때가 있다. 그때 손으로 책을 펼치고 입으로 읊조리며 맑은 대화를 나눌 거리로 쓴다면 태평성대를 분식하고 문화를 화려하게 치장할 만하다. 그렇게 한다면 국가가 한가롭고 여유로워지는 아름다움에 어찌 보탬이 적으랴? '한가로움을 보탠다[補閑]'라는 뜻을 여기에서 한층 더 잘 알겠다."[7]

이장용은 이 글에서 '깨트린다[破]'와 '보탠다[補]'를 맞서는 의미로 풀이하였다. 은연중 이인로의 『파한집』을 공무에 있지 않은 자들이 현재 질서에 저항하는 시화로 보았고, 『보한집』을 공무에 바쁜 이들의 여유시간에 필요한 책으로 현재 질서에 순응하여 보완하려는 의도로 해석하였다. 이렇게 고려의 시화에서 한가로움이란 주제는 시화와 밀접한 관련이 있다.

제 1 절

사라진 첫 시화, 정서의 『과정잡서』

고려 문단에 처음 등장한 시화는 이인로의 『파한집』이다. 한국 시화의 첫 작품이다. 시화의 범위를 넘어 필기筆記의 첫 번째 저술이기도 하다. 한국 문학사에서 깨지지 않는 오랜 상식이다. 다만 전해지지 않는 저술까지 포함한다면 사정은 달라진다. 학계에 잘 알려지지 않은 『잡서雜書』를 시화와 필기의 첫 저술로 보아야 한다.[8] 이 책은 인종에서 명종까지 활동한 문인 정서鄭敍가 지었는데 다음 여러 문헌에서 이 저술을 증언하였다.

> 1) 또 중서中書 이장용李藏用이 집에 보관하고 있는 중승中丞 정서鄭敍가 지은 『잡서雜書』 3권을 얻어서 책의 뒤편에 함께 붙이니 통달한 선비가 깎고 보완하기를 기다린다.
>
> —최자崔滋, 「속파한집서續破閑集序」[9]

> 2) 옛날 중승中丞을 지낸 정서鄭敍가 『습기잡서習氣雜書』를 저술하였으니 또한 신화新話의 부류이다. 숭경崇慶 연간에 대간大諫을 지낸 미수眉叟 이인로李仁老가 평소에 적바림해둔 글을 정리하여 적어 대강 평론하고 『파한破閑』이라 이름하였다. 이제 참정參政 최자崔滋가 그 책의 뒤를 이어 엮고서 『보한補閑』이라 이름하였다.
>
> —이장용李藏用 「보한집발補閑集跋」[10]

3) 그 사이에 시의 수사를 논평하고 품격을 재단한 이들은 중승을 지낸 정서鄭敍와 대간을 지낸 이인로, 문정공 김태현, 평장사 최자, 익재 이제현 등으로 이들은 모두 시화를 부지런히 모은 공로가 있다.

—최숙정崔淑精, 「동인시화후서東人詩話後序」[11]

세 가지 기록을 종합하면, 정서가 시화를 포함한 필기筆記를 지었고, 그 책명이 『잡서雜書』 또는 『습기잡서習氣雜書』라는 사실을 알 수 있다. 1255년 7월 무렵 『보한집』을 간행할 때 이 책을 이장용이 소장하고 있었고, 『보한집』 뒤에 이 책을 부록으로 함께 간행하려 하였다. 그러나 최씨 정권이 정서와 이인로 시화의 내용과 정서에 불만을 품어 간행이 실현되지 못하였다.

나중에 조선 중기의 서지학자인 김휴金烋는 『해동문헌총록海東文獻總錄』에서 정서의 저작으로 『잡서』를 목록에 올렸고, 『증보문헌비고增補文獻備考』에서 『과정잡저瓜亭雜著』 3권을 목록에 올렸다. 목록집에서 이 책을 올린 근거는 1)의 『동문선』에 실린 최자의 「속파한집서」에 있다. 『증보문헌비고』는 『잡서』를 『잡저』로 잘못 기록했고, 책명에 저자의 이름을 붙여서 『과정잡저』라는 새 명칭을 부여하였다. 흔히 쓰이는 잡서와 혼동을 피하려 쓴 명칭인데 『과정잡서』로 표기함이 적절하다.

정서는 본관이 동래東萊이고, 호는 과정瓜亭이다. 사문嗣文은 자字로 알려졌으나 초명初名일 수도 있다. 권력자 정항鄭沆의 아들로 내시낭중內侍郎中을 거쳐 상서예부시랑 한림시독학사 지제고尙書禮部侍郎 翰林侍讀學士 知制誥의 지위에 올랐다. 인종의 왕비 공예태후恭睿太后가 아내의 언니라서 인종과는 동서 사이였고, 그 때문에 인종에게 총애 받았다. 처조카인 의종의 치세 1151년에 대령후大寧侯 왕경王暻 사건이 발생하여 동래현과 거제현에 유배되었다. 이 사건은 의종과 왕자, 신료들 사이에 갈등이 빚어져 발생하였다. 정서는 이때 그 유명한 「정과정鄭瓜亭」을 지었는데 고려시대 시가를 대표하는 노래로 유명하다. 1170년 명종 때 죄가 풀려 다시 등용되었다. 『고려사』 권97 「정항열전」에 간략한 전기가 부기附記되었다.

아버지 정항의 묘지명과 임춘林椿의 장편시 「시랑 정서의 시에 차운하다[次韻鄭侍郎敍詩]」를 살펴보면, 정서의 집안은 대대로 명문가의 지위를 유지하였고, 아버지 4형제는 모두 문장과 재간才幹이 뛰어나 명성이 있었다. 게다가 왕실과 매우 가까웠다. 또 당대의 석학으로 만권의 장서를 소장한 최유청崔惟淸이 그의 매제였다. 최유청은 조서詔書를 받들어 『이한림집주李翰林集注』와 『유문사실柳文事實』을 편찬하여 간행하였고, 수백 편의 문장을 지어 문집 『남도집南都集』을 남긴 뛰어난 학자였다.

정서는 성격이 경박하고 재주와 기예가 있었다. 다재다능한 문인으로 젖을 뗄 무렵부터 글을 지을 줄 알았다. 특히 글씨를 잘 써서 임춘은 그의 유묵을 보고 크게 감탄하였다. 신라 말의 고승인 선각국사先覺國師 도선道詵의 「옥룡사선각국사비玉龍寺先覺國師碑」는 매제 최유청이 비문을 짓고 정서가 글씨를 썼다. 비문을 새긴 빗돌은 1173년 전라도 광양에 세워졌다. 이 위대한 승려의 비문에 글씨를 썼으니 왕실과 가까운 인맥과 뛰어난 글씨 솜씨를 증명한다.

이런 배경으로 볼 때, 정서는 고려 전기 사대부 사회와 문인에 폭넓은 지식과 많은 문헌을 갖추고 있어서 『과정잡서』를 지을 능력이 충분하다. 게다가 20년에 걸친 유배 생활은 저술에 바칠 여유를 제공하였다. 이인로는 앞서 말한 장편시에서 '한가하게 지내느라 여가가 많아/ 장구章句를 찾아내고 또 뽑아냈네/ 분노한 심경을 문장에 실어/ 어수선하게 서책을 가득 채웠네[閑棲多暇日, 章句搜且摘. 感憤寓諸文, 紛紛盈簡策]'라고 평하였다. 유배지에서 지내는 동안 저술한 서책이 적지 않았다는 내용이니 그중에 『과정잡서』가 포함되었을 것이다. 『과정잡서』는 3권이나 되는 내용을 갖추었고, 저술한 시기가 『파한집』이나 『보한집』보다 앞서기에 어떤 형태로든 영향을 미치지 않을 수 없다. 『보한집』 상권 8칙에는 다음 기사가 보인다.

중승中丞 정서의 『잡서』에는 문하시중 최유선崔惟善이 지은 「규정閨情」에서 '노란 꾀꼬리는 시름겨운 빗속에서 새벽부터 지저귀고/ 푸른 버들은 하염없는 봄빛 받으며 해맑게 희롱하네[黃鳥曉啼愁裏雨, 綠楊晴弄望中春]'라는 구절과 또 「빗[梳]」에서 '쓰임새는 머리 위에 놓여야 하건마는/ 어째서 예전에는 상자 속에 있었을까?[入用宜加首, 何曾在匣中]'라는 구절을 실어놓고, 재주가 출중하고 학식이 풍부하여 신하 가운데 가장 높은 지위에 오를 만한 인물임을 넉넉히 예상할 수 있다고 말하였다. 지금 문하시중의 문집을 보니 '머리 위에 놓이다[加首]'와 같은 구절이 상당히 많다. 정서는 어떻게 이 한 연聯을 뽑아 보고서 신하 가운데 가장 높은 지위에 오를 줄 알았을까?[12]

최유선은 최충崔沖의 아들로 문하시중에 오른 명재상이었다. 『과정잡서』에서는 최유선의 시집에서 시구를 뽑고 독특한 표현을 통해 그의 앞날을 예측하였는데 나중에 보니 그 예측이 적중하였다. 최자는 정서의 감식안을 높이 평가하였다. 우연히 남은 한 칙만으로도 『과정잡서』에는 당시 명사의 시를 평론한 기사가 많이 수록되었고, 훌륭한 시화로 인정할 만한 필기였음을 알 수 있다.

아쉽게도 3권의 저술은 인멸되어 전해지지 않는다. 최숙정이 「동인시화후서」에서 『과정잡서』를 여러 시화의 가장 앞자리에 놓았으니 시화의 성격이 농후한 저술이었음은 분명하다. 성종 때까지도 책은 남아 있었다. 현재는 전해지지 않으나 한국 시화의 효시로서 역사적 위상은 충분히 인정할 수 있다.

노란 꾀꼬리는

시름겨운 빗속에서

새벽부터 지저귀고

푸른 버들은

하염없는 봄빛 받으며

해맑게 희롱하네

黃鳥曉啼愁裏雨

綠楊晴弄望中春

제
2
절

전편시화專編詩話의 첫걸음 『파한집』

『파한집破閑集』은 고려 시화의 효시이자 한국 시화의 효시이다. 『과정잡서』가 이전에 나오기는 했으나 오래전에 일실되어 어떤 내용의 책인지 알 수 없고, 또 필기 시화로 보이므로 실제로는 『파한집』이 한국 시화사의 첫 작품이다. 『파한집』은 시화 장르를 넘어서 고려시대 시단의 실상을 알리고 주요한 작품을 후세에 전한 고려 문학의 보물창고이다. 또한 고려의 문화와 풍속, 제도 및 사대부의 행적과 일화를 기록한 귀중한 문헌이다. 저술한 당시부터 사대부 문인 사이에서 널리 읽히면서 그 가치를 인정받았고, 1260년 초간본이 나온 이래 여러 차례 간행되거나 필사되어 읽히면서 한국 시화를 대표해왔다.

1. 저자와 편찬 동기

『파한집』의 저자 이인로(李仁老, 1152~1220)는 고려 명종과 희종 때의 문인이자 관료이다. 자는 미수眉叟, 호는 와도헌臥陶軒이다. 고려 전기의 대표적 문벌 가문인 경원이씨慶源李氏 출신이다. 일찍 부모를 여의고 고아가 되었는데 숙부인 화엄승통華嚴僧統 요일寥一의 보살핌을 받아 공부하였다. 19세 때인 1170년에 정중부鄭仲夫가 무신란을 일으켜 문신을 대거 살육하자 승려가 되어 피신하였다가 난이 진정되자 환속하였다. 1180년(명종 10) 29세 때 진사과에 장원급제하였고, 31세가 된 1182년에는 서장관書狀官의 자격으로 금나라에 사신을 갔다. 이후 조칙과 외교문서 등을 짓는 관료로 평생을 근무하다가 고종 때 간의대부諫議大夫에 이르렀다. 한 시대를 대표하는 문장가이자 시인으로 저술에는 『은대집銀臺集』과 『쌍명재집雙明齋集』이 있으나 현재 전하지 않는다. 능력에 비해 크게 쓰이지 못하였다. 『고려사高麗史』에서는 그가 "성격이 편협하고 성급하여 당시 세상의 뜻에 거슬려 크게 쓰이지 못하였다"라고 평가하였는데 무신정권에 적극적으로 동조하지 않은 그를 폄시한 평가가 반영되었다.

이인로가 『파한집』을 편찬한 동기는 여러 가지이다.[13] 첫 번째 동기는 비평의식의 성장에 따라 시화를 저술하였다. 북송北宋의 시화를 접하였고, 이전에 나온 정서의 『과정잡서』로부터 자극 받았다. 『파한집』에는 작가의 우열을 논하고 작품을 품평하는 행위를 자연스럽게 전개한 문인의 활동이 잘 드러난다. 작가들에게 비평은 일상이 되었고, 자부심 강한 문인으로서 이인로는 자연스럽게 평가의 주도권을 쥐고 평론하는 행위에 관심을 표명하였다.

『파한집』 권상에서는 북송의 시승詩僧 혜홍惠弘의 시화 『냉재야화冷齋夜話』를 직접 인용하였다. 이인로는 구양수歐陽修의 『육일시화六一詩話』를 비롯하여 주요 시화를 읽었다.[14] 작가와 작품을 논하는 시화서의 체재를 두루 접하고 그 형식에 익숙해져 시화를 편찬할 여건이 성숙하였다. 『과정잡서』를 열람했다는 직접적인 증거는 없으나 그 책을 보았거나 책과 관련한 정보를 틀림없이 알았을 것이다.

두 번째로 무신이 집권한 이후 문인의 무너진 자의식을 회복하고, 문학의 가치를 평가하고자 시화를 저술하였다. 이인로는 19세 때 정중부의 난리를 피해 승려가 된 적이 있고, 과거에 장원급제하여 사망할 때까지 문신을 억압한 무신정권의 압제하에 억눌려 지냈다. 당시의 유명한 문인인 오세재吳世才·임춘林椿·조통趙通·황보항皇甫沆·함순咸淳·이담지李湛之와 더불어 망년忘年의 친구가 되어 시와 술로 서로 즐기니 세상에서 강좌칠현江左七賢에 견주었다. 자의식 강한 문인의 삶과 작품을 자랑스럽게 서술하였다.

세 번째로 무신집권기 이전의 화려했던 시기를 추억하고, 문신이 다스리는 안정된 정치사회를 바라는 의지와 군주에게 인정받고 싶은 욕망을 표현하였다. 『파한집』은 순수한 시 창작의 세계를 다룬 문학서이나 저술과 간행에는 정치적 의미가 강하게 담겨있다.

『파한집』에는 국왕과 신하 사이에 일어나는 군신제회君臣際會의 옛 역사를 부러움의 시선으로 묘사하였다. 여러 곳에서 창작의 재능을 인정받지 못한 불우함을 언급하면서 국왕과 문신의 친밀한 교류를 희망하였다. 하권 24칙에서 자신이 지은 12운韻 고시古詩를 수록하였는데, 초목이 물을 주고 북돋아 주면 번성하듯이 임금이 은혜와 사랑으로 문신과 인연을 맺고 녹봉과 관직으로 길러주기를 바라는 마음을 표현하였다. 또 상권 18칙에서는 예종과 신하들이 시를 주고받았던 옛 역사를, 중권 5칙에서는 인종 때 군신과 창화한 미담을, 중권 9칙에서는 예종과 곽여의 친근한 관계를, 중권 25칙에서는 명종과 승통 요일寥一이 시를 주고받은 옛일을 묘사하였다. 모두 군주와 문신이 문학을 매개로 가깝게 어울린 사연이다. 또 문인이 시를 지어 재능을 사회에 알린 사연이 다수이다. 이인로는 20대의 젊은 군주 희종熙宗에게 그런 소망을 표현하려는 생각으로 『파한집』을 저술하였다.[15] 은연중 국왕에게 국정을 되돌려주는 '복정우왕復政于王'의 기적을 희망하였다.

네 번째로 고려 문학의 전통을 확인하고 명작을 보존하는 그릇으로 시화를 저술하였다. 『파한집』 발문 등에서 한가로움을 깨트리는 이야기를 모았다는 의미를 강조하였다. 일종의 작품집 또는 선집으로 저술하려는 의도였다. 변변한 시선집이 없었던 당시 상황에서 시선집의 역할을 기대하였다. 결과적으로 시선집의 역할을 수행하여 서유구徐有榘는 『누판고鏤板考』에서 "고려 한 시대의 이름난 문장과 빼어난 시구를 지금에 이르러서 살펴볼 저작은 이 저술과 최자의 『보한집』에 많이 기대고 있다"[16]라고 가치를 인정하였다.

2. 편찬 시기와 간행과정

『파한집』은 상권 25칙, 중권 25칙, 하권 33칙 모두 83칙으로 구성되었고, 끝에는 아들 이세황이 1260년에 쓴 발문이 있다. 본래 책명은 『파한破閑』으로 초간본에서 이 이름을 썼으나 중간 이후 『파한집』으로 바뀌었다. 그 근거와 과정은 『보한집』의 책명을 다룬 대목에서 상세하게 설명하였다. 1211년에 저술을 완성하여 1260년에 간행되었다. 저술 시기는 다음 세 가지 근거로 추정하였다.

첫째는 『파한집』에서 '지금 임금今上'이라는 말이 쓰인 구절에서 책을 지은 시기를 추정할 수 있다. 상권 15칙에서 '지금 임금께서 즉위하신 지 8년째 되는 해(1210)에 사성司成 조충趙冲이 또한 문생을 이끌고 정승 임유(任濡, 1149~1212)의 저택을 찾아가서 인사를 드렸다'[17]라고 하였고, 하권 23칙의 '지금 임금께서 등극하신 지 6년 기사년(1209)에 시랑侍郎 김군유金君綏가 남쪽 고을로 부임하자 여러분들이 회리檜里에 모여 배웅하였는데 세상에서 이 모임을 용두회龍頭會라 일컬으며 마치 선계에 오른 듯이 바라보았다'[18]라고 하였다. 모두 희종熙宗 6년과 7년에 있었던 일이다. 희종은 재위 8년째인 1211년 12월에 권신權臣 최충헌을 제거하려다 실패하여 폐위되었으므로 1211년 12월 이전에 저술을 완성하였다.

둘째는 이장용李藏用이 『보한집』의 발문에서 '숭경崇慶 연간에 대간을 지낸 미수 이인로가 평소에 적바림해둔 글을 정리하여 적어 대강 평론하고 『파한破閑』이라 이름하였다'라고 썼다. 숭경은 금金나라 위소왕衛紹王의 연호로 1212년에서 1213년이니 1211년과 매우 근접해있다.

셋째는 아들 이세황李世黃이 1260년에 쓴 발문에서 저술 이후 힘들었던 간행 과정을 상세하게 밝혔다. 발문에서 저술 이후 50년째인 1260년에 간행하였다고 하였으니 역으로 따지면 대략 1211년이다.

세 가지 근거로 볼 때 『파한집』은 희종 6년인 1211년에 완성되었다.

간행 과정은 다음과 같다. 간행에는 우여곡절이 많았다. 이세황은 발문에서 힘든 간행 과정을 상세하게 밝혔다. 저술 이후 바로 출간하지 못하고, 50년이 흐른 뒤인 1260년에 간행하였다. 홍사윤洪思胤이 흥왕사興王寺를 관리하면서 왕명으로 문집 『은대집』과 『쌍명재집』을 간행했을 때도 『파한집』은 간행되지 못하였다. 『파한집』에는 무신정권을 마뜩하지 않게 보는 시각이 은연중 들어 있는 점이 이유이다. 1255년에 최씨 정권의 후원으로 『보한집』이 간행될 때 함께 간행하려는 시도가 있었고, 그게 순리에 맞는 일이었다. 그때도 실현되지 못했는데 그 이유도 같다. 결국 1258년 최씨 정권이 무너지고서 바로 『파한집』의 간행이 이루어졌다.

1260년 이세황이 기장현機張縣에 좌천되었을 때 안렴사按廉使 태원왕공太原王公이 기장현을 순시하러 왔다가 이세황에게 이인로의 유고를 수습하여 간행할 수 있도록 도왔다. 이때 태원왕공은 이전 간본에 포함되지 않은 잡문雜文 300여 수와 『파한집』 3권을 직접 검토하여 간행을 주도하였다. 이때 간행된 판본이 기장현에서 간행된 초간본이다.[19]

간행을 주도한 태원왕공은 실명實名을 알 수 없으나 왕실의 주요 인물이었다. 그는 초고를 검토하고 교열하여 출간하였다. 그 과정에서 초고의 일부는 삭제하였고, 일부는 추가하였다. 추가한 내용의 하나는 『파한집』 하권 마지막인 33칙에는 1216년에 사망한, 신종神宗의 손자이자 왕서王恕의 아들인 왕위王瑋의 문집 서문과 관련한 내용이 실려 있다. 태원왕공이 300여 수의 잡문 가운데 간추려 추가한 것으로 보인다.

더 중요한 사실은 초고 일부를 삭제한 점이다. 『보한집』 하권 22칙에는 임종비林宗庇의 병려문을 논한 글이 『파한집』에 실려 있다고 말하였으나 현재 판본에는 빠져 있다. 간행할 때 삭제하였음이 분명하다. 이 외에도 더 많은 기사를 삭제했을 수 있으나 현재로서는 알아내기 힘들다. 기장현에서 태원왕공과 아들 이세황이 주도하여 간행한 초간본은 현재 전해지지 않는다.

조선시대 들어 『파한집』은 두 차례 간행되었다. 먼저 1492년에 경상도에서 중간重刊되었다. 1492년 이극돈李克墩이 경상도 관찰사로 부임하여 시학詩學과 관련한 여러 서적을 집중적으로 간행하였는데 이때 『파한집』과 『보한집』을 함께 간행하였다. 『고사촬요攷事撮要』(1576년 을해자본)에는 함양咸陽에 책판이 있다고 기록하였는데 이때 새긴 판목이다. 이 책판이나 간본은 현재 전하지 않는다.

조선 후기 들어 1659년 경주에서 세 번째 간행되었다. 우의정 이후원(李厚源, 1598~1660)이 조속趙涑에게서 『파한집』과 『보한집』을 구하여 경주부윤으로 부임하는 엄정구嚴鼎耉에게 맡겨 간행하였다. 이때 홍만종의 부친인 홍주세(洪柱世, 1612~1661)가 「중간이한집발重刊二閑集跋」을 써서 출간 과정을 밝혔다. 서유구는 『누판고』에서 경주에 판목이 보관되었다고 하였다.

17세기에 경주에서는 고려와 조선 전기의 시화를 조직적으로 간행하였다. 경주부윤이 이를 주도하였는데 이시발李時發이 1600년에 『역옹패설』을, 1639년에 이필영李必榮이 『동인시화』를, 이어서 1659년에는 엄정구가 『파한집』과 『보한집』을, 1664년에는 이상일李尙逸이 『동인시화』 복각본을, 1693년에는 허영許穎이 『역옹패설』을 중간하였다. 모두 경주부윤으로서 간행을 지휘하였다.

귀중한 시화의 판목은 경주부 한 곳에 보관되어 있었다. 그래서 홍주세의 「중간이한집발」이 엉뚱하게 1664년에 간행된 일본 동양문고 소장본 『동인시화』 복각본과 미국 버클리대학 필사본에 첨부되어 있거나 1693년 이후 인출된 몇 종의 『익재집』과 『역옹패설』에 첨부되는 일이 일어났다.

『파한집』은 20세기 이후 1911년에 조선고서간행회朝鮮古書刊行會에서

『보한집』, 『역옹패설』, 『동인시화』 등 주요한 초기 시화와 함께 1권의 신식활자본으로 출간되었다. 유재영, 박성규, 고려시대사연구실 등이 역주하여 출간한 번역서가 있다.

3. 파한집의 비평과 특징

『파한집』에서 다룬 시인은 세 가지 부류로 나뉜다. 하나는 역대의 저명한 시인이고, 하나는 죽림고회 동인을 포함한 동시대 시인이며, 하나는 시단에 잘 알려지지 않은 시인이다. 세 번째 부류의 시인은 하권에서 주로 다뤘다. 역사적으로 높은 평가를 받을 만한 시인 60명 정도를 다뤘고, 인용한 작품은 각 시인의 대표작이다. 안목이 까다로워 주목한 시인의 범주가 좁다. 『보한집』에서 주목한 고려 각 시기의 저명한 문인과 비교하면 소략하다.

『파한집』에서 다룬 저명한 시인은 멀리 삼국시대의 최치원崔致遠, 원효元曉, 김유신, 김생金生, 화랑花郎에서부터 고려 전기의 정지상, 김부식, 정여령 등이 있다. 하지만 논의의 중심은 죽림고회竹林高會 소속의 문인 등 이인로 당대에 활동한 문인이 차지하고 있다. 사대부 문인을 주로 다루었으나 승려 출신 문인도 상당히 많다. 『보한집』도 비슷하니 당시 승려가 핵심 지식 계층임을 반영한다.

『파한집』에서는 자작시를 다수 수록하는 별난 특징을 보였다. 특별한 동기와 배경하에서 지어진 자작시를 소개한 기사가 압도적으로 많다. 자기의 시적 능력을 과시하는 도구로서 시화를 활용하였다. 후대에 서거정은 『동인시화』 상권 29칙에서 이인로가 시화에 자작시를 수록하고 자랑한 점을 불만스럽게 논평하였다.

일화 위주의 시화

『파한집』은 고려 시단의 주요 시인과 작품을 이야기하듯이 썼다. 널리 알려진 시가 나오게 된 동기와 배경, 사연을 아름다운 문장으로 묘사하였다. 작가나 작품을 품평하거나 작법을 설명한 순수한 시평이 없지는 않으나 그렇다고 많지도 않다. "시화를 잡다하게 기록하되 사실에는 자세하였으나 비평에는 소략하였다"[20]라고 말한 서유구의 논평이 핵심을 찔렀다. 작가와 작품을 보는 저자의 시각을 선뜻 드러내지 않은 글쓰기는 일화가 중심이 된 탓도 있으나 무신집권기의 폭압적 정치를 체험한 문인의 공포심과 그에 따른 자기 검열의 탓이 더 크다. 고사를 덕지덕지 쓰고, 시어의 단련에 집착한 밑바닥에는 비판적 사고를 억압당한 시대의 공포 분위기가 깔려 있다. 관점과 비평을 자유롭게 드러내지 못하고 망설인 지식인 사회 풍토를 반영하였다. 자연스럽게 시가 어떻게 지어지는지 보여주듯이 한 편 한 편 기사를 구성하였다. 다음에 사례를 든다.

> 어떤 기녀가 남쪽 고을의 관기官妓 명부에 올라 있었는데 용모와 기예가 모두 빼어났다. 군수 한 사람이—그 이름은 잊었다—그 기녀에게 애정을 크게 쏟았다. 임기를 마치고 곧 돌아가야 할 무렵이었다. 문득 술에 몹시 취하여 곁에 있던 이에게 "내가 몇 걸음이라도 이 고을을 떠나면 저 기녀는 바로 남의 차지가 되렷다"라고 말하더니 바로 밀랍 촛불로 기녀의 두 뺨을 지져서 성한 살갗이 없었다. 나중에 정습명鄭襲明이 왕명을 받들고 이 고을에 들렀다. 그 기녀를 보고서 슬퍼하고 안타깝게 여겼다. 운람지雲藍紙 두 폭을 꺼내 직접 절구 한 수를 써서 기녀에게 주었다. 시는 이렇다.

꽃 무더기 속에서 담담하고 곱던 얼굴　　百花叢裏淡丰容

문득 광풍을 만나 화색을 잃었구나　　忽被狂風減却紅
수달의 뼈라도 옥 같은 뺨을 못 고치니　　獺髓未能醫玉膄
오릉의 귀공자들 끝없이 한스러우리　　五陵公子恨無窮

정습명은 기녀에게 “사신이 고을에 들르거든 시를 꺼내 보여주거라!”라고 하였다. 기녀가 그 말대로 하였더니 시를 본 이마다 재물을 보태 주어 기생을 도왔다는 소식이 정습명에게 알려지도록 애썼다. 기녀는 그 덕분에 이익을 얻어 처음보다 곱절이나 부유해졌다.[21]

정습명은 고려 전기를 대표하는 시인이고, 수록한 시는 대표작이다. 인종 때의 명신이 지은 유명한 시를 홍미로운 사연과 함께 묘사하였다. 인용한 시가 좋으니 나쁘니 품평하지 않았다. 시가 이야기의 중심에 놓여 있으나 시 자체를 주목하지 않았다. 하권 17쪽에도 정습명의 「패랭이꽃」 시를 인용하며 예종에게 발탁된 사연을 소개하였다.

『파한집』에 나오는 시화는 이렇게 작가와 작품을 직접 품평하기보다는 시가 산출된 동기와 배경을 이야기 하듯이 묘사하였다. 시평詩評이 아닌 시화이다. 구양수가 말한 ‘한가롭게 대화를 나눌 소재[資閒談]’로서 시 이야기 곧 시화詩話이다. 시평과 시론의 비중은 작았고, 시화의 비중은 컸다.

시의 가치를 옹호한 시론

『파한집』은 작가와 작품을 비평하거나 창작과 감상의 이론을 제시한 시론의 측면에서는 부족한 점이 있으나 전혀 없지는 않다. 시론은 주로 하권에서 조금 보인다.

첫째로 각고의 노력과 세련된 작법을 중시하였다. 하권 4칙에서는 힘들여 수식하고 고심하여 다듬은 흔적이 전혀 나타나지 않도록 시어를 공교롭게 쓰는 작법을 강조하였다. 하권 20칙에서는 옛 시인의 시를 환골탈태換骨奪胎하여 짓는 것을 표절이라고 낮춰 평가하면서 옛 시인이 한 번도 말하지 않은 새로운 뜻[新意]을 창조하라고 주장하였다. 상권 21칙에서는 좋은 시를 창작하려는 시인의 고독한 창작 과정을 이렇게 설명하였다.

> 따라서 옛사람은 아무리 뛰어난 재능이 있어도 감히 함부로 붓을 들지 않았고, 반드시 힘들여 단련하고 조탁하는 노력을 기울였다. 그런 다음에 무지개가 하늘에 드리우듯 천고에 빛나게 되었다. 열흘 동안 시구를 벼리고, 한 해 동안 시를 단련하며, 아침부터 읊어서 밤까지 음미하였다. 수염을 비비 꼬고 시상을 떠올리며 한 글자를 놓기 어려워하였고, 일 년 걸려서 겨우 시 세 편을 쓰기도 하였다. (중략) 이런 사례는 낱낱이 다 들어 말하지 못한다. 소식蘇軾이나 황정견黃庭堅에 이르러서는 고사故事의 구사가 더욱 정밀해졌고, 빼어난 기운이 넘쳐흘러서 시구를 조탁하는 오묘함이 두보와 함께 시단을 누빌 만하다.[22]

시인의 천부적 재능을 인정하면서도 각고의 노력을 기울여 단련하고 수식하고 수정하는 창작의 고된 과정을 거쳐야 한다고 하였다.

둘째는 문학과 문인의 고유한 가치를 존중하였다. 시는 고귀한 예술이고, 시인은 위대하다는 신념에 뿌리를 두고 문학의 독자적 가치를 인정하였다. 시의 사회적 가치와 성정을 표출하는 의의를 높이 평가하였다. 이렇게 가치 있는 작시作詩 능력과 시인의 위의威儀가 사회에서 무시당해서는 안 된다는 자긍심을 표출하였다. 하권 22칙에서 다음과 같이 말하였다.

> 천하의 일 가운데 귀천貴賤이나 빈부貧富로 높이거나 낮추지 못하는 것

은 오직 문장밖에 없다. 대개 문장을 짓는 것은 해와 달이 하늘에 걸려 있고, 구름과 안개가 대기 중에서 모이고 흩어지는 현상과 똑같아서 눈이 달린 사람이라면 누구나 볼 수 있어 가리거나 막지 못한다. 그러니 벼슬하지 않고 베옷 입는 선비라도 무지개처럼 빛을 드리운다. 조맹趙孟 같은 귀족은 나라를 부강하게 하고 가문을 풍요롭게 만들 능력이 충분하였으나 문장으로는 일컬을 만한 게 없었다. 이를 통해 말하자면, 문장에는 본디 일정한 가치가 있어서 부富로도 그 가치를 덜어내지 못한다.[23]

문학에는 고유한 가치와 영역이 있어서 사회의 일반 기준으로 재단하지 못한다는 사실을 여러 곳에서 거듭 힘주어 말하였다. 문장은 천재성의 산물이므로 남이 가진 재능을 뺏어서 쓸 수 없다고 한 하권 32칙의 글도 비슷한 취지이다. 하권 23칙에서는 '대개 문장은 천성에서 얻어지고, 벼슬은 사람이 소유한다'[24]라고도 말하였다. 문장의 능력을 가지면 벼슬을 높이 할 능력은 주어지기 힘들다고 하였다. 벼슬이 높은 사람은 문인의 영역을 함부로 넘보지 말라는 주장이기도 하다. 문학의 독자성과 가치를 드높인 말이나 정치적 문맥으로는 무신집권기의 무인을 상대화한 문인의 자긍심을 살린 표현이다. 여기에서도 권력을 쥔 무신을 향한 불만이 숨겨져 있다.

셋째는 시를 짓는 어려움과 시 창작에 대한 열정을 특별히 강조하였다. 상권 21칙에서 시구의 조탁을 강조하였고, 상권 22칙에서 정지상鄭知常과 강일용康日用이 한 구절과 한 연밖에 짓지 못하고 끙끙댄 옛 사연을 기록하였다. 중권 22칙에서 김황원金黃元이 평양 부벽료浮碧寮에서 한 연밖에 짓지 못하고 누각을 내려온 일화를 소개하였다. 다음은 김황원의 사연이다.

한림학사 김황원金黃元이 서경에 안찰사로 있을 때 부벽료에 올라 아전에게 명하여 고금의 여러 현자가 글을 써서 남긴 널판을 전부 거둬 태웠다. 난간에 기대어 마음껏 시를 읊었는데 해가 질 때까지 시 읊는 소리가 정말 괴롭게 들려 마치 달을 보고 울음 우는 원숭이 소리 같았다. 겨우 얻은 한 연이 '장성 한쪽에는 넘실넘실 흐르는 물이요/ 넓은 들 동쪽 가에는 점점이 산이로다[長城一面溶溶水, 大野東頭點點山]' 이었다. 시상이 고갈되어 더는 말을 만들지 못하고 통곡하면서 내려왔다. 그 뒤로 며칠 지나 나머지를 채워서 시 한 편을 완성하였는데 지금까지도 절창으로 인정받는다.[25]

김황원의 고음苦吟으로 유명한 사연이다. 겨우 시 한 구절을 읊으려고 애를 쓰다가 결국에는 다 완성하지 못하고 통곡하고서 내려왔다는 사연은 빼어난 시 한 구절을 얻기 위한 창작의 고통과 시인의 열정을 표현한다. 창작을 대하는 시인의 이야기는 그 자체로 감동적이고 시와 시인의 가치를 높인다.

넷째로 당시唐詩보다는 송시宋詩를 중시하였다. 학습의 모델로 두보杜甫와 소식蘇軾, 황정견黃庭堅 등을 제시하여 북송시대 강서시파江西詩派의 경향을 보인다. 중권 4칙에서 두보를 독보적 시인이라 평가하고 작품의 수준뿐만 아니라 충성심과 애국심이 발현된 주제 면에서도 존경할 만하다고 평하였다. 당시 시단에서 영향력을 행사한 시풍을 잘 드러낸다.

무신집권기 시단의 침울한 정서

『파한집』에는 무신집권기에 활동한 문인의 정서를 은밀하게 표출하였다. 먼저 침울한 분위기와 소외감, 비애와 방종의 정서가 짙다. 무신의 공포정치에 억눌린 문인의 두려움과 침울한 정서가 인용한 작품과 전개되는 이야기 속에 배어난다.[26] 당시 임춘林椿과 오세재吳世才, 신준神駿 등이 뛰어난 재능에도 과거에 급제하지 못하고 불우하게 살거나 승려로 떠도는 처지를 크게 부각하였다. 신준과 임춘의 처지를 읊은 두 가지 기사는 다음과 같다.

> 백운자白雲子 신준神駿이 의관을 벗어 대궐문에 걸어두고, 공주公州의 산장으로 돌아가 숨어 살았다. 공주 군수가 아들을 그에게 보내 공부하게 하였는데 그 아들이 여러 해 뒤 과거에 응시하러 서울로 떠났다. 그때 신준이 절구 한 수를 지어 배웅하였다.

신릉공자가 정병을 통솔하여	信陵公子統精兵
멀리 한단에 달려가 큰 이름을 세웠네	遠赴邯鄲立大名
천하 영웅이 모두 그를 본떠 떠날 때	天下英雄皆法從
가련하구나! 눈물만 떨구는 늙은 후영이여![27]	可憐揮涕老侯嬴

> 임춘林椿이 강남江南에서 도피생활한 지 몇 십 년 만에 병든 아내를 데리고 서울로 돌아왔으나 송곳 꽂을 만한 땅뙈기 하나 없었다. 우연히 어떤 절에 놀러가 두건을 비뚜름하게 젖혀 쓰고 오뚝하니 앉아 길게 휘파람을 불었다. 어떤 중이 "그대는 누구이기에 이처럼 거만한 게요?"라고 물으니 임춘이 바로 스물여덟 글자로 대신 대답하였다.

일찍이 문장으로 서울을 흔든 몸이나	早把文章動帝京
천지에 그저 일개 늙은 서생 꼴이로다	乾坤一介老書生
절에 사는 깊은 맛을 이제야 알겠거니	如今始覺空門味
성명을 아는 이가 이 절에 아무도 없네[28]	滿院無人識姓名

정치적 배경은 감히 말하지 못하고 불우한 처지와 침울한 감정을 표현하였다. 당시 문인들에게 깊은 공감을 자아낼 법하다. 이런 정서와 주제가 문인왕국에서 쫓겨난 불행한 문인의 하소연이고, 출세가 가로막힌 문인의 처지를 은유하는 글임을 무신집권기 철권 통치하의 지식인이라면 자연스럽게 포착할 수 있다.

『파한집』에는 무신집권 치하에서 기를 펴지 못한 채 시문에나 마음을 쏟고 자적自適하며 사는 문인의 정서가 깔려 있다. 최씨 정권이 『파한집』에 은밀히 숨겨진 정서와 분위기를 포착하지 못할 리가 없다. 저술 당시부터 널리 읽힌 이유가 여기에 있다. 또 최씨 정권하에서 간행되지 못한 까닭이기도 하며, 최자가 다시 『보한집』을 저술하게 된 이유이기도 하다.

4. 파한집의 영향

『파한집』은 최초의 시화로서 당시부터 시단에 큰 영향을 끼쳤다. 시사의 큰 맥락을 짚어냈고, 주요 작가와 작품을 선발하여 제시함으로써 누구의 어떤 작품을 주목해야 하는지를 안내하였다. 가장 이른 시기에 당대와 그 이전의 주요 작가와 작품의 창작과 시론을 정리하여 막대한 문학사적 가치를 지닌다.

『파한집』은 그 사연과 정서가 아름답고, 문장이 간결하면서도 함축적이어서 시화로서는 드물게 문학적 향기가 묻어난다. 남극관南克寬은 『사시자謝施子』에서 "『파한집』은 문사가 아담하고 깨끗하여 사랑스럽다. 『보한집』은 소매를 걷고 남을 쳐서 한참 그에 미치지 못한다"[29]라고 평하였다. 그만큼 당대부터 널리 읽혔고, 조선시대 내내 고려의 문학을 감상하는 대표적인 선집과 시화로 널리 읽혔다.

고려시대 문학사에서 『파한집』은 작품집 및 비평서로서 높은 평가를 받았다. 당시부터 시화 창작을 추동하여 최자가 『보한집』을 저술하도록 영향을 끼쳤다. 『역옹패설』과 『동인시화』 등 이후의 많은 시화에는 『파한집』의 영향이 크고 작게 들어가 있다. 한국 시화가 대체로 품평이나 이론에 치중하지 않고 일화에 중심을 둔 경향도 『파한집』에서 출발한다.

한편, 고려의 정치와 역사를 이해하는 사료로서도 『파한집』은 귀중하다. 이 시화의 편찬과 간행은 정치적 의미가 깊고, 고려 전기 지식인의 동향과 문화, 풍속을 다룬 기사는 역사적으로 귀중한 사료이다.

제
3
절

본격 비평의 시작, 최자의 『보한집』

『보한집』은 『파한집』과 함께 고려의 비평문학을 대표하는 시화이다. 최자는 이인로보다 한 세대 뒤에 활동한 후배로서 『파한집』의 전통을 계승하는 동시에 결함을 보완하려는 목적을 가지고 시화를 썼다. 처음에는 『속파한집續破閑集』으로 이름을 붙여 계승에 의미를 두었으나 나중에 『보한집補閑集』으로 개명하여 보완에 의미를 두었다. 논의한 대상 작가를 크게 확대하였고, 근본에 더 충실하게 비평을 전개하여 비평문학의 발달에 크게 기여하였다.

1. 저자와 편찬 동기

최자(崔滋, 1188~1260)는 고려의 문벌 가문인 해주海州 최씨 출신으로 문헌공 최충崔冲의 6대손이고, 예부상서 최약崔瀹의 증손이며, 감찰어사 최윤인崔允仁의 손자이다. 자는 수덕樹德으로 동산수東山叟라 자호自號하였다. 1212년 과거에 급제하여 상주사록尙州司錄을 거쳐 국자감 학유國子監學諭가 되었으나 10년 동안 승진하지 못했다. 이후 「우미인초가虞美人草歌」 등의 작품이 이규보李奎報의 눈에 들어 최우崔瑀에게 추천되었다. 이규보의 뒤를 이어 최씨 정권에 협력하면서 조정의 문학을 주관하며 출세의 길에 들어섰다. 1256년에 중서평장사中書平章事가 되었고, 다시 수태사守太師·문하시랑 등의 관함이 더해지는 등 실권자에게 신임 받았다. 1257년 최항이 죽고, 1258년 최의崔竩가 죽임을 당해 최씨 정권이 무너진 뒤에도 몸을 보전하고 지위가 올라갔다. 이런 위상을 지녔기에 최이가 그에게 『보한집』의 편찬을 맡겼다.

『고려사』 「최자전崔滋傳」에서는 문장 솜씨와 행정 능력이 뛰어난 인물이라 평하였고, 『동인지문東人之文』 「최자소전崔滋小傳」에서는 『최상국집崔相國集』 8권과 『속파한續破閑』 3권이 전해진다고 썼다.

『보한집』은 『파한집』을 계승하는 동시에 보완하기 위해 편찬되었다. 최자는 「보한집서」에서 "고금의 많은 명현 가운데 문집을 편찬한 이는 겨우 수십 명에 그친다. 나머지 문인의 훌륭한 문장이나 빼어난 시구는 모두 사라져 알려지지 않았다. 학사 이인로가 작품을 대충 모아서 책을 만들고 『파한』이라 이름하였다. 그 책이 넓게 수록하지 않았다고 여긴 진양공晉陽公께서 나에게 계승하여 보완하도록 명하였다"[30]라고 하여 『파한집』의 계승과 보완[續補]이란 저술 동기를 밝혔다.

막강한 실권자인 진양공 최이崔怡가 시화의 저술을 명령한 점은 흥미롭다. 최이가 1249년에 사망했고 1254년에 일차 완성되었으므로 저술 기간이 최소 5년이다. 대략 1240년 중후반에 저술을 시작하였다.

최이가 『파한집』의 계승과 보완을 명령한 이유는 문학적 이유보다 정치적 이유가 더 크다.[31] 몽골군의 침략과 국토유린 및 강화도 천도 등으로 혼란한 국정 상황에서 『보한집』의 편찬은 그만큼 중요한 정치적 의의가 있었다. 지식인 사회에서 『파한집』의 영향은 적지 않았다. 그 시화에서는 최씨 정권을 달가워하지 않고 은연중 마음으로는 복종하지 않는 분위기가 농후하였다. 최씨 정권에 열성으로 협력한 이규보나 금의琴儀, 유경柳璥 등 주요한 문인은 다뤄지지도 않았다. 최씨 정권에 적극적으로 협력한 문인 관료인 최자를 『보한집』 편찬자로 선정하여 정권의 입맛에 맞는 시화를 편찬한 근본적 이유이다.

시화를 새로 저술하려는 표면적 이유로는 고려의 유명작가가 적지 않고 문집만 해도 수십 종에 이르는데 이인로는 너무 좁게 다루었다는 점을 내세웠다.[32] 그럴 만한 충분한 이유이다. 「보한집서」에서 수십 명의 대가를 시대 순으로 열거한 이유가 여기에 있다. 논의 대상을 대폭 확대한다면 계승과 보완의 이유로 합당하다. 실제로 최씨 정권에 협력한 문인을 대거 수록하였고, 최씨 정권하에서 활발하게 창작 활동하는 문인 관료의 실정을 묘사함으로써 정권에 협력하는 분위기를 조성하려는 정치적 목적을 달성하였다. 편찬의 동기는 저술 과정에서 여러 곡절을 불러일으켰다.

2. 간행 과정과 판본

『보한집』은 1254년 4월에 일차로 완성되었다. 최자가 「보한집서」에서 밝혔다. 초간본에서는 책명을 『보한집』이 아닌 『보한補閑』으로 썼다. 권수제卷首題 역시 「보한補閑」이고, 최자가 1254년에 쓴 서문도 「보한서補閑序」로 되어 있다. 『동인지문』 「최자소전」에는 『속파한續破閑』으로 썼다. 서문과 발문, 본문에도 『보한』으로 되어 있어 초간본 당시에는 『속파한續破閑』이나 『보한補閑』이란 이름이었다.

『파한집』도 본래 책명이 『파한破閑』이었다고 필자는 확신한다. 『보한집』 본문 네 군데에서 『파한』으로 썼고, 『파한집』으로 쓰지 않았다. 고려에서 출간된 2종의 시화를 조선왕조에 들어와 다시 간행하는 과정에서 집集이란 글자를 붙여서 간행하였다. 1492년에 2종의 시화가 경상도에서 함께 중간된 이후 어느 시점부터 점차로 『파한집』과 『보한집』의 바뀐 명칭이 완전히 굳어졌고, 지금까지 아무도 이 명칭에 의문을 던지지 않았다. 그러나 본래는 『파한』과 『보한』이었음이 틀림없다.[33] 다만 혼란을 피하려고 중간본 이후 굳어진 명칭을 그대로 쓴다.

「보한집서」가 『동문선東文選』에는 「속파한집서續破閑集序」로 명칭이 달리 되어 있고, 내용도 조금 다르다. 책의 완성과 간행 과정에 우여곡절이 있었음을 반영한다. 최자는 책명을 『속파한』이라 하고 「속파한서」를 써서 최항崔沆에게 보고하였다. 보고를 받고서 최항과 그 측근 문사는 의견을 달리하였다. 책명을 『보한』으로 바꾸고 일부 내용을 삭제하거나 보완하였다. 이에 수정을 거쳐 다음 해인 1255년 7월에 간행하였다. 『속파한』

은 초고이고, 『보한』은 수정판인 셈이다.[34]

서문에서 차이가 큰 대목은 앞에서 인용한 바 있는 정서의 『잡서』를 부록으로 싣겠다고 밝힌 내용이 '이제 시중 상주국 최항崔沆 공이 선친의 뜻을 계승하여 그 책을 찾기에 삼가 깨끗하게 베껴 바친다'[35]로 바뀐 부분이다. 1249년에 사망한 최이를 이어 전권을 장악한 최항에게 완성된 원고를 바치면서 『잡서』를 부록으로 싣지 않는 방향으로 선회한 것이다. 완성된 원고를 바친 때로부터 1년 3개월의 시간이 흐른 뒤에 이장용이 『보한집』 발문을 썼다. 1년 3개월 사이에 『보한집』 원고는 수정을 거쳤다. 최항과 그 측근의 의견에 따라 책명을 바꾸고 내용의 개정작업을 진행하였다. 중요한 의미가 있는 변화는 다음 세 가지이다.

첫째는 『파한집』의 계승이란 의의를 줄이려고 책명을 『보한집』으로 바꿨다. 최이는 본디 『파한집』을 계승하여 보완하라[續補]는 계승과 보완에 의미를 두었다. 처음에는 계승[續]에 중점을 두어 책명을 『속파한續破閑』이라 하였는데 출간을 앞두고 최항은 보완[補]에 의의를 두어 『보한補閑』으로 바꿨다. 결국 『보한집』을 『파한집』을 계승하기보다는 결함을 보완한 시화로 자리매김하였다.

둘째는 『보한집』이 완성된 1254년 4월 이후에 일어난 기사를 두세 군데 첨가하였다. 중권 2칙에서는 1254년 3월과 6월에 최항이 잔치를 벌인 일을, 상권 12칙에는 유경柳璥이 1255년 5월에 과거시험을 주관한 뒤에 문생門生을 거느리고 종백宗伯을 찾아간 일을 추가하였다.[36] 최항과 그 측근이 요구하여 수록한 것이 틀림없다.

셋째는 『잡서』를 빼고 『보한집』 단독으로 간행하였다. 「속파한집서」에는 정서의 『잡서』를 부록으로 넣겠다고 밝혔으나 그 내용이 「보한집서」에는 빠져 있다. 본래 계획이 무산된 것이다. 최자의 원래 의도는 『파한집』과 『속파한집』을 함께 묶고 『잡서』를 부록으로 넣어 성격이 유사한 3종의 시화를 하나의 세트로 간행하고자 하였다. 『파한집』을 일부 수정한 이유가 여기에 있었다. 그러나 원래의 계획이 무산되고 『보한집』 단독으로 간행되었다. 『파한집』에 불만을 품은 최씨 정권 핵심의 반대 탓이 틀림없다.

원래 계획에서 달라진 개정 방향에 최자가 반대했는지 그 여부를 알 수 없으나 저들의 요구에 응하지 않을 도리는 없었다. 간행 과정에서 발생한 이런 변화를 짐작하게 하는 글이 바로 『보한집』 초간본과 중간본에 실려 있는, 1255년 7월에 쓴 이장용의 발문이다.[37] 이 발문에서는 고려에 문인이 많음에도 불구하고 겨우 수십 명 작가의 문집밖에 없고, 나머지는 사라지고 묻혀서 알려지지 않은 현실을 안타깝게 여겼다. 또 좋은 작품을 소개한 정서의 『습기잡서』와 이인로의 『파한집』을 이어 『보한집』을 간행한 의의를 높이 평가하였다. 그리고 최항의 허가를 받아 최자가 간행한다고 밝혔다.[38] 이 발문은 『보한집』 저술의 동기와 『파한집』과의 관계를 설명하는 대단히 주요한 문서이다.

이 발문이 수록된 1255년 고려 초간본의 중간본이 최근에야 세상에 알려졌다. 몇백 년 동안 사라진 책으로 알려졌으나 일본 동양문고東洋文庫와 중국 국가도서관國家圖書館에 소장된 책이 21세기 들어 나타났다. 임진왜란 시기에 일본군이 약탈해간 문헌으로 추정된다.

『파한집』은 『보한집』과 함께 간행될 예정이었으나 최씨 정권과 그 측근의 방해로 따로 간행되었다. 『파한집』은 기장현에서 간행되었으나 『보한집』은 간행한 곳을 알 수 없다. 조선시대 이후에는 2종의 시화는 마치 형제처럼 늘 함께 간행되었고, 그에 따라 「이한二閑」이라 불렀다. 1659년 경주에서 세 번째 간행할 때 홍주세洪柱世가 「중간이한집발重刊二閑集跋」을 써서 「이한」이라 불렀다. 간행의 자세한 과정은 앞에서 설명하였다.

1492년에 이극돈李克墩이 경상도 관찰사로 부임하여 『파한집』과 함께 중간하였다. 『고사촬요攷事撮要』(1576년 을해자본)에는 경상도 함양咸陽에 책판이 있다고 기록하였는데 바로 이때 새긴 판목으로 추정한다. 20세기 들어 1911년에 조선고서간행회에서 출간되었고, 1933년에 해주 문헌서원에서 연인본으로도 간행되었다. 남만성, 유재영, 박성규, 이화형 등이 번역한 역서가 나와 있다.

3. 보한집의 비평과 특징

『보한집』은 상권, 중권, 하권의 3권으로 구성되었고, 153칙이다. 『파한집』보다 70칙이 더 많고, 다룬 작품과 작가의 수가 곱절 이상 많다. 분류하거나 목차를 제시하지 않았으나 체계와 균형을 잘 갖췄다. 서문에서는 비중이 큰 작가 66명을 시기 순으로 열거하였다. 상권과 중권에서는 특히 시사詩史의 전개에 맞춰 기사를 서술하였다. 구성의 대강은 다음과 같다.

상권(52칙): 1칙은 태조의 어제, 2칙~4칙은 제왕과 관련 시화, 이후 무신집권기 이전의 시인과 작품의 품평.

중권(51칙): 1칙은 최이崔怡, 2칙은 최항崔沆, 3칙 이후는 무신집권기 시인의 품평

하권(50칙): 다양한 관점의 문학론, 문장론(15칙~22칙), 승려의 시평(23칙~41칙), 기이한 일화(42칙~50칙)

무신이 집권한 시기를 기준으로 상권은 이전의 시사를, 중권은 이후의 시사를 다뤘다. 상권과 중권은 통시적 흐름에 치중하여 고려의 시문학사를 조명하였고, 하권은 시사적 흐름을 비켜난 기사를 다양한 관점에서 서술하였다. 무신집권기를 중흥기로 중시한 시각이 구성에서 잘 나타난다.

최자는 기사를 쓰는 원칙을 여러 곳에서 분명하게 밝혔다. 상권 1칙과 3칙에서는 사대부를 중심으로 하되 고승과 일사逸士의 작품까지 수록하겠다고 밝혔고, 중권 3칙에서는 유승단俞升旦, 김인경金仁鏡, 이인로, 이규

보 같은 대가大家 12명의 시풍을 열거한 다음 작가의 솜씨를 상징하는 거작을 싣지 못하고 짧은 작품 위주로 다루겠다고 밝혔다. 또 하권 50칙에서는 시화를 마무리하며 음란하고 기이한 기사를 몇 가지 수록하여 공부에 지친 이들이 긴장을 풀 거리로 삼겠다고 하였다. 이 원칙은 그대로 적용되었다.

작품 자체의 비평을 중시한 시평

『보한집』은 시문의 품평에 집중하였다. 『파한집』이 시의 일화에 초점을 맞추었다면 『보한집』은 딴판으로 일화가 드물고 작가와 작품의 품평에 초점을 맞췄다. 그 점에서 시화詩話라기보다는 시평詩評이다. 최자는 북송 시화에 영향을 받았으나 『보한집』에서 시를 논하는 기준으로 시의 형식과 작법, 금기를 따지는 당대 말엽의 시격詩格과 시법詩法을 다룬 비평서를 가져왔다. 상권 27칙에서 『풍소격론風騷格論』을 인용하여 봉요蜂腰·학슬鶴膝과 같은 심약沈約의 사성팔병四聲八病을 언급한 데서 알 수 있다.

시평은 작품 외적 기준을 들여오지 않고 작품 내적 기준을 적용하여 엄정하게 평가하였다. 다양한 품격용어品格用語를 적극적으로 활용하여 품평하였고, 작품을 재단裁斷하는 근거를 밝혀서 비평가의 역할을 명확하게 드러냈다.

저자의 안목으로 직접 평가한 것이 많으나 간혹 다른 비평가의 평가를 인용함으로써 당시 평단의 다채로운 시각과 논쟁을 재현하였다. 하권 1칙처럼 이름을 밝히지 않은 호사가가 건넨 7언 율시 적구비평摘句批評을 장황하게 인용하기도 하였다. 다음은 중권 25칙 기사이다.

> 진화陳澕가 이렇게 시를 평하였다. "이규보가 지은 「문을 닫고서」의 '처음에는 뒤숭숭한 봄 여인네 같더니만/ 갈수록 선정에 든 스님마냥 한

가롭다[初如蕩蕩懷春女, 漸作寥寥結夏僧]'라는 시구는 마치 이빨 사이에 꿀을 넣은 듯 갈수록 깊은 맛이 난다. 이유지李由之가 지은 「정승의 시에 화답하다」의 '졸릴 때 기대려고 청옥안青玉案을 내오고/ 취한 몸 부축하라고 강사군絳紗裙을 살짝 보내네[睡倚乍容青玉案, 醉扶聊遺絳紗裙]'라는 시구는 마치 얼음을 머금고 눈을 씹는 것처럼 사람의 마음을 얽매임 없이 상쾌하게 한다. 꿀을 넣은 듯한 말은 얼음을 머금은 듯한 말보다 못하다."

나는 이 평가에 승복할 수 없다. 저 얼음을 머금은 듯하다는 말은 신출내기 시인이 날마다 단련하고 달마다 조탁한다면 만에 하나 얻을 수 있다. 그러나 꿀을 넣은 듯하다는 말은 문을 닫고 들어앉은 뜻을 깊이 체득하였기에 노련한 시인이 아니면 결코 표현할 수 없다. 진화와 이유지는 당시의 유명한 시인으로 늙은 정승의 시에 함께 화답하였다. 군裙자는 시를 쓰기 몹시 어려운 운자라서 다시 쓰기에 모두 어려워하던 중에 이유지가 이 연을 지었기에 진화가 놀라서 이렇게 평한 것이다.[39]

진화의 시평을 인용하고 자신의 반대 의견을 제시하였다. 이규보의 시보다 이유지의 시가 더 낫다는 진화의 시평을 먼저 인용한 다음 그 시평에 승복하지 않고 달리 평가하였고, 진화의 시평을 부정하는 근거를 설명하였다. 작품 자체로만 평가하였을 뿐 다른 논의가 없다. 상권 40칙에서도 하천단河千旦이 절창絶唱이라 칭찬한 시를 논의에 올려놓고 두보의 표현을 활용했다는 근거로 가치를 깎았다. 이처럼 비평의 전개 과정이 합리적이고, 작품 자체를 놓고 평가하는 순수한 비평서에 가깝다.

『보한집』에는 최자의 비평을 포함하여 동시대 주요 문인의 비평을 폭넓게 수용하여 무신집권기 평단의 동향을 잘 드러냈다. 전집 1칙에서 손변孫抃, 3칙에서 왕륜사王輪寺 승려 삼중자三重子, 후집 1칙에서 이름을 밝히지 않은 호사가, 하권 8칙의 하천단河千旦 등이 비평자료를 제공하거나 자료의 첨부와 삭제를 제안한 사실을 밝혔는데 평단의 다양한 의견을 반영하려는 태도를 읽을 수 있다.

이 때문에 『파한집』에 비교할 때 『보한집』은 읽을거리로서 흥미는 약해졌다. 하권 마무리에 음담과 괴기담과 같은 흥밋거리 이야기를 몇 편 소개한 이유이다.

수사보다는 창의적 내용과 표현의 숭상

『보한집』에서는 시론과 문론文論, 사륙병려문四六騈儷文의 비평을 고루 전개하였다. 최자는 수사修辭와 단련에 지나치게 힘쓰는 창작법을 지양하고 주제와 발상의 참신함을 강조하였다. 이는 비평사에서 주목할 변화이다. 앞 절에서 인용한 진화와 최자가 논란을 벌인 비평에서도 단련하고 조탁하는 수사에 힘쓰는 신출내기의 시와 새로운 뜻을 창출한 노련한 시인의 작품을 놓고 최자는 후자를 편들었다. 이규보의 시는 참신한 발상이 장기인데 최자는 그런 작품을 호평하였다. 이 비평기준은 여러 기사에서 확인할 수 있다.

「보한집서」에서 최자는 대가의 시를 본받으려 애쓰고, 화려하게 꾸미며, 조탁하고 단련하는 수사적 단련을 지양해야 할 창작의 태도라 말하고 유학을 숭상하는 작가가 힘쓸 일이 아니라고 하였다. "오늘날 후학들은 성률聲律과 장구章句를 숭상하여 글자를 반드시 새롭게만 조탁하려다 보니 말이 생경해지고, 대구를 반드시 같은 유類로만 단련하려다 보니 뜻이 졸렬해진다. 이로 말미암아 웅걸하고 노성한 풍모를 잃었다"[40]라고 하여 당시 젊은 신진 작가들에게 창작의 방향을 제시하였다. 서문에서 말한 이 방향은 시화 전체에 적용되는 기준이다.

여기에서 시어를 조탁하고 단련하는 수사적 노력은 이인로가 『파한집』에서 중시한 창작 방향이다. 두보와 소식을 학습의 모델로 제시하여,

창작에 각고의 노력을 기울이고 시어를 공교롭게 쓰는 작법을 중시한 이인로의 시론에 정면으로 배치한다. 하권 13칙에는 다음 기사가 보인다.

> 『보한』에는 고려의 시만을 실었다. 그러나 시를 말하면서 두보를 언급하지 않는다면 유학을 말하면서 공자를 언급하지 않는 것과 같기에 책의 끝에 간략하게 언급하였다. 시를 두보처럼 조탁하고 단련한다면 신묘하고 신묘할 것이다. 손이 서툰 저들은 시를 조탁하려고 애쓰면 애쓸수록 졸렬하고 꺽꺽하기가 갈수록 심해져 헛되이 애간장만 태울 뿐이다. 하지만 저마다 재능과 국량에 따라 쪼고 섞는 흔적 없이 천연스럽게 표출하는 것만 같겠는가? 지금 단련하기만을 일삼는 시인은 다들 정숙공(貞肅公, 김인경)과 이인로를 스승으로 삼으면서 "시를 짓는 방법은 여기에서 벗어나지 않는다"라고 하니, 옛사람에게 보여준다면 생경하고 졸렬하다고 평가하지 않겠는가?[41]

두보를 최상의 시인으로 인정하기는 하지만 두보처럼 조탁하고 단련해야 하는지 의문을 품었다. 누군가를 배워야 할 대상으로 설정하여 겨우 그 시어나 본뜨는 시인을 수사적 조탁에 매몰된 작가의 한계로 인식하였다. 저마다의 재능과 국량에 맞게 천연스럽게 표현하는 작법을 중시하였다. 수사와 조탁을 중시하는 대표작가로 김인경과 이인로를 꼽았고, 새로운 뜻을 창출하는 시인으로는 이규보를 꼽아서 뚜렷하게 대립적으로 보았다. 『보한집』에서 가장 많은 작품을 인용한 작가가 이규보이다.

중권 51칙에서는 소식과 황정견의 시를 배워서 시의 삼매경에 이르렀다는 이인로의 주장에 맞서 이규보의 "나는 옛 시인의 말을 답습하지 않고 새로운 뜻을 창출한다"라는 주장을 내세웠다. 『보한집』 시론의 뼈대가 되는 51칙에서는 신진 문인들이 소식과 두보의 거죽만을 본떠서 시어나 용사의 기교를 흉내 내기보다는 그들 창작의 정신과 정수를 배우라고 강하게 요구하였다. 시인이 수사에 힘쓸 것인가? 아니면 새로운 형상과 주제의 창조에 힘쓸 것인가? 『파한집』과 『보한집』 사이에는 창작 태도와 비평기준에서 큰 차이를 드러냈다.

비평의 실제에서도 선명하게 차이를 드러냈는데 병려문을 논할 때도 똑같이 적용하였다. 『보한집』 상권 20칙과 하권 22칙에는 임종비林宗庇의 사륙병려문을 비평하고 있다. 이인로가 『파한집』에서 임종비의 '낙락한 높은 재주는 곤륜산 멧부리 위에 있는 천금을 주고도 사기 힘든 고운 옥돌이요 / 앙앙昂昂한 곧은 절개는 아미산 서쪽에 만년토록 자라지 않는 외로운 소나무였다[落落高才, 崐崙岡上千金難買之美玉; 昂昂勁節, 峨嵋山西萬歲不長之孤松]'라는 대구를 호평하여 수록하였다. 하지만 최자는 말을 길게 늘어뜨리고 실상에 부합하지 않으며, 새로운 뜻이 없다고 비판하였다. 그 비판은 창의성을 숭상하는 이규보의 의견을 받아들인 것이었다.[42]

상권 20칙에서는 임종비가 권적權適에게 준 병려문에 '배를 타고 상국으로 가니 / 북방의 학자 중에 그대 앞설 이가 없었네 / 비단옷 입고 고국에 돌아오니 / 동도 주인이 감탄하였네[乘船歸上國, 北方學者莫之先, 衣錦還故鄕, 東都主人喟然嘆]'라는 구절이 있었다. 최자는 '송나라가 서쪽에 있으므로 북방이라 한 것은 오류다'라는 권적의 지적을 인용하고 수사에 얽매여 사실과 다르게 표현한 잘못을 지적하였다.

수사와 표현을 중시한 이인로는 임종비의 사륙문을 높이 평가하였고, 당시에 그의 작법을 따르는 문사가 많았다. 하지만 이규보와 최자의 시기에는 창의성이 부족하고 수사의 효과 때문에 사실을 왜곡한 들뜬 문체라는 점을 들어 반론을 제기하였다. 여기에서도 시문의 작법을 보는 서로 다른 시각이 대비된다. 나중에 이제현은 『역옹패설』에서 권적에게 준 병려문 구절을 인용하고 글에는 대구가 없을 수 없으나 사실을 왜곡한 대구의 사용은 숭상해선 안 된다고 최자의 편을 들었다.

최씨 정권과 그 추종자의 고평

중권 1칙에서 최이崔怡의 선정과 능력을 예찬한 글을 실었고, 2칙에서는 최항崔沆이 지은 시를 네 편이나 인용하였다. 인용한 다음에는 시어가 신기하고, 발상이 맑고 웅장하여 범상치 않은 웅혼한 운치가 있다고 찬미하였다. 최이와 최항의 폭압적 권력남용과 타락한 행적으로 보자면 지나친 아부이다. 치졸한 최항의 시를 찬미한 점을 두고 조선 후기의 학자 박태순朴泰淳은 『법언法言』 마지막 장에서 왕망王莽을 추켜세운 양웅揚雄의 병통이 보인다고 비판하였다. 설득력이 있는 비판인데 두 칙의 기사가 최자가 직접 쓴 것으로 확신하기는 어렵다.

3칙 이후부터는 무신집권기의 주요 시인을 다뤘다. 상권 1칙에서 태조 왕건王建의 어제御製를 실은 뒤 사대부의 시문을 비평한 것과 똑같은 구성이니, 최씨 정권 실권자가 실질적으로는 제왕이라는 구도를 형성하였다. 명목상 제왕인 고종을 내세우지 않고 권력을 훔친 최고 권력자를 앞세웠다. 다만 이 구성 또한 최자의 자발적 판단인지는 분명하지 않다.

간행 과정에서 살펴본 대로 저작을 완성한 뒤에 최항의 측근이 최자에게 실권자의 입맛에 맞는 기사를 추가하고 최이와 최항 둘을 상권의 태조와 똑같은 격으로 올리라고 요구한 듯하다. 그 두 개의 기사가 저작을 완성한 이후에 추가된 항목이라는 점에서 혐의가 짙다.

1칙과 2칙을 누가 넣었든 최자가 최씨 정권의 충실한 실무자로서 최이와 최항에게 충성심을 표현하였고, 그들의 정책과 덕망을 찬미하는 내용을 곳곳에 수록한 사실은 부정할 수 없다. 중권 1칙과 하권 17칙에서 강화도 천도를 옹호한 기사가 대표적인 사례이다. 최자는 강화도 천도를 옹호하여 「삼도부三都賦」를 지었다.

조인영趙寅永은 1818년 북경에 가서 만난 유희해劉喜海에게 필사본 『보한집』을 선물하였는데 서두에 쓴 지문識文에서 "이 책에는 아부하는 글이 상당히 많으니 당시 형세가 그랬다. 그러나 왕정으로 복귀한 뒤에 최자는 수상首相으로서 청렴하고 엄정하게 혼란을 진정시킨 공을 세웠다"[43]라고 호평하였다.

이 시기는 몽골군의 연이은 침략으로 고려 전체가 참혹한 전쟁터로 변한 때이고, 실권자의 폭력과 난잡한 사생활, 강화도 천도라는 혼란과 실책 등 국난이 중첩된 때이다. 그렇지만 최자는 문학 자체에 관심을 집중하고 국가와 사회의 위기 현상에는 눈길을 돌리지 않았다. 창작의 대상은 사회 현실과는 무관하게 여러 시인이 쓴 꽃과 대나무, 물고기, 새, 고양이, 두꺼비, 눈, 잠 등 사물을 읊은 영물시詠物詩가 다수를 차지하였다. 비평의 대상이 되는 작품을 비판적 사유를 펼치기 어려운 사물로 잡았다. 문학과 비평에 충실하고 순수하게 접근한 장점이 있는 이면에는 당시 사회 전 분야에 걸친 위기에 눈을 감고서 이루어졌다. 『파한집』이 무신 집권을 은연중 비판한 저술인 반면, 『보한집』은 최씨 정권을 노골적으로 옹호한 저술이었다. 정치성을 띤 저술이라는 점에서는 차이가 없다.

4. 보한집의 영향

『보한집』은 『파한집』을 계승한 동시에 그 결함을 보완한 시화이다. 서로 긴밀하게 관련된 시화로서 똑같이 막대한 영향을 미쳤다. 고려의 본격적인 비평은 『보한집』에서부터 시작되었다고 할 만큼 순수 비평으로 가득하다. 시를 흥밋거리 이야기의 대상으로 보지 않고 비평가의 감식안을 토대로 엄정하게 비평할 대상으로 간주하여 비평하였다. 『보한집』은 시화라기보다는 시평이었다.

한국의 시화는 시화와 시평의 성격을 오가는데 『파한집』은 시화의 전형으로, 『보한집』은 시평의 전형으로 후대에 모범이 되었다. 『보한집』의 시평은 조선 전기에 서거정의 『동인시화』에 큰 영향을 주었고, 조선 중기 이후에는 허균許筠과 남용익, 홍만종 등에 계승되었다. 시평이 존중받는 시기에는 『보한집』이 재평가받았다.

『보한집』은 『파한집』과 함께 고려의 문학 유산을 보존하고 평가하겠다는 문학사가의 의식이 뚜렷하다. 상권 39칙에서 명가의 문헌을 찾아서 밝히려고 한 점이나 44칙에서 오세재의 많은 작품이 사라져 전하지 않은 점을 아쉬워한 일, 중권 47칙에서 명현의 문집 간행을 다룬 글에서 확인할 수 있다. 정당성을 잃은 최씨 정권에 동조하여 지어진 시평이라는 한계는 있으나 고려의 문학과 역사를 전하는 보물로서, 고려 비평의 수준을 과시한 시화로서 큰 가치를 지닌다.

처음에는 뒤숭숭한

봄 여인네 같더니만

갈수록 선정에 든

스님마냥 한가롭다

初如蕩蕩懷春女

漸作寥寥結夏僧

제
4
절

필기시화筆記詩話의 모범, 이제현의 『역옹패설』

『역옹패설櫟翁稗說』은 익재益齋 이제현(李齊賢, 1287~1367)이 지은 필기로서 고려의 정치와 역사 및 사대부 일화를 다룬 전집, 당송唐宋과 고려의 시문을 다룬 후집으로 짜여 있다. 서유구는 "전집에는 공사公私의 역사를 기록하였고, 후집에는 시문의 평가가 다수이다"[44]라고 수록한 내용을 간명하게 소개하였다. 필기잡록筆記雜錄의 전형적 문치와 소재, 내용을 담은 저술로 시화는 절반의 비중을 차지한다.

이제현은 몽골 간섭기를 대표하는 관료이자 학자 문인으로 당시부터 학계와 문단에 큰 영향을 끼쳤다. 자는 중사仲思, 호는 익재益齋로 벼슬은 문하시중에 이르렀다. 1301년 성균시成均試에 장원으로 합격한 이후 관계에 진출하여 원과 고려를 넘나들며 다섯 국왕을 보필하였고, 총재冢宰에 네 번이나 올랐다. 1314년 원나라에 머물던 충선왕의 부름을 받아 연경燕京에 머물며 만권당萬卷堂에서 요수姚燧·조맹부趙孟頫 등 원나라 학자 문인과 교제하였다. 그 사이에 서촉西蜀과 절강성, 감숙성甘肅省 등 중국 서남부 지역을 세 차례나 두루 여행하며 견문을 넓히고 많은 작품을 지었다.

역사학에 깊은 관심을 기울여 1346년 민지閔漬의 『본조편년강목本朝編年綱目』을 중수重修하였고, 여러 차례 실록 편찬에 참여하였으며, 만년에

『국사國史』를 저술하는 등 역사 저술에 큰 관심을 가졌다. 시에서는 유가의 본령을 지키는 전아한 작품과 민요를 한역한 소악부小樂府를 지었고, 수준 높은 사詞를 짓기도 하였다. 고문古文에서는 당송唐宋 고문을 심화하여 발전시켜 고려를 대표하는 고문가로 평가받는다. 문집에는 『익재난고益齋亂藁』 10권이 있다.

『역옹패설』은 저자가 56세이던 1342년에 저술하였다. 당시 정계는 충혜왕忠惠王과 심양왕瀋陽王이 서로 국왕이 되겠다고 다투며 혼란에 빠져 있었다. 관직을 놓은 적이 없던 이제현은 이 혼란기에 3년 동안 정계에서 밀려나 한거閑居하는 틈에 이 책을 지었다. 저술의 동기는 전집前集 서문에 잘 나와 있다. 여름 장마에 오가는 사람 없이 한가롭게 지낼 때 종이 쪼가리 뒷면에 기억나는 사실을 적바림하였으나, 체계 없이 잡다하고 알맹이가 없어 하찮게 여길 글이라고 하였다. 책명으로 쓴 역옹櫟翁이나 패설稗說은 쓸모없는 노인의 쭉정이 같고 피[稗] 같은 말이라는 취지이니 겸양과 자조를 함께 담아 불편한 처지와 심경을 드러냈다.

『역옹패설』은 1363년에 처음 간행되었다. 이제현이 생존한 시기에 둘째 아들 이창로李彰路와 큰손자 이보림李寶林이 『익재난고益齋亂藁』를 편집하여 경주에서 간행하였을 때 함께 간행하였다. 초간본은 오랫동안 전하지 않는 것으로 알려졌으나 두 책 모두 현존한다는 사실이 최근 밝혀졌다. 『익재난고』 권2~3 1책이 국립한국문학관에, 『역옹패설』 전집과 후집 완질이 숙명여대 도서관에 소장되어 있다. 고려 말기 목판본의 형식을 잘 보여주는 귀중한 판본이다.[45]

조선이 건국한 이후 세종의 명에 따라 1432년 강원도 원주에서 목판으로 중간되었다. 이때도 『익재난고』와 함께 간행하였다. 발문을 쓴 이는 김빈金鑌이다. 김빈은 세종의 명으로 간행한 『유문柳文』에 발문을 쓰고, 「갑인자주자발甲寅字鑄字跋」을 쓴 학자이다. 발문에서 시사時事를 잡다하게 기록한 『역옹패설』은 글의 뜻이 전아하고, 고려 오백 년의 자취를 대략 엿볼 수 있어 『고려사』와 안팎을 이루는 책이라 극찬하였다. 『역옹패설』의 내용과 가치를 총괄한 평이다. 간행한 지 오래되어 결자와 오류가 있음을 지적한 대목이 있어 1363년 초간본을 저본으로 판각하였음을 짐작할 수 있다. 『고사촬요』에는 원주에 책판이 있음을 밝혔다. 중간본은 계명대학교 동산도서관, 한국문학관에 소장되어 있고, 전자가 보물로 지정되었다. 한국문학관 소장본은 삼간본三刊本을 간행한 후손 이시발李時發 구장본이자 청분실淸芬室 이인영李仁榮 구장본이다. 1913년 일본 도쿄 민우사民友社에서 중간본을 성궤당총서成簣堂叢書로 영인하였다.

임진왜란 이후 1600년에 후손 이시발이 세 번째로 경주에서 간행하였고, 1693년에 경주부윤慶州府尹 허영許潁이 『손곡집蓀谷集』과 함께 네 번째로 간행하였다. 이후에도 1698년 해주에서, 1814년 경주에서 간행되었다. 서유구의 『누판고』에는 판목이 경주 구강서원龜岡書院에 보관되어 있다고 하였다. 이 책은 대체로 『익재난고』와 함께 『익재집益齋集』이란 이름으로 간행하였다. 독자에게 인기가 있어 자주 인출印出된 탓에 책판이 많이 손상되어 상태가 좋지 않은 책이 많다. 근현대에도 여러 차례 간행되었다. 홍만종은 후집 2권에서 모두 14칙을 초록하여 『시화총림』에 수록하였다. 남만성과 이상보, 박성규, 박병익, 김성룡의 번역본이 나와 있다.

『역옹패설』은 전집前集 2권, 후집後集 2권으로 전체 116칙이고, 전집과 후집에 각각 서문이 달려 있다. 다음은 구성과 내용이다.

전집 1권(16칙): 왕실과 국가의 역사, 제도 및 풍속

전집 2권(46칙): 명사의 일화, 뒷부분에 소화와 시화

후집 1권(28칙): 경서 및 시문의 글자와 어구 고증, 당송唐宋의 시화

후집 2권(26칙): 앞의 18칙은 고려 시인의 시화, 뒤의 8칙은 문화文話

국가와 왕실의 역사, 사대부 일화, 당송의 시화, 고려의 시화라는 네

부분으로 나뉘고, 서술한 내용에도 차이가 난다. 무신집권기 이후 시대의 인물과 현상을 주로 다루었다. 전집의 기사는 『고려사』에 다수 채택될 만큼 사료적 가치가 크다. 전집 2권 1칙에 나오는 사슴을 구해준 서신일徐神逸의 신이담神異談이나 7칙에 나오는 손변孫抃의 명판결이 대표적 사례이다.

고려의 필기로서 이렇게 구성된 책은 『역옹패설』이 유일하다. 정서의 『잡서』가 이와 같이 구성되었으리라 예상하지만 전해지지 않기에 확인할 수 없다. 국가와 왕실의 역사와 사건, 사대부의 일화, 명사의 시화로 구성된 필기는 위계位階가 명확하다. 정치 행위와 경사經史를 앞세우고, 문학을 조충소기雕蟲小技로 간주한 유가 사대부의 차별적 의식을 반영하였다. 후집 서문에서 그와 같은 의식을 해명하였다.

> 후집의 기록에는 경사經史에 드나드는 기사가 얼마 되지 않고, 나머지는 모두 문장과 시구를 아로새기는 내용일 따름이다. 어째서 특별한 지조가 없을까? 단정한 선비와 점잖은 사람이 할 일은 아니다.[46]

자문자답 형식의 이 글에서 국가경영이나 경사經史의 권위 있는 주제에 의의와 가치를 두었다. 반면에 시문詩文의 주제를 하찮게 여기는 의식을 보였다. 성리학의 영향을 깊이 받은 유학자로서 시를 소기小技로 간주하였다. 이 태도는 이후 고려 말기와 조선시대 전 시기에 걸쳐 유학자의 의식에 깊이 뿌리박히게 되었다.

『역옹패설』 전집 2권에는 4칙의 시화를 수록하였고, 후집은 전적으로 시화이다. 후집 1권 28칙은 먼저 경서와 시문에서 난해한 글자와 어구를 찾아 고증하였고, 이후에는 당송唐宋시대 시인과 작품을 논하였다. 두보와 유우석, 소식, 구양수, 왕안석, 황정견, 진사도 등과 한유, 유종원의 고문을 다뤘다. 고려의 필기와 시화에서 처음으로 당송의 시인과 작품을 집중하여 논하였다.

후집 2권 26칙은 고려의 시인과 작품을 다뤘다. 정지상과 정습명의 시를 다루고 이어서 무신집권기의 임춘, 이규보, 최자, 이장용, 홍간 등의 시인을 다뤘다. 동시대 시인으로는 이승휴와 최해 등을 다루었다. 작품을 비평하는 시평이 많다. 다만 작품을 인용하고 간단하게 평하는 수준으로 『파한집』과 『보한집』의 중간 정도이다. 유사한 제재의 작품을 비교하는 선에서 품평하였는데 다음에 하나의 사례를 든다.

> 산인山人 오생悟生은 황산강루黃山江樓 시 낙구落句에서 '어부들이 뱃전에서 하는 말을 누워 들으니/ "먼지 날리며 말 달리는 이는 우리 무리 아니지"[臥聞漁父軸轤語, 走馬紅塵非我徒]'라 읊었고, 동파東坡는 「어부사漁父詞」에서 '강가에서 말 탄 이는 벼슬아치이니/ 외로운 나의 배 빌려 타고 남쪽으로 가겠다네[江頭騎馬是官人, 借我孤舟南渡]'라 읊었다. 동파는 흉노족의 활을 빼앗아 시위를 당긴 채 쏘지 않고 있는 이광李廣을 그린 이공린李公麟의 그림처럼 썼고, 오생은 추격해오는 기병을 활로 쏘아 맞힌 그림처럼 썼다.[47]

가야산인伽耶山人 오생은 무신란을 피해 은둔한 문인을 대표한다. 전집 권1 13칙에는 고려의 학자들이 승려에게 문학과 학문을 배우는 특수한 현상을 소개하였다. 그 현상에 충선왕이 의문을 표하자 이제현은 답하였다. 무신란에 문신들이 대거 살육 당하였고, 용케 난을 피한 문신들이 산수로 은둔하거나 승려로 변신하여 배울 만한 스승이 산수에 묻혀 산다는 것이었다. 산수에 숨은 대표 사례로 신준神駿과 함께 오생을 들었다.

이 시화는 오생의 칠언율시 미련尾聯과 소동파의 사詞 한 구절을 비교하였다.[48] 모두 벼슬길에서 분주한 관리를 바라보는 어부를 묘사하였다. 어부는 벼슬길에서 떠나있는 오생과 동파를 비유한다. 오생과 소식의 차이를 한나라 무제 때의 명장 이광李廣이 흉노족 군대를 벗어날 때의 상황을 그린 서로 다른 그림으로 평하였다. 소식의 작품은 활을 팽팽하게 당기기만 하고 쏘지 않아서 보는 사람에게 상상력을 자극하고 긴장하게 하는 이공린의 수준 높은 그림과 같다. 반면에 오생은 이미 활을 쏴서 맞췄기에 결과가 다 드러나 긴장감이 없는 그림과 같다. 소식에 비하면 수준이 높지 않아 최고의 화가와 속된 화가의 간격을 느끼게 한다는 것이다.

이제현은 황정견黃庭堅의 「제모연곽상보도題摹燕郭尙父圖」에서 가져온 문구를 활용하여 의상비평意象批評을 구사하였다. 홍만종은 『시화총림』에 14개 칙을 초록하면서도 위에 인용한 기사는 뽑지 않았다. 시와 사를 비교하였고, 이제현의 당시 처지를 반영하여 흥미로운 기사인데도 뽑지 않은 것은 의문이다. 이제현의 비평은 정밀하고 신뢰할 만하다. 시화의 수량은 적으나 품평이 정밀하다.

이제현은 문장도 비평하였는데 몽골 간섭기 문장가의 관심사를 대변하였다. 후집 권2 21칙에서는 고려의 저명한 문장가 7인의 각종 명문을 소개하고 간단하게 품평하였다. 그 글에서 고려시대에 정평이 나 있는 문장가가 누구이고, 어떤 작품이 명문인지를 공정하게 제시하였다.

『역옹패설』은 후대에 큰 영향을 끼쳤다. 사대부 필기의 전형적 구성과 내용을 갖추고 있어서 많은 필기의 모델이 되었다. 전집 권1의 고려 왕실과 국정에 관한 내용은 고려의 역사를 이해하는 기본 틀을 제공하였고, 권2의 일화와 소화笑話는 인물의 형상을 흥미롭게 형상화하는 고려 필기의 특징을 보여주었다. 그런 이유로 적지 않은 내용이 『고려사』에 반영되었다.

전집 2권이 일화에 중점을 두었다면, 후집은 시평에 중점을 두었다. 전집은 『파한집』에 가깝고, 후집의 시화는 『보한집』에 가깝다. 그래서 후집은 시화보다는 시평이라고 하는 것이 더 어울린다. 『파한집』과 『보한집』에서는 중국의 시를 크게 다루지 않았으나 이제현은 후집 권1에서 당송의 시문만을 비평하였다. 조선 중기 이후에 『지봉유설』과 『청창연담』, 『성호사설』 등에서 자국의 시문에 한정하지 않고 외국의 시문을 다루는 좋은 선례를 제시하였다.

제 5 절

각훈의 『시평』과 이규보의 『백운소설』

위에서 고려를 대표하는 4종의 시화를 살펴보았다. 마지막으로 조금 특수한 시화 2종을 살펴본다. 하나는 『시평詩評』이고, 다른 하나는 『백운소설白雲小說』이다. 『시평』은 현재 이름만 전하고, 『백운소설』은 이규보의 저술임을 표방했으나 조선 후기에 홍만종이 이규보의 이름에 가탁假托하여 편집하였다. 그래서 고려의 시화를 모두 다룬 뒤에 따로 살펴본다.

먼저 『시평詩評』이다. 이규보의 문집 『동국이상국집東國李相國集』 권16에 실린 「각월 수좌를 애도한 문선사의 시에 차운하다[次韻文禪師哭覺月首座]」 경련에서 '『시평』을 지었다고 하나 아쉽게도 미처 못 보았고/ 『고승전』을 일찍부터 편찬해 겨우 마쳤네[聞有詩評嗟未覿, 早修僧傳僅終編]'라고 하였다. 각 구절에는 주석을 달아 '수좌가 일찍이 『시평』을 지었으나 내게는 보여주지 않았다[師嘗著詩評, 不示予]'라고 하였고, 또 '수좌가 일찍이 『고승전』을 지었다[師曾修高僧傳]'라고 하였다. 동시대 승려인 각월覺月이 『시평』을 편찬한 사실이 있음을 밝혔다. 각월은 『해동고승전海東高僧傳』의 작자로 널리 알려진 각훈覺訓 그 사람이다. 이 시는 1220년 여름에 지은 작품인데 이 해에 이인로가 사망하였다.

각훈은 흥왕사興王寺와 영통사靈通寺 등 개경에 있는 큰 사찰의 주지를 지낸 화엄종의 고승이었다. 무신집권기를 대표하는 승려였고, 시문에도 뛰어난 시승詩僧이었다. 이인로, 임춘, 이규보 등 문사들과 교유가 깊어서 이들의 저작에 행적이 보인다. 다음에 『파한집』과 『서하집』, 『보한집』에서 차례로 인용한다.

1) 화엄종 각월覺月 스님은 젊어서부터 나를 따라 노닐었는데, 스스로 고양취곤高陽醉髡이라 자칭하였다. 시를 지으면 가도賈島의 풍골風骨을 나타냈다. 지난번에 그를 데리고 서하西河 임춘을 방문했더니 한 번 보고는 오랜 친구처럼 가까워졌다.[49]
2) 홍왕사의 각월 상인上人은 상당히 총명하고 문장을 좋아하여 미수眉叟를 따라 노닐면서 고양취곤이라 자칭하였다.[50]
3) 화엄종 각월 수좌首座는 불도 외에 문장에도 조예가 깊었다. 시문의 원고가 사림士林에 전해진다. 일찍이 『해동고승전海東高僧傳』을 저술하였다.[51]

각월은 이인로와 젊어서부터 친하게 지냈고, 임춘과는 이인로의 소개로 만났다는 사실이 1)과 2)에 나타난다. 모두 각훈이 문장을 잘하는 점을 언급하였다. 최자도 문장을 잘하는 시승이었다고 말하였고, 그의 시문집이 전한다는 사실을 언급하였다.

고려에는 시문에 능한 시승詩僧이 상당히 많았다. 무신집권기에는 문신들이 많이 죽임을 당하여 사대부에게서 불가의 승려에게로 시문 학습의 주도권이 넘어갈 정도였다. 각훈은 문인 수난의 암흑기에 상대적으로 안녕을 취하면서 시인들과 어울렸다. 화엄학과 시문에 조예가 깊은 각훈은 1215년(고종 2년)에 『해동고승전』을 편찬하였는데, 『시평』은 그에 앞서 지었다고 추정한다. 재능과 경력, 교유한 문인의 기록을 볼 때 각훈은 『시평』을 지을 능력을 충분히 갖췄다. 더욱이 『파한집』을 지은 이인로와 친분이 깊었기에 비슷한 시기에 『시평』을 지었을 것이다. 제목으로 볼 때 일화 위주이기보다는 품평 위주의 시화였으리라. 전하지는 않으나 이 시기 시 비평의 성행 정도를 보여준다.

이 책의 실물은 확인된 적이 없다. 조선 중기에 서지학자인 김휴金烋가 『해동문헌총록』의 '석가류釋家類' 목록에서 『해동고승전』과 함께 『시평』을 저록著錄하였다. 다만 책을 확인하지는 않았고 이규보의 기록을 보고서 목록에 올렸을 뿐이다.

다음으로 『백운소설白雲小說』이 있다. 『백운소설』은 특별한 시화이다. 이 시화는 홍만종이 편찬한 『시화총림詩話叢林』에 첫 번째로 수록되었고, 저자를 이규보(李奎報, 1168~1241)로 밝혔다. 『시화총림』 이전에는 어떤 문헌에도 『백운소설』에 관한 기사가 실리지 않았다. 『해동문헌총록』이나 『대동운부군옥大東韻府韻玉』 등에도 흔적이 아예 없다. 그 밖에 필기나 문집 등에도 관련한 기사가 전혀 나오지 않는다. 20세기 이전에는 독립된 단행본 저작으로 유통되지 않았고, 다른 시화와 함께 초록된 형태로만 유통되었다.

이 시화는 후대에 편찬된 저작임이 분명하다. 김태준(金台俊, 1905~1950)은 『조선한문학사』의 고려편 제5장 '이규보와 그의 후진'편에서 이규보의 『백운소설』이 이인로의 『파한집』과 함께 조선 최고의 시화이나 그 내용이 『동국이상국집』에서 벗어나지 않고 정사正史와 연보에 이 저술이 있다는 말이 없으며, 홍만종의 『시화총림』에 그 명칭이 등장한다는 근거를 들어 아마도 후인이 이규보의 저술과 기타 저작에서 초록했으리라고 추정하였다.

이후 유재영, 김진영, 정규복, 안대회, 김건곤 등의 학자들도 작자에 의문을 표시하였다. 정규복은 홍만종을 저작자로 보았고,[52] 김건곤은 뛰어난 비평가인 홍만종의 솜씨로 보기에는 조잡하고 서툴다는 근거로 그보다 앞선 시기의 어떤 문인에 의해 편찬된 『백운소설』을 발췌하였다고 보았다.[53] 필자는 『조선후기시화사』에서 『백운소설』은 홍만종의 『시화총림』 편찬기준에 따라 문집에서 시를 논한 내용을 뽑아 만든 편저이므로 저작자는 이규보이고 집록자輯錄者는 홍만종이라고 하였다.

홍만종은 범례 6조에서 "선배가 기록한 글에서 비록 시구를 다루지 않았다고 해도 평론한 내용 가운데 꼭 알아야 할 것이 있으면 아울러 수록하여, 독자가 식견을 넓히도록 돕고 시도詩道에 보탬이 되도록 하였다"[54]라는 기준 한 가지를 제시하였다. 『백운소설』은 이 기준에 가장 적합한 저술이다. 『동국이상국집』에서 이규보가 시문을 평론한 시론을 초록한 바탕 위에 다른 저작에서 일부 내용을 뽑아 시화를 만들고 『백운소설』이란 이름을 붙였다.

홍만종은 1675년 『소화시평』, 1691년 『시평보유』를 저술하는 과정에서 이미 『동국이상국집』을 활용하였고, 1712년 『시화총림』을 엮으면서 이전에 활용하던 방법대로 시론을 뽑아서 『백운소설』을 엮었다. 사례를 하나 들면, 『백운소설』 25칙에서 구불의체九不宜體를 논하는데 이 기사는 『동국이상국집』 권22 「시의 은밀한 주제를 간략히 논한다[論詩中微旨略言]」를 절록節錄하였다. 25칙에서 절록한 내용과 똑같은 기사가 『시평보유』 하권 134칙이다. 절록한 글 끝에 "이상은 백운 이규보의 시고에 실려 있고, 시를 짓는 자가 꼭 알아야 하기에 내가 드러내어 기록한다"[55]라고 하였다. 『백운소설』이 이전부터 있던 시화라면 홍만종은 백운의 시고에 있는 글에서 인용하지 않고 『백운소설』을 인용처로 밝혔을 것이다. 더구나 『동국이상국집』에는 '시어의 금기를 범하기 좋아한다[好犯語忌]'로 되어 있는 구절을 『시평보유』에서는 '공자와 맹자를 범하기 좋아한다[好犯丘軻]'라고 고쳤는데 『백운소설』은 『시평보유』에서 바꾼 글자를 수용하였다. 이렇게 볼 때, 『백운소설』은 홍만종이 1712년 『시화총림』을 엮으면서 『소화시평』과 『시평보유』를 편찬할 때 활용한 『동국이상국집』의 시론 부분을 간추려 엮었음이 분명하다.

31칙의 『백운소설』 가운데 다수는 『동국이상국집』에서 초록하여 시화의 형식에 맞게 수정하였다. 다만 1칙에서 7칙까지는 4칙을 제외한 6개 칙이 이규보의 글과 무관하다. 먼저 1칙에서 3칙까지의 기사는 고려 이전 삼국시대의 시문을 다루고 있는데 『요산당외기堯山堂外記』, 『당시유기唐詩類記』, 『당음유향唐音遺響』 같은 원대와 명대의 저술에서 인용하였다. 저술의 시기상 이규보가 거론할 수 있는 책이 아니다. 5칙에서는 신라 말 고려 초의 시인 최치원과 박인범朴仁範, 박인량朴寅亮의 시구를 인용하였다. 이 기사는 『동인시화』 상권 2칙의 틀에 『소화시평』 상권 17칙 등 여러 기사를 조합하여 만들었다.[56]

특히 주목해볼 기사는 저명한 시인 정지상을 다룬 6칙과 7칙이다. 6칙은 '중이 보이니 절이 있나 본데/ 학이 보이니 소나무는 없나 보다![僧看疑有寺, 鶴見恨無松]'와 관련한 기사이고, 7칙은 정지상과 김부식의 다툼을 다룬 시화이다.

흥미롭게도 그 내용은 『백운소설』 이전에는 『동국이상국집』을 비롯하여 어떤 문헌에도 나오지 않는다. 오로지 1675년에 완성된 홍만종의 『소화시평』 상권 23칙과 21칙이 각각 6칙, 7칙과 매우 유사하다. 『소화시평』의 기사를 수정하여 1712년 『시화총림』을 편찬하면서 『백운소설』에 편입했다고 보는 것이 합당하다. 다음은 7칙의 기사이다.

> 문하시중 김부식과 학사 정지상은 한때 문장으로 이름이 똑같이 유명하였다. 두 사람은 알력이 생겨서 사이가 좋지 못했다. 세상에는 다음 이야기가 전해온다. 정지상이 지은 시에 '사찰에서 독경 소리 끝나간 뒤에/ 하늘빛은 유리처럼 깨끗하구나[琳宮梵語罷, 天色淨琉璃]'라는 구절이 있었다. 김부식이 이 시를 좋아하여 달라고 하여 자기가 지은 작품으로 삼고자 하였다. 정지상은 끝내 허락하지 않았다. 나중에 정지상은 김부식에게 죽임을 당하여 귀신이 되었다. 김부식이 하루는 봄을 두고

시를 지어 '버들 빛은 일천 가닥 실로 푸르고/ 복사꽃은 일만 개의 점으로 붉구나[柳色千絲綠, 桃花萬點紅]'라고 하였더니 갑자기 공중에서 정지상 귀신이 그의 뺨을 후려치면서 "일천 가닥 실인지 일만 개 점인지 누가 세어보았느냐? 왜 차라리 '버들 빛은 한 올 한 올 푸르고/ 복사꽃은 한 점 한 점 붉구나[柳色絲絲綠, 桃花點點紅]'라고 하지 않느냐?"라고 혼을 냈다. 김부식은 마음속으로 몹시 그를 미워하였다. 나중에 김부식이 어느 절에 가서 우연히 측간에 올라가 앉았다. 그때 정지상 귀신이 뒤쪽으로부터 음낭을 꽉 쥐고서 "술도 마시지 않았거늘 어째서 낯이 붉으냐?"라고 묻자 김부식은 "저편 언덕의 단풍이 낯에 비쳐서 붉도다"라고 느릿느릿 대답하였다. 정지상 귀신은 음낭을 더 힘주어 쥐며 "이건 웬놈의 가죽 주머니냐?"라고 하자 김부식은 "네 아비의 음낭은 무쇠더냐?"라 하고 낯빛을 바꾸지 않았다. 정지상 귀신이 더욱 힘주어 음낭을 죄어서 김부식은 결국 측간에서 죽었다.[57]

정지상과 김부식의 생전 갈등에 죽음 이후의 후일담을 시구를 동원하여 풀어냈다. 외설스런 이야기까지 써서 흥미롭게 전개하였다. 하지만 정지상이 귀신이 되어 김부식의 뺨을 때리고, 측간에서 김부식을 죽였다는 황당한 일화는 역사적 근거가 없다.

김부식과 정지상이 시를 놓고 경쟁하다가 갈등이 생겼다는 이야기는 서거정의 『필원잡기筆苑雜記』에 이르러 "김부식이 정지상의 재능을 질투하여 살해하였다"라고 처음 등장한다. 서거정은 고려 말엽의 김태현金台鉉이 『동국문감東國文鑑』 주석에서 "김과 정은 문자 사이에 감정이 쌓여 있었다"라는 기록을 판단의 근거로 제시하였다.

제대로 된 기사는 박미(朴瀰, 1592~1645)의 연작시 「서경감술西京感述」에 등장한다. 1638년 평양에 머물며 평양의 명승과 전설을 7언 절구로 쓰고 근거를 주석에서 밝혔다. 제6수에서는 김부식이 시 창작에서 경쟁자인 정지상을 죽였고, 정지상은 귀신이 되어 김부식의 아들을 죽게 했다고 기록하였다.[58] 제7수에서는 정지상 귀신이 김부식의 시를 고쳐준 사연이 등장한다.[59] 평양 사람들이 동향의 정지상을 불쌍히 여겨 억울함을 풀어주는 전설을 만들었고, 박미는 그 전설을 시로 채록하였다. 이런 부류의 민중적 심리와 전설은 우리 문화에서 흔하다.

박미가 채록한 재미난 평양의 전설을 홍만종은 『소화시평』에서 시화로 재구성하였다. 『소화시평』의 기사는 간략한 편이지만[60] 『백운소설』은 흥미성을 더하여 더 풍성한 이야기로 각색하였다. 음담패설에도 조예가 있는 홍만종이 그럴듯하게 꾸몄다. 이처럼 정지상의 일화 두 가지는 홍만종이 새롭게 시화로 만들었다. 이런 몇 가지 근거는 홍만종이 1712년 『시화총림』을 편찬하면서 『백운소설』을 집록輯錄하였음을 입증한다.

제 2 장

조선 전기 시화사

1342년 이제현이 『역옹패설』을 편찬한 뒤 여말선초 130여 년 동안 이렇다 할 필기와 시화가 나오지 않았다. 오랜 공백을 깨고 등장한 시화가 서거정의 『동인시화』이다. 조선 전기에 나온 본격적인 전편시화는 『동인시화』가 유일하다. 다음 표는 이 시기에 출현한 시화의 목록이다.

저자	시화명	저술 시기	비고
서거정(徐居正, 1420~1488)	『동인시화(東人詩話)』	1474년	
성현(成俔, 1439~1504)	『용재총화(慵齋叢話)』	1484년	경산대학교 영인본
남효온(南孝溫, 1454~1492)	『추강냉화(秋江冷話)』	1492년	
조위(曺偉, 1454~1503)	『매계총화(梅溪叢話)』	1500?	『소문쇄록(謏聞瑣錄)』 하권 수록
조신(曺伸, 1454~1521?)	『소문쇄록(謏聞瑣錄)』	1520년	『서벽외사해외수일본(栖碧外史海外蒐佚本)』(4차)
김안로(金安老, 1481~1537)	『용천담적기(龍泉談寂記)』	1525년	
김정국(金正國, 1485~1541)	『사재척언(思齋摭言)』	1537년	
윤춘년(尹春年, 1514~1567)	『추당소록(秋堂小錄)』	1550년	『학음고(學音稿)』
	『체의성삼자주해(體意聲三字註解)』	1552년	『시법원류(詩法源流)』 부록

서거정의 『동인시화』와 윤춘년이 지은 2종의 시화가 전편시화에 속한다. 시화 기사를 다수 포함한 필기 저작에는 『용재총화』와 『추강냉화』, 『용천담적기』, 『사재척언』, 『매계총화』, 『소문쇄록』 6종이 있다. 이륙李陸의 『청파극담靑坡劇談』 같은 필기에도 시화를 포함하고 있으나 비중이 작아 다루지 않았다.

조선 전기 150년 동안 필기와 시화가 10종 안팎 출현하였다. 그중 양과 질이 우수한 시화는 표에 수록한 정도이다. 고려보다는 양이 늘어났으나 많다고 볼 수는 없다. 채수蔡壽의 『촌중비어村中鄙語』와 안응세安應世의 『호산노반湖山老伴』처럼 시화를 수록했을 법한 저술은 일실逸失되어 전하지 않는다.

조선 전기 시단은 고려 말기 시단의 시풍을 계승하였다. 대체로 소식蘇軾과 강서시파江西詩派의 작법을 중시한 시풍이 이어졌다. 성종 때의 문인 성현成俔은 「문변文變」에서 "오늘날 시인들은 틀림없이 이백은 너무 호탕하고, 두보는 너무 세심하고, 소식은 너무 웅혼하고, 육유는 너무 호방하므로 본받을 시인은 황정견에 진사도라고 말할 것이다"[1]라고 말했다. 강서시파의 시풍이 주류 세력을 형성한 시단의 분위기를 잘 표현하였다.

이에 따라 조선 전기 시화에서는 무엇을 쓰느냐보다는 어떻게 표현하느냐가 시론의 중심을 이루었다. 작법을 설명하고, 수사와 표현의 문제를 중시하는 비평이 주류를 띤 배경에는 당시 시풍과 그들이 읽은 시학서가 있다.

조선 전기에는 중국으로부터 많은 시화와 시선집이 전해져 읽혔다. 이 시기에 영향을 크게 끼친 시화는 동시대 중국 시화가 아니다. 고려 중기 이후 말기까지 북송의 시화가 크게 영향을 끼쳤고, 몽골간섭기 이후에는 남송의 시화와 원대의 비평서가 가세하였으며, 조선 전기에는 이 기조가 유지되었다.

조선 전기 시단에서 널리 읽힌 시화에는 『시화총귀詩話總龜』, 『초계어은총화苕溪漁隱叢話』, 『시인옥설詩人玉屑』, 『시림광기詩林廣記』 등이 있다. 『시인옥설』은 세종의 명에 따라 1439년 청주에서 간행되었다. 세종 초기에 채몽필蔡夢弼의 『두공부초당시화杜工部草堂詩話』와 채정손蔡正孫의 『정간보주동파화도시화精刊補註東坡和陶詩話』가 간행되었고, 1493년에는 북송의 시화인 『당송분문명현시화唐宋分門名賢詩話』가 목판으로 간행되었다. 고려의 시화는 1432년 『역옹패설』이 재간되었고, 『파한집』과 『보한집』이 1493년 어름에 간행되었다. 모두 왕명을 받아 간행되었다. 『동인시화』는 1477년에 목판으로 간행되었다. 15세기까지 간행된 조선과 중국의 시화는 거의 모두 왕명에 따라 간행되었으니 창작 지침서로서 시화를 중시한 문단 분위기를 엿볼 수 있다. 국정 수행에 필요한 창작 능력을 높이기 위한 국가 차원의 배려였다.

시화의 유행은 시선집과 문집의 독서와 밀접한 관련이 있다. 『당시고취唐詩鼓吹』와 『삼체시三體詩』, 『영규율수瀛奎律髓』, 『정선당송천가연주시격精選唐宋千家聯珠詩格』이 조선 초부터 성종 때까지 차례로 간행되어 창작 안내서로 광범위하게 읽혔다. 『정선당송천가연주시격』은 갑인자甲寅字 4책으로 간행된 이후 서거정과 안침安琛·성현 등이 두 차례에 걸쳐 증주增註하여 간행하였다. 시화와 마찬가지로 모두 왕명을 받아 편찬되거나 간행되었다. 그 밖에 이백과 두보, 한유와 유종원의 문집이 간행되었고, 주석 및 언해諺解가 왕명으로 추진되었다. 안평대군 이용李瑢은 『당송팔가시선唐宋八家詩選』, 『반산정화半山精華』, 『향산삼체시香山三體詩』, 『산곡정수山谷精粹』 등을 편찬해 출간하였다. 이는 후대의 비평에 큰 영향을 끼쳤다.

조선에서 간행된 책 외에 명나라에서 수입된 시학서는 더욱 많았다. 조신의 『소문쇄록』에는 중국의 서적이 하루가 다르게 많아져서 시화의 수량이 무려 백 가지 천 가지가 넘는다고 하면서 송대 시화 위주로 30여 종을 꼽았다. 그 목록에는 조선에서 간행된 시화가 포함되지 않았다.

강서시파 작법이 주도하던 시단에서 균열이 일어난 시기는 명종 무렵이다. 오래도록 지배적 경향으로 유지된 송시풍에 식상하여 진취적 문인들은 문학의 본질로 돌아가 시풍의 변화를 모색하였다. 시의 본질은 정서의 표현에 있다고 생각하고 음악미의 성취를 중시하여 당시唐詩의 학습을 중시하기 시작하였다. 명나라 문단에서 세력을 떨친 복고주의 경향은 수입된 문학 서적을 통해 변화를 모색하는 문인에게 지원군이 되었다. 시풍 변화의 중심에는 윤춘년尹春年이 있다.

이동양李東陽의 문집 『회록당집懷麓堂集』이 1551년 무렵에 을해자乙亥字 활자로 간행되었다. 성당盛唐 시풍을 추구하여 당시를 부흥시키려는 고문사古文辭 운동의 선구적 존재인 이동양의 문집 간행은 명대 문학사조 유입의 신호탄이었다. 이 문집에 수록된 『회록당시화懷麓堂詩話』에서는 음악미를 특별히 강조하여 당시의 아름다움을 찾고자 하였다. 윤춘년은 1551년에 『시가일지詩家一指』, 1552년에 『문전文筌』, 『문단文斷』, 『시법원류詩法源流』, 1555년에 『목천금어木天禁語』를 간행하였다. 같은 시기에 『학범學範』도 출간되었다. 명대에 인기를 누린 시격詩格과 시법詩法을 설명한 시학서의 출간은 한담閑談을 말하는 수필식 시화를 선호한 조선 비평계에서는 매우 드문 일이다. 이렇게 조선 전기의 시화는 시단의 동향을 직접 반영하였다.

강언덕을 부지런히 오가는 이들

누구나 농어 맛을 좋아하네만

그대는 살펴보라! 일엽편주가

풍랑 속에 출몰하는 그 모습을

江上往來人
盡愛鱸魚美
君看一葉舟
出沒風濤裏

제
1
절

조선 시화의 근간,
서거정의 『동인시화』

『역옹패설』 이후 130여 년 만에 서거정徐居正이 『동인시화東人詩話』를 저술하였다. 조선 건국 이후 처음 나온 창작 시화로서 조선 전기 시화를 대표한다. 『대동시화大東詩話』 또는 『사가시화四佳詩話』 등으로도 불린 이 시화는 동인東人이란 이름으로 동국 사람의 시화임을 내세웠다. 이 이름은 이후 조선의 시화를 뜻하며 서거정의 시화와는 별개로 조선의 한시를 논한 일반 시화를 가리키곤 하였다.

『동인시화』는 올바르고 객관적인 평가를 지향하였고, 시화가 다룰 수 있는 다양한 주제를 두루 포괄하였다. 고대에서 당시까지 시문학사 전체를 공평하고 합리적으로 평가하여 조선시대 시화의 모델로 받아들여졌다. 문단의 영수가 지은 시화로서 이후 시화의 발전에 큰 영향을 끼쳤다.

1. 저자와 편찬 동기

서거정(徐居正, 1420~1488)은 성종 연간의 대표적 문인이자 관료이다. 자는 강중剛中, 호는 사가정四佳亭이다. 권근權近의 외손자이고, 최항崔恒의 처남이다. 조선 초의 저명한 문인인 조수趙須와 유방선柳方善에게서 시문을 배웠다. 1444년 문과에 급제한 이후 홍문관의 여러 벼슬을 거쳐 고위직을 두루 지냈고, 문학과 관련이 깊은 대제학大提學에 장기간 재직하였다. 문종에서 성종에 이르는 동안 국가의 주요 편찬사업과 제도 정비에 두루 간여하였다. 『동문선東文選』, 『동국통감東國通鑑』, 『삼국사절요三國史節要』, 『동국여지승람東國輿地勝覽』 등의 편찬을 주도하였다.

『필원잡기筆苑雜記』, 『동인시화東人詩話』, 『태평한화골계전太平閑話滑稽傳』, 『동인시문東人詩文』, 『정선당송천가연주시격精選唐宋千家聯珠詩格』 등의 많은 저술을 남겼고, 문집으로 『사가집四佳集』이 있다. 『성종실록』 졸기卒記에서 "서거정은 한 시대 유학의 종장宗匠으로 문장에 능하였는데 특히 시를 잘 지었다. 저술에 독실하게 정성을 기울여 늙도록 게으르지 않았다"[2]라고 평가할 만큼 풍성한 저술을 남겼다.

특별히 주목할 저술은 『동문선』과 『동인시문』이다. 2종의 저술은 당시까지 한국 문학을 총정리하는 국가적 편찬사업이었다. 『동문선』에서 명확히 보이듯이, 당시 조선왕조는 '동東', '동국東國', '동인東人'을 붙여서 나라 전체를 포괄하는 규모가 큰 문화사업을 벌였다. 독자적 문화국가로서 문화적 정체성을 과시하려는 의도로 역량을 결집하였다. 서거정은 대제학으로서 편찬사업을 주관하였다. 그 서문에서 그는 "이것은 우리 동방의 문장이다. 송나라나 원나라의 문장도 아니고, 또한 한나라나 당나라의 문장도 아니다. 다름 아닌 우리나라의 문장이다. 마땅히 역대 문장과 더불어 천지 사이에서 함께 읽혀야 하니, 전해지지 않고 사라져서야 되겠는가!"[3]라고 하였다. 중국 문학의 위대함을 인정하면서도 자국 문학이 그에 뒤지지 않고 독자적 가치가 높다는 자긍심을 표현하였다. 저술마다 자국 문학의 성취를 자부하는 높은 긍지를 표현하였다.

개인 편찬서에서도 서거정은 자국 문화의 가치를 드러내고자 하였다. 『동인시화』 편찬에 그 의식이 스며있다. '동인'이란 말에는 자국의 시화를 총정리하겠다는 각성이 보인다. 최해崔瀣가 1355년에 편찬한 『동인지문東人之文』에서 자국의 문학을 총정리하려 한 의도를 계승하였다. 시도詩道를 집대성한 저작이란 양성지의 평가는 그 의도를 간파하였다.

『동인시화』는 당시까지 전해온 한중韓中 시화의 폭넓은 이해와 연구에서 출발하였다. 『시화총귀』, 『초계어은총화』, 『시인옥설』, 『시림광기』 등 시화 총집을 두루 활용하였다. 그중 『시인옥설』은 서거정이 29세이던 1439년에 간행되었다.[4] 북송의 시화를 주로 읽은 고려 시단의 범위를 넘어서 조선에서는 북송과 남송, 그리고 원대의 시선집까지 폭넓게 접하였다. 『동인시화』에 서문과 발문을 쓴 강희맹姜希孟 등은 3종의 시화 총집이 "의론이 정확하고 율격이 잘 갖춰져 있어 정말 시가의 좋은 처방이다"[5]라고 호평하였고, 『동인시화』가 비슷한 수준의 시화라고 극찬하였다. 실제로 이전 시화에서 논의된 다양한 시평의 주제가 『동인시화』 곳곳에 등장한다.[6]

서거정은 북송과 남송의 시화와 시선집을 두루 읽고 연구하였다. 서거정은 조선과 중국의 시학과 시화에 조예가 깊었다. 『정선당송천가연주시격증주精選唐宋千家聯珠詩格增註』는 1483년 성종의 명에 따라 서거정이 1485년에 1차 주석을 가하였고, 1492년 다시 왕명으로 안침安琛·성현·채수蔡壽 등이 서거정의 주석을 기초로 증보하고 산삭刪削하여 완성하였다. 1502

년 안침이 목판으로 간행하며 서문을 써서 주석을 가한 경위를 설명하였다. 이 저술에서는 많은 시화를 검토하여 주석에 반영하였다.[7] 이 시기에는 시화가 창작과 비평의 핵심 장르로 자리를 잡았다. 서거정은 처음으로 서명에 시화라는 이름을 붙여 시화를 필기와 구별되는 독립된 하나의 저술 장르임을 공고히 하였다.

『동인시화』는 1342년 『역옹패설』이 나온 이래 130여 년만에 나왔다. 고려 말의 정치적 혼란과 조선 초기 건국과 제도 정비 과정에서 비평서를 저술할 사회적 환경이 조성되지 않았다. 세종대에 와서야 왕명으로 1432년 강원도 원주에서 『역옹패설』이 재간되었고, 『시인옥설』이 1439년에 간행되었으며, 한유와 유종원의 문장 선집과 당송 시집이 다수 간행되었다. 국가의 문학을 주도한 서거정으로서는 고려시대 비평서를 계승할 저작을 써야 할 시점이라고 판단하였다. 최숙정은 『동인시화』가 정서와 이인로, 최자, 김태현, 이제현의 소략하고 자질구레한 폐단을 버리고 정수만을 택한 시화라고 평가하고 "시화가 나타난 이래로 이처럼 정밀하게 딱 맞아떨어지는 저술은 없다"[8]라고 호평하였다. 실상에 부합하는 평이다.

2. 간행과 판본

『동인시화』는 상권 71칙, 하권 77칙으로 모두 148칙의 수량이다. 초간본에는 앞에 강희맹과 김수온이 쓴 서문, 뒤에 최숙정의 후서와 양성지의 발문이 실려 있다. 강희맹 서문은 1474년 8월, 김수온 서문은 1475년 3월, 최숙정 후서는 1477년 4월, 양성지 발문은 1477년 2월에 썼다. 1474년에 원고를 완성하였고, 3년 뒤인 1477년에 간행하였다. 밀양부사로 재직하던 박시형朴時衡이 간행하였다고 양성지는 발문에서 밝혔다.

초간본은 계명대학교 동산도서관과 양산 대성암, 일본 와세다대학 도서관, 국립중앙도서관, 장서각 등에 소장되어 있다. 조종업이 편찬한 『한국시화총편』에도 초간본이 영인 수록되었고, 『계간 서지학보』 제18호(한국서지학회, 1996년)에도 또 다른 초간본이 영인 수록되었다. 계명대학교 소장 초간본과 양산 대성암 소장본은 국가 보물로 지정되었다. 『고사촬요』에서 밀양에 있다고 밝힌 책판이 이 초간본이다.[9]

중간본重刊本은 1639년 경주에서 간행되었다. 중간본에서는 몇 가지 변화가 일어났다. 강희맹 서문, 최숙정 후서, 김수온 서후書後를 본문 앞에 수록하였고, 본문 뒤에는 1639년 10월에 쓴 경주부윤 이필영(李必榮, 1573~1645)의 지문識文을 수록하였다. 이준경李浚慶의 증손 이필영이 1637년 이래 경주부윤으로 재임하는 사이에 간행하였다.

초간본에 수록된 양성지 발문이 없어졌으나 실제로는 김수온의 서후가 앞에는 양성지의 발문이, 뒤에는 김수온의 서후를 엉성하게 합쳐놓은 편집상 실수였다. 간행을 주관한 이필영은 "다만 원본에 잘못된 데가 많아서 간혹 옛날에 견문한 내용으로 제법 많이 지우고 고쳤으나 몽매하고 식견이 없어 다 바로잡지는 못하였다"[10]라고 밝혔다. 초간본의 사본을 저본으로 삼았기에 빠지고 수정된 부분을 미처 교감하지 못하여 여러 문제가 발생하였다. 또 최숙정 후서는 몇 글자 빠진 상태로 간행하였는데 원본에 글자가 지워진 탓이었다. 또 상권 14칙에서는 초간본에 없는 내용이 주석으로 첨가되었다.[11] 사본의 소장자가 추가해놓은 기사를 주석으로 판각하였다. 몇 가지 사례로 볼 때, 중간본의 저본은 필사본이다.

중간본에서 김수온과 양성지의 글을 잘못 판각한 오류는 25년 뒤인 1664년 경주부윤 이상일李尙逸이 다시 번각하면서 바로잡았다. 이 중간본은 고려대학교 신암문고와 장서각, 일본 동양문고, 필자 등이 소장하고 있다.[12]

초간본과 중간본 사이에는 글자가 제법 많이 차이 난다. 초간본의 오류를 바로잡기도 했으나 반대로 초간본을 잘못 수정하기도 하여 주의하여야 한다. 인쇄 상태와 판각 글씨, 완성도 면에서 초간본이 중간본보다 훨씬 우수하다.

『동인시화』는 일본에도 전파되어 에도江戶 시기에 화각본和刻本으로 간행되었다. 기쿠치 호우메이菊池鵬溟가 원문을 교정하고 일본식 훈점訓點을 찍어 1687년 4월 15일에 지문識文을 덧붙여 간행하였다. 1655년 통신사通信使에 서기書記로 참가한 이명빈李明彬이 초간본의 사본을 기쿠치 킨(菊池匀, 자는 東匀, 호는 耕齋)에게 선물하였다. 그 아들 기쿠치 호우메이가 이를 저본으로 1687년에 간행하였다.[13] 일본 문인들은 이 시화를 제법 많이 읽었고, 하권 66칙에 등장하는 일본 시승詩僧 범령梵齡이 누구인지 모르겠다고 의문을 제기하였다.

『동인시화』는 몇 차례 간행되었으나 수요를 대지 못하여 필사본으로도 유통되었다. 필자가 소장한 사본 중에는 휴대하며 읽기 위한 절첩본折帖本도 있어 다양한 사본으로 유포되었음을 알 수 있다. 1911년에 조선고서간행회에서 『파한집』 등과 함께 활자화되었고, 김찬순, 박성규, 성백효, 이월영, 권경상 등이 번역서를 출간하였다.

3. 순수한 통시적 비평서

『동인시화』는 조선 건국 이후 처음 나온 시화인데다 저술가로서 명성과 대제학이란 지위를 기반으로 저술한 시화이다. 사적인 저술이면서 동시에 공평하고 객관적 시각에서 한 나라의 시문을 평가하려는 압박이 없을 수 없었다. 그래서 『보한집』과 비슷하게 균형과 절제미를 보였고, 체계를 잘 갖추었다.

『동인시화』는 시를 대상으로 순수하고 치열하게 탐구한 전문 비평서이다. 사대부의 한시를 중심으로 시의 창작과 감상, 비평이란 범주를 벗어나지 않았다. 정치적 현안이나 갈등은 개입하지 않았고 비평에만 집중하였다. 『파한집』 이래 시화가 정치적으로 연관된 것과는 차이가 난다.

이규보를 수사적 차원에 초점을 맞춰 평가하였고, 최씨 정권에 협력한 문제를 어디에서도 언급하지 않았다. 『보한집』의 정치적 성격도 거론하지 않았다. 동시대에 『동국통감』이란 역사서에서 최부崔溥가 최씨 정권에 협력한 이규보를 신랄하게 비판한 태도와는 달랐다. 단종과 세조를 거치며 정치와 문화의 권력을 장악한 훈구파 문인의 경향이 보인다.

보통 시화와 시선집에서는 정치적 위계를 고려하여 제왕의 시문을 앞에 배치하였으나 서거정은 상권 1칙에서 송 태조와 조선 태조의 기상을 다룬 기사 1칙을 배치한 데 그쳤다. 하권 후반부에 승려와 기녀의 시를 몇 칙에 걸쳐 다루었으나 이전 시화에 견주면 비중이 크게 작아졌다.

『동인시화』는 일화와 잡기 등 시평 외의 기사를 배제한 순수한 시평집이다. 서거정은 3종의 필기를 저술하였다. 『동인시화』(1474)와 『태평한화

골계전』(1482), 『필원잡기』(1486)로서 10여 년에 걸쳐 차례로 저술하였다. 각기 시화, 골계전, 잡기로 서명에서 성격을 뚜렷하게 드러냈다. 고려의 시화에서는 보통 일화와 시평에 골계담과 잡기까지 섞어서 서술하였다. 『역옹패설』에서는 일화와 시평, 잡기의 세 가지 성격이 고른 비중을 차지하였다.

서거정은 한 책에 섞어서 서술하던 내용을 각기 독립된 저작으로 분리하여 썼다. 소화笑話와 외설담을 『태평한화골계전』으로, 사대부 일화를 『필원잡기』로 편찬하였다. 『필원잡기』에는 시와 문장을 다룬 시화가 10여 칙 포함되어 있으나 『동인시화』의 기사처럼 비평적 성격이 강하지 않다.

먼저 완성한 『동인시화』에서는 한담閑談에 속하는 일화가 거의 배제되어 있다. 단지 하권 67칙의 강릉 기녀 홍장紅粧 이야기와 77칙의 기녀 일화 정도에 불과하다. 저술 당시부터 일화와 소화를 배제한 시평서를 쓰겠다는 의도를 보였다. 게다가 자기가 지은 작품을 일절 다루지 않았다. 상권 29칙에서는 채정손蔡正孫의 『연주시격聯珠詩格』과 이인로의 『파한집』에서 자작시를 수록한 점을 옛사람의 진솔하고 순박한 태도라고 인정하기는 했으나 남들의 부정적 시선이 있음을 밝혔다. 이를 반영하고 비평가로서 엄정한 태도를 견지하여 『동인시화』에 자기 작품을 수록하지 않았다.

다음으로 통시적 구성을 뼈대로 삼은 공평한 시평서이다. 한문학의 시초로 간주하는 최치원에서 시작하여 동시대까지 통시적으로 살펴보되 특정한 시기에 편중되지 않았다. 보통 동시대와 직전 시기에 초점을 맞추기 쉬우나 서거정은 전혀 그렇지 않았다. 고려의 시화에서는 통시적 관점을 유지하더라도 동시대에 가까울수록 비중을 높였다. 서거정은 시인의 시사적 비중을 고려하여 대가는 비중을 높여 다루고 명가는 작은 비중으로 다뤘을 뿐 동시대 작가를 과도하게 다루지 않았다. 작가의 비중과 작품의 질적 수준을 엄밀하게 따져서 다뤘다.

『동인시화』에서 다룬 주요 시인의 비중을 조사하면, 이색(20), 이규보(16), 이숭인(9), 이인로(8), 이제현(8), 최해(7), 정지상(6), 진화(6)이고, 중국 시인은 소식(16), 두보(15), 왕안석(7), 한유(6)이다.[14] 조선 건국 이후 시인은 빠져 있고, 이색과 이규보의 비중이 매우 크다. 조선 초기에 이 정도의 위상을 지닌 시인이 없다고 본 시각을 읽을 수 있으니 균형 잡힌 태도이다.

하권 2칙에서 고려와 조선 시문의 우열을 묻는 김수녕金壽寧에게 고려의 시문을 호쾌한 장수에 사나운 병졸로, 조선의 시문을 썩은 유생에 속된 선비로 비유하여 고려가 더 낫다고 평가하였는데, 이런 시각에 뿌리를 두고 있다. 역대 시문학의 성취를 보는 뚜렷한 시각을 보여준다. 시화를 완성한 다음 해인 1475년 5월 7일 성종을 알현한 자리에서 서거정은 후세의 문장이 옛 문장보다 못한다고 전제하고, 고려 중엽 이전의 글이 많이 보이지 않으나 현재의 문장이 고려에 미치지 못한다는 소신을 분명하게 밝혔다.

공정한 비평가의 태도는 실제비평에서 확연하게 드러난다. 특정한 작가를 치우치게 추켜세우거나 내리깎아 평가하지 않았다. 포폄을 고르게 하여 장점과 단점을 함께 말하였다. 이규보 같은 큰 시인의 경우에도 포폄이 거의 반반에 해당하여 균형을 유지하였다.[15]

4. 다양한 비평 시각의 적용

『동인시화』가 통시적 관점에서 한국 한시사의 맥을 짚고 있으나 한편으로는 시를 보는 다양한 시각을 함께 적용하였다. 고려와 중국의 시화에는 시를 보는 다양한 비평의 방법과 관점이 펼쳐지고 있는데 서거정은 그것을 활용하여 작가와 시의 분석과 평가에 두루 적용하였다. 『동인시화』에서는 서로 다른 작가의 작품을 비교하여 가치와 우수성을 평가하는 방법을 즐겨 사용하였다. 작법과 소재, 주제의 측면에서 기준을 설정하여 비교하였는데 구체적 기준을 중국과 고려의 시화에서 찾아왔다. 송대 시화로는 『시화총귀』, 『초계어은총화』, 『시인옥설』, 『시림광기』를, 고려 시화로는 『파한집』, 『보한집』, 『역옹패설』을 비교에 활용할 모범적 기준과 평가, 작품의 원천으로 삼았다. 여기에서 다양한 주제와 제재, 작법을 끌어와 역대 시인과 시의 대표적 사례를 분석하고 품평하였다. 다음은 그중 두드러진 주제이다.

중국에서 인정한 시인(상2), 요체(拗體, 상5), 고음苦吟의 명구(상6 · 10), 압운의 문제(상14 · 60 · 61), 영사시(詠史詩, 상17, 하51 · 52), 송춘시(送春詩, 상22); 오대시안(烏臺詩案, 상25), 과장 표현(상27), 일자사(一字師, 상30), 문답법(상33), 시참(詩讖, 상34, 하72), 시와 생사(상35), 경서 인용(상38 · 52), 낙화시(落花詩, 상39), 시어의 수정(상49), 자기 비평(상50), 원작보다 나은 모방작(상58), 시인의 기상 자부(상65), 불교 시어(상67), 귀신의 시 사랑(하6), 과거 낙방 시(하8), 소쩍새 시(하14), 사찰제영시(하26), 은거시(하28), 집구시(集句詩, 하39), 풍자시(하40 · 41), 중구시(重九詩, 하45), 세교世教의 시(하47), 시인의 반목(하59), 별기시(別妓詩, 하

57·76), 번안법(飜案法, 하44·52·64), 역심逆心의 시(하73)

『동인시화』에서 주로 참고한 이전 시화에는 시를 이해하는 다양한 방법이 제시되어 있다. 특히, 『시인옥설』에서는 시를 이해하는 다양한 작법과 주제, 소재를 표제로 설정하고 체계를 갖춰 제시하였다. 세종 때 간행을 주관한 윤형尹炯이 발문에서 "옛날에 시를 논한 사람이 많았으나 정밀하고 단련되기로 이보다 나은 책이 없다. 한 글자 한 구절이 모두 비단결 같은 심장에서 나와 옥가루처럼 흩어졌음을 알 수 있으니 참으로 시를 배우는 이의 지남철이다"[16]라고 말한 대로 시의 창작과 비평에 훌륭한 안내자가 되었다. 『동인시화』에서는 이 시화를 크게 이용하였는데 어부 소재를 주목한 하권 44칙을 하나의 사례로 든다.

범중엄(范仲淹, 989~1052)이 낚시꾼에게 준 시는 다음과 같다.

강언덕을 부지런히 오가는 이들	江上往來人
누구나 농어 맛을 좋아하네만	盡愛鱸魚美
그대는 살펴보라! 일엽편주가	君看一葉舟
풍랑 속에 출몰하는 그 모습을	出沒風濤裏

노봉거사老峰居士 김극기金克己가 어부를 읊은 시는 다음과 같다.

하느님이 여전히 어부에게 너그럽지 않아	天翁尙不貰漁翁
일부러 강호에 순풍을 적게 보내네	故遣江湖少順風
"인간 세상 험난하다 그대는 비웃지 마오!	人世險巇君莫笑
그대도 도리어 급류에 휩쓸리지 않나요?"	自家還在急流中

시어의 뜻이 깊고도 원대한데 마지막 구절이 특히 오묘하여 범중엄이

말하지 않은 뜻을 말하였다. 몽재蒙齋 채정손蔡正孫이 "세간 어디든 풍파 없는 곳 없네"라고 한 시구가 바로 이 뜻이다.[17]

범중엄과 김극기는 어부의 삶을 소재로 시를 지었다. 서거정은 어부를 소재로 한 독특한 제재의 시 가운데 두 시인의 시를 골라 비교하였다. 김종직金宗直은 『청구풍아青丘風雅』에 김극기의 시를 수록하고 "남들은 어부의 한가로운 정취를 많이 읊었으나 김극기의 시는 번안飜案하여 어부가 겪는 위험을 말했다"[18]라고 평하였다. 어부 소재의 시는 생존경쟁이 치열한 속세와는 달리 한가롭고 여유로운 강호의 삶을 읊는 것이 상식이다. 그런데 상식과는 반대로 범중엄은 어부의 험난한 삶에 연민을 표현하였으나 김극기는 어부에게 세상보다 더 험난한 곳에 살고 있으니 조심하라는 뜻을 담은 차이가 있다. 상식을 뒤집어 딴판으로 착상하는 번안법飜案法을 구사한 작품임은 같다. 서거정은 여기에 그치지 않고 『연주시격聯珠詩格』에 실려 있는 채정손蔡正孫의 시구를 인용하였다. 채정손의 시구 역시 번안법이다.

번안법은 『시인옥설詩人玉屑』 권1에서 '성재誠齋의 번안법'으로 소개하였고, 다른 시화에서도 적지 않게 등장한다. 시를 평가하는 흥미로운 기준의 하나로 번안법을 적용하여 그 기준으로 중국과 조선의 시인을 함께 비교하여 평가하였다. 송대의 범중엄과 고려의 김극기가 비슷한 수준이라는 평가이다. 또 하권 52에서는 번안법과 관련이 있는 작법으로 최해崔瀣의 영사시를 평가하였다. 비평에 쓴 잣대는 『시인옥설』 권7에서 '뜻을 뒤집어 사용하는 법[反其意而用之]'으로 소개한 작법이다. 하권 64칙에서도 조수趙須의 시를 소개하고 "이것을 일러 번안법이라 하니 시를 배우는 이는 몰라서는 안 된다"[19]라고 하였다. 이처럼 작법을 크게 중시하였다.

위에서 든 시평은 『동인시화』에서 고려의 시인과 시를 비평하는 전형적 사례의 하나이다. 전체 148칙은 이처럼 독특한 주제와 제재를 기준으로 시를 비평하였다. 이전 시화에서 비평의 잣대를 추출하여 비교를 통해 작품의 수준을 평가하고 우수성을 돋보이게 하였다.

5. 수사와 표현의 아름다움을 추구한 시화

『동인시화』의 비평은 시의 수사와 표현의 아름다움에 초점을 맞췄고, 창작에 적용할 수 있는 구체적 작법과 금기를 사례를 들어 제시하였다. 묘사와 형용, 용사用事와 점화點化, 단련과 개고改稿, 함축과 우의寓意, 조어造語와 명의命意, 대우對偶와 하자下字 등이 서거정이 주목한 작법이었다. 시어와 시구의 조직과 고사의 적절한 구사, 시상의 밀도 있는 조직 등 수사와 표현을 중시하였다. 다음은 그 사례의 하나이다.

> 옛사람은 격조를 단련하고, 시구를 단련하며, 글자를 단련하였다. 또 스승과 벗에게 결함을 물어서 고쳤다. 증길보曾吉甫가 왕언장汪彦章에게 준 시는 '예전에는 백옥당에서 조서를 기초했는데/ 요즘에는 수정궁에서 시를 짓는구나[白玉堂中曾草詔, 水晶宮裏近題詩]'라고 썼다. 먼저 한자창韓子蒼에게 보여주니 한자창이 두 글자를 고쳐서 '예전에는 백옥당 깊은 데서 조서를 기초했는데/ 요즘에는 수정궁 싸늘한 데서 시를 짓는구나[白玉堂深曾草詔, 水晶宮冷近題詩]'라고 하였다. 먼저 시구보다 월등하게 나아졌다.
>
> 장원狀元한 쌍매당雙梅堂 이첨李詹이 교은郊隱 정이오鄭以吾와 함께 시를 논하였다. 예전에 지은 시구를 자랑하여 '두목이 노닌 진회에는 밤안개가 끼었고/ 소동파 노닌 적벽에는 가을달이 환하네[烟橫杜子秦淮夜, 月白坡仙赤壁秋]'라고 하였다. 정이오가 두세 번 음미해보고 농籠자와 소小자가 좋겠다고만 말했다. 이첨이 처음에 인정하지 않았으나 정이오가

느리게 '두목이 노닌 진회에는 밤안개가 뒤덮었고/ 소동파 노닌 적벽에는 가을달이 작아졌네[烟籠杜子秦淮夜, 月小坡仙赤壁秋]'라고 읊었다. 농자와 소자 두 글자로 바꾸니 먼저 시구보다 백배나 더 정채롭다.[20]

격조와 시구와 글자를 단련하고, 시어를 고쳐주는 주제를 제시하고, 이첨의 시구를 정이오가 고쳐준 미담을 들었다. 시어를 단련하고 결함을 수정하는 작법은 『시인옥설』 권8 '단련鍛鍊' 조항에서 직접 인용하였다. 증길보의 시를 한자창이 고쳐준 사례는 『어은총화』 후집 권34과 『시인옥설』 권8에 그대로 나온다. 이전 시화에서 비평의 잣대를 끌어와 고려 시인의 시평에 적용한 또 하나의 사례이다.

두 글자를 교체함으로써 시어와 구절과 격조가 달라졌다는 평가는 『동인시화』의 시평이 지닌 특징을 잘 보여준다. 『동인시화』는 자법字法과 구법句法, 장법章法에서 시작하여 다양한 수사법과 표현법을 중시하였는데 특별히 용사用事와 점화點化, 번안飜案, 답습, 표절, 환골換骨, 모의模擬, 출처出處, 조술祖述, 우연한 일치[偶同] 같은 작법에 관심이 많았다. 선배 시인의 작품을 의식하고 옛 작품을 활용하는 다양한 방법에 관심이 깊었다.

서거정은 상권 45칙에서 남의 지붕 밑에 다시 집을 짓는 꼴의 답습과 모의, 표절을 반대하면서도 선배 시의 학습을 매우 중시하였다. 그래서 다양한 학습방법을 논하였다. 학습하다가 일어나는 표절과 모방의 흔적에는 너그러운 태도를 보였다. 하권 24칙에서 모의가 지나친 시를 두고 남의 지붕 밑에 다시 집을 짓는 꼴이라고 비판하면서도 옛 뜻을 사용한들 무슨 잘못이 있냐고 반문하였다. 또 하권 13칙에서 최해의 시를 호평하면서 "옛 시인의 시에는 우연히 선배의 시와 같은 것이 있고, 점화點化를 통해 더 공교로운 것도 있다. 옛 시인의 시를 숙독하다 보면 왕왕 주워 쓰고서 제 작품으로 오인하는 실수가 생기는데 시인들에게 으레 발생하는 일이다. 최해가 어찌 남의 시를 도둑질할 분이겠는가?"[21]라고 하였다.

서거정이 즐겨 말한 작법은 강서시파江西詩派의 작법과 밀접하다. 서거정은 소동파의 시학을 존중하면서 특히, 강서시파의 창작법을 호평하였다. 당시 조선에는 강서시파의 시학이 시단에 크게 영향을 미쳤다. 『당시고취唐詩鼓吹』·『삼체시三體詩』·『영규율수瀛奎律髓』·『당송천가연주시격』 등 세종조 때부터 간행된 시학서는 시단의 풍조에 영향을 끼쳤다. 그 풍조를 배경으로 서거정은 『당송천가연주시격』에 주석을 달았고, 『동인시화』를 저술하였다.

『동인시화』의 비평은 고려와 송대 시화에 크게 영향을 받았다. 또 조선 전기의 대부분 시화는 『동인시화』에 영향 받아 표현과 수사적 측면에 관심을 기울였다. 해동강서시파가 형성되는 데에도 영향을 미쳤다.

제
2
절

해학적 시화
『용재총화』와 『청파극담』

서거정과 동시대 문인인 성현(成俔, 1439~1504)도 주목할 만한 시화인 『용재총화慵齋叢話』를 1484년에 저술하였다. 성현은 성종 연간의 문신이자 학자로 자는 경숙磬叔, 호는 부휴자浮休子·용재慵齋·허백당虛白堂이다. 문과에 급제한 뒤 고위직을 두루 거쳐 공조판서와 대제학大提學이 되었다. 다방면에 박학한 학자로 다양한 분야 넓은 주제로 많은 책을 저술하여 저술가로 저명하였다. 문학 분야에서는 다음 3종의 책을 꼽을 수 있다.

하나는 『악학궤범樂學軌範』으로 음악 이론과 악곡을 집대성하였고, 또 하나는 『부휴자담론浮休子談論』으로 정치적 견해를 밝힌 우언문학집이다. 또 하나는 『풍소궤범風騷軌範』으로 한위漢魏 이하 원元나라 말기까지 고체시古體詩를 주제별로 분류해 뽑은 선집이다. 30권의 큰 규모로 1484년에 간행하였다. 당송唐宋 근체시 위주로 학습하던 시단의 오랜 관습에 고시 학습과 창작의 의의를 불러일으킨 저술이다.

성현은 서거정, 강희맹, 성임 등과 함께 조선 전기 관료사회 지식인의 폭넓고 다양한 문화적 역량을 대표하는 인물이다. 조선 중기에 신흠申欽은 "사가四佳 서거정 이후로는 허백당虛白堂 성현이 지극히 큰 작가로서 고금의 여러 문체 가운데 짓지 않은 시문이 없다. 풍부한 저작은 비교할 만한 사람이 없다"[22]라고 높이 평가하였다. 이 시기 관각문학館閣文學의 자기 혁신 능력과 편협하지 않은 창조 정신을 훌륭하게 발휘하였다.

친형인 성임成任은 중국의 전기소설집 『태평광기太平廣記』를 축약 편집한 『태평광기상절太平廣記詳節』 50권을 편찬하였고, 이어서 조선의 전기소설까지 포함하여 『태평통재太平通載』 100권을 편찬하였다. 이처럼 폭넓고 자유로운 가학의 바탕 위에 학문과 문학을 펼쳤다. 『용재총화』는 성현의 폭넓고 자유로운 학문적 역량을 마음껏 드러낸 저술로 조선 전기 사회와 풍속, 사대부 일상을 홍미롭게 기록하였다.

『용재총화』는 10권 327칙의 분량으로 사후 20년 뒤에 아들 성세창成世昌이 경상도 관찰사로 부임하여 경주부윤 윤황필尹黃璋에게 맡겨 1525년에 경주에서 목판으로 간행하였다. 김안국金安國은 성현 행장行狀에서 『용재한화慵齋閒話』 12권이라고 썼다. 을해자본 『고사촬요』에는 경주에 책판이 보관되어 있다고 기록하였다. 초간 이후 조선시대에는 다시 간행되지 않았고, 필사본도 드물게 유통되었다. 초간본을 소장한 정조 때의 학자 이규상李奎象은 1776년에 근세에는 판본이 드물어져 매우 귀하게 여기는 서적이라고 말하였다. 그만큼 간본이든 사본이든 보기 힘든 책이었다. 간본과 거의 비슷한 내용이 규장각 소장 『대동야승』에 수록되었고, 20세기 들어 조선고서간행회에서 활판으로 간행되었다. 2000년에는 경산대학교에서 고려대, 성균관대, 연세대에 소장된 초간 목판본을 교합校合하여 영인에 붙였다. 김보경 등의 번역서가 있다.

『용재총화』는 조선 전기 필기의 일품逸品이다. 책을 간행한 윤황필은 발문에서 "무릇 우리나라 문장이 세대를 거치며 높낮이가 달라지고, 도읍과 산천, 민속과 기풍이 좋아지거나 나빠지는 차이부터 음악과 점복, 서화를 비롯한 여러 기예와 조정과 재야에서 담소거리로 삼거나 심신을 즐겁게 할 만한 기쁘고 놀라우며, 즐겁고 슬픈 사실로서 역사책에서는 다 갖춰 싣지 못한 내용을 이 책에 모두 실어놓았다"[23]라고 극찬하였다. 그처럼 소재가 다양하고 서술이 홍미롭다. 일반 사대부의 관심사를 넘어선 홍미로운 내용이 풍부하다.

전체 327칙 가운데 시화의 성격을 지닌 기사는 모두 68칙이다. 대략 20% 정도가 시와 관련을 맺는다. 『시화총림』에서는 35칙을 선별하여 실었으나 기사를 매우 심하게 축약하여 실었다. 68칙 가운데 시론은 1칙에 불과하고, 시평은 몇 칙 정도이며, 나머지는 모두 일화이다. 제1칙이 시론으로 고려 말엽 이래 조선에서 문학과 학술을 대표하는 문인의 장단점을 분석하였다. 다음은 그 일부이다.

> 경술經術과 문장文章은 원래 두 가지 이치가 아니다. 육경六經은 모두 성인의 문장으로서 실제 사업에 쓰였다. 지금 글을 짓는 자는 경술에 뿌리를 둘 줄 모르고, 경서에 밝다는 자는 문장을 지을 줄 모른다. 이는 편벽된 기상과 습관의 결과이고, 또 학습하는 이가 노력을 힘껏 기울이지 않은 탓이다.[24]

경학과 문장, 다른 말로 도道와 문文 두 가지를 모두 강조하며 도문일치道文一致를 주장하였다. 조선 전기의 비평에서는 도문일치론이 문단에서 힘을 얻었고, 성현도 예외가 아니었다. 그렇기는 하지만 성현은 「문변文變」을 비롯한 여러 편의 글에서 근본과 지엽枝葉을 함께 존중하고, 박학博學을 추구하며, 다양한 문체를 구사하고, 순수한 의리보다는 다양성을 중시하였다. 도문일치를 편협하게 중시하여 문학을 도에 종속시키는 폐단을 우려하였다. 이 시기 관각문학의 지향을 잘 보여준다.

다음으로 시평은 대여섯 항목에서 전개하였다. 역대 문인을 종합적으로 품평한 1권 2칙이 비평사에서 주목할 만하고, 시의 개작을 논하고 김수온의 시를 품평한 항목도 흥미롭다. 다음은 1권 2칙의 일부이다.

> 우리나라 문장은 최치원崔致遠에서 처음 발휘되었다. 최치원이 당나라

에 들어가 급제하여 문명을 크게 떨쳐 지금은 문묘文廟에 배향되었다. 이제 그 저서로 살펴보면, 시구를 잘 지으나 뜻이 정밀하지 못하고, 사륙문四六文을 잘 지으나 말이 정제되지 않았다. 김부식金富軾은 넉넉하나 화려하지 않고, 정지상鄭知常은 화려하나 떨치지 않고, 이규보李奎報는 말주변이 뛰어나나 수렴을 잘하지 못하고, 이인로李仁老는 단련鍛鍊을 잘하나 기세를 펼치지 못하고, 임춘林椿은 치밀하나 윤기가 없고, 이곡李穀은 적실的實하나 슬기롭지 못하고, 이제현李齊賢은 노건老健하나 아름답지 못하고, 이숭인李崇仁은 부드러우나 유장하지 않고, 정몽주鄭夢周는 순수하나 요점이 없고, 정도전鄭道傳은 거창하나 단속함이 없다.[25]

최치원 이래 고려를 거쳐 당대의 서거정, 강희맹, 성임 등에 이르기까지 포폄褒貶을 함께 말하였다. 이어서 이색과 변계량, 집현전 학사의 장단점을 거론하였다. 다만 신숙주는 포폄을 가하지 않고 "오직 신숙주만은 그 문장과 도덕을 한 시대 사람들이 존경하고 숭상하였다"라고 극찬하였다. 이색과 여러 대가의 평가와 견주어 볼 때 객관성과 공평함이 부족한 평가이다. 이어서 서거정과 강희맹, 이승소, 김수녕金壽寧, 성임은 결함의 지적 없이 뛰어난 점만을 추켜세웠다. 생존해있는 동시대 작가의 약점을 거론하기 어려운 탓이기는 하나 공정하지 않다. 더욱 공정하지 않은 것은 동시대의 거장으로 손꼽히는 김종직을 거론조차 하지 않은 점이다. 활발하게 등장하는 사림파 문인을 견제하려는 관각파의 경계심리가 작동하였다. 훗날 어숙권은 『패관잡기』에서 이 평을 두고 날선 비판을 가하였다.

하지만 성현의 포폄은 여러 시인의 핵심을 찔러 이후 역대 문인을 평가하는 주요한 잣대의 하나로 인정받았다. 이렇게 시론과 시평은 양적 비중은 적으나 비평사적 가치는 오히려 더 크다.

『용재총화』에서 시론이나 시평의 비중은 아주 작고 대부분은 시를 둘러싼 일화이다. 다음에 두 가지 사례를 보인다.

고려의 재상 조운흘趙云仡은 시세가 어지러워질 낌새를 알아차리고 환란을 피하고자 일부러 미친 사람처럼 행동하였다. 일찍이 서해도西海道 관찰사가 되어서는 항상 "아미타불!"을 염불하였다. 서로 친한 수령 한 사람이 있었는데, 창밖에 와서는 "조운흘!"하고 염송하였다. 공이 "너는 어째서 내 이름을 염송하느냐?" 물으니 수령이 "영감은 염불하여 부처가 되고자 하고, 나는 영감을 염송하여 영감처럼 관찰사가 되고자 하지요"라 하고는 마주 보고 크게 웃었다. 또 거짓으로 청맹과니 병이 들었다고 하여 벼슬을 사직하고 집에 머물렀다. 그의 첩이 아들과 사통하고 늘 그 앞에서 희롱하였으나, 몇 년 동안 모르는 척하였다. 난리가 진정되자 갑자기 눈을 부비며 "내 눈병이 나았다"라고 하고는 아들을 데리고 뱃놀이하다가 그 죄상을 묻고는 강물에 던졌다. 공이 살던 시골집은 지금의 광나루 아래이다. 공이 자청하여 사평원주沙平院主가 되어 마을 사람들과 친구로 지냈다. 늘 술자리에서 서로 어울려 앉아 농담과 해학을 즐겨 못하는 짓이 없었다. 하루는 정자 위에 앉아 있는데 조정에서 쫓겨나 귀양 가는 이가 여럿이 강을 건넜다. 공이 다음 시를 지었다. '대낮이 밝아와서 사립문을 열게 하고/ 정자로 걸어 나와 바위 위에 걸터앉았네/ 지난밤 산중에서 비바람이 거세더니/ 넘실대는 시냇물에 낙화가 떠내려오네[柴門日午喚人開, 步出林亭坐石苔. 昨夜山中風雨惡, 滿溪流水泛花來].'[26]

옛날에 시집가지 않은 처녀가 있었는데 중매하는 사람이 많았다. 문장을 잘하는 남자를 소개한 이도 있고, 활쏘기와 말타기를 잘하는 남자를 소개한 이도 있고, 저수지 아래의 좋은 논 수십 이랑을 소유한 남자를 소개한 이도 있었다. 또 양물이 크고 힘이 좋아 돌 주머니를 매달고 휘둘러 머리 위로 넘긴다는 남자를 소개한 이도 있었다. 처녀가 시를 지어 뜻을 밝혔다. '문장이 활달하면 고생할 일이 많고/ 활 쏘고 말 타는 재능은 전쟁하다 죽을 테고/ 방죽 아래 있는 논은 물난리 나면 손상되니/ 돌 주머니를 넘기는 남자가 내 마음에 쏙 드네[文章闊發多勞苦, 射御材能戰死亡. 池下有田逢水損, 石囊踰首我心當].'[27]

앞의 기사는 고려 말의 저명한 관료이자 시인인 조운흘의 일화이고, 뒤의 기사는 처녀를 중매한 일화이다. 여말선초의 명사인 조운흘의 일화는 내용이 흥미로워 후대의 많은 야사에 전재되었다. 그러나 중간에 아들과 첩의 소행은 사대부에게는 윤리상 용납하기 힘들다. 사실상 두 시화는 소화이면서 음담패설의 성격을 지녔다. 『시화총림』은 앞의 기사에서는 두 가지 일화를 빼고 시와 관련한 일화만을 편집하여 수록하였고, 뒤의 기사는 아예 수록하지 않았다.

이 시화가 음담패설에 가깝기는 하지만 『용재총화』에 실린 시화 가운데는 이런 유의 우스개 이야기가 적지 않다. 시는 분위기를 돕거나 해학성을 강화하는 구실을 하였다. 조선시대 시화에서 시와 해학은 밀접한 관련을 맺는데 『용재총화』가 첫 물꼬를 텄다. 하지만 권응인權應仁은 『송계만록』에서 『용재총화』에는 거칠고 비루한 이야기가 많다고 하여 음담패설이 적지 않은 현상을 부정적으로 평가하였다.

이렇게 웃음 소재가 시화에 크게 등장하면서 오히려 정치와 의리, 윤리적 문제와는 거리가 멀어졌다. 그 점에서 서거정의 시화 필기와 근접해 있다. 『용재총화』는 그 자체로서 시화 저작은 아니다. 하지만 시론과 시평, 해학적 시화로 후대의 시화에 큰 영향을 끼쳤다.

이 시기에는 『용재총화』와 성격이 비슷한 이륙(李陸, 1438~1498)의 『청파극담靑坡劇談』이 출현하였다. 이륙은 성현보다 한 살 위의 인물로 문과에 장원급제하고 고위관직을 두루 역임하였다. 그 역시 『청파극담』이란 필기를 저술하였는데 극담이란 책명에서 알 수 있듯이 해학을 담은 소화笑話를 위주로 썼다. 이 책은 1512년 경상도 고성에서 시집과 함께 목판으로 간행되었고, 이후 『한고관외사寒皐觀外史』, 『대동야승』의 총서에도 수록되었다. 초간본은 계명대학교 동산도서관에 소장되어 있고, 영인본이 2008년에 같은 대학 출판부에서 나왔다.

편차는 기이紀異, 기관奇觀, 도량度量, 골계滑稽의 네 항목으로 구성되었으나 골계가 거의 4분의 3의 비중을 차지하여 거의 소화집에 속한다. 전체 96칙 가운데 10칙 정도의 시화가 있어 그 비중이 크지 않다. 대부분 비평적 내용이 없는 일화로 구성되어 『용재총화』와 유사하다. 하나의 사례로 67칙을 소개한다.

서거정의 「송도를 회고하며 영천경永川卿을 배웅하다(松京懷古, 送永川卿)」 7수의 한 편에는 '청교역 버들은 상심하여 푸르고/ 자하동 노을은 만족하여 붉다네[靑郊楊柳傷心碧, 紫洞煙霞滿意紅]'라는 구절이 있다. 효령대군孝寧大君의 아들 영천경 이정李定이 송도를 여행할 때 배웅하면서 송도의 풍경을 쓴 시구이다. 송도의 전형적 풍경을 잘 묘사한 시구이다. 여기서 청교역과 자하동은 송도의 지명이면서 동시에 기생을 비유하였다. 영천경이 본디 기생 청교월靑郊月을 사랑했다가 나중에 자동선紫洞仙을 사랑하였다. 사랑을 잃은 청교월과 사랑을 받는 자동선의 심경을 풍경에 교묘하게 섞어 묘사하였다. 영천경이 늘 이 시구를 외우며 자랑하여 중국 사신이 조선에 오면 자동선을 찾았다는 골계담이다. 서거정의 이 시는 이 사연과 함께 읽어야 정확하고 흥미롭게 읽을 수 있다.

『청파극담』의 시화는 이처럼 시를 이야기의 소재로 활용하였다. 김려는 이 필기를 평하여 서사는 비루하고 자질구레하며, 문장은 해학적이고 잡스럽다고 낮춰 말하였다. 성종 시기 관각문인인 서거정, 성현, 이륙, 강희맹 등의 관심과 성향의 한 측면을 꼬집어 평하였다.

제 3 절

성정을 중시한 조위, 조신, 남효온의 시화

서거정과 성현의 후배 세대 가운데 1454년생 비평가 3인이 등장하였다. 남효온南孝溫과 조위曺偉, 조신曺伸 세 사람이다. 연배와 성향이 비슷한 문인 안응세安應世도 있으나 그의 시화 또는 필기인 『호산노반湖山老伴』은 전하지 않는다. 서거정과 성현이 조선 건국을 주동한 명문가 출신으로서 서울에 살며 문과에 급제하여 고위 관료를 두루 역임하고 문화권력을 행사한 반면, 이들은 지방 출신으로 낮은 직책에 머물렀다. 짧게는 10여 년, 길게는 한 세대 정도 차이가 나지만 두 그룹 사이에는 문학과 사유의 거리가 상당히 멀었다.

보통 전자는 관각문인으로, 후자는 신진사류로 부른다. 이들 사이에 차이를 낳은 중요한 문제는 단종을 죽이고 왕위를 찬탈한 세조를 어떻게 볼 것인가에 있었다. 전자는 세조의 정변을 인정하고 그 조정에서 당당히 출세하였으나, 후자는 세조의 정변을 정의롭지 못한 사건으로 보았다. 집권 세력에 참여하여 스스로 권력이 된 이들의 문학과 정변에 반발하며 정의와 부정의 사이에서 갈등한 이들의 문학 사이에는 큰 거리가 있었다. 그처럼 서거정과 성현의 시화와 비교하여 남효온과 조위, 조신의 시화는 큰 차이를 보였다.

1. 강서시파 작법을 존중한 조위의 『매계총화』

조위(曺偉, 1454~1503)의 본관은 창녕昌寧이요, 자는 태허太虛이다. 경상도 김천 출신으로 1474년 문과에 급제한 이후 함양 군수·도승지·호조 참판·충청도 관찰사 등을 역임하였다. 조위는 점필재佔畢齋 김종직(金宗直, 1431~1492)의 처조카이자 제자로서 그의 문집을 편찬하면서 「조의제문弔義帝文」을 수록하였다. 훈구파 대신들이 이 글을 세조의 왕위 찬탈을 빗대어 비난한 글로 몰아 무오사화戊午史禍를 일으켰다. 조위는 이 일로 죄를 얻었다.

조위는 초기 사림파의 거두로서 『두시언해杜詩諺解』의 번역에 동참하여 그 서문을 썼다. 시문을 잘 지어 문집으로 『매계집梅溪集』을 남겼다. 1498년 의주에 유배되었다가 1500년 9월부터 순천에서 유배 생활을 하다가 1503년 병사하였는데 유배지에서 『매계총화梅溪叢話』를 저술하였다. 요절하여 완성을 보지 못한 이 저술을 아우 조신曺伸이 정리하여 『소문쇄록謏聞瑣錄』 하권에 수록하였다.

『매계총화』는 모두 14칙에 불과한 소략한 원고로 활자본 『소문쇄록』 하권에 3칙~16칙으로 실렸다.[28] 『한고관외사』 권14 『소문쇄록』 3권에도 실려 있는데 본문보다 한 글자 내려써서 부록임을 표시하였다. 다만 활자본 16칙 끝에는 '이상 『매계총화』를 아울러 썼다'라고 밝힌 편집자주가 있어서 여기까지만 『매계총화』이고 그다음은 『소문쇄록』임을 알 수 있으나 『한고관외사』에는 그 주가 빠져서 혼란을 일으킨다.

『매계총화』 14칙은 주로 본인의 여행과 관련한 작품을 인용하여 설명하였고, 그 밖에는 송대의 소식, 왕안석과 황산곡, 진여의 등 강서시파江西

詩派 시인을 주로 다뤘다. 비평적 관심으로는 점화點化와 도습蹈襲 등 남의 시구를 훔치거나 활용하여 창작하는 문제를 집중적으로 다뤘다. 7칙에서 "시인이 옛사람의 시구를 도습하는 것에 혐의를 두지 않았다"라고 밝히고 황산곡이 두보와 서릉徐陵, 백거이의 시구를 한두 글자만 바꿔서 점화하는 작법을 즐겼다고 하였다.

13칙에서는 『파한집』의 비평을 부정하였다. 신준神駿과 임춘林椿이 꼬리를 읊은 시를 놓고 기상이 같아 한 사람 손에서 나온 듯하다는 이인로의 평가에 동의하지 않았다. 또 임춘의 시는 구양수의 시의와 시어를 훔친 작품이라고 비판하였다.

14칙의 적은 시화를 근거로 조위를 비평가로 간주하여 비평의 특징을 논하기에는 섣부르다. 다만 강서시파江西詩派를 중심으로 송시宋詩에 심취하였고, 그에 따라 점화와 같은 작법에 흥미를 보였다. 『소문쇄록』 하권 19칙에 실어놓은 조위의 문건에도 보인다. 친구 신종호(申從濩, 1456~1497)가 1475년 20세 때 지은 「녹아시祿兒詩」를 인용하고 당시 신종호가 "고사를 즐겨 쓰고 시어를 기발하고 험벽하게 놓아서 읽기가 힘들었다"[29]라고 회고하였다. 훗날 신종호는 초기의 송시풍을 버리고 매끄럽고 시원한 당시풍으로 전환하였으나 조위는 바뀌기 이전의 시풍을 호평하였다. 어숙권은 『패관잡기』 65칙에서 이 사실을 다시 논하였다.

2. 신진사류의 시화, 조신의 『소문쇄록』

조신(曺伸, 1454~1528)은 조위의 서제庶弟로 같은 해 태어났다. 자는 숙분叔奮, 호는 적암適庵이다. 시문에 뛰어나고 어학에도 재능이 있었으나 서족庶族이란 낮은 신분 탓에 과거에 응시하지 못하였다. 1479년에 통신사 신숙주申叔舟를 따라 일본에 건너가 문명文名을 날렸다. 성종이 친히 어찰로 그의 능력을 시험한 뒤 사역원정司譯院正에 특채하여 사행을 보냈다.

이후 역관譯官과 의관醫官 등 중인 신분의 직책을 맡아 명나라에 7회, 일본에 3회 왕래하며 크게 활약하였다. 문학 외에도 다양한 기예에 능하여 인정을 받아 공을 세웠고, 3품관에 올랐다. 30여 년을 봉직하면서 당시의 저명한 문인 학자와 교류하였다. 56세 이후 고향 김천에 금시헌今是軒을 짓고서 노년을 보냈다. 이때 『소문쇄록謏聞瑣錄』을 저술하여 72세 때인 1525년에 완성하였다.

허균은 『적암유고適庵遺稿』의 서문에서 "시를 읽어 보니 매우 힘차고 무게가 있었다. 대개 황산곡과 진여의 시풍에서 나왔으나 조금 더 농염하였다. 조위와 비교하면 혼융渾融함이 그보다 나았으나 격조와 음향, 수사는 부족하였다. 우리 조선의 명가名家라고 하겠다"[30]라고 높이 평가하였다. 문집으로는 『적암유고』가 전하나 온전한 문집이 아니라 매우 소략하다.

『소문쇄록』은 상권 134칙, 하권 131칙으로 모두 265칙의 분량이다. 시화는 상권에 43칙, 하권에 70칙이 실려 모두 113칙이니 절반에 조금 못 미치는 수준이다. 전적으로 시화는 아니나 시화의 비중이 크고 분량이 많아서 『동인시화』와 맞설 만한 위상을 지녔다.

『소문쇄록』은 활자로 간행되어 일본 봉좌문고蓬左文庫에 갑인자체甲寅字體 훈련도감자訓鍊都監字 활자본 2권 2책이 소장되어 있다. 저술된 이후 100여년이 흐른 뒤에 활자로 간행되었으나 현재까지 전해지는 판본 가운데 완전한 선본이다. 이 판본을 필사한 책이 국립도서관과 일본 동양문고에 소장되어 있다. 다만 이 활자본은 오자가 매우 많은 단점이 있다.

사본으로는 『한고관외사』 권12~권15에 4권으로 나뉘어 수록되었다. 심노숭이 김려의 총서를 재편집한 『대동패림』에서는 『소문쇄록』 권3을 따로 독립하여 『매계총화』로 수록하였으나 잘못된 편집이다. 『대동야승』은 19칙 정도만 수록하여 무시해도 좋을 수준이다. 홍만종은 『시화총림』에서 57칙을 초록하였다. 1997년에 활자본을 저본으로 정용수가 번역 출간하였다.

『소문쇄록』은 조선 초기부터 당대까지 130여 년간 조선 사회의 다양한 분야를 조명한 참신한 사료史料이다. 김려는 야사 가운데 일품逸品으로 문장이 원활하고 시원스러우며 사건을 해박하게 다뤄서 매우 훌륭한 사료라고 높이 평가하였다.[31]

조선 전기의 역사적 사실을 서술하였는데 시화에서도 직전 시대나 동시대 위주로 다뤘다. 『동인시화』가 통시적 관점에서 서술한 시화라면, 『소문쇄록』은 동시대 시단을 보고하는 데 주력한 시화이다. 조신은 『동인시화』를 적지 않게 의식하고 다른 시각에서 시화를 쓰고자 하였다.

『소문쇄록』에서는 이색李穡을 집중적으로 다루고 호평하였다. 상권 29칙, 38칙, 39칙, 40칙, 44칙, 51칙, 52칙, 65칙, 74칙, 89칙, 90칙, 113칙 등 여러 곳에서 이색의 작품을 인용하고 역사를 방증하는 사료로 활용하거나 작품의 성취도를 품평하였다. 이색을 가장 많이 논한 점은 『동인시화』도 같으나 이규보와 이인로를 비롯한 주요 시인도 비슷한 비중으로 다뤘기에 차이가 있다. 조신은 서거정과 다르게 고려보다 조선의 성취를 더 높게 평가하였다.

조신은 이규보를 겨우 두세 번 언급하였고, 평가도 비판적이었다. 상권 62칙에서 고려 무신집권기 문사들이 무인 실권자에게 아부하는 시문을 지은 자세를 혹독하게 비난하였다. 최이崔怡에게 애걸하거나 찬미한 김구金坵와 이규보의 낯 뜨거운 작품을 인용하면서 다음과 같이 말하였다.

> 문인의 아름다운 문장은 후세에 전하여 썩지 않으니 천년 뒤에도 문인의 풍모를 상상할 수 있다. 다만 아첨하는 글을 지어 총애를 구하거나 애걸하면서 아부하지 말아야 할 자에게 아부하면 이전에 흠모했던 작품까지도 모조리 버리게 만드니 경계하지 않을 수 있겠는가? (중략) 문순공 이규보의 시문은 인구에 회자될 만한 작품인데 「쌀과 숯을 하사한 진양공(晉陽公, 崔怡)에게 감사함을 표하다」에서 '숯과 쌀이 섬으로 쌓여 올려다보고/ 구슬 같은 쌀알은 무거워 까부르기도 어렵구나/ 한평생 축수할 내 마음을 누가 입증하려나/ 저 끝없는 허공에 높으신 부처님이 계시네.' 말이 몹시 천박하고 속되다. 「다음날 또 짓다」에서는 '시벽詩癖을 나무랄 필요 없으니/ 때로는 이익을 볼 때도 있구나'라고 하였다. 시 짓기 명성으로 실권자에게 사랑을 받고서 다음 날까지 감격이 이어져 가슴 속에서 잊지 못하였다. 천승千乘 제후도 가볍게 보고 만종萬鍾 녹봉도 오만하게 거절하던 옛사람과 비교하면 차이가 난다.[32]

무신 집권기의 문호 이규보를 실권자에게 아부하는 작품을 쓴 문인으로 매도하였다. 서거정은 이규보의 이런 어두운 측면을 아예 회피하였다. 이규보를 비롯한 무신 집권기의 지성인을 향하여 명분과 절의를 잣대로 매섭게 비판한 조위의 논조는 역사의 전면에 등장하기 시작한 신진사류의 역사관을 대변하였다. 조신과 친분이 있던 신진사류 최부崔溥는 『동국통감론東國通鑑論』에서 금의琴儀와 이규보를 권력자에게 아부하여 사대부의 풍모를 잃었다고 혹평하였다. 『소문쇄록』에는 사대부다운 절의와 풍모를 중시하는 시각이 확연히 우세하다. 조선 건국에 동의하지 않고 죽임을 당한 이색을 유달리 높이 평가한 관점의 배경이기도 하다.

『소문쇄록』에는 시화와 시평, 시론이 골고루 안배되어 있다. 해학적 분위기가 담긴 내용은 보이지 않고 대체로 진지하여 『용재총화』와는 딴판이다. 조위와 남효온의 시화에도 똑같이 나타나는 현상이다. 자세가 근엄하고 사유가 진지한 성리학자의 성향이 저술에 그대로 반영되었다. 일화에도 웃음기를 띤 이야기는 보이지 않아서 관각 문인과는 다른 새로운 시인군임을 분명하게 보여준다.

이런 자세는 평가의 대상 시인에서도 상당한 차이를 가져왔다. 동시대 문단의 거장인 서거정이나 신숙주, 성현, 강희맹, 홍귀달, 임원준 등 조정의 문화 권력을 좌지우지했던 고위관료 시인을 비평의 대상에 올리기는 하였으나 비중은 그리 크지 않다. 이념과 처신을 공유한 신진사류 계열의 지성인이 더 큰 비중을 차지한다. 김종직과 조위, 남효온, 정희량, 김시습, 이정李婷, 어무적魚無迹, 이심원 등 사림파나 방외인에 속하는 문인이 주축이다. 이들을 문헌에 올린 첫 저술이 바로 『추강냉화』와 『소문쇄록』이다. 그 점에서 두 저작은 새로운 지성인 집단의 형성을 알린 저술이라는 역사적 의미가 있다. 어무적과 같이 신분은 낮으나 문제적 인물을 당당히 처음 거론한 저술도 이 책이다. 하권에 타인의 저작 3종이 초록되어 있는데 조위의 『매계총화』와 남효온의 『추강냉화』, 그리고 최부의 『표해록』이다. 모두 의리를 중시한 지성인의 저술인 점에서 『소문쇄록』은 이들 지성인 집단을 대변하고자 작정하였다.

시화의 비중이 크기는 하지만 시평의 비중도 적지는 않다. 작가와 작품을 감상하고 품평하여 상권 29칙에서는 이색의 시를 다수 인용하고 상말을 사용하여 평이하게 쓴 특징을 호평하였다. 또 하권 74칙에서는 혼후渾厚·침통沈痛·공치工緻·호장豪壯·웅기雄奇·한적閑適·고담枯淡의 일곱 가지 풍격으로 근대 시인의 경구警句를 뽑아 적구비평摘句批評을 하였다.[33]

하권 111칙에서는 근대의 대가로 이제현과 이곡李穀, 설손偰遜, 정몽주의 작품을 들고 "의론이 타당하다", "형용을 잘했다", "전아하고 실답다", "대우가 몹시 공교롭다", "풍경묘사가 평이하고 말이 진실하다", "뜻을 함축하였으나 말이 모두 비어 있다", "남들이 말하지 못한 것을 잘 말하였다"는 등 비평용어를 활용하여 품평하였다.

시론은 하권 20칙에서 분명하게 제시하였다. 1518년 완성된 『속동문선續東文選』을 편찬할 때 시문찬집청詩文撰集廳 서리胥吏로 참여하여 우수한 시문을 뽑으면서 얻은 경험이 시론에 반영되었다.

> 시는 말이다. 사람의 말은 얼굴이 다른 것처럼 서로 똑같지 않다. 시에는 기발하고 험벽하며[奇險], 화사하고 고우며[華麗], 호방하고 건장하며[豪壯], 드날리고 빼어나며[飄逸], 맑고 준수하며[淸俊], 전아하고 실다우며[典實], 평탄하고 쉬우며[平易], 천진하고 자연스러우며[天然], 마르고 담박하며[枯淡], 얕고 속된[淺俗] 차이가 있다. 하지만 원숙해져 일가를 이룬 경지에 도달하면 각각의 장점이 있다. 이것만이 옳고 저것은 그르게 여기거나 평이한 것만 취하고 기험한 것을 배척하는 태도는 옳지 않다. (중략) 시는 작심하고 짓지 않을 수 없다. 가슴속에서 흘러나오는 대로 짓는다니 누가 다 그렇게 하랴! 당나라 이후에 시도詩道는 날로 융성해졌으나 세상 기운에 따라 수준은 내려가 작가가 천 명 만 명에 이른다. 만약 힘써 진부한 말을 제거하여 작심하고 노력을 기울여 짓지 않으면 누가 눈을 번쩍 뜨고 살펴보랴! 천 명 만 명의 작가 가운데 그렇고 그런 평범한 말을 내어놓으면 어느 누가 귀를 기울여 들으랴! 차소次韶 신종호申從濩의 시를 두고 억지로 작심하고 썼다는 이유로 낮춰보는 이가 있었는데 어떻게 봐야 할지 모르겠다.[34]

시의 다양성을 인정하자는 주장은 의미가 있다. '기발하고 험벽한' 시어를 쓰는 작품을 배척하는 평론가를 비판하는 동시에 그런 시를 쓴 신종호申從濩의 시를 옹호하기 위해서 주장하였다. 가슴속에서 흘러나오는 대로 자연스럽고 평이하게 쓰자는 일종의 유출설流出說을 거부하였다. 시인의 무리에서 작가로 인정받고 독자의 눈에 뜨이는 작품을 쓰려면 각고의 노력을 기울여 창작할 수밖에 없다고 하였다.

이 시론은 조위, 남효온의 시론과 연결되어 있다. 조위가 신종호의 시를 옹호한 시론, 남효온이 『추강냉화』 68칙에서 주장한 시론과 매우 흡사하다. 이들 신진사류 시인은 시사 해석과 시를 보는 안목, 창작론을 뚜렷하게 공유하였고, 다양한 실상이 『소문쇄록』에 반영되었다. 같은 나이의 세 문인 가운데 가장 오래 살면서 만년에 저술한 『소문쇄록』에서 조신은 신진사류의 문학적 관점을 선명하게 보여주었다.

3. 방외인을 다룬 남효온의 『추강냉화』

남효온(南孝溫, 1454~1492)은 성종 때의 저명한 문인이다. 자는 백공伯恭, 호는 추강秋江이다. 세조가 조카인 단종을 죽이고 왕위를 찬탈한 불의에 분노하여 한평생을 비분과 냉소, 울분과 우울 속에 지내며 벼슬하지 않고 방외인方外人으로 살았다. 단종의 생모로서 서인으로 강등된 현덕왕후 소릉昭陵을 왕비로 복위하자고 상소하였으나 뜻을 이루지 못하고 실의에 빠져 각지를 유랑하다 병사하였다. 사후에 무오사화戊午士禍가 일어나자 소릉 복위를 상소한 일로 부관참시剖棺斬屍 당하였다. 불우하게 한평생을 보냈으나 조선 전기 사대부의 절의와 의로움을 상징하는 인물로 추앙받는다.

저서에 『추강냉화秋江冷話』와 『사우명행록師友名行錄』, 『육신전六臣傳』, 『귀신론鬼神論』 등이 있다. 여러 저작에는 세조의 왕위 찬탈에 항거하다 죽은 이른바 생육신生六臣의 행적과 불의不義에 분개하여 정권에 협조하지 않은 지사들의 행적과 문예를 기록하였다. 서거정, 성현의 필기와는 상반되는 성격의 필기이다.

남효온은 자기가 살고 있는 시대를 정의가 심각하게 훼손당하여 어둡고 음산한 시대로 규정하고, 옳고 그름의 가치가 거꾸로 선 세상이라 하여 낮에는 자고 밤에 활동하는 등, 일탈행위로 평생을 보냈다. 정의가 사라진 어두운 시대에 벼슬하거나 즐거워하는 것은 옳지 않다고 하여 그의 시문과 시화에는 음산하고 우울한 정서가 가득하고, 비정상적 기행을 하는 인물이 소재로 다수 등장하였다.[35]

집권자에 대한 분노는 새로 등장한 사림士林과 교유하도록 이끌었다.

그는 주로 훈구파의 정치적 소행을 미워하는 지성인과 교유하였다. 김종직金宗直, 안응세安應世, 표연말表沿沫 등 영남사림嶺南士林과 이심원李深源 부자, 이총李摠, 이현손李賢孫, 이정은李貞恩과 같이 훈구파에 반기를 든 종실宗室, 김시습金時習이나 홍유손洪裕孫같이 절의를 숭상하는 방외인이 있었다. 정치적 이상은 세조의 왕위 찬탈로 집권한 훈구세력에 항거하는 데 있었고, 사상적 기반은 성리학性理學에 두었다.

『추강냉화』는 남효온의 정신세계를 잘 보여주는 필기이자 시화이다. 김려는 이 저작이 당시의 사적을 사실대로 기록하여 군더더기 말이 없고, 문장도 시원하고 투박하여 진정 야사 가운데 절품絶品이라고 높이 평가하였다.[36] 남효온의 사후에 저작을 정리한 조신은 『추강냉화』를 문집에는 포함하지 않고 『소문쇄록』 하권에서 22칙~53칙으로 수록하였다. 전체 32칙으로 전체 분량의 절반 정도로 추려서 수록하였는데 21칙에서 남효온의 간명한 행적과 초고를 수습한 과정을 썼다. 『한고관외사』와 『대동패림』 등 총서에는 68칙을, 『대동야승』에는 41칙을 초록하였다. 기타 필사본이 한두 종 남아 전한다. 『시화총림』에는 13칙을 초록하였다. 완전한 내용은 『한고관외사』 계열의 총서에 수록되었다. 1577년에 외증손 유홍俞泓이 『추강집』을 간행했을 때 포함하지 않았고, 이후에도 사본으로 유통되었다.

『추강냉화』는 전체 68칙 가운데 26칙이 시화이다. 다만 시화는 대체로 길이가 길어 책의 분량으로는 절반에 이른다. 시화에서 다룬 인물은 모두 동시대 문인이고, 평범한 일상인의 삶이 아닌 꿈 또는 귀신의 세계를 즐겨 묘사하였고, 일탈행위자 및 비정상적 사람을 주목하였다. 30칙에는 결벽증이 심한 고봉현高峰縣 사인士人을 소개하였다. 불면의 밤이 되면 엄동설한이라 하더라도 남녀 종을 발가벗겨 찬물로 목욕하게 한 다음에야 잠이 들었다. 노비들이 더럽게 방사를 해서 불면증을 유발했다는 이유였다. 가치가 뒤집힌 세상에서는 비정상인이 오히려 정상인이라는 사유를 상징하는 일화이다.

갈매기와 벗을 삼아 지내는 내용을 2개 칙이나 수록하였는데 하나는 세조의 왕위 찬탈을 도운 한명회韓命澮가 압구정狎鷗亭을 지어 갈매기와 벗을 삼아 여유를 즐기겠다고 한 일을 비꼬았다. 한명회를 비꼰 최경지崔敬止의 시를 함축적이라고 높이 평가한 반면에 이윤종李尹宗이 장편시를 지어 '정자를 짓고서도 돌아가지 않았으니/ 참으로 인간계의 원숭이로다![有亭不歸去, 人間眞沐猴]'라고 읊었으나 한명회의 추악함을 너무 직설적으로 드러내어 온당하지 않다고 했다. 한명회 같은 정의롭지 못한 자가 은사를 흉내 내는 가증스러움을 폭로한 시화이다. 이 기사 뒤에는 자신이 갈매기와 어울려 지낸 일을 썼다.

> 사암思庵 유숙柳淑은 「벽란도」에서 '오래도록 강호에서 살자 했건만/ 홍진에서 이십 년을 보내었구나/ 흰 갈매기 그런 나를 비웃는 듯이/ 일부러 누 앞으로 가까이 오네[久負江湖約, 紅塵二十年. 白鷗如欲笑, 故故近樓前]'라고 썼다. 사암은 끝내 홍진 세상에서 부대끼다 액운을 벗어나지 못하였다. 충성스럽고 맑은 큰 절의는 끝내 밝은 세상에서 밝혀지지 못하고 역적 신돈의 모함을 받아 애매하게 죽임을 당했으니, 안타깝다. 나는 서른여섯 살 때 벽란도를 지나다가 이 시에 차운하여 '드높은 청운 벼슬 아랑곳없이/ 강호에 묻혀 산 사십 년 평생/ 사암은 도적 손에 죽었지마는/ 나는야 흰 갈매기 앞에 서 있네[未識青雲路, 江湖四十年. 思菴終賊手, 余在白鷗前]'라고 썼다. 사암의 시를 번안한 작품이다.[37]

고려 말의 명사 유숙은 절의를 지킨 인물로서 존경의 대상인데 강호를 그리워하기만 했을 뿐 은거하지 못했으나 자신은 은거하여 갈매기와 벗 삼아 지낸다고 하였다. 남효온의 시는 번안법을 구사한 작품이나 작법을 소개하려고 수록하지는 않았다. 환로에서 부침하는 이들과는 달리 철저하게 은거하는 자신의 의식세계를 표현하였다.

『추강냉화』는 시와 관련한 일화가 주축을 이뤄 순수한 비평의 글은 적다. 시론은 책 마지막에 실린 68칙 하나가 유일한데 비평사적 의미가 깊다. "천지의 바른 기운을 얻은 것이 사람이고, 한 사람의 몸을 주재하는 것이 마음이고, 한 사람의 마음이 밖으로 발로된 것이 말이고, 한 사람의 말 중에서 가장 정밀하고 맑은 것이 시이다. 마음이 바른 사람은 시가 바르고, 마음이 사특하면 시가 사특하다"라고 하여 인간의 성정性情을 표현하는 도구로서 시의 가치를 중시하는 성정론性情論을 주장하였다. 타락한 세상에서는 순수하고 올바른 성정을 담은 시는 가슴에서 우러나는 대로 쓴다고 얻어지지 않으므로 끊임없이 단련을 거쳐야 좋은 작품이 나온다고 하였다. 그런 취지에서 "시는 반드시 사고를 깊이 하고 노력을 쌓은 뒤에야 만에 하나 좋은 작품을 얻을 수 있다"라고 하였다. "시는 성정을 도야한다"라는 김종직과 조위 등과 시론을 공유하였다.

제
4
절

16세기 전기 문인의 시화

조위 등보다 한 세대 뒤에는 김안로와 김정국이 시화를 저술하였다. 김안로(金安老, 1481~1537)는 『용천담적기龍泉談寂記』를, 김정국(金正國, 1485~1541)은 『사재척언思齋摭言』을 저술하였다. 2종의 저작은 모두 『한고관외사』와 『대동야승』 등의 총서에 수록되어 전하고, 『사재척언』은 문집에 수록되어 간행되기도 하였다. 직접 견문한 사대부 행적과 일화를 주로 서술하였다. 전문 비평가다운 글은 많지 않고 사대부 일화를 서술하면서 이야깃거리로 시화를 기록하였다.

저자는 비슷한 시기에 활동한 사림士林으로 모두 문과에 급제하고 고위 관료를 역임하였다. 중종 시절인 1519년 남곤 등 훈구파勳舊派가 신진 사류를 숙청한 기묘사화己卯士禍에 조정으로부터 축출되었다. 그러나 김안로는 나중에 좌의정에까지 오르며 옥사를 자주 일으키고 사림을 축출하여 소인배로 낙인찍혔다. 『용천담적기』는 경기도 풍덕에 유배되었을 때인 1525년에 저술하였고, 문집에는 『희락당고希樂堂稿』가 있다.

『용천담적기』는 상권 26칙과 하권 22칙으로 모두 48칙이다. 하나하나의 이야기가 길어 기사의 수량이 많지는 않다. 상권 22칙의 채생이 귀신 여인과 만나 사랑을 나눈 이야기와 23칙의 거문고 악사 이마지李亇知 이야기, 26칙의 성현과 장인 채수蔡壽가 여행하며 시를 지어 남을 속인 이야기,

하권 16칙의 저승에 다녀온 박생朴生 이야기, 19칙의 기생에 빠진 관찰사 이야기, 22칙의 구렁이 소굴에 갔다 온 진산의 선비 이야기 등 야담과 전기소설傳奇小說을 오가는 이야기는 실제와 허구를 넘나들며 흥미롭게 전개되었다.

하권 1칙~5칙에서 조선 문신과 명나라 사신 사이에 오간 시의 수창酬唱을 다룬 시화는 본격적인 시화로서『시화총림』에도 이 5개 칙만을 초록하였다. 서로 맞수가 되어 시문을 주고받는 현장을 시를 곁들여 재미나게 서술하였다. 또한 승지承旨 성현과 채수가 파직당한 뒤 함께 명승지를 여행하며 신분을 속이고 시를 지어 시골 문사를 놀린 상권 26칙은 해학적인 소화로서 후대에도 이를 모방한 시화가 많이 등장하였다.

『용천담적기』에는 21칙과 25칙에서 동요와 참요를 다수 채록하였다. 하나는 연산군 때 널리 불렸다는 "충성이 사모詐謀인가, 거동이 교동인가. 홍청興淸 운평運平은 어디 두고서, 가시덤불 밑으로 돌아가는가"라는 노래이다. 홍청과 운평이란 기생무리와 방탕하게 지내다가 교동으로 유배가서 가시덤불로 위리안치된 연산군의 운명을 암시한 민요이다. 김안로는 그 의미를 자세하게 해설하였다. 민요를 해설하고서 "이 노래는 모두 비루하고 상스러우며 비웃고 장난스럽게 하는 말이나 그 속에는 풍자의 의미를 포함하여 한 시대의 일을 살려내기 때문에 본디 실상을 감출 수가 없다. 예로부터 민속 가요를 채록하여 백성의 여론을 살피는 일은 이렇듯이 소홀히 할 수 없다"[38]라고 민요의 의의를 인정하였다.『용천담적기』에 수록된 시화는 수량도 적고, 시론이나 시평이라 할 만한 기사도 적다.

다음은『사재척언』이다. 저자는 친형 김안국金安國과 함께 기묘명현己卯名賢으로 유명하다. 기묘사화로 삭탈관직당해 경기도 고양高陽에 은둔하여 저술하면서 학생을 가르쳤다. 문집에『사재집思齋集』이 있다.『사재척언』은 상권 52칙, 하권 39칙 모두 91칙의 내용을 수록하였고, 시화는 23칙에 이른다. 『시화총림』에는 10칙을 초록하였는데 대체로 많이 축약하여 실었다. 부록으로는 기묘사화에 화를 당한 91명의 명단과 행적을 기록한 『기묘당적己卯黨籍』을 수록하였다. 본문과 부록 모두 기묘사화의 경과와 관련한 인물의 행적을 담고 있어 예로부터 중요한 사료로 인정받았다. 기묘명현의 행적을 서술한 방향은 둘로 나뉜다. 하나는 가볍고 흥미로운 일화가 중심이 되어 해학적인 소화에 가까운 기사가 많고, 다른 하나는 기묘사화에 화를 당한 인물들의 행적을 다뤄 비감한 내용이 많다. 전체적으로 감정의 편폭이 큰 편이다.

시화에서도 해학적인 일화와 비감한 행적을 교차하여 소개하였다. 먼저 남곤南袞과 유운柳雲, 정사룡鄭士龍이 기녀를 그리워한 일련의 해학적 일화와 북경에서 만난 안남국安南國 사신의 시화를 소개하였다. 기묘사화에 해를 당한 김정金淨과 기준奇遵, 김안국, 김종직 등 사림의 행적과 명작을 다룬 시화에는 비감한 정서가 짙게 깔려 있다. 인명으로 대구를 맞춘 유운柳雲의 기사는 성종 때 간행된 『당송시화唐宋詩話』의 사례를 본뜬 것으로서 이 시화가 당시에 널리 읽힌 정황을 알 수 있다.

사림의 비운을 다룬 시화는 김시습의 기이한 행적을 다룬 일화와 이천년李千年으로 성명을 바꿔 잠적한 정희량鄭希良의 행적을 추적한 일화가 특히 흥미롭다. 정희량은 문과에 급제한 당대의 명사로서 무오사화에 큰 박해를 당하고 어느 날 갑자기 종적을 감춰버렸다. 조신의 『소문쇄록』 이후 『용천담적기』와 『사재척언』에 그 사연이 등장하는데 『사재척언』의 기록이 가장 이른 시기의 글로 흥미롭다. 다음은 김시습을 다룬 시화이다.

> 매월당梅月堂의 평상시 심회를 엿본 세상 사람이 없다. 시집을 보면, 고사리란 글자를 즐겨 썼는데 본뜻이 어디에 있는지 모르겠다. 내가 집안에 병자가 있어서 산사에 피접避接하던 중 나이가 70을 넘긴 늙은 중을 만나 이야기를 나눴다. 제법 현묘한 이치를 알고 있어서 학업을 배운

스승이 누구냐고 물었더니 젊을 때 사미승으로 오세(五歲, 김시습의 별칭)를 모셨다고 말하고 "오세의 저술로 세상에 전하는 것은 겨우 백에 한둘 정도입니다"라고 말하였다. 그 이유를 물으니 중이 대답하였다. "노승이 중흥사中興寺에서 가장 오래 모셨는데, 산에 비가 내려 물이 불으면, 종잇조각을 백여 장 끊어서 나에게 필연筆硯을 들고 뒤따르게 했지요. 계곡을 따라 내려가다 반드시 급류를 찾아 앉아서는 골똘히 중얼거리며 절구나 율시 또는 오언 고풍五言古風을 지었지요. 시를 종이에 써서 물에 흘려 멀리 보내고 나서 또 써서 또 흘려보냈지요, 때로는 밤늦게까지 그리하며 종이가 다 없어져야 돌아왔답니다. 어떤 때는 하루에 지은 시가 얼추 백여 수에 이르기도 했지요." 이런 행적을 한 본뜻이 어디에 있는지 짐작하기 어렵다.[39]

남효온이 처음으로 김시습의 기이한 행적과 비감한 심회를 다룬 이래로 조선 전기와 중기의 필기와 시화에서는 김시습을 빠짐없이 다뤄 큰 관심을 쏟았다. 위의 기록은 시를 인용하지는 않았으나 김시습이 쓴 수많은 시의 창작 동기를 암시한다. 절의를 지킨 시인에 대한 존경의 마음을 표현하였다.

충성이 사모詐謀인가

거동이 교동인가

홍청興淸 운평運平은 어디 두고서

가시덤불 밑으로 돌아가는가

제
5
절

성률론聲律論을 논한 윤춘년의 시론서

윤춘년(尹春年, 1514~1567)은 명종 시대의 정치가이자 문인이다. 특히, 비평가로 주목되는데 문집 『학음고學音稿』에 실린 1550년에 저술한 「추당소록秋堂小錄」과 1552년 『시법원류』를 간행할 때 부록으로 수록한 『체의성삼자주해體意聲三字註解』가 시화이다. 작가와 작품의 일화 및 비평을 담지 않고, 시론이나 창작 원리를 치밀하게 밝힌 시화로서 이전에 보지 못하던 저술이다.

윤춘년은 조선 전기의 마지막 비평가이면서 동시에 조선 중기의 첫 번째 비평가이다. 그의 비평저작은 양쪽에 걸쳐 있다. 그의 비평은 조선 전기 비평의 성찰을 통해 조선 중기 비평의 특징을 열어놓았다. 『체의성삼자주해』가 1552년에 나왔으나 조선 전기의 시화와 함께 다룬다.

『학음고』는 일본 천리대天理大에 필사본이 소장되어 있다. 한편, 1693년에 심극沈極이 남학명(南鶴鳴, 1654~1722)의 구장 사본을 간행한 『학음집學音集』이 계명대학교 동산도서관에 소장되어 있다. 전자는 이서구李書九 집안에 가전家傳된 사본으로 선조인 인흥군仁興君 이영(李瑛, 1604~1651)의 장서인이 찍혀 있다. 상당히 이른 시기에 필사되어 간본 『학음집』보다 선행한다. 최근에 김윤조 등이 후자를 저본으로 번역하였다.

윤춘년은 자가 언구彦久, 호가 창주滄洲이다. 1534년 문과에 급제한 이후 홍문관 관리로 선발되었고, 사가독서賜暇讀書하였다. 명종 때의 권력자 가운데 한 사람이다. 1545년 을사사화乙巳士禍 때 윤원형尹元衡의 수족이 되어 정적을 제거하는 데 앞장섰고, 그 공로로 출세하여 부제학과 예조·이조판서를 역임하였다. 그 때문에 후대에는 윤원형의 당인黨人으로 낙인찍혀 사림에게 비판의 표적이 되었다.

윤춘년은 문학사와 비평사에서 주목할 만한 인물이다. 서적의 간행과 매매에 깊은 관심을 가져 서적포書籍鋪의 설치를 주장하였고, 오랫동안 교서관校書館 도제조都提調로 재직하면서 많은 서적을 간행하였다. 김시습의 흩어진 시문을 정리하여 『유관서관동록游關西關東錄』과 『금오신화金鰲新話』를 간행하였고, "김시습은 동방의 공자孔子이다. 공자를 보지 못한 사람은 김시습을 보면 된다"[40]라는 독특한 주장을 펼쳤다. 또 『전등신화구해剪燈新話句解』를 간행하여 전기소설의 발달에 크게 기여하였다. 특히, 『시가일지詩家一指』(1551년)·『문전文筌』·『문단文斷』·『시법원류詩法源流』(이상 3종 1552년)·『목천금어木天禁語』(1555년)의 시화와 문화 5종을 간행하였다.[41]

원대元代와 명초明初의 시화·문화를 간행한 것은 한담閑談을 이야기하는 수필식 시화를 선호한 조선의 비평계에서는 드문 일이다. 이는 윤춘년의 시학과 긴밀하게 연계되어 있다. 『학음고』 맨 뒤에는 1550년에 쓴 「추당소록秋堂小錄」이란 필기가 수록되어 33칙의 기사를 싣고 있는데 여기에 9칙의 시론이 있다. 1552년 『시법원류』를 간행할 때는 「체의성삼자주해體意聲三字註解」 12칙을 부록으로 붙여 「추당소록」의 논의를 심화하였다. 먼저 시의 형식인 체體와 시의 정서인 의意, 시의 소리인 성聲 세 개의 개념을 설명한 다음 구체적인 질문을 9개 칙의 질문과 답변 형식으로 설명하였다. 「추당소록」에서 밝힌 비평이 이후 시화와 문화의 발간으로 이어졌고, 「체의성삼자주해」로 더 풀어서 설명하였다.

「추당소록」에는 음양과 기운, 정신, 문자, 마음, 소리 등 철학적 주제에 대한 단상을 기록하였다. 독특하고 엉뚱한 논리가 많으나 특히, '소리'[聲]

의 문제에 천착하였다. 특히 '문자의 소리'를 파악하는 문제를 제기하였다. 그에 따르면, 구두어(口頭語: Spoken Language)의 소리는 쉽게 파악할 수 있으나 문자(文字: Written Language)의 소리, 곧 시문詩文의 소리는 파악하기 어렵다. 글자가 나열되어 이루어진 시문 자체에는 소리가 없기 때문이다. 여기서 윤춘년이 말하는 '문자의 소리'는 시어의 고저, 장단, 평측, 각운脚韻, 음색音色과 같이 개별 글자가 외재화外在化된 소리를 의미하지 않는다. 그런 소리는 계량적으로 파악할 수 있다. 그가 말하는 소리는 음악적 화성을 이룬 내재하는 율격이다. 「추당소록」 27칙에서는 다음과 같이 말하였다.

> 시에는 두 가지 종류의 소리가 있다. 하나는 구어내句語內의 소리로서 세상 사람이 말하는 평측平側의 소리니 이것은 소리가 있는 소리다. 다른 하나는 구어외句語外의 소리로서 멀리서 이르는 맑은 바람과 같으니 이것은 소리가 없는 소리다. 이 소리는 마음으로 들을 수 있을 뿐 귀로는 들을 수 없다. 따라서 이 소리는 평범한 사람이 알 수 있는 소리가 아니다. 오직 소리를 깨달은 자만이 알 수 있다. 이를 속악俗樂에 비유하면, 평측平側의 소리는 바로 현내絃內의 소리다. 맑은 바람이 멀리서 이르는 것과 같은 소리는 바로 현외絃外의 소리다. 현내絃內의 소리는 속인의 귀로도 모두 알 수 있지만 현외絃外의 소리는 일만 명 가운데 누구도 알지 못한다. 속악도 이러니 더구나 시의 소리는 오죽하겠는가?[42]

이 글에서 말하는 시의 두 가지 소리는 현대 시 이론에서 말하는 외재율外在律·내재율內在律과 상응한다. 문자로 구성된 시에서는 물리적 소리가 아니라 추상적 소리가 중요하다. 문자의 소리는 물리적인 유형有形의 소리가 아니라 인간의 마음에 내재한 추상적 소리를 표현한다.[43] 소리를 분석하여 설명한 그의 이론은 매우 독특하다. 그는 중국이나 우리의 시단에서 찾을 수 없는 이론으로서 자신의 독창이라고 주장하였다.

「추당소록」 2칙에서는 또 명대明代의 문인 이동양李東陽의 『회록당시화懷麓堂詩話』에서 시의 음악미를 다룬 내용을 거론하면서 시의 소리에 관한 주장을 펼쳤다. 이후 「체의성삼자주해」에서 더 자세하게 논의하여 음절音節이 소리의 단위가 되는 한자漢字에는 고유한 음성적 기호가 있어 그 조합에 의해 시의 소리를 이루고, 이렇게 조합된 소리에 의하여 작가의 주도적 감정을 표현함을 입증하였다. 간단하게 정리하면 다음과 같다.

1) 오음五音은 문자생성을 지배하는 원리이므로 문자로 구성되는 시는 당연히 그 음악적 특성을 배려해야 한다.
2) 시의 성율미聲律美는 평측平仄, 각운脚韻, 청탁淸濁, 고저高低와 같은 기계적 화성和聲 이상의 내재적 운율에 의하여 완성된다.
3) 시의 주도적 정서에 의하여 시의 소리가 결정된다. 그러므로 시의 형식과 주제, 소리는 불가분리의 관계가 있다.
4) 시어는 작가의 정서를 표현하는 소리의 단위로서 시 전체의 정서와 음악적 조화를 깨트리지 말아야 한다.

그런 취지에서 "시의 소리는 한 글자의 소리가 변화하면 한 구의 소리가 크게 변화하고, 한 구의 소리가 변화하면 한 편의 소리 또한 크게 변화한다"[44]라고 하였고, "시의 소리는 위아래의 글자가 상응하는 데 불과하다. 위아래의 글자가 상응하면 천만 가지로 변한다고 해도 변하는 원리는 한가지다"[45]라고 말하였다.

윤춘년은 1550년 초반에 2종의 시화와 『시가일지』를 비롯한 5종의 시화 서문에서 집중적으로 시의 소리를 강조하는 시론을 펼쳤다. 그의 시화는 비평사에서 큰 의미를 지닌다. 무엇보다 일화와 시평이 중심을 이룬 시화가 주류인 시단에서 본격적인 시론을 전개한 점이다. 그에 와서야 시화가 본격적으로 시론을 담아내는 그릇의 구실을 하게 되었다.

다음으로 조선 전기 송시풍宋詩風으로부터 중기의 당시풍唐詩風으로 전환하는 길목에서 중요한 이론적 기반을 제공하였다. 그의 시대는 조선 전기 송시풍이 난숙한 경지에 이르러 이행李荇과 박은朴誾, 정사룡鄭士龍, 노수신(盧守愼, 1515~1590), 황정욱(黃廷彧, 1532~1607) 등 해동강서시파海東江西詩派가 활동하였다. 시어詩語의 안배, 전고의 구사, 시상의 치밀한 조직 같은 시의 형식미와 기골氣骨을 중시한 시풍에 반하여 윤춘년은 시의 음악미를 우선에 두어야 한다고 주장하였다.

그의 사후 시단은 시의 음악미를 중시하는 당시풍으로 바뀌었다. 그런 시단의 변화에는 윤춘년의 시론과 간행한 여러 시화가 큰 영향을 미쳤다. 당시 시단에서 겉으로는 그의 성률론을 비판하거나 아예 무시하였는데 정치적 처신 탓이지 시론 탓은 아니다. 실제로는 적지 않은 영향이 있었다. 훗날 여러 시화에서는 그의 성률론을 자주 언급하였다. 18세기 초의 문인 남극관南克寬은 『학음집』을 읽고서 "시는 정말 순수하고 고아하다. 잡문과 「추당소록」도 읽을 만하다. 음률을 논한 내용은 내가 잘 알 수 없다. 대체로 사색에 힘을 쏟아 스스로 터득한 점이 있다"[46]라고 평하였는데 공정한 평가이다.

윤춘년은 깊이 있는 시론을 펼친 점에서 비평사에서 높이 평가할 만하다. 그가 간행한 시화는 일본에도 전해져 복각본이 나왔고, 그가 펼친 시론은 일본 비평에도 영향을 끼쳤다. 18세기 이후 남기제南紀濟의 『시보詩譜』와 신경준申景濬의 『시칙詩則』이 출현하는 데 큰 영향을 끼쳤다.

제3장

조선 중기 시화사

조선 중기는 16세기 중반 이후 17세기 전체를 포함한다. 명종 후반기에서 선조를 거쳐 숙종 시기에 해당한다. 선조 후반기에 동아시아의 국제전쟁인 임진왜란을 겪으면서 조선 사회는 극심한 고통과 혼란을 겪었다. 뒤를 이어 명청明淸이 교체되는 격변기에 청나라의 침략으로 병자호란을 겪었다. 두 번의 국제전쟁은 정치와 사회, 사상과 문학 모든 부분에서 큰 영향을 끼쳤다.

조선 중기의 시화는 사회와 시단의 변화에 연계하여 발전하였다. 16세기 중반부터 시단은 수사와 표현의 멋에 매몰된 송시풍을 벗어나 낭만적이고 서정적인 시풍으로 전환하기 시작하였다. 두 차례 국제전쟁은 그 전환을 더 빠르게 촉진하였다.

전쟁은 조선 문인과 명나라 문인 사이에 잦고 긴밀한 접촉을 유도하였다. 조선 문인은 명대明代의 고문사古文辭 문풍文風에 빠르게 접촉하여 문단 전체에 복고주의의 경향이 스며들었다. 전쟁의 위기와 그 뒤의 불안한 사회 분위기는 문인의 감성을 자극하여 감성적이고 격정적인 정서가 우세해졌다.

이 시기에는 노수신(盧守愼, 1515~1590)·황정욱(黃廷彧, 1532~1607)·최립(崔岦, 1539~1612)의 해동강서시파 시인군, 최경창(崔慶昌, 1539~1583)·백광훈(白光勳,

1537~1582)·이달(李達, 1539~1612)의 삼당파三唐派 시인군, 이안눌(李安訥, 1571~1637)·권필(權韠, 1569~1612)·정두경(鄭斗卿, 1597~1673)의 당시풍 시인군, 김창흡(金昌翕, 1653~1722)·홍세태(洪世泰, 1653~1725) 등이 각 시기를 대표하는 시인으로 부상하였다. 최경창 이후 시인들은 성당盛唐의 시와 한위고시漢魏古詩를 모범으로 삼은 복고주의 기치를 내세웠다. 정두경은 「동명시설東溟詩說」에서 송시宋詩의 가치를 깎아내리고 성당의 시, 나아가 한위의 시를 배우라고 권하였다.

명대의 공안파公安派, 경릉파竟陵派, 당송파唐宋派의 비평저작은 복고주의 경향과 동시에 조선 문단에 들어왔다. 비평저작은 복고주의가 성행하는 데 영향을 끼쳤고, 17세기 후기에는 공안파, 경릉파, 당송파의 시론이 점차 부상하였다. 양신楊愼의 『승암시화升庵詩話』와 왕세정王世貞의 『예원치언藝苑巵言』, 호응린胡應麟의 『시수詩藪』가 활자와 목판으로 간행되었다. 3종의 명대 시화는 성당의 시 창작을 이상으로 삼아 복고주의 시학을 전파하였다. 양신의 시화는 이수광과 차천로가 고증적 시화의 경향을 띠게 하는 데 영향을 끼쳤고, 왕세정과 호응린의 시화는 17세기 비평가의 복고적 시론과 심미적 비평의 모델이 되었다. 주지번朱之蕃의 편저로 알려진 『시법요표詩法要標』도 수용되어 사본으로 널리 필사되어 읽혔다. 또 장일규蔣一葵의 필기로 1606년에 간행된 『요산당외기堯山堂外紀』가 유난히 인기를 끌어 널리 필사되어 읽혔다. 시화만을 따로 초록하여 1권으로 만든 사본은 현재도 수십 종이 전해질 만큼 인기가 있었다.

조선 중기에는 비평이 크게 부상하였다. 시화의 수량이 많이 증가하였고, 질적으로 우수하며 다양해졌다. 허균과 이수광, 신흠, 홍만종, 남용익 등 조선시대를 대표하는 우수한 비평가가 다수 등장하였다. 이전과는 비교하기 힘들 만큼 비평활동이 왕성하게 펼쳐져 비평의 시대를 연출하였다. 비평을 펼치는 주요한 도구로서 시화는 창작과 함께 발달하였다.

16세기 후기와 17세기 전기는 시단에서 송시풍 경향과 당시풍 경향이 갈등하고 논쟁하였으며, 여기에 명시풍까지 끼어들어 논쟁을 벌였다. 심미안의 차이는 시론과 시평에서 대립과 주장으로 번졌고, 비평을 활성화하였다. 17세기 시단 전체로는 감성에 기반한 당시풍이 대세를 이루었으나 그 폐단의 성찰도 함께 깊어졌다. 시풍의 대립은 시화의 논쟁적 성격을 강화 하였다.

신흠과 이수광, 양경우, 허균에 이르러 시화란 '시의 이야기詩話'라기보다는 '시의 품평詩評'을 지향해야 한다는 적극적 비평의식이 강화되었다. 작품의 아름다움을 직관하여 평가하는 심미적 비평이 적극적으로 펼쳐졌다. 작법에 주목하고 금기를 학습하며 수사법과 표현법에 치중한 비평 경향에서 탈피하여 작품의 품격과 심미적 특성에 집중하여 품평하였다. 한국 한시사의 많은 작가와 주요 작품을 체계적이고 공평하게 품평하여 실제비평에서 높은 수준을 보여주었다.

제 1 절

16세기 후기 시화사

16세기 후기 시단은 명종 말엽에서 선조 시대에 해당한다. 뛰어난 문인을 많이 배출하여 목릉성제穆陵盛際 또는 명선성제明宣盛際로 부른다. 이 시기에는 전편시화專編詩話로 권응인의 『송계만록』과 이제신의 『청강시화』, 허균의 『학산초담』이 나왔고, 필기로 어숙권의 『패관잡기』, 심수경의 『견한잡록』, 이기의 『송와잡설』과 『간옹우묵』, 정유일의 『한중필록』, 윤근수의 『월정만록』이 나왔다. 윤춘년의 『체의성삼자주해』가 가장 이른 시기인 1552년에 출현하였으나 조선 전기 시화에서 『추당소록』과 함께 다루었다. 이전 시기보다 시화 저작의 수량이 대폭 늘어났다. 다음은 이를 정리한 표이다.

저자	시화명	저술 시기	비고
어숙권(魚叔權, 1498~?)	『패관잡기(稗官雜記)』	1574년	
윤춘년(尹春年, 1514~1567)	『체의성삼자주해(體意聲三字註解)』	1552년	『시법원류(詩法源流)』 부록.
권응인(權應仁, 1517~?)	『송계만록(松溪漫錄)』	1593년	
심수경(沈守慶, 1516~1599)	『견한잡록(遣閑雜錄)』	1599년	
이기(李墍, 1522~1600)	『송와잡설(松窩雜說)』, 『간옹우묵(艮翁疣墨)』	미상	
정유일(鄭惟一, 1533~1576)	『한중필록(閑中筆錄)』	미상	
이제신(李濟臣, 1536~1583)	『청강시화(淸江詩話)』	1582년	
정치(鄭致, 미상)	『역헌잡기(櫟軒雜記)』	미상	『소대풍요(昭代風謠)』 권9에 초록
윤근수(尹根壽, 1537~1616)	『월정만록(月汀漫錄)』	1597년	
허균(許筠, 1569~1618)	『학산초담(鶴山樵談)』	1593년	『성수시화(惺叟詩話)』(1611)

10종의 시화를 저작 시기로 보면, 윤춘년은 1552년에, 어숙권과 정유일은 1570년대에, 이제신은 1582년에 시화를 저술하였다. 다른 시화는 모두 임진왜란 중이나 전란 이후에 썼다. 전란이 시화의 창작을 막은 것이 아니라 부추긴 셈이다. 권응인, 심수경, 이기는 모두 장수하여 명종 때 청장년기를 보내고, 70세와 80세의 노년에 시화를 썼다. 정유일과 이제신은 40대에 썼고, 윤근수는 60대에 썼다.

유별난 사례가 허균이다. 허균은 25세 때인 1593년에 『학산초담』을 저술하여 두 세대 이전 비평가 심수경, 윤근수, 권응인보다 먼저 시화를 지었다. 저들과 앞서거니 뒤서거니 시화를 저술했으나 시각에서는 차이가 매우 컸다.

어숙권의 『패관잡기』에서 이제신의 『청강시화』에 이르는 6명의 시화는 비평 성향에서 16세기 전기의 『소문쇄록』과 비슷하다. 그들의 왕성한 활동 시기는 16세기 전기였다. 권응인, 심수경, 이기, 정유일은 특히 16세기 전기 시화의 시론과 시평에 가까웠다. 반면에 이제신의 『청강시화』는 조선 전기의 주요 시인을 간결하게 평가하였고, 윤춘년의 『체의성삼자주해』와 윤근수의 『월정만록』은 명나라 동시대 문학을 소개하여 문단에 변화를 가져왔다.

특별한 가치를 지닌 시화가 허균의 『학산초담』이다. 허균은 어숙권과 권응인보다 반세기 뒤에 활동한 문인으로 시풍과 비평 안목이 상당히 다르다. 『학산초담』은 16세기 후기 선조 연간의 시화와는 비평의식이 크게 다르고 17세기 전기 시화의 경향을 선도하였다. 17세기 초반에 편찬한 『성수시화』를 비롯한 그의 다른 비평서와 함께 다루는 것이 합당하여 자리를 옮겨 살펴본다.

1. 사림파 시학을 전개한 어숙권의 『패관잡기』

어숙권(魚叔權, 1498~1574년 이후)은 중종에서 명종 때까지 외교와 학술, 문학에서 혁혁한 공로를 세운 관료이자 문인이다. 본관은 함종咸從, 자는 대중大中, 호는 야족당也足堂 또는 예미曳尾이다. 조선 전기의 명사 어변갑魚變甲의 고손자이고, 어효첨魚孝瞻의 증손, 어세공魚世恭의 손자, 어맹순魚孟淳의 아들이다. 적자가 아닌 서자라서 신분상 큰 차별을 겪었다.[1]

과거를 통해 고위직으로 진출할 길이 막힌 어숙권은 1525년에 설치된 이문학관吏文學官에 응시하여 합격하였다. 이후 한평생 명나라와 일본 외교의 핵심 실무자이자 전문가로 활동하면서 전문적 식견과 문학적 능력을 발휘하였다. 『이문吏文』과 『속이문續吏文』, 『천금방千金方』, 『고사촬요攷事撮要』, 『패관잡기』, 『시학혜경詩學蹊徑』 등을 저술하였는데 현재 『고사촬요』와 『패관잡기』, 『시학혜경』 3종이 전해진다. 문인 민인백閔仁伯은 어숙권이 각종 문헌에 박식하였고, 읽지 않은 책이 없었으며, 당시 조정 고관들까지 찾아와 배웠다고 하였다. 그중 『시학혜경』은 당시와 송시에서 절구 250수를 뽑은 시선집이다. 1559년에 편찬하여 갑인자체甲寅字體 목활자로 출간하였는데 일본 봉좌문고蓬座文庫에 유일본이 소장되어 있다. 서문에서 당시에 구속되어 송시를 버리는 학시 방법을 비판하여 송시풍을 중시하는 시각을 드러냈다.

『패관잡기稗官雜記』는 어숙권의 경험과 학식, 문학적 능력을 잘 드러낸 명저이다. 전체 6권으로 조선시대에는 간행되지 않은 채 사본으로만 유통되었다. 『한고관외사』와 『대동패림』 등에 김려가 교감하고 주석을 단

사본이 실려 있다. 『대동야승』에는 전체의 절반쯤 되는 4권을 수록하였다. 완본은 아직 번역되지 않았고, 필자가 여러 연구자와 함께 번역하는 중이다.

이 책은 조선의 외교와 국제관계, 국방과 제도, 풍속과 문화, 명사의 일화와 행적을 차분하고도 상세하게 기록하였다. 저술 이후 사료의 큰 창고로 불리며 조선 전기 필기 가운데 양적 질적으로 가장 우수하다는 평을 듣는다.

저술을 완성한 시기는 77세임을 밝힌 5권 61칙의 기사를 근거로 1574년 이후로 추정한다. 다만 오랫동안 적바림해둔 차기箚記를 1574년 이후 어느 때 정리하여 책으로 엮었다고 보는 것이 옳다. 긴 시간 동안 저술하였으므로 책에서 다룬 내용은 16세기 전반기와 후반기를 아우른다.

『패관잡기』는 6권에 471칙을 수록하여 조선 전기 필기 중에서 분량이 가장 많다. 시화는 194칙에 이르러 5분의 2의 비중을 차지한다. 사화詞話와 문화文話 등 문학 기사를 두루 포함한 숫자이다. 148칙을 수록한 『동인시화』보다 더 많은 수량이다. 『시화총림』에는 55칙을 초록하였다. 『패관잡기』에서는 어떤 주제보다 시화의 비중이 크다. 어숙권은 시화에 큰 관심을 기울였다.

『패관잡기』의 시화는 질적인 측면에서도 『동인시화』에 버금가는 위상을 지닌다. 다만 순수한 비평서를 지향하지 않아서 작가나 시인에 역사적 관점을 적용하거나 다양한 비평의 잣대를 동원하여 비평하지는 않았다. 그렇다고 한가로운 담론거리나 웃음거리를 제공하는 일화의 성격은 약하다. 『패관잡기』가 전반적으로 진지한 기록물이고, 시화 역시 대체로 진지한 내용을 담고 있다. 다음은 이 시화의 주요 내용과 특징이다.

첫째, 새로운 관점에서 해석해야 할 작가나 작품을 부각하여 소개하였고, 잘 알려지지 않은 작가나 작품을 발굴하여 제시하였다. 『패관잡기』에는 저자의 독특한 안목에 따라 찾아내고 가치를 인정받은 작가와 작품이 적지 않다. 문학적 자료와 역사적 정보의 측면에서 중요한 가치가 있다. 작품성이 뛰어난데도 여러 이유로 주목받지 못한 작품을 새롭게 평가하기도 하였다. 다음은 그중 중요한 사례이다.

2권 44칙에서는 제주도에 유배된 김정이 지은 「방생이 우도를 말해주다[方生談牛島歌]」란 고시를 소개하고 평가하였다. 귀선鬼仙의 말과 같은 이 작품이 이하李賀의 시처럼 환상적 세계를 잘 묘사하였다고 평가하였다. 이 작품에 주목한 비평가는 어숙권이 처음이다. 나중에 허균이 『국조시산』과 『성수시화』에서 비슷한 평가를 하였는데 어숙권의 평가에 공감하였기 때문이다.

2권 79칙에서는 중종 때의 이별李鼈이란 기인의 행적과 작품 「방언放言」을 소개하였다. 김종직의 문인인 형 이원李黿이 무오사화에 연루되어 유배되자 이별은 과거를 포기하고 황해도 평산에 은거하여 생애를 마쳤다. 비분강개한 심경을 표출한 시고詩稿 몇 권과 가사歌詞 6장이 세상에 전한다고 밝혔으나 모두 사라지고 가사 4장만 현존한다. 이별과 그의 작품을 다룬 시화는 이전에는 없었고 이후에도 드물다. 퇴계退溪 이황李滉이 「도산십이곡발陶山十二曲跋」에서 "오직 근세에 이별李鼈의 「육가六歌」가 세상에 성대하게 전한다. 이 작품이 저 「한림별곡翰林別曲」보다 낫다고 하나 세상을 희롱하고 공손치 못한 뜻이 들어 있고, 온유돈후溫柔敦厚함이 적어 아깝다"[2]라고 「육가六歌」의 존재를 세상에 드러냈다. 특히, 「방언」이 『속동문선』에 수록된 이후 『국조시산』 등 여러 선집에 작품이 수록된 배경에는 어숙권의 평가가 반영되었다.

또 1권 15칙에는 명나라 문사 서경숭徐景崇의 「미변부弭變賦」 전체를 수록하였다. 요동 주둔 명나라의 군사 반란을 상세하게 기록한 부賦이다. 중국 문헌 어디에도 전하지 않는 작품으로 당시의 상황을 잘 보여주는 사료이다.[3]

둘째, 어숙권이 주목한 작가와 작품은 크게 보아 사림파 작가, 불우한 환경의 시인, 외교관계와 관련한 시문, 그리고 문학사상 비중이 큰 시인으로 나뉜다. 특히, 사림파에 큰 비중을 두어 다뤘다. 반면에 문학사상 큰 비중을 차지한 주요 작가에는 관심이 덜하였다. 위에서 살펴본 김정과 이별이 사림파이다. 그 밖에 김종직, 김시습, 남효온 그리고 사육신 등 절의를 숭상한 시인과 작품을 주목하였다. 남효온, 조신의 시화와 관련이 깊다.

또 신분이 낮고 불우한 환경에 처한 시인을 주목하였다. 서얼 신분인 조신曺伸과 어무적, 권응인 등을 자주 거론하였고, 그들의 작품을 호평하였다. 2권 45칙과 3권 39칙에서는 여항시인 박계강朴繼姜을 소개하고 작품의 성취를 호평하였다. 3권 39칙에서는 다음과 같이 말하였다.

> 예로부터 중국에는 은둔한 군자가 많았다. 산림에 숨고, 성시城市에 섞여 살면서 가죽옷과 베옷을 입고 한평생을 마쳤더라도 천년만년 이름을 전하는 이가 있다. 본국은 영토가 비좁고 인심이 자잘하여 인물을 논할 때 걸핏하면 문벌을 따진다. 사대부의 자손이 아니면 문묵文墨으로 떨쳐 일어나는 이가 드물다. 더구나 상인이나 장인 같은 일반 백성이야 말할 나위가 있겠는가? 근래 시정市井 사람 박계강朴繼姜이 시를 잘한다는 명성이 있었다. 중종께서 반정하셨을 때 명사를 따라 창의문彰義門 밖에서 놀 때 '하늘과 땅은 새로운 비와 이슬에 젖으나/ 시와 술은 옛 산천에서 즐기네[乾坤新雨露, 詩酒舊山川]'라는 시구를 지었다. 여러분이 탄복하고 칭찬해 마지않았다. (후략)[4]

인재를 차별하는 조선 사회의 관습을 비판한 다음 상인이자 시인인 박계강을 소개하였다. 박계강은 여항 문단 초기의 대표적 문인이다. 남효온의 벗이자 아전의 아들인 홍유손洪裕孫 이래 그를 부각한 비평가는 어숙권이 처음이다. 2권 31칙에서 조선의 여성 시인을 종합적으로 검토한 시화도 비슷한 의식에서 나왔다.

어숙권은 외교 전문가답게 명나라 사신과 조선 문인이 수창한 시문, 그리고 일본과 안남 등 외국인의 시를 많이 다뤘다. 『소문쇄록』과 권응인의 『송계만록』에서도 많이 다뤘으나 그 수량이 훨씬 많다. 실무를 담당하며 견문한 사실과 은밀한 속사정을 밝혀서 사료로서 가치가 높다.

시문의 외국 전파에도 주목하여 1권 73칙에서는 조선의 시문이 중국에까지 알려지고 중국의 문헌에 수록된 사례를 보고하였다. 진덕여왕의 시가 『당시품휘唐詩品彙』에 수록된 사례를 찾아 기록하였다. 또 원나라 집현전 학사 손저孫翥가 고려 사신 김제안金齊顔의 방문을 환영하는 시첩에 쓴 긴 서문 전체를 발굴하여 수록하였다. 또 중국 『향시록鄕試錄』에 김일손金馹孫의 「중흥대책中興對策」 전편이 실린 문헌을 찾아 밝혔다. 조선의 인재를 중국에서는 가볍게 보지 않았다고 판단하였다.

셋째, 한시사를 보는 독자적 관점이 실려 있다. 시사에 관한 서술과 시론은 소략한 편이나 시사를 보는 독자적 안목을 보여주는 기사가 없지 않다. 4권 66칙에서는 『용재총화』의 시사를 보는 관점에 큰 불만을 드러냈다. 성현은 최치원 이하 성삼문에 이르기까지 대가의 문장을 포폄褒貶하면서 각자의 글이 지닌 결함을 지적하였다. 성현은 신숙주를 높이 평가하였고, 서거정과 김수온, 강희맹을 비롯하여 친형 성간에 대해서는 결함을 지적하지 않고 오로지 추켜세웠다. 어숙권은 이를 공정하지 않은 평가로 비판하였다. 특히, 친형을 추켜세운 점을 두고는 가족이라서 치우치게 호평하였다고 비판하였다. 설득력이 있다.

비평사에서 중요한 점은 김종직을 언급조차 하지 않은 문제점을 제기한 것이다. 동시대 문인을 거론했다면 그 위상으로 보아 김종직을 거론하지 않을 수 없는데 성현은 아예 논외로 처리하였다. 어숙권은 공정하지 않은 평가로 판단하였는데 타당한 반론이다. 그의 『용재총화』 비판에는 문단 세력 사이에 잠복한 큰 갈등과 노선의 차이를 부각하였다. 성현은 관각문인으로서 새로 등장한 사림의 대표자인 김종직을 좋아하지 않아 일부러 배척하였다. 어숙권은 그 점을 분명히 인식하였고, 실수가 아닌 의도적 배제로 이해하였다.

근본적으로 어숙권은 서거정과 성현의 계열을 따르기보다는 김종직 이래 남효온과 조신의 관점에 기울었다. 사림파 문인을 중심으로 작가와 작품을 소개한 서술에서 성향이 뚜렷하게 나타난다. 다음은 중종 시대 시단의 변화를 기록한 4권 65칙의 기사이다.

> 정덕 연간에 교리 황효헌이 내게 「팔진도」 시를 보여주고서 "이 시가 바로 눌재訥齋 박상朴祥이 그 아우 박우朴祐를 대신하여 옥당玉堂의 월과月課에 낸 시이다. 대제학이 평가할 때 우수한 등급에 올리지 않았으니 괴상하다"라고 하였다. 그 시는 다음과 같다. (시는 생략) 기묘 연간에 눌재와 충암 김정 등 여러분이 시는 성당盛唐을 숭상하고 문장은 전한前漢을 숭상하였다. 승지 김구金絿와 전한典翰 기준奇遵 및 그 동년배들은 모두 눌재와 충암을 스승이나 벗으로 삼았다. 여러분들이 화를 당한 뒤 용재 이행이 대제학이 되어 시문의 체재를 고치고자 하였다. 무릇 진사생원시와 문과에서 모두 평이한 문장을 취하고 조금이라도 기이하고 굳센 기미가 있으면 바로 내쳤다. 그래서 월과의 취사선택도 이와 같았다.[5]

중종 시대 시단의 동향을 그 나름의 기준으로 설명하였다. 박상과 김정, 기준 등 사림파 문인들이 시는 성당盛唐, 문장은 전한前漢이란 표어를 내걸고 문풍의 변화를 이끌었는데 이행李荇이 대제학이란 권한을 활용하여 그 추세를 막았다고 분석하였다. 이행은 관각문인의 계통을 잇고 있어서 사림파 문인의 작풍作風을 일부러 억눌렀다고 보았다. 여기에서 기이하고 굳센[奇健] 작법에 대한 존중을 보인다.

넷째, 『패관잡기』에서는 작품의 작법을 논하고, 내용과 어휘, 작품의 오류와 연원, 점화와 표절, 시선집 등 다양한 주제를 다뤘다. 작법과 수사와 표현 위주로 논하고, 강서시파의 시학을 보인 점에서 『동인시화』와 비슷하다. 그러나 관점이 똑같지 않아 비슷한 논의가 거의 보이지 않는다. 다음은 시어를 비평한 사례이다.

> '불분不分' 두 글자는 중국 방언이다. 분分은 분噴과 같아서 '불분'은 곧 화났다는 뜻이다. 분노를 겉으로 나타내지 않고 속으로 품고만 있다는 말과 같다. 두보杜甫의 시에서 '화나게도 복숭아꽃은 비단보다 붉고, 얄밉게도 버들개지는 솜보다 희네[不分桃花紅勝錦, 生憎柳絮白於綿]'라고 하였다. '생증生憎'은 얄밉다는 뜻으로, 이 말도 방언이다. '불분'이 방언이라 '생증'으로 대구를 맞췄다. 소식蘇軾의 시에서 '화나게도 봄바람이 계절 풍물 독차지하고[不分東君專節物]'라는 구절도 이런 뜻이다. 성종 때 두보의 시를 언문으로 풀이한 사람이 '불분不分'의 '분'을 분내(分內, 분수껏)의 분으로 잘못 풀었다.[6] 드디어 우리나라 문인이 오류를 답습해 쓰면서 끝내 '불분'의 뜻을 모르도록 만들었다.[7]

시어 사용의 오류를 바로잡은 내용이다. 두보와 소식의 시에 사용된 백화투 시어를 잘못 이해한 점을 사례로 들었다. 심지어 『분류두공부시언해分類杜工部詩諺解』에서도 오역한 사실을 들춰내 바로잡았다. 『시화총림』에서는 '성종 때' 이하를 아예 삭제하여 조선 문인이 흔히 범하는 오류라는 인식을 무시하였다. 속어의 사용은 강서시파에서 이른바 '속된 표현을 고아하게 사용하는 이속위아以俗爲雅'의 시법이다.

어숙권은 3권 43칙에서 서거정이 오류를 일으킨 사실을 거론하였다. 서거정은 『당송천가연주시격』에 증주增註를 달아 출간하였다. 조원복趙元福의 「이화梨花」에는 '월越'자가 나오는데 여기에 '어於'자와 같은 발어사發

語辭라고 풀이하였다. 그러나 '월'자는 '더 좋다'는 백화투 시어였다. 서거정이 중국어를 하지 못해서 잘못 풀이하였다고 꼬집었다.

또 5권 67칙에서는 황정견黃庭堅의 「이보성에게 주다[贈李輔聖]」에서 '구관舊管'과 '신수新收'라는 이문吏文의 속어를 사용한 점을 들춰내 속된 표현을 구사한 강서시파 시인의 작법을 부각하였다. 이처럼 『패관잡기』에서는 작법과 표현을 중심으로 오류를 바로잡고 작품의 연원과 점화 등을 따지는 고증적 성향을 띠었다.

마지막으로, 『패관잡기』에는 시화의 영역을 넘어 문화文話와 사화詞話, 부화賦話 등 다른 장르의 동향이나 문제를 적지 않게 다뤘다. 유기遊記에 해당하는 유록체遊錄體를 문장의 새로운 문체로 주목하여 김종직의 「두류기행록頭流紀行錄」 이하 여섯 작품을 소개하였다. 전기소설로서 채수蔡壽의 『설공찬전薛公瓚傳』과 김시습의 『금오신화』, 신광한申光漢의 『기재기이企齋紀異』를 소개하였다. 또 송세림宋世琳의 음담패설집 『어면순禦眠楯』을 거론하여 그 음란성을 비판하였고, 「주장군전朱將軍傳」을 차마 눈 뜨고 보지 못할 글이라 비판하면서도 한유韓愈의 「모영전毛穎傳」 같은 가전假傳임을 밝혔다. 또 당시에 유포된 시화와 잡록을 조감하여 3권 62칙에서 논의하였다. 전기소설과 잡록에 속한 문헌에 관심을 기울인 필기는 많지 않았다. 그 밖에 문장과 사부辭賦 등의 문체에도 관심을 가지고 소개하거나 가치를 평가하여 문학의 다양한 측면을 보고하였다.

2. 16세기의 현장비평 권응인의 『송계만록』

권응인(權應仁, 1517~1593 이후)의 『송계만록松溪漫錄』은 전편시화로 16세기 전기를 대표하는 우수한 시화이다. 저자 권응인은 자는 사원士元, 호는 송계松溪로 경상도 성주 출신이다. 감사를 지낸 권희맹權希孟의 서자로 신분 제한에 걸려 과거에 응시하지 못하였다. 문재文才를 인정받아 조신, 어숙권처럼 한리학관漢吏學官이 되어 외교 실무를 담당하였다. 조신과 어숙권을 이어 서족庶族 문인을 대표한다. 한 시대에 명성이 자자하였던 뛰어난 학식과 창작 능력으로 이황李滉, 정사룡鄭士龍, 조식曺植 등 당대의 명사와 어울렸다. 1563년 영남에서 간행된 희귀한 병법서 『사율제강師律提綱』에 발문을 쓰는 등 박학한 지식인으로 활동하였다. 시문에 뛰어나 많은 작품을 지었으나 제대로 전하지 않는다. 후대에 남겨진 작품을 수습하여 『송계집松溪集』을 간행하였다. 간행자는 영남의 도우경(都禹璟, 1755~1813)으로 편집이 매우 거칠다.

『송계만록』은 권응인의 명저로 1593년 이후에 완성하였다. 하권에 "재상 원혼(元混, 1505~1597)은 나이 89세에 벼슬이 1품에 이르러 아직도 병 없이 지낸다"라고 한 기록이 보이니 1593년 이후에 완성하였다. 간행되지 않은 채 필사본으로 전해왔다. 『한고관외사』와 『대동패림』에 김려가 교감하고 주석을 붙인 사본이 수록되었다. 『대동야승』에도 이본이 수록되었고, 장서각에 또 다른 사본이 소장되어 있다. 사본 사이에 큰 차이는 없고, 김려가 교감한 사본이 선본이다.

상권 77칙, 하권 63칙으로 모두 140칙이다. 『시화총림』에서는 60칙을 초록하였는데 55칙~60칙의 기사가 위에서 말한 사본에 나오지 않아서 출처가 의심스럽다. 도우경이 편찬한 문집에도 『송계만록』을 수록하였으나 자의적으로 축약하고 중요한 정보를 삭제하였다. 기녀를 다룬 기사를 왜곡하거나 삭제하는 등 심하게 개편하였다. 완고한 윤리적 시각과 가치관을 반영하여 심하게 개악하였다.[8]

『송계만록』은 걸핏 보면 필기이나 실제로는 전적으로 시화이다. 김려는 이 책에 붙인 글에서 "송계 권응인은 참판 권응창權應昌의 서제庶弟이다. 문장에 능력이 있었는데 시를 잘 짓는 솜씨로 유명하였으니 서얼 문사 무리 속에서 발군의 인물이다. 그가 지은 『송계만록』 2편은 시화를 근간으로 하여 기사紀事가 섞여 있다"[9]라고 평가하였다. 대체로 동시대 시인과 작품을 품평하거나 관련한 일화를 소개하였다. 상권 전체는 일화가 없이 모두 시평詩評으로 짜여 있다. 하권에는 시화와 사대부 일화로 짜여 있는데 후반으로 갈수록 소화와 잡기가 섞여 있다. 후반부에 일부 문학 외의 기사가 실리기는 했으나 전체는 시화이니 『송계만록』은 전편시화로 보아야 한다.

『송계만록』은 대부분 저자가 동시대 문인을 직접 만나 견문한 창작의 현장을 묘사하였다. 성종 때부터 선조 때까지 수십 년 동안 시문 창작의 현장을 보여주는 현장비평 성격의 시화이다. 당시 시단의 중추적 대가를 위주로 하면서 출신 지역인 영남의 시인 예컨대 이황과 조식 등 지역 선배를 중시하였다. 특별히 서얼이나 여성, 무인, 천인과 같이 차별받고 소외된 문인에 큰 비중을 두어 묘사하였고, 그들의 작품을 호평하였다. 자신의 신분과 경험에 토대를 두고 써서 가치가 높다.

어떤 기사이든 출처를 분명하게 밝혀서 기사의 신뢰성을 높였다. 상권 74칙에는 경상도 거창에 사는 이익수李翼壽가 귀신에 들려서 지은 시집 『자연당집自然堂集』을 소개하였다. 귀신이 들린 시인의 시집을 대표하는 이 기사는 후대 시화에 널리 퍼졌다. 이익수는 저자에게 시를 배운 학생이라고 밝혀 저자의 체험에서 우러나왔음을 알렸다. 다음은 상권 9칙과 29칙 기사이다.

> 안동에 이효칙李孝則이란 선비가 있는데 어무적魚無迹을 데리고 함께 조령을 넘었다. 이효칙이 고개에서 절구 한 수를 읊었다.
>
> | | |
> |---|---|
> | 가을바람에 누런 잎이 어지러이 지는 시절 | 秋風黃葉落紛紛 |
> | 높다란 주흘산은 온통 구름에 잠겼네 | 主屹山高半沒雲 |
> | 스물네 개 다리마다 울며 흐르는 물소리를 | 二十四橋嗚咽水 |
> | 한 해에 세 번이나 나그네 되어 듣는구나 | 一年三度客中聞 |
>
> 시를 보고 어무적이 붓을 내려놓았다.[10]

> 유촌柳村 황여헌黃汝獻이 언젠가 나에게 말하였다. "내가 지난번 서울에 들어와 기재企齋 신광한申光漢에게 '근래에는 누가 좋은 작품을 지었는가?'라고 물었더니 '임형수林亨秀가 제주목사로 나가서 《한라산은 왕자의 나라에 둥지를 틀고/ 바다 물결은 노인의 별을 발로 차누나[山蟠王子國, 波蹴老人星]》라는 시구를 얻었다 하니 이것이 가장 아름답다'라고 하였소." 내가 호음 정사룡에게 저 시가 어떠냐고 물었더니 호음은 '나는 좋은 줄 모르겠다"라고 답하였다.[11]

이효칙(1476~1544)은 이굉李浤의 서자로 『쌍탄집雙灘集』이 전하기는 하나 조선 중기 이후에는 이 시를 제외하고는 알려진 작품이 없다. 저자는 이효칙과 친분이 있어서 기록할 수 있었다. 저명한 시인 어무적도 꼼짝하지 못할 만큼 시를 잘 썼다는 이효칙의 기사는 나중에 허균의 『국조시산國朝詩刪』과 『명시종明詩綜』에 수록되었고, 또 이시발李時發의 『벽오만기碧梧謾

記』 등에도 실렸다. 어느 기사든 권응인의 시화를 전재하였다. 29칙에서는 임형수의 시를 두고 신광한과 정사룡이 상반되게 평가하였고, 그 사실을 황여헌으로부터 들었다고 밝혔다. 여러 문인과 직접 만나고 대화한 체험에 뿌리를 둔 기사이다.

『송계만록』에는 동시대 시인의 시평으로 내용을 구성하여 시론은 잘 보이지 않는다. 다만 하권 7칙 이후에 시론이 몇 칙 보인다. 하권 8칙에서는 성률에 어울리게 시를 지어야 한다는 윤춘년의 성률론을 소개하고 이론이 그릇되었다는 취지로 말하였다. 강서시파 시론을 중시한 그의 시각에서는 윤춘년의 시론에 동조하기 힘들었다. 9칙에서는 정사룡이 황정견의 시론을 추종하는 강서시파임을 설명하였다. 들뜨고 문들어진 시를 짓는 버릇을 탈피한 정사룡을 당대의 시인들이 경시하였으나 노수신이 으뜸가는 시인이라는 평가 이후에는 존중받게 되었다고 썼다. 두보를 전문으로 배운 노수신이 순정純正하고 전아典雅한 시풍을 지녀 정사룡과 비슷하였기에 호평했다는 의견을 덧붙였다. 노수신의 공정한 평가를 권응인은 긍정하였다.

정사룡과 노수신의 호평은 강서시파 창작론에 기운 저자의 시각을 표현한다. 동시에 한시사를 바라보는 저자의 시각도 드러낸다. 저자는 김종직과 조신, 어숙권의 시각을 계승하였다. 영남 출신으로서 비슷한 신분과 학맥에 따라 사림파 문인을 중심으로 작가와 작품을 소개하였고, 기이하고 굳센 강서시파의 시풍을 선호하였다. 그래서 당시에 꿈틀거리던 평이하고 부드러우며 낭만적인 시풍의 부상을 탐탁하지 않게 여겼다. 하권 10칙에서 권응인은 다음과 같이 말하였다.

> 지금의 시학詩學은 오로지 만당晩唐을 숭상하여 동파東坡의 시를 묶어두고 읽지 않는다. 호음 정사룡이 그 말을 듣고 비웃으면서 "동파를 낮춰 보는 게 아니라 동파처럼 짓지 못하기 때문이야"라고 말했다. 퇴계 이

> 황도 "동파의 시가 정말 만당에 미치지 못할까?"라고 말했다. 나도 생각하기를, 동파가 시를 지었는데, (중략) 만당에 이처럼 대단히 기이한 시구와 겨룰 만한 작품이 있는지 모르겠다.[12]

송시풍에서 당시풍으로 전환하기 시작한 시단의 변화를 개탄하면서 정사룡과 이황의 견해에 동조하였다. 1593년 이후에 완성한 『송계만록』에는 이처럼 선조대 시단의 변화상이 일부 드러나 있다. 75세를 넘긴 시단 원로의 눈에는 여린 감성을 표현하는 만당의 시풍이 마음에 들지 않았다. 이 시화에서는 당시의 세계를 추구하여 주목받던 최경창崔慶昌이나 이달李達 같은 신예의 시인에는 관심을 기울이지 않았다. 『시화총림』에서 초록한 『송계만록』 57칙에서는 이달과 이충작李忠綽의 시를 비교하고 이충작의 말을 빌려 이달의 시를 낮게 평가하였다. 이 기사는 『송계만록』 원본에는 보이지 않아 출처가 의심스럽다.

이처럼 『송계만록』에는 장수하면서 17세기 내내 관계와 문단을 두루 접촉한 저자가 직접 견문한 시인과 작품을 흥미롭게 증언하였다. 17세기 시단을 폭넓게 보여주는 이 시기 시화의 명작으로서 후대에 널리 읽혔다.

3. 선조대 보수적 문인의 필기 시화

권응인과 동시대를 산 3명의 문인은 비슷한 관점을 보인 필기를 각각 저술하였다. 심수경(沈守慶, 1516~1599)은 『견한잡록遣閑雜錄』을, 이기(李墍, 1522~1600)는 『송와잡설松窩雜說』과 『간옹우묵艮翁疣墨』을, 정유일(鄭惟一, 1533~1576)은 『한중필록閑中筆錄』을 지었다. 3인은 모두 명문가 출신에 문과에 급제하여 고위직을 역임하였다. 심수경과 이기의 필기에서는 시화가 양적으로 큰 비중을 차지한다. 다만 비평의 성격은 그다지 강하지 않고 대체로 시에 얽힌 이야기이거나 시가 포함된 이야기가 다수이다.

심수경의 『견한잡록』은 저자가 사망하던 해인 1599년에 완성되었다. 전체 96칙 가운데 60칙이 시화이므로 시화가 주축을 이룬 필기이다. 『대동야승』에 수록되었고, 단독 사본 몇 종이 전해진다. 『시화총림』에는 16칙을 초록하였다. 1599년에 쓴 저자의 발문에서는 "내가 신묘년(1591) 가을부터 몸으로 겪고 눈으로 보고 귀로 들은 사실을 해마다 기록하여 모두 약간 조목을 이루어 『견한잡록』이라 이름하였다. 한가함을 푸는데 주안점을 두어 쓸모없고 어지럽기는 하나 모조리 허황하고 무익한 말만은 아닐 테니, 보는 이는 부디 비웃지 말기 바란다"[13]라고 써서 75세 이후에 견문한 일화 위주로 지었음을 밝혔다.

발문에서 밝힌 것처럼, 이 필기는 참혹한 전란을 겪은 뒤 과거를 회상하여 즐거웠던 옛날의 추억을 되살리거나 살아남은 자의 슬픔과 아쉬움을 기록하였다. 추억한 일에는 장원급제자로서 누린 영광과 관직의 이력,

지방 기녀와의 쾌락, 동년배 문인들과 어울리며 시를 지은 즐거움 등이 많다. 전란 이전 조정의 전고와 풍속을 찬찬히 기록하였다. 노년기에 임진왜란을 겪은 고관의 생활과 의식이 잘 드러난다.

이 필기에 나오는 사실과 시화는 대부분 저자 자신의 이야기이다. 특히 시화는 자신이 직접 참여하거나 견문한 창작의 현장을 서술하였고, 자신이 지은 시를 많이 실었다. 이인로의 『파한집』과 비슷한 비중으로 자기 작품을 수록하였다. 자연스럽게 비평가로서 비평하는 내용은 보이지 않고 창작의 동기를 밝히고 작품을 소개하는 일화가 다수이다. 다음은 50칙이다.

> 내가 75세에 아들을 낳고 81세에 또 아들을 낳았으니 모두 비첩婢妾 소생이다. 80세에 자식을 낳은 것은 근세에 드문 일이라 남들은 경사라 하나 나는 재변災變이라 생각한다. 장난삼아 절구 두 수를 지어 서교(西郊, 宋贊)와 죽계(竹溪, 安瀚) 두 늙은 벗에게 보냈다. 두 노인이 모두 화답하여 그대로 세상에 전파되었으니 더욱 우습다. (중략)

여든 살에 자식 둠은 재앙이라 하겠으니	八十生兒恐是災
축하는 당치 않고 비웃기나 할 일일세	不堪爲賀只堪咍
괴이한 일이라고 떠들든 말든 상관없으나	從教怪事人爭說
풍정이 여태 식지 않으니 어쩌면 좋을까!	其奈風情尚未灰[14]

기녀와 얽혀 지낸 풍정을 기록한 기사가 몇 칙에 이른다. 80세 전후하여 비첩과 관계하여 아들을 낳은 드문 사건을 주제로 희작을 쓰고 시화로 썼다. 이처럼 자기의 드문 행적을 글로 썼다. 조선의 시인으로는 신종호, 신용개, 남곤, 박은, 임억령, 허난설헌, 박상, 차천로, 강혼, 권응인, 성운, 유숙, 박계현, 노수신, 박팽년 등 동시대나 직전 시기 시인의 행적을 다뤘

고, 중국 시인으로는 백거이와 육유를 선호한다고 밝혔다. 일화를 서술하는 중에 43칙에서는 당시 시단의 새로운 변화상을 기록하기도 하였다.

> 내가 젊은 시절에는 고시古詩를 배우는 선비는 모두 한유韓愈와 소식蘇軾의 시를 읽었으니 그 유래가 오래되었다. 근년에는 선비들이 한유와 소식의 시를 격조가 비루하다며 버리고 읽지 않고 이백李白과 두보杜甫의 시를 가져다 읽는다. 이백과 두보의 시를 쉽게 배울 수 있을까? 잘 모르겠다. 시를 배우는 것만 그렇지 않다. 옛것을 싫어하고 새것을 좋아하며, 명예를 좇고 실질을 업신여기는 풍속 아닌 것이 없다. 인심이 일정하지 않으니 정말 가소롭다.[15]

16세기 말엽 젊은 문인의 추세를 비판적 시각으로 증언하였다. 한유와 소식의 시를 즐겨 보던 분위기가 이제는 이백과 두보를 즐겨보는 분위기로 전환하고 있다. 오래된 문학 전통이 큰 변화에 직면한 것을 목도하고 우려의 목소리를 내고 있다. 선조 대 문단을 바라보는 나이 많은 보수적 문인의 시각을 보여주었다. 권응인의 관점과 매우 유사하다.

문학을 이해하는 시각은 김종직 이후 지속된 조신과 어숙권, 권응인의 사림파 시각과 비슷하다. 고려시대 무신 집권기의 문인 이규보를 권귀權貴에 아부한 시인으로 비판한 기사에서 시각을 분명히 드러냈다. 이규보가 비판받을 만한 행위를 하여 당시에도 비난의 대상이었음을 「문을 닫고서[杜門]」란 작품에서 확인할 수 있다고 보았다. 이규보를 비판하는 시각 역시 신진 사림의 시각과 같다.

『견한잡록』에는 16세기 전기까지 시단의 시풍을 따르는 시인을 주로 다루면서 선조 대에 젊은 문인들이 일으킨 새로운 변화를 가볍게 포착하였다. 심수경은 허엽許曄과 친구로서 허난설헌 형제의 뛰어난 재능과 차천로의 재주를 언급하면서도 당시풍이 퍼지는 현상에는 큰 관심을 두지 않았다. 16세기 말엽에 저술한 것임에도 보수적 시각을 지녀 이전 시기의 시풍에 더 큰 관심을 기울였다.

이기(李墍, 1522~1600)는 강원도 원주 사람으로 본관은 한산韓山이고 목은 이색의 후손이다. 호는 송와松窩이고, 당파는 동인東人이다. 선조 때 문과에 급제하여 이조판서를 지냈다. 『송와잡설松窩雜說』과 『간옹우묵艮翁疣墨』이란 2종의 필기를 저술하였다. 『한고관외사』 등에 김려가 교감하고 주석을 붙인 사본을 수록하였고, 『대동야승』에는 『송와잡설』을 수록하였다. 국립중앙도서관에 『간촌송와문견잡설艮村松窩聞見雜說』 1책이 소장되어 있는데 2종의 필기를 함께 필사하였다.[16] 『간옹우묵』은 김려가 강원도 횡성에서 구하여 『송와잡설』과 겹치는 내용을 덜고 교감하여 『한고관외사』에 편입하였다. 『송와잡설』에는 전체 144칙 가운데 시화가 28칙, 『간옹우묵』에는 전체 136칙 가운데 시화가 37칙 포함되어 있다. 수량에서는 적지 않으나 시평의 성격이 약하기에 홍만종은 『시화총림』에서 초록하지 않았다.

2종의 필기는 체계를 잘 갖춰 쓴 저술은 아니다. 이색의 후손에 원주 사람으로서 임진왜란을 겪은 체험과 견문을 기록하였다. 서인西人은 저자를 동인東人 이산해李山海의 수족이라고 비난하였으나 김려는 공론을 펼쳤다고 호평하였다. 시화는 비평적 성격이 아주 약하여 일화 위주로 서술하였다. 선조인 이색의 시를 대량으로 수록하고 절의를 호평한 데서 주관이 강한 필기임을 알 수 있다. 고향 원주 지역의 명사인 원천석과 노즙盧楫, 관찰사를 지낸 인물들, 신광한, 윤풍형尹豊亨, 정사룡의 시를 소개하였다. 대체로 직접 견문하고 친분이 있는 시인 위주로 다루었다. 다음은 이색이 원나라에 들어갔을 때 구양현과 시구를 주고받았다는 일화이다.

> 목은牧隱이 원나라 조정에 들어가 구양현歐陽玄에게 인정받았다. 하루는 구양현이 목은을 희롱하여 "짐승 발굽과 새 발자국이 중국 땅을 마구 밟는군[獸蹄鳥跡之道, 交於中國]"이라 하였다. 목은이 바로 대꾸하여 "닭 울고 개 짖는 소리가 사방에 뻔히는군[鷄鳴狗吠之聲, 達于四境]"이라 하였다. 구양현이 하루는 또 "술잔을 들고 바다에 들어갔으니 바닷물이 많은 줄 알렸다[持盃入海知多海]"라고 읊었으니, 목은이 작은 나라에서 중국으로 들어와 비로소 융성한 문물을 구경하였다고 비꼰 말이었다. 목은이 즉시 대꾸하여 "우물에 앉아 하늘을 보고선 하늘이 작다고 말하는군[坐井觀天曰小天]"이라고 하였으니, 동국도 큰 나라로 문헌을 전해오는데 시야가 넓지 못한 구양현이 동국을 얕잡아보았다고 비꼰 말이었다. 시구를 보고 구양현은 감탄하고 목은의 총명함에 깊이 감복하여 우리 도가 동방으로 옮겨갔다는 말까지 하였다. (후략)[17]

이색의 기사를 압도적으로 많이 수록한 것은 선조의 뛰어난 재능을 드러내려는 의도이다. 원나라에 갔을 때 구양현의 도전을 재치 있게 거뜬히 물리쳤다는 이 기사는 출처가 분명하지 않다. 나중에 홍만종이 채택하여 『순오지』와 『소화시평』에 실어서 널리 알려졌다.

정유일鄭惟一은 『한중필록閑中筆錄』을 저술하였다. 이 저술은 다른 사본이 없이 『문봉집文峯集』에 실려 전한다. 저자 사후 2백 년 뒤인 1799년에 목판으로 간행되었고, 집안에 전하던 수필본 『한중필록』을 문집에 붙였다. 저자는 안동 출신의 관료로 이황의 문인이다. 전체 65칙의 기사 가운데 시화가 15칙이다. 유학자의 행적과 일화를 다룬 기사 가운데 사림파 연원을 가진 시인 위주로 작품을 소개하였다. 유운과 성수침, 이황, 조식 등을 소개하였는데 스승 이황의 시론을 소개한 다음 내용이 흥미롭다.

퇴계 이황李滉 선생은 시짓기를 좋아하여 평생토록 노력을 매우 많이 기울였다. 선생의 시는 날카롭고 굳세며 전아하고 실답다. 화려함을 뽐내지 않아서 처음 보면 아무 맛이 없으나 보면 볼수록 더욱 맛이 살아난다. 선생은 일찍이 나에게 "내 시가 차갑고 담박하여 좋아하지 않는 이들이 많네. 하지만 시를 짓는 데 힘을 제법 많이 기울여서 처음 보면 차갑고 담담한 듯해도 오래 보면 뜻과 맛이 없지 않네"라고 말했고, 또 "시는 학자가 서둘러 배워야 할 것은 결코 아니니다. 그러나 풍경을 마주하거나 흥이 일어날 때는 시가 없을 수 없다"라고 말했다.[18]

이황의 언행을 상세하게 기록한 저작이 많으나 이처럼 시를 아끼고 자기 작품을 옹호하는 생각을 전하는 기록은 많지 않다. 이황은 성리학자이면서 시를 좋아하였다. 조위로부터 이어지는 영남학파의 시풍을 계승하여 소식의 작풍으로 많은 시를 지었다. 이황의 핵심적인 시론을 밝힌 이 기사는 참고할 만한 가치가 있다.

4. 간결하고 진솔한 시평서, 이제신의 『청강시화』

16세기 전기의 시화 가운데 시화라는 제목을 단 저서는 이제신(李濟臣, 1536~1583)의 『청강시화淸江詩話』가 유일하다. 이제신은 본관이 전의全義, 호는 청강淸江으로 문과에 급제하여 진주목사를 지냈다. 독특하게도 함경도 병마절도사를 지낸 무인이기도 하다. 명재상으로 널리 알려진 상진尙震의 외손서外孫壻로 성혼, 최립, 윤근수와 교유가 있었고, 최경창, 고경명과도 안면이 있는 등 교유 범위가 넓었다.

이제신은 16세기 후기 시화 저술가 가운데 가장 젊은 편이나 48세로 일찍 사망하여 시화의 저술 시기는 1580년 전후이다. 시를 보는 관점이 권응인과 허균의 경계선에 위치한다.

문집 『청강집淸江集』은 1610년에 간행되었고, 『청강시화』가 수록된 『청강선생후청쇄어淸江先生鯸鯖瑣語』는 1629년에 목판으로 간행되었다. 아들 이명준李命俊이 지문識文을 앞에 실어 간행 과정을 밝혔다.

이 책은 흔히 『청강소설淸江小說』 또는 『후청쇄어』, 『청강쇄어』로 불린다. 목판본은 여러 도서관에 전해온다. 저술은 후청쇄어, 청강사제록淸江思齋錄, 청강시화, 청강소화淸江笑話의 네 개 부분으로 나뉜다. 나중에 『한고관외사』와 『대동야승』에 전체 내용이 수록되었다. 김려는 원본을 재편집하여 『후청쇄어』를 1권으로 분리하고, 『청강사제록』과 『청강시화』를 부록 1권으로 편집하여 2권의 책을 만들었다. 서거정이 필기를 각각의 주제로 나누어 저술하여 간행한 것과 유사하다. 『후청쇄어』는 조선 전기 명사의 일화와 문화 및 제도의 주제로 흥미로운 기사를 실었고, 『청강사제록』

은 명사의 선행을 기록하였다.

『청강시화』는 모두 65칙의 기사를 수록하였고, 『시화총림』에는 42칙을 초록하였다. 대체로 동시대 시인의 작가론과 작품론을 간결하고 깔끔하게 소개하였다. 일화성 시화보다는 작가 작품의 가치를 간략하게 평가하였고, 작가의 삶과 작품의 실상이 어떤 관계인지 밝히는 데 무게를 두었다. 김려는 이 시화를 "시상의 설명은 올바르고, 격조의 평가는 수준이 높다. 실질을 선호하여 화려함이 없고, 질박함을 좋아하여 꾸밈없이 대아大雅의 유풍에 성큼 다가섰다. 다른 시인처럼 조직하고 꾸미는 기교나 바람과 꽃, 눈과 달을 품평하는 말이 없다"[19]라고 호평하였다.

기발하고 참신한 내용을 새롭게 선보이기보다는 이전 시화 기사를 줄여서 선보인 글이 적지 않다. 예컨대 『간옹우목』에서 구양현의 도전에 이색이 재치 있게 응답한 기사를 핵심만 간단하게 설명한 14칙과 김안로와 이희보, 정광필, 어무적을 다룬 몇 칙의 기사는 선배의 시화에서 채록하여 간결하게 서술하였다. 또 시인의 기상과 의취意趣가 잘 드러난 시를 선택하여 착상을 밝히려 하였다. 시참詩讖이나 풍자의 뜻이 담긴 시를 다룬 기사도 시의를 밝히려는 태도와 연관된다. 작시법이나 수사 등 순수한 비평적 성격의 기사는 부족하다. 김시습, 신광한, 정사룡, 박상, 박순을 주요 시인으로 다뤘다. 다음은 드물게 보인 작법과 수사를 논한 기사이다.

> 정승 상진尙震은 영천자靈川子 신잠申潛이 대나무 그림과 비 갠 풍경을 그린 병풍 2종을 가지고 있어서 기재 신광한과 호음 정사룡에게 제시題詩를 지어달라고 부탁하였다. 둘은 각각 여덟 개의 각운脚韻으로 배율排律을 써서 보냈다. 기재는 '소동파가 떠난 뒤에는 참된 화가가 없었는데/ 문여가(文與可, 文同) 죽은 뒤로 이 화가가 나타났네[子瞻去後無眞筆, 與可亡來有此人]'라는 시구를, 호음은 '정신은 소동파가 삼생三生 동안 익힌 솜씨를 옮겼고/ 기세는 문여가의 만 척 길이를 압도하였네[神移蘇老三生

習, 勢倒文翁萬尺長]'라는 시구를 지었다. 둘 다 일곱 번째 각운의 시구였다. 용사用事와 착상은 동일하나 시어를 쓰는 골법骨法은 아주 달랐다. 두 시인의 평소 기상을 상상할 만하니 천연스러움과 난삽함의 우열은 논하기가 쉽지 않다.[20]

중종 시기와 명종 시기의 대표 시인 둘이 같은 소재로 쓴 시의 작법과 착상을 놓고 비교하였다. 송시풍을 바탕에 두어 고사를 사용한 점이나 착상의 측면에서는 차이가 없으나, 신광한은 기세가 부드럽고 자연스러운 반면, 정사룡은 기세가 기발하고 굳센 차이가 있다고 평가하였다. 시인의 서로 다른 개성을 포착하였는데 두 시인의 시풍을 놓고 볼 때 타당한 평론이다. 같은 연배인 윤근수도 『월정만록』 153칙에서 비슷하게 평가하였다.

이제신은 시와 시인을 산뜻하게 평론하였다. 다만 시를 보는 심미안을 선명하게 제시하지 않았다. 시사를 보는 관점도 크게 내세우지 않았다. 송시풍을 우위에 두면서도 젊은 세대가 좋아한 당시풍에도 반감을 크게 드러내지 않았다. 선배들보다는 새로운 시풍에 호의를 보여서 16세기 중후반 시인의 어정쩡한 태도를 보였다.

이제신은 본디 청신淸新한 시를 즐겨 창작하였는데 시화도 깔끔하게 서술하였다. 그는 송시, 특히 소동파의 시를 즐겨보았다. 1565년에 정백붕鄭百朋이 편찬 간행한 『동파시선東坡詩選』이 국립중앙도서관에 소장되어 있는데 이 책에는 이제신의 장서인이 찍혀 있다.[21] 그처럼 『청강시화』는 이전 시단의 분위기에 충실하면서 새로운 시풍이 몰려올 때의 시각을 보였다.

5. 명나라 당대 문학을 소개한 윤근수의 『월정만록』

16세기 후기의 시화 가운데 윤근수(尹根壽, 1537~1616)의 『월정만록月汀漫錄』은 독특한 가치를 지닌다. 선진양한先秦兩漢 산문의 학습을 주장하였고, 명나라 당대의 문학 동향을 포착하여 조선 문단에 본격적으로 소개하여 동시대 문인에게 큰 영향을 주었다.

윤근수의 자는 자고子固, 호는 월정月汀이다. 당파는 서인西人이다. 1558년 22세에 문과에 급제한 이후 고위직을 두루 역임하였고, 일찍부터 정치와 외교에서 큰 임무를 맡았다. 학문과 문학에도 뛰어나 대제학을 맡았었고, 『주역』에 구결口訣을 달고, 『사찬史纂』의 간행을 주도하며, 『한문토석韓文吐釋』을 편찬하는 등 학계와 문단에 큰 영향을 끼친 저술 사업에 참여하였다. 또 한어漢語에 능통하여 명나라 외교에서 중요한 임무를 맡았다. 1566년에 서장관書狀官으로 처음 명나라에 다녀온 이후 여러 차례 사행길에 올랐다.

개방적 태도로 학문을 받아들여 양명학에도 관심을 기울였고, 명나라 고문사古文辭 동향에 깊은 관심을 가지고 이몽양李夢陽뿐만 아니라 하경명何景明·이반룡李攀龍·왕세정王世貞 등 전후칠자前後七子의 문학을 조선에 소개하였다. 문집 『월정집月汀集』에는 임진왜란 이전부터 북경을 오가며 명나라 당대 문학에 주목한 서간과 서발문이 다수 실려 있다. 1597년에 완성한 『월정만록月汀漫錄』은 20대부터 환갑까지 경험하고 견문한 사실과 생각을 적바림한 필기이다. 172칙의 기사에 시화 기사는 41개 칙이다.

『월정만록』은 1773년에 교서관校書館에서 활자로 간행한 별집別集에 수록되어 전한다. 문집 외에 단독 저술이 『대동야승』과 『한고관외사』에도 수록되었다. 『시화총림』에는 일화와 시평 위주로 9칙을 초록하였다.

『월정만록』에서는 명나라 문단의 최신 조류를 다양하게 소개하였다. 임진왜란을 전후하여 대명對明 외교에서 주요 업무를 담당하며 직접 체험한 사실을 생생하게 적었다. 앞 대목에서 명나라 당대의 사회와 문화를 소개하였다. 특히 명 문단의 이동양李東陽, 이몽양, 당인唐寅을 비롯하여 만력제萬曆帝 시대에 '문단양사마文壇兩司馬'로 불린 왕도곤汪道昆과 왕세정王世貞의 문학 동향을 기록하였고, 『공동집空同集』과 『사부고四部稿』, 『부묵副墨』 등 문집을 소개하였다. 관심이 이어져 1575년에는 경상감사로서 경주에서 명나라 진정陳霆의 필기 『양산묵담兩山墨談』을 간행하였고, 1580년에는 이몽양의 시를 선발하여 『공동시崆峒詩』를 개성에서 목활자로 간행하였다. 다음은 왕도곤과 관련한 기사이다.

> 계유년(1573)에 나는 종계주청부사宗系奏請副使로 상사上使 이후백李後白, 서장관 윤탁연尹卓然과 함께 북경에 갔다. 일행이 요동에 도착했을 때 마침 조련 병부 시랑操鍊兵部侍郎이 순시차 요동성에 도착하였는데, 성 안의 대소 관원들이 모두 하루 이틀 거리 밖까지 마중을 나갔다. 조련 병부 시랑은 좌시랑 왕도곤汪道昆이라고 들었다. 그 뒤에 왕도곤이 지은 『부묵副墨』과 『황명십대가皇明十大家』에 들어 있는 왕도곤의 문장을 보았고, 엄주弇州 왕세정王世貞의 『사부고四部稿』에서 왕도곤을 크게 칭송한 글을 보았다. 비로소 왕도곤이 근래의 문장 대가임을 알게 되었다. 요행히 같은 시대에 태어나 마침 북경으로 사신 가는 길에 요동성을 순시하러 온 왕도곤을 만났다. 그때 그가 천하의 문장가임을 알았다면 길가에 나가서 얼굴을 바라보았으리라. 미처 그 사실을 몰랐으니 지금도 늘 한스럽다. 왕도곤은 조련을 마친 뒤에 날마다 한 말의 황금을 낭비했다는 일로 참소를 당해 파직되었고, 다시는 재기하지 못하고 일

생을 마쳤다고 한다. 왕세정이 왕도곤에게 보낸 편지에서 "일전에 사람을 보내 안부를 여쭈었더니 그때 마침 병부의 직책을 맡아 여전히 현도玄菟의 패수浿水에 계셔서 가르침을 받들지 못했으니 아쉽습니다"라고 썼다. 당시는 조련하기 위해 순시하러 나갔을 때였다.[22]

1573년 북경으로 가는 길에 마침 군부대를 시찰하러 온 병부시랑 왕도곤을 만날 기회가 있었다. 당시에는 그가 대작가인 줄을 미처 인지하지 못해서 직접 보거나 만날 기회를 만들지 못하였다. 나중에야 왕도곤의 위상을 알고서는 못내 아쉬워하였다. 이 일화는 그가 왕세정과 왕도곤 같은 동시대 명나라 문단의 동향에 민감했다는 것을 말한다.

저자는 1598년 왕세정의 아들 병부주사 왕사기王士騏에게 보낸 편지에서 왕세정과 왕도곤을 흠모하는 심경을 표현하면서 1589년 북경에서 도야陶冶에게 증정했던 절구 한 수를 인용하였다.

큰 바다 같은 문장에 보랏빛 파도 일렁이는데	大海文章廻紫瀾
문단의 맹주가 된 분이 신안新安에도 있구나	齊盟狎主有新安
흠모하는 마음을 평소에도 공연히 품고	平生空抱執鞭願
남쪽 구름 바라만 볼 뿐 가지를 못하네	悵望南雲不可攀

첫 구절은 '큰 바다에 회오리바람 일어 보랏빛 물결 일렁인다[大海廻風生紫瀾]'라고 읊었던 왕세정이 보랏빛 물결 이는 남쪽 고향으로 내려갔음을 말하고, 두 번째 구절은 함께 문단에서 맹주로 통하며 안휘성 휘주徽州에 머물고 있던 왕도곤을 말한다. 신안新安 또는 신도新都는 휘주 흡현歙縣 출신 왕도곤의 별칭이다. 남쪽 지방에 머무는 두 명의 대가를 한번 만나보고 싶은 소망을 표현하였는데 당시 중국 인사에게도 윤근수가 두 문인을흠모한 사실이 전해져 『태평청화太平清話』와 『조림잡조棗林雜俎』에도 기록되었다.

윤근수가 명나라 당대 문학의 동향을 소개한 이후로 조선 문인은 명나라 문학에 관심을 깊이 기울이기 시작하였다. 한 세대 뒤의 허균이나 신흠 등이 명나라 문학을 깊이 연구한 배경에는 그의 역할이 있었다. 나중에 이덕무는 『청비록淸脾錄』에서 윤근수가 명나라 문학을 진심으로 좋아하고 열정적으로 추구하여 조선에 고문사古文辭의 길을 개척하였고, 조선 사대부가 문장의 체제를 갖추게 되었다고 평가하였다. 그만의 공로로 돌릴 수는 없으나 명나라 문학을 조선에 소개한 공적은 틀림없는 사실이다. 『월정만록』이 시화사에서 끼친 영향도 여기에 있다.

『월정만록』에서 시화 기사는 후반부에 실려 있다. 조선의 문인으로 김시습과 윤춘년, 정사룡, 노수신을 높이 평가하여 행적과 작품을 논하였다. 특히 노수신의 발언을 중시하여 많이 다뤘다. 정사룡의 『호음고湖陰藁』를 최고의 수준이라고 극찬한 선배의 말을 인용하였다. 또 김종직의 문장을 호평하였고, 정사룡의 7언 율시를 웅숭깊고 묵직하다고 호평한 노수신의 말을 인용하였다. 윤근수는 여전히 해동강서시파를 선호하여 시평에도 그 영향이 짙게 나타난다. 젊은 세대가 좋아하기 시작한 새로운 시풍에는 관심을 전혀 보이지 않았다. 그 점에서 같은 연배인 이제신의 관점과 상당히 유사하다.

윤근수는 136칙과 137칙에서 한 세대 선배인 윤춘년의 성률론에 주목하였다. 정작(鄭碏, 1533~1603)에게 준 윤춘년의 시를 소개하고서 법도가 갖춰진 시로서 읽을 만하다고 호평하였다. 다만 성률을 천착한 윤춘년의 조예를 선뜻 인정하지는 않았다. 중국음과 다른 조선 한자음의 문제를 들어 음률을 알기 어렵다고 하였다.

137칙에서는 윤춘년과 같은 해 문과에 급제한 노수신에게 윤춘년의 성률론을 물은 기사를 실었다. 노수신은 잠꼬대 소리라고 비웃으며 조예를 인정하지 않았다고 썼다. 노수신은 윤춘년과 시론상 합치되기 어려울 수밖에 없었으나 윤근수는 시각에 변화가 있어서 윤춘년의 시론이 시단의 변화를 촉발한 점을 인정하였다. 『월정만록』은 시평 자체의 수량은 적으나 문단의 새로운 경향을 촉발한 점에서 역사적 의의가 있다.

큰 바다 같은 문장에

보랏빛 파도 일렁이는데

문단의 맹주가 된 분이

신안新安에도 있구나

흠모하는 마음을

평소에도 공연히 품고

남쪽 구름 바라만 볼 뿐

가지를 못하네

大海文章廻紫瀾
齊盟狎主有新安
平生空抱執鞭願
悵望南雲不可攀

제 2 절

17세기 전기 시화사

17세기 전기에는 한국 시화사에서 뛰어난 저술로 인정받는 다양한 시화가 대거 등장하였다. 허균과 유몽인, 이수광, 양경우, 신흠 등 저명한 비평가들이 역사적 의의가 큰 시화를 저술하여 시화의 시대를 열었다. 임진왜란과 병자호란을 겪으며 외국 문화와 접촉하고 다양한 분야에서 체험한 큰 변화는 새로운 문학 창작을 자극하였고, 시화 저술이 왕성해진 동기로 작용하였다. 조선 전기로부터 16세기 후기까지 이어지던 창작 방향이 16세기 후반에 크게 바뀌기 시작하면서 문학을 보는 시각의 변화를 가져왔고, 창작 방향의 갈등과 새로운 창작을 향한 지향은 시론과 시평의 확장을 불러일으켰다. 시평과 일화 중심으로 전개되던 흐름에서 시론이 크게 강화되는 추세가 되었다.

17세기 시단에서는 고려 이래 시단을 주도한 송시풍과 새롭게 등장한 당시풍이 갈등하면서 급격하게 당시풍이 주도하는 양상으로 국면이 바뀌었다. 산문에서도 당송고문 중심에서 선진양한先秦兩漢의 산문을 선호하는 양상이 대두하였다. 낡은 사조와 새로운 사조가 충돌하면서 이념과 비평은 활성화되었다. 비평의 시대가 새롭게 열렸다고 할 만큼 다양한 비평 논설문과 시화가 출현하였다. 다음은 이 시기에 등장한 시화를 정리한 표이다.

저자	시화명	저술 시기	비고
곽열(郭說, 1548~1630)	『서포일록(西浦日錄)』	1619년	
차천로(車天輅, 1556~1615)	『오산설림초고(五山說林草藁)』	1610 ?	
유몽인(柳夢寅, 1559~1623)	『어우야담(於于野談)』	1622년	
이수광(李睟光, 1563~1628)	『지봉유설(芝峯類說)』	1614년	문장부(文章部) 권8 ~ 권14
윤흔(尹昕, 1564~1638)	『계음만필(溪陰漫筆)』		
신흠(申欽, 1566~1628)	『청창연담(晴窓軟談)』	1621년	
양경우(梁慶遇, 1568~1630)	『제호시화(霽湖詩話)』	1630년	
허균(許筠, 1569~1618)	『성수시화(惺叟詩話)』	1611년	『학산초담』(1593)
정홍명(鄭弘溟, 1582~1650)	『기옹만필(畸翁漫筆)』	1643년	『대동야승』
이재영(李再榮, 1569?~1623)	『예원시화(藝苑詩話)』	1618~1622년	
	『총화(叢話)』	1618~1622년	시화 총서
이식(李植, 1584~1647)	『학시준적(學詩準的)』, 『작문모범(作文模範)』		
장유(張維, 1587~1638)	『계곡만필(谿谷漫筆)』	1635년	
윤종지(尹宗之, 1597~?)	『소수록(小睡錄)』		『백봉유고(白蓬遺稿)』

허균의 『성수시화』와 이수광의 『지봉유설』 「문장부文章部」, 양경우의 『제호시화』, 신흠의 『청창연담』, 이식의 『학시준적』은 시론을 펼치고, 시를 분석하고 비평한 전편시화로서 수준 높은 비평의 세계를 펼쳐서 이후 큰 영향을 끼쳤다. 곽열의 『서포일록』과 차천로의 『오산설림초고』, 유몽인의 『어우야담』, 윤흔의 『계음만필』, 윤종지의 『소수록』, 고상안의 『효빈잡기』, 정홍명의 『기옹만필』, 이시발의 『벽오만기』 등의 필기에서는 시화가 큰 비중을 차지하며 다양한 비평의 세계를 펼쳤다. 이재영의 『총화叢話』는 처음으로 역대 시화를 초록한 시화 총서이다.

1. 전란으로 잃은 시학 문헌을 수집한 곽열의 『서포일록』

곽열(郭說, 1548~1630)은 선조 광해군 때의 문인으로 문과에 급제하여 성균관 전적, 형조정랑 등을 역임하였다. 저자는 크게 주목받지 못했고, 『서포일록西浦日錄』도 오랫동안 잊혔다. 그러나 주목할 만한 새롭고 가치 있는 시화이다. 『서포일록』 필사본은 필자가 소장하고 있는데 서사 수택본으로 유일본이다. 이 사본을 저본으로 1900년에 목판본 『서포집』에서는 6권과 7권에 새로 편집하여 수록하였다. 필사본을 재편집하면서 적지 않은 변화와 착오를 일으켜 오류가 적지 않다.

사본은 상하권 2권 1책으로 85장의 정사본精寫本이다. 상권 첫머리에 1617년에 쓴 저자 서문과 하권 첫머리에 1619년에 쓴 저자 서문이 실려 있다. 마지막 장에는 1619년에 쓴 저자의 발문이 있다.

서문과 발문에서는 직접 경험하고 견문한 사실을 생각나는 대로 기록하여 심심함을 풀 거리로 삼는다고 저술 동기를 밝혔다. 하권의 서문에서는 상권이 선배와 명사들의 행적과 선조의 세계世系와 같이 본받거나 경계로 삼을 만한 사실을 많이 수록했는데, 하권은 오히려 자질구레한 시구나 장난거리 골계담이 많다고 밝혔다. 다음 기사를 주목할 만하다.

> 무절공武節公의 경원부사 별장첩別章帖과 부제학공의 공원창화시첩貢院唱和詩帖, 안정공安亭公의 유고 같은 여러 저술은 남들이 얻어보지 못한 문헌이다. 내가 만약 이 저술에 수록하지 않는다면 끝내 사라져 후세에 전하지 않으리니 어찌 몹시 아깝지 않으랴? 더구나 전해 내려오

는 선조의 세계世系나 한 시대에 교유한 행적을 여기에 모두 기록하였으니 나중에 자손들이 본다면 마치 말씀을 직접 듣고 가르침을 친히 받드는 듯하리라. 효도하고 공경하는 마음이 이 책을 보면 뭉클 일어나지 않겠는가?[23]

이 글에서 무절공은 신유정辛有定이고, 부제학공은 신석조(辛碩祖, 1407~1459), 안정공은 신영희辛永禧이다. 모두 외가쪽 선조이다. 저자는 대가 끊긴 외가에서 전해온 문헌을 소장하고 있었다. 별장첩은 신유정이 태종의 명을 받고 육진六鎭의 하나인 경원慶源에 부사로 나갈 때 성석린 등이 전별 기념으로 써준 백여 편의 시문이고, 공원창화시첩은 문종 즉위 원년에 문과를 치르고 신숙주, 성삼문, 신석조 등 명사들이 지은 시문을 엮은 시첩이다. 이 시첩에는 박팽년이 쓴 서문이 달려 있다. 안정공의 유고는 연산군 때의 명사인 신영희의 유고이다. 외가에서 전해오던 보기 드문 문헌을 모두 임진왜란에 분실하였는데 겨우 기억하고 있거나 남아 있던 문헌을 수습하여 기록하였다. 이렇게라도 기록해두지 않으면 후대에는 완전히 사라질까 염려하였다.

실제로 이들 기록은 『서포일록』에서만 보인다. 공원창화시첩에는 박팽년이 지은 「공원창화시서」가 실려 있는데 다른 어떤 문헌에도 보이지 않는다. 심지어 후대에 편찬된 그의 문집에도 빠져 있다. 신영희는 남효온의 친구로 절의와 기개가 높은 선비였다. 『속동문선』에 시 한 편과 『소문쇄록』에 「우의寓意」 2편이 겨우 전한다. 『서포일록』에는 시 십여 편과 문인 장응두張應斗가 지은 제문까지 전한다. 그 점에서 작은 시선집이다. 이 밖에 조선 전기의 귀중한 문헌이 수록되어 있어서 가치가 매우 높다.

『서포일록』은 전쟁의 참화로 사라졌거나 사라질 뻔한 귀중한 문헌을 수습하여 기록하였다. 전란에 소실된 문헌과 당대의 명사와 주고받은 부친의 시문을 기억하여 되살렸다. 또 스스로 견문한 동시대 명사의 일화와 시문, 그리고 자신이 지은 시와 평가까지 함께 수록하였다. 다른 시화에서는 보기 힘든 내용이 많다. 골계담과 희작을 조금 포함하기도 하였다. 다만 일관된 체계와 균형, 비평적 관점이 부족한 점이 결함이다.

예컨대 홍익현洪翼賢의 집에서 이순신 장군을 직접 만나보고 비상한 인물임을 근거를 들어 설명하였다. 옛일을 끌어와 현재의 일을 입증하고, 경전과 역사서를 드나들며 국사를 논하는 학식에 감탄하며 대사를 맡을 만한 인재라고 평가하였다. 또 아산에 있는 그의 사당을 방문하여 시를 지어 조문하였다. 이는 저자만의 체험을 기록한 기사이다. 또 허난설헌의 문집과 행적을 기술하고 재주를 믿고 기세를 내세워 남편을 모멸하는 여성이라고 비난하였다. 저자는 남편 김성립金誠立과 동방同榜이었다. 조선 중기에 활동한 다양한 인물의 참신한 기사는 충실하고 희귀한 사료적 가치가 있다.

> 신분申濆이 부평富平 여금산餘金山에 집을 짓고 살면서 명사들에게 시를 구하였다. 다음은 시인 윤기尹紀의 시이다.
>
> 사립문에는 볕이 따뜻해 복사꽃이 곱게 피니　　荊門日暖桃花淨
> 무수한 벌떼들이 위아래로 날아다니네　　無數晴蜂上下飛
> 낮잠을 깨자마자 동자가 하는 말이　　午睡初醒童子語
> '광주리 한가득 고사리를 꺾어 왔어요'　　折來山蕨滿筐肥
>
> 이 시를 보고 다들 붓을 내려놓았다. 율곡이 시를 보고 감탄하며 "이 시가 묘사를 잘한다고 얻을 수 있는 작품이겠는가! 이른바 천연天然에서 나온 시가 아닐까!"라고 하였다. (후략)[24]

이 기사 역시 다른 문헌에서는 보기 힘들다. 명종 때의 시인 윤기는 무명의 인물로 자는 이지理之, 호는 우정愚亭이다. 을사사화를 일으킨 윤원형의 조카로 미친 체하며 폐인처럼 강호를 떠돌다가 일찍 죽었다. 몇 가지 행적만이 단편적으로 전하는 인물인데 율곡이 호평한 인물이라는 점에서 더 흥미롭다. 『지봉유설』에서는 벽란도에서 지은 시로 수록하였다.

『서포일록』은 전란의 피해로 사라진 문헌을 되살리려 노력한 시화로서 시문 자료의 수집을 일차적 목적으로 하였다. 순수한 비평을 위주로 하지는 않았으나 조선 전기와 중기의 시문 관련 자료를 다수 보존한 시화 문헌이다.

2. 고전적 사문을 고증한 차천로의 『오산설림초고』

16세기 전기에는 일본과 만주족의 침략을 겪으면서 고통스런 체험을 기록한 많은 필기가 쏟아져 나왔다. 차천로(車天輅, 1556~1615)의 『오산설림초고五山說林草藁』 등 다수의 필기에서는 시화가 적지 않은 비중을 차지하였다. 시기가 앞서고 문제적 시화인 『오산설림초고』부터 먼저 설명한다. 오산五山 차천로는 개성 출신으로 아버지 차식(車軾, 1517~1575), 동생 차운로車雲輅와 함께 목릉성제穆陵盛際 문단에서 문명文名이 매우 높았다. 차운로는 감식안이 높은 비평가로, 차천로는 거침없고 호방한 시풍으로 널리 알려졌다.

『대동야승』에는 『오산설림초고』란 이름으로 1권이, 『한고관외사』에는 『오산설림五山說林』이란 이름으로 2권이 수록되었다. 『대동야승』에는 이름대로 편집 상태가 거칠다. 『한고관외사』에서는 내용에 맞춰 분류하고 편집한 다음 초고란 말을 삭제하였는데 초고의 양상을 완전히 벗지는 못했다. 『시화총림』에는 일화성 시화 위주로 30칙을 초록하였다.

『오산설림초고』를 교감하여 재편집한 김려는 "이 책은 오산 차천로가 지은 『오산설림초고』이다. 그러나 초고이든 정본이든 따질 것 없이 문장이 거칠고 속되며, 조야하고 상스러워서 볼 만한 내용이 없다. 게다가 책의 3분의 2가 시화이다"[25]라고 혹평하였다. 170여 칙에서 시화가 3분의 2라는 말은 사실에 부합하나 볼 만한 게 없다는 혹평은 지나치다. 숙종 때의 문인 박태순朴泰淳도 『오산설림초고』에 붙인 글에서 "시화에는 옛사람의 은밀한 의중을 밝게 드러낸 기사가 없고, 간혹 잘못 쓴 기록이 보인다"[26]라고 평하였는데 역시 지나친 악평이다. 체계를 갖추지 못했고, 견해와 사실 위주로 간결하게 서술한 결함은 있으나 시화사에서 주목할 만한 가치가 있다.

먼저 꼽을 가치로 이백과 두보, 『사기』와 『장자』의 난해한 어휘와 구절을 드러내 오류를 바로잡으려 하였다. 30여 칙에 이른 기사에서 학습해야 할 고전적 시문의 어휘와 맥락을 꼼꼼하고 정확하게 분석하고 고증하였다. 특히, 이백의 시를 다수 고증하였는데 이전 주석서의 주석을 비판적으로 검토하여 독자적인 새 견해를 제출하였다. 이백의 악부시에 주목한 몇 개 기사 가운데 50칙에서는 최표崔豹의 『고금주古今注』를 인용하여 「공무도하가公無渡河歌」를 소개하고, 시가 나온 공간을 조선의 대동강으로 비정批正하였다. 이백이 「공무도하公無渡河」 첫머리에서 '황하가 서쪽 곤륜산에서 발원하여, 일만 리를 세차게 흘러와 용문에 들이치네[黃河西來決崑崙, 咆哮萬里觸龍門]'라고 읊었으나 실상에 부합하지 않는다고 고증하였다. 그의 견해에 따르면 이백은 황하가 아닌, 대동강을 시의 공간으로 썼어야 했다. 시인이 상상에 근거하여 시를 쓰기도 하나 실상과 너무 어긋났다고 본 것이다. 그의 해석은 참고할 만한 가치가 있다.[27] 또 두보의 시어를 다수 고증하였는데 흥미로운 내용이 많다. 다음에 사례를 한 가지 든다.

> 두보의 「두견행杜鵑行」에 '두견새는 두려운 듯 깊은 나무숲에 숨어서/ 4월 5월인데도 울기만 하네[業工竄伏深樹裏, 四月五月啼偏呼]'라는 시구가 있다. 주석서에서는 '업공業工'을 풀이해놓지 않았다. 내가 젊을 때 책 한 권을 본 적이 있는데 거기에서는 두견杜鵑의 새끼를 업공業工이라고 하였다. 다만 어떤 책에서 보았는지 지금은 기억하지 못한다.[28]

거의 모든 두보 시 주석서에서는 '업공'을 아예 풀이해놓지 않았다. 조선에서는 차천로의 문제 제기 이후 이수광을 비롯해 6명 이상의 학자가 풀이에 동참하였다. 그중 '업업業業'의 와전으로 본 동악東岳 이안눌李安訥의 견해가 합리적이라 많은 지지를 받았다.[29] 차천로의 고증이 이 시어에 관심을 불러일으킨 시초가 되었다. 다만 두견의 새끼라는 추정의 근거를 얼버무린 점은 거친 태도이다.

차천로의 고증은 두보와 이백, 『사기』와 『장자』 같이 꼭 배워야 할 고전을 심화하여 학습하려는 태도에서 나왔다. 문장은 전한의 『사기』를, 시는 성당盛唐의 시를 배워야 한다는 복고주의 문학 관념이 스며든 고증이다. 이 관념은 윤근수가 이미 주장해왔는데 그와 가깝게 지낸 차천로는 영향을 받았고, 이를 실천에 옮겼다. 목릉성제 문단에서는 학습 대상인 고전을 깊이 분석하여 이해하려는 노력이 고전의 재출간과 주석서 편찬, 고전의 오류를 고증하는 시화의 편찬으로 나타났다. 이 추세를 윤근수와 차천로, 이수광 등이 선도하였다. 『오산설림초고』의 고증은 문단의 바뀐 추세를 선도하였는데 차천로의 다음 발언이 그 변화를 설명한다.

> 사마천의 『사기史記』는 만고에 우뚝한 명저임에도 불구하고 세상에 크게 유행하지 못하였다. 소식은 『전국책戰國策』을 중시하여 『사기』를 남보다도 좋아하지 않았다. 명나라에 이르러 비로소 드러내 제창하는 이들이 나타났다. 왕세정 무리가 높이고 숭상하자 천하에서는 집집마다 전하고 외웠으니 여기에도 운수란 것이 있나 보다. 장자莊子는 "만년이 지난 뒤에 한번 대성인을 만나 해답을 얻게 되면, 아침저녁 사이로 만나는 관계가 되리라"라고 하였다. 사마천이 왕세정을 만난 인연도 만년이 지난 뒤에 아침저녁 사이로 만난 격이라 할 만하다.[30]

당시 문단의 취향을 보고한 문화文話이다. 『사기』가 장기간 주목받지 못하다가 명나라에 들어와서야 가가호호에서 학습하는 고전으로 부상하였다. 왕세정王世貞이 유행을 촉발했다고 설명하였는데 올바른 지적이다.

윤근수와 차천로는 1610년 무렵 명간본明刊本『사찬史纂』을 산정刪定하여 훈련도감자訓鍊都監字로 간행할 때 구결口訣을 다는 작업을 하였다.[31] 이 책은 이후 조선에『사기』학습열을 불러일으켰다.

다음으로 동시대 시인을 다룬 30여 칙의 시화를 주목할 만하다. 정철鄭澈, 서경덕, 윤결尹潔, 양사언楊士彦, 윤춘년尹春年 등 목릉성제의 특정한 시인 몇 명을 다루는 데 그쳤다. 시인의 행적과 시를 소개하는 차원에 그치고 적극적 비평을 펼치지는 않았다. 시사를 균형감 있게 다루지 않았고 창작 일화 위주로 서술하였다.

차천로는 최경창, 백광훈, 임제, 이달, 이수광의 악부제樂府題 한시를 뽑아『악부신성樂府新聲』을 간행하여 악부와 고시의 창작을 격려하였다. 성당의 시와 악부시를 선호하여 복고주의에 기운 시론을 펼쳤다. 이처럼『오산설림초고』는 목릉성제 문단의 경향을 본격적으로 내세운 초기 시화의 위상을 지닌다.

3. 유몽인의 『어우야담』과 일화 위주의 시화

『오산설림초고』 외에도 이 시기에는 유몽인柳夢寅의 『어우야담於于野談』과 윤흔의 『계음만필』, 윤종지의 『소수록』, 고상안의 『효빈잡기』, 정홍명의 『기옹만필』, 이시발의 『벽오만기』 등 여러 필기에서 시화를 비중 있게 다뤘다. 여러 필기에서 수록한 시평과 일화를 간략하게 살펴본다.

유몽인(柳夢寅, 1559~1623)의 『어우야담於于野談』은 조선 중기를 대표하는 필기이자 야담집野談集이다. 저자의 본관은 고흥高興, 자는 응문應文, 호는 어우於于 또는 묵호자默好子이다. 문과에 장원 급제한 뒤 여러 관직을 역임하여 대사간에 이르렀다. 당파는 북인北人으로 인조반정에 동조하지 않아 처형당하였다. 시와 산문에서 복고주의의 기치를 올리며 독창적 작품세계를 일군 뛰어난 문인이다. 친구인 성여학成汝學이 일반 시문을 아무리 잘 써도 아무도 보지 않으니 차라리 소설小說이나 총화叢話를 짓는 게 낫겠다는 제안에 자극 받아 『어우야담』 10권을 저술하였다. 성여학이 1621년에 서문을 썼으니 이 무렵에 완성되었다.

『어우야담』은 문체가 아름답고 흥미로운 글감이 많다. 많은 독자를 거느려 일찍이 국문으로 번역되었고 다양한 사본이 유통되었다. 정조의 호의로 역적에서 신원伸冤되고 문집이 간행되었으나 그때도 『어우야담』은 간행되지 못하였다. 1964년에 집안 후손인 유제한柳濟漢이 여러 이본을 수집하여 5권 1책으로 만종재萬宗齋에서 간행했다. 이 간본에서는 제재에 따라 분류하여 권3은 문예文藝, 지감識鑑, 서화 등 12항목의 학예편學藝篇으로 구성하였다. 문예는 곧 시화로서 모두 83칙을 수록하였다. 다른 항목에도 시화가 흩어져 있고, 미처 싣지 못한 시화도 있어 대략 100칙 안팎의 시화로 추정한다. 『시화총림』에는 42칙을 초록하였다.

『어우야담』은 본디 이야기를 지향한 저술이라 시화도 작가의 일화나 흥미로운 사연을 기록하는 데 기울었다. 자연스럽게 시평이나 이론에 주목하지 않았고, 더욱이 고증과 분석에는 아예 관심이 없었다. 이곡과 김시습, 김종직 등 먼 옛날의 시인을 일부 다루기는 했으나 다수는 동시대와 가까운 시대의 선배 작가를 다뤘다. 다룬 문인은 정사룡과 허봉, 윤춘년, 신광한, 어숙권, 최립 등 저명한 시인 그룹과 고경명, 최경창, 이달, 백광훈, 서익, 차천로 등 당시풍 시인의 그룹, 유희경劉希慶, 휴정休靜, 박지화朴枝華, 성여학 등 신분이 낮고 불우한 시인 그룹으로 나뉜다. 시단에서 주목하였던 저명 시인이 다수 포함되었다.

유몽인은 한시사의 기준을 들이대지 않았으나 시인을 평가하는 기준이나 서술 가운데서 시각을 가볍게 표현하였다. 삼당파三唐派 시인을 소개하면서 근래에 당시를 배우는 이들이 소품 시 위주로 짓는 점과 배움이 넉넉하지 않아서 크게 떨치지 못함을 안타까워하였다. 백광훈의 조룡대釣龍臺 일화를 소개하고서 그의 명작 절구를 두고 시도 조룡대에 불과하다고 악평하였다. 대체로 당시풍 시인을 탐탁하게 여기지 않았다. 또 최립과 자신의 문학을 비교해 평가한 자리에서는 최립이 옛사람의 작품을 모방하여 독자적 작품세계를 형성하지 못했다고 비판하였고, 선배를 모의하지 않고 흉중에서 독자적 작품세계를 창조한 자신의 독창성을 자부하였다. 문단의 조류에 휩쓸리지 않고 창조적 문학세계를 개척하고자 애쓴 작가의 지향을 제시하였다.

일화 위주의 기사 속에서 시론을 펼친 기사가 적게나마 있어 풍자의 의의를 인정하는 주장을 펼쳤고 김안로를 비판한 신광한의 시를 인상깊게 풀이하였다. 또 만물을 본떠서 그려내는 시인의 재능을 찬미하였고, 조물주에 버금가는 시인의 재능을 하늘이 시기하기에 뛰어난 시인이 불우하거나 요절한다고 해석하였다. 성여학과 이정면李廷冕, 윤계선尹繼善의 사례를 들어 시인의 재능과 불우한 인생의 상관관계를 밝혔다. 『시화총림』에서 초록한 다음 시화는 독특한 의상意象을 포착한 시를 다루었다.

> 내가 지난해에 송천정사에서 잠을 자다가 깼을 때 빗소리가 들려오기에 절의 중에게 물었더니 중이 "폭포소리이지 빗소리가 아닙니다"라고 하였다. 그래서 내가 다음 시를 지었다.
>
> 3월에도 산은 추워 두견새 소리 드문데 三月山寒杜宇稀
> 나그네는 구름에 누워 근심 없이 한가롭네 遊人雲臥靜無機
> 한밤중 깊은 숲에 비가 내리는 줄 알았더니 中宵錯認千林雨
> 낚시터에 샘물 떨어지는 소리라 스님이 말하네 僧道飛泉灑石磯
>
> 그 뒤 손님이 와서 송강 정철이 지은 절구 한 수를 말해주었다.
>
> 빈산 낙엽 지는 소리에 空山落木聲
> 성근 비 내리는 줄 알았지 錯認爲疎雨
> 아이 불러 문밖을 보라 했더니 呼兒出門看
> 시내 앞 나무에 달이 걸렸다 하네 月掛溪南樹
>
> 지난해 8월 14일 밤에 홍경신이 풍악산에 놀러가서 표훈사表訓寺에서 잠을 잤다. 한밤이 되어 함께 놀러간 금사琴師 박씨가 "비가 옵니다"라고 하여 잠에서 깨어보니 환한 달빛이 창문에 가득하였다. 살펴보니 하늘에는 구름 한 점 없고 추녀 저편에서 나무 홈통에 샘물을 끌어오는데 바람이 물방울을 날려 빗소리를 내고 있었다. 홍경신이 웃으며 절구 한 수를 읊었다.

외진 절이라 먼지 없고 가을 기운 맑아	崖寺無塵秋氣淸
창 가득한 환한 달빛에 꿈이 막 깨었네	滿窓明月夢初驚
바람에 졸졸 흩날리는 샘물 소리를	淙淙一壑風泉響
앞산에 내리는 밤비인 줄 잘못 알았네	錯認前山夜雨聲

세상에서 시인의 착상은 똑같다고 말하더니 정말이다.[32]

폭포소리와 나뭇잎 지는 소리, 샘물 소리를 각각 빗소리로 착각하도록 만든 적막한 환경과 그 현상을 읊은 세 편의 시를 소개하였다. 착각 모티브를 흥미롭게 설명한 시화로 독자의 관심을 끈다. 『어우야담』은 시평이나 일화를 아름다운 문장으로 표현하여 흥미롭게 읽을 수 있다. 시화를 초록하여 독립 저술로 필사한 책이 몇 종 남아 있다.

윤근수의 후손 가운데 필기를 저술한 이들이 여럿이다. 조카이자 윤두수의 아들인 도재陶齋 윤흔(尹昕, 1564~1638)은 『계음만필溪陰漫筆』을, 손자인 백봉白篷 윤종지(尹宗之, 1597~?)는 『소수록小睡錄』을 저술하였다. 2종의 필기는 저술 시기도 비슷하고 성격도 유사하다.

이들은 서인西人 당파로 문과에 급제하여 고위직에 진출하거나 가문의 배경으로 지방관을 역임하였다. 필기에도 당파의 견해가 드러났다. 문학에 조예가 있어 각각 『도재집陶齋集』(도쿄대 소장)과 『백봉유고白篷遺稿』(장서각 소장)를 남겼다. 『월정만록』만이 널리 알려졌으나 2종의 필기도 훌륭한 가치를 지녔고, 시화로서 주목할 만하다.

『계음만필』은 3권 1책으로 398칙의 기사 가운데 시화가 60칙이다. 『동국시화휘성』에는 『도재수필陶齋隨筆』이라는 이름으로 다수 전재하였다. 황교은의 번역본이 있다. 조선 중기 이전의 제도와 풍속, 문화 등을 다룬 풍부한 사료집이다. 시화의 비중이 크지는 않으나 광해군 전후한 시기의 주요 작가의 일화를 풍성하게 수록하였다. 비평적 기사는 그다지 눈에 뜨이지 않는다.

윤종지의 『소수록』은 그의 유일한 필사본 문집 권2에 수록되었다. 첫머리에 실린 이성조李聖肇의 서문에서는 이 저술이 전고典故에 필요한 문자로서 후세에 전해질 가치가 있다고 평가하였다. 그의 말대로 80칙의 필기에는 다른 문헌에서는 보기 힘든 기사가 풍부하다. 조선 중기를 중심으로 역사적 사실과 인물의 행적을 기술하였다. 26칙 정도의 시화는 고려 말에서 조선 중기까지 시인의 시화와 문화를 다뤘다. 사림파 문인 위주로 다루면서 최립崔岦의 시와 문장에는 관심을 깊이 두었다. 최립의 시가 문장보다는 못하지만 높은 수준의 시는 옛사람도 미치기 어렵다고 호평하였다. 또 문장 솜씨를 선조에게 인정받았고, 『한서漢書』와 한유韓愈의 문장을 공부하여 득력得力하였다고 평가하였다. 또 정철을 애도한 권필과 그의 서숙庶叔 유천柳泉의 시를 다룬 내용은 흥미롭다.

석주 권필이 송강 정철의 묘를 들러 다음 시를 지었다.

빈산에 잎 지고 비는 부슬부슬	空山木落雨蕭蕭
정승의 풍류는 쓸쓸하게 변했구나	相國風流已寂寥
서글퍼라 술 한잔 다시 올리기 어려우니	惆悵一杯難更進
예전의 가곡이 바로 오늘 일이로다	昔年歌曲卽今朝

시에서 술 한 잔 다시 올린다는 말은 송강의 「장진주사將進酒辭」에 나오는 말이다. 가사는 한때 널리 불렸는데 이 시도 널리 전해 읊어졌다. 학관을 지낸 유천柳泉 숙부가 이 시에 차운하여 다음 시를 지었다.

세상에서 난초를 싫어하고 쑥을 귀히 여기니	世厭椒蘭寶艾蕭

근래에는 곧은 기상이 너무 없어 쓸쓸하구나	年來直氣太寥寥
시대를 걱정하는 지사가 공연히 눈물 흘리니	空揮志士傷時涕
정철릉 앞에서는 날이 밝지 않는구나	鄭某陵前夜不朝

묘가 있는 곳의 지명은 정승의 이름인 정철릉으로 부르기에 이렇게 말하였다—안按: 송강의 묘소는 고양 신원新院에 있었는데 지금은 진천鎭川으로 이장하였다.[33]

서인이 정철의 묘에서 쓴 시는 여러 편이고, 권필과 이안눌의 시가 명작으로 널리 알려졌다. 후대의 시화에도 여러 차례 등장한다. 이 시화는 가장 이른 편에 속하고, 더욱이 그의 서숙인 유천柳泉의 시를 함께 수록하였다. 이처럼 작품을 비평하는 차원의 내용은 많지 않으나 흥미로운 시화를 다수 실었다. 최립이 「항적전項籍傳」을 특별히 애지중지하여 다독하라고 권한 기사와 윤근수가 『사기』와 『한서』에서 명작을 뽑아 주석을 냈다는 기사는 선진양한先秦兩漢의 산문을 학습하자는 최립의 문학관을 밝혀준다.

이밖에 고상안(高尙顔, 1553~1623)의 『효빈잡기效顰雜記』와 정홍명(鄭弘溟, 1582~1650)의 『기옹만필畸翁漫筆』, 이시발(李時發, 1569~1626)의 『벽오만기碧梧謾記』 같은 필기에는 시인의 일화를 소개하는 시화가 얼마간 실려 있다. 『효빈잡기』는 임진왜란 이후 피폐한 사회상을 충실하게 기록한 필기로서 상권에는 5칙, 하권에는 20칙의 시화를 수록하였다. 당시 사회 현상을 다각도로 그려내는 데 목적을 둔 필기라서 시화의 비중은 크지 않고 시평보다는 작품에 보이는 정보에 관심을 두었다. 다음에 사례를 보인다.

병오년(1606)과 정미년(1607) 사이에 유영경柳永慶이 국정을 담당하여 일본에 사신을 보내자고 건의하고 사신단의 명칭을 회답사回答使라고 하였다. 그때 참판 윤안성尹安性이 다음 시를 지었다.

회답사라 이름 붙여 무엇을 하려 하나?	使名回答欲何爲
오늘날 화친하자니 뜻을 아예 모르겠네	此日和親意未知
한강에 나가 정자를 올라 바라보게나!	試上漢江亭上望
두 왕릉의 소나무는 가지가 나지 않네	二陵松栢不生枝

최현崔晛이 그때 승지로 있었는데 이 절구를 역사책에 실었다가 권력자에게 미움을 받고 끝내 남들이 숙덕거리는 소리를 들었다.[34]

임진왜란 때 왜군이 선릉宣陵과 정릉靖陵을 도굴한 만행과 치욕을 상기하며 윤안성(1542~1615)이 일본과 국교를 재개해서는 안 된다는 뜻을 시로 썼다. 이 시가 『선조실록』에는 실리지 않고, 『선조수정실록』에 수록되었는데 정치적 배경이 있음을 말해주는 기사이다. 후대에는 많은 필기와 시화에서 이 기사를 언급하였다.

정홍명의 『기옹만필』에는 75칙의 기사 가운데 20칙 안팎이 시문을 논한 시화이다. 선조 인조 연간 명사의 일화, 서인 명사의 성리학 주장과 자신이 접한 기이한 인물의 행적을 적바림하였다. 선조와 광해군 연간에 활동한 노수신, 윤근수, 최립, 정철, 권필, 이춘영, 차천로 등 문인의 시와 문장, 주장과 일화를 소개하였다.

『벽오만기』도 선조 시대 정계와 사회상을 기록한 65칙의 기사 가운데 시화 16칙을 수록하였다. 대개는 명사의 일화를 소개하는 중에 시를 인용하여 설명하였다. 다음에 사례를 든다.

정철이 벼슬자리에서 면직되어 베옷을 입고 경기 지역을 지나갔다. 시냇가에 십여 명이 모여 앉아 물고기를 잡아 술을 마시고 있어서 정철이 가서 인사를 건넸다. 좌중 사람들이 누군지는 몰랐으나 범인은 아니라 여겨 성명을 물었다. 정철이 웃기만 할 뿐 대답하지 않았더니 좌중에서 "공은 청풍부사 민순閔純이 아니시오?"라고 물었다가 또 "아니면 우계牛溪 성혼成渾이 아니시오?"라고 물었다. 정철은 아무런 대답을 하지 않고 술만 실컷 들이켰다. 자리를 뜰 때 종이와 붓을 달라고 하여 다음 절구 한 수를 썼다.

나는 민씨도 아니고 성씨도 아니니	吾生非閔亦非成
반평생 풍진 속에 술꾼이란 이름만 얻었소	半百人間醉得名
새로 만난 벗에게 성명을 말하려니	欲向新朋說姓字
청산은 비웃고 갈매기는 놀라겠소	青山送罵白鷗驚

시를 완성하고 작별 인사를 한 뒤 자리를 떴다. (중략) 정철의 시는 대체로 풍격이 이렇다.[35]

호방하고 자유로운 정철의 품성이 시화에 잘 드러난다. 『소화시평』에도 비슷한 내용을 싣고 "호방하고 빼어나서 얽매인 것이 없다"라는 평을 달았는데 이 기사를 활용하였다.

4. 종합적이고 체계적인 시화, 이수광의 『지봉유설』

이수광(李睟光, 1563~1629)은 조선 중기 시화를 대표하는 『지봉유설芝峰類說』을 저술하였다. 정밀한 체계를 갖추고 방대한 분량에 이론적 깊이를 갖춘 시화이다.

이수광의 자는 윤경潤卿, 호는 지봉芝峯으로 문과에 급제하고 이조판서 등 주요 고위직을 두루 지냈다. 저명한 관료 문인으로 북경을 세 번 다녀왔고, 다방면의 학술에 조예가 깊었다. 시문의 창작과 연구에 탐닉하여 많은 시문을 지었고 그 성과가 문집 『지봉집芝峯集』에 실려 있다. 시문 외에 필기이자 유서類書인 『지봉유설』을 편찬하였다.

『지봉유설』은 평소에 적바림해둔 기사를 정리하여 1614년 7월에 완성하고 김현성金玄成의 발문과 자신의 자서自序를 써 두었다. 20년 뒤인 1634년에 아들이 『지봉집』과 함께 20권 10책의 목판본으로 간행하였다. 간본과 필사본으로 널리 읽히면서 18세기 이후 실학풍實學風 학술에 광범위한 영향을 끼쳤다. 홍만종은 『시화총림』에서 115칙을 수록하였는데 주로 문장부 6권 동시東詩에서 초록하였다. 『양파담원』에서는 1칙을 첨가하였다.

『지봉유설』은 천문부天文部, 시령부時令部에서부터 훼목부卉木部, 금충부禽蟲部에 이르는 25부部, 182항목으로 구성되었다. 수록한 기사의 수량은 모두 3,425칙이다. 문장부文章部는 권8에서 권14까지 7권으로 전체 20권 가운데 7권을 차지하고 1,314칙의 수량이다. 전체의 3분의 1을 넘기는 큰 비중이다.[36] 문장부의 비중이 지나치게 커서 시화가 주축을 이뤄 다른 주제를 포괄하는 형국이다. 넓은 주제를 포괄한 종합적 백과사전의 외형으로는 문장부가 비대해 균형이 맞지 않는다.[37] 그만큼 『지봉유설』에서 문장부는 비중이 커서 문학을 탐닉하고 전문적 식견을 지닌 저자의 조예를 과시하였다. 다음은 문장부의 세부 항목 30종의 구성이다.

권8 문장부1: 문文·문체文體·문평文評·고문古文·사부辭賦·동문東文·문예文藝
권9 문장부2: 시詩·시법詩法·시평詩評
권10 문장부3: 어제시御製詩·고악부古樂府·고시古詩·당시唐詩
권11 문장부4: 당시唐詩
권12 문장부5: 당시唐詩·오대시五代詩·송시宋詩·원시元詩·명시明詩
권13 문장부6: 동시東詩
권14 문장부7: 방류旁流·규수閨秀·기첩妓妾·가사歌詞·여정麗情·애사哀辭·창화唱和·대구對句·시화詩禍·시참詩讖·시예詩藝

문장부에서 1권은 문학 일반이론과 문장을 다뤘고, 2권 이후는 모두 시를 다루어서 문장부 전체는 시화를 중심으로 구성되어 있다. 필자가 소장한 『지봉유설』 사본 1책은 문장을 다룬 1권을 제외하고 문장부 전체를 필사하여 오로지 시만을 다룬 시화로 재편집하였다.

2권은 시 일반이론과 시평이다. 시론서와 시화에서 일반이론과 시의 형식 등과 관련한 중요한 글을 초록하고 자신의 소견을 덧붙였다. 고려 이래 조선의 시화는 흥미로운 이야기의 시화와 시를 품평한 시평의 양 측면을 지녔다. 윤춘년에 이르러 시론이 시화의 중심을 이뤘고, 조선 중기에 들어와 시론이 시화에서 차지하는 비중이 점차로 커졌다. 『지봉유설』에 이르러서는 본격적으로 이론이 시화의 한 영역으로 들어왔다. 이론에는 문장이론과 메타비평까지 포함되었다. 이수광 이전에는 이론을 체계적으로 제시하고 논의한 경우가 드물었다. 조선시대 전체로 확대해봐도 폭이 넓고 깊이가 있는 저술이다. 시론만 놓고 보면, 다음 세대의 김만중이 『시선詩選』에서 이론을 소개한 항목이 이 책에 맞선다.

이처럼 1권과 2권은 이론이 중심을 이뤘다. 조선과 중국의 다양한 이론을 수용하되 왕세정王世貞의 『예원치언藝苑卮言』을 포함한 복고주의 이론을 근간으로 삼았다. 주목할 점은 선배의 글을 초록하는 데만 그치지 않고 초록한 글에 자기 소견을 첨부하였다. 초록한 이론에 대한 찬성과 비판, 수정의 과정을 거쳐 어떤 이론이든 비판적으로 수용하였다. 초록과 함께 밝힌 그의 시론은 중요한 가치가 있다. 시문과 비평을 바라보는 이수광의 시론은 크게 두 가지이다.

첫째로 당시唐詩에서 나아가 성당시盛唐詩를 시의 본색本色으로 설정하여 비평을 전개하였다. 이는 이수광의 창작 경향과 밀접하게 연관되어 있다. 성당의 시를 추구한 정두경鄭斗卿은 「신니옹시서申泥翁詩序」에서 이수광이 삼당파를 계승하여 당시를 지었다고 시사적 위상을 평가하였다. 그의 말처럼 이수광은 창작과 비평 양면에서 당시를 추구하였다. 이수광은 동시대 시인인 성여학이 "시는 성당에 이르러 더 이상 좋을 수가 없으니 성인이 보더라도 좋다고 하리라"라고 한 말을 인용하고서 그 말에 찬동하였다.[38] 또 "송나라 이후의 시는 무엇을 위주로 하는지도 모르겠고, 체재가 비루하고 속되어서 보기만 해도 저절로 차별된다"[39]라거나 "나는 5경 외에도 『장자』와 『사기』를 좋아하고, 건안建安 시대의 시를 좋아하여 초당과 성당의 시에 이르렀다. 중당 만당 아래로는 경구警句를 취할 뿐이다"[40]라고 하여 비슷한 소견을 밝혔다. 또 여러 곳에서 의흥意興과 격율格律을 선호한 당시를 높이고, 이치와 용사用事, 의론을 펼치는 송시를 낮춰보는 시각을 표명하였다. "의론에 조금이라도 빠지면 귀신의 도다"[41]라고 말하기까지 하였다. 더욱이 당시와 송시를 평가한 실제비평 곳곳에서 같은 관점을 보였다.

둘째로 정서와 자연스러움, 천재성과 격조를 중시하였다. 의론을 펼치고 수사와 작법에 치중하는 작법은 선호하지 않았다. 한위漢魏 고시와 성당의 시를 좋아하여 자연스럽게 서정적 취향이 강하였다. 다음 문장을 보자.

> 증공曾鞏은 "바람이 물 위에 불고, 벌레가 나무를 갉아 먹은 것처럼 자연스럽게 무늬가 이루어져 조탁과 수식을 빌리지 않는다"라고 말했다. 또 "벌레가 나무를 갉아 먹으면 틈이 보이지 않으며, 누에가 고치를 만들면 흠을 찾을 수 없다"라고도 했다. 나는 이렇게 말하겠다. "문학은 자연스러움을 귀하게 여겨 인위적 기교를 용인하지 않는다. 이 경지에 이르면 사람이 힘을 쓸 곳이 없어진다. 문장을 지으려는 사람은 이 말을 몰라서는 안 된다."[42]

증공의 이론을 초록한 다음 그 이론에 공감하면서 자기 시론을 제시하였다. 『지봉유설』에서는 흔히 이렇게 자기 견해를 밝혔다. 인위적 기교와 조탁, 수사보다는 천부적 재능에서 우러나와 자연스럽게 작품을 써야 한다. 새롭게 사물을 창조하는 예술인으로서 시인은 만물을 창조하는 조물주에 비유할 수 있다. 하늘로부터 재능을 부여받은 시인은 노력하여 제작하는 기교가 아니라 자연스럽게 나오는 문학을 하여야 한다. 그러면 시는 자연스럽게 공교로워진다.

다른 기사에서 이수광은 "나는 이렇게 생각한다. 문학은 조화와 같다. 마음에서 만들어진 문학은 반드시 공교로우나 손끝에서 만들어진 문학은 꼭 공교롭지는 않으니 이는 당연하다"[43]라고 말하였다. 마음에서 나오는 대로 쓰면 그것이 곧 훌륭한 문학이라는 생각을 잘 표현하였다. 각 왕조의 시풍과 작가와 작품을 품평할 때도 그는 이 시론을 적용하였다.

2권의 시평詩評 항목은 기사의 양이 많다. 조선과 중국의 작품에 논쟁적 비평을 펼치고 있다. 문제작을 놓고 결점과 출처, 표절 등을 따지며 감식안을 발휘하였다. 비평의 칼날을 대어 평가하면서 두보를 비롯한 여러 대가의 시를 날카롭게 비평하였다. 두보의 시어가 속되고, 억지로 말을 만든 작품이 많다고 과감히 평하였고, 구양수歐陽修의 시를 두고 술에 취한 말[醉語]이라고 평하였으며, 권필을 향해서는 당시唐詩를 잘 모른다고 평하였다. 두보와 소식, 구양수, 권필 같은 대가라 해도 결함과 나쁜 점을 드러내 부각하였다. 두보와 권필은 성당시를 추구한 시인으로서 저자의 취향에 잘 부합하는데도 거침없이 비판하였다. 다음은 소식의 시구를 비판한 기사이다.

> 소식의 시에 '공들은 유난히 술 마시는 멋을 모르시나, 저는 항상 그 맛에 한 번씩 취한다오[公獨未知其趣耳, 臣今時復一中之]'라고 하였는데 고금에 기이한 대구로 여겼다. 그러나 이 시구가 병려문의 대구라면 좋으나 시에 가져다 쓸 때는 구법이 속된 듯하고 천기天機 또한 얕다. 당나라 시인은 절대로 시구를 이렇게 짓지 않을 것이다.[44]

이수광이 사례로 든 비평서는 『동인시화』이다. 대구를 놓지 못할 시구는 없다는 시각에서 서거정은 이 시구를 대표 사례로 들고 고금에 뛰어난 기이한 대구라고 극찬하였다.[45] 『어은총화』와 『시인옥설』에서도 아름다운 대구로 인정하였다. 서거정이 전형적인 송시풍의 대구로 호평한 시구를 이수광은 구법이 속되고 천기도 얕다고 악평하였다. 조선 전기를 대표하는 시화 『동인시화』와 조선 중기를 대표하는 시화 『지봉유설』 사이에 소동파의 시구를 놓고 의견이 명확히 대립하였다. 시사와 시화의 변화를 뚜렷하게 보여준다.

소식의 시구는 역사 전고를 모르면 내용을 파악하기 어렵다. 시적이지 않은, 산문투의 속된 표현이다. 송시의 나쁜 병폐로 용사나 속어를 꼽고 있는 시각에서는 호평하기 힘들다. 당시를 선호한 이수광은 소식과 송나라의 시를 긍정하는 부분이 있기는 하나 대체로 부정적으로 보았다.

문장부 3권에서 5권까지는 중국 시를 다루었다. 어제시御製詩와 고악부古樂府에서 명시明詩까지 8개 항목으로 중국 시를 논하여 시사 전체를 통시적으로 다루고자 하였다. 그 수량은 6권의 동시東詩 항목이 188칙임을 고려하면 세 곱절이다. 한국 시화사에서는 유례가 없을 만큼 중국 시의 비평에 정성을 쏟았다. 고려시대에 이제현이 『역옹패설』에서 중국 시를 다뤘으나 그 비중은 미미하였고, 차천로가 『오산설림초고』에서 30여 칙에 이른 기사로 중국 시를 변증했으나 기사의 수량은 적다. 이수광은 차천로의 중국 시 변증과 관련을 맺고 있으나 비평의 수준은 높고, 비중은 크게 확대되었다. 특히 당시가 398칙으로 큰 비중을 차지하여 당시로 확연하게 기운 관심과 시론의 비중이 돋보인다.

이수광의 중국 시 비평은 고증과 비평 두 측면에서 독자적 심미안을 발휘하였다. 시의 고증에는 양신楊愼의 저술을 많이 참고하여 『승암시화升庵詩話』와 비슷한 점이 있다. 훈련도감자로 간행한 『승암시화』가 당시를 위주로 하되, 육조六朝 시를 다수 고증한 점과 견줄 만하다. 훗날 이덕무가 『청비록』에서 이수광을 박식하기가 조선의 승암升庵이라 할 만하다고 호평한 이유가 여기에 있다.

이수광은 통행본 주석서와 이전 시화의 해석을 검토하여 주석과 해석의 오류를 바로잡아 올바른 이해를 꾀하였다. 두보는 60여 칙, 이백은 40칙의 많은 수량으로 다루었다. 두보의 작품을 놓고 고증한 사례를 한 가지 든다. 4권에서 두보의 5언 율시 「비를 보고 감회를 써서 허주부를 초청한다[對雨書懷, 走邀許主簿]」의 함련 '우레 소리에 장막 위 제비는 튀어 나르고, 소낙비에 강의 물고기는 떨어지네[震雷飜幕燕, 驟雨落河魚]'를 분석하였는데 하구下句의 내용만을 살펴본다. 소낙비에 하늘에서 하어河魚가 떨어진다는 내용은 상식적으로 이해하기 어려운 현상이다. 당시에 널리 읽힌 주석서에는 "하어河魚는 수면에 떠 있는 먼지가 응결되어 만들어진 것으로 가마솥 안에서 살아 나온 물고기와 같다"[46]라는 억지 해석이 보인다. 『두시상주杜詩詳註』 같은 청대의 정밀한 주석서에서도 그럴 법한 주석이 나오지 않는다.

이 구절에 대해 이수광은 소낙비가 내릴 때 강의 물고기가 비를 타고 떨어지는 현상을 묘사했다고 해석하고 눈앞에 일어난 현상을 보고서 쓴 시구로 이해하였다. 이 해석은 옛 주석에 기대지 않고 자신이 자연에서 확인한 현상을 근거로 시를 해석하였다.[47] 그 이후 이식李植은 『찬주두시택풍당비해纂註杜詩澤風堂批解』에 이 의견을 반영하여 "소낙비가 내릴 때 강의 물고기가 물기운을 타고 위로 튀어 올라 땅에 떨어지는데 지금 어디서나 이 현상이 일어난다"[48]라고 풀이하였다. 이전 주석서에서 확인하기 힘든 견해이다.[49]

『지봉유설』의 시 해석에는 이렇게 과거의 주석서에 얽매이지 않고 자신의 체험과 소견을 바탕으로 새롭게 해석하거나 선배 학자의 견해와 품평을 비판적으로 재해석한 내용이 적지 않다. 시를 창작한 공간적 시간적 배경을 확인하여 내용의 오류를 짚어낸 몇 개의 기사도 있다. 훗날 김만중은 실제 풍경과 시의 기술이 합치되는지 그 여부를 따지는 시평을 비판하면서 이수광의 독자적 비평 세계를 낮춰보았다. 하지만 그를 조선 후기 실학의 선구자로 간주한 이유는 실제 현상과 새로운 문헌을 근거로 과거의 그릇된 지식을 바로잡은 데 있다. 중국 시를 해석한 견해의 독자성과 참신성은 인정받을 만한 수준이다.[50] 『지봉유설』에서 중국 시를 논한 내용은 수량이나 질적인 측면에서 조선 중기 시단의 중국 시 이해의 높은 수준을 반영한다.

『지봉유설』에서 자국의 시를 논한 부분 역시 수량이나 질적인 측면에서 높은 수준에 이르렀다. 6권의 동시東詩 항목은 188칙에 그치나 문장부 전체로 보면 자국의 시를 다룬 기사가 곱절 이상이다. 중국 시를 다루면서도 자국의 시를 함께 논하는 경우도 적지 않다. 삼국시대부터 당대까지 통시적으로 주요 시인을 다루어 시사 전체를 다루려는 의욕을 보였다. 서술의 비중은 고려보다는 조선, 조선 전기보다는 중기가 커서 동시대로 가면 갈수록 비중이 커졌다. 균형감 있게 각 시기의 주요 시인을 선택하여 평가하되 일화보다는 작가와 작품을 심미적으로 비평하려는 시평 위주였다. 다음은 시평의 주요한 특징 몇 가지이다.

참신한 견해와 평가를 제출하였다. 고려와 조선의 시단에서는 최치원을 고대 한시사의 첫 장면으로 논하였다. 이수광은 수나라 장수에게 준 을지문덕의 오언시를 동시 항목의 첫 기사로 써서 한시사의 첫 장면으로 부각하였다. 다음 세대에 홍만종은 이 의견을 받아들여 『소화시평』에서 이 작품을 한시사의 첫 장면으로 언급했고, 『백운소설』에서도 첫 기사로 편입했다. 3칙에서는 지리산 석굴에서 발견했다는 최치원의 시를 발굴하여 기록함으로써 한시사 초기에 깊은 관심을 표명하였다. 다만 이 기사는 논란거리이다. 또 역적으로 죽임을 당한 남이南怡의 시를 논하는 등 그동안 언급하지 않았던 한시사의 여러 현상을 수면 위로 떠오르게 하였다.

다음으로 시단에서 통용되던 정설과 역대 시화의 정평을 뒤집는 기사나 작품의 가치를 새롭게 평가하고 의미를 밝힌 기사가 다수이다. 38칙에서는 이승휴李承休가 뭉게구름을 읊은 '한 조각이 흙탕물에서 문득 피어올라/ 동서로 남북으로 여기저기 다니네/ 장마비 내려 메마른 곡식 살린다더니/ 중천에 뜬 해와 달의 밝은 빛만 공연히 가리네[一片忽從泥上生, 東西南北便從橫. 謂成霖雨蘇群槁, 空掩中天日月明]'라는 시를 인용하고는 '장마비는 내리지 않고 하릴없이 하늘만 가리네[不成霖雨謾遮天]'라는 송나라 시인의 시의詩意를 채택했다는 이유로 좋지 못한 작품이라 평하였다. 『역옹패설』에서 풍자시의 좋은 사례로 칭송한 이제현의 평가를 뒤집었다. 또 60칙에서 신종호申從濩의 시를 인용하고 당시를 배웠다는 여러 평자의 평가를 뒤집어 당시에 근접한 시로 볼 수 없다고 평하였다. 이처럼 이수광은 창의적이고 신선한 시각의 비평을 펼쳤다.

또 『지봉유설』에서는 시단이 격조와 흥취, 감성에 뿌리를 둔 시의 창작이라는 올바른 방향으로 흘러가야 한다고 주장하였다. 송시에 지나치게 경도되어 창작했던 과거의 시단을 비판하고, 감성에 기초한 당시를 배우는 최근 시단의 방향을 지지하였다. 다음은 창작 방향을 뚜렷하게 밝힌 기사이다.

> 호음 정사룡은 소식과 황정견을 위주로 시를 지었으나 만년에는 대단히 후회하여 늘 두목과 이상은을 읽었다. 하곡 허봉은 젊어서는 소식을 배웠으나 나중에는 『당음唐音』과 이백을 즐기면서 이전 버릇을 바꾸고 싶으나 잘 안된다고 고백하였다. 석천 임억령은 이백을 배운다고 표방하면서도 늘 『백낙천집』을 읽었다고 한다. 선배의 문장 솜씨와 재능으로도 사정이 이렇다. 소식과 황정견에는 물들기 쉽고 이백은 배우기 어려워서 그런 것일까?[51]

사례로 든 세 명의 시인은 시단을 대표하는 송시풍 시인들이다. 명성이 높은 시인들조차도 실은 송시풍을 버리고 당시풍을 배우려고 시도했으나 그 꿈을 이루지 못했다고 밝혔다. 이수광은 송시풍에서 벗어나 당시로 전환하는 시단의 방향 전환을 피할 수 없는 시대적 추세로 위 기사를 제시하였다.

『지봉유설』 문장부의 시화는 수량이나 다룬 내용의 다양성과 수준에서 고려 이래 조선 중기까지 시화사에서 가장 높은 수준에 이르렀다. 『지봉유설』 전체 기사는 성리학의 한계에 매몰되지 않고 독자적인 사유와 명나라의 최신 학술정보를 도입하여 학계에 신선한 충격을 던졌다. 문장부의 시화도 시단에 새롭고 풍부한 정보와 비평을 제공하여 시를 보는 안목의 폭을 크게 넓혔다.

『지봉유설』에서 비평에 활용한 『승암시화』, 『예원치언』, 『요산당외기』 등의 명대 시학서는 이후 비평에서 필수 독서물로 활용되었다. 윤근수가 한 세대 전에 명대의 학술과 문인을 소개하였다면 이수광은 이론으로 무장하고 실제비평에 적극적으로 활용하였다. 이수광이 집적해놓은 비평의 성과는 후대에 막대한 영향을 끼쳤다.

『지봉유설』은 다양한 학술 경향을 반영하였고, 당대까지 한국과 중국의 한시사의 성과를 종합하여 평론하였다. 17세기 조선의 성리학자들은 이수광의 학술을 순수하지 않은 잡학雜學으로 매도하거나 사람의 뜻을 계발하지 않는다고 비판하였으나 과도한 비판이다.

5. 허균과 양경우의 심미비평

『학산초담』과 『성수시화』의 심미비평

허균(許筠, 1569~1618)은 조선 중기를 대표하는 뛰어난 시인이자 문장가이고, 또 뛰어난 감식안을 소유한 비평가이다. 김만중은 『서포만필』에서 허균의 감식안을 근대 제일로 꼽아야 한다고 말하였는데 그 평가는 현재까지 두루 공감을 얻었다. 허균은 시대적 한계를 탈피한 선각적 사상가로서 시대와 불화를 겪다가 결국 처형당하였다.

허균은 동인東人의 영수 허엽許曄의 막내아들로 태어났다. 자는 단보端甫, 호는 교산蛟山 또는 성성옹惺惺翁이다. 저명한 시인이자 비평가인 허봉許篈과 저명한 여성 시인인 허난설헌許蘭雪軒의 동생이다. 문과에 급제하여 형조판서와 우참찬에 올랐다가 반역죄로 50세에 처형되었다. 혁신적이고 문제적인 지식인으로 문학사와 지성사에서 중요한 위치를 차지한다.

서발문과 서간문, 논설문에서 개성과 창의를 표현하고 혁신을 지향하는 문학론을 제기하였다. 조선시대 시선집 『국조시산國朝詩删』을 편찬하였고, 『학산초담鶴山樵談』과 『성수시화惺叟詩話』 2종의 시화를 저술하였다. 또 『성옹지소록惺翁識小錄』에도 시화 기사가 일부 포함되어 있다. 『학산초담』은 1593년 강원도 강릉에서, 『국조시산』은 1607년에, 『성수시화』는 1611년 전라도 함열에서 탈고하였다. 3종의 단행본 비평서는 서로 깊은 관련성을 지녔다. 시선집과 시화는 매우 우수한 선집과 시화라는 호평을 얻었는데 과장된 평가가 아니다.

『학산초담』은 전체 108칙으로 구성되었다. 끝에 수록한 발문에서 1593년 왜란을 맞아 강릉으로 피신했을 때 지었다고 밝혔다. 25세 때 저술이니 한국 시화의 역사에서 20대 젊은 나이에 저술한 첫 시화이다. 뒤 시대의 홍만종과 신경준을 제외하면 보기 드물다. 그만큼 청년의 예민한 심미안으로 거침없이 쓴 참신한 저술이다. 이 시화의 시론과 시평은 이후에 허균의 시선과 시화, 시문론에 크게 반영되었다.

『학산초담』은 1593년에 저술되어 적게는 30여 세에서 많게는 60세 차이가 나는 선배들의 시화 『송계만록』과 『월정만필』, 『견한잡록』보다 먼저 지어졌거나 같은 시기에 지어졌다. 같은 시기에 지어졌으나 시에 담긴 시론과 시평은 차이가 매우 크다. 또 17세기의 비평가 차천로와 이수광, 신흠 등 누구보다 앞서서 저술하였다. 시화에는 17세기 전기 시화의 비평 관점이 앞서서 골고루 반영되었으니 시대를 앞서가는 혁신적 시화로 평가하지 않을 수 없다.

이 시화는 간행되지 않은 채 사본으로만 유통되었다. 하버드대 소장 『한고관외사』에는 김려가 교감하고 주석을 단 교감본을 수록하였다. 이 비평본이 나중에 『패림』과 『광사廣史』에도 필사되어 수록되었다. 김려의 비평본과 그 전사본은 모두 선본이다. 장서각과 규장각, 성균관대학교 존경각 등에서 소장한 사본은 계통이 다른 이본이나 내용상 차이는 크지 않다.[52] 국립한국문학관에서는 남학명南鶴鳴 구장의 사본을 최근 매입하여 소장하고 있다. 정교하게 필사한 선본으로 몇 칙이 더 추가되어 있다. 신승운, 허경진의 번역서가 있다.

김려는 필사한 뒤 쓴 글에서 "시화로서 야사를 겸한 책이다. 평론이 정밀하고도 영민하며, 품평이 공정하고도 분명하여 정곡을 콕콕 찌르지 않은 기사가 하나도 없다"[53]라고 극찬하였다. 그의 평가처럼 비평가의 안목을 빼어나게 발휘한 한국 시화의 일품이다. 가치를 인정받은 시화인데도 조선 후기에는 많이 읽히지 않았고, 『성수시화』의 그늘에 가려 있었다.

『학산초담』을 탈고한 뒤로부터 20년이 흐른 1611년에 허균은 또 『성수시화』를 전라도 함열의 유배지에서 지었다. 국립도서관 소장 『성소부부고惺所覆瓿稿』에는 설부說部 권4에 수록되었다. 본문 앞에는 「성수시화인惺叟詩話引」이 있어 간행의 동기와 과정을 밝혔다. 그 글에서 1607년에 『국조시산』을 산정删定하고 또 시평詩評을 지었다고 밝혔다. 여기서 시평은 단행본 시화를 가리키지 않고 『국조시산』의 시에 가한 평점과 비평을 가리킨다. 또 『성수시화』가 모두 95관款으로 구성되었다고 밝혔다. 관은 칙則과 같은 말로 본디 95칙임을 밝혔으나 현재는 83칙만 남아 있다. 장서각에는 『시화』란 서명으로 「궁사宮詞」와 함께 수록한 사본이 소장되어 있다.

『시화총림』에서는 『성수시화』 83칙을 초록하였다. 시화의 가치를 높이 평가하여 초록하지 않고 전체를 수록하였다. 『성소부부고』에서 수록한 사본과 같은 수량으로 홍만종의 안목에 따라 어휘를 일부 수정한 것 외에는 큰 차이가 없다. 『학산초담』은 홍만종이 선호할 시화인데도 수록하지 않았다. 한 비평가의 저작 2종을 수록한 신흠의 사례가 있으므로 함께 수록할 법한데 수록하지 않았다. 홍만종이 이 시화가 있음을 인지하지 못한 탓으로 보인다. 『성수시화』는 정학성과 허경진, 윤재환 등이 번역하였다.

『학산초담』과 『성수시화』는 허균의 뛰어난 감식안과 심미안이 발휘된 시화이다. 『학산초담』은 당대 시단의 현장비평이 중심을 이뤘고, 『성수시화』는 최치원 이래 당대까지의 시단을 역사적으로 조감하되 동시대에 더 큰 비중을 두었다. 다음에 특징과 가치를 설명한다.

첫째, 2종의 시화는 심미적 시평詩評을 지향하였다. 시론과 일화는 드물고, 분석과 고증은 거의 보이지 않는다. 평자의 심미안으로 작가와 작품의 가치를 직관적으로 품평하는 전형적 인상비평의 시화이다. 작가와 작품의 품평이 매우 합당하다. 용사用事나 신의新意가 있고 없음을 따지지 않았고, 출처나 표절의 문제를 다루지 않았다. 비평가의 직관력과 감수성에 기대어 시를 평가하였고, 시의 지식과 정보, 분석력을 중시하지 않았다.

그의 비평 방법은 이전 세대의 시화에서도 드물고, 이후 세대의 시화에서도 드물다. 동시대 비평가인 차천로나 이수광은 고증적 시화에 가깝다. 앞 세대에서는 이제신과 조금 유사하고, 뒤 세대에서는 홍만종, 남용익과 유사하다. 홍만종과 남용익은 허균의 심미적 비평에 매료되었던 비평가이다.

둘째, 송시풍을 억누르고 당시풍을 존숭하며, 진한秦漢의 문장과 고시와 악부를 배우려는 복고주의復古主義 성향이 강하였다. 그 점에서는 윤근수의 영향이 보인다. 작가와 작품을 평가하는 데 복고적 심미안을 반영하였다. 서정성이 풍부하고 감성에 호소하는 시를 찾아내어 호평하였고, 식견을 발휘하거나 사실을 설명하는 시는 낮춰보았다. 특히, 고사를 많이 사용한 지적이고 고답적인 작품은 배제하였다.

『학산초담』에서는 목릉성제 시기의 삼당파 시인을 비롯하여 허봉, 임제, 고경명 등 동시대의 당시풍 작가를 호평하였다. 감성에 호소하는 사조를 올바른 방향으로 보았고, 고려 이래 당대까지 송시풍에 따라 창작한 시풍을 그릇된 방향으로 보았다. 최치원 이래 통시적으로 시단을 조감한 『성수시화』에서도 이 시각을 적용하였다. 다음은 『학산초담』의 기사이다.

> 근래 중국 사람들은 문장은 전한前漢을 배우고, 시는 두보를 모범으로 삼고 있다. 옛 수준에는 이르지 못하더라도 이른바 고니를 새기다가 못 이루더라도 집오리처럼 새길 수는 있을 것이다. 우리 조선 사람은 문장은 소동파 부자를, 시는 황정견과 진사도를 배우기 때문에 비루하고 촌스러워 볼 만한 작가가 없다. 시를 잘 짓는 시인으로 최경창, 백광훈, 임제, 허봉이 모두 일찍 세상을 뜨고 지금은 이달 한 사람만 남아 있다. 그런데 비방이 산더미같이 쌓이니 이처럼 인재를 아끼지 않는다.[54]

동시대 명 문단의 복고주의 성향을 거론한 다음 문장은 송대의 고문을, 시는 강서시파를 배우는 조선의 문풍을 비판하고 당시풍을 추구하는 시인을 추켜세웠다. 우리 시화사에서 당시풍으로 전환해야 한다고 분명하게 주장한 첫 시화는 『학산초담』이다. 삼당파와 임제, 허봉을 포함한 시인 그룹을 적극적으로 평가한 첫 시화도 『학산초담』이다. 당시풍을 긍정한 시화 대부분이 17세기에 등장하였음을 고려할 때 17세기 시화의 모체는 『학산초담』이다. 허균 자신이 지은 『성수시화』도 『학산초담』의 절대적 영향을 받아 나왔다. 2종의 시화에는 송시풍을 버리고 시대를 거슬러 올라가 성당과 한위의 시풍으로 복귀하는 복고주의 시론이 깔려 있다.

셋째, 신라 이래 시사를 역사적 비중에 따라 균형을 맞춰 서술하였다. 문학사가로서 균형감각을 유지하여 시사적 비중을 온당하게 부여하였다. 집현전 학사의 시작 활동과 고시古詩 창작자의 재평가, 중종 대의 해동강서시파와 목릉성제 삼당파의 시사적 비중을 짚어낸 점은 문학사가로서 역량과 안목을 보여주었다. 『학산초담』에서는 조선의 시단이 송시풍의 굴레에서 벗어나 당시풍으로 옮아가는 올바른 방향성을 찾는 과정으로 이해하였다. 3칙에서 다음과 같이 설명하였다.

> 우리 조선의 시학詩學은 소식과 황정견을 위주로 하고 있어 성리설을 따르는 큰 유학자라 해도 그 틀에 빠져 있다. 세상에서 명성을 날리는 나머지 사람들도 대개 남은 찌꺼기를 주워서 썩어빠진 상투적인 말을 만들기 때문에 시를 읽으면 싫증이 나니 성당盛唐의 시적 수준은 사라져 들을 길이 없다. 매월당 김시습의 시는 맑고 고매하며 속됨을 벗어났다. 그러나 천재성이 빼어나게 넘쳐 스스로 수사를 팽개치고 쓰지 않거나 아무 생각 없이 가볍게 지은 시가 많다. 따라서 사이사이 잡박한 구석이 있어 결국 정시正始의 시적 수준은 아니다. 망헌 이주의 시는 침착沈着하고 노창老蒼하여 대력大曆과 정원貞元의 당시에 근접하였다고

중형(仲兄, 허봉)은 보았다. 그러나 두보와 소식에서 나와서 큰 근본이 순수하지 않다. 충암 김정은 맑고 웅장하며 기이하고 고와서 작가라고 일컬을 만하나 생경하고 중첩한 말이 상당히 많다. 그들 이후로는 무너진 풍조를 일으키는 작가가 나타나지 않았다. 융경隆慶 만력 연간에 최경창과 백광훈, 이달의 무리가 비로소 개원開元 시기의 시학을 배워서 그 정수를 얻어 옛사람의 수준에 도달하려 노력하였다. 그러나 뼈대를 온전히 이루지 못하고 화려함이 너무 심하여 허혼許渾과 이상은李商隱 사이에 두면 광대의 꼴로 느껴진다. 그러니 이백이나 왕유의 지위를 뺏으라고 하겠는가? 그렇기는 하나 이로부터 시를 배우는 이들이 당시풍이 있음을 알았으니 세 사람의 공로를 덮어버릴 수 없다.[55]

송시풍이 주도해온 시단의 현황을 말하고 김시습과 이주, 김정 등 시풍의 전환을 기대할 만한 시인이 시도는 하였으나 성공하지 못한 과정을 조명하였다. 선조 연간 들어서 삼당파 시인이 당시풍으로 전환하여 일정 정도 관심을 환기했으나 성당시의 수준에는 이르지 못해 아쉽다고 했다. 송시풍에서 당시풍으로 변화하는 시단의 전개 과정을 잘 짚어냈다. 1593년에 허균이 만든 시풍 변화의 구도는 당시에는 상당히 낯선 구도였다. 이 시기 시화에서는 당시풍을 주도적 시풍으로 인정한 비평가도 거의 없었다. 하지만 이 구도는 뒤에 『국조시산』과 『성수시화』에 적용되면서 정설로 굳어졌고, 다른 비평가들도 수용하였다. 여기에서 뛰어난 문학사가의 안목을 확인할 수 있다.

그런데 이 구도가 최치원 이래 고려와 조선 전기의 시단과 작가에 온전히 적용할 수 있는 올바른 구도인지 점검하여야 한다. 그보다 뒤에 시단의 변화를 짚어낸 신흠의 구도에 비하면 한국의 시사 전개를 지나치게 단조롭게 이해한 위험성이 있다. 중기 이전에는 송시풍이라는 전제 아래 고려 이래 조선 전기 시인을 지나치게 깎아내렸다. 고려의 시인을 평가하면서 서정적 시인 위주로 가치를 인정하여 시가 조금 껄끄러운 김부식을 아예 언급하지도 않았다. 이인로나 이규보, 이색의 위상을 높이 평가하기는 했으나 그다지 전면적으로 호평하지 않았다. 목릉성제 시단 이전 작가도 비슷하게 평가하였다. 『보한집』이나 『동인시화』에서 해당 작가를 호평한 평문과 비교해보면 허균은 상당히 인색한 평가를 하였다.

반면에 역사적 비중이 떨어지는 홍간洪侃과 성간成侃은 고시古詩를 내세워 성당시盛唐詩와 유사하거나 악부체를 지었다 하여 호평하였다. 작가와 작품을 호평할 때 곧잘 "성당의 풍격이 있다[有盛唐風格]", "왕왕 당시에 아주 가깝다[往往逼唐]", "당의 시인과 거리가 어찌 멀겠는가[去唐人奚遠哉]"라는 등의 말을 써서 당시를 기준으로 삼았다. 기이하고 굳센 송시풍 작가인 김종직이나 조위, 박은, 정사룡 등의 시인에게는 호평하기는 하되 유보적이었다. 김종직은 "시가 오로지 소식과 황정견에서 나왔으니 옛것을 본받는 사람이 낮춰보는 것도 당연하다"[56]라고 평하였고, "박은의 시가 비록 올바른 소리는 아니나 근엄하고 치밀하며 굳세고 사납다"[57]라고 평하였다. 송시풍을 즐겨 쓴 서거정과 이승소의 경우에는 대표작보다는 서정성이 돋보이는 시를 꼽고서 당시풍이라서 좋다고 평가하였다. 송시풍도 의의가 있다는 공정한 태도를 표방하기는 했으나 실제비평에서는 그렇지 않았다.

넷째, 『학산초담』과 『성수시화』는 18년의 시간적 거리가 있으나 시를 보는 관점에서는 차이가 크지 않다. 『성수시화』는 얼추 절반에 이르는 비중으로 목릉성제의 시단과 시인을 논하였는데 대체로 『학산초담』을 축약하여 서술했다. 허균의 비평은 이른 시기의 저작인 『학산초담』에서 뼈대를 이룬 뒤 『국조시산』의 작가와 작품 선정 및 평점과 비평에 그대로 적용되었고, 나중에는 『성수시화』에서 재편집되었다. 독창성 면에서는 『학산초담』의 가치가 가장 우수하다.

허균의 시화는 이후 조선의 비평에 큰 영향을 끼쳤다. 서정성에 치우친 점은 있으나 작가의 심미적 평가와 시사적 위상의 부여가 적절하여 평자들에게 정론으로 수용되었다. 직관력에 기대 작품의 심미적 가치를 평가하는 시평은 이후 신흠과 홍만종, 남용익 등을 거치며 시평의 모범으로 인정받았다. 허균은 시를 이야기하는 시화의 단계에서 시의 미적 가치를 직관하는 시평의 단계를 본격적으로 열어놓았다.

『제호시화』의 선조대 시단 현장비평

허균과 동년배인 양경우(梁慶遇, 1568~1630)의 『제호시화霽湖詩話』는 조선 중기 시화의 일품으로 꼽힌다. 양경우의 자는 자점子漸, 호는 제호霽湖로 저명한 시인이자 의병장 양대박梁大樸의 아들이다. 섬세한 정서의 시를 지은 저명한 시인이었고, 문과에 급제하여 지방관을 역임하였다. 부친과 함께 의병을 일으켜 고경명 휘하에서 활약하였고, 주지번朱之蕃 등 명나라 사신을 접대하는 국사에 여러 번 참여하여 시문을 주고받았다.

양경우는 인조반정 이후 향리에 은거할 때 이 시화를 지었다. 시화에는 광해군을 폐조廢朝로 표기한 기사가 두 군데 등장한다. 1647년에 『제호집霽湖集』 2책을 간행하였는데 시화도 함께 수록하였다. 초간본에 수록한 시화가 다른 어떤 텍스트보다 충실하다. 1799년 왕명에 따라 부친의 『청계집靑溪集』과 함께 『양대사마실기梁大司馬實記』로 출간되었는데 이 판본에도 시화가 들어 있다. 초간본에서 크게 달라지지는 않았으나 일부 글자가 수정되었다. 원형을 훼손하여 개선보다는 개악에 가깝다. 기타 단행본으로 유통된 텍스트는 거의 없다. 전체 63칙으로 『시화총림』에는 일화를 중심으로 23칙을 초록하였다.

양경우는 허균과 동년배이나 저술한 시기가 인조반정 이후라서 허균의 시화에 나타난 여러 시론을 반영하고 있다. 시화는 시의 격률格律과 음향音響을 주제로 다룬 전반부 20칙과 동시대 시인의 창작 현장을 묘사한 후반부 40여 칙으로 나뉜다.

격률과 음향을 따지는 전반부에서는 시의 격식과 용사用事, 어휘, 운자韻字, 평측平仄 등을 설명하였다. 1칙에서는 당시와 송시의 구별에 관해 서술하였고, 또 당시에서 성당시와 만당시의 차이를 논하였다. 이 기사에서 송시보다는 당시, 만당시보다는 성당시를 배워야 한다고 주장하였다. 성당시를 배우려면 성당시의 구법句法을 다른 시기의 시가 지닌 구법과 변별해야 하고, 그러려면 격률과 음향의 문제에 관심을 기울여야 한다고 하였다. 용사나 성률을 따지던 조선 전기 시화의 관례를 가져와 당시풍의 시를 지어야 한다고 주장하였다.

허균과 마찬가지로 양경우는 송시풍을 멀리하고 당시풍, 특히 성당의 시풍을 학습하는 데 의의를 두었다. 배워야 할 구법으로는 당시를, 특히 두보의 시를 제시하였다. 절친한 시우詩友인 차천로가 『오산설림초고』에서 두보의 시를 집중하여 논한 논조와 비슷하다.

후반부 40여 칙의 시화에서는 전적으로 목릉성제 시인을 다루었다. 대상이 된 시인은 삼당파를 비롯하여 임제, 차천로, 고경명, 허봉, 박지화, 권필, 이춘영, 이안눌, 허봉, 정사룡, 최립, 노수신, 그리고 정지승, 임전, 성여학, 유도, 홍천경 등이다. 당시풍 시인이 다수를 차지하였고, 명망을 누린 정사룡과 최립 등 해동강서시파 시인과 성여학과 유도 등 군소 작가를 포함하였다. 목릉성제 시인에 초점을 맞춘 점에서 허균의 『학산초담』과 같다.

특히 직접 여러 시인을 접촉하여 창작과 비평의 현장을 생생하게 기록하였다. 고려 말 「오호도嗚呼島」에 얽힌 갈등으로 정도전이 이숭인을 죽인 27칙만이 먼 과거의 시화인데 그마저도 윤근수에게 직접 들은 기사였다.

창작과 비평의 현장성을 보여준 사례를 권필權韠의 비명횡사를 다룬 흥미로운 기사에서 찾아볼 수 있다. 1612년에 권필이 광해군과 그 외척을 풍자한 「궁류시宮柳詩」를 지었다가 발각되어 친국親鞫을 받고 사망한 사건이 발생하였다. 다음은 49칙 뒷부분의 기사이다.

(전략) 석주(石洲, 권필의 호)는 시안詩案 탓에 장형을 맞고 결국 먼 변방으로 유배되었다. 석주를 들쳐 메고 동대문 밖의 인가로 나왔는데, 나는 현곡玄谷 조찬한趙纘韓과 함께 따라가 행장을 꾸려 주었다. 주인집 판자 위에 초서로 쓴 이하李賀의 「장진주將進酒」 끝 네 구절을 보았더니 권勸 자를 권權 자로 바꿔 썼는데 실수로 잘못 쓴 글씨였다. 때는 한창 늦봄이라, 복사꽃이 뜰에 가득하였다. 석주는 죽기 직전에 술 석 잔을 연거푸 마시더니 해가 질 무렵에 눈을 감았다. 잘못 쓰인 한 글자가 우연히 참언讖言이 되었으니 어찌 기이하지 않은가![58]

이 일화는 많은 시화에 단골로 나오는 유명한 이야기이다. 『제호시화』는 저자가 직접 겪은 사연을 기록하여 다른 시화의 모본이 되었다. 이 시화는 일화에 속하지만 시평을 적은 다른 기사도 직접 겪은 사실을 서술하였다. 기이하고 굳센[奇健] 시를 쓰는 최립의 경우가 좋은 사례이다. 최립은 당시풍 시인들이 배척하는 대표적 시인으로 강서시풍의 드센 풍격을 숭상하였다. 택당 이식은 "동고 최립의 시율詩律은 황정견과 진여의에게서 나와 웅숭깊고 웅장하며 삼가고 근엄하니 속하문자俗下文字가 한 구절도 섞이지 않았다"[59]라고 평가한 바 있다. 양경우는 34칙에서 36칙까지 연이어 최립을 못마땅해하는 이산해李山海의 지론을 확인하는 기사를 썼다. 다음 35칙은 차천로와 함께 이산해를 만났을 때 본 장면을 묘사하였다.

이산해 정승이 최립의 시를 인정하지 않은 유래가 오래다. 태헌苔軒 고경명高敬命이 서장관으로 북경에 갔을 때 최립이 질정관이 되었는데 도중에 주고받은 작품이 매우 많았다. 이 정승이 두 사람이 돌아오기를 기다렸다가 시권詩卷을 빌려 왔는데 첫 장에 실린 서너 수의 창화시唱和

詩를 보고는 최립의 시를 무척 싫어하였다. 옆에 있는 사람에게 종이를 잘라 최립의 시를 덮게 한 뒤에야 시권을 가져다 보았으니 싫어하는 정도가 심하였다. 이 정승이 한 말을 내가 직접 들었다. 이 정승은 언론이 부드러워 시를 논할 때 남의 재주를 얕보고 멸시한 적이 없었으나 최립의 시에 이르러서는 말할 때마다 번번이 헐뜯으면서 "아는 자만이 알리라"라고 하였다.[60]

이산해는 일찍부터 당시를 본받은 시인이라고 허균이 평가하였다. 당시풍을 선호한 점에서는 똑같은데 허균은 최립의 시를 인정했으나 이산해는 아예 대놓고 배척하였다. 시풍의 차이에 따라 시인 사이에 심하게 대립한 선조 시기 시단의 정황을 한 장면의 묘사로 확인시켜주었다. 이 시화는 이처럼 창작과 평론의 현장에서 일어난 일을 생생하게 기록하였다. 목릉성제 시인의 창작 현장을 실제 정황에 부합하게 기록한 문학 사료로 가치가 있다.

이 시화가 지닌 가치는 숙종 때의 관료이자 문인으로 허균의 『국조시산』을 판각한 박태순朴泰淳이 옳게 평가하였다. 그는 『제호시화』에 붙인 글에서 "양경우는 시를 잘 지어 호남에서 유명하였다. 오래도록 이문학관吏文學官으로 재직하면서 당시 여러 거장의 문하에 출입하였는데 다들 그에게 흉금을 터놓았다. 이제 그의 시론을 살펴보니 정말 의미와 아치가 있다. 여러 거장이 시단에서 벌인 멋진 일을 서술할 때 말은 간략하게 요점을 드러내 들뜨고 과장됨이 없으니 후세에 전할 만한 시화임을 알만하다"[61]라고 평했다. 당대의 창작 현장을 생생하게 제시한 시화의 가치를 잘 짚어냈다.

6. 조선 중기 문장 4대가의 창작론 시화

선조에서 인조에 이르는 시기에는 문장 4대가로 불리는 이정귀李廷龜·신흠申欽·장유張維·이식李植의 네 작가가 문단의 거장으로 오랜 기간 활동하였다. 이들의 명망은 당대를 넘어 조선 말기까지 이어졌고, 김태준은 『조선한문학사』에서 월상계택月象谿澤의 4대가로 대서특필하였다. 월상계택은 이들의 호 첫 글자를 따서 부른 이름이다. 명문가 출신에 고위 관료를 지냈고, 고문古文에서 뛰어난 성취를 이뤄 조선 고문의 전범으로 인정받았으며, 성리학에 뿌리를 두고 유가의 이념을 구현한 작품을 창작하여 문단의 권력으로 통하였다. 이후 문단에 큰 영향을 끼쳤고, 비평사에서도 그 위상이 매우 크다.

이들은 많은 서발序跋과 편지글에서 비평론을 펼쳤고, 또 시화와 필기를 저술하여 시와 문장을 논하였다. 이정구를 제외한 세 명은 『청창연담』과 『학시준적』 같은 전편시화와 『계곡만필』이란 필기를 지었다. 3종의 비평서는 일화나 시평의 나열을 지양하고 주로 시론을 펼쳤다. 윤춘년의 시론 이래 이수광의 『지봉유설』에서 시론을 앞세운 시화를 선보였다. 그런 선례를 더욱 확대하여 이들은 아예 시론을 시화의 주축으로 구성하여 시화사에서 주목할 만한 혁신과 변화를 보였다.

작시의 방향을 제시한 신흠의 『청창연담』

신흠(申欽, 1566~1628)의 본관은 평산平山, 자는 경숙敬叔, 호는 상촌象村 또는 현헌玄軒이다. 문과에 급제한 이후 고위직을 거쳐 영의정에까지 올랐다. 당파는 서인西人으로 광해군 때 핍박받아 김포에 은둔하였다가 인조반정 이후 재기하여 영의정에 올랐다. 『청강시화』의 저자 이제신의 사위이다.

『청창연담晴窓軟談』 3권은 문집 『상촌집象村集』에 실려 있다. 이것이 정본이다. 『한고관외사』에는 단권單卷으로 편집하였다. 김려는 "『청창연담』은 현헌 신흠이 저술한 시화이다. 앞 절반은 고금 시품詩品을 두루 논하였고, 뒤 절반은 우리나라의 시인만을 말하였다. 읽어보면 왕왕 심취하게 만든다"[62]라고 호평하였다. 전체 152칙으로 『시화총림』에서는 37칙을 초록하였다. 사본으로도 유통되었고, 이상현과 강민구가 번역하였다.

신흠은 또 『산중독언山中獨言』 1권을 지었는데 필기로서 다양한 주제의 단상과 명사의 일화, 시화, 중국사에 관한 단상을 일정한 체계 없이 기록하였다. 여기에는 4칙의 시화가 실려 있는데 모두 1613년 계축옥사癸丑獄事 뒤 김포에 은둔해 살 때의 처지를 묘사한 자기의 시를 다뤘다. 『한고관외사』에도 교감하여 수록하였고, 『시화총림』에도 2칙을 초록하였다. 창작 배경을 서술한 기사로서 주목할 만한 내용은 없다.

『청창연담』은 1590년대 후반부터 1620년대 초까지 긴 시간에 걸쳐 쓴 차기箚記를 모았다. 완성한 시기는 1621년으로 조정에서 물러나 김포 등지에 머물 때 쓴 기사가 많다.[63] 가벼운 일화를 배제하고 시론과 시체詩體를 논하였고, 중국과 조선의 시를 직관하여 품평하였다. 한시사의 안목에 뿌리를 두고 시인의 개성과 작품의 가치를 공평하게 평가하였다. 신흠은 『청창연담』 상권 제1칙에서 문학의 본질과 시의 특징을 선명하게 정의하고 논의를 시작하였다. 유가 선비들은 으레 문장을 하찮은 기예[小技]로 낮춰보았는데 신흠은 이 관념부터 비판하였다. 아무리 뛰어난 도道라 해도 문학이 아니면 드러낼 방법이 없으므로 문학은 꼭 필요하다고 말하였다. 이어서 다음과 같이 주장하였다.

> 시는 문장으로 출발하여 구절로 표현된다. 시는 형이상形而上의 영역이고, 문장은 형이하形而下의 영역이다. 형이상은 하늘에 속하고, 형이하는 땅에 속한다. 시는 문사[詞]를 위주로 하고, 문장은 이치[理]를 위주로 한다. 시에는 이치가 없을 수 없으나 이치만으로는 너무 투박하다. 문장에는 문사가 없을 수 없으나 문사만으로는 지나치게 겉치레이다. 요컨대 문사와 이치가 모두 적절해야 한다.[64]

도道가 우위임을 인정하면서도 문장의 가치를 강조하였고, 마찬가지로 문장의 우위임을 인정하면서도 시의 가치를 옹호하였다. 신흠은 시와 문장의 차이를 문사[詞]와 이치[理]로 이해하고, 그 둘이 적절하게 조화된 상태를 좋은 작품의 요건으로 보았다. 둘은 표현과 내용, 수사와 사상이란 현대적 개념으로 치환하여 이해할 수 있다. 문사와 이치의 소장성쇠는 문학사조의 변천을 만들어냈다. 예컨대 송대 이후의 시는 이치를 위주로 창작하여 이치가 독점적으로 우세하게 되었다. 그의 관점은 『지봉유설』 문장부 1권에서 문장과 도의 관계를 논하면서 송나라 이후의 문학에는 이치가 넉넉하나 문사가 부족하다고 본 이수광의 관점과 관련이 있다.

이론을 바탕에 두고 신흠은 중국과 조선의 시인을 평가하였다. 상권과 중권에서는 당시와 송시, 명시를 대상으로 평가하였다. 중국 비평가의 논의를 받아서 쓰지 않고 직관력으로 엄밀하게 품평하였다. 자기화한 성숙한 비평의식으로 당당하게 중국 시를 평가한 점에서 가치가 있다.

『지봉유설』에서는 시를 고증한 기사가 품평한 기사보다 비중이 더 컸으나, 『청창연담』에서는 고증한 기사가 거의 없이 대부분 심미비평에 기울었다. 허균의 심미비평에 가깝다.

비평의 시각에서 당시나 송시 모두 개성이 있으므로 균형을 유지하며 가치를 논해야 한다고 주장하기는 하였으나 실제로는 당시를 더 선호하였다. 송시 중에는 소식의 시를 높이 평가하였다. 이수광보다 더 열려 있는 태도로 소식을 평가하였다. 명나라 시에서는 전후칠자前後七子의 이동양李東陽과 왕세정王世貞, 이반룡李攀龍 등의 시인을 인용하였다. 왕세정의 악부시를 여러 편 인용하고서 "왕세정의 시는 대단히 규모가 커서 읊을 만한 시를 이루 다 기록할 수 없다"[65]라고 호평하였다. 명대 작가를 보는 안목에서 신흠은 높은 수준에 도달하였다.

신흠은 문학 일반이론의 토대 위에서 창작론을 펼쳤다. 서정성을 우위에 두고서 율시와 배율을 말 밖의 맛이 없이 무미건조하게 시어만 나열한 형식적 시라고 비판하였다. 다음은 창작의 기본을 역설한 기사로 음미할 만한 가치가 있다.

> 옛사람은 "천지간에 맑은 기운이 있어/ 흩어져 시인의 비장으로 들어간다[乾坤有淸氣, 散入詩人脾]"라고 하였다. 맑음[淸]이 시의 본색本色이니, 기이하고 군센 풍격[奇健]은 오히려 부차적이다. 험하거나 괴기하거나 침착沈着하거나 투박한 시는 시도詩道와 더욱 멀어졌다. 시가 맑으면 높고, 높으면 소리나 빛깔로는 구할 수는 없다. 시는 반드시 소리 없는 소리와 빛깔이 없는 빛깔을 얻어서 맑고 환하며 담박하고 투명하여 시경詩境이 정신과 혼연일체가 되고 정신이 붓과 호응하여 나타나야 한다. 그런 뒤에야 야호선野狐禪을 닦는 외도外道로 떨어지지 않는다. 따라서 옛날 거장의 작품을 두루 살펴보면, 한가할 때 지은 시가 갑자기 남에게 응답하여 지은 시보다 낫고, 초야草野에서 지은 시가 관각館閣에서 지은 시보다 뛰어나다. 대체로 의도를 가지고 지은 시가 자연스럽게 얻어진 시만 못하기 때문이다.[66]

당나라 말엽의 시승詩僧 관휴貫休의 시구를 인용하여 맑은 풍격이 시의 본색本色으로서 가장 높은 단계라고 하였다. 당시唐詩의 높은 경계를 맑음의 풍격으로 보았다. 기이하고 굳세다는 기건奇健은 송시의 대표적 풍격으로서 김종직 이래 사림파 시인과 해동강서시파가 추구하였다. 신흠은 수사나 표현의 아름다움보다는 자연스럽고 서정성이 풍부한 창작을 지향하였다.[67] 당시풍을 선호한 취향이 뚜렷하여 시사의 평가에도 어김없이 적용되었다.

> 우리 조선에서는 시대마다 작가가 나타나 수백 명이 넘는다. 근대의 시인으로 말하자면 세 가지 부류로 나뉜다. 화평和平하고 담아淡雅하여 일가를 이룬 시인으로 용재容齋 이행李荇과 낙봉駱峯 신광한申光漢이 있는데 신광한은 상대적으로 맑고, 이행은 상대적으로 원만하다. 대가로는 사가 서거정이 마땅히 제일이고, 점필재 김종직과 허백당 성현이 버금간다. 눌재訥齋 박상朴祥과 호음 정사룡, 소재 노수신, 지천芝川 황정욱黃廷彧, 간이 최립은 험하고 교묘하며, 괴기하고 굳셈을 장기로 삼았다. 올바른 깨달음을 얻은 시인은 아직 많지 않으나, 사암思庵 박순朴淳이 근래 조금 당시唐詩의 유파를 섭렵하여 지은 시가 매우 맑고 아름답다.[68]

중종 대에서 선조 대까지 최고의 시인으로 꼽힌 정사룡 등 해동강서시파 시인을 험하고 교묘하며, 괴기하고 굳센 시풍을 보였다며 크게 인정하지 않았다. 반면에 당시에 가깝다며 신광한과 박순을 높은 수준의 시인으로 호평하였다. 비평 대상에 올린 시인에는 당시풍 시인이 다수인 반면, 김종직 이래 사림파 시인은 배제되었다. 하권 9칙에서 당시풍 시인으로 김정과 이주, 삼당파 시인, 고경명, 허난설헌, 차천로, 이수광 등을 거론하고 호평하였다. 하권 46칙 이후에서는 노수신의 지나친 침착沈着함과 정사룡의 장편과 절구, 관각 시인의 응제시와 창화시를 거론하며 그 결함을 지적하였다.

신흠은 정치한 시론을 펼치고 그 시론을 개별 시인의 시를 비평하는 잣대로 써서 일관된 비평행위의 모범을 보였다. 시가 지식을 전달하는 도구가 아니고, 표현의 아름다움과 수사의 교묘함을 자랑하는 예술이 아니며, 명징한 정서를 산뜻하게 표현하는 예술이라 보았다. 『청창연담』은 우수한 시화로 꼽혀 후대에 널리 읽혔다. 서정적 당시풍의 시론을 선호하는 비평가에게 큰 영향을 미쳤다.

이식의 『학시준적』과 『작문모범』

신흠과 함께 큰 영향을 끼친 비평가는 택당澤堂 이식(李植, 1584~1647)이다. 이식은 몇 종의 비평저작을 남겼다. 『작문모범作文模範』은 문장 작법을 설명한 문화이고, 『학시준적學詩準的』은 시 학습의 기준을 제시한 시화인데 모두 『택당집澤堂集』에 실려 있다. 『대가의선비평大家意選批評』은 모곤茅坤의 『당송팔대가문초唐宋八大家文鈔』에 실린 문장을 비평하였고, 『한서수평漢書手評』은 『한서漢書』의 문장을 비평하였는데 모두 『택당선생유고간여澤堂先生遺稿刊餘』에 실려 있다. 이밖에 단행본으로 두보 시 전작에 주석과 구결을 단 『찬주두시택풍당비해纂註杜詩澤風堂批解』가 있는데 조선 중기 두보 시 주석의 최고 성과이자 시문 주석사의 기념비적 저작이다. 모두 조선 시단의 추세를 가늠하는 중요한 비평서로서 후대에 큰 영향을 끼쳤다.

그의 저작에서는 문장을 배워야 하는 젊은 세대에게 창작의 방향을 제시하고자 학습과 창작의 지침을 제시하였다. 자연스럽게 일화나 고증이 개입할 여지가 없이 정종正宗이 되는 문학의 모범을 학습하고, 성정性情의 올바름을 따른 창작을 권유하였다. 『시경』과 『초사』, 오언고시, 율시, 절구, 가행歌行, 배율排律을 차례로 거론하면서 배워야 할 것과 배우지 말아야 할 것을 구분하여 설명하였다. 『학시준적』에서는 복고주의 색채를 뚜렷하게 드러내어 송대 이후의 시를 배우지 말라고 하였다. 배워야 할 모범으로 두보의 시를 크게 강조한 한편, 한유韓愈의 시와 송대 이후의 시는 학습에서 배제하려 하였다. 다음 두 개 기사는 학습 방향을 선명하게 보여준다.

송대의 시에는 대가大家가 많다고는 하나, 학식이 풍부하지 않으면 배우기가 쉽지 않다. 또 정종正宗이 아니므로 굳이 배울 필요가 없다. 다만 후산后山 진사도陳師道와 간재簡齋 진여의陳與義 같은 두 진씨陳氏의 율시 가운데 두보의 율시와 가까운 작품을 때때로 함께 보는 게 좋다. 명나라의 시로는 오로지 공동崆峒 이몽양李夢陽이 두보의 시를 잘 배웠으니 두보의 시와 함께 보라.[69]

나는 어릴 때 사우師友가 없이 먼저 두시杜詩를 읽고, 다음에 황정견黃庭堅과 소식의 시 및 『영규율수瀛奎律髓』 등 여러 작품을 읽고서 수천 수의 시를 습작하였다. 길을 잘못 잡고 들어선 뒤에 『문선文選』의 시와 『당음唐音』을 배우려 하였으나 정력을 잃어서 배울 수가 없었다. 또 감히 두보를 버리고 당시를 배울 수 없어서 갈팡질팡하였다. 마흔 이후에 호응린胡應麟의 『시수詩藪』를 얻은 뒤에는 비로소 시의 학습에서는 하나만을 전문적으로 배울 필요가 없이 먼저 고시古詩와 당시를 배우고 다음에 두보 시로 돌아가는 것이 『시경』, 『초사』를 잇는 올바른 길임을 깨달았다. 따라서 비로소 정론定論을 정하였으나 늙어서 미처 배우지는 못하고 후배에게 길을 안내만 한다. 무릇 시를 배우고자 하는 사람은 『시수』를 보지 않아서는 안 된다.[70]

시를 다양하게 배워야 한다는 전제하에서 두보와 당시의 학습을 올바른 방향이라고 제시하였다. 송시와 명시의 학습을 제한적으로 인정하였다. 시단에서는 여전히 관습대로 송시와 『영규율수』 등 율시를 중심으로 학습해온 사실을 밝혔다. 지난날의 전통적 학습법을 반성하고 두보의 기초 위에 당시唐詩와 고시古詩로 범위를 넓혀 배우는 과정을 제시하여 17세기 초반의 시단이 송시로부터 당시로 변화해간 추세와 작시 경향을 명확하게 보여주었다. 신흠에 견주어 조금 경직된 시각을 보이고, 정통성을 강조하였다. 호응린의 시화 『시수』를 시를 배우고 이해하는 새로운 모델로 안내하였다.

이식은 또 1638년 이후 자제들에게 문자의 공정工程을 알리고자 시화의 일종으로 볼 수 있는 『시아대필示兒代筆』을 지었다. 이식은 유학을 올바른 학문으로 간주하여 성리학을 문학 학습의 선결과제로 제시하였다. 문학의 자율성과는 다른 방향에서 유가의 정통성을 강조하였다. 자연스럽게 노장老莊과 불교를 비롯하여 양명학을 비판적으로 인식하였다. 그에 따라 허균이란 재능 있는 문인이 "남녀의 정욕은 하늘의 가르침이요, 윤기倫紀의 분별은 성인의 가르침이다. 하늘이 성인보다는 한 계단 위에 있으니, 나는 하늘의 가르침을 따를지언정 감히 성인의 가르침은 따르지 않겠다"[71]라는 혁신적 주장을 인용하고서 그 주장을 호되게 비판하였다. 이식은 허균의 칭송에 힘입어 세상에 알려진 인물이라고 임상원은 『교거쇄편』에서 말한 적이 있는데 나이 들어서는 보수적 태도를 보였다.

이밖에 『택당선생유고간여』 8책에는 122장 분량의 「잡록雜錄」이 수록되어 있는데 제목처럼 체계 없이 적바림한 잡록이다. 시화와 문화의 성격을 지닌 글에서 흥미로운 시론과 비평을 펼쳤다. 『두시비해』 저술의 이면과 후일담을 적기도 했고, 동시대 여러 시인을 비평하거나 시사의 변화를 적바림하여 비평사에서 주목할 만하다. 이수광과 김현성의 평론을 공평하지 않다고 한 기사나 유몽인의 『어우야담』을 사실과 다른 기사가 많아서 믿을 수 없는 저작이라고 비판한 기사는 논쟁이 될 만한 메타비평이다. 다음은 당시풍의 학습과 여항인의 시작 참여를 언급한 기사이다.

당시를 배운 시인들은 전혀 문장의 이치가 없다. 유희경劉希慶과 죽서竹

西 심종직沈宗直은 글씨와 문장을 잘하지 못하면서 모두 좋은 시구를 얻었다. 유몽인은 일찍이 당시의 격식을 배우려고 하였으나 유희경, 백대붕과 비슷해질까 두려워 당시의 격식을 배우는 것을 부끄럽게 여겼다고 한다. 양경우梁慶遇도 그랬다. 우리나라 문장이 두 갈래 길로 나뉜 시기는 가정嘉靖·융경隆慶 연간 이후부터이다.[72]

조선 중기에는 학식이 풍부하지 않은 여항인이 한시를 짓는 시인의 대열에 참여하였다. 깊은 학식이 없더라도 감성이 풍부하면 당시풍 시는 지을 수 있으나 송시풍 한시는 짓기가 어려웠다. 당시가 시의 모범이기는 하나 당시를 짓게 되면 자칫 여항인의 시풍으로 오해받기 쉬웠다. 그래서 박식한 유몽인이나 양경우는 당시풍을 선택하지 않았다고 하였다. 중기 이후에 여항인의 시는 당시풍을 근간으로 하였다. 이 분석은 조선 중기 이후 한시사의 전개를 이해하는 매우 유용한 틀이다.

이식의 『학시준적』은 중기 비평가의 창작 방향을 제시한 시화이다. 만년에 지어져 보수적이면서 규범적이다. 유학, 성리학에 뿌리를 둔 문학을 존중한 당시 유학자의 시각까지 반영하여 후대에 널리 받아들여졌다. 김만중이 『서포만필』에서 『작문모범』과 『학시준적』을 호평한 이유가 여기에 있다. 자신의 창작 체험에서 우러나온 말이라 음미할 맛이 있다고 호평하였고, 넓은 시야를 가지고 문학을 배우라는 취지로 『시수』를 제시하였다고 평가하였다. 타당한 평가이다.

시문 창작 원론을 제시한 장유의 『계곡만필』

계곡谿谷 장유(張維, 1587~1638)는 『계곡만필谿谷漫筆』 2권을 저술하였다. 1643년 전라도 광주光州에서 목판으로 간행하여 문집 『계곡집谿谷集』과는 독립하여 유통되었다. 서유구는 『누판고』에서 판목이 광주목光州牧에 보관되어 있고, 이 책이 "경사經史와 견문을 잡다하게 기록하였고, 왕왕 자잘한 사건과 세상에 알려지지 않은 일화도 수록하였다"[73]라고 밝혔다. 저술의 성격을 정확하게 짚었다. 경서와 유학, 제자백가, 양명학, 역사, 명현의 일화, 풍속, 시문 등 다방면에 걸친 단상을 적바림한 저술이지만 체계가 잘 잡혀있지는 않다.

『계곡만필』에서는 자유롭고 다양하게 사유하라고 요구하였다. "중국의 학술은 다양하다. 바른 학문도 있고, 선학禪學도 있으며 단학丹學도 있다. 정주학程朱學을 배우기도 하고, 육상산陸象山을 배우기도 하여 학문의 길이 하나가 아니다. 우리나라는 유식하거나 무식하거나 따질 것 없이 책을 끼고 독서하는 자는 모두 정주학만 암송할 뿐 다른 학문을 배우는 이가 있다는 말을 들어보지 못하였다"[74]라고 말해 성리학 일변도의 지나친 편중을 비판하고 학문의 다양성을 주장하였다. 중국의 경우를 사례로 들어 선종과 도교 및 양명학도 배울 필요가 있음을 말했고 실제로 양명학을 익혔다. 더 나아가 그는 마테오리치의 천주설天主說을 좋아하여 책상 위에 늘 그 책을 올려놓고 읽기도 하였다. 자각과 주체성 없이 이데올로기를 맹목적으로 추종하는 교조적 자세를 반성하여 실심實心으로 학문에 나아가 실득實得할 것을 주장하였다. 이 필기는 장유의 열려 있는 사유의 깊이와 넓이를 요약하여 보여준다.

이 책은 간행 이후 학자들 사이에 널리 읽혔고, 논란을 일으킨 주제가 적지 않다. 시화와 문화는 50여 칙에 이른다. 일화성 기사가 많지 않아 『시화총림』에서는 겨우 3칙을 초록하였다. 현대에 들어와 김철희와 이상현의 번역이 있다.

『계곡만필』의 시화는 시론과 문론이 중심을 이루고 일화성 시화는 주로 하권에 몰려 있다. 시사를 의식하지 않고 관심이 가는 시인의 일화를 적고 시를 평가하였다. 시론에서는 조선의 잘못된 운자 사용을 다수 지적하였다. 명대의 문장을 전체적으로 부정하면서도 왕양명王陽明의 시문은 높이 평가하여 양명학에 기운 사유를 보여주었다. 시와 문장 모두를 중시하였으나 문장에 더 깊은 관심을 표명하였다. 이치를 위주로 한 문장의 창작을 중시하여 "문장은 이치를 중시하여야 한다. 이치가 뛰어나면, 문장은 꾸미지 않아도 저절로 아름답다. 이치에 어긋나도 아름다운 문장이 있으나 군자는 그런 문장을 아름답게 여기지 않는다"[75]라고 하였다. 이치가 뛰어난 김종직의 문장을 최립의 문장보다 더 높이 평가한 이유이기도 하다. 기교와 신기함을 추구하는 창작을 반대하는 등 시론에서는 보수적 태도를 보였다. 1권 마지막 칙에서 자신의 시 창작 이력을 고백한 다음 글을 주목할 만하다.

> 나는 시를 지을 때 다섯 가지를 경계하였으니, 참신함과 기교를 부리지 말 것, 난삽하고 껵껵하게 짓지 말 것, 남의 글을 표절하지 말 것, 모방하지 말 것, 의심스러운 고사나 궁벽한 말을 쓰지 말 것이었다. 때로는 속된 요구나 급한 용무에 응대하고, 길 떠나는 이를 배웅하고 망자를 보내기 위해 글을 짓고는 후회가 들어 즉시 원고를 찢어버리고 남겨두지 않았다.[76]

체험에서 우러나온 창작 지침이다. 당시 시인의 습관을 비판하고 올바른 시를 쓰기 위한 방법을 제시하였다.

7. 시화 총서의 시초 『총화』와 이재영의 『예원시화』

일본 와세다대학 도서관에 『총화叢話』 3책이 소장되어 있다. 달필로 필사한 사본인데 유일본이다. 이 책은 고려의 시화 2종에서 시작하여 조선 중기까지 나온 시화를 초록하였고, 여기에 『학림옥로鶴林玉露』, 『시인옥설詩人玉屑』, 『천중기天中記』 3종의 중국 시화를 초록하여 모두 19종의 시화를 총서로 편찬하였다. 다음은 3책의 편차이다.

『총화叢話』 1책: 『보한집』, 『학림옥로鶴林玉露』, 『용재총화』, 『청파극담』, 『파한집』, 『용천담적기』, 『소문쇄록』 7종
『총화叢話』 2책: 『오산설림』, 『제호시화』, 『시인옥설詩人玉屑』, 『산중독언』, 『예원시화』, 『해동야언』, 『천중기天中記』 7종
『총화叢話』 3책: 『청창연담』, 『사재척언』, 『송계만록』, 『패관잡기』, 『지봉유설』 5종

19종의 서명에서 알 수 있듯이 시화를 모은 총서이다. 이 책은 그동안 학계에 알려지지 않았다.[77] 홍만종이 편찬한 『시화총림』보다 먼저 편찬된 최초의 시화 총서다.

이 총서의 편자는 누구이고, 편찬한 시기는 언제일까? 편자는 이재영(李再榮, 1569?~1623)이고, 편찬 시기는 사망 직전인 1622년 전후한 때로 추정한다. 수록된 시화 가운데 가장 마지막 시기에 나온 시화는 신흠의 『산중독언』과 『청창연담』이다. 이전의 주요 시화를 대부분 수록하였으면서 이

상하게 서거정의 『동인시화』와 허균의 『학산초담』과 『성수시화』, 그리고 유몽인의 『어우야담』이 빠졌다. 『파한집』과 『보한집』이 수록되었으므로 『동인시화』는 시론에 대한 불만이나 일부만을 뽑기 힘들다는 이유로 뺐을 수 있다. 허균의 시화는 허균이 1618년에 역적으로 몰려 죽임을 당하여 한창 기피되던 시기에는 저작을 수록하기 힘들었다. 유몽인의 『어우야담』은 인조반정에 죽임을 당한 1622년에야 세상에 나왔으므로 기피되기도 하고, 아직 세상에 나오지도 않았다. 따라서 이 책의 편찬은 광해군 말엽인 1618년 이후 1622년 사이라고 판단한다. 비슷한 시기의 이식과 장유의 시화가 수록되지 않은 이유도 아직 저술이 세상에 나오지 않았기 때문이다.

가장 특별한 책은 2책에 수록한 『예원시화』이다. 책의 하단에 이재영李再榮이 저술했다고 써놓았다. 이재영은 선조 광해군 때의 문인으로 판서를 지낸 이선李選의 서자다. 자는 여인汝仁이다. 문과에 장원급제하였고, 한리학관漢吏學官과 면천군수沔川郡守를 지냈다. 허균과 매우 친한 문인이었다. 사륙변려문에 장기를 지닌 인물로서 당시 문단에서 널리 인정받았다. 『소문쇄록』과 『제호시화』, 『패관잡기』, 『송계만록』은 같은 신분 문인의 저술이었고, 차천로와 신흠, 허봉, 이수광의 시화는 동시대 동료 문인의 저술이었다. 시화에 관심을 기울여 『총화』를 편찬하고 자기 시화를 함께 수록하였다. 이런 예는 이후 시화 총서에 자주 나타난다.

『예원시화』는 모두 20칙의 기사를 수록하였다. 남송의 시화인 『시인옥설』에서 13칙을 뽑았고, 왕세정의 『예원치언』에서 1칙을 뽑은 시화 초록집으로 직접 지은 기사는 없다. 그중 하나의 기사는 『시인옥설』을 초록해 놓은 부분의 기사와 중복되기도 한다. 다른 시화의 사례로 볼 때 『예원시화』도 별도의 원본에서 초록하였을 것이므로 그 원본의 분량은 상당히 많았으리라. 초록한 20칙의 기사는 일정한 의도 아래 내용이 선택되고 안배되어 있다. 시체詩體, 시의 본질, 비평과 감상에서 고려할 문제, 시사의 변화, 창작상 참고할 요소와 작품의 예시로 안배하였다.[78] 그중 9칙은 왕세정의 『예원치언』에서 초록한 기사이다.

> 송나라 시격詩格이 소식과 황정견에서 변화한 점은 분명하다. 황정견은 소식을 능가하려 했으나 끝내 미치지 못했다. 공교롭게 지으려 할수록 졸렬해지고, 새로움을 추구할수록 진부해지기 때문이다.[79]

이 시화는 소식과 황정견의 우열을 논하였다. 남을 의식하여 모방하면 할수록 오히려 뒤처짐을 말하였다. 이수광도 『지봉유설』에서 이 기사를 인용하고 찬동하였다. 이 기사는 송대의 시단을 말하였으나 전체 기조는 당시를 선호하는 내용이다. 8칙과 10칙에서 양억楊億 등이 이상은李商隱의 시를 본받아 시를 지었으나 그 수준에 이르지 못하여 남의 지붕 아래 다시 집을 짓는 옥하가옥屋下架屋의 꼴이라고 비꼬았다. 송대의 시가 결국에는 당대의 시를 배우려고 했으나 결코 그 수준에 이르지 못했다는 취지이다. 절친한 친구인 허균과 이수광, 신흠과 비교할 때 시론에서는 차이가 없다. 목릉성제 문단의 주류 시론을 뒷받침하는 범주를 벗어나지 않았다.

중국 문헌에서는 『천중기天中記』에서 다량의 기사를 뽑았다. 『천중기』는 만력 연간의 학자인 진요문(陳耀文, 1573~1619)의 방대한 저술로 동시대의 유서이다. 당시 문인이 보기 힘든 책에서 기사를 다량 초록하였다.

『총화』는 '시화의 총괄'이라는 의미로 사용하였다. 역대 시화의 총서로는 처음 편찬되었다. 지금까지 알려진 홍만종의 『시화총림』보다 백 년 전에 편찬된 저술이다. 『시화총림』에는 여기에서 『백운소설』, 『역옹패설』, 『추강냉화』, 『월정만록』과 『총화』 이후에 나온 시화를 추가하였다. 목록상 이 책의 영향이 적지 않다.

『총화』는 『시화총림』과 달리 시론을 시평, 일화와 공평하게 중시하였다. 『용재총화』와 신흠의 시화에서 시론 부분을 다량 초록하였다. 홍만종과는 시화를 대하는 관점에서 차이가 뚜렷하다. 인조반정이 성공한 뒤 이재영은 역적으로 처형되었다. 이전부터 그의 처신을 두고 비난하던 이들에 의해 형장의 이슬로 사라지고 그의 저술은 모두 사라졌다. 이 책만이 남아서 전한다. 필자가 소장한 『시림총화詩林叢話』에는 『예원시화』에서 초록한 기사가 1칙 실려 있다.

『총화』에 실린 시화의 절반인 8종은 선조와 광해군 시기에 출현하였다. 『총화』는 이 시기에 퍼진 시학의 시각에서 동시대 시화를 중심으로 편찬되었다. 이 시기 시학의 활발한 전개와 그에 기반한 시론과 시평을 담기 위해 시화가 다수 출현하였는데 『총화』는 그 핵심을 집성하고자 하였다. 편자의 처형으로 널리 유통되지는 못했으나 이후 『시화총림』 등 많은 총서가 출현할 계기를 만들었다.

천지간에

맑은 기운이 있어

흩어져

시인의

비장으로

들어간다

乾坤有淸氣
散入詩人脾

제 3 절

17세기 후기 시화사

17세기 후기에도 다수의 시화가 출현하였다. 전편시화에는 홍만종의 『소화시평』과 『시평보유』, 남용익의 『호곡만필』이 나왔고, 필기 시화에는 김득신의 『종남총지』와 황위의 『당촌한화』, 박장원의 『구당차록』, 신명규의 『묵재기문록』, 임상원의 『교거쇄편』, 김만중의 『서포만필』 등이 나왔다. 다음은 이 시기에 나온 시화를 정리한 표이다.

저자	시화명	저술 시기	비고
김득신(金得臣, 1604~1684)	『종남총지(終南叢志)』	미상	
황위(黃暐, 1605~1654)	『당촌한화(塘村閑話)』	1653년	황의열 소장
박장원(朴長遠, 1612~1671)	『구당차록(久堂箚錄)』	1653년	
신명규(申命圭, 1618~1688)	『묵재기문록(默齋記聞錄)』		규장각
남용익(南龍翼, 1628~1692)	『호곡만필(壺谷漫筆)』	1680년	1689년(개고)
김만중(金萬重, 1637~1692)	『서포만필(西浦漫筆)』		
임상원(任相元, 1638~1697)	『교거쇄편(郊居瑣編)』	1683년	
임방(任埅, 1640~1724)	『수촌만록(水村漫錄)』	1708~1712년	『시화총림』
홍만종(洪萬宗, 1643~1725)	『소화시평(小華詩評)』	1675년	
	『시평보유(詩評補遺)』	1691년	
	『시평치윤(詩評置閏)』	미상	
임경(任璟, ?~1718)	『현호쇄담(玄湖瑣談)』	1707~1712년	『시화총림』

17세기 후기에는 홍만종과 남용익이란 걸출한 비평가가 시화사의 전개를 주도하였다. 여기에 김만중은 독특한 색채를 지닌 비평가로 등장하였다. 17세기 전기 시화의 사조를 이어 17세기 후기 시화는 작품의 심미적 가치를 따지고 작가와 작품의 우열을 평가하는데 비평의 의의를 두었다. 작품의 격조와 기운, 심미적 가치를 드러내기 위하여 작품의 품격品格을 직관하는 실제비평 방식을 선호하였다. 이른바 품격비평品格批評은 작품의 감상행위 과정에서 비평을 동반하여 작품의 품격品格과 품위를 논하고 이해를 꾀하는 비평방식이다. 작품의 직관적 · 인상적 비평을 중시하기에 세밀하게 분석하고 논리적으로 실증하는 비평에는 부족함이 있었다.[80] 17세기 전기의 허균과 신흠 등이 심미비평에서 거둔 우수한 성과를 이어받아 후기 시화에서는 작품의 미적 가치를 직관적으로 포착하여 품평하는 방법이 최고조에 도달하였다.

임진왜란과 병자호란을 겪으면서 17세기 중후반 시단은 복고주의와 낭만주의가 성행하여 감동, 격정, 비장과 같은 낭만적이고 감성적 색채가 농후한 주정적 경향이 우세하였고, 호방한 격조와 역동적 기상을 중시하였다.[81] 시문 창작에서 뛰어난 성과를 거둔 문인이 비평을 겸하여 창작에서는 한위漢魏와 성당盛唐의 시를 모범으로 삼아 격조와 기상을 숭상하였다. 시단의 창작 경향과 밀접하게 관련을 맺으며 시화는 비평을 전개하였다.

『수촌만록』과 『현호쇄담』은 1708년에서 1712년 사이에 저술되었으나 17세기 후기 시화와 관련이 깊으므로 17세기 후기 시화의 마지막 항목에서 다뤘다.

1. 심미안을 중시한 김득신의 『종남총지』와 시화 3종

17세기 후기 시화에서는 작품의 풍격을 파악하는 비평가의 능력을 중시하였다. 가장 먼저 나온 김득신의 『종남총지終南叢志』는 비평가의 뛰어난 감식안으로 작품의 아름다움을 포착하여 감상하는 품평에 큰 비중을 두었다. 시의 예술적 가치를 웅숭깊게 평가하는 시평의 성격이 강한 시화이다.

김득신(金得臣, 1604~1684)의 자는 자공子公, 호는 백곡栢谷이다. 60세 가까이에 문과에 급제하여 평생을 전문 시인으로 지냈다. 시인으로 저명하여 『백곡집栢谷集』 간본과 사본이 남아 있다. 『시화총림』에 48칙이 실려 전하고 『양파담원暘葩談苑』과 『청운잡총青韻襍叢』에도 실려 있다. 단행본으로 유통되는 사본은 없다.

일본 동양문고 소장 『고금소총古今笑叢』 사본에는 『종남총지』에서 초록한 소화笑話 22칙이 수록되어 있다. 홍만종이 편집한 이 소화집에서는 『어우야담』 19칙, 『석담기문石潭記聞』 3칙, 『잠곡필담潛谷筆譚』 2칙, 『천예록天倪錄』 8칙과 함께 『종남총지』의 소화를 초록하였고, 부록으로 홍만종의 소화집 『명협지해蓂葉志諧』를 수록하였다. 홍만종의 저술로 볼 근거가 충분하다. 여기에서 『종남총지』는 본디 다양한 성격을 지닌 기사가 많은 필기였음을 알 수 있다. 총지叢志란 서명도 그런 성격을 표현한다. 아쉽게도 『종남총지』의 원래 모습을 간직한 저작은 사라졌다. 양쪽에 겹치는 기사가 없이 시화는 『시화총림』에, 소화는 『고금소총』에 나눠 초록하였다.

『고금소총』에 수록된 22개 기사 가운데 7개의 기사는 우스개 이야기에 시를 포함하였다. 다음은 제8칙 '시를 보고 기생 이름으로 알다[見詩認名]' 라는 제목의 소화이다.

> 한 무인이 글을 잘하지 못하는데 관서 지방 수령으로 부임하였다. 평양에 이르러 연광정에 올라 구경하다가 시판에 걸린 '송군남포동비가送君南浦動悲歌'란 정지상의 시구가 눈에 뜨였다. 무인은 '동비가' 세 글자를 이름난 기생의 이름이라 여겨 뒤를 돌아보며 "여기 기생 중에 '동비가'란 이름의 기생이 누구냐?"라고 물었다. 기생 한 명이 빙그레 웃으며 "이는 소첩의 할머니 이름입니다"라고 대꾸하였다. 사람들이 듣고서 배를 잡고 웃었다.[82]

정지상의 '남포에서 임을 보내니 슬픈 노래가 절로 나온다[送君南浦動悲歌]'라는 마지막 시구의 '동비가' 세 글자를 기생 이름으로 착각한 무식한 무인을 기생이 놀려 먹은 이야기이다. 22개의 소화는 음담패설도 있으나 대체로 이런 부류의 이야기이다. 따라서 『종남총지』를 『시화총림』에 수록된 시화만으로 좁혀서 논하기 힘들다.

『종남총지』는 허균과 신흠의 시화를 계승하여 17세기 후기 시단의 비평 경향을 반영하였다. 저자는 한위 고시와 성당의 시를 학습하여 서정성과 음악성을 중시하였고, 동시에 시의 내밀도를 중시하였다. 「귀곡에게 준 서문[贈龜谷詩序]」에서 "근래의 글 하는 선비들은 시는 반드시 소리에 주안점을 두어야 한다고 말한다. 그 말을 듣고 나는 배를 움켜잡고 웃지 않을 수 없다. 신흠이 『청창연담』의 서문에서 '시는 이치 아닌 것이 없다'라고 말했는데, 그 말이 지당하다. 오로지 소리만을 추구하면 이치가 닿지 않고, 이치만을 추구하면 소리의 효과가 없다. 두 가지를 겸비하여야 제대로 된 시이다"[83]라고 하여 소리[響]와 이치[理]의 조화를 중시하였다.

김득신은 시의 음향성에 큰 비중을 둔 삼당파 시인의 결함을 극복하려고 노력하였다. 음악성에 과도하게 치우친 당시풍 시인은 물리적 실상과 감정의 진실함과는 동떨어져 내밀도가 떨어지는 결함을 보였다. 이를 이치가 닿지 않는 창작으로 보고 허황하지 않은 감정을 표현하고 동시에 물리적으로 그럴 법한 내용을 담은 서정시의 창작을 요구하였다. '조선적 당풍'이라고 부를 만한 시도였다.[84]

김득신은 당시를 위주로 옛 작가의 학습을 강조하는 복고적 경향을 지녔다. "근래에는 시가 없다. 시가 없지는 않으나 좋은 시가 없다. 시인들이 옛 작가를 배우는 데 힘을 들이지 않는다"[85]라고 말한 데서 창작 경향을 드러냈다. 이 경향이 작품 평가에도 그대로 적용되었다. 이서우李瑞雨의 시를 평하면서 "곧잘 옛말을 사용하지 않아서 지렁이 수준의 작품이 섞여 있다",[86] "당시의 격식은 아니나 과시科詩의 틀에서는 벗어났다"[87]라고 말하여 복고주의 심미안을 드러냈다.

김득신은 시를 조화의 산물이자 신비한 존재로 보았다. "시는 천기天機에서 얻어서 스스로 조화를 부려 얻은 작품이 최상이다"[88]라고 하였고, 또 "마음을 기울인 문장에는 기묘한 조화가 본래부터 담겨있어서 논하기가 참으로 쉽지 않다. 사물을 형용하고 풍경을 묘사한 말은 아침저녁으로 변화무쌍하게 바뀌는 바람과 구름 같다"[89]라고 하였다. 조화가 실린 신비한 시의 창작도 쉽지 않으나 그렇게 창조된 작품을 제대로 감상하려면 뛰어난 감식안이 필요하다. 자연히 비평가의 심미적 능력을 강조하였는데 구안具眼이란 말로 그 능력을 표현하였다.

> 내가 생각하기에, 속된 사람은 눈을 제대로 뜬 자[具眼]가 없고, 또 귀가 제대로 뚫린 자[具耳]가 없어, 오로지 시대의 선후先後와 작자의 귀천貴賤을 기준으로 시문의 가치를 평가하려 든다. 따라서 이백과 두보가 다시 태어난다고 해도 낮은 지위에 머물러 있다면 반드시 업신여기는 자가 나타나리니, 세상의 추세가 한심스럽다.[90]

구안具眼과 구이具耳는 시를 감상하고 가치를 판단하는 심미적 능력으로 이동양李東陽이 『회록당시화懷麓堂詩話』에서 강조한 말이다. 문학의 예술적 가치는 안목을 갖춘 비평가가 문학 외적 잣대가 아닌, 작품의 심미적 가치로 엄정하게 평가해야 한다는 주장이다. 구체적 사례를 10개 칙에서 들고 있다. 10칙과 11칙은 목릉성제의 저명한 시인인 최립을 다뤘다.

최립은 지체와 관직이 낮았으나 문장 실력만은 매우 높았다. 그가 한 연회에서 시를 짓자 당시의 저명한 문인인 이호민李好閔과 이정귀李廷龜가 붓을 내던진 일이 있는데, 김득신은 이런 결론을 내렸다. "대개 두 분이 모두 안목을 제대로 갖춘 자로서 작품의 우수성을 진정으로 알았기 때문이다. 압운押韻이나 대충 이해한 사람이 남이 던진 운자에 억지로 차운하고서 시를 잘 짓는다고 자부하는 꼴은 참으로 우습다."[91]

또 주지번朱之蕃의 시에 차운하면서 최립은 왕경王京이란 시어를 썼는데 접반사接伴使 유근柳根이 보고서 장안長安이란 글자로 바꿨다. 주지번은 왕경이 어울린다고 평하니 유근이 무안해하였다. 이 일화를 소개하고서 김득신은 최립이 유근을 대신하여 접반사가 되지 못했다고 아쉬워하였다. 권력과 부 같은 문학 외적인 자질로 시의 성취를 평가하지 말고 순수한 예술적 잣대로 작가와 작품을 평가해야 한다는 생각이었다. "시를 아는 자는 시 자체로 시인을 선택하고, 시를 모르는 자는 시인의 이름으로 시를 선택한다"[92]라고 한 말도 같은 취지이다. 시의 예술적 신비를 인식하고 감상하는 비평가의 자격을 논하였다. 다음은 또 하나의 사례이다.

송강 정철의 「낙민루樂民樓」는 다음과 같다.

백악白岳은 하늘까지 뻗어 있고	白岳連天起
성천강은 바다 멀리 흘러가는데	成川入海遙
해마다 푸른 풀밭 길을 넘어서	年年芳草路

해지는 다리 위로 행인들 건너네　　人渡夕陽橋

세상에서는 절창이라고 칭송한다. 그러나 낙민루와 만세교가 얼마나 웅장한 건물인가! 그런데도 마지막 구절은 시어가 낮고 약하며, 회고시懷古詩와 비슷하다. 어떻게 이 시를 절창이라 하겠는가? 안목을 갖춘 사람이라면 절로 알리라.[93]

정철의 시는 함흥의 명승 낙민루에 올라가 바라본 경물과 감회를 표현하였다. 백악과 성천강은 함흥의 큰 산과 큰 내이고, 낙구落句의 다리는 바로 만세교이다. 앞 대목은 웅장한 원경遠景을 묘사하였고, 뒤는 서정적 감정을 표현하여 전경후정前景後情의 구도이다. 이 시를 절창이라 평가한 이유는 웅장한 풍광을 묘사한 전반부와 무상한 인간이 석양의 다리를 건너가는 서정성을 결부한 데 있다.

김득신은 앞의 웅혼함과 뒤의 서정성은 너무 낙차가 크고, 앞은 기세가 살아 있고, 뒤는 허약해서 호응이 맞지 않는다는 이유를 들어 절창이란 평가를 부정하였다. 앞에서 말한 이치가 닿지 않는 시이다. 홍만종은 『소화시평』에서 김득신의 시평에 찬동하였다. 『현호쇄담』 2칙에서 정철의 「통군정」을 호평한 임경의 심미안과 비교하면 차이가 크다.

김득신은 시의 심미적 가치를 감상하고 품평하는 비평가의 태도를 곧잘 드러냈다. 예술적 가치가 없는데도 평판만 좋은 작품에는 날을 세워 비판하였다. 40칙에서 42칙까지 무명씨無名氏와 지방 수령의 널리 알려진 시를 낮게 평가하였다. 47칙에서는 자신의 시를 인용하였다.

타고난 성품이 시를 가장 좋아하여　　爲人性癖最耽詩
시를 읊을 때면 시어 쓰기를 망설이네　　詩到吟時下字疑
의심이 사라져야 속이 막 후련해지니　　終至不疑方快意

한평생 괴로움을 누가 있어 알아주랴　　一生辛苦有誰知

시의 탐닉과 창작의 고뇌를 표현하였다. 시를 인용하고서 "아! 오직 식견을 갖춘 분에게나 이 경지를 말할 수 있다. 오늘날 사람들은 옅은 학식을 가지고 경솔하게 시를 지으며 남을 놀라게 할 작품을 쓰려하는데 너무 엉성하다"[94]라고 고백하였다. 시의 예술적 위의와 비평의 깊이를 고심한 심경을 표현하였다.

『종남총지』는 천박하고 경솔한 감상과 해석을 지양하여 전문적 비평가의 태도로 엄정하고 진지하게 시를 품평하였다. 이는 홍만종과 남용익에게 이어졌다. 실제비평에 주력한 17세기 후기 시화군의 선두로서 『종남총지』는 비평의 순수한 기능을 진지하게 고민한 시화이다.

박장원(朴長遠, 1612~1671)의 『구당차록久堂箚錄』은 『구당집久堂集』 18권과 19권에 실려 있다. 상권에는 성리설이, 하권에는 시화 60여 칙이 실려 있다. 경상도 흥해興海에 유배된 42세 때에 일기 형태로 쓴 적바림 기사가 중심을 이루고 있다. 증손 박문수朴文秀가 1730년에 문집을 편찬할 때 정리하여 편입하였다. 두보의 시를 비롯한 고전을 읽다가 일어난 단상과 의문, 창작의 동기 따위를 기록하였다. 수필집 성격이 짙으나 시화 10여 칙은 비평으로도 흥미롭다.

박장원은 김득신의 절친한 친구로서 복고적 시론을 가졌고, 두보 시의 학습에 열중하였다. 다만 『구당차록』에서는 시론을 강하게 드러내지 않았다. 문집 20권에는 『기문記聞』이 있어 선배의 행적과 일화를 기록하였는데 4칙의 시화 기사에서 성여학成汝學의 일화와 이식李植의 문론을 소개하였다. 이식의 문론은 흥미로운 기사이다. 다음은 작자가 『사기』를 배운 고모부 신익량申翊亮의 말을 기록한 기사이다.

관찰사 신익량이 일찍이 남명 조식의 절구인 '보라! 천 섬들이 쇠북이 라도/ 크게 치면 소리 나지 않을 리가 없으렷다/ 그러나 만고의 천왕봉은/ 하늘이 울어도 울지 않는다[請看千石鍾, 非大扣無聲. 萬古天王峯, 天鳴猶不鳴]'를 읊었다. 그리고는 손가락을 튕기면서 "이 얼마나 큰 기상이며 얼마나 큰 역량인가!"라고 감탄하였으니 이 시를 통해 의지와 기상을 격동시키려 하였다.[95]

조식이 지리산 천왕봉을 읊은 오언절구는 웅혼한 기상을 표현하였다. 이 작품을 대서특필한 첫 시화는 신흠의 『청창연담』이다. 신익량은 신흠의 조카로서 1636년에 태인현감으로 재직할 때 『상촌고』를 재간再刊하였다. 신흠의 영향을 받아 이 말을 했고, 깊은 인상을 받은 박장원이 다시 기록하였다. 신흠 시화의 영향이 서인-소론계 문인으로 이어진 흐름을 보여준다.

황위(黃暐, 1605~1654)의 『당촌한화塘村閑話』도 이 시기에 출현하였다. 황위의 자는 자휘子輝, 호는 당촌이다. 전라도 남원 사람으로 문과에 급제하여 함경도 도사와 평양 서윤을 지냈다. 『기옹만필』을 지은 정홍명鄭弘溟의 문인으로 당파는 서인西人에 속하였다. 『당촌한화』는 1653년 전후한 시기에 저술을 완성한 듯하다. 동시대 인물의 행적 위주로 쓴 필기로서 시화가 3분의 1 이상을 차지한다. 사본 1책이 유일본으로 남아 있다. 오랫동안 알려지지 않은 저술로 소장자 황의열 교수가 2011년 역주본을 출간하였다.

『당촌한화』는 목릉성제 시인의 일화를 흥미롭게 품평하였다. 서인의 당파적 관점을 숨김없이 드러내 정철과 권필 등 서인의 문학을 적극적으로 호평하였다. 반면에 허봉과 허균, 박엽, 이산해 등 동인은 낮춰보았다. 목릉 문단의 이면사를 포착한 참신한 내용이 풍부하다. 순수한 비평은 많지 않은 가운데 143칙은 비평의식을 조금 드러냈다.

> 선조는 문장이 고매하셨다. 권필의 시를 논하여 철갑옷을 입은 장군이 준마를 타고 고삐를 당겨 잡고 앉은 듯하다고 평했고, 이산해의 시를 논하여 절색미녀가 성장을 차려입고 온갖 꽃이 피어 있는 꽃밭에서 죽어 있는 듯하다고 품평하셨다. 평을 듣고 모두가 몹시 적절한 비유라고 탄복하였다.[96]

서인 권필과 동인 이산해의 시를 상징적 비평으로 평하되 권필을 높이고 이산해를 낮춰보는 시각을 드러냈다. 이산해의 시를 죽어 있는 절색미녀로 비유한 품평은 남용익의 『호곡만필』과 홍중인의 『동국시화휘성』에도 등장하였다.

신명규(申命圭, 1618~1688)의 『묵재기문록默齋記聞錄』 역시 서인이 쓴 필기이다. 신명규의 자는 원서元瑞, 호는 묵재默齋로 헌납과 부수찬 등을 역임했다. 김상용의 사위로 서인 편에 서서 관직 생활을 이어갔고, 당론에 뿌리를 두고 역사적 사실을 저술에 기록하였다. 『묵재기문록』 4권은 유일한 사본이 규장각에 소장되어 있다. 전체 기사의 4분의 1에 해당하는 70여 칙의 시화가 수록되었다. 조정에서 사간司諫의 직책을 두루 거치면서 명사들과 교분을 맺어 저명한 문인의 다양한 일화와 시평을 기록하였다. 인조 전후의 시단을 이해하는 데 보탬이 된다. 서인에 편드는 서술이 많기는 하지만 색목色目을 달리하는 문인도 공평하게 평가하려 하였다. 일화 중심으로 서술하면서도 자신의 안목을 곁들였다. 시론에서는 문단에 만연한 당시풍에 편들지 않고 공평한 시각을 유지하려 하였다. 1권 31칙에서는 김상헌과 이민구의 서로 다른 창작론을 소개하였다.

언젠가 청음淸陰 김상헌金尙憲 공을 따라서 문장을 논하다가 시 창작의 규모를 질문하였더니 공이 이렇게 말하였다. "옛사람이 시는 뜻을 말한다고 하더군. 시를 짓되 화려한 수사만 있다면 시의 본색이 아닐세. 내가 송의 시인 가운데 왕안석 공을 가장 중시하는 이유가 여기에 있네. 그의 시를 뽑아서 수백 번을 읽으면 정말 맛이 있네." 그 뒤에 백주白洲 이민구李敏求 공과 더불어 대화했는데 이와 다르게 주장하여 오로지 청신淸新하고 준일俊逸한 풍격을 귀하게 여겼다. 이렇게 말씀하였다. "시를 짓되 의론議論에 빠진다면 어찌 시라고 하겠는가! 소식과 황정견이란 대작가도 이런 병통이 있네. 시는 반드시 당시를 위주로 해야 하고 송나라 아래로는 대충 읽어보면 되네. 어느 겨를에 익숙하게 읽어서 삭막하게 의취意趣가 없고, 시들시들 기력이 없게 만들어야겠는가!" 두 분의 소견이 이렇게 달랐다. 따라서 시에는 각자가 잘하는 영역이 있다.[97]

위 기사는 두 문인의 창작론의 근간을 밝혀서 처삼촌인 김상헌이 송시를 높였다면 이민구는 당시를 높였다. 이민구는 『지봉유설』의 저자 이수광의 아들로서 신흠에게 시를 배웠다. 명대의 복고주의에 심취하였고, 당시의 학습을 강조하여 『당률광선唐律廣選』을 편찬 간행하였다. 34칙에서도 그의 천재성과 준일俊逸함을 소개하였다. 신명규는 특정한 문인에 지나치게 편들지 않았다. 복고주의에 경도된 인조 이후의 시단에서 균형을 유지한 비평가였다.

2. 역대 시평을 집대성한 홍만종의 시화 3부작

『종남총지』 이후 김득신의 후배 세대에서 많은 시화가 나타났다. 안목 있는 비평가의 출현으로 실제비평에서 탁월한 성취를 이뤄냈다. 첫손가락에 꼽히는 비평가가 홍만종(洪萬宗, 1643~1725)이다. 33세의 젊은 나이에 『소화시평』을 완성한 뒤 『시평보유』와 『시평치윤』, 그리고 『시화총림』까지 시화 4부작을 완성하였다. 선배 비평가의 시화를 편집한 총서는 시화詩話라 명명하였고, 직접 편찬한 시화는 모두 시평詩評이라 명명하였다. 시를 이야기[話]하지 않고 시를 비평[評]하겠다는 의욕을 드러낸 명명이다. 실제로 그의 시화는 어느 항목에서나 엄정한 비평을 펼쳤다. 허균과 마찬가지로 홍만종은 젊은 시절부터 작심하고 비평에 종사하였다. 조선 후기 시화의 집대성자라고 이름할 수 있을 만큼 비평사에 획을 긋는 저술을 다수 남겼다.

먼저 행적을 살펴보면, 홍만종은 독특한 이력을 지닌 비평가이자 학자이다. 본관은 풍산豊山, 자字는 우해于海, 호는 현묵자玄默子, 장주長洲, 몽헌夢軒이다. 한양 마포 강가의 이한당二閑堂이란 누정에 머물렀는데 『파한집破閑集』과 『보한집補閑集』 두 시화에서 이한二閑이란 이름을 얻어 시화에 대한 열정을 표현했다. 그의 부친 정허당靜虛堂 홍주세(洪柱世, 1612~1661)가 두 시화의 출간에 깊이 간여하였고, 출간의 경위를 밝힌 「중간이한집발重刊二閑集跋」을 썼다.

한평생 저술에 전념한 홍만종은 조선의 역사와 문학, 민간풍속과 도교에 큰 관심을 가지고 조사하고 연구하여 조선학朝鮮學 분야에 전문적 업적을 쌓았다. 『해동이적』, 『속고금소총』, 『명엽지해』, 『순오지』 등 야사와 야담을 정리하였고, 『소화시평』과 『시평보유』, 『시평치윤』의 시평詩評 삼부작과 시화 총서 『시화총림』을 편찬하였다. 그리고 『청구영언』, 『이원신보』와 같은 시조집과 『동국역대총목』 등을 비롯한 역사서를 편찬하였다. 조선의 문화를 본격적인 연구의 대상으로 삼아 16종 이상의 저술을 남겼다.

홍만종이 조선학에서 심혈을 기울인 분야가 바로 시학詩學 또는 시화詩話이다. 홍만종은 길고 긴 시문학 전통의 가치를 인식하고 자국의 한시 전통을 거들떠보지 않는 한심한 현실을 반성하였다. 자국 한시의 전문적 연구에 착수하여 문헌을 폭넓게 수집하였다. 그 바탕 위에서 한시의 아름다움을 체계적으로 정리하여 33세 때인 1675년에 『소화시평』, 49세 때인 1691년에 『시평보유』, 그 이후 시기에 『시평치윤』의 시화 삼부작을 차례로 저술하였다. 오랜 저술 작업을 임방任埅은 『시화총림』에 쓴 발문에서 언급하였다. 홍만종이 대가에서부터 비천한 부류와 승려와 여성, 아동의 조각글까지 남김없이 채록하고 품평하여 먼저 『소화시평』을 저술하였고, 이어서 『시평보유』와 『시평치윤』을 썼다고 밝혔다. 홍만종 자신은 『시평치윤』 서문에서 편찬 과정을 더 상세하게 설명하였다.

> 나는 벌써 우리 동방의 이름난 시편과 아름다운 작품을 수집하여 『소화시평』을 편찬하였고, 또 그 책에서 빠트린 것을 모아서 『시평보유』를 만들었다. 몇 년 이래로 다시 문인과 재자才子, 보잘것없는 선비와 신분이 낮은 사람이 지은 작품으로서 독자의 입안에 향기를 감돌게 하는 훌륭한 시구와 놀랄 만한 시어를 주워 모았다. 안목 없는 이들에게 버림받은 것도 있고, 이름없는 작가라 하여 내팽개쳐진 것도 있었다. 하나같이 묻히거나 사라져서 언급되지 않는 작품이었다. 나는 그런 작품을 아깝게 여겨 손에 들어오는 대로 거두어 기록하였다가 마침내 하나의

책으로 만들었다. 마치 부스러기 시간을 쌓아서 한 해를 완성한 것과 같다.[98]

필사본 문집 『부부고覆瓿藁』에 실린 이 서문을 통해 『시평치윤』은 덜 알려진 시인과 관심을 끌지 못한 작품 위주로 수집하여 비평한 시화임을 알 수 있다. 『소화시평』의 자서自序에는 편찬 동기를 이렇게 밝혔다.

> 옛날에 오도손敖陶孫은 한위漢魏 이하 시인의 시를 평하였고, 왕세정王世貞은 명나라 백가百家의 시를 평하였다. 두 비평가 모두 좋고 나쁜 점을 있는 그대로 쓰고, 인정하거나 거부하는 취지를 번갈아 보이고 엄정한 포폄을 가함으로써 시인에게 영예나 욕됨을 안겨주었다. 오호라! 시 비평의 어려움은 오래전부터 그러했다. 평하기 어려운 작품을 평하여 후학에게 취사선택할 길을 알도록 하려면 특별한 안목을 갖추지 않고 되겠는가? (중략) 다만 재능이 열등하고 학력이 노둔하여 입의立意의 깊고 얕음과 조어造語의 공교로움과 졸렬함, 격률格律의 맑고 탁함에는 안목이 따르지 못해 그 경계를 엿보아 그 깊은 경지를 살피지 못하였다. 남을 마주하여 시를 논할 때마다 서로 다른 시의 맛을 잘 분간하지 못해 그 때문에 마음속으로 부끄러움을 느꼈다.[99]

오도손과 왕세정의 비평에 자극 받아 시평에 착수했음을 밝히고, 입의立意와 조어造語와 격률格律이란 세 가지 기준을 제시하였다. 비평가로서 조예가 깊지 못하다고 겸손하게 말했으나 우수한 감식안을 충분히 인정할 수 있다.

시화 삼부작 가운데 『소화시평』과 『시평보유』 2종은 현재 전하고, 『시평치윤』은 아쉽게도 전하지 않는다. 『소화시평』이 상권 110칙, 하권 102칙으로 전체 212칙이고, 『시평보유』는 상권 134칙, 하권 135칙으로 전체

269칙의 수량이다. 모두 합해 481칙으로 18세기 이전 시를 품평했으니 규모 면에서 당시까지 나온 시화 가운데 가장 많다.

『시평보유』는 『소화시평』의 보유임을 표방했으니 체재와 형식, 비평 방법은 똑같다. 겹치는 기사가 없이 완전히 새로운 내용으로 편찬하였다. 『소화시평』이 최치원 이래 고려시대의 시인을 다뤘고, 『시평보유』는 조선 전기부터 동시대까지 시인을 다뤘다. 허균의 『성수시화』, 『학산초담』과 유사하다.

『소화시평』은 공개된 이후 즉시 엄청난 인기를 누렸고, 20세기 이후까지 크게 환영받았다. 수백 종이 넘는 사본이 남아 있어 인기를 증명하는데 조선시대 개인 저술 가운데 이처럼 많은 사본을 가진 사례가 드물다. 필자가 여러 선본을 교감하여 정본을 만들고 번역하여 1993년 초판을 출간하였고, 2016년에 성균관대학교출판부에서 개정판을 출간하였다.

『시평보유』는 국립중앙도서관과 성균관대학교 존경각, 계명대학교 도서관 등에 겨우 몇 종의 사본이 전한다. 저자의 후손 홍성모洪性謨가 1821년에 필사하고 후지後識를 쓴 국립중앙도서관 소장본이 선본이다. 이 책은 서만보徐晩輔 구장본이다. 1938년에 강신려姜信呂가 편집하여 경상도 진주에서 연활자로 간행하였으나 오류가 많은 거친 판본이다. 필자가 동학과 함께 교감하고 번역하여 2019년에 성균관대학교출판부에서 출간하였다.

홍만종의 시화는 역대의 대표 시인과 대표작을 가려 뽑고, 그 우열과 품격을 엄정하게 품평하였다. 선정된 시의 관점에서는 훌륭한 시선집이며, 시평의 관점에서는 한국 한시에 대한 빼어난 비평적 성찰이다. 『소화시평』 전체 212칙의 체제를 도표로 정리하면 다음과 같다.

상권		하권	
1~13칙	역대 제왕	1~2칙	역대 경구(警句)
14, 15칙	종실(宗室), 귀유(貴遊)	3~4칙	역대 풍유시(5언, 7언 절구)
16~47칙	사대부(최치원~이숭인)	5~32칙	사대부(이산해~홍경신)
48칙	고려조의 연구 엄선	33칙	표절시
49칙	고려와 조선조 시의 우열	34~63칙	사대부(이춘영~장유)
50~82칙	사대부(정도전~정사룡)	64칙	역대 경구(15명)
83칙	7언 율시 경련(警聯)	65~92칙	사대부(이식~이원진)
84~110칙	사대부(정렴~이달)	93~102칙	사대부 외의 시인군 (93: 작가불명, 94: 무명씨, 95: 한 연만 전해지는 시구, 96: 승려, 97: 여항시인, 98: 여성, 99: 기생, 100: 도사, 101: 귀신, 102: 요절시인)

사대부를 중심으로 하고 나머지 제왕과 종실, 무명씨, 승려, 여항시인, 여성, 기생, 귀신, 요절시인 등을 따로 안배하였다. 통시적 체제로 한시사를 일목요연하게 이해하도록 구성하였다. 『시평보유』도 조선시대 한시사를 손쉽게 이해하도록 비슷하게 구성하였다. 특정한 시대나 시인, 시풍에 편중하지 않고 골고루 안배하여 소개하고 공평하게 평가하여 어떤 시화보다 우수하다. 한 권의 책으로 명작을 비평과 함께 감상하기에 이보다 나은 시화는 없다.

작품을 제시하고 품평한 서술 방법은 1) 시인을 소개하는 도입부, 2) 제목을 설명하거나 창작 동기를 소개하는 대목, 3) 시의 본문 인용, 4) 작품의 평가, 5) 작품이나 작가에 얽힌 일화 또는 강평 등이다. 작품에 따라 변화가 적지 않으나 이 틀을 기본으로 삼아 가감하였다. 시 본문을 중심에 놓고 앞뒤에 들어가는 소개의 글이나 작품 품평은 군더더기 설명이 없이 명쾌하고 간결하다. 『소화시평』 상권 26칙을 사례로 든다.

시인들이 어부漁父를 읊을 때, 으레 어부 생활의 한가로운 맛을 음미하기 일쑤였다. 유독 노봉老峯 김극기金克己는 이렇게 읊었다.

하느님이 여전히 어부에게 너그럽지 않아	天翁尙不貰漁翁
일부러 강호에 순풍을 적게 보내누나	故遣江湖少順風
"어부여! 인간 세상 험난타고 그대는 비웃지 마오!	人世險巇君莫笑
그대도 도리어 급류에 휩쓸리지 않나요?"	自家還在急流中

이 시는 어부가 겪는 위험을 말했으니 바로 번안법飜案法이다. 진일재眞逸齋 성간成侃은 또 다음 시를 지었다.

첩첩 청산 골짜기마다 안개가 자욱해	數疊青山數谷烟
갈매기 나는 곳에 세속 먼지 이르지 않네	紅塵不到白鷗邊
어부는 욕심 없는 자가 결코 아니지	漁翁不是無心者
서강西江의 멋진 달빛, 한 배 가득 실었네	管領西江月一船

이 시는 명예나 이익에 욕심내는 사람과 다름을 표현하였다. 담긴 뜻은 서로 달라도 경물의 묘사나 시어의 구사에서 각기 최상의 오묘함을 보여주었다.[100]

어부를 제재로 두 시인이 서로 다른 시각으로 쓴 시를 인용하고 빼어난 작품성의 근거를 간결하게 평하였다. 두 편의 시는 각 작가의 시 중에서 명작으로 손꼽힌다. 번안법의 사례로 김극기 시를 인용하였는데 앞서 『동인시화』의 하권 44칙을 인용하여 자세하게 설명하였다. 홍만종이 이 기사를 구성할 때 『시인옥설』과 『동인시화』, 『청구풍아』 등 이전의 시학 관련 저작을 두루 참고하였다.

작품의 선정과 인용은 감상을 위한 선집 기능에서 빠질 수 없다. 시인의 대표작과 문제작을 선정하되 대개는 온전한 작품을 인용하여 평가하였다. 하지만 전작을 인용하면 분량이 늘어나기에 곳곳에서 주제와 제재, 작가별로 빼어난 경구驚句를 제시하고 품평하는 적구비평摘句批評을 적용하였다. 이번에는 『시평보유』 상권 84칙을 사례로 든다.

> 간이 최립은 아계 이산해의 시에 골기骨氣가 없다고 보았고, 아계는 간이의 시가 졸렬하다고 보았다. 대개 문인들이 서로를 경시하여 내린 평가로 내가 보기에는 양편 누구도 꼭 그렇지는 않다. 아계의 시가 넉넉하고 곱다고 해서 정말 골기가 없다고 하겠으며, 간이의 시가 굳세고 힘차다고 해서 정말 졸렬하다고 하겠는가? 대가의 높은 솜씨로도 때때로 흠결이 생기니, 이백이나 두보도 피할 수 없는 일이다. 흠결이 있다고 한들 두 분의 문장에 무슨 해를 끼치겠는가? 이제 두 분의 시 중 세상에서 경어驚語라고 일컬어지는 두 연聯을 뽑아 좋고 나쁨을 함께 논해보겠다. 간이가 삼일포三日浦를 읊은 시는 '삼일포 멋진 유람도 연거푸 하진 않으니/ 신선계에 빼어난 명승 많은 줄 이제 알겠네[三日淸遊猶不再, 十洲佳處始知多]'이니 뜻은 깊으나 말은 막힌다. 아계가 한벽루寒碧樓를 읊은 시는 '붉게 물든 나무와 흰 구름에 말을 세웠다가/ 어지러운 봉우리와 잔설 속에 또 누각에 오르네[紅樹白雲曾駐馬, 亂峯殘雪又登樓]'이니 운치는 있으나 기운은 약하다.[101]

최립과 이산해가 창작 성향이 크게 달라서 갈등한 사실은 양경우의 『제호시화』에서 기사를 인용하여 소개하였다. 17세기 시단에서는 두 시인을 두고 평가가 분분하였다. 홍만종은 그 사실을 말하고 한 연씩 인용하여 시풍의 실제를 독자가 직접 읽어서 판단하도록 하였다. 자신의 비평을 안내자로 삼아 명작을 감상하면서 동시에 우열을 판단하게 하였다.

홍만종은 격조格調와 기상氣象을 중시하는 복고적 시학을 비평의 기준으로 삼았고, 품격용어를 사용하여 실제비평을 실행하였다. 여기서 격조는 시의 격식과 음조로 한위漢魏와 성당盛唐의 옛 시가 지닌 격조가 기준이다. 기상은 시의 독특한 의태意態와 풍모로 이 역시 한위와 성당의 옛 시가 지닌 기상이 기준이다. 송시풍을 낮춰보고 당시풍을 존중하는 경향이 뚜렷하다. "양대박의 시는 격조가 낮아서 강서시파江西詩派와 가깝다"(『시평보유』 상 66칙), "당시에 매우 가깝다"(『소화시평』 하 84칙)라고 하여 당시를 우수한 작품의 기준으로 삼았다.

홍만종은 작품의 평가에 독특한 품격용어를 많이 사용하였다. 2종의 시화에서 사용한 품격용어의 수는 외자 평어評語가 29칙에 19종, 두 글자 평어가 222칙에 163종, 네 글자 평어가 60칙에 59종으로 240종이 넘는다.[102] 『호곡만필』의 145종보다 많다.

작품의 비평기준과 실제비평의 내용은 이전에 나온 시선집과 시화에서 다수 채택하였다. 비평기준의 적용 사례로는, 『소화시평』 하권 1칙에는 "시는 인간사의 실정을 잘 전하고, 풍자의 뜻을 잘 통달케 한다. 만약 시어가 세교世敎와 관련이 없거나 비흥比興에 뜻을 두지 않는다면, 그런 창작은 헛수고에 불과하다"란 기사를 꼽을 수 있다. 윤춘년이 간행한 『시법원류詩法源流』의 시론을 편집하여 제시하였다. 널리 통용하는 기준을 받아들여 실제비평에 적용하였다.

실제비평의 사례로는 앞에서 김극기와 성간의 어부 소재 시를 다룬 『소화시평』과 최립과 이산해의 대립을 다룬 『시평보유』의 기사를 인용한 바 있다. 모두 이전 시화와 선집에서 이미 여러 번 다뤄진 내용을 문장을 바꾸고, 새 작품을 인용하고, 평가를 새로 하여 새로운 기사로 탈바꿈시켰다. 기존 시화를 잘 활용하되 홍만종의 독자적 시화로 만든 것이다. 이처럼 역대 비평가의 품평을 적극적으로 반영하였다. 김종직의 『청구풍아靑丘風雅』와 허균의 『국조시산』 및 허균과 양경우, 이수광의 시화 등을 다수 채택하였다.

홍만종은 중국의 시에는 시평을 남기지 않고 오로지 자국의 시에 집중하여 시평 삼부작과 시화 총서 한 종을 저술하였다. 4종의 저술 가운데 『시평치윤』은 전하지 않으나 현존하는 3부작은 이전의 비평 성과를 충분히 흡수하여 조선 한시와 시화의 성과를 누구나 쉽게 감상하도록 하였다. 홍만종은 당시까지 시평과 시화를 집대성하였다.

3. 남용익의 심미비평서 『호곡만필』

남용익(南龍翼, 1628~1692)은 17세기 후반의 저명한 문인이자 관료로 문과에 급제하여 이조판서와 대제학을 지냈다. 1655년 젊은 나이에 통신사 종사관으로 일본을 여행하기도 했다. 어릴 때부터 시를 짓고 연구하는 데 탐닉하여 역대 한시를 선집한 『기아箕雅』를 편집하여 출간하였고, 조선과 중국의 시문을 평론한 『호곡만필壺谷漫筆』 및 적구집摘句集 『율가경구律家警句』를 저술하였다. 시문은 문집 『호곡집壺谷集』에 수록되어 있다.

『호곡만필』은 장서각 1종, 규장각 2종, 일본 동양문고에 사본이 소장되어 있다. 규장각 소장 2종 중 하나는 일제강점기에 장서각본을 필사하였다. 다른 사본(奎15614)이 『한국시화총편』에 영인되어 널리 활용되었으나 장서각과 동양문고 소장 사본이 더 선본이다.

『호곡만필』은 전체 3권으로 구성되어 있고, 시화는 제3권에 실려 있다. 제1권과 제2권은 「자술自述」을 중심으로 자신의 인생을 직접 서술한 자서전과 자찬 연보이다. 여기에는 시작 활동의 이력이 상세하게 기록되어 있다.[103]

제3권은 크게 「시평詩評」과 「시화詩話」, 「여평儷評」의 3부로 구성되었고, 앞에는 서문, 뒤에는 「부록」이 덧붙었다. 「시평」은 선시選詩, 당시, 송시, 명시, 동시東詩의 5개 항목으로 80칙이, 「시화」 에는 조선 시인의 시화 83칙이, 「여평」에는 변려문을 품평한 23칙으로 전체 186칙이 실려 있다. 부록에는 「오도손시평敖陶孫詩評」, 「왕엄주시평초王弇州詩評抄」를 전재하였다. 「시평」과 「시화」로 분리하여 서술함으로써, 한 시화에서 작품을 품평하는 시평과 일화적 성격의 시화를 명확하게 분리하였다. 시평을 앞세워 시화보다 시평을 더 중시하였다. 『시화총림』에는 66칙이 초록되었다.[104] 목록에는 『호곡만필』로 되어 있는데 범례와 본문에서는 『호곡시화』로 표현하였다.

제3권 서문에서는 1680년에 처음 시화를 편찬하고, 1689년에 서문을 쓴다고 했다. 홍만종은 『시화총림』 범례 4조에서 『호곡만필』에 신구新舊 2개 본이 있다고 밝혔다. 초고에는 잘못 기록한 것이 많아서 그 뒤에 직접 고쳐서 2개 본이 형성되었다고 말하였다. 이 말에 따르면 1680년의 저작은 초고본이고, 1689년의 저작은 개정본이다. 어느 것이든 홍만종이 『소화시평』을 완성하여 세상에 유행시킨 1675년보다는 뒤졌고, 『시평보유』를 완성한 1691년보다는 앞선다. 홍만종보다 15세 연장자이지만 시화 저술에서는 뒤졌다.

남용익은 먼저 나온 홍만종의 『소화시평』에 영향을 받지 않을 수 없었다. 작품의 품평과 시각에서 홍만종의 시화와 상당히 유사하다. 통시적 시각에서 역대 한국시를 고루 품평한 점도 같다. 『성수시화』와 『지봉유설』을 이어 홍만종과 함께 조선 중기 시화의 우수한 전통을 세웠다. 작가와 작품을 품평할 때 늘 한시사를 염두에 두었다. 독자적 판단으로 고려와 조선의 시를 선집한 『기아』를 편찬하여 거시적 관점에서 자국 한시를 조감하였다.

홍만종이 작품을 인용하여 품평했다면 남용익은 작품의 인용 없이 품평만 했다. 『기아』에 작품을 뽑아 놓았기 때문이니 『호곡만필』은 『기아』와 상보적 관계이다. 엄정한 비평가 관점을 지켜서 품평에만 집중하였다. 홍만종은 자국의 시에 집중하였으나 남용익은 『지봉유설』과 『청창연담』을 이어 중국 시까지 비평의 범위를 넓혔다. 게다가 변려문까지 품평하였다.

『호곡만필』의 비평기준 역시 홍만종과 유사하다. 당시의 격조를 중시하는 복고주의 시학을 보였고, 시의 심미적 가치를 직관적으로 포착하여 품평하는 품격비평을 전개하였다. 배워야 할 대상을 당시에 두었다. 「시평」의 당시唐詩 마지막 조항 29칙에서 "내가 시를 배우는 법을 생각해보았다. 이백과 두보는 너무 높아서 배울 수 없으니 다만 많이 읽고 음송하여 그 격조와 음향을 사모하고, 그 기운과 힘을 생각할 뿐이다"[105]라고 하였고, 그 이하 율시와 절구, 고시 각 형식에서 왕유王維와 유우석劉禹錫, 최국보崔國輔, 이상은李商隱, 위응물韋應物, 잠참岑參을 배워야 한다고 하였다.

반면에 송시는 배움의 대상으로 삼지 않았다. 다만 "송에는 시가 없다[宋無詩]"라는 왕세정의 말이 지나치다고 하면서 당시에 비하면 가짜 옥이므로 그 의로움만 취하고 그 격조와 음향을 배우지 말라고 하였다. 또한 명대의 시에는 "명시明詩의 경우 격조는 당시에 미치지 못하고, 정서는 송시에 미치지 못한다. 오로지 음향으로 자부하니 독자가 많이 병통으로 여긴다"[106]라고 비평하였다. 당시의 격조와 음향을 최상의 기준으로 삼았다.

조선의 시를 품평할 때 비평기준을 충실하게 적용하였다. 다음 「동시東詩」 35칙은 이수광과 그 아들 이민구의 시를 비교하였다.

> 지봉 이수광은 한평생 당시를 전공하여 한가롭고 담박하며 따뜻하고 아담하여 경구警句를 많이 남겼으나 다만 기운과 힘이 좀 부족하다. 그 아들 관해 이민구는 명시明詩를 숭상하여 격조가 있으므로 아버지보다 좀 낫다고 할 수 있으나 조예가 지봉에 미치지 못함은 분명하다.[107]

부자간 시의 우열을 평하면서 기력과 격조의 기준을 적용하였다. 『호곡만필』에서 이 기준을 두루 활용하되 기력과 격조를 지닌 목릉성제와 17세기 이후 시인 위주로 평하였다. 시사 전체를 대상으로 시인을 논하면서도 목릉성제 이후 시인을 집중하여 다룬 것은 심미안에 부합하였기 때문이다.

남용익은 홍만종과 함께 품격비평을 애용하여 『호곡만필』에는 145종에 이르는 품격용어를 사용하였다. 실제비평에서 비유적 비평 또는 의상비평意象批評을 특별히 선호하였다. 의상비평은 구체적 형상적 이미지를 활용하여 시의 인상을 독자에게 구체적 형상이나 장면으로 보여준다. 직유와 상징, 묘사의 방법 등을 구사하여 비유적 비평 또는 상징적 비평 등 다양한 용어로 불린다.[108] 송대의 오도손敖陶孫과 명대의 왕세정王世貞의 『예원치언藝苑卮言』, 호응린胡應麟의 『시수詩藪』가 이 비평의 전형적 사례이다. 이들의 저작은 모두 조선에서 간행되었다. 『호곡만필』에는 오도손과 왕세정의 의상비평 대표작이 부록으로 실려 있다.

조선 중기에는 비평가들 사이에 이 방법이 대거 유행하였다.[109] 앞서 살펴본 『당촌한화』에서도 하나의 사례를 들었다. 홍만종은 여러 번에 걸쳐 의상비평으로 작가와 작품을 품평하였다. 허균과 김만중, 김석주, 남용익 역시 비유적 비평을 즐겨 사용하였다.

> 간이 최립이 일찍이 아계 이산해를 찾아갔다. 아계가 그에게 당세의 문장을 논해보라고 하였더니 간이가 "중국에 사신 가는 행차로 비유해보지요"라고 답했다. 아계가 그대는 얼마나 갔느냐고 물었더니 간이가 "저는 의주 통군정 위에 앉아 있지요"라고 답했다. 우리 조선 문장가 수준을 다 넘었다는 말이었다. 이어서 이춘영李春英은 아이종 하나에 한 필 말로 다 해진 안장을 얹은 말을 타고 찌그러진 갓을 쓴 채 막 황해도 평산에 도착했다고 평했고, 차천로는 백만 대군을 거느리고 대장의 깃발을 세우고서 지금 막 서대문 밖 모래내를 넘고 있다고 평했다. 아계가 자기는 얼마쯤 갔느냐고 묻자 간이가 "대감은 사모관대를 가다듬고 자세를 바로잡고서 표문을 받들고 창경궁 홍화문弘化門을 막 벗어났습니다"라고 답했다. 아계가 한참 동안 멍하니 있었으나 감히 화를 낼 수 없었다.[110]

> 권필의 '빈 산에는 잎 지고 비가 부슬부슬'과 이안눌李安訥의 "강가에서 그 누가 「사미인곡思美人曲」을 부르나"는 모두 송강 정철을 위해 지은 시이다. 빼어난 노래라서 세상에서 감히 그 경중을 논하지 못한다. 권필 시의 첫 구절은 옹문雍門의 거문고 소리가 홀연히 귀를 놀라게 하는 것 같아 모든 사람이 눈물을 떨구게 하고, 이안눌 시의 마지막 구절은 적벽강赤壁江에서 퉁소 소리가 실오라기 같이 끊어지지 않는 것 같아 무한한 감회를 담았다. 우열을 논하기는 어려우나 격조는 권필의 시가 낫다.[111]

최립과 이산해의 대화는 '용만 가려는데 겨우 모화관이다[欲往龍灣, 才到慕關.]'라는 가볍고 해학적인 속담을 활용하여 독자에게 선명하게 작가의 특징과 수준을 각인하였다. 명대 문학의 수준에 가장 가까이 간 사람이 최립이고, 이산해는 겨우 출발선에 놓인 문인임을 알기 쉽게 이미지화하였다. 이수광은 『지봉유설』 8권에서 이산해와 최립의 대립을 표면화하였고, 임상원은 『교거쇄편』에서 비슷한 평을 소개하고 최립이 결코 이 말을 하지 않았다는 의견을 밝혔다. 당시에 꽤 널리 전파된 이야기였는데 남용익은 이런 비유로 흥미롭게 평가하였다.

권필과 이안눌의 우열 비교는 17세기 비평에서 중요한 주제의 하나였다. 제시한 비유는 각 시구의 정서를 이미지로 제시하였고, 마지막 판단의 기준은 역시 격조였다. 홍만종이나 남용익, 김만중 등이 즐겨 활용한 이 비평은 독자에게 구체적이고 선명한 이미지를 제시하여 비평에 흥미를 갖게 하였다. 17세기 비평의 흥미로운 한 장면이다.

4. 김만중 『서포만필』의 복고주의와 비판주의

남용익과 홍만종 사이에는 저명한 비평가 김만중金萬重이 등장하였다. 『구운몽』과 『사씨남정기』를 지은 작가로 유명하지만 『서포만필西浦漫筆』의 저자로서 17세기 후기 비평사에서도 그 위상이 매우 크다. 복고주의 시론을 역설한 비평가이면서도 다음 시대에 주류가 되는 새로운 비평도 선보인 독특한 비평가이다.

김만중(金萬重, 1637~1691)의 자는 중숙重淑, 호는 서포西浦로 숙종의 왕비 인경왕후의 숙부이다. 당파는 서인西人으로 문과에 급제한 이후 공조판서와 대제학 등을 지냈다. 강경한 정치적 노선을 지켜 여러 차례 유배를 살았고, 끝내 남해 유배지에서 사망하였다. 『서포만필』은 남해 유배지에서 쓴 것으로 추정한다.

『서포만필』은 상하 2권으로, 다양한 관심사를 고증하고 분석한 차기箚記인데 하권 후반부에 시화 80여 칙이 묶여 있다. 문집 『서포집西浦集』에는 실리지 않았고 사본으로만 유통되었다. 통문관 구장본이 영인되어 널리 활용되었고, 규장각, 고려대, 단국대, 버클리대, 오사카부립 나카노시마 도서관 등에 사본이 10종 안팎 소장되어 있다. 사본 사이에 큰 차이는 없고, 홍인표와 심경호의 번역이 있다.

첫머리에 실린 종손從孫 김춘택金春澤의 서문에서는 『서포만필』이 경전과 예악, 사물, 제자백가의 학문, 외국의 사실, 시문 등 다양한 주제를 다뤘고, 앞 사람이 미처 밝히지 못한 사실을 많이 밝혔다고 추켜세웠다. 과장이 있기는 하나 온당한 평가로 볼 수 있다. 홍만종, 남용익과 동시대 사람인데도 학술과 시문에서는 동시대의 경향을 그대로 따르지 않고 독특한 주장을 내놓았다. 사본이 다수 유통되었으나 후대에 영향은 노론계 지식인에 제한되었고, 『시화총림』에도 수록되지 않았다. 친분이 깊지 않아 홍만종은 미처 열람하지 못한 듯하다.

『서포만필』에는 기성의 권위를 회의하고 교조적 태도를 질타하는, 비판적 정신이 바탕에 깔려 있다. 학계에 만연한 주자朱子의 견해나 시문의 해석에도 비판적 견해를 제출하였다. "선배들의 문학 해석이 대단히 엉성함을 항상 괴이하게 여겼다"라느니, 이수광의 『지봉유설』이 분량은 많으나 "사람의 뜻을 계발함이 거의 없다"라느니 혹평하면서 비평에서는 존재감이 거의 없는 유성룡柳成龍의 시론을 호평하였다.[112] 이수광과 유성룡은 비평에서는 전문가와 비전문가의 격차가 있고, 더욱이 유성룡은 당파가 다른 인물인데도 식견이 탁월하고 독창적이라고 하였다. 기성의 권위를 벗어난 비평 정신을 보여준다.

『서포만필』의 시화는 일화보다는 시평에 더 치중하였고, 일정한 체계를 갖추지 않았다. 조선과 중국의 작가를 폭넓게 논평하였는데, 시기를 한정하지 않았으나 조선의 경우에는 목릉성제 이후 17세기 시인, 중국의 경우에는 명나라 작가에 비중을 두었다. 복고주의 시론을 고학古學이라는 개념에 담아 표현하였는데 그 말에는 창작의 지향이 함축되어 있다.[113]

김만중의 복고주의 시론은 『서포만필』보다 먼저 편찬한 중국 시선집에서 벌써 등장하였다. 친형 김만기와 함께 편찬한 『시선詩選』에서 한위 고시와 당시를 선집하면서 기준을 복고復古에 두어 "오대五代 이후에는 시라고 할 것이 없어서 만당시까지만 뽑는다"라고 하였다.[114] 또 이민서李敏叙와 함께 엮은 『고시선古詩選』은 고시를 선정하여 작품 선정의 하한선이 육조六朝에 그쳤다. "올바른 소리가 묻히고 속된 시학의 비루함을 개탄하여"[115] 만들었다고 하여 복고를 내세웠다. 『시선』에는 작품만 수록하지 않고 왕세정의 『예원치언』과 호응린의 『시수』를 각 시체와 작품의 해설사이에 덧붙였고, 여기에 명말明末 문인 종성鐘惺과 담원춘譚元春의 『고시귀古詩歸』와 『당시귀唐詩歸』의 비평을 대거 수록하였다. 작품 이해의 기준으로 제시한 '제가총론諸家總論' 역시 왕세정과 호응린의 시론을 주축으로 하였다. 『시선』 편찬에 적용한 복고적 기준이 『서포만필』에서는 동시대 작가와 작품의 비평에 적용되었다.

김만중은 17세기의 권필, 이안눌, 이식, 정두경 등이 전개한 복고주의 창작을 높이 평가하였다. 성현과 신흠, 정두경을 추켜세우되 정두경을 특별히 앞세운 이유도 고학에 보인 열의 때문이었다. 여기에서 그의 시평은 홍만종, 남용익의 복고주의와 연결된다. 송시보다는 명시가 더 낫고, 소식보다 왕세정이 더 우수하다고 평가한 시론도 복고주의 시론의 한 측면이다.

작품을 이해하는 관점은 이달李達의 시를 분석한 하권 157칙에 잘 나타나 있다.

> 이달李達의 「연밥 따는 노래」 '연잎은 들쑥날쑥 연밥은 많고 많은데/ 연꽃 사이 듬성듬성 아가씨들 노래하네[蓮葉參差蓮子多, 蓮花相間女郎歌]'는 참으로 절창이다. 다만 그 결구의 시어가 앞의 내용과 어울리지 않아 아쉽다. 그렇지 않다면 왕창령王昌齡의 「채련곡」 '연잎과 한 색깔로 비단 치마 마름질하고/ 연꽃은 얼굴 마주 보고 양쪽에서 피었네[荷葉羅裙一色裁, 芙蓉向臉兩邊開]'와 함께 명작이라 평가받으리라. 이수광은 연밥이 많을 때는 꽃이 피지 않는다는 근거로 '물을 거슬러 올라간다'라는 시어와 함께 반박하였다. '물을 거슬러 올라간다'라는 시어가 잘못이기는 하지만 연밥의 사실 여부를 따진 말은 억지 해석에 가깝다. 시인의 경물 묘사는 본래 실제 경물에 지나치게 구애받지 않는다. 시를 잘 해석하는 자는 정말 이렇게 하지 않는다. (후략)[116]

선배의 견해를 반박하는 흥미로운 사례인 동시에 시를 보는 안목과 시론을 보여준다. 이수광의 품평을 재검토하고 반박하면서 자신의 관점을 뚜렷하게 제시하였다. 이수광은 연밥이 많을 때는 연꽃이 피지 않는다는 점을 들어 사실에 맞지 않는 오류를 짚었다. 그 자체로서는 맞다. 하지만 김만중은 시적 상황이란 실제 경물에 구애받지 않는다는 이유로 이수광을 비판하였다. 객관적 사물 현상을 진실하게 묘사해야 하지만 시의 주관적 진실은 그보다 더 중요하다는 생각 때문이다.

김만중은 복고주의 시론을 지닌 조선 중기와 명나라 시인들이 작가의 상상력과 주관을 중시한 관점을 따라 해석하였다. 눈 속에 핀 파초를 그린 왕유王維의 그림 해석과 관련한 이 안건은 호응린이 『시수』 외편外編에서 비슷하게 주장했고, 장유는 『계곡만필』에서, 『서포집』에 서문을 쓴 김창흡金昌翕은 「하산집서何山集序」에서 비슷한 주장을 펼쳤다.

김만중은 또 『서포만필』에서 연애 감정의 문제를 새롭게 부각하였다. 하권 77칙에서 『시경』 맨 첫 번째 작품인 국풍國風의 「관저關雎」를 해석하며 주자를 비롯한 주석가의 시론을 부정하였다. '꾸욱꾸욱 물수리는/ 강모래톱에서 울고/ 아리따운 아가씨는/ 군자의 좋은 짝일세[關關雎鳩, 在河之州, 窈窕淑女, 君子好逑]'에서 '요조窈窕'를 김만중은 여성의 용모를 가리키는 말로 보아야 하고 교양 있는 덕망으로만 봐서는 안 된다고 했다. 고대 사람이 여성을 칭찬할 때 반드시 먼저 색色, 곧 예쁘다는 용모를 칭찬했다는 상식을 근거로 제시하였다. 주나라 문왕이 태사太姒를 부인으로 맞이한 시라는 근엄한 해석에 앞서 민요로서 보아야 하고, 민요는 젊은 남녀 사이의 실감나는 연애 감정을 자유롭게 표출한다고 해석한 것이다.

상권 34칙에서는 항우가 초한전楚漢戰에서 최후를 맞이할 때 우미인을 보고 눈물을 흘린 행위의 진실성을 인정하며 "우미인에 대한 애정을 버리지 않은 영웅의 행위"로 해석하였고, 하권 162칙 이하 3칙에서는 인간의 애정이 지닌 근본성을 다루었다. 김만중은 애정과 문학의 관계에 천착하여『구운몽』과『사씨남정기』를 지었고,『삼국지연의』와 같은 통속소설의 가치를 인정하였으며, 정철의 국문가사를 높이 평가하였다. 그의 신선한 견해는 이 시론에 뿌리를 두고 있다.

한편, 김만중은 이전 시기의 의고적 창작을 반성하는 단계까지 이르렀기에 이 시기 다른 비평가의 한계를 벗어났다. 다음 하권 160칙에서 확인할 수 있다.

> 송강 정철의「관동별곡關東別曲」,「전후사미인곡前後思美人曲」은 우리 동방의「이소離騷」이다. 그런데 문자로 쓸 수 없기에 오로지 음악하는 무리들이 입으로 전수하고 간혹 국문으로 전할 뿐이다.「관동별곡」을 칠언시로 번역한 사람이 있지마는 가작佳作이라 할 수 없다. (중략) 지금 우리나라의 시문은 자국의 말을 버리고 다른 나라의 말을 흉내 낸다. 설령 매우 비슷하다 하더라도 앵무새가 사람 말 흉내 내는 것에 불과하다. 여항간의 나무꾼과 물긷는 아낙네들이 어이 어이 하며 화답하는 노래는 비리鄙俚하다 해도 참과 거짓을 논한다면 참으로 학사대부學士大夫들이 지은 시부詩賦와 같은 수준에서 말할 수 없다.[117]

이 글은「『언소諺騷』뒤에 쓴다[題諺騷後]」를 축약하였다.『언소』는「사미인곡」과「속사미인곡」을 저자가 직접 베껴 쓴 책이다. 정철의 애정 가사를 호평하며 다음 세 가지 주장을 펼쳤다. 첫째, 한시 문학을 상대하여 국문문학의 가치를 옹호하였다. 둘째, 민간문학이 수준은 높지 않더라도 참된 성정을 드러내므로 문학적 가치가 있다고 평가하였다. 셋째, 참된 문학과 거짓된 문학을 구분하였다. 세 가지 주장은 국제적 보편문학으로 알고 있던 한문학의 틀 안에 안주한 지식인의 편견을 깨고 조선 문학을 근본에서부터 반성하였다. 명대 복고주의 문학가 이몽양李夢陽이 만년에 "진정한 시는 민간에 있다[眞詩乃在民間]"라고 주장한 맥락과 견주어 볼 수 있다.

김만중은 시적 진실의 문제를 비평의 전면에 내세웠다. 여기서 진실은 표현 주체의 사상과 감정을 진실하게 표현한다는 의미이다. 복고주의가 성행하던 시기에 진실과 진정의 가치를 중시한 것은 비평사에서 의미가 크다. 진정한 복고란 창작 주체의 사상과 감정을 자신의 언어로 진실하게 표현하는 데 있고, 옛사람의 시문과 닮은 문학은 의고擬古와 모방으로서 거짓이라는 것이다. 객관적 사물 현상의 진실보다 시의 주관적 진실을 앞세우고, 주체의 진실한 감정표현을 중시한 김만중의 시론은 다음 세대에 성정론性情論이 도래할 기반을 마련하였다.

5. 풍천임씨 가문의 시화 저술

조선 중기와 후기에 문인을 많이 배출한 집안 가운데 풍천임씨豐川任氏 가문이 있다. 죽애竹崖 임열(任說, 1510~1591) 이후 임숙영任叔英과 임상원이 등장하였고, 계속하여 우수한 문인을 많이 배출하였다. 노론과 소북小北으로 당파가 나뉘어 활동하면서도 17세기 후기 이후 시화를 다수 지었다. 임상원의 『교거쇄편郊居瑣編』, 임방의 『수촌만록水村漫錄』, 임경의 『현호쇄담玄湖瑣談』 3종이 17세기 후기와 18세기 초기에 나왔고, 19세기 전기에는 임상원의 현손 임천상이 『시필』을, 임방의 현손 임렴이 『양파담원』과 『섬천만필』을 편찬하였다. 후손은 선조의 시화를 의식하면서 시화를 저술하였다.

저술의 물꼬를 튼 인물은 임상원(任相元, 1638~1697)이다. 임상원의 자는 공보公輔, 호는 염헌恬軒이며, 당파는 소북小北이다. 문과에 장원급제하여 공조판서와 형조판서를 역임하고 우참찬右參贊에 이르렀다. 시를 잘하여 많은 시를 지었고, 문집으로 『염헌집恬軒集』을 남겼다. 『교거쇄편郊居瑣編』은 34세 때인 1671년에 쓰기 시작하여 46세 때인 1683년에 완성한 필기로 현손 임천상任天常이 『시필試筆』과 함께 한 종의 책으로 편찬하였다.

임천상은 1788년 집안에 전해오는 고조부의 『교거쇄편』을 원편으로, 자기의 『시필』을 속편으로 삼아 합작 필기를 편찬하였다. 『교거쇄편』 또는 『쇄편瑣編』으로 불리는 이 책은 6책의 사본으로, 10여 종 넘는 사본이 있다. 임상원의 저술은 『교거쇄편』 1책에 상권, 6책 일부에 하권이 수록되어 있고 나머지는 임천상의 저술이다.[118] 미국 버클리대학 동아시아도서관에서 소장한 『교거쇄편』은 3권 3책으로 전체가 임상원의 저술이다. 『시필』의 내용이 빠지고 하권 부분이 보충되었다. 상중하 3권으로 구성된 3권 본은 이 사본이 유일하다. 대략 400칙에 이르러 6책 본보다 기사가 많다. 임상원의 시화로는 이 책이 선본이다. 대략 70여 칙에 이르는 시화가 수록되었는데 일화와 시평은 거의 없이 시사적 관점에서 작가를 평가한 작가평이 대부분이다.

임상원은 서정적 당시풍을 선호하였다. 중편 2칙에서 조선 문인의 시는 대체로 시의 맛이 온화하고 고우며, 풍격이 매끈하고 밝아서 자연스럽게 당시풍에 가깝다고 하였다. 그래서 당시를 배운 삼당파의 시는 당시선집에 넣어도 구분되지 않는다고 평하였다.[119] 3칙에서는 서거정과 노수신, 정사룡 등의 대가가 송시와 원시元詩를 추구하여 조선 사람이 본래부터 지닌 당시풍 성향을 따르지 않았는데 이는 제집에 있는 보물창고를 버리고 길가에 버려진 쇳덩어리를 줍는 꼴이라고 평가하였다.

시평 위주의 기사에서 최치원 이래 당대까지 대가를 중심으로 비평하였으나 목릉성제 이후 시인이 다수를 차지하였다. 주요 시인은 권응인, 유몽인, 신흠, 최립, 허난설헌, 정철 등이다. 특히 정두경을 평한 내용이 흥미롭다. 막 간행된 『동명집東溟集』을 살펴보고서 그의 시가 얕고 경솔하며 가볍게 드러내고, 조탁에 힘쓰지 않으며, 큰소리만 치고 기세만 숭상하였다고 비판하였다. 이민구李敏求가 항상 정두경의 흠을 지적했다고 밝히며 시대가 흐를수록 경시되리라고 판단하였다. 한 시대의 거장으로 인정받은 시인에게 냉정한 비평을 달았다.

정두경을 평가한 안목은 고려시대 이규보의 시를 평가한 심미안과 유사하다. 5칙에서 이규보를 말과 뜻을 참신하게 만들어 하나의 문호門戶를 열어놓은 뛰어난 문인이라고 호평하면서도 외국산 진귀한 과일처럼 쉽게 좋아지면서 쉽게 싫증 나서 늘 먹을 음식은 아니라고 평하였다. 두 시인의 평가에서 기세가 강하거나 거친 면이 있는 시풍을 선호하지 않았음을 보여주었다.

임방(任堕, 1640~1724)의 자는 대중大仲, 호는 수촌水村이다. 임상원과 달리 당파는 노론이다. 송시열宋時烈의 문인으로 공조판서를 거쳐 우참찬을 지냈는데 신임사화辛壬士禍 때 금천金川에 유배가서 사망하였다. 문집에 『수촌집水村集』이 있다. 당시唐詩를 좋아하여 1691년에 『가행육선歌行六選』이란 당시 선집을 편찬하였다. 이백과 두보를 제외한 당시에서 정격正格 4종, 기격奇格 2종의 6종으로 분류하여 당시를 학습하는 길을 제시하였다. 저자가 자서自序를 썼고, 1702년에는 김창협이 선집의 편찬에 이견을 밝힌 편지를 써 보냈다. 홍만종, 남용익, 김만중이 그의 시벗이었다. 홍만종의 『시화총림』에 발문을 쓰기도 하였다. 또 『천예록天倪錄』이란 야담집을 편찬하여 기괴한 이야기를 다수 기록하였다.

『수촌만록水村漫錄』은 『시화총림』에 55칙의 시화가 수록되어 있다. 현손 임렴이 편찬한 『양파담원暘葩談苑』에는 가장본에서 2칙을 찾아 추가하여 『시화총림』보다 2칙이 더 많다. 『종남총지』의 경우처럼 많은 분량의 필기에서 홍만종이 시화만을 초록하여 『시화총림』에 수록하였다. 『청운잡총青韻雜叢』에도 수록되었고, 단행 사본은 전하지 않는다. 국립중앙도서관 소장 『해동시화초海東詩話抄』에도 실려 있는데 거친 초록본이다. 김동욱의 번역본이 나와 있다.

저술을 완성한 시기는 39칙에 1701년의 행적이 나오고, 43칙에 1704년 조태억趙泰億의 상소로 의금부에 투옥되어 1708년에 죽은 이동언(李東彦, 1662~1708)의 시를 수록하였다. 1708년 이후 『시화총림』이 편찬된 1712년 사이에 완성되었다. 18세기 초반에 지어졌으나 17세기 후반의 시화와 매우 유사하므로 여기에서 다룬다.

수록한 기사는 대체로 목릉성제 시기의 당시를 선호한 시인부터 동시대 시인의 일화이다. 뒷부분에는 무명씨와 승려, 기녀 시인도 다루었고,

마지막 55칙에는 『천예록』에서 다룰 법한 신두병申斗柄이란 기인의 일화를 수록하였다. 대체로 작품이 나온 동기와 배경을 서술하면서 작품을 품평하였다. 다음 20칙은 홍주세의 시와 얽힌 일화이다.

> 수암守菴 홍주세洪柱世는 호가 정허당이다. 시문을 짓되 내용의 전달과 이치의 소명을 위주로 삼고, 들뜨고 기묘한 작풍을 숭상하지 않았다. 계곡과 택당이 모두 대가라고 칭송하였는데 대나무를 읊은 절구는 다음과 같다. '못 가에 외로운 대나무 있어/ 서리 맞은 가지가 다른 나무보다 빼어나네/ 사양斜陽이야 만 번을 변하더라도/ 청음淸陰은 끝내 바꾸지 못하리[澤畔有孤竹, 霜梢秀衆林. 斜陽雖萬變, 終不改淸陰]' 시를 지을 무렵 청나라 사신이 와서 "조선에 김사양金斜陽이란 자가 있습니까?"라고 묻자 "김사양이란 사람은 없고 김시양金時讓이란 사람은 있지요"라고 답했다. 청나라 사신이 "이 사람이 척화斥和를 주장한 자입니까?"라고 묻자 "척화론자는 김시양이 아니고 김상헌金尙憲입니다"라고 답했다. 성명의 발음이 비슷하여 잘못 전해져 일어난 일이었다. 청음은 바로 김상헌의 별호이기에 시에서 언급하였다. 홍주세의 이 시는 대나무를 읊으면서 풍자하는 뜻을 담았다. 한때 널리 읊어졌다.[120]

만주족 사신 용골대(龍骨大, 타타라 잉굴다이)가 척화론자 김상헌 또는 김상용金尙容을 김사양으로 잘못 들어 일어난 이 사건은 『인조실록』에도 인조 18년(1640) 11월 8일자 기사에 등장한다. 홍주세 『정허당집』의 해당 작품 주석에도 유사한 내용이 실려 있고, 『시평보유』와 『주영편晝永編』에도 실려 있다.

작가평을 먼저 하고 특별한 사연이 있는 작품을 인용한 다음 작품평을 전개하였는데 이 서술법을 시화 전체에서 자주 썼다. 작가와 작품평에서는 격조와 기력을 중시하였다.

임경(任璟, 1667~1718)의 자는 경옥景玉이고, 호는 현호玄湖이다. 홍만종의 『시화총림』에 발문을 쓴 인물이다. 서인으로 홍만종, 김석주, 김만중 등과 교유가 있었다. 자세히 알려진 행적이나 다른 저술이 없이 『현호쇄담玄湖瑣談』 37칙이 『시화총림』과 『양파담원』, 『청운잡총』에 실려 전한다. 단행본으로 유통된 사례는 찾아지지 않는다.

『현호쇄담』은 18세기 초기 시화이다. 25칙에 『동국역대총목東國歷代總目』이 사사로이 나라의 역사를 쓴 책이라는 이유로 1707년에 저자 홍만종이 유배당할 뻔한 실화를 다뤘으므로 1707년에서 1712년 사이에 지어졌다. 18세기 초기에 지어졌으나 『수촌만록』과 마찬가지로 시론과 품평이 17세기 책이라는 후기 시화와 유사하므로 여기에서 다룬다.

일화가 섞여 있기는 하나 작가와 작품을 품평한 시평 위주로 구성되었다. 37칙에서 김석주金錫胄가 역대 시인을 의상비평의 방법으로 품평한 비평문을 전재하여 17세기 후기의 품격비평을 계승하고 있다. 시평의 경향은 차천로와 정두경, 홍만종, 임방 등 목릉성제 이후의 시인을 호평한 데서 드러난다. 다음은 14칙 기사이다.

> 동명 정두경은 한평생 사마천의 『사기』를 많이 읽어 시문이 웅혼하고 넓고 깊었다. 그의 「마천령」은 '말을 몰아 마천령에 올라와 보니/ 층층 봉우리 구름 속에 솟아 있구나!/ 저 앞에는 큰 연못이 굽어 보이니/ 저게 바로 북해라는 데로구나![驅馬磨天嶺, 層峯上入雲. 前臨有大澤, 盖乃北海云]'이다. 시의 아래 구절은 완전히 『사기』 「흉노전凶奴傳」의 말을 사용하였는데 기상이 웅혼하고 두텁다. 다른 고시와 율시 여러 편이 우뚝하게 특출해서 마치 큰 쇠북을 땅땅 치는 듯하니 우리나라 작가로서 대적할 이가 거의 없다. 백곡 김득신이 일찍이 자기 작품을 정두경에게 보여주자 정두경이 '자네는 당시를 배운다고 늘 말하더니 어째서 송시의 말을 사용하는가?'라고 따졌다. 김득신이 '무슨 근거로 내가 송시의 말을 썼

다고 하는가?'라고 물으니 정두경이 '나는 평생 당 이전의 시만을 읽고 읊조렸네. 자네 시의 문자 중에 일찍이 보지 못한 말이 있으니 이는 틀림없이 송시의 말이네'라고 답하였다. 그 말을 듣고 김득신이 웃으며 탄복하였다.[121]

『수촌만록』에도 비슷한 기사가 있어 임방과 임경의 견해가 같음을 말해준다. 정두경의 시에 대해 호평과 악평이 나뉘고 있으나 복고주의를 존중하는 비평가는 이 시를 높이 평가하였다. 홍만종 역시 이 시를 두고 『시평보유』 하권 39칙에서 "필력이 웅장하여 우주를 지탱할 만하다[筆力雄壯, 可撑宇宙]"라고 극찬하였다. 시어가 『사기』「흉노전」에서 나온 점과 기상이 웅혼하고 두터운 점을 높이 평가하였다. 이 시를 호평한 데서 의고주의 성향을 볼 수 있다.

『현호쇄담』은 실제비평에서 강점을 지녔고, 격조 중시의 복고주의 시론을 보인 점에서 17세기 후기 시화를 계승하였다. 그러나 시를 보는 심미안이 달라진 정황도 보인다. 『현호쇄담』 1칙과 2칙에서 경물을 어떻게 시로 표현하느냐 하는 주제를 사례를 들어 분석하였다. 다음은 1칙의 기사이다.

나귀 등에서 낮잠을 달게 자느라	驢背春眠穩
청산을 꿈결 속에 지나갔는데	青山夢裏行
깨어보니 그동안 비가 내려서	覺來知雨過
시냇물은 새로 불어 콸콸 흐르네	溪水有新聲

이 절구 한 수는 누가 썼는지 알 수 없으나 세상에서 대단한 작품이라 칭송하지만 나는 그렇지 않다고 본다. 비가 내려 물소리가 거세졌다면 소나기가 내린 것이다. 소나기가 왔는데도 낮잠에서 깨지 않고 오히려

나귀 등에서 꿈을 꾸었다니 말이 이치에 들어맞지 않는다. 당나라 맹호연孟浩然의 시에 '봄 잠자다 나도 모르게 깨었더니/ 곳곳에 꾀꼬리들 재잘거리네[春眠不覺曉, 處處聞啼鳥]'라고 하였는데 정취가 진실하고 말이 사정에 잘 들어맞아 저절로 운치와 격조가 맞는다. 시는 마땅히 이러해야 한다.

무릇 의취意趣를 탐닉하여 격률格律을 잃는 것은 시인의 금기이다. 그렇다고 오로지 격률에만 힘써서 의취를 잃는 일은 더욱 안될 일이다. 의취는 이치에 속하고 격률은 기상에 속한다. 이치가 주인이 되고, 기상이 부림을 받는 종이 되어야 예법의 마당에 어울린다. 개원開元 연간의 당시가 여기에 가깝다. 송시는 이치에 얽매여있고, 명시는 기상에 구속되어 있다. 청탁淸濁과 허실虛實의 차이는 있으나 똑같이 오류가 있다. 어떤 평자가 이렇게 말했다. 개원의 당시는 품위 있는 군자가 관복 입고 조정에 단정하게 앉은 모습이고, 송나라의 시는 골목에 사는 썩은 선비가 손을 높이 들어 무릎을 꿇고 몸을 굽혀서 절하는 모습이며, 명나라의 시는 젊은 협객이 도회지 길에서 말을 내달리는 모습이라 했으니 훌륭한 비유라고 하겠다.[122]

임경은 명작으로 알려진 절구를 분석하여 명작이 아님을 입증하였다. 정취는 있으나 이치에 들어맞지 않는다는 근거를 댔다. 시를 보는 기준을 의취와 격률, 이치와 기상으로 구분하여 의취와 격률이 조화를 이루되 의취가 주인이고, 격률은 종이라고 보았다. 이 기준을 인용한 절구에 적용하면, 격률만을 좇다 의취를 잃은 나쁜 시이다. 시다운 멋만을 추구하려다 사물의 이치에 어긋나 버렸다. 2칙에서도 의주 통군정을 읊은 정철의 시를 똑같은 기준에 따라 좋은 작품임을 입증하였다.

시 일반으로 논의를 확대하면, 송시는 이치에만 치우쳤고, 명시는 기상에만 치우쳤다. 반면에 당시는 의취와 격률, 이치와 기상이 조화를 이루고 있다. 이 논의는 앞서 김득신이 소리와 이치의 조화를 강조한 논의와 연결된다.

사물의 이치를 존중하는 의취와 작가의 기상을 존중하는 격률이 어느 한쪽으로 치우쳐서는 안 되고 조화를 이뤄야 한다는 임경의 주장은 격률을 중시하는 17세기 후기 품격비평의 사조를 비판하는 의미가 있다. 격률만을 존중하지 않고 사물의 이치에 부합하도록 창작함으로써 대상을 진실하게 묘사하라고 요구하였다. 임경은 18세기 전기에 성정을 중시하는 시화가 대두하기에 앞서 17세기 시단을 반성하는 시론을 펼쳤다.

제 4 장

조선 후기 시화사

제 1 절

18세기 전기 시화사

18세기 전기는 시화사에서 큰 변화를 맞은 시기이다. 양적으로 많은 시화가 나왔고, 다양한 형식과 주제의 시화가 출현하였다. 18세기 시단은 17세기 시단과 차별화를 통해 새로운 국면을 맞이하였다. 17세기가 전통을 준수하려고 애쓴 시대라면, 18세기는 전통을 부정하고 시의 혁신을 추구한 시대였다. 18세기 시단에서는 작가층이 두터워지고 다변화하였으며, 문학사조가 다양하게 분출하였고, 작가의 개성을 한결 중시하였다. 격식과 규범에서 벗어나 개성을 추구하고 변화를 꾀하며, 감정을 진실하게 표현하고 경물을 사실적으로 묘사하고자 하였다. 작가들은 17세기보다 훨씬 더 당파성이 강해졌고, 이는 사유와 시풍에도 영향을 미쳤다. 여항문단은 더 확대되었고, 여항 시인은 더 왕성하게 창작에 가담하였다.

명말청초明末清初 중국의 여러 문학사조는 조선 후기 문단에 영향을 크게 미쳤다. 복고주의를 포함하여 공안파公安派와 경릉파竟陵派, 당송파唐宋派의 시론은 변화를 꿈꾸는 문인들에게 참신한 이론을 제공하였다. 특정한 사조가 독점하지 않고 다양한 사조가 동시에 유입되어 복합적으로 작용하였다. 시화도 왕사정王士禛의 여러 시화 등 다양한 종류가 유입되어 읽혔다. 시단의 실태를 반영하여 시화는 다채롭게 발전하였다. 다음은 이 시기에 출현한 시화를 정리한 표이다.

저자	시화명	저술 시기	비고
임방(任埅, 1640~1724)	『수촌만록(水村漫錄)』	1708~1712년	17세기 후기 시화사에서 다룸
임경(任璟, ?~1718)	『현호쇄담(玄湖瑣談)』	1707~1712년	위와 같음
홍만종(洪萬宗, 1643~1725)	『시평치윤(詩評置閏)』	1703년 여름	위와 같음
	『시화총림(詩話叢林)』	1712년	
김창협(金昌協, 1651~1708)	『농암잡지(農巖雜識)』	1707년	
남학명(南鶴鳴, 1654~1722)	『회은잡설(晦隱雜說)』	1710?	
엄경우(嚴慶遇, 1655~1731)	『허주시화(虛舟詩話)』	1710년 이후	
이웅징(李熊徵, 1658~1713)	『검옹지림(黔翁志林)』	1713?	
	「논동국문장(論東國文章)」	1713?	남태응(南泰膺) 『청죽잡지(聽竹雜識)』
이의현(李宜顯, 1669~1745)	『운양만록(雲陽漫錄)』	1728년	『도곡집(陶谷集)』 권28
	『도협총설(陶峽叢說)』	1736년	『도곡집(陶谷集)』 권28
김춘택(金春澤, 1670~1717)	『북헌잡설(北軒雜說)』	1706~1710년	
	『동문문답(東文問答)』	1713년	『별본동문선(別本東文選)』
홍중인(洪重寅, 1677~1752)	『동국시화휘성(東國詩話彙成)』	1734년	
신정하(申靖夏, 1681~1716)	『서암잡기(恕菴雜記)』	1712년	
신방(申昉, 1685~1736)	『둔암시화(屯菴詩話)』	1736년	
남극관(南克寬, 1689~1714)	『단거일기(端居日記)』	1712년	
	『사시자(謝施子)』	1713년	
강박(姜樸, 1690~1742)	『한묵만희(翰墨漫戲)』	1722년	『총명쇄록(聰明瑣錄)』(1725년)
김점(金漸, 1695~1775?)	『서경시화(西京詩話)』	1728년(초고), 1733년(증보)	
신경준(申景濬, 1712~1781)	『시칙(詩則)』	1734년	18세기 후기 시화사에서 다룸

전편시화와 필기 시화 모두가 양적으로 크게 늘어났다. 초기에는 17세기 후기 시화를 계승한 『시평치윤』과 『수촌만록』, 『현호쇄담』 등이 나왔고, 역대 시화의 성과를 총괄한 『시화총림』과 『동국시화휘성』이 출현하였다.

이 시기에는 논쟁적 성격의 시화가 다수 출현하였다. 실제비평보다 이론비평의 경향이 두드러졌다. 17세기 후기 시화가 시사를 정리하고 작품을 품평하는 실제비평에 주력하였다면, 18세기 전기 시화는 시의 본질을 탐구하여 시작의 원리와 창작 방향을 제시한 이론비평에 주력하였다.

이론비평의 경향을 선도한 문인이 김창협金昌協으로 『농암잡지農巖雜識』에서 논쟁적 시론을 펼쳤다. 제자들이 이어받아 다수 시화에서 논쟁적 시론을 펼쳤고, 남극관은 반론을 제기하였다. 논쟁은 역대 시사(詩史)와 시인을 평가하는 주제로 번졌다.

17세기의 품격비평을 선호하는 문인이 여전히 이어져 총서가 편찬되었고, 『서경시화』 같은 지방 시화에 영향을 미쳤다. 여기에 더해 창작법의 원리와 기초를 체계화한 시법서 『시칙詩則』이 등장하였다. 시법서도 하나의 계열을 형성하였는데 이 책에서는 18세기 후기에 출현한 2종의 시법서와 함께 다뤘다.

1. 홍만종과 홍중인의 시화 총서 편찬

17세기에는 전문 비평가들이 출현하여 시화를 많이 저술하여 이전에 나온 시화의 범위를 질적 양적으로 넘어섰다. 시화는 사대부가 즐겨 읽는 독서물로 인기가 있었다. 조선 중기의 시화는 양적으로 풍부하였고, 다양한 내용을 담아냈다. 자연스럽게 시화의 성과를 정리하는 한편, 체계화하고 일목요연하게 볼 수 있는 총서의 편찬을 요구하였다. 17세기 전기에 이재영이 19종의 시화를 묶어 『총화叢話』 3책을 편찬하였다. 비록 널리 읽히지는 않았으나 시화 총서의 활용성을 보여주었다. 『총화』는 17세기의 심미안을 담은 시화를 정리하였다.

18세기 전기에는 2종의 총서가 나왔다. 하나는 품격비평을 최고의 수준으로 이끌어 올린 홍만종洪萬宗에 의해 이루어졌고, 다른 하나는 한 세대 후배인 홍중인洪重寅에 의해 이루어졌다. 총서는 시화를 단순히 선집한 차원을 넘어서서 조선 중기 이래 시학의 전통을 종합하고 그동안 이루어진 품격비평의 성과를 결산하였다. 18세기 전기의 시화 총서는 조선 중기의 시학을 결산하고 조선 후기의 시학을 새롭게 펼치는 역사적 의미를 담고 있다.

『시화총림』과 『동국시화휘성』은 홍만종과 집안 조카인 홍중인이 편찬하였다. 자국의 문화와 문학적 성취를 뿌듯하게 여겨 자국의 시를 논한 시화만을 종합하여 편찬함으로써 '우리 동방 시학詩學의 성대한 발전양상'을 선보였다. 18세기 전기 자국학自國學의 성과를 대표하는 저작의 하나이다. 우리 한시를 품평하고 관련한 기록을 정리한 저술은 우리 비평문학의 수준을 높이 평가한 신념에서 출현하였다. 조선의 비평문학에 대한 메타비평이며 학술적 조명의 시초라는 의의가 있다.

홍만종의 역대 시화 선집 『시화총림』

『시화총림詩話叢林』은 홍만종이 1712년에 편찬하였다. 홍만종은 이미 1675년에 『소화시평』을 편찬하였고, 1691년에는 『시평보유』, 1703년 어름에 『시평치윤』의 시화 3부작을 편찬하였다. 1712년에는 역대 시화를 종합 정리한 『시화총림』을 편찬하였다. 이로써 홍만종은 시화 4부작을 완성하였다. 70세에 편찬한 『시화총림』은 그동안 활용한 시화를 총정리한 일종의 텍스트북 성격을 띤다.

『시화총림』은 이재영의 『총화』를 계승하였다. 처음 나온 시화 총서는 아니나 『총화』와 달리 이후 막대한 영향을 끼쳤다. 간행되지는 않았고, 다수의 이본이 전해온다. 규장각에 4권 4책의 완본 2종이 소장되어 있고, 국회도서관, 동국대학교, 영남대학교에 사본이 소장되어 있다. 영남대학교 소장본 내제內題에는 '청운총화靑韻叢話'로 되어 있다. 이밖에 개인이 소장한 사본과 낙질본이 적지 않게 전한다. 규장각 소장 가람본을 영인한 아세아문화사 영인본을 연구와 번역에 널리 활용하였으나 후대에 늦게 필사되었고, 오류가 상당히 많은 사본이라 여러 사본과 교감하여 이용해야 한다. 윤호진과 허권수의 번역본(까치, 1993), 홍찬유의 번역본(통문관, 1993)이 나와 있다. 2종의 번역서는 문헌 고증과 텍스트 비평을 거치지 않아서 오류가 많다.

『시화총림』은 제목 그대로 '시화를 모아 놓은 숲'으로 고려부터 홍만종 당대까지 수집한 시화를 모았다. 첫머리에는 1712년에 쓴 자서自序를 수록하였고, 끝에는 임경任璟과 임방任埅이 1714년에 쓴 발문을 수록하였다. 자서 뒤에는 전체 목록과 범례 8조를 수록하였다. 다음은 전체 목록이다.

권1: 『백운소설白雲小說』, 『역옹패설櫟翁稗說』, 『용재총화慵齋叢話』, 『추강냉화秋江冷話』, 『사재척언思齋摭言』, 『소문쇄록謏聞瑣錄』, 『용천담적기龍泉談寂記』

권2: 『견한잡록遣閑雜錄』, 『송계만록松溪漫錄』, 『패관잡기稗官雜記』, 『청강시화淸江詩話』, 『월정만록月汀漫錄』, 『오산설림五山說林』, 『청창연담晴窓軟談』, 『산중독언山中獨言』

권3: 『지봉유설芝峯類說』, 『어우야담於于野談』, 『성수시화惺叟詩話』, 『제호시화霽湖詩話』, 『계곡만필谿谷漫筆』

권4: 『종남총지終南叢志』, 『호곡만필壺谷謾筆』, 『수촌만록水村漫錄』, 『현호쇄담玄湖瑣談』

부록: 『증정證正』

홍만종은 서문에서 편찬 동기를 다음과 같이 밝혔다.

> 나는 시를 평한 책이 있다는 말을 들으면 반드시 그 책을 구하였고, 책을 구하면 반드시 읽었다. 다만 그 책에는 조야朝野의 사적과 여항閭巷의 이야기를 함께 수록하여 책수가 방대하므로 기록하고 열람하기가 어려웠다. 이에 여러 저자가 지은 책을 모으되 오로지 시화만을 채록하여 하나의 책으로 편찬하고 『시화총림』이라 이름하였다.[1]

시평이 포함된 필기를 수집하고 필기 속에서 시화만을 추출하여 『시화총림』을 엮었다고 밝혔다. 홍만종은 20대 이후 오랫동안 시평에 활용할 서적을 수집하여 『소화시평』 등 3종의 저술에 참고 자료로 활용하였고, 만년에는 수집한 시평 자료를 정리하여 『시화총림』을 편찬하였다. 다음은 임방이 쓴 발문으로 『시화총림』의 의의를 호평하였다.

> 홍만종은 세상에 유통되는 동방의 문집에서 대가와 명가의 시를 모두 남김없이 포괄하였다. (중략) 한 마디라도 취할 만하면 어느 작품이나 채록하고 세심하게 품평하여 『소화시평』이라고 이름 짓고, 다시 『시평보유』와 『시평치윤』을 보완하여 저술하였다. 또 위로는 고려시대부터 아래로는 오늘날에 이르기까지 문인과 시인이 시에 관해 말한 잡다한 주장을 수집하여 『시화총림』 4책을 편집하였다. 나는 책을 얻어서 두루 펼쳐본 다음 책을 덮고 감탄하며 말했다. "훌륭하도다! 시화 저술로서 이보다 나은 것이 없다. 이 책은 왕세정의 『예원치언藝苑巵言』, 호응린의 『시수詩藪』와 더불어 보폭을 맞춰 함께 달릴 만하니 중국에도 자랑하며 보일 수 있겠다. 예원藝苑에 끼친 공로가 어찌 작으랴?[2]

당시 시학의 모델로 삼은 2종의 명대 시화와 함께 시인이 보아야 할 저술이요, 또 조선의 시학서로 중국에 (조선에 시인이 많다는 사실을) 과시할 수 있는 저술이라고 호평하였다.

다음은 『시화총림』에서 시화를 선정한 특징이다. 첫 번째로 널리 유통되는 단행본 전편시화를 배제하였다. 범례 제1조에서 『파한집』과 『보한집』, 『동인시화』 같은 온전한 시화는 아예 배제한다고 하였다. 신흠의 『청창연담』과 허균의 『성수시화』, 양경우의 『제호시화』도 온전한 시화이므로 이 규정은 단행본으로 널리 유통되는 전편시화를 배제한다는 의미로 해석하여야 한다.

두 번째 특징은 시화를 폭넓게 수집하여 수록하기는 했으나 주요 시화 가운데 몇 종이 빠졌다. 허균의 『학산초담』을 빠트린 것이 가장 아쉽다. 동시대 사람의 저술 가운데 『서포만필』과 『농암잡지』, 『서암시평』, 『교거쇄편』이 포함되지 않았다. 시론이 상충하거나 아직 널리 공개되지 않아서 제외한 듯하다.

세 번째로 이규보의 『백운소설』이 포함되었다. 『백운소설』은 홍만종이 1712년 『시화총림』을 엮으면서 『소화시평』 등을 편찬할 때 활용한 『동국이상국집』의 시론을 간추려 엮었다. 자세한 분석은 고려시대 시화에서 살펴보았다.

홍만종이 선정한 목록은 이재영의 『총화』 목록과 비교하면 영향이 있었음을 알 수 있다. 당시까지 전해진 주요 시화와 필기는 거의 다 포괄하였다.

시화 기사를 초록하면서 홍만종은 기사를 단순히 초록하는데 머물지 않고 크게 수정하였다. 편집자의 권한을 마음껏 활용하여 독자적 시각에 따라 편집하였다. 다음은 편집에 나타난 특징이다.

첫 번째로 시론을 배제하였다. 『백운소설』에서 시론에 해당하는 기사가 다수 뽑힌 외에는 시론다운 기사는 눈에 뜨이지 않는다. 『백운소설』은 『동국이상국집』에 일화와 시평이 많지 않기에 부득이하여 이론이 중심이 될 수밖에 없었고, 일화는 『요산당외기』와 같은 다른 기사를 자의적으로 편집하여 추가하였다. 성현의 『용재총화』와 신흠의 『청창연담』에서 다수의 시화를 뽑을 때 시론에 해당하는 기사를 뽑지 않았다. 본디 『용재총화』에 실린 시화는 홍미 위주인데 경술經術과 문장을 논한 제1권 1칙과 최치원에서 당대까지 역대 문인을 품평한 2칙을 싣지 않았다. 2개의 기사는 후대에 많이 인용될 뿐만 아니라 학술적으로 중요한 의미가 있는 기사인데도 일부러 싣지 않았다. 시평과 일화를 중시한 기준에 따라 의도적으로 싣지 않았다.

신흠의 『청창연담』에서도 마찬가지이다. 이 시화에는 시론과 시평, 일화가 골고루 수록되었으나 홍만종은 시평과 일화 위주로 뽑고 시론은 배제하였다. 핵심적 시론인 제1칙도 배제하였다. 『청창연담』의 가치는 진지한 시론과 시평에 있는데도 일부러 뽑지 않았다. 『시화총림』은 시론의 제시에 관심이 없었다.

두 번째로 작품을 제시하고 품평하거나 시에 얽힌 일화를 소개한 기사를 주로 초록하였다. 특별한 예외가 없는 한 작품을 인용하여 작품을 감상하는 읽을거리를 목표로 삼았다. 『소화시평』 시화 3부작에서 기사를 서술한 기본구조를 『시화총림』 시화에도 똑같이 적용하였다. 작품을 수록하지 않은 원작의 경우에 편집 과정에서 작품을 주관에 따라 첨가하기도 하였다. 『호곡시화壺谷詩話』가 중요한 사례이다. 다음은 『시화총림』에 18칙으로 수록된 기사이다.

> 지봉 이수광은 한평생 당시를 전공하여 한가하고 담박하며 따뜻하고 아담하여 경구를 많이 남겼으나 다만 기운과 힘이 좀 부족하다. '바람 부는 가을의 구새에서는 검을 비껴 차고/ 눈 내린 한밤의 삼하를 병사가 건너네[風生九塞秋橫劍, 雪照三河夜渡兵]'와 '창밖에 가랑비 소리 들리니 날이 밝기 어렵고/ 성 앞에 찬 강이 흐르니 가을이 쉽게 찾아오네[窓聞小雨天難曉, 城枕寒江地易秋]' 같은 시구는 모두 아름답다. 그 아들 이민구는 명시를 숭상하여 격조가 있으므로 아버지보다 좀 낫다고 할 수 있으나 조예는 아버지에게 미치지 못할 듯하다.[3]

이 기사에는 이수광의 시구 두 개를 인용하여 시풍을 소개하였다. 정작 『호곡만필』의 「동시東詩」 35칙에서는 밑줄 친 대목이 없다. 이 책 253쪽에 원래의 글이 실려있으니 비교해보면 차이가 드러난다. 남용익은 작품 없이 품평만 했으나 홍만종은 초록하면서 작품과 품평을 추가하였다. 『소화시평』과 『시화총림』에서 작품을 제시하고 품평하는 원칙에 따라 원전에 깊이 개입하여 작품을 첨가하였다. 홍만종은 이론비평보다는 구체적 작품을 감상하고 품평하는 실제비평을 선호하였다. 그의 기호에 따라 『시화총림』에서는 선배의 시화를 수정하고 보완하였다.

세 번째로 기사의 원작을 과감하게 절록節錄하거나 수정하였고, 글자와 시구를 가감하는 등 편집자의 주관에 따라 크고 작게 개입하였다. 원작을 충실하게 초록하지 않고 자신의 심미안에 맞도록 수정하여 자신의 해석이 들어간 새로운 저작으로 만들었다. 따라서 『시화총림』의 텍스트는 원본과 크고 작은 차이가 있으므로 조심하여 이용하여야 한다.

앞에서 인용한 기사를 사례로 들면, 마지막 구절 '미치지 못할 듯하다[未必及]'가 『호곡만필』 원본에는 '반드시 미치지 못한다[必未及]'로 되어 있다. 남용익은 확신에 차서 단정적으로 표현했으나 홍만종은 완곡하게 표현하였다. 차이가 작지 않은 의도적 수정이다.

또 조신曺伸의 『소문쇄록謏聞瑣錄』 원본에 "목은 이색은 재주와 호기를 자부하여 상말을 이용하여 시를 많이 지었다"[4]라는 기사가 실려 있는데 『시화총림』 제3칙에는 "목은 이색은 재주와 호기를 자부하였으나 다만 상말을 이용하여 시를 많이 지었다"[5]라는 내용으로 수정되었다. 홍만종이 '다만[但]'이란 글자를 첨가하였다. 이 글자가 있고 없고에 따라 의미상 큰 차이가 발생한다. 조신은 상말로 시를 쓴 이색의 작법을 좋게 보았으나 홍만종은 상말로 시를 쓴 작법을 좋지 않게 보았다. 송시풍을 추구한 조신과 당시풍을 추구한 홍만종 사이에는 심미안의 차이가 뚜렷하였는데 속어의 사용을 꺼리는 홍만종의 심미안에 따라 원작의 비평을 왜곡하였다.

네 번째로 원작에 없는 내용까지 편입하였다. 권응인의 『송계만록』에서는 모두 60칙을 초록하였는데 55칙에서 60칙까지 6개 기사는 『송계만록』 원본에는 없어서 출처가 의심스럽다. 『백운소설』의 사례처럼 관련되는 기사를 적절한 부분에 추가한 듯하다.

다음은 『시화총림』의 가치와 특징이다.

첫째로, 『시화총림』은 17세기 후기 시화의 특성이 깊이 반영된 시화 선집이다. 체계를 갖춰 편찬한 시화 선집으로 한국의 시화사를 종합적이고 체계적으로 이해할 문헌적 근거를 마련하였다. 『파한집』, 『보한집』, 『동인시화』, 『학산초담』 등 몇 종의 시화를 제외하면 주요 시화를 모두 포함하여 한국 시화 사료의 이해를 촉진하였다. 평단의 관심 밖에 있던 필기 소재 시화 사료를 비평사 범주 안으로 끌어왔다.

둘째로, 『시화총림』은 후대에 시화 총서의 편찬을 촉진하였다. 19세기에는 이 총서를 증보하여 『양파담원』과 『청운잡총』이 출현하였다. 이들은 『시화총림』의 기초 위에 증보한 총서이다. 또 후대에는 『풍암집화』, 『저호수록』 같이 역대 시화의 정수를 가려뽑은 선집이 다수 출현하였는데 대개 『시화총림』을 저본으로 기사를 구성하였다. 또 『동국시화휘성』도 『시화총림』의 토대 위에서 저술되었다. 이처럼 후대 시화의 독서와 편찬에 영향을 끼쳤다.

셋째로, 『시화총림』의 편찬은 시화 자료를 온전히 보존하는데 크게 기여하였다. 특히, 권4에 수록한 17세기 후기 시화 4종은 오로지 『시화총림』의 일부로만 유통될 뿐 개별 저술로는 유통되지 않았다. 『호곡만필』만이 독립된 저술로 유통되었으니 다른 시화는 『시화총림』에 수록되지 않았다면 실전失傳되기 쉬웠다.

작가별 편년체 시화 휘편彙編 홍중인의 『동국시화휘성』

『시화총림』이 세상에 나온 지 20여년 뒤인 1734년에 한국 시화를 종합적이고 체계적으로 정리한 『동국시화휘성東國詩話彙成』이 출현하였다. 『시화총림』은 선집의 본모습을 유지하며 내용을 초록하였고, 『동국시화휘성』은 작가별로 내용을 재편집하였다. 후자는 『시화총림』을 능가하는 방대한 저술인데다 작가를 시대 순으로 분류하여 편집한 시화 총집이다.

편자 홍중인(洪重寅, 1677~1752)의 자는 양경亮卿, 호는 화은花隱이다. 본관은 풍산豊山으로 숙종과 경종 임금 때의 명신 홍만조洪萬朝의 아들이다. 남인 명문가 출신으로 벼슬은 원주부사에 이르렀다. 이익이 쓴 홍중인 묘갈명墓碣銘에 생애와 행적이 잘 나타나 있다. 홍만종의 조카뻘 되는 친척이다.

홍중인은 일찍부터 야사 편찬에 깊은 관심을 가지고 『아주잡록鵝洲雜錄』이란 야사 총서를 편찬하여 사망하기 직전인 1752년까지 작업하였다. 이 저술은 야사 총서의 역사에서 하나의 획을 긋는 큰 업적이다. 당론黨論을 망국의 뿌리라고 여겨서 중립적 자세로 조선시대 당론의 전개 과정과 주요한 정치적 사건을 정리하였다. 문집과 야사에서 당론과 관련한 기사를 초록하여 주제별로 편집하였다.

홍중인은 역대 시화도 같은 방식으로 정리하여 『동국시화휘성』을 편찬하였다. 편찬한 시기는 1734년이다. 『동국시화휘성』의 권두卷頭에는 친동생인 홍중징(洪重徵, 1693~1772)이 1734년에 쓴 서문이 실려 있다. 다음은 편찬 과정과 체제 및 의의를 설명한 서문이다.

> 가숙형家叔兄 화은공花隱公이 일없이 한가롭게 지내면서 동국의 패관잡기稗官雜記를 바로잡고 수정하여 시화 한 부를 엮었다. 내가 가져다 읽어보니, 시대 순서를 기준으로 인물을 나열하고, 산천과 풍속을 기록한 글과 풍월과 누정을 읊은 시를 모두 망라하고 두루 편집하여 작가의 이름 아래에 붙였다. 내용이 모두 합해 12편編이었다. 마치 온갖 화훼를 모아서 숲을 이루자 붉고 흰 꽃이 제각기 아름다움을 뽐내어 감상하도록 제공하는 듯하였고, 전해오는 선배의 풍모와 운치가 또렷하게 앞자리에 펼쳐진 듯하였다.[6]

시대 순으로 작가를 표제어로 내세우고 필기와 시화에서 뽑은 기사를 작가별로 분류하여 편집한 체제임을 밝혔다. 다만 12편이라 밝힌 편제는 현재 전하는 사본에서는 확인하기가 어렵다. 1734년에 일차 편집을 완성하고 이후에 증보가 이루어진 듯하다. 실제로 『좌해시수』 등에 '보補'와 '첨添'을 표시하여 증보한 사실과 정석유(鄭錫儒, 1689~1756)가 지은 『정사기이丁巳記異』를 인용한 기록이 보인다. 『정사기이』는 1737년에 제말諸沫의 귀신을 만나 시를 들은 사연이므로 일차 편집 이후에 새로 끼워놓은 것이다. 경종조에서 영조조까지 활동한 시인의 기사는 초고를 완성한 이후 보태 넣은 것이다.

홍중징洪重徵은 홍중인의 행장行狀에서 한가할 때 동방시화東方詩話를 모아 엮어서 모두 합해 7책을 만들었다고 밝혔고, 이익은 묘갈명墓碣銘에서 저술에 『동방시화東方詩話』 7권이 있다고 하였다. 두 사람이 말한 7책과 7권은 모두 7책의 수량을 가리키고, 『동방시화』는 『동국시화휘성』이다.

이 저술은 평생의 노작이다. 19세기 초반 노론계 문인 심노숭沈魯崇은 이 책에서 편자의 '홀로 고심한 마음'이 엿보인다고 찬탄하였다.[7] 봉사손奉祀孫 홍서모洪書模로부터 『동국시화휘성』과 『아주잡록』 원본을 열람한 심노숭은 두 저술을 빌려서 필사하였다.

이 시화는 공개 이후 독자로부터 인기를 얻어 널리 활용되었고 그만큼 이본이 많다. 분량도 적지 않아서 축약하고 개편한 이본까지 널리 유통되었다. 다음은 지금까지 확인한 주요 이본이다.

1) 『동국시화휘성』: 장서각 소장 사본으로 22권 7책이다. 『한국시화총편』 제5권에 영인되어 널리 활용되었다. 규장각에도 같은 제목으로 22권 7책의 시화가 소장되어 있다.
2) 『시화휘성詩話彙成』: 규장각에 소장된 사본으로 12권 5책이다. 3책이 낙질된 상태로 『한국시화총편』 제5권에 영인되었다. 1)보다 빠진 내용이 많아서 소략한 편이다. 다만 권두에 홍중징이 1734년에 쓴 서문이 실려 있고, 마지막 권의 '본조本朝 보유제인補遺諸人'은 1)보다 충실하다.
3) 『좌해시수左海詩藪』: 일본 와세다대학 도서관에 소장되어 있다. 근대 일본의 저명한 역사학자이자 지리학자로서 와세다대학 교수를 지낸 요시다 도고(吉田東伍, 1864~1918)가 소장했던 책으로 낙랑서재樂浪

書齋란 장서인이 찍혀 있다. 7책 완질을 갖췄다. 정밀하게 필사한 정사본精寫本으로 2)에 수록된 홍중징洪重徵의 서문과 마지막 권의 '본조 보유제인'이 빠진 점 외에는 내용이 풍부하고 원본에 가까운 선본이다. 홍중인의 의견을 반영한 주석이 실려 있고, 작자 설명 대목이 누락되지 않았으며, '보補'와 '첨添' 표시로 증보한 사실을 밝히는 등 원본을 충실하게 필사하였다. 다른 사본에 없는 김만기金萬基와 이원진李元鎭 등의 기사가 증보되어 있다.

4) 『시화휘편詩話彙編』: 원본은 일본 정가당문고靜嘉堂文庫에 소장되어 있다. 심노숭沈魯崇이 편찬한 야사 총서 『대동패림大東稗林』 125책 가운데 101책에서 104책까지 4책에 나뉘어 실려 있다. 하편 1책에서 3책까지 3책이 결본으로 완질은 7책이다. 국학자료원 영인본 31책과 32책에 수록되었다. 편자 심노숭이 홍중인의 후손으로부터 원고본을 빌려 필사한 사본이므로 원본에 가깝다. 실제로 이 사본은 3) 『좌해시수』와 매우 유사하다.

7책에 실린 정두경鄭斗卿을 사례로 들면 『좌해시수』와 『시화휘편』에는 모두 13칙의 기사가 수록되어 있는데 1) 『동국시화휘성』에는 8칙, 2) 『시화휘성』에는 10칙이 수록되어 있다. 『동국시화휘성』의 다섯 개 이본이 편차는 대체로 비슷하나 기사의 수량에서는 차이가 크다. 선본인 『좌해시수』와 『시화휘편』을 기준본을 삼아 여러 사본을 꼼꼼히 교감하여 정본을 만들어 이용하여야 본래 모습에 가깝게 읽을 수 있다.

한편, 이 시화는 분량이 많아서 축약한 간편본이 다수 제작되어 유통되었다. 보통 『동국시화東國詩話』나 『시화휘성』이란 단권의 책으로 제작되었다. 다음은 지금까지 확인한 주요 축약본이다.

1) 『시화휘성詩話彙成』: 저자 후손가 소장 사본 1책, 제1권에서 제4권까

지 68장으로 단군조선에서 조선 전기 시인까지 초록하였다. 주로 작품 위주로 초록하였다.

2) 연세대학교 도서관 소장본: 상하 양권으로 『동국시화휘성』을 중심으로 『시화총림』의 내용까지 초록하였다. 부록으로 「대관재문담大觀齋文談」, 「현묵자증정玄黙子證正」을 수록하였다.
3) 서울대학교 가람문고본: 1권 58장의 사본으로 소략하다.
4) 연세대학교 도서관 소장 『동국시화초東國詩話抄』: 삼계당三戒堂이 초선抄選한 사본으로 43장이다. 부록으로 구우瞿佑의 『전등록시화剪燈錄詩話』를 실었다.
5) 도남 조윤제 문고본: 『동국시화』란 표제로 사본 51장이다. 진덕여왕에서부터 조선 세종 연간의 시화를 편년별로 수록하였다.
6) 『시화휘성詩話彙成』: 필자 소장 사본 1책, 92장으로 단군조선에서 고려시대 시인까지 초록하였다.
7) 『동국시화휘성』: 고려대학교 도서관 소장으로 5권 1책이다. 단군조선에서 고려시대 시인까지 초록하였다.

이밖에 『동국시화휘성』에서 기사를 초록하여 많든 선집이 다수이다. 19세기 이후 『동시영언』의 시화 총집과 『섬천만필』이란 개별 시화는 『동국시화휘성』의 체제를 모델로 삼거나 기사를 초록하여 편집하였다. 후대에 큰 영향을 끼쳤음을 알 수 있다.

『동국시화휘성』의 편집 방향은 주요 작가를 시대별로 배열하고 작가의 간략한 인적 사항을 기록한 다음 아래에 시화 기사를 나열하였다. 내용의 서술은 시인의 명작을 수록하거나 관련한 기사나 품평을 수록하였다. 『좌해시수』와 『시화휘편』은 7책의 편차로 단순하게 목차를 구성하였고, 1) 『동국시화휘성』과 2) 『시화휘성』은 다음과 같이 목차를 구성하였다.

제1권 단군조선檀君朝鮮, 기자조선箕子朝鮮

제2권 신라新羅

제3권 부고구려附高句麗

제4권~5권 고려高麗

제6권~7권 고려

제8권 고려 승석僧釋

제9권 고려 창류倡類

제10권 고려 보유문補遺門

제11권~제17권 본조本朝

제18권 본조 종영宗英

제19권 본조 승류僧類

제20권 본조 규수閨秀

제21권 본조 창류娼類

제22권 본조 보유補遺(無名氏)

『시화휘성』에는 본조 앞부분에 제왕의 시화를 따로 모아「열성신한列聖宸翰」항목을 설정하였다.『시화휘편』은 대체로 이상의 구성을 따랐으나 제18권~제22권의 편차를 설정하지 않고 본조 본문 안에 녹여서 서술하였다. 기사의 주축은 고려시대 사대부 작가(4~7권)와 조선시대 사대부 작가(11~17권)로 전체 기사의 대부분을 차지하였다. 편찬 방향과 사대부 비중은『소화시평』의 그것을 그대로 수용하였다.

시화 기사의 채록 범위는 역대 작가의 문집과 역사서, 필기, 시화 등을 두루 포함하였다. 또『요산당외기堯山堂外記』나『사문유취事文類聚』같은 중국 문헌에서 채록하기도 하였다. 예를 들어, 이호민李好閔, 이황李滉, 이자현李資玄 조항은 기사의 대부분을 문집에서 초록하였다. 필기와 시화에서 기사를 초록한 허봉許篈의『해동야언海東野言』, 허균의『해동야언별집海東

野言別集』, 『시화총림』에 나오지 않는 기사가 다수이다. 그만큼 시화 기사의 범위를 확대하였다. 기사를 채록하면서 출처를 밝히는 것이 원칙이나 대부분 밝히지 않았고, 일부 기사에서만 출처를 밝혔다. 이 점은 큰 결함이다.

홍중인은 원저작에서 기사를 초록할 때 내용을 적지 않게 수정하였다. 편집자가 적극적으로 개입하여 새로 만든 텍스트는 원저작과 달라진 예가 많다. 다음은 『시평보유』 하권 11칙을 초록한 이안눌李安訥의 기사이다.

> 동악 이안눌은 만취晩翠 오억령吳億齡과는 안면이 전혀 없었으나 그가 초상을 당했다는 소식을 듣고 조문하러 갔다. 월사 이정귀 선생이 그 자리에 있다가 동악에게 만시挽詩를 지으라고 권하였다. 이에 동악이 즉석에서 절구 한 수를 지었다.
>
> | | |
> |---|---|
> | 평소 내 성격이 혜강처럼 괴팍하여 | 平生性癖似嵇康 |
> | 육십 평생 남의 초상에 조문하지 않았네 | 懶弔人喪六十霜 |
> | 공을 전혀 모르건만 어째서 곡을 하나? | 曾未識公何事哭 |
> | 나라가 혼란했던 시절에 강상을 지켜서지 | 亂邦當日守綱常 |
>
> 여러 만시 중 가장 낫다고 월사가 칭송하였다. 만취의 명성과 절개는 이 절구 한 수로 세상에 훤히 드러났다.
>
> 이 일은 현묵자 홍만종의 시화에 실려 있는데 공이 강상을 지탱하려 한 일은 광해군 무오년(1610)에 있었고, 공이 죽은 해가 또 이 해이니 당시에 어지러운 나라라고 일컫는다면 시휘時諱에 크게 저촉된다. 더구나 이때 지었다면 즉사시卽事詩가 되므로 '그 시절[當日]'이란 시어를 쓸 수 없다. 아마도 만취의 묘를 개장한 인조 5년(1627년)에 지은 만시인 듯하다.[8]

다음은 『시평보유』 하권 11칙의 기사이다.

> 만취晩翠 오억령吳億齡의 초상에 동악東岳 이안눌이 찾아가 곡하였는데, 발인 날짜가 이미 가까운 때였다. 월사 이정귀가 마침 자리에 있었는데 상주들이 월사에게 이렇게 부탁하였다. "선인께서 동악과는 평소 모르던 사이인데 이렇게 조문을 오셨으니 그것만으로도 감사한 일입니다. 동악은 당대의 거장이시라 만시를 얻어 황천길을 빛내고 싶기는 하지만 또 감히 요청하지 못하겠습니다." 월사가 동악에게 그 의중을 전하고서 즉시 운자를 불렀다. 동악은 운자에 맞추어 바로 다음 시를 읊었다.
>
> | | |
> |---|---|
> | 평소 내 성격이 혜강처럼 괴팍하여 | 平生性癖似嵇康 |
> | 육십 평생 남의 초상에 조문하지 않았네 | 懶弔人喪六十霜 |
> | 공을 전혀 모르건만 어째서 곡을 하나? | 曾未識公何事哭 |
> | 나라가 혼란했던 시절에 강상을 지켜서지 | 亂邦當日守綱常 |
>
> 창졸간에 만든 시어가 깊고 완곡하며, 격렬하고 절실하였다. 월사가 칭찬해 마지않으며 여러 만시 가운데 제일이라 하였다. 만취의 명예와 절개는 이 한 편의 만시로 세상에 훤히 드러났다.[9]

두 기사를 비교하면 『시평보유』의 기사를 줄여서 싣고, 기사 후반부에서는 홍만종이 잘못 서술한 점을 고증하였다. 내용을 수정하고, 오류를 고증하면서 편집자가 적극적으로 개입하였다. 편집자의 개입은 기사 전체에 걸쳐 일어났다. 한 가지 기사를 더 든다.

김득신의 『종남총지』 18칙에서 이수광과 이민구 부자를 비교한 기사를 거의 원본대로 수록하였다. 그 마지막 부분에서 이민구의 명작으로 알려진 시가 '바람이 휘몰아치니 밀물 소리가 섬을 들썩이게 하고/ 해가 저무니 돛 그림자 누대를 오르네[風捲潮聲喧島嶼, 日斜帆影上樓臺]'라는 이수광의 시구만 못하다고 평하였다. 이 대목은 여러 면에서 논란거리이다.

우선 이수광의 시집에는 이 구절이 나오지 않는다. 『종남총지』에서 왜 이 시구를 이수광의 시로 보았는지 알 수 없다. 『좌해시수』에는 "허균의 시화에서 '바람이 휘몰아치니~'의 시구를 사람의 입에 오르내리는 척계광戚繼光의 시구라고 하였다. 지봉 이수광이 어찌 남의 시구를 훔쳐 자기 작품으로 삼아 남에게 뽐내려고 했겠는가? 허균이 틀림없이 잘못 인용한 것이리라"[10]라는 주석이 달려 있다. 홍중인은 이 시구가 이수광의 작품임을 인정하고, 허균의 시화에서 척계광의 시로 간주한 것은 오류라고 하였다.

허균의 시화는 『학산초담』이다. 『학산초담』 뒷부분에는 다음과 같은 기사가 실려 있다.

> 총병總兵 척계광戚繼光은 명성과 사업도 사람의 눈과 귀에 번쩍였고, 시문도 잘 지어 이반룡李攀龍 무리가 추켜세웠다. 임회후臨淮侯 이언공李言恭은 자字가 유인惟寅으로 시문을 잘 지었다. 그가 지은 '바람이 휘몰아치니 밀물 소리가 섬을 들썩이게 하고/ 해가 저무니 돛 그림자 누대를 오르네'라는 구절은 사람들 입에 오르내린다.[11]

임회후臨淮侯 이언공(李言恭, 1541~1599)은 명나라 장수로 시문을 잘 지어 『패엽재고貝葉齋稿』 등의 문집과 『일본고日本攷』의 저술을 남겼다. 그의 아들 이종성李宗城이 정유재란 때 조선에 정사로 파견된 일이 있어서 조선의 문인들이 이언공에 관심을 표하였다. 『학산초담』에서는 명나라 장수의 시재를 논하고 이언공의 작품을 인용하였다. 이 기사를 보고 홍중인은 이언공을 이수광으로 착각하였다. 착각한 이유는 알 수 없다. 『시화휘편』에서는 홍중인의 의견을 담은 주석을 첨부하되 "허균의 시화에서 ~ 허균이 틀림없이 잘못 인용한 것이리라"라는 앞뒤 글을 삭제하여 허균의 오류가 아니라 홍중인의 오류라고 보았다. 『시화휘편』을 초록한 심노숭의 견해이다.

홍중인이 초록한 문헌에는 품격비평을 선호한 시화가 다수 포함되었다. 허균의 시화 2종과 이수광의 『지봉유설』, 그리고 『종남총지』와 『소화시평』, 『시평보유』 등이 가장 많이 채택되었다. 『시평보유』를 많이 수록한 점은 후대의 어떤 시화 선집과도 차이가 난다. 문헌의 하한선은 남극관南克寬의 『몽예집夢囈集』이다. 당시에 영향력이 매우 컸던 김창협金昌協과 노론 계열의 시화는 거의 활용하지 않아서 당파적 시선과 시론의 차이도 눈에 뜨인다. 크게 볼 때, 작가의 작품과 품격을 중시하는 품격비평 계열의 시화 총서이고, 시론에는 관심을 크게 두지 않고 작가와 작품의 이해에 도움을 주는 일화와 품평을 작가별로 체계화하는 데 주력하였다. 그 점에서 『시화총림』과 유사한 비평가의 태도를 보였다. 작가를 시기에 따라 분류한 『동국시화휘성』은 창의적이고 방대한 수량의 시화 총서로서 18세기 이전 시화의 성과를 조감하는 데 없어서는 안 될 훌륭한 문헌이다.

2. 시문 창작의 혁신을 선도한 김창협의 『농암잡지』

17세기 시단에서는 시의 격조와 기상에 높은 가치를 부여하였고, 그에 따라 한위성당시漢魏盛唐詩를 학습의 모범으로 삼았다. 그런 17세기 시단의 경향을 비판하면서 18세기 전기에는 창작과 비평에서 새로운 경향이 대두하였다. 김창협金昌協과 그 문하생을 중심으로 시각이 크게 달라져 변화의 물꼬를 텄다. 작가의 자아와 개성에 눈뜨기 시작하여 특정한 시대의 작풍을 배우기를 거부하고 작가의 개성을 표현하고, 삶의 터전과 실제 풍경을 사실대로 묘사하자는 시론이 널리 퍼졌다. 이에 따라 사실주의 시풍이 성행하여 기왕의 낭만주의 시풍을 대체하였다. 중기 이래의 낭만주의 사조와 비교하여 큰 변화가 일어났다. 시화에서도 시단의 변화를 뒷받침하는 시론을 펼쳤다.

시화에서는 격조와 기상을 대체하여 성정性情[12]과 진경眞景을 창작 본연의 가치로 내세웠다. 17세기 말엽부터 인간의 성정을 표현하는데 주목하기 시작하여 박세당(朴世堂, 1629~1703)은 감성의 진솔한 표현을 중시하는 시론을 제기하였다. 성정을 진솔하게 표현하고, 조선의 자연 경물을 사실적으로 묘사하며, 독창적 시어를 쓰자는 시론은 17세기 시단의 복고적 분위기를 쇄신하였다. 이 시론은 창작과 비평에 큰 영향을 미쳤다.

창작과 비평의 전환은 김창협의 『농암잡지農巖雜識』에서 진지하고 폭넓게 다루어졌고, 노론계 문하생을 비롯하여 후배 세대 문인에 이르러 폭이 넓어지고 깊어졌다. 18세기 초기에 나온 『농암잡지』와 『서암잡기恕菴雜記』, 『둔암시화屯庵詩話』, 『도협총설陶峽叢說』, 『운양만록雲陽漫錄』, 『북헌산고

北軒散稿』 등 다수의 시화와 필기에서 논의가 펼쳐졌다. 시화 작가들은 당파와 학맥, 인맥으로 깊이 관련을 맺고 있다.

이 시기에는 이전 시기의 시화와 비교하여 시화의 성격이 크게 달라졌다. 이전에는 일화와 품평이 중심을 이뤘다면, 18세기 전기 시화에서는 시론이 시화의 중심을 이루면서 논쟁적 주장을 쏟아냈다. 일화의 성격이 약해진 자리를 시론과 시평이 채웠다. 『농암잡지』에서는 잘못을 바로잡고 주장을 강하게 관철하면서 논쟁적 시론과 시평을 전개하였다. 비평의 언어가 거칠어졌다.

농암農巖 김창협(金昌協, 1651~1708)은 17세기 말엽에서 18세기 초엽에 활동하며 시의 본질을 모색하여 새로운 방향을 제시하였다. 걸출한 작가이자 비평가, 철학자로서 성정론性情論을 체계적으로 주장하였다. 아우인 삼연三淵 김창흡金昌翕과 함께 문단의 중추로 활약하면서 농연農淵 학파를 형성하였고, 문하생과 후배 문인들이 계승하여 문단의 중추적 세력으로 등장하였다. 김창협의 문학을 보는 견해는 만년에 정리된 필기 『농암잡지』에 정리되어 있다.

『농암잡지』는 모두 4권으로 『농암집農巖集』 권31~권34에 실려 있다. 그의 문집은 1709년에 운각인서체자芸閣印書體字 34권 17책의 분량으로 간행되었고, 이듬해인 1710년에 목판으로도 간행되었다. 이 문집은 인기가 있어서 여러번 인출되었다. 『농암잡지』는 송기채와 오용원의 번역서가 나와 있고, 『농암잡지』 가운데 외편을 따로 번역한 강명관의 『농암잡지평석』(소명출판, 2007)과 성백효 등의 『조선 후기 한문비평 1: 농암 김창협의 「농암잡지 외편」』(한국인문고전연구소, 2020)이 출간되었다. 강명관의 평석은 참고할 만한 가치가 있다.

『농암잡지』에서 「내편內篇」 3권(『농암집』 권31~권33)은 경학經學 위주로 논하였고, 「외편外篇」(『농암집』 권34) 1권은 문학 위주로 논하였다. 「외편」은 전편시화와 문화로 간주해도 좋다. 「외편」은 모두 145칙으로 1678년에서

1707년 사이에 쓴 차기箚記를 시기 순으로 수록하였다. 시화와 문화가 골고루 섞여 있으나 저자가 고문古文에 기울어서 문화가 비교적 많다.

도학과 문학 양 방면에서 명성이 높았던 김창협은, 철학에 바탕을 두고 문학의 근본을 탐구하여 창작의 변화를 꾀하였다. 지난 시기의 시풍을 형식주의와 의고주의의 잔재로 비판하고 변해야 한다고 주장하였다.

> 시는 성정性情이 발산한 결과요, 천기天機가 움직여 나온 현상이다. 당나라 시인은 이 점을 터득하였기에 초당과 성당, 중당, 만당을 가릴 것 없이 대체로 시가 자연스럽다. 지금 이 사실을 모르고 오로지 소리와 빛깔을 본뜨고, 기세와 격조에 힘써서 옛사람의 발뒤꿈치나 따르려 한다. 소리나 생김새는 옛사람과 비슷해질지 몰라도 신정神情과 흥회興會는 어느 하나도 비슷하지 않다. 이 점이 명나라 시인의 잘못이다.[13]

그는 17세기 후기 시인을 지금 세상을 사는 사람이 먼 과거 사람의 소리와 생김새를 흉내 내는 모방자라고 비판하였다. 옛사람을 모방하려고 해서도 안 되고, 모방할 수도 없으며, 모방할 의미도 없다고 보았다. 왜냐하면, 시는 인간의 성정이 겉으로 드러난 결과이고, 천기가 유동하여 만들어진 창조물이기 때문이다. 작가의 천연스런 감정이 자연스럽게 드러나면 그게 바로 좋은 시라는 시의 본질을 다시 정립하였다. 최고의 수준이라 평가받는 당나라 시가 시의 본질을 잘 드러낸 이유가 여기에 있다고 보았다.

김창협이 거론한 격조나 율격, 소리, 기상 등은 홍만종이나 남용익, 임방 등이 품평의 기준으로 널리 적용한 것이었다. 김창협은 작품 평가의 기준으로 천기, 진기眞氣. 천진天眞과 같은 용어를 작가의 꾸밈없는 감정과 개성을 가리키는 술어로 즐겨 사용하였다. 송시宋詩의 가치를 평가하는 자리에서 "송시는 때때로 천기의 발로에 가까워서 읽어보면 오히려 성정의 참된 점[性情之眞]을 볼 수 있다"[14]라고 평하였다. 작품 평가의 기준이 이전과는 크게 달라졌다. 성정을 자연스럽게 표출하는 시론을 펼친 결과 김창협은 단순한 모의를 철저하게 반대하였다.

> 천하만사는 모름지기 먼저 참과 거짓, 공허함과 실다움을 가리고, 그다음에 공교로움과 졸렬함, 정밀함과 조악함을 논해야 한다. 문장도 마찬가지이다. 명나라의 왕세정과 이반룡李攀龍의 무리가 고문 창작에 큰 힘을 기울여 당송唐宋을 짓밟았는데 언뜻 보면 저들이 고상하고 기이하게 보이나 천천히 헤아려 보면 모두 껍데기만 비슷한 언어를 훔쳐 가진 데 불과하다. 그런 글은 거짓 문학이다.[15]

김창협은 참되고 사실적인 문학의 창작을 옹호하고 거짓되고 공허한 창작을 부정하였다. '껍데기만 비슷한 언어[形似之言]'란 옛사람의 소리와 격조를 단순히 모방했다는 말과 같다. 정신을 살려서 창작하지 못하고 단순히 겉모습만 베낀 의고주의를 극렬하게 비판하였다. 명대 문학을 비판하는 핵심적 논리의 하나이다.

> 이몽양李夢陽은 남들에게 당나라 이후의 책을 읽지 말라고 권하였는데, 이는 매우 편협하고 고루하다. 사법師法으로 말했다면 그렇게 말할 수 있기는 하다. 이반룡 무리가 시를 짓고 고사故事를 쓸 때 당나라 이후의 말을 금지하여 쓰지 못하게 한 처사는 매우 가소롭다. 대체로 시작詩作은 성정을 펼쳐내고 사물을 마음껏 묘사하기를 귀히 여기므로 생각하고 느낀 바대로 무엇이든 표현할 수 있다. 정교한 일과 엉성한 일, 우아한 말과 비속한 말도 가려서는 안 되는데 더구나 고금의 차이를 가려서 무엇하겠는가? 이반룡 무리가 옛것을 배운다고 하면서 처음부터 오묘한 이해나 깨달음이 없이 단지 말만을 모의했을 뿐이었다. 그래서 당시

를 배우고자 하면 당나라 말을 써야 했고, 한나라 문장을 배우고자 하면 한나라 글자를 써야 했다. 만약 당나라 이후의 고사를 쓰면 당나라의 시어와 말이 달라질까 봐 염려하였다. 그래서 이렇게 서로 경계하고 금지하였으니 이들에게서 어떻게 진정한 문장이 나타나겠는가![16]

명나라 문단의 의고주의 풍조가 나오게 된 현상을 분석하고 의고주의 창작법을 비판하였다. 한나라 문장과 당나라 시의 겉모습만 모방하는 의고주의 작법의 폐해를 예리하게 설파하였다. 진정한 문장이란 작가의 가슴에서 우러나온 진정을 드러내고 사물을 묘사하되 언어의 우아함과 비속함, 소재와 사물의 정교함과 엉성함을 가리지 않고 무엇이나 표현할 수 있어야 한다고 하였다. '작가의 진실'을 담아야 하는 문학의 본질을 제대로 짚어내고 있다.

그에 따라 김창협은 "명나라 문인은 법도에 지나치게 매이고 툭하면 모의에 빠지고 남의 걸음걸이를 흉내 냈기 때문에 천진한 점이 전혀 없다"[17]라고 비판하였다. 어떤 작가와 작품이 옛 저명한 작가의 기세와 격조에 도달했는가를 작품 품평의 기준으로 삼은 복고주의자와는 달라졌다.

의고를 비판하고 감정의 진솔한 표현을 주장한 김창협의 시론은 시화사에서 중요한 한 획을 그었다. 이전 시화의 이론적 배경을 전부 의고주의로 비판함으로써 종래의 품격비평을 물러가게 하였고, 진솔한 감정의 표현을 중시하여 개성주의가 시문 평가의 잣대가 되도록 유도하였다. 창작에서도 옛 작가의 격조나 법도를 따르는 작법을 배격하고 자신만의 개성을 살리는 노력을 옹호하여 독창적 시어를 만들어내고자 하였다. 작가를 평가하는 최고의 척도로 개성을 꼽는 시단의 형성에 기여하였다. 의고주의를 향한 비판은 조선 시단을 평가하는 문제에도 적용되었다.

세상에서 우리 조선의 시는 목릉(穆陵, 宣祖) 때보다 성황을 이룬 적이 없다고 말하는데, 나는 시의 길이 이때부터 쇠퇴하기 시작했다고 생각한다. 생각해보면, 선조 이전의 시인은 대체로 송시를 배워서 격조가 아담하거나 순탄하지 않았고, 음률이 조화를 이루지 못하기도 하였다. 그러나 소탈하고 질박하며 깊고 도타우며, 노성하고 굳셀 뿐, 꾸미고 단장하여 곱거나 세련되지 않기는 하지만 제각기 일가언一家言을 이뤘다. 선조 때에 이르러 문사가 왕성하게 등장하여 당시를 배우는 이들이 점차 많아지고, 또 명나라의 왕세정과 이반룡의 시가 점차 들어오자 문인들이 저들을 좋아하고 모방하여 시를 단련하여 정교하게 짓기 시작하였다. 이로부터 가는 길이 한결같고 음조가 비슷하여 다시는 질박한 천성이 글에 보이지 않았다.[18]

이 글에서 김창협은 목릉성제로 불리는 선조 연간의 문단에 성행한 당시풍을 비판하였다. 이 시기 문단이 긍정적 측면이 없지 않으나 모방과 단련에 주력하면서 개성이 부족한 작품의 양산을 가져왔다고 비판하였다. 문예미가 떨어지더라도 그 이전 작가에게는 개성이 있으므로 일가를 이뤘다고 호평하였다. 나아가 김창협은 곳곳에서 선조 이후의 시인을 비판하였고, 그 이전 작가인 박은과 이행, 정사룡, 노수신, 황정욱, 박상 등을 대작가로 호평하였다. 김창협의 시사詩史 해석은 17세기 시화의 해석과 크게 달라졌다. 홍만종과 남용익 등 17세기 후기 시화에서는 김창협과 반대로 선조 이전보다 이후 작가에 관심을 집중하고 호평하였다.

주도 세력 사이에 일어난 충돌과 갈등은 조성기趙聖期와 김창흡이 조선 중기의 차천로와 이안눌의 시를 평가하는 문제를 두고 벌인 논쟁에 잘 나타난다.[19] 두 명의 대가를 두고 조성기는 전통을 따르는 학자의 시각에서, 김창흡은 비판자의 시각에서 논쟁하였다. 김창흡은 "시는 성정만을 논해야 한다"라고 주장하고 진실성과 혁신을 논쟁의 기준으로 내세웠다.[20] 김창협도 이 논쟁에 끼어들어 김창흡 편에 섰다. 승패 여부와는 상관없이

17세기 주류 시학詩學을 비판하며 새 경향이 시단에 등장했음을 선명하게 보여주었다.

시사 해석의 참신성은 조선 전기 작가 박은朴誾과 선조 이후 시단의 작가 차천로, 이안눌, 정두경을 평가한 데서 잘 드러난다. 정두경의 평가가 가장 뚜렷한 표지인데 그처럼 시화 사이에서 평판이 나뉜 작가도 드물나. 비판의 시작은 김만중의 『서포만필』이고, 이후 김창협 형제를 포함하여 문하생들이 둔전鈍賊이니 지상우린紙上于麟이니 하면서 매섭게 비판하였다. 홍만종과 김창협의 상반된 평가를 통해 살펴본다.

> 동명 정두경은 기운이 사해四海를 삼키고 천고의 작가를 아예 안중에 두지 않았으니, 문장이 한 시대의 태산북두이다. 손으로 진한秦漢과 성당盛唐의 유파를 개척하였으니 달마대사가 인도에서 와서 선종을 혼자 힘으로 열어놓은 일에 비유할 수 있다.[21]

> 동명 정두경은 단지 한 시대의 의기意氣로 옛사람의 그림자와 메아리를 좇아 배워서 시가 맑고 새로우며 호방하고 준수하기에, 악착같고 용렬하며 세속의 썩은 기운이 없기는 하다. 그러나 정교한 언어와 오묘한 시상의 측면에서 옛사람의 심오한 세계를 엿보기에 부족하고, 다채로운 시의 창작에서는 시인의 다양성을 다 발휘하지 못하였다.[22]

홍만종은 정두경을 극찬하였고, 김창협은 작게는 인정하면서도 크게는 악평하였다. 한 작가의 평가가 극단적으로 갈린 것은 시론의 극명한 차이를 내포한다. 차천로의 평가에서도 이견이 노출되었다.

차천로가 함경도 명천明川에 귀양가서 쓴 '바람에 실려 오는 성난 소리는 발해의 파도이고/ 눈 속에 보이는 스산한 빛은 음산陰山이로다[風外怒聲聞渤海, 雪中愁色見陰山]'의 시구를 두고 논란이 일어났다. 이 시구를 『소화시평』에서는 우리나라에서 가장 빼어난 경련驚聯의 하나로 뽑고 '한없이 넓고 사납게 분노하여 썰물에 모든 강물이 쓸려가고, 일만 동굴에서 우레가 치는 듯하다'[23]라는 말로 기세와 역량을 호평하였다. 이 구절은 허균許筠도 『학산초담』에서 웅혼雄渾하다고 호평하였고, 김득신도 『종남총지』에서 기이하고 웅장한 작품의 사례로 꼽았다. 모두 웅혼하고 낭만적 시풍을 선호하는 비평가였다. 조성기는 이들의 호평에 찬동하고 백여 자의 평문으로 이 시구를 찬양하여서 훗날 남극관南克寬이 「사시자謝施子」에서 차천로의 충신이라고 평하기까지 하였다. 반면에 김창흡은 이 시구를 두고 비린내나고 추악하여 가까이할 수 없고, 진실한 색채와 참신한 모습이 전혀 없다고 악평하였다.[24] 이렇게 선조 이후 시단과 시풍 전반을 재평가하여 시사를 보는 새 관점을 정립하였는데 『농암잡지』가 그 선두에 섰다.

목릉성제 이후 시단을 부정적으로 본 김창협은 조선 전기의 작가를 모범으로 간주하였다. 중기 이후에 폄시된 박은과 이행 등 전기의 대표 작가를 재조명하였다. 박은이 강서시파이기는 하나 천재성이 뛰어나 소동파나 황산곡에 얽매이지 않았고, 천진함이 난만하고 기운이 넘쳐서 역대 시인 가운데 가장 빼어나다고 호평하였다.[25] 또 이행도 이안눌이 미칠 상대가 아니라고 호평하였다. 박은과 이행을 다시 소환하여 호평한 비평가는 중기 이래로는 김창협이 처음이었다. 호평과 악평이 교차한 이들을 성정과 흥회興會의 시각에서 조선 제일의 시인으로 평하기를 주저하지 않았다. 시사와 작가를 새롭게 해석하였다.

김창협은 당시보다는 송시에 기운 측면이 있으나 시의 학습 측면에서는 당시를 배워야 함을 인정하였다. 선조 이후 시단의 경향과 보조를 맞추고 있다. 고사를 활용하거나 의론을 앞세우지 않고 작가의 성정을 자연스럽게 표현하는 당시를 창작의 올바른 방향이라고 보았다.

시는 당시를 배워야 하기는 하나 당시를 닮을 필요는 없다. 당나라 시

> 인은 성정과 흥기興寄를 위주로 써서 고사와 의론을 일삼지 않으니 이는 본받을 점이다. 그러나 당나라 사람은 당나라 사람이고, 지금 사람은 지금 사람이다. 천년의 간격이 있음에도 불구하고 당나라 사람의 목소리나 기상과 조금도 다르지 않게 쓰고자 애쓴다면, 이치와 형세 상 결코 있을 수 없는 일이다. 억지로 닮으려고 한다면 사람 형상을 한 나무 인형이나 진흙 소상에 불과하다. 형상이 흡사하다고 해도 하늘로부터 부여받은 천성은 어디에도 없다. 귀히 여길 점이 어디에 있겠는가?[26]

김창협은 17세기의 주류를 차지한 학당파學唐派 작가의 창작태도를 비판하고 새로운 길을 제시하였다. 당시의 창작 정신은 배우되 당시를 모방하지는 말라고 하였다. 복고주의 창작의 폐단을 바로잡고 새 창작법을 모색하고자 하였다. 당시를 배우느냐 송시를 배우느냐 하는 논쟁을 넘어서 자신의 개성이 담긴 시를 짓느냐 마느냐 하는 문제로 논쟁의 방향을 틀었다. 당시와 송시의 압박에서 벗어나 개성이 담긴 문학을 창작하도록 이론적 근거를 세웠다.

김창협이 『농암잡지』에서 제기한 시론은 창작의 본질적 문제를 환기하여 17세기에 성행한 의고주의 폐해를 극복하고 조선 특유의 개성을 살린 창작을 촉발하였다. 이 시론은 후배 문인에게 큰 영향을 끼쳐 논의가 지속되었다. 남극관같이 견해를 달리한 문인에게 반박당하기도 하면서 조선말기까지 쟁점이 되었다.

3. 김창협의 시론을 계승한 시화

이의현李宜顯과 신정하申靖夏, 신방申昉은 김창협에게 직접 배운 문하생으로 시화를 저술하여 스승의 시론을 계승하고 발전시켰다. 김춘택(金春澤, 1670~1717)은 『서포만필』의 저자 김만중의 종손從孫으로 김만중과 김창협의 시론을 절충하여 발전시켰다. 김창협이 『농암잡지』에서 펼친 시론과 시평을 계승하되 각자의 관심사에 따라 조금씩 변화한 시론을 주장하였다.

의고주의를 비판한 이의현의 시화 2종

도곡陶谷 이의현(李宜顯, 1669~1745)은 영조조의 명신으로 문과에 급제하여 좌의정을 지냈다. 김창협 문하의 제자로, 시문에 뛰어났고, 노론 낙론계洛論系 학자로 명망이 높았다. 두 차례 북경에 사신으로 다녀오면서 『전당시全唐詩』와 『열조시집列朝詩集』을 비롯한 거질의 서적과 왕사정王士禎의 『잠미집蠶尾集』 같은 시문집 등 방대한 서적을 구매하여 읽었다. 최신 중국 서적의 수입에 앞장서 청나라의 문예 경향에 밝았다.

이의현의 시화는 『도협총설陶峽叢說』과 『운양만록雲陽漫錄』 2종의 필기에 수록되어 있다. 모두 『도곡집陶谷集』 권28에 실려 있다. 『도협총설』은 모두 104칙으로 3분의 2 이상이 시문론이다. 도산陶山에 있는 선산 아래에 머물 때 적바림한 기사를 1736년에 산정하였다. 『운양만록』은 1722년에 운산雲山 유배지에서 적바림해둔 기사를 77세 때인 1728년에 산정하였다. 모두 58칙으로 절반 이상이 시문론이다. 『도협총설』은 문장론의 비중이 크고, 『운양만록』은 시론의 비중이 크다.

2종의 필기에서는 독서 이력과 경서, 고문, 시학, 명사에 관한 단상을 차분하게 기록하였다. 작가와 작품의 비평보다는 문학 원론과 작법을 논한 이론의 비중이 크다. 『농암잡지』의 주장을 재론하는 선에서 논의가 이루어졌다. 다음은 『도협총설』 65칙이다.

> 시는 성정을 표현하고 문장은 도술道術을 밝히고 사건을 기록하여 모두 세상 교화에 보탬이 되기에 까닭 없이 시문을 지어서는 안 된다. 시는 경물을 읊는 경우가 많아서 가벼운 작품을 지어도 무방하지만 문장은 그렇게 지을 수 있으랴? 따라서 당송唐宋 이전의 문인들은 성취한 바에 각각 높낮이와 우열의 차이가 있기는 하지만, 전하는 문집을 들춰보면 들뜨고 잡스럽거나 요긴하지 않은 글이 드물다. 명나라에 이르러서는 풍속이 들뜨고 화려한 겉모습만 숭상하고, 질박하고 실속 차린 점이 전혀 없어서 문집 안에 가벼운 작품이 매우 많다.[27]

이 글은 이의현의 문학을 보는 관점을 대변한다. 시의 본질을 성정을 표현하는 데 두었고, 문장의 본질을 도술을 밝히고 사건을 기록하는 데 두었다. 여기서 도술은 유학의 가치와 사업으로 유가의 문학 관념에 뿌리를 두고 있다. 김창협의 주장과 연계되어 당송 문학의 창작법을 인정하고 명대의 의고주의를 비판하였다. 그 점에서 당순지(唐順之, 1507~1560)의 당송파唐宋派 논리에 접근하였다.[28]

이의현은 의고주의를 비판하는 데 주력하였다. "명나라의 시가 『시경』과 한위漢魏의 시를 허황하게 그리워하고 당나라 이후의 시를 비루하게 여긴 결과 그들이 이룬 성취는 하경명何景明이 말한 바처럼 옛사람의 그림자와 똑같아서 자기 가슴속에 담긴 생각을 쏟아낼 수 없었다. 여러 번 음미해봐도 껄끄하여 맛이 없다"[29]라고 비난하였다. 화려한 수식에나 힘쓰고 진실성 없이 옛 작가의 자구와 수사를 모방하는 의고주의를 비판하였다. 그 대안으로 선진양한先秦兩漢의 문학과 그 문학을 계승한 당송의 문학을 존중하였다.

시론에서는 작가의 성정이 담긴 송시를 긍정하였고, 신정하와 마찬가지로 육유陸游를 선호하였다. 그에 따라 강희제 때의 문인 양대학楊大鶴이 『검남시초劍南詩鈔』 서문에서 송시를 인정한 논리를 식견이 있다고 보았다. 성정을 잃지 않고 가슴속에서 우러난 진정을 표현한 육유의 시를 높이 평가하였다. 그의 시론은 작가의 진정한 마음을 표현하는 시문 창작으로 귀결된다. 그는 김창협의 이론을 계승한 한편, 도학과 문장 양 측면 모두를 중시한 노론 낙론계 문인의 견해를 잘 담아냈다.[30]

진실한 감정을 중시한 신정하의 『서암잡기』

서암恕菴 신정하(申靖夏, 1681~1716)는 김창협의 문하생으로 시문에 뛰어났고, 일찍 문과에 급제하였다. 조정 관료로 장래가 촉망되었으나 일찍 사망하였다. 1738년에 조카 신방申昉이 문집 『서암집恕菴集』을 편집하고 신경申暻이 주관하여 활자로 간행하였다. 이 책의 권16에는 「잡기雜記」가 실려 있는데 그 내용은 〈평사評史〉, 〈평시문評詩文〉, 〈평서화評書畫〉, 〈만록漫錄〉 등 순서로 엮은 차기箚記이다. 〈평시문評詩文〉은 64칙으로 구성되었고, 시화와 문화가 섞여 있어 온전한 시화로 간주할 수 있다. 〈만록漫錄〉 9칙도 대부분 시화다. 이처럼 「잡기」는 사평史評과 시평詩評이 중심이 된 필기이므로 저자의 호를 따서 『서암잡기恕菴雜記』로 불러 시화로 다룬다.

김창흡의 「밤에 연광정에 올라[夜登練光亭]」를 평한 내용을 『현호쇄담』 31칙에서 인용하였으므로 1712년 이전에는 『서암잡기』를 완성한 것으로 추정한다. 『서암잡기』는 사평과 시평에서 조선보다는 중국을 더 많이 다뤘다. 시평은 조선 문인이 17칙이고, 중국 문인은 47칙이다. 이백, 두보,

한유, 백거이, 구양수, 소식, 왕안석, 육유 등 당송 문인 위주로 비평하였다. 소식의 기사 비중이 커서 송시에 기운 경향이 있다.

신정하는 의고주의를 비판하고 작가의 개성과 진실함을 주장하였다. 「주부 유응운에게 답하는 편지[答柳主簿應運書]」(『서암집』 권6) 등 여러 편의 편지와 서발문에는 『서암잡기』에서 펼친 시론과 유사한 비평을 전개하였다. 명대의 의고주의를 진실성이 없는 문학사조로 비판하고 송대의 구양수, 소식의 문학을 쓸모가 있다고 보았다. 그렇다고 송시를 적극적으로 옹호하지 않았다.

『서암잡기』에서는 자연스러운 시풍과 일상어의 사용, 시에서 고사를 사용하지 않는 작풍을 두둔하였다. 또 시를 평가할 때 이치가 닿는 말과 내용을 가졌는지를 우선하여 분석하였다. 백거이白居易의 「추지시秋池詩」를 평한 13칙에서는 이치에 닿지 않는 내용을 들어 비판하였다. 이는 두보를 존중하되 그 겉모양만 배워 비분강개한 시를 짓는 풍조를 비판하는 태도로 이어졌다. 다음은 34칙이다.

> 근래 「방옹집서放翁集序」를 보았더니 중국 사람이 근년에 지은 글이었다. 거기에는 가슴으로 이백과 두보를 배운 이와 종이로 이백과 두보를 배운 이라는 말이 나오는데 시를 잘 논하였다. 근세에 두보를 배운다고 하는 자들이 슬퍼하고 괴로워하는 말을 많이 쓰니, 아무래도 병도 없이 신음하는 꼴이다. 나도 소시 적에 그런 병통에서 벗어나지 못했다.[31]

「방옹집서」는 강희제 때의 문인 양대학이 편찬한 『검남시초』의 서문을 가리킨다. 비판의 대상은 홍세태洪世泰와 정래교鄭來僑 같은 여항시인으로 보인다. 맥락도 없고, 이치에 닿지도 않는 감정의 표출은 경계하였다.

신정하는 충후忠厚함에 뿌리를 둔 두보와 육유陸游를 높이 평가하여 최고의 시인으로 꼽았다. 특히, 육유를 좋아하여 홍세태로부터 '육가환혼陸

家還魂'이란 평을 듣기도 했다. 「농암 선생에게 올리는 편지[上農巖先生書]」(『서암집』 권6)와 「위남문초서渭南文鈔序」(『서암집』 권10)를 보면, 김창협의 계발에 힘입어 육유를 좋아한 사실이 나온다. 이의현도 마찬가지였다. 김창협과 그 제자는 육유풍의 송시를 좋아하였다.

조선의 작가를 평한 시평에서는 김창협의 영향이 더 크게 나타난다. 37칙과 38칙에서 김창협의 말을 인용하여 박은을 조선조 제일 대가로 평가하였다. 「유묵수에게 답하다[答柳默守]」(『서암집』 권6)에서는 시화와 비슷한 주장을 펼쳤다. 박은을 최상의 시인으로 인정하지 않으려는 친구에게 같은 이유를 들어 이달과 권필 같은 대가보다 낫다고 평하였다. 이처럼 신정하의 시화에서는 김창협과 그 제자의 시론과 시평을 확인할 수 있다.

실경 묘사를 주장한 신방의 『둔암시화』

신방(申昉, 1685~1736)은 『서암시평』의 저자 신정하의 조카이다. 문과에 급제하여 경기감사와 이조참판 등 고위직을 지냈다. 『둔암시화屯菴詩話』 1권은 『둔암집屯菴集』에 실려 있다. 이 문집은 동생 신경申暻이 편집하여 사위 홍인한洪麟漢이 1758년 전라감사 재직 중에 전주에서 목판으로 간행하였다. 권8에 실린 〈병중잡소病中雜疏〉, 〈평일우기平日偶記〉, 〈서좌우書座右〉, 〈수필록隨筆錄〉, 〈시화〉 등 잡지雜識 5종 가운데 시화 14칙이 끝에 실려 있다. 편집한 신경은 "잡지 한 편에는 이름난 말과 이치에 닿는 논의가 많다"[32] 라고 호평하였다. 14칙에 불과한 적은 분량이나 논쟁적인 시론과 정밀한 시평을 담고 있다.

김창협 형제의 제자인 신방은 스승의 시론을 이어받아 더 치밀하게 논의를 펼쳤다. 선조 이후 17세기까지 이어진 감성 위주의 창작과 의고주의를 비판하여 허균과 차천로, 정두경의 처신과 시풍에 날선 비판을 쏟아냈다. 다음은 제6칙이다.

출처가 있다고 시를 귀하게 여기지 않는다. 주자는 "관관저구關關雎鳩에 무슨 출처가 있는가?"라고 했다. 오직 시의 소리와 격조, 아치와 조예가 어떠한지 찾아서 감별하면 된다. 출처가 있다는 이유로 시를 논하지 못하겠는가? 정두경의 「마천령摩天嶺」 절구는 작자 스스로 득의得意의 작품이라 자부하였다. 어떤 사람이 의아해하자 정두경은 사마천 『사기』의 본문을 끌어와 굴복시키니 마침내 이견이 사라졌다. 그 사연이 조선 문인의 시화에 보인다. 내 생각에는 출처가 있어서 시가 더 아름답지 않다.[33]

신방은 『주자어류朱子語類』 권140 「논문하論文下」에 나오는 주자의 말을 빌려다가 논지를 전개하였다. 김창흡의 「하산집서何山集序」에도 비슷한 논지가 실려 있다. '조선 문인의 시화'는 임방의 『수촌만록』 7칙과 임경의 『현호쇄담』 14칙을 가리킨다. 앞 단원 5장에서 다룬 내용으로 「마천령」을 두고 『사기』의 말을 활용하였기 때문에 뛰어난 작품이라 호평하였다. 반면에 신방은 『사기』의 말을 활용하였기 때문에 가치가 없다고 평가하고, 정두경을 노둔한 도적[鈍賊]일 뿐이라고 혹평하였다. 노둔한 도적은 남의 시어나 훔치는 수준 낮은 표절자를 말하는데 김창협이 『농암잡지』에서 정두경에게 내린 혹평이었다. 17세기 후기 시화에서 작품을 호평한 기준이 18세기 전기 시화에서는 작품을 혹평한 기준으로 바뀌었다. 실제 사물을 사실대로 묘사하고 진실한 감정의 표현을 중시한 의식을 이 시화는 대변하였다.

실제 풍경의 묘사를 강조한 기사에서 신방은 주견을 더 뚜렷하게 밝혔다. 의고주의 시풍을 강하게 비판하면서 조선에 있지도 않은 허상의 풍경을 묘사하지 말고 실제로 일어난 사실이나 실재하는 경물을 그려야 한다고 주장하였다. 다음은 7칙이다.

정두경의 시는 허경虛景은 잘 만드나 실경實景은 잘 묘사하지 못한다. 그의 시집에는 고악부와 종군從軍, 출새出塞 등의 작품이 많은데 한적하고 호젓하며 담담한 풍격으로 풍경을 묘사하고 사물을 형상한 아치가 적다. 시에서 소중히 여길 것은 성정을 표출하고 흥회興會를 기탁하며, 눈앞의 사건이나 사물을 대상으로 하여 시름을 풀고 서글픔을 달래는 것이다. 옛사람은 사건이 실제로 발생하고 목적이 있어서 악부시를 창작하였다. 훗날의 작가는 이를 모의해서 대충 체제를 갖춰 서술하고서 옛뜻을 살리기만 하면 좋다고 여긴다. '호아胡兒'와 '백마白馬'는 항시 있는 사실이 아니고, '일출동남우日出東南隅'와 '청청하반초靑靑河畔草'는 글자에 한정이 있으니 작가로서 종신토록 쓸 수 있겠는가? 옛것에도 참된 옛것이 있으니 안에 있지 밖에 있지 아니하고, 의경意境에 있지 제목에 있지 않다. 모름지기 오늘날 사람의 일상어를 사용하되 천근한 수준에 떨어지지 않아야 한다. 그러면 예스럽게 된다.[34]

시는 허상이 아닌 실제의 사건과 풍경을 기록하고 묘사하여야 한다고 하였다. 정두경은 반대로 실제 풍경이 아닌 허상의 풍경을 만들어내는 데 장기를 보였다. 그의 작품은 시의 본질로부터 멀리 떨어져 있다. 옛말을 쓰고 옛 시의 제목과 제재를 빌려오는 단순한 모방으로는 진정한 의미의 복고復古를 이룰 수 없다. 현재의 실제 경물과 사건을 진실한 감정을 가지고 현재의 일상어로 묘사하여야 진정한 복고이다. 정두경의 복고주의를 가짜 복고에 불과하다고 비판하고 허虛와 실實의 구도로 중기 이래 복고주의를 날카롭게 비판하였다.

신방의 주장은 17세기 후기의 시화와 크게 상충한다. 17세기 후기 시화에서는 격조나 기세 같은 허虛의 의경을 중시하였고, 신방은 실實의 의경을 중시하였다. 김창협의 시론을 바탕으로 하되, 시는 생활 주변의 실제로 존재하는 사물에서 느끼는 감회를 묘사하여야 한다고 보았다. 생활

주변에 실제로 존재하는 사물을 더 크게 부각한 점은 김창협보다 더 진전되고 참신하다.

한편, 신방은 9칙에서 시요詩妖를 논하였다. 진정으로 이단설異端說을 내세운 자가 있어야만 진정으로 이학理學을 하는 자가 나타나듯이, 시요가 있어야만 시에 뛰어난 자가 나타난다고 말하였다. 시요란 시의 변괴이므로 긍정할 성질의 현상이 아니다. 하지만 시에 깊이 천착하여야 시요도 나타난다. 시학에 깊이 파고들어야 정정당당한 성취를 거둘 수 있으니, 시요는 시학에 깊은 조예를 보일 징조이다. 들뜨고 얕고 저속한 조선 시문의 폐단을 혁신하여 창작의 높은 수준을 세우기 위해서는 비상한 노력과 열정이 있어야 한다고 보았다. 시요를 긍정한 기사는 김창협과 그 제자들이 시문에 기울인 정성과 노력을 암시한다.

국문문학의 가치를 높인 김춘택의 『북헌잡설』

김춘택(金春澤, 1670~1717)은 숙종 때의 문신으로 자는 백우伯雨, 호는 북헌北軒이다. 숙종의 장인 김만기金萬基의 손자이고 김만중의 종손從孫이다. 노론 정계의 핵심으로 활동하면서 잦은 유배생활을 겪었다. 창작에도 실력을 갖춰 적지 않은 시문을 남겼다. 초고본 문집 『북헌유고北軒遺稿』 12책이 국립도서관에 소장되어 있고, 이를 바탕으로 간행한 『북헌집北軒集』이 1760년 교서관 활자로 간행되었다. 본디 저자가 직접 베끼고 편집한 원고 10책과 만필漫筆 1책이 있었다고 한다.

『북헌집』 권2에서 권16까지는 「수해록囚海錄」이다. 1706년에서 1710년 사이에 해남과 제주, 임피의 유배지에서 지낼 때 지은 시문을 모았다. 권15와 권16은 산고散藁 항목으로 〈간서변의看書辨疑〉, 〈논학강리論學講理〉, 〈기문記聞〉, 〈서포유사별록西浦遺事別錄〉, 〈논시문論詩文〉의 5개 제목으로 구성되었다. 「논시문論詩文」은 시문을 논한 시화로 모두 22칙이다. 산고 항목이 독립되어 야사총서 『광사廣史』에 수록되어 있었다. 미국 버클리대학 동아시아도서관에는 『북헌잡설北軒雜說』 필사본 1책이 소장되어 있다.[35] 권15와 권16의 산고 항목을 필사하되 〈서포유사별록〉을 빼고 대신에 맨 뒤에 〈간서잡설看書雜說〉을 추가하였다. 이 단행 필사본은 저자가 남겼다는 만필 1책을 후대에 전사轉寫한 듯하다. 전체 77칙은 산고 항목보다 19칙이 더 많다. 시화에 해당하는 「논시문」에는 5칙이 더 추가되어 27칙이다. 추가된 5칙에서는 주로 종조부 김만중의 시를 평가하였다. 이에 따라 『북헌잡설』을 시화의 하나로 간주한다.

또 『북헌집』 권18에는 『동문문답東文問答』이 실려 있다. 일종의 문답체 시화로서 10칙으로 구성되었고, 나중에 야사총서 『광사』에 독립되어 수록되었다. 1713년 청나라에서 조선의 시문선집을 보내달라고 요청하였을 때 선집 편찬을 담당하였던 대제학 송상기(宋相琦, 1657~1723)의 질의에 답한 글이다. 이때 편찬된 『별본동문선別本東文選』의 작품 선정에 실질적으로 크게 반영되었다.[36] 이 문답에서 김춘택은 선집을 당당하게 만들어 보내고, 긴요하지 않고 가벼운 작품보다는 도학道學에 관련한 글을 많이 선정하여 보내라고 권하였다. 특히 시선을 논한 8칙과 산문선을 논한 9칙에서는 시문의 창작과 조선 시문의 대작가를 보는 방향을 제시하였다. 시문 창작에서는 명나라 의고주의 작풍을 비판하고 성정에서 우러난 창작을 옹호하였다. 앞서 언급한 '가슴으로 이백과 두보를 배운 이와 종이로 이백과 두보를 배운 이라는 말'을 인용하면서 의고주의 시문을 배척하였다.

조선 역대의 대작가를 논하여 고려에서는 이규보 외에는 다 좋다고 말하였고, 조선조에서는 박은을 최고의 시인으로 꼽고 이행, 노수신, 황정욱, 이호민을 꼽았다. 반면에 정두경은 뛰어난 작가이기는 하지만 지상우린紙上于鱗이라고 폄하하였다. 가까운 시기의 시인으로는 종조부 김만중의 오언고시와 오언율시를, 김창흡의 송시풍 시를 뽑으라고 권유하였다.

김창협과 그 문하생의 관점을 충실하게 따랐다. 여기에서 나아가 김춘택은 시가 실제 사물과 참된 성정을 표현해야 한다고 주장하였다.

> 시는 참된 정서와 실제 사물을 묘사해야 한다. 호응린胡應麟은 저주滁州에 비록 서간西澗이 없어도 위응물韋應物의 절구가 나오는 데 방해가 되지 않는다고 말했으나 결코 옳지 않은 말이다.[37]

복고주의 계열의 시화 『시수詩藪』에서 위응물의 절구를 평론한 대목은 호응린의 핵심적 시론의 하나이다. 김춘택은 실정實情과 진경眞景을 중시한 관점에서 호응린의 시론을 비판하였다.[38] 호응린은 흥취興趣를 표현하는 양식인 시는 현실에 없는 현상도 표현할 수 있다고 보았으나 김춘택은 시는 인간의 성정에 근거하여 실제 사물을 묘사해야 한다고 반론을 펼쳤다.

김춘택의 시론은 종조부 김만중의 시론과는 정반대이다. 김만중은 객관적 사물 현상의 진실보다 시인의 주관적 진실이 앞선다고 주장하여 17세기 후기 복고주의 시론에 충실하였다. 김춘택은 김만중을 존경하였으나 사물의 객관적 논리와 진경眞景을 중시한 18세기 노론 학맥 시인의 변화한 관점을 드러냈다.

김춘택은 한 걸음 나아가 문학의 언문일치를 강조하여 조선과 명나라 창작에서 입말과 글말이 서로 다른 현상을 비판하였다. 의고주의 시문의 병폐를 지적하려는 목적에서 언문이 일치하지 않는 현상을 비판하였으나 진보한 의식이 엿보인다. 지명 같은 심상한 일반 언어에서조차 일상언어를 쓰지 않고 생면부지의 글자를 쓰는 조선 문인의 허위를 비판하였다. 이는 곧장 국문가사를 높이 평가한 비평으로 이어졌다.

> 자기 나라 언어로 시를 지으면 자기 나라의 악율樂律과 잘 맞는지 맞지

않는지 따질 필요 없이 설령 사설이 길더라도 여유롭고 절실하여 진정으로 사람의 귀를 움직이게 하고 마음을 감동하게 한다. 옛것을 본받은 가사歌詞보다도 낫고 한시문漢詩文과 비교하면 단순히 나은 정도에 그치지 않는다. 다른 까닭이 아니라 참된 것과 거짓된 것의 차이다.[39]

국문가사의 가치를 호평한 대목이다. 국문으로 쓴 작품을 한자로 쓴 작품보다 훨씬 더 낫다고 주장하였다. 조선 사람에게 국문 작품은 참되고, 한문 작품은 거짓이기 때문이다. 민간문학과 국문문학의 가치를 높이 평가한 견해는 김만중의 주장을 계승하였다. 시는 진실하여야 하며, 진실한 시는 아동이나 여항 아녀자의 입에서 나온 노래에 있다는 김창흡의 시론에 뿌리를 두었다.[40] 이 시론에 바탕을 두고 김만중의 『구운몽』과 『사씨남정기』를 높이 평가하고 한문으로 번역하기도 하였다. 이 시론은 나중에 홍대용洪大容의 「대동풍요서大東風謠序」로 면면히 이어진다.

역대 시인의 평가는 김창협의 시론과 매우 유사하다. 박은을 동방 제일의 시인으로 평가하였고, 정두경을 걸출한 시인이라고 인정하면서도 명나라 시인의 범주를 벗어나지 못하였다고 보았다. 이 견해는 나중에 『동문문답』으로 이어졌다.

김창협과 제자 그룹의 시화는 『농암잡지』를 정점으로 하여 유사한 논의의 범주를 가지고 펼쳐졌다. 이들은 노론의 정치적 위상과 학맥·인맥을 통해 문단을 주도하는 세력으로 등장하였다. 여러 시화에서 의고주의를 거세게 비판하고 그 대안으로 작가의 진솔한 감정을 꾸밈없이 표현하여야 한다고 주장하였다. 17세기 말엽에서 18세기 전기로 이어진 이들의 시화는 17세기 시단의 추세를 강하게 비판하면서 새로운 대안으로 떠올라 시단 전반에 큰 영향을 끼쳤다.

4. 남학명 부자의 논쟁적 시화 『회은잡설』과 사시자

김창협과 그 제자들의 시화가 나온 시기에 소론少論 명문가 문인인 남학명南鶴鳴과 그 아들 남극관南克寬이 각각 시화를 저술하였다. 같은 시기의 시화와는 시론의 차이가 심하다. 남학명은 논쟁적이지 않았으나 남극관은 매우 논쟁적이어서 노론 계열 시화에서 제기한 시론을 조목조목 비판하였다. 『사시자謝施子』는 17세기 비평의 기준과 미학을 재확인하고 노론 문인의 주장을 반박하여 흥미로운 논쟁을 벌였다.

남학명(南鶴鳴, 1654~1722)의 자는 자문子聞, 호는 회은晦隱으로 영의정 남구만南九萬의 아들이다. 한평생 관직에 나아가지 않고 학문 탐구와 시문 창작에 전념하였다. 옛 역사와 전고에 박식한 학자로 저명하였다. 작품을 많이 남기지 않아서 문집에 『회은집晦隱集』 2책이 전한다. 문집은 차남 남처관南處寬이 병조정랑에 재직하던 1723년에 운각인서체芸閣印書體 활자로 간행하였다. 이때 부친 남구만의 『약천집藥泉集』과 아들 남극관의 『몽예집』을 함께 간행하였다.

남학명은 저명한 장서가였다. 그의 장서는 양과 질에서 우수하였다. 당시에도 희귀한 문헌인 언해본 『훈민정음』을 소장하였는데 나중에 육당 최남선이 소장했다가 고려대학교에 기증하였다. 또 윤춘년의 희귀본 문집 『학음집學音集』을 소장하였는데 1693년에 심극沈極이 이 사본을 저본으로 간행하였다. 현재 유일본이 계명대학교 동산도서관에 소장되어 있다. 이 책에는 남학명의 장서인이 찍혀 있다. 아들 남극관이 『훈민정음』을 자세히 논하고, 『학음집』을 호평한 배경에는 남학명의 장서가 있었다.

『회은잡설晦隱雜說』은 문집 권5에 실려 있다. 『회은잡록晦隱雜錄』 또는 『회은잡지晦隱雜識』, 『회은쇄록晦隱瑣錄』 등으로도 불린다. 심노숭이 『대동패림』에 필사해 편입하였고, 나중에는 『패림』에도 편입되었다. 『회은집』은 연석환이 2018년에 번역하였다.

『회은잡설』은 〈예제禮制〉 22칙, 〈고사故事〉 36칙, 〈풍토風土〉 18칙, 〈언행言行〉 32칙, 〈사한詞翰〉 40칙, 〈쇄문瑣聞〉 12칙의 6부 160칙으로 이루어졌다. 다수의 기사가 당시의 예법과 명사의 전기, 일화, 문예 등을 다루었다. 타인이 작성한 기사를 전재함이 없이 자신만의 견문과 사유를 기록하여 참신하고 가치있는 필기로 손꼽힌다. 이 때문에 이후 귀중한 필기로서 인정받았다. 〈사한〉 40칙은 짤막한 품평 및 일화를 기록한 시화이다. 〈언행〉에도 4칙의 시화를 수록하였다. 대부분 동시대 문인의 시를 다뤘다.

『회은잡설』에는 다른 시화에서 보기 힘든 흥미로운 기사가 많다. 짧은 척독尺牘의 가치를 주장한 1칙과 최치원의 '무협 중봉의 해에 실처럼 중국에 들어갔다[巫峽重峯之歲, 絲入中原]'에서 '사입絲入'이란 어휘의 출처와 의미를 고증한 2칙, 최경창의 첩 홍낭洪娘의 시서詩序를 채록한 7칙 등이 흥미롭다. 시를 다룬 기사에는 시평이나 시론보다는 명가名家의 특색있는 작품을 찾아 사연과 함께 소개한 유형이 다수를 차지한다. 임환林懽, 이수록李綏祿, 송민고宋民古, 홍주세洪柱世, 박장원朴長遠, 신정申晸, 이세화李世華, 김만중, 오도일, 이현석李玄錫, 이해李瀣, 이의승李宜繩, 이운근李雲根, 주진량朱震亮 등 독특한 개성을 지닌 동시대 작가의 작품을 소개하였다. 소론 인물에 더 관심을 두었다. 또 25칙~27칙에서는 김민金旻의 딸과 이옥봉李玉峰, 김성달金盛達의 첩 등 여성 시인의 사연과 작품을 소개하였다. 다음은 28칙의 기사이다.

촌은村隱 유희경劉希慶에게는 경상도 합천의 원계猨溪에 살던 옛 주인을 추억하는 시가 있다.

원계의 물가에는 옛집이 있어	宅在猨溪畔
어렴풋이 꿈속에서 찾아가 봤네	依俙夢裏尋
가업으로 선비 유풍 전해왔었고	世業傳儒術
가풍으로 효심을 이어왔었네	家風繼孝心
늙은 종은 기력이 없어져서	老奴無氣力
먼 길 걸어 뵈러 가지 못하였네	長程未得臨
나는 살아 이제껏 죽지 않으니	餘生今不死
주인의 깊은 은혜 더 감격하네	更感主恩深

대개 촌은의 주인은 본래 합천 사람이었다. 『촌은집村隱集』을 간행할 때 그 자손들이 촌은이 사천私賤으로 밝혀짐을 꺼려서 시의 제목을 원계의 옛일[猨溪舊事]로, 늙은 종을 늙은이로 고쳐 실었다.[41]

유희경은 조선 중기의 여항인 시인으로 여항 문학 초창기를 대표하는 작가이다. 신분은 비천하였으나 상복장喪服匠으로 일하며 시를 잘 지어 사대부에게도 인정받았다. 1628년에 『촌은집』 1권이 처음 간행되었다. 1707년에는 홍세태의 묘지명, 김창협의 서문 등 여러 명사의 글을 받아 증손자 유태웅劉泰雄이 목판본 3권 2책으로 중간하였다. 중간본을 편찬할 때 남학명은 행록行錄을 편찬하여 수록하였기에 유희경의 생애와 편집 과정을 상세히 파악할 수 있었다.

위 시화는 『촌은집』에 실린 시가 후손에 의해 왜곡된 사실을 증언하였다. 노비 신분의 시인이 명성을 얻은 뒤에 후손이 원래 신분을 숨기려고 작품의 정보를 왜곡하는 실태를 정확하게 짚어냈다. 『회은잡설』은 17세기에서 18세기 전기까지 문학사의 중요한 정보를 담고 있어 후대에 신빙할 만한 시화로 널리 읽혔다.

남극관(南克寬, 1689~1714)은 『사시자謝施子』와 『단거일기端居日記』를 저술하였다. 남극관은 자가 백거伯居, 호가 사시자謝施子로 남구만의 맏손자이자 남학명의 맏아들이다. 박학다식하고 예민한 감성의 문인 학자로 20세에 진사과에 급제하여 장래가 촉망되었으나 26세에 병사하였다. 사망하기 직전 1713년 12월에 남극관은 자신의 저술을 정리하였다. 문집 『몽예집夢囈集』 2권 1책은 조부와 부친의 문집을 간행할 때 함께 간행하였다. 『사시자』는 1713년에 완성하였고, 기사의 수는 192칙으로 문집 곤권坤卷에 실려 있다. 이승철이 번역하였다.[42] 『단거일기』는 24세 때인 1712년 7월 한 달 동안 쓴 독서일기로 시문을 논한 글이 대부분이라 일종의 일기 시화에 속한다.

2종의 필기는 부친의 필기와는 다르게 시론과 시평 위주로 짜였다. 유별나게 당시까지 나온 일반 필기나 시화에서 보기 힘든 논쟁적 분석과 노골적 비판이 곳곳에 펼쳐졌다. 20대 젊은 학자의 치기로 돌릴 수 없을 만큼 탄탄한 근거와 합리적 분석이 돋보인다. 다만 김창협을 위시한 노론계로 비판의 칼날을 집중하여 소론 당파의 소신이 과도하고, 비평의 언사가 거칠다.

남극관은 탐욕스런 독서벽이 있어 다방면에 걸친 방대한 저술을 읽고 단상을 적바림해두었다. 천문과 역사, 풍속과 물산, 언어와 문자, 문장과 시학 등 다양한 주제를 성찰하였다. 그의 단상에는 남의 견해를 답습한 상식적인 사유와 주장이 거의 없이, 대단히 참신하고 독특한 주장이 넘친다. 고려사에 관심이 깊어서 고려시대 문헌을 다수 읽고 『고려사』와 『파한집』, 『보한집』의 문장을 논하였고, 『훈민정음』을 읽는 등 어문과 관련한 참신한 견해를 제기하였다. 또 윤춘년의 『학음집』을 읽고 그 참신성과 조예를 호평하였는데 윤춘년의 시론을 호평한 사례는 매우 드물다.

『사시자』와 『단거일기』의 기사는 시론과 문론의 비중이 가장 크다. 문론에서는 노론계가 주도하는 산문사의 인식에 반기를 들었고, 묻혀버린 작가를 재평가하였다.[43] 시문 전체에서 노론 문인을 낮게 평가하였고, 반대로 저평가된 다른 당파 문인의 작품을 재평가하였다. 비판의 대표적 대상은 김창협이었다. 조선 중기 이래 작가의 성취를 부정하고, 의고주의 문풍을 비판한 김창협 계열 문인의 인식을 날카롭게 비판하였다. 먼저 김창협 등이 복고주의 문학을 비판한 시론을 재비판하여 "나는 일찍이 왕세정과 이반룡이 중국 문단에 끼친 해악은 크나 우리나라에는 파천황破天荒의 공훈을 세웠으므로 시동尸童처럼 떠받들어야 한다고 생각했다"[44] 라고 말했다. 이 말은 김창협 등의 주장과 크게 배치된다. 남극관은 예술적 성취와 시문의 체재를 학습하여 성과를 얻어야 하는 조선 문사에게 명나라 복고주의 문학은 훌륭한 학습법을 제시하였다고 보았다. 김창협과 김창흡은 실제로는 저들 도움을 받았고, 저들 범주를 벗어나지 않으면서도 학습의 연원을 숨겼다고 비판하였다. 그의 주장은 문학사와 비교문학의 시각에서 타당한 면이 있다. 남극관은 문학사의 변천과 작가의 시대별 차이를 기화氣化라는 관점에서 이해하였다.

더욱 예리한 비판은 역대 작가의 평가에서 이뤄졌다. 김창협이 정두경과 이규보를 폄하하고 대신 박은과 최립 등을 숭상한 평가를 호되게 비판하였다.

> 시론의 경우 김창협의 『농암잡지』는 제대로 논의하였다. 대개 시는 가요의 부류로서 천기天機를 그대로 펼치므로 남을 따라서 익힐 수 없기 때문이다. 그러나 정두경이 홀로 우뚝 뛰어난 이유는 그의 기운에 있다. 도리어 사치思致의 관점으로 그를 깎아내리려 하니 하나는 얻고 다른 하나는 버리는 격이다.[45]

성정을 자연스럽게 표출하는 창작의 본질을 수긍하면서도 작가의 평가에서 김창협의 인식을 부정하였다. 그는 평가의 기준을 기운에 두었다.

기운은 17세기 후기 홍만종 등의 시화에서 강조된 작품 평가의 기준이었다. 기운을 기준으로 정두경을 평가하면 조선조 제일의 시인으로 인정할 수밖에 없다고 하였다. 다른 기사에서도 같은 기준으로 정두경을 호평하였다. 사치思致 기준으로 정두경을 비판하는, 망령되고 용렬한 자(필자주: 김창협과 그의 제자를 빗댄 말이다)를 황정견과 진여의陳與義의 종이나 종성鍾惺이나 담원춘譚元春의 표절자라고 노골적으로 헐뜯었다. 정두경을 노둔한 도적이라고 비판한 말을 되받아쳤고, 박은을 조선 제일의 시인이라 한 평가를 정두경이 조선 제일의 시인이라는 평가로 되받아쳤다. 박은의 우수성을 무시하지는 않았으나 김창협의 정두경 비판을 귓불을 옆에 끼고 해달과 더불어 빛을 다투려 하는 꼴이라고 비웃었다. 그의 비평은 17세기 후기 이래 격조를 중시한 시론과 시평이 18세기 전기의 성정을 중시한 시론과 시평 사이에서 벌인 논쟁 가운데 가장 극렬하였다. 둘 사이에 전개된 논쟁을 후대 문인 이사질(李思質, 1705~1776)은 다음과 같이 평가하였다.

> 농암 김창협은 동명 정두경을 호백구狐白裘를 훔치는 민활한 솜씨가 없는 노둔한 도적이라고 말했는데 맞는 평가인지 의심스럽다. 조선 3백년 동안의 시인을 두루 살펴보니, 칠언시는 옛것을 본떠서 짓지 않은 작품이 없다. 바다처럼 넓고 하늘처럼 높으며, 팔방 끝까지 자유롭게 다니는[海闊天高, 揮斥八極] 동명의 솜씨를 지닌 자가 누가 있으랴? 남극관이 동명을 치켜세워 노둔한 도적이라 말한 농암을 꾸짖었다. 남극관의 다른 주장은 다 사특한 주장이라 해도 이 논의만은 식견이 명확하고 평가가 공정하다 일컬을 만하다.[46]

18세기 중엽의 노론 학자인 이사질은 정두경을 인정한 남극관의 견해에 동조하였다. 그는 「동명 정두경 시의 뒤에 쓰다[題鄭東溟詩後]」(『한산세고(韓山世稿)』 권25)에서도 비슷한 주장을 이어갔다. 정두경의 평가는 17세기 이래 주요 논쟁거리였는데 이사질은 당파의 논리를 벗어나 남극관을 편들었다.

남극관은 또 최립의 문장을 옛사람의 자구를 모방하였다고 폄하하였고, 반면에 고려 이규보의 문장을 높이 평가하였다. 17세기 후기 남용익의 호평에 동조하고 김창협의 평가를 뒤집었다.

> 간이 최립의 문장은 가라앉고 속이 찬 듯하다. 그러나 말의 놓임에 제약이 있고 껄끄러워서 옛사람의 자구나 공교롭게 본떴을 뿐, 편장篇章의 대체大體를 알지 못하였다. 게다가 볼 만한 이치가 없으니 이규보에는 전혀 미치지 못한다. 김창협이 최립을 칭송하고 온 힘을 다해 이규보를 헐뜯었으니 또한 가소롭다.[47]

최립과 이규보의 평가에서 김창협과 정반대의 견해를 밝혔다. 작가를 보는 기준에서 현격한 차이를 드러냈다.

남극관의 시화는 20대 젊은 패기와 당파적 시각으로 17세기 말엽 이래 문단을 주도하던 노론 학맥의 시론을 날카롭게 비판하였다. 대체로 17세기 시화의 미학이 지닌 가치를 존중하여 그 미학에 비판적인 김창협 등의 시론과 시평을 거칠게 공격하였다. 김창협 등의 시론이 지닌 혁신성을 돋보이게 하면서 또 17세기 후기 품격비평 시론의 견고한 틀을 보여준다. 두 비평 세력 사이의 논쟁은 이 시기 문단에서 격렬한 미학적 갈등과 다툼이 전개된 증거이다. 『사시자』는 비평적 성찰이 약동하는 시화로서 후대에 영향을 끼쳤다.

5. 이웅징과 강박 등 남인의 시화

남인南人과 소북계 문인인 이웅징李熊徵과 강박姜樸, 엄경우(嚴慶遇, 1655~1731) 역시 시화를 저술하였다. 세 명의 문인은 17세기 시단과는 다른 창작관에 뿌리를 둔 시화를 썼는데 그 시론은 서로 관련성이 깊다.

검주黔州 이웅징(李熊徵, 1658~1713)의 시화를 먼저 살펴본다. 『검옹지림黔翁志林』은 독립된 저술로 전하지 않고, 충남대학교 도서관에 소장된 유일한 필사본 『검주유고黔州遺稿』에 실려 전한다. 이웅징의 자는 성보聖輔, 호는 검주, 본관은 광주廣州로 선조 때의 정승 동고東皐 이준경李浚慶의 현손이다. 또 정조 때의 저명한 시인이자 화가인 연객烟客 허필許佖의 외숙이다. 당파는 소북小北이다. 전라도 남원 출신의 사대부로 1691년 문과에 급제하여 필선弼善을 지냈다. 문집 외에도 『검주시집黔州詩集』 사본이 전한다. 중요한 저술로 『동방식화지東方食貨志』가 있는데 필자가 『해동화식전海東貨殖傳』의 부록으로 번역하여 소개하였다.

『검옹유고』는 2권 1책으로 1권에는 『검옹지림』이, 2권에는 『검옹만록黔翁漫錄』과 『동방식화지』가 실려 있다. 2종의 필기에는 큰 차이가 없어서 『검옹지림』이란 이름으로 함께 다룬다. 2종의 필기에는 50칙 안팎의 시화가 실려 있다. 일화는 거의 없이 시론과 시평이 중심을 이룬다. 거시적 시각에서 조선의 시문을 평가한 내용에는 참고할 만한 기사가 적지 않다.

역대의 필기와 시화를 조감한 기사와 최치원 이래 대가의 계보를 서술한 기사가 돋보인다. 선조 때의 대가로 노수신과 최립, 차천로, 유몽인을 꼽았고, 인조 이후로 장유와 이식, 이민구, 정두경, 강백姜栢을 대가로 꼽았다. 삼당파와 권필, 이안눌 등을 꼽지 않은 점에서 북인北人의 시각이 보인다. 이웅징은 조선 시문의 발전사를 대가를 중심으로 서술한 「논동국문장論東國文章」을 저술하여 한국 한문학사의 큰 흐름을 조명하였다. 이 글은 소북 문인인 남태응南泰膺의 『청죽잡지聽竹雜識』에 온전하게 실려 전한다.

또 주요한 시선집을 고루 평가한 기사와 역대 명시를 시기별, 시인별로 소개한 기사가 흥미롭다. 『검옹만록』에서는 문장과 도학의 관계, 시의 기능과 시 창작의 방법 및 시체詩體의 특징, 시의 역사적 변화를 서술한 시론이 다수 실려 있는데 중국 시를 주로 평가하였다. 『지봉유설』에서 중국 시를 다룬 비중과 비슷하다. 시인평은 이수광과 광해군, 임제, 정인홍, 정작鄭碏, 허난설헌, 이옥봉의 시 등 제한적으로 다뤘다. 이수광은 당시를 배운다고 표방했으나 『백련초해百聯抄解』에 뽑혀있는 학습용 연구聯句 수준이라 악평하였다. 이처럼 호평보다는 비판적 평가가 다수이다. 다음은 문예 창작의 기본 태도를 논한 기사이다.

> 누군가가 동주 이민구에게 어떤 책을 읽어야 글을 짓는 효과를 크게 얻을 수 있는지를 물었다. 동주가 "말하기 힘든 일이네. 떡을 먹는 것에 비유한다면, 맛난 떡이 쟁반에 가득 놓여 있을 때 입맛 당기는 대로 먹어서 온갖 떡 맛을 봐야 하네. 어떤 떡을 먹어야 살이 찔지 어떻게 알겠는가? 그저 배불리 먹는 데 달려 있네"라고 답했다. 글을 배우는 오묘한 길을 잘 말했다고 할 만하다.[48]

특정한 시대의 특정한 작가를 배우기보다는 다양한 작품을 배워야 한다는 열린 태도를 비유하였다. 학습의 방향을 넓게 잡은 18세기 시단의 개방적 태도를 암시한다. 시에서는 감정의 표현과 경물의 묘사를 함께 살리는 창작과 다양한 체제의 겸비를 중시하였다.

시작詩作에서는 여러 장점을 겸비하기가 가장 어렵다. 시체가 다양하기는 해도 정신과 기운이란 범주를 벗어나지는 않는다. 정신을 숭상하는 작가는 허약한 결함에 빠지기 쉬우니 우리 왕조의 최경창과 백광훈 등 여러 시인이 여기에 속한다. 기운을 숭상하는 작가는 거친 결함에 빠지기 쉬우니 정사룡과 노수신 같은 몇몇 시인도 마찬가지다. 이것이 후세 작가의 공통된 걱정거리다. 정신과 기운 양면에서 온전한 작가는 성당盛唐의 시인이 아닐까![49]

17세기 이전 강서시풍과 삼당파의 특징 및 결함을 각각 제시하였다. 기운을 숭상하면 거친 결함이 있고, 정신을 숭상하면 허약한 결함이 있다고 하였는데 두 유파의 시풍이 지닌 장단점을 분석하는 유용한 틀이다. 두 유파의 장점을 인정하면서 단점을 극복하여 자기 개성을 찾으려 한 것이 18세기 시단의 새로운 경향인데 이 기사가 그런 시단의 추세를 보여주었다.

이웅징은 문단의 일반 현황에도 눈길을 돌려 연사演史 소설이 유행하고, 유신庾信의 「애강남부哀江南賦」가 널리 읽히며, 차운시次韻詩를 즐겨 짓고, 작품성보다 시를 빨리 짓는 능력을 숭상하는 시단의 풍조를 비판하였다. 이의현도 『도협총설』에서 「애강남부」를 탐독하는 문단의 폐습을 비판한 적이 있다. 이웅징은 조선 중기와 그 이전 시단을 비판적 안목에서 분석하고 평가하였다. 그의 시화는 소북계와 남인, 호남의 문인들에게 널리 읽혔고 공감을 이끌어냈다. 특히, 남태응南泰膺과 엄경우, 이엽, 임천상, 김세균 등의 시화에 인용되면서 재론되었다.

한편, 이웅징의 친구인 엄경우도 시화를 남겼다. 엄경우 역시 소북 당파 문인이다. 그의 사본 문집 『허주산고虛舟散稿』 1책이 계명대학교 동산도서관에 소장되어 있는데 29장~38장에 '시화詩話'란 표제로 25칙의 시화가 수록되어 있다. 주로 조선 중기 시인의 작품을 수록하고 비평한 내용이다. 대체로 허균의 『국조시산』에 수록된 시인과 작품을 다루고 있다. 특히, 정사룡의 시를 인용하여 그의 강한 기세를 호평하면서 친구인 이웅징의 견해까지 소개하여 서로 깊은 관련이 있음을 드러냈다.

이웅징과 엄경우 이후 한 세대 뒤 문인인 강박(姜樸, 1690~1742)은 『한묵만희翰墨漫戲』를 지었다. 10칙의 시론으로 구성된 『한묵만희』는 1722년 영양 현감으로 재직할 때 지었다. 채제공이 편찬하여 간행한 『국포집菊圃集』 권12에 수록되었다. 1725년에 완성한 필기 『총명쇄록聰明瑣錄』이 바로 뒤에 실려 있는데 여기에도 한두 칙의 시화가 포함되어 있다.

강박은 18세기의 저명 시인으로 특히 남인 시단의 시맥에서 주요한 위상을 지녔다. 그는 이중환李重煥, 강필신姜必愼, 이인복李仁復, 오광운吳光運, 이희李熹 등 젊은 남인 관료 문인들과 백련시사白蓮詩社 또는 정토시사淨土詩社를 결성하여 활동하였다. 이현환李玄煥은 「시인학두변詩人學杜辨」을 지어 강박과 이중환이 두보의 시에서 무엇을 배울지 논쟁한 내용을 분석하였다. 이 글은 나중에 강준흠의 『삼명시화三溟詩話』에 재수록되었다. 이 논쟁은 시사 동인의 창작 방향을 두고 치열하게 고민한 흔적이다.

『한묵만희』는 겨우 10칙에 불과하나 강박과 백련시사의 창작 방향을 암시하는 중요한 시론을 펼쳤고, 당시 시단의 흐름에 날선 비판을 가하였다. 1칙 '조조시早朝詩의 우열[早朝詩優劣]'에서는 왕유王維와 두보 등의 조조시를 사례로 아무리 뛰어난 시인도 차운시를 짓기 어려움을 들어 차운시를 숭상하는 당시 풍조를 경계하였다. 10칙 '재주와 착상의 느리고 빠름[才思淹速]'에서는 창작의 속도가 빠르고 늦은 문제를 제기하여 천천히 짓고 오래 묵혀서 역사에 남을 작품을 써야 한다고 하였다. 한나라의 매고枚皐와 사마상여司馬相如, 조선의 차천로車天輅와 최립崔岦을 사례로 들어 재주가 뛰어나 빠르고 많이 지은 매고와 차천로는 좋은 작품이 없으나 천천히 착상하여 오래 묵혀 작품을 지은 사마상여와 최립은 역사에 남을 명작을 남겼다고 하였다. 뛰어난 작품을 쓰기 위한 작가의 태도를 말한 두 가지 주장은 이웅징의 주장을 계승하였다.

또 여성 취향의 시를 외설이라고 비난하거나 특정한 시대의 특정한 시풍만을 고집하는 경향을 비판하였다. 3칙에서는 동인 이인복의 「지구락사地驅樂詞」를 외설적이라고 비난하는 사람에게 맞서 "재사才士가 범접하기 어려울 만큼 대단히 방정하더라도 붓을 휘둘러 염정시艶情詩를 짓는다면 어떤 방탕한 탕자보다 깊이 있게 지을 수 있다"[50]라는 담원춘譚元春의 말을 인용하였다. 또 5칙 '시와 글씨의 변론[詩筆辨]'에서는 겨우 당시 선집이나 읽고서 한 가지 법만을 묵수墨守하는 행태를 비판하였다. 비좁은 창작의 한계를 벗어나야 새로운 세계를 펼칠 수 있다고 주장하였다. '신라의 승려[羅僧某輩]' 기사에서 그의 시론을 흥미롭게 밝혔다.

가야산에서 불도에 정진하던 이름난 스님 몇 명이 수륙재水陸齋와 무차대회無遮大會에 초청받아 범패를 하고 게송을 읊었으나 속세의 행사를 잘 몰라 빈축을 샀다. 그들은 후회하고 속세의 길로 전환하였으나 한 스님만은 "우리가 어찌 중생의 구경거리로 도를 추구하랴!"라고 하며 가야산 산속으로 들어가 한층 정진하여 10년만에 성불하였다. 가야산 스님의 사연을 듣고서 강박은 다음과 같이 말하였다.

> 지금 우리 동인은 시의 길을 대충 터득하였다고 하여 옛사람을 힘써 따르려고만 할 뿐 지금 세상의 갖가지 형식은 잘 모른다. 남에게 응대하는 문자에 서툴러 흔히 비웃음거리가 되고, 사람을 환송하고 만사로 쓸 글을 요구한 집안에서는 자기들 취향에 맞지 않는다고 여긴다. 모여서 비난하는 이들도 생겼고, 업신여기며 헐뜯는 이들도 생겼으니 얼마 뒤에는 모욕하며 때리기까지 할 듯하다. 끝에 가서는 저 가야산 스님들이 겪은 일이 일어나지 않을까? 그렇게 된다면 여전히 분연히 우뚝 서서 해오던 정진을 후회하여 팽개치지 않고 가야산에 돌아가 10년 동안 더

정진한 스님이 되기는 정말 어려우리라. 우리 여럿이 부처가 될지 평범 한 중이 될지 앞날의 성취는 잘 모르겠다. 장난삼아 이 글을 써서 웃으며 이인복과 강필신 등 여러 동인에게 보인다.[51]

현실 세계에서 쓰이는 실용적이고 세속적인 문체의 시문에 적응하려고 애쓰기보다는 본격적이고 순수한 문학세계에서 높은 수준의 작품을 지어보자는 시사 결성의 의욕을 다부지게 표현하였다. 『한묵만희』는 백련시사 동인의 창작 이념이 스며 있는 시화로서 조선 중기의 시적 한계를 돌파하여 새로운 창작을 꿈꾸는 젊은 시인의 도전적 열의를 보여주었다. 이웅징의 시론을 계승하되 한층 더 다부지게 새로운 창작을 지향하였다.

6. 평안도 문인의 지방 시화 『서경시화』와 『기도시화』

18세기 이전 시화에서는 지역색을 분명하게 드러낸 시화가 많지 않았다. 영남 출신 저자가 동향 문인을, 충청도 출신 저자가 동향 출신 문인을 다수 기록하는 정도였다. 18세기 이후에는 특정한 지역 문인을 기록하는 시화가 다수 출현하였다. 평양 출신의 문인 김점(金漸, 1695~1775?)이 평양과 평안도 출신 문인의 시문만을 논한 『서경시화西京詩話』를 편찬하였고, 편자를 알 수 없는 문인이 18세기 후기에 『기도시화箕都詩話』를 편찬하였다. 특정 지역 문인을 집중적으로 다룬 시화 2종은 지역 시화로서 특별한 가치가 있다.

3권 1책의 『서경시화』는 고 정병욱 교수 구장본으로 『한국시화총편』에 영인되어 일찍부터 알려졌고, 성균관대학교출판부에서 2021년에 장유승의 번역서가 출간되었다. 저자인 김점은 평양 출생의 문인으로 1721년 진사시에는 급제하였으나 문과에는 급제하지 못했다. 성천과 평양에 거주하며 평양을 대표하는 문인으로 인정받았다. 평양의 명사로서 서울의 문인이 평양을 방문할 때는 그를 찾아갔다. 정민교(鄭敏僑, 1697~1731)는 평양 감사의 막객으로 와서 그와 만났고, 채제공蔡濟恭은 감사로 평양에 와서 김점을 만났다. 김점이 사망한 뒤에 채제공은 문집 『현포산인집玄圃山人集』 10책에 서문을 써주었으나 문집은 현재 남아 있지 않다. 평양 문단의 거장으로서 김점은 평양의 문물을 정리하고 시문을 창작하였고, 대표작이 바로 『서경시화』이다.[52]

『서경시화』에 붙인 저자의 서문 2편에서는 1728년 평양의 시문을 다룬 초고본을 완성하고, 1733년 평안도 전체의 문인을 다룬 증보본을 완성한 사실을 밝혔다. 이 시화는 평안도 한 지역의 문학을 통시적 공시적으로 서술하였다. 시화의 형식을 빌려 한 지역의 문학적 성과를 체계를 갖춰 정리한 지방문학사로서 의의가 크다.[53] 홍만종이 『소화시평』에서 조선의 시사를 정리한 체제와 미의식을 모델로 삼아서 평안도 지역의 시사 정리에 적용하였다. 이에 따라 한위 고시와 당시를 존중하며 시의 품격을 따지는 17세기 후반의 비평에 충실하였다. 당시 서울의 주류 비평계가 추구한 경향과는 차이가 난다.

3권의 시화에서는 평양과 평안도 시인의 행적을 서술하고 작품을 통시적으로 소개하고 품평하였다. 시인이 중심이지만 화가와 서예가, 학자 등 일반 예술과 학술 부분까지 확대하였다. 시가 중심을 이루지만 사부辭賦와 한글 가사도 포함하여 품평하였다. 또한 『소화시평』의 사례를 따라 작품을 모아서 비평하거나 작가 상호간에 비평하는 등 다양한 방법으로 평안도 시인과 작품을 논하였다. 권2의 22칙에서 31칙까지 평안도 시인의 5언시 명구와 7언시 명구, 기구起句와 결구結句의 명작, 용사用事를 잘한 시구 등을 뽑은 기사는 『소화시평』의 선례를 따랐다. 보록補錄에서는 다른 지역 문인이 평안도를 소재로 한 작품을 다루었다. 한편, 『칠옹냉설漆翁冷說』이란 저자 미상의 평안도 인물 일화집을 부록으로 첨부하였다.[54] 당시까지 평안도 문학의 전모를 다각도로 보여주려 하였다.

김점은 『서경시화』에서 두 가지 의식을 드러냈다. 하나는 정치와 문화의 중심지로부터 소외되고 차별받는 지역 문인의 자의식이고, 하나는 평안도의 문학 전통은 유구하고 중앙에 버금가는 수준 높고 다양한 문학세계가 펼쳐졌다는 자부심이다. 여러 곳에서 기자箕子를 평양 문학의 시원으로 앞세우고, 고구려 을지문덕을 동방 시학詩學의 조종祖宗으로 삼으며, 고려 정지상의 청신清新하고 준일俊逸한 시를 평양의 서정적 문학 전통을 열어놓은 작품으로 추켜세웠다. 고려 이래 조선 중기까지 평양 출신으로 추정되는 인물을 찾아서 시사의 맥을 이었다. 고증의 오류와 견강부회한 내용이 보이기는 하나 지역 문인의 계보를 구성하려는 열정은 인정할 만하다. 동시대를 중심으로 직전 세대의 문학적 성과를 정리한 의의가 작지 않다. 다음은 1권 32칙의 기사이다.

> 오늘날 시단에는 문산文山 허절許晢 외에도 한 지역에서 행세하는 문인들이 특별히 많아졌다. 내가 스승이나 벗으로 어울리는 이들로는, 우리 평양에는 병조 정랑 이시항李時恒이 있고, 중화中和에는 사예司藝 임익빈林益彬, 덕천德川에는 상사생 허휘許徽, 의주에는 원외員外 김초직金楚直, 은산殷山에는 원외 강간康侃이 있다. 어떤 이는 시로 알려졌고, 어떤 이는 부로 칭송된다. 임익빈과 이시항 두 어른이 나를 인정한 지기知己이다. 이시항은 방옹(放翁, 육유)으로 인정하였으니 의발을 물려받은 셈이고, 임익빈은 허관許灌보다 수준이 높다고 하였으나 나는 정말 감당할 수 없다. 남을 시기하는 옹졸한 세상 사람이 많은데 참 다행스럽다. 내가 전에 우연히 절구 한 편을 지었으니 '서경은 한나라나 당나라에 뒤지지 않으니/ 천고적 시선詩仙들은 뼈조차도 향기롭다/ 풍월은 본래 주인이 없는 법이니/ 어찌 모든 풍월을 정지상에게 떠맡기랴?'라고 읊었다. 아! 지나간 사람은 볼 수 없고, 앞으로 올 사람은 기약할 수 없다.[55]

작자가 어울린 평안도의 문인 가운데 저명한 이들을 꼽고 그들에게 인정받은 자부심을 표현하였다. 이 지역 문인 가운데 중앙문단에까지 알려진 이는 드물다. 다른 시화에도 거의 언급되지 않았다. 이 시화의 가치는 바로 여기에 있다. 이 시화가 아니었다면 평안도 문인의 존재와 그들의 관계와 계승 과정을 파악하기가 힘들다. 지역의 선배 문인들에게 다음 세대의 후계자로 인정받은 작자는 시를 지어 평양의 문화가 한당漢唐의 수준임을 자부하였고, 또 자신이 정지상을 계승하겠다는 포부를 밝혔다.

『서경시화』에서는 평안도 지역의 문학과 문인을 체계적으로 비평하였다. 지방문학의 위상을 높인 점에서 특기할 만한 시화사의 성과이다.

『서경시화』는 이후에 평양지역의 문인들 사이에서 독서의 대상으로 인정받았다. 여러 곳에 이 저작이 활용되었다. 이후 19세기에 『기도시화』가 출현하였다. 이 시화는 『서경시화』를 이어 평양의 시인을 다뤘다.

『기도시화』는 규장각에 소장된 『어우야담』 사본에 함께 실려 있다. 16면에 27칙의 시화 기사가 수록되었다. 여기서 기도箕都는 평양의 이칭이다. 정지상과 선우협鮮于浹, 장세량張世良, 홍응기洪應起, 한권韓卷, 허관許灌, 황윤후黃胤後 등 평양의 시인을 다뤘다. 1803년에 이만수와 홍의호, 홍석주 일행이 연광정에서 김황원의 연구에 차운한 사실이 등장하므로 19세기 전반기에 완성된 시화이다. 『서경시화』를 참조하였으나 별개의 저술이다. 19세기 중반에 장지완張之琬이 『기성소문록箕城謏聞錄』에서 평양의 인물을 체계적으로 정리한 작업과 관련이 있는 듯하다. 분량이나 체계에서 『서경시화』에는 미치지 못하고 대부분 기사가 『서경시화』의 범주 안에 있다. 다음은 1803년 청나라에 사신으로 간 세 명의 사신이 시회를 연 기사이다.

> 연광정과 부벽루에는 모두 '장성 한쪽에는 넘실넘실 흐르는 물이요/ 넓은 들 동쪽 가에는 점점이 산이로다[長城一面溶溶水, 大野東頭點點山]'라는 한림학사 김황원의 시구를 기둥 두 개에 새겨 걸어놓았다. 이는 곧 무진(1808)년에 감사 서영보徐榮輔가 쓴 글씨이다. 근래에 또 정사正使 이만수의 시구 '일만 가구에 누대는 허공중에 솟아 있고/ 사철마다 풍악 울리며 달빛 속에 돌아오네[萬戶樓臺天半起, 四時歌吹月中還]'와 부사副使 홍의호의 시구 '바람과 안개는 강호에 끊이지 않는데/ 시구는 길이 우주 사이에 남아 있네[風烟不盡江湖上, 詩句長留宇宙間]'와 서장관 홍석주의 '황

학은 천년을 날아도 사람은 이미 멀어졌으니/ 석양 되어 배를 돌려 흰 구름 낀 강변으로 돌아오네[黃鶴千年人已遠, 夕陽回棹白雲灣]' 각 한 연씩을 지어 하나의 시를 만들어 기둥에 걸어두었다.[56]

김황원의 연구는 대동강 풍경을 대표하는 시구로서 완성된 작품은 아니다. 이 시구를 하나의 작품으로 완성하려는 시도가 『파한집』 이후 많았다. 이 기사는 1803년에 청나라에 사행을 가던 사신들이 하나의 작품으로 완성하려는 시도를 보여준다. 이때의 창작 일화는 홍석주가 「연광정연구서練光亭聯句序」를 지어 자세하게 밝혀놓았다. 기사에서 밝힌 것처럼 오랫동안 기둥에 걸려 있어서 연행록을 비롯하여 다수의 19세기 시화에 사연이 실려 있다.

황학은 천년을 날아도

사람은 이미 멀어졌으니

석양 되어 배를 돌려

흰 구름 낀 강변으로 돌아오네

黃鶴千年人已遠

夕陽回棹白雲灣

제 2 절

18세기 후기 시화사

18세기 전기 시화는 시의 본질을 탐구하여 시작의 원리와 창작 방향을 제시한 이론비평에서 강점을 보였다. 복고주의의 실효성에 의문을 표하여 작가의 개성을 드러내고, 감정을 진실하게 표현하며, 사실적으로 묘사하자는 시론을 펼쳤다. 이론비평과 지난 시기 작가의 비판적 평가에서는 성과를 거뒀다. 반면에 당대 작가의 시문을 기록하고, 작품을 품평하고 고증한 전통적 시화의 모습은 약화되었다.

18세기 후기 시화는 이전의 시화가 보인 특징을 흡수하여 다양한 경향을 드러냈다. 그만큼 시화의 폭이 넓어졌고, 질과 양에서 우수한 저술이 다수 출현하였다. 다음 표는 18세기 후기 시화의 전체 목록이다.

저자	시화명	저술 시기	비고
이익(李瀷, 1681~1763)	『성호사설(星湖僿說)』	1750년대	안정복, 『성호사설유선』(1762년)
구수훈(具樹勳, 1685~1757)	『이순록(二旬錄)』	1756년	
저자 미상	『좌계부담(左溪裒談)』	1750~1770년	신돈복(辛敦復, 1692~1779)
조덕상(趙德常, 1708~1784)	『저호수록(樗湖隨錄)』	미상	
신경준(申景濬, 1712~1781)	『시칙(詩則)』	1734년	『여암유고(旅菴遺稿)』 8권
유광익(柳光翼, 1713~1780)	『풍암집화(楓岩輯話)』	미상	
유경종(柳慶種, 1714~1784)	『파적(破寂)』	1770?	
	『동간필담(東磵筆談)』	1780?	
성섭(成涉, 1718~1788)	『필원산어(筆苑散語)』	미상	
이극성(李克誠, 1721~1779)	『형설기문(螢雪記聞)』	1778년	
	『고암신편사과록(睾庵新編四科錄)』	1778~1779년	
심재(沈鋅, 1722~1784)	『송천필담(松泉筆譚)』	1781년 이후	
이규상(李奎象, 1727~1799)	『병세재언록(幷世才彥錄)』 「문원록(文苑錄)」	1797년	
이동윤(李東允, 1727~1809)	『박소촌화(樸素村話)』	미상	
이엽(李爗, 1729~1788)	『시림쇄언(詩林瑣言)』	미상	『농은집(農隱集)』 권4
박지원(朴趾源, 1737~1805)	『피서록(避暑錄)』 『양매시화(楊梅詩話)』	1783년 전후	『열하일기(熱河日記)』
이덕무(李德懋, 1741~1793)	『쇄아(瑣雅)』	1764년	
	『이목구심서(耳目口心書)』	1765~1767년	
	『청비록(淸脾錄)』	1778년	
남기제(南紀濟, 1747~1813)	『시보(詩譜)』	1774년	
만와(晩窩, 미상)	『시화초성(詩話抄成)』	1776년	『만와잡기(晩窩雜記)』
이경유(李敬儒, 1750~1821)	『창해시안(滄海詩眼)』	1784년	
정조(正祖, 李祘, 1752~1800)	『일득록(日得錄)』	1800년	
이서구(李書九, 1754~1825)	『강산필치(薑山筆豸)』	1778년	
임천상(任天常, 1754~1822)	『시필(試筆)』	1788년	1803년에 보완
윤행임(尹行恁, 1762~1801)	『방시한집(方是閒集)』	1792년	왕태(王太) 교(校)

18세기 후기 시단에서는 작가의 개성발현과 다양성의 추구, 국제주의가 더욱 활성화되었다. 조선의 풍속과 자연을 사실적으로 묘사하고, 조선인의 감정을 진정성 있게 표현하는 창작을 중시하였다. 여항시인은 창작에 더욱 적극적으로 참여하였다. 영조 후반기와 정조 치세에는 학술과 문학, 예술 전반에서 높은 수준의 창작활동이 펼쳐졌다.

이 시기에는 청나라 문인의 시화가 다수 유입되었다. 두드러진 시화로는 전기에는 전겸익錢謙益의 『열조시집列朝詩集』과 주이준朱彛樽의 『명시종明詩綜』이 수용되어 명대 시를 깊이 이해할 배경을 조성하였다. 두 시선집에서 수록한 조선의 시와 시인 소전이 큰 관심을 불러일으켰다. 일종의 시화인 소전小傳은 이서구와 한치윤, 박지원 등이 고증하여 시화 저술로 편찬하였다.

왕사정王士禎의 시집과 『어양시화漁洋詩話』, 여러 필기가 수용되었는데 이덕무와 이서구가 특히 신운설神韻說에 공감하였다. 원매袁枚의 『수원시화隨園詩話』도 수용되어 널리 읽혔다. 이옥李鈺의 저작으로 추정되는 『백가시화초百家詩話抄』는 사실상 『수원시화』를 초록한 시화이다.[57] 이밖에 『소단천금결』 등 많은 시화가 유입되어 읽혔다.

학계와 시단의 활기를 반영하여 다양한 내용의 시화가 나왔다. 먼저 창작론과 시법을 체계를 갖춰 쓴 시화가 출현하였다. 신경준의 『시칙』을 이어 남기제의 『시보』가 등장하여 시의 원론과 작법을 설명하였다. 18세기 중반에 이런 유의 저술이 집중하여 저술되었다.

18세기 중반 이후 고증적 학풍이 넓게 퍼졌다. 『지봉유설』이 지닌 가치를 재발견한 학계에서는 더 치밀하고 과학적인 고증학풍을 시화에 반영하였다. 실학자는 시의 분석과 고증에 열중하여 이익의 『성호사설』, 이덕무의 『청비록』, 박지원의 『피서록』과 『양매시화』, 이서구의 『강산필치』는 고증적 시화의 모습을 띠었다.

18세기 전기에 위축되었던 작가와 작품의 실제비평은 다시 확대되었다. 특히, 동시대 시인에 집중하여 품평하는 병세시화幷世詩話의 비중이 높아졌다. 18세기 이후 문인의 당파성이 강해지면서 노론과 남인 문인이 동시대 시인을 품평한 시화가 다수 편찬되었다. 이규상의 『병세재언록』과 이극성의 『형설기문』, 임천상의 『시필』 등을 꼽을 수 있다.

이 시기에는 다양한 필기가 편찬되었는데 시화를 풍성하게 수록한 필기가 다수이다. 구수훈의 『이순록』과 편자 미상의 『좌계부담』, 심재의 『송천필담』 등 널리 알려진 필기는 독자에게 인기를 얻었다. 특별한 비평가가 유경종이다. 『파적』과 『동간필담』을 저술하여 동시대 문인의 일화를 다뤘다. 필기 시화에서는 언문풍월 같은 희작시를 다루고 야담에 접근한 기사의 양이 많아져 시화는 통속화의 경향을 띠었다.

18세기 후기 시화를 대표하는 비평가는 이덕무이다. 젊은 시절부터 『쇄아』와 『이목구심서』, 『청비록』을 차례로 저술하였는데 참신한 시론과 수준 높은 작가 평을 보였다.

이 시기에는 이전까지 논쟁이 거셌던 복고주의 시론과 창신론의 갈등, 당시와 송시의 쟁점이 잦아들었다. 시인들은 좁은 세계에서 벗어나 중국과 일본, 오끼나와, 베트남 등 외국 문학으로 안목을 확대하였다. 시사와 작가론에서도 고대 작가와 여항인 작가까지 범주를 넓혔다. 다원적이고 다변화한 시대의 시화로서 시를 보는 시야를 확대하였다.

1. 시작법을 설명한 시화

18세기 전기에는 '시란 무엇인가?', '시는 어떻게 지어야 하는가?' 하는 본질적 문제를 두고 논쟁이 크게 일어났다. 일화보다는 시평이, 시평보다는 시론이 시화에서 더 큰 비중을 차지하였다. 한국은 시작법을 설명하는 시화가 중국이나 일본에 견주어 발전하지 못하였다. 주로 중국의 작법서를 활용하였다. 널리 읽힌 작법서에는 주지번朱之蕃의 편저로 알려진 『시법요표詩法要標』가 있어서 초보적 작법을 요령있게 소개하여 널리 읽혔다.

18세기에 몇 종의 작법서가 나와 그 결함을 보완하였다. 시론이 부상하면서 창작의 기본 원리를 설명한 작법서가 출현하더니 18세기 후기에도 거듭 편찬되었다. 1734년에 신경준申景濬의 『시칙詩則』이 출현하였고, 18세기 후기에는 남기제南紀濟의 『시보詩譜』가 이어서 출현하였다. 이밖에 지금은 전하지 않는 시법서가 몇 종 더 편찬되었다. 『시칙』은 18세기 전기에서 다뤄야 하나 다른 작법서와 연계하여 여기에서 다룬다.

시작법의 기초를 서술한 신경준의 『시칙』

『시칙詩則』 1권은 신경준(申景濬, 1712~1781)의 저술이다. 신경준의 자는 순민舜民, 호는 여암旅菴으로 전라도 순창 출신의 대학자이다. 43세에 문과에 합격하여 이후 정언과 장악원정, 순천부사, 제주목사 등을 지냈다. 『훈민정음운해訓民正音韻解』를 비롯하여 성운학과 지리학, 경서연구 등 여러 학술 분야에서 큰 저술을 남겼다. 『사기』와 『주례周禮』, 『장자』 등 고전에서 작품을 뽑아 주석하고 분석하는 등 문장 분석에도 뛰어난 재능을 보였다. 시학에도 빼어난 안목을 지녀 「붓을 휘둘러 시승에게 주다[走筆示詩僧]」에서는 말과 그림으로 묘사하지 못하는 사물과 현상을 시로 표현하는 작법을 선명하게 제시하였다. 그 능력을 시학에 적용하여 『시칙』을 편찬하였다. 1910년에 간행된 초간본 『여암유고旅菴遺稿』 8권에 수록되어 있다. 『시칙』은 허호구와 조남권 등이 번역하였다.

신경준은 23세 젊은 나이인 1734년에 『시칙』을 저술하였다. 자서自序에서 충청도 온양에 머물 때 어떤 동자가 시를 짓는 방법을 물어서 옛 책과 사우師友로부터 얻은 지식을 엮어서 책을 만들었다고 하였다. 그처럼 시를 배우는 초학자에게 작법의 기초를 설명하였다. 여러 폭의 도상圖象을 제시하여 창작 원리를 쉽게 이해하도록 고안하였다.[58] 이황李滉이 『성학십도聖學十圖』에서 사용한 도식처럼 조선 성리학자가 즐겨 쓰던 도해圖解식 설명법을 채택하였다. 『시가일지』를 비롯한 시격서詩格書에도 도해식 설명이 간혹 쓰였다. 윤춘년이 1552년 『체의성삼자주해體意聲三字註解』 12칙을 지어 『시법원류』에 부록으로 수록한 이후 같은 성격의 저술로는 처음 나왔다.

『시칙』은 당시 널리 활용하던 시론서에서 작시법을 발췌하여 정리하고 독자적 견해를 덧붙였다. 윤춘년이 명종 때 간행한 작법서인 『시법원류詩法源流』, 『시가일지詩家一指』, 『문전文筌』, 『문단文斷』, 『목천금어木天禁語』 및 『문장일관文章一貫』, 『시인옥설』 등의 시화를 참고하였다. 원나라 시론가 양재(楊載, 1271~1323)의 『시법원류』를 가장 많이 참고하였다. 시의 강령을 서술한 부분은 윤춘년의 『체의성삼자주해』를 요약하였다. 시격詩格 부분은 『시법원류』의 34개의 시격 중 30개를 요약하였다. 저자 스스로 윤춘년과 양재揚載, 범형范梈의 이론을 수용했다고 밝혔다.

전체 목차는 시의 강령綱領, 시의 재료, 시격詩格, 시중필례詩中筆例, 시작법총詩作法總, 시의 기품氣稟, 시의 대요大要, 시의 형체形體로 짜여 있다. 시법과 시격을 설명한 원대元代 시화와 유사하다. 다음은 이 시화의 주요한 내용이다.

시의 강령은 체體, 의意 성聲 세 가지이다. 체는 15가지 시체詩體로 분류하였고, 의는 주제를 의미하는 주의主意와 주제 구현의 방법인 운의運意로 구분하였다. 성은 궁상각치우宮商角徵羽 오음五音으로 나누어 소리의 효과를 논하였다. 시는 체를 주로 삼고, 의를 용用으로 삼으며, 성은 체와 부합하게 써야 하는데, 이것이 시의 세 가지 강령이라고 하였다. 소리의 논의에는 성률에 밝았던 윤춘년의 견해를 대거 차용하였다. 음악과 성운학에 조예가 깊은 신경준이라 자연스럽게 윤춘년의 학문에 영향을 크게 받았다.

시의 세 가지 재료로는 정情과 물物과 사事를 꼽았고, 재료를 운용하는 방법으로는 포진舖陳과 영묘影描 둘로 파악하였다. 포진은 사실을 있는 그대로 서술하는 방법이고, 영묘는 그림자를 그려 사물을 묘사하는 방법이다. 당시唐詩는 풍경 묘사를 즐겨 영묘가 대세이고, 송시는 의론을 좋아하여 포진이 대세이다. 이 구도는 당시와 송시의 특징을 설명하기에 적합하다. 작법이 다양하나 이 두 가지 운영법을 벗어나지 않는다고 하였다. 시의 재료를 구사하는 방법에는 체용體用, 주빈主賓, 동정靜動, 상하전후좌우上下前後左右, 장단광협중경長短廣狹重輕, 부비흥賦比興을 들었다.

작법의 여러 방법을 설명한 시격詩格에서는 48가지 방법으로 나눠 간략하게 설명하였고, 시중필례詩中筆例에서는 14가지 작품을 사례로 들어 논하였다. 이백李白을 중심으로 당나라 시인의 작품을 사례로 들었다. 특별히 다음에 볼 '사물이 오니 말을 그치게 되는 예物來斷語之例'는 전라도 지방 문인의 작품을 사례로 들었다.

> 시름이 몹시 심하거나 기분이 너무 좋아서 극한의 상태에 이르면 마음을 스스로 진정할 수 없다. 그때 나는 새나 지는 꽃잎, 흰 구름, 밝은 달 같은 사물이 홀연히 눈앞에 나타나면 문득 말을 뚝 그치고 뭐라 표현해

야 할지 모른다. 다음은 근세의 관곡寬谷 최서림(崔瑞琳, 1632~1698)이 지은 「수양버들」이다.

비온 뒤라 수양버들 초록빛 점차 짙어가고	雨後垂楊綠漸肥
노란색 파란색이 찬란하게 고움을 다투네	浮金淺黛爛爭輝
붓을 잡고 말하려 해도 말할 길이 없을 때	含毫欲說說不得
어디선가 꾀꼬리는 펄펄 날아오는구나	更有翩翩黃鳥飛

비가 내린 뒤에 초록빛이 짙어지면 수양버들은 풍경이 지극히 아름답다. 노란색과 파란색이 고움을 다투면 또 지극히 아름답다. 붓을 잡고 끙끙대며 그 아름다움을 묘사하려 하나 제대로 묘사해낼 수 없다. 그 순간 꾀꼬리가 날아오는 모습을 보면 그 아름다움은 또 묘사할 수 없다. 이 시는 '사물이 오니 말을 그치게 되는 예'를 잘 포착하였으나 의도를 갖고 쓴 흔적이 많이 보여 도리어 정도전鄭道傳 「금강루錦江樓」 시의 '때마침 흰 갈매기 두 마리 훨훨 날아오는구나[忽有飛來雙白鷗]'의 뜻보다 못하다.[59]

정말 아름다운 장면 앞에서는 뭐라고 형용할 길이 없어 말문이 막힌다. 그 상황을 시로 짓는 법을 흥미롭게 설명하였다. 작법을 논하면서 태인 지방의 교육자로 저명한 최서림의 7언절구를 사례로 들었다. 시화에서는 거의 언급되지 않는 인물이다. 최서림은 3구에서 말한다는 표현을 씀으로써 작법의 의도를 드러냈는데, 이는 흔적을 보인 낮은 수법이다. 그래서 신경준은 정도전의 시보다 못하다고 평하였다. 시중필례는 이처럼 도식적 설명을 지양하고 작품을 흥미롭게 분석하였다.

시작법총詩作法總에서는 작법을 포괄적으로 설명하였다. 범위는 넓게 해야 한다[地界必闊], 끊고 맺음을 간명하게 해야 한다[斷結必簡], 진술하고 서술함에 법도가 있어야 한다[鋪敍有法], 바뀌고 겹치는 데 신묘함이 있어야 한다[轉摺有神], 말과 뜻에 속됨이 없어야 한다[語意無俗], 구성에 흔적이 없어야 한다[構結無痕]는 여섯 가지 일반 법칙에 절구 율시와 장편 고체시를 더하여 8개 법칙을 설정하였다. 그리고 작법을 창작에 적용할 때 무엇을 주의해야 하는지 설명하였다. 다음은 기본적인 주의점이다.

> 작법이 매우 번잡하기는 하지만 몰라서는 안 된다. 시는 제멋대로 지어서도 안 되고, 작법에만 매달려서도 안 된다. 반드시 마음으로 터득함이 중요하다. 만약 이리저리 계교하고 엮어서 구절마다 작법에 부합하게 쓰려고 하면, 앞뒤에서 막히고 좌우에서 견제받아 결국 시를 제대로 짓지 못한다. 반드시 옛사람이 보여준 작법을 먼저 공부하여 다 익히고, 그다음에는 옛사람이 지어놓은 작품을 읽어 작법의 구체적 증거로 삼는다. 작품을 깊이 감상하고, 참되게 이해하였다면, 여러 가지 잡다하고 산란한 작법이 저절로 마음과 눈 사이에서 산뜻하게 빛날 것이다. 이때 붓을 들고 먹을 갈아 길고 짧게 읊조려 마음 내키는 대로 짓는다면 절로 작법을 벗어나지 않을 것이다.[60]

신경준은 시의 작법을 창작에 적용하는 기본방향을 설명하였다. 작법의 단순한 이해는 창작에 도움이 되지 않고 작가의 마음에 숙성하는 과정이 요구된다. 여러 작법을 충분히 익히고 실제 작품을 읽어 숙성하는 과정을 거친 다음 창작에 임하여야 한다고 하였다. 효과적인 작법 활용법을 요령 있게 제시하였다.

『시칙』은 일화와 시평이 중심이 된 한국 시화사에서 윤춘년의 뒤를 계승하여 나온 작법서이다. 시의 본질과 기능, 작법을 두고 논쟁과 갈등이 첨예하게 일어난 18세기 전기에 나온 체계를 갖춘 창작 지침서로서 역사적 의의가 있다.

시작법을 종합적으로 서술한 남기제의 『시보』

『시칙』이 나온 이후 40년 뒤에 『시보詩譜』가 나왔다. 저자는 남기제(南紀濟, 1747~1813)로 정조 시대에 활동한 노론계 학자이다. 자는 인수仁叟이고, 경기도 가평군 설악면에 거주하여 호를 설하거사雪下居士라 하였다. 김원행金元行의 문인으로 노론의 시각을 반영한 당론서黨論書 『아아록我我錄』의 편찬자로 알려졌을 뿐 문집은 전하지 않는다. 28세 때인 1774년에 지은 『시보』는 그동안 알려지지 않았으나 중요한 저술이다.

『시보』는 사본 몇 종이 전한다. 필자가 소장한 상중하 3권 1책, 52장의 사본은 정사본이다. 편자 수택본을 개인이 소장하고 있으나 열람하지 못하였다. 이밖에 단국대학교 율곡도서관에 각각 34장과 18장의 사본 2종이 소장되어 있다. 필자가 소장한 『시림촬요詩林撮要』 1책은 『시보』에서 중요한 대목을 뽑아서 간편하게 읽도록 만든 축약본이다. 이밖에 몇 종의 사본이 더 있는 것으로 보아 제법 많이 필사되어 읽혔다.

『시보』에는 1774년에 지은 저자 자서와 1777년에 지은 유한방兪漢龐의 발문이 있다. 자서에서는 『시보』 편찬의 이유를 다음과 같이 밝혔다.

> 시를 지으려는 사람은 시를 짓는 법을 알아야 한다. 옛날에 시를 잘 지은 사람 중에 법을 모르고서 시를 지은 이는 아무도 없었다. 문에 들어가고자 하면 문으로 난 길을 따라가지 않을 수 없듯이, 시를 배우고자 하는 사람은 시법을 몰라서는 안 된다. 사물과 형상이 뒤섞이지 않으면 의리와 뜻이 제대로 서고, 시격詩格과 시체詩體가 혼란스럽지 않으면 소리와 율조가 완성된다. 이것이 『시보』를 지은 까닭이다.[61]

작법을 알아야 시를 잘 지을 수 있으므로 작법을 안내하는 『시보』를 편찬한다고 하였다. 인간은 누구나 시를 지을 능력이 있으나 그래도 작법을 알아야 표현력을 갖춘다는 취지이다. 발문에서도 가슴에서 우러나는 대로 시를 지어도 법도에 잘 맞으려면 작법의 이해가 필요하다고 하였다.

『시보』는 전체 3권에 부록까지 모두 4개 부분으로 나뉘어 있다. 권1은 〈시학율령詩學律令〉, 권2는 〈시학격운詩學格韻〉, 권3은 〈시학논평詩學論評〉이다. 권1의 〈시학율령〉은 체제와 명의命意, 성률, 편법, 구법, 십대十對, 삼투三偸, 팔병八病 등 작시법의 기초가 되는 다양한 법칙과 금기를 설명하였다. 권2의 〈시학격운〉은 격법格法과 운법韻法과 체법體法 세 항목으로 짰다. 격법은 당시唐詩를 중심으로 34개 격格을 설명하였고, 운법은 다양한 시구 구성의 방법을 설명하였으며, 체법은 많은 시체詩體의 사례를 『영규율수瀛奎律髓』와 『시학집성詩學集成』, 『백가시화百家詩話』, 『고금시화古今詩話』에서 초록하여 설명하였다. 권3의 〈시학논평〉은 '시는 독서에서 나온다[詩貴點化]', '작시의 법도[作詩法度]', '시의 배움에는 법이 있다[學詩有法]', '시는 곤궁한 사람에게서 나온다[詩出窮人]', '시는 충후忠厚해야 한다[詩宜忠厚]', '시는 점화點化를 귀하게 여긴다[詩貴點化]', '시는 수정을 꺼리지 않는다[詩不厭改]', '시는 답습을 경계한다[詩戒蹈襲]' 같은 표제어로 작법과 관련한 여러 주제를 다뤘다. 송대 시화를 중심으로 기사를 뽑아 내용을 구성하였다.

부록은 『당시품휘唐詩品彙』를 기초로 당시의 시기를 구분하였고, 이어서 〈역대시변歷代詩辨〉, 〈고금시평古今詩評〉, 〈황명시평皇明詩評〉으로 각 시대의 작가를 평하였다.

구성을 보면, 시법서가 다루어야 할 주요 항목을 두루 포괄하였다. 대체로 송대의 시화와 원대의 작법서, 명대의 『시수詩藪』 및 명말 종성鍾惺과 담원춘譚元春이 『고시귀古詩歸』와 『당시귀唐詩歸』에서 펼친 비평을 다수 이용하였다. 또 주희의 문학론에서 다수의 기사를 전재하여 성리학 소양을 반영하였다. 특히, 권3의 '시는 수정을 꺼리지 않는다' 조항에서는 3개 기사 가운데 하나로 유몽인의 『어우야담』에서 기사를 전재하였다. 또 '문장지속文章遲速' 조항에서는 문장을 빠르게 짓고 느리게 짓는 작가의 성향을

4종의 저술에서 전재하되 하나는 『주자어록朱子語錄』에서, 다른 하나는 이수광의 『지봉유설』에서 전재하였다.

『시보』는 기성 저술에서 기사를 전재하여 만들었으나 각 항목의 앞뒤와 중간에 내용을 부연 설명하거나 기사를 선정한 근거 등을 설명한 편자의 설명이 들어가 있다. 체계적이고 풍부한 내용을 갖춘 작법서로 창작의 지침서로 활용하기에 효과적인 책이다.

『시칙』에서 시작하여 18세기 후기에 『시보』와 『소단천금결』이 연달아 출현하였다. 『소단천금결騷壇千金訣』은 2권 1책의 정사본으로 국립도서관에 소장되어 있고, 이 책을 저본으로 『열상고전연구』 제4집에 영인하였다. 일우一愚 송준호宋寯鎬 소장 사본도 있는데 내용에는 차이가 없다.

이 시화는 본디 이덕무(李德懋, 1741~1793)가 편찬하고 손자인 이규경李圭景이 정리한 책으로 알려졌으나 이는 오류이다. 그런 오해가 발생한 이유는 책 앞에 1825년에 쓴 이규경의 서문에서 조부 이덕무에게 직접 시를 배우지 못한 한스러움을 토로하고, 조부가 편찬하고 비평을 가한 이 책이 창작의 모범이자 시학의 탄탄대로라고 호평한 데 있다. 그러나 이 책은 명말의 문인 이지李贄가 편찬한 것으로 알려진 『침중십서枕中十書』에 수록된 동명의 책을 필사하였다. 또 명말과 강희 연간에 단행본으로 간행되기도 하였다.[62] 흔히 볼 수 있는 책이 아니고 전본傳本이 많지 않아 오해를 낳았다. 이덕무가 필사해둔 책을 이규경이 조부의 저술로 오인하였다. 전체 내용은 중국본과 다름이 없으나 다만 권2의 끝에 실린 시파詩派는 당송원명의 유파流派를 큰 흐름 위주로 서술한 글로 원 저작에 실리지 않은 글이다.

또 이양오(李養吾, 1737~1811)는 시체詩體, 시격詩格, 시병詩病, 시변詩變의 4개 항목으로 작법을 설명한 『시학지남詩學指南』을 지었다. 19세기 전기에는 이학규李學逵가 당송원명唐宋元明 여러 비평가의 시론을 참조하여 자구字句와 결구結搆 등의 작법을 설명한 『광시칙廣詩則』을 저술하였다. 두 저작은 현재 전하지 않으나 시인에게 작법의 기초를 제시하였다. 이런 종류의 시화는 이밖에도 더 있다. 18세기 이후에는 초학자에게 시를 짓는 방법을 가르칠 목적으로 작법을 설명한 시화가 적지 않게 저술되었다. 이전 시기에는 보기 힘든 현상이다.

2. 고증과 분석의 시화 이익의 『성호사설』

이익(李瀷, 1681~1763)은 18세기의 저명한 학자이자 문인이다. 자는 자신子新, 호는 성호星湖이며, 남인 명문가 출신이다. 한평생 벼슬하지 않고 경기도 광주廣州에서 저술과 교육에 힘썼다. 『곽우록藿憂錄』과 『질서疾書』 등의 단행본 저술과 문집 『성호전집星湖全集』을 남겼다. 『성호사설星湖僿說』은 40대부터 독서하고 생각하며 고증한 비망록 형식의 저술이다. 1750년대에 집안 자제들이 하나의 저술로 엮었고, 1762년에 제자 안정복安鼎福이 내용을 간추려 『성호사설유선星湖僿說類選』을 편집하였다. 다방면에 관심을 기울인 저자의 박학하고 공평한 식견을 드러낸 방대한 필기이다. 이익의 대표 저술을 넘어 조선 후기 실학을 대표하는 저술이다. 「천지문天地門」(1~3권), 「만물문萬物門」(4~6권), 「인사문人事門」(7~17권), 「경사문經史門」(18~27권), 「시문문詩文門」(28~30권)의 5개 부문으로 나뉜다. 30권 30책에 전체 3천여 칙의 기사를 수록하였다. 신호열의 번역과 여러 학자의 선역이 있다.

『성호사설』은 사본으로 널리 유통되었고 국내외에 몇 종의 사본이 전해온다. 태동고전연구소에서 '성호전서 정본화 사업'의 하나로 국립도서관에 소장된 사본을 저본으로 몇 종의 사본을 교감하여 만든 DB(http://waks.aks.ac.kr)가 신뢰할 만한 텍스트이다. 『성호사설유선』은 10권 10책에 5편篇 14문門의 편제로 바꿨다. 원저의 3분의 1인 1천 4백 칙으로 간추렸다. 시화는 권10 하下에 시문편詩文篇을 두고 「논문문論文門」과 「논시문論詩門」의 두 항목으로 수록하였다. 원저보다도 더 많이 읽힌 『성호사설유선』

은 조선고서간행회에서 1911년 2책으로 간행하였고, 1929년에는 정인보가 교감하여 문광서림文光書林에서 5책으로 간행하였다.

『성호사설유선』은 『성호사설』을 단순히 축약하는 선에 그치지 않고 전면 개정하였다. 기사를 대폭 축소하였고, 편차를 바꿨으며, 내용을 수정하였다. 먼저 문장론과 시론을 구분하여 수록하였고, 총론과 시기 순으로 기사를 배치하였다. 특히 양이 많은 「논시문」은 총론 이하로 도연명, 당시唐詩, 이백, 두보, 한유, 소식, 주자, 그리고 동방의 시로 항목을 세분화하였다. 이익의 관심사를 항목에 반영하였다.

편차상 차이의 사례를 들면, 『성호사설』에는 권17 「인사문」에 수록한 '최서림崔瑞琳'을 『성호사설유선』에서는 권10 「논문문」에 '최서림시崔瑞琳詩'로 옮겼다. 내용을 고려하면 올바른 변경이다. 또 『성호사설』에는 다음 기사가 실려 있다.

> 두보의 「두견행杜鵑行」에 '두견새는 두려운 듯 깊은 나무숲에 숨어서[業工竄伏深樹裏]'가 지금 『사문유취事文類聚』를 살펴보니 '업공業工'을 '업업業業'으로 써놓았다. 한 글자를 연달아 쓸 때 '공工'자처럼 두 개의 점만을 찍는데 여기에서 와전이 발생하였다. '업업'은 두렵다는 의미이다. 차천로의 『오산설림』에는 '업공은 두견杜鵑의 새끼인데 내가 젊을 때 한 책에서 본 적이 있으나 지금은 어떤 책인지 기억하지 못한다'라고 하였다.[63]

『성호사설유선』에서는 문장을 수정하여 『사문유취』를 통해 고증한 결과가 아니라 스스로 터득한 사실로 바꿨다. 게다가 차천로의 기사 다음에 '가소롭다'는 표현을 첨가하여 선배의 오류를 밝혔다는 뉘앙스를 풍겼다.[64] 이처럼 원저와 재편집 사이에는 큰 변화를 보이므로 주의하여 읽어야 한다.

「시문문」에는 378칙의 기사가 있는데 중국의 시문을 다룬 기사가 3분의 2이고, 조선의 시문을 다룬 기사가 3분의 1이다. 전자는 작품의 전고나 어휘를 엄밀히 고증하거나 작품의 분석과 해석에 치중하였고, 후자는 일화의 소개와 평가에 치중하였다. 기사가 상당히 이질적 성격을 지녀 『지봉유설』처럼 중국과 자국의 시화를 구분하여 설정하는 편이 바람직하다.

중국 시문을 다룬 기사에서는 『시경』과 『초사楚辭』를 비롯한 고대 작품과 당시와 송시를 대상으로 참신하게 해석하고, 주석서의 오류를 고증하였으며, 작품의 원류를 추적하였다. 논란을 일으키는 작품에 올바른 정보를 들이대 합리적으로 추론하며, 온당하게 해석하고자 하였다. 「이소離騷」와 「구가九歌」, 「회사懷沙」 등 일련의 『초사』 작품을 대상으로 한 치밀한 해석과 엄밀한 고증은 참신하고 정밀하다. 위에서 인용한 「두견행」에 나온 글자의 오류를 바로잡은 기사에서 보듯이 저명 작가의 난해한 명작을 고증하고, 작품이 나온 원류를 해명하였다. 두보와 이백의 작품에 큰 비중을 두어 꼼꼼하게 분석하였다. 다음은 이백의 「오야제烏夜啼」를 해석한 기사로 시를 해석한 평문을 함께 인용한다.

구름 누런 성가에는 까마귀가 둥지 찾아	黃雲城邊烏欲棲
돌아와 날며 까악까악 가지 위에서 우네	歸飛啞啞枝上啼
베틀에서 비단 짜는 진천의 아낙네는	機中織錦秦川女
어렴풋이 주렴 쳐진 창문 저편에서 말하네	碧紗如烟隔窓語
북을 멈추고 서글피 먼 곳 사람을 그리워하다	停梭悵然憶遠人
빈방에 홀로 자며 비 오듯 눈물 떨구네	獨宿孤房淚如雨

이백의 「오야제」는 자세히 볼수록 맛이 있어 이렇게 풀이한다. 하늘 기운은 푸르고 푸르기에 청운靑雲이라 하였고, 땅 기운은 노랗고 어둡기에 황운黃雲이라 하였다. 이백의 시에서는 이 글귀를 흔히 썼는데 모두

이 의미를 담고 있다. 까마귀가 둥지를 찾는 때는 봄이 저문 시절이고, 돌아와 나는 때는 해가 늦은 황혼이니, 아내가 출정한 남편을 그리워할 때이다. 비단을 짠다는 말은 소혜蘇蕙의 선기도璿璣圖 고사를 썼다. 창문 저편에서 말한다고만 했는데 무슨 말을 했는지 짐작할 수 있다. 새소리를 듣고서 홀로 "미물도 돌아올 줄 알건마는 임만은 돌아오지 않으니 어쩌면 좋아!"라고 했으리라. 여인의 원망하고 꾸짖는 심경과 아름답고 고운 태도가 눈에 보이는 듯 선하다. 먼 곳 사람을 그리워한다는 대목은 곧 파제破題의 말이다. 이 시는 천고千古에 연정시戀情詩의 으뜸이고, 게다가 우의寓意 또한 깊다. 귀신도 울리는 시라는 말을 들었으니 어찌 그렇지 않으랴?[65]

「오야제」의 시어를 일일이 깊이 분석하였다. 형용하는 말의 심층적 의미를 밝혀 우의성寓意性을 해명하였다. 작품을 단순하게 해설한 듯하나 한국 비평의 역사에서 이렇듯 친절하게 분석한 예는 많지 않다. 같은 작품을 비평한 『지봉유설』과 비교하면 그 차이가 분명하다. 이수광은 『지봉유설』에서 "옛 책에서 까마귀가 짝을 잃으면 밤에 운다고 하였으니 시의 의미는 여기에서 취하였다"[66] 라고만 간단하게 밝혔다. 의미의 원류를 밝힌 점에서 이수광은 고증적 태도를 보였으나 이익처럼 자세하게 분석하지 않았다. 이익은 고증의 차원을 넘어 치밀한 분석을 거쳐 문학성을 도출하였다. 비평의 심도가 깊어졌다.

이익은 고증과 해석에서 나아가 점화點化와 표절을 밝히고, 작품의 원류가 어디에 있는지를 추적하였다. 유몽인의 「상부시孀婦詩」가 원대 시인의 시를 점화하였고, 송시열의 금강산 시가 고려의 위원개魏元凱 시를 표절하였음을 밝혀냈다.

이익은 본디 세상에 보탬이 되는 시의 창작을 옹호하였고, 여러 학문의 근간으로서 경서를 중시하였으며, 지엽적인 고증보다는 근본에 힘쓰는 학문에 더 우호적이었다. 하지만 문학 작품의 해석에서는 치밀한 고증과 엄밀한 분석을 중시하였다. 명말청초明末淸初의 전겸익錢謙益과 고염무顧炎武, 조선 중기의 차천로와 이수광 등의 학문 방법에 적지 않은 영향을 받았다.

「시문편」에서는 시의 예술적 특성을 밝히려 하였다. 「율시노정律詩路程」, 「시가조회詩家藻繪」, 「가사삼첩歌詞三疊」, 「율부律賦」, 「격구대隔句對」 등의 기사에서 형식과 운율 등 시의 독자적 예술성을 정당하게 인식하였다. 시의 예술적 특징에 주목하면서 작가의 개성을 표현하는 창작에 무게를 두었다.

> 옛사람의 시는 외진 고을의 촌사람과 같아 관도 자기가 만들고, 띠도 자기가 만들며, 옷과 신도 자기가 만들고, 기물도 자기가 만들기 때문에 참된 마음이 표출되어 잘되고 못됨을 제대로 분별할 수 있었다. 오늘날 사람의 시는 서울의 선비 같아 관도 빌린 물건이요, 띠도 빌린 물건이요, 옷과 신도 빌린 물건이요, 기물도 빌린 물건이다. 비록 아름답고 우아하여 볼 만하나 어느 하나 자기 소유물이 아니다. 동쪽 집에서 빌려 쓰고 서쪽 집에서 빌려 쓴 격이라서 칭찬할 가치가 있겠는가? 이제 『정절집靖節集』(도연명의 문집)을 살펴보니 스스로 지어낸 작품이었다. 이래서 그의 시는 배우기 어렵다. 요즘 세상에서 말하는 시는 남의 물건을 빌어다가 빈틈없이 잘 벌여놓은 작품에 지나지 않는다. 또 어떤 경우에는 남의 물건을 빌리되 선후가 뒤바뀌고, 본말이 착란되기도 하였으니 한층 가소롭다.[67]

이익은 옛 시와 오늘날의 시를 대비하여 개성을 표현한 작품과 그렇지 못한 작품으로 구분하였다. 도연명의 작품처럼 옛날의 시는 개성을 표현하였으나 우리 시대의 시는 남의 작품을 빌려다 쟁여놓은 서울 선비 꼴이라고 비웃었다. 옛날의 시는 진짜인데 오늘날의 시는 가짜라는 진단이다. 이익은 「고금문장古今文章」에서도 비슷하게 주장하고 조선의 문장은 시골 화가가 남의 그림을 베껴 그린 꼴이라서 무엇을 그렸는지도 모를 지경이라고 하였다. 이 기사를 『성호사설유선』에서는 「시문편」 첫 기사로 옮겨 배치하여 이익 시론의 핵심으로 간주하였다.

진실한 감정과 사실적 묘사에 바탕을 두고 작가의 개성을 중시한 견해는 김창협의 성정론과 취지가 같다. 다만 시의 소재와 그 소재를 어떻게 표현하느냐에 더 관심을 기울인 차이가 있다. 시가 어떤 소재를 사용하여 어떻게 표현하느냐에 따라 작가의 개성이 표현되느냐 아니면 모의에 빠지느냐 하는 창작의 실제를 다루었다.

사물을 통하여 인간의 사상과 감정을 우의적으로 형상화하는 문제를 논한 기사에서 그의 생각이 잘 나타난다. 「이소」와 이백, 김극기, 이황 등의 작품에서 사물과 맺는 시의 우의성에 주목하여 이렇게 말하였다.

> 공자가 "시를 통해서 새와 짐승, 풀과 나무의 이름을 많이 알 수 있다"(저자 주: 『논어』 「양화(陽貨)」편)라고 말하였는데, 『시경』의 「국풍國風」이 여기에 해당한다. 인간사의 잘잘못은 사물로 비유할 수 있다. 사물의 형상과 빛깔, 번성함과 쇠잔함에는 온갖 양상이 다 갖춰져 있고, 사람의 어질고 어리석고 귀하고 천함에는 만 가지로 갈라져 같은 것이 없다. 사물과 사람은 모두 조물주가 만들어서 똑같으니 이치가 어찌 다르랴! 다만 명칭과 빛깔의 부류가 다를 뿐이다. 따라서 공자께서 두루뭉술하게 흥興에 기탁한다고 한 말씀은 매우 친절한 지적이지만 후세 사람이 깨닫지 못하고 있다.[68]

이백 「고풍시古風詩」의 풍자적 의미를 우의성으로 해석하였다. 시에서는 흔히 사물을 매개로 하여 인간 만사를 표현한다. 금수초목이 시의 소재로 등장하는 이유는 인간의 사상과 감정을 표현하는 좋은 매개물이기 때문이다. 그 소재에 숨겨진 깊은 의미를 포착해야 하는 이유이다. 이익이 주목한 사물의 우의성은 한 걸음 더 나아가 사물 자체를 중시하는 방향으로 나아갔고, 이는 이후 실학자에게 큰 관심사가 되었다. 19세기에 이규경의 『시가점등』이나 『오주연문장전산고』, 남희채의 『구간시화』에서 더 비중 있게 나타났다.

『성호사설』의 치밀한 분석과 고증은 시문을 엄정하게 객관적으로 이해하려는 태도에서 나왔다. 이백의 시를 분석한 '시가조회詩家藻繪' 기사에서 보듯이 이익은 표현을 치밀하게 파헤쳐 작품의 숨겨진 의미를 밝혀내었고, 어휘나 사실을 역사적 문맥에서 고증하여 역사주의적 비평가의 자세를 보여주었다. 『성호사설』은 직관적 심미적 비평의 자세를 벗어나 본격적으로 시문을 과학적으로 분석한 단계로 옮겨간 시화이다.

3. 북학파 문인의 고증적 시화와 정조의 『일득록』

18세기 중반 서울 문단에는 일군의 문인 그룹이 등장하였다. 박지원, 이덕무, 유득공, 박제가, 이서구 등 여러 문인은 조선 사회의 병폐를 성찰하고, 학문과 문학의 안일주의를 비판하며, 청과 일본, 서구의 선진적 문물을 수용하자는 북학론北學論을 주장하였다. 학술에서는 고증학을 선호하였고, 문학에서는 전통을 답습하지 않고 새로운 창작을 시도하였다. 또한 다수의 시화를 저술하여 시문의 오류를 바로잡고, 동시대의 개성적 시인을 소개하였다. 그들의 고증적 시평은 실증적 역사주의 비평의 단초를 여는 역사적 의의를 지녔다. 문단의 혁신적 변화에 대응하여 정조는 보수적 관점에서 문학을 해석하였다.

국제교류 시를 고증한 박지원의 시화

연암燕巖 박지원(朴趾源, 1737~1805)은 18세기 후반의 대표적 문인 학자로 1780년 북경 여행 기록인 『열하일기熱河日記』와 문집 『연암집燕巖集』을 남겼다. 북경에서 돌아와 『열하일기』를 저술하여 1783년 무렵에 초고를 탈고하였다. 『열하일기』의 첫 대목인 「도강록渡江錄」 서문을 이 해에 썼다.

『열하일기』는 시화의 성격을 지닌 여러 저술을 포함하고 있다. 「피서록避暑錄」은 전편시화이고, 「구외이문口外異聞」, 「앙엽기盎葉記」, 「동란섭필銅蘭涉筆」에는 다수의 시화 기사가 실려 있다. 간행본 『열하일기』에 실린 『피서록』과는 내용이 매우 다른 필사본 『열하피서록熱河避暑錄』과 『양매시화楊梅詩話』가 단국대학교 도서관 연민문고淵民文庫에 소장되어 있고, 이는 『연민문고 소장 연암 박지원 작품 필사본 총서』 5책에 영인되었다. 초고본 『열하피서록』에는 22칙, 초고본 『양매시화』에는 31칙의 기사가 수록되었다. 이 저술은 간행본 『열하일기』의 「피서록」 등에 정돈된 글로 편입되었다.

초고본 『열하피서록』에는 허난설헌, 유구태자, 이덕무의 시와 박제가의 글씨 등 시문과 관련한 내용이 다수 실려 있다. 이 저술은 조선과 외국의 교류와 관련한 문헌을 모은 『삼한총서三韓叢書』에 편입하기 위해 필사되었다. 삼한총서본 실물이 후손 박선수朴瑄壽 집안에 전해지다가 최근 국립중앙도서관에 기증되었다. 내용은 조선과 중국 사이에 교류한 시문을 다뤘다.

초고본 『양매시화』는 간행본 『열하일기』에는 목록에만 나와 있을 뿐 본문은 아예 실리지 않았다. 청나라 사람 유세기兪世琦와 북경의 양매서가楊梅書街에서 필담筆談한 내용이다. 청나라 사람 전방표錢芳標의 시를 소개하였고, 왕사정王士禛의 『감구집感舊集』에 실린 김상헌의 시를 고증한 기사 등이 실려 있다.

간행본 『열하일기』의 「피서록」을 중심으로 시화 기사를 살펴보면, 「피서록」은 열하熱河의 피서산장避暑山莊에서 더위를 식히면서 견문한 사실을 기록한 60여 칙의 기사로 구성되었다. 교류한 적이 있거나 동시대에 명성을 누린 반정균潘庭筠, 곽집환郭執桓, 왕사정 등의 중국 시인을 소개하거나 친분이 깊은 홍대용洪大容, 이덕무, 나걸羅杰, 유득공 등의 조선 시인을 다뤘다. 양국 시인의 문학 교류를 다룬 기사가 중심을 차지하여 신라의 빈공제자賓貢諸子와 고려의 박인량, 이제현 등을 다루었고,[69] 북경 여행 과정에서 견문한 문학 관련 기사가 많다.

『열하일기』에 실린 시화는 고증적 성격이 강하다. 그보다 몇 년 전에 저술된 이덕무의 『청비록』과 이서구의 『강산필치』 등에서 영향을 깊이 받은 결과이다. 『열조시집』과 『명시종』 등에 허난설헌이 잘못 기록된 사실을 논증하면서 이덕무의 『청비록』 서문을 인용하였다. 박지원은 왕사정, 이제현 등 여러 기사에서도 『청비록』을 참조하였다. 또 허난설헌, 최전崔澱, 박미朴瀰 등을 고증하였는데 『강산필치』에서는 이미 그들에 관해 명확하게 고증하였다. 박지원의 고증은 그 수준을 벗어나지 않는다. 중국인을 직접 만나 대화하면서 잘못 알려진 사실을 바로잡겠다는 생각에서 나온 기사가 많으나 고증에서는 두 학자의 범주를 벗어나지 못하였다.

홍미로운 기사는 직접 견문한 사실을 기록한 데서 보인다. 다음은 간행본에 실린 기사이다.

> 저녁에 풍윤성豐潤城에 올랐다가 수염이 멋진 어른 한 분을 만났다. 내 앞으로 다가와 읍揖하고서 "제 성명은 임고林皐이고 절강 사람입니다"라 하고, 내 성명을 물었다. 내 성명을 듣더니 깜짝 놀라고 좋아하면서 "그대는 초정(楚亭, 朴齊家)의 친척 아닙니까?"라고 물었다. 나도 깜짝 놀라고 반갑기도 하여 "그대는 초정을 어떻게 아시오?"라고 물었더니 "지난해 초정이 자기 나라의 이형암(李烱菴, 李德懋)과 함께 문창루文昌樓에 올랐다가 저와 같은 고을에 사는 호형항胡逈恒 집에서 묵었답니다"라 답하고, 성 밑에 있는 한 집을 가리키면서 "여기가 호형항의 집이고 그 집 벽에 초정의 글씨가 있습니다"라고 하였다. 마침내 변계함卞季涵, 정진사鄭進士와 함께 그 집을 찾아 대청에 들어가니 날이 벌써 어둑어둑하였다. 주인이 촛불 4개를 켜서 벽을 밝혀 주기에 읽어보니 곧 내가 전의 감동에 살 때 형암이 찾아와 지은 시였다. (중략) 백로지白鷺紙 두 폭을 이어 붙여 썼는데 필치가 물 흐르는 듯하고 글자 한 자의 크기가 마치 두 손바닥만 하였다. 예전에 우리가 중국을 이야기하며 부질없이 부러워하다가 몇 해 사이에 차례로 한 번씩 여행하였다. 게다가 또 만리타향에서 시를 읽으니 친구의 얼굴을 직접 본 듯하였다.[70]

우연히 중국인과 만나서 이덕무의 시를 쓴 박제가의 글씨를 본 소감을 썼다. 이덕무의 시가 전의감동에 살던 자기 집에서 쓴 작품이라 감회가 더 깊이 배어 있는 기사이다. 초고본 『열하피서록』에 '형시초서炯詩楚書'란 표제로 실은 조금 거친 기사를 수정하여 간행본에 수록한 것이다.

중국에 알려진 조선 시인을 고증한 이서구의 『강산필치』

이서구(李書九, 1754~1825)의 시화인 『강산필치畺山筆豸』는 2권 25장의 사본으로 40칙의 기사를 수록하였다. 이수봉 교수와 장서각, 규장각, 성균관대 존경각에 사본이 소장되어 있다. 이수봉 교수 소장본은 자필본으로 저자의 독특한 필체로 쓴 원고본이다. 이서구李書九와 낙서洛瑞란 장서인이 찍혀 있다. 본문 앞에는 고증서목 38종이 실려 있는데 왕사정의 『지북우담池北偶談』과 모기령毛奇齡의 『서하시화西河詩話』, 원대의 색목인色目人 시인인 갈라녹내현(葛邏祿迺賢, 1309~?)의 『금대집金臺集』이 올라와 있다. 1995년에 『개신어문연구』 제12집에 해제와 함께 영인하였다.

존경각본은 일강재장日彊齋藏 원고지에 필사한 선본이다. 장서각본은 초고본을 필사하여 오류가 적고, 규장각본은 1890년에 필사한 사본으로 오류가 많다. 규장각본에는 미산생彌山生이 1890년에 쓴 「강산필치 뒤에 쓰다[書畺山筆豸後]」란 발문이 실려 있다. 미산생의 실명은 밝혀지지 않는다. 이서구가 벽파僻派 정승으로 처신을 잘못하였고, 술수를 좋아하고 참서讖書를 저술하여 세상에 돌아다닌다고 지적하였다. 사람은 사랑할 수 없으나 시화만은 문장이 고아하고 깔끔하며, 고증이 해박하다고 칭찬하였다.

이 시화는 저자가 25세 되던 1778년에 편찬하였다. 앞에는 무술년(1778) 4월 27일에 저자가 직접 쓴 소인小引이 달려 있고, 하권의 제목 아래에는 석모외사席帽外史 저著라고 밝혔는데 석모외사는 이서구의 아호雅號이다.

권1에는 전겸익錢謙益의 『열조시집列朝詩集』을 고증한 17칙의 기사를 수록하였고, 권2에는 주이준朱彝樽의 『명시종明詩綜』을 고증한 23칙의 기사를 수록하였다. 두 시선집에서 수록한 한국 시인의 생애와 시의 오류를 바로잡기 위해 저술한 고증적 시화이다.[71] 저자는 「소인」에서 "나는 고고攷古의 학문을 매우 좋아한다"[72] 라고 밝혀서 시화의 성격이 고증에 있다고 했다.

조선 지식인은 일찍부터 중국 문헌에 쓰인 조선 관련 기록에 주목해왔다. 여러 시화에 드문드문 그런 기사가 실렸는데 『강산필치』는 작심하고 2종의 시선집에 실린 조선의 작품과 작가 소전小傳을 고증하였다. 다음은 '남수재藍秀才' 기사이다.

> 남수재藍秀才가 즉석에서 시를 지어 오자어(吳子魚, 吳明濟) 선생에게 다음 시를 주었다.
>
> | | |
> |---|---|
> | 평양성 북쪽으로 길은 멀리 뻗어 있고 | 平壤城北路便賒 |
> | 눈에 가득 안개 일고, 해는 또 기우네 | 滿目烟波日又斜 |
> | 술잔을 앞에 두고 지난날을 아쉬워하랴? | 且向尊前惜歡笑 |
> | 말머리 닿는 곳마다 해당화는 피었겠지 | 馬頭開遍海棠花 |
>
> 이 시는 춘정春亭 변계량卞季良의 「철령 도중에[鐵關道中]」로 『여지승람輿地勝覽』에 보인다. 제1구가 원본에는 '철관성 아래 길은 멀리 뻗고'로 되어 있고, 제3구가 원본에는 '남북으로 오가는 사이 봄도 다하려 하는데'로 되어 있다. 남수재란 이는 누구인지 알 수 없다. 우리나라에는 남씨가 없으니 설薛자와 형체가 비슷하여 와전되지 않았을까?[73]

시를 음미하거나 품평하지 않고 오로지 작가의 행적과 작품을 잘못 기록한 실상을 드러내고 오류를 바로잡고자 하였다. 『열조시집』에 남수재의 작품으로 실려 있는 이 시는 조선 초기 변중량卞仲良이 지은 것인데 『청구풍아靑丘風雅』와 『동문선』, 『신증동국여지승람』, 『시평보유』 등에서 변중량의 작품으로 수록하였다. 함경도 안변에 있는 철령에서 지었는데 평양성 길에서 지었다고 하여 오류를 범했다. 한편, 이서구는 『여지승람』을 대본으로 고증하고서 자신도 실수하여 변중량을 변계량으로 잘못 고증하였다.

이 시화는 『청비록』과 밀접한 관련이 있다. 고증적 성격을 공유하였고, 같은 시기에 편찬하여 1778년 이덕무가 연행할 때 중국 학자에게 소개하였다. 처음부터 중국 학자에게 보이려는 의도가 있었으나 어떤 반향이 있었는지는 알 수 없다. 이서구의 고증은 박지원의 시화에도 폭넓게 반영되었고, 이규경의 『시가점등』에도 인용되었다. 또 그 후배인 한치윤(韓致奫, 1765~1814)이 지은 『해동역사海東繹史』「예문지藝文志」에도 영향을 미쳤다. 한치윤은 중국의 주요 전적에 나타난 조선 문인과 작품, 중국인의 품평, 문인 상호 수창酬唱 작품을 수집하였다. 수집은 방대하고 분류는 정밀하여 이 시기 학술사의 우수한 성과인데 모든 기사에서 오류를 고증하였다. 18세기 후기 고증학의 큰 성과로 주목할 가치가 있다.

정조의 문체반정 시론과 『일득록』

18세기 전기 이후 시단에는 복고와 창신의 갈등이 첨예하게 대립하였다. 개성과 창의가 시대의 조류로 부상하여 이전 시대와는 창작 분위기가 크게 바뀌었다. 작가는 많아졌고, 사조는 다원화하였으며, 문체는 다양해졌다. 독자는 새롭고 창의적인 문학에 더 민감하게 호응하였다. 영조 후반기와 정조 시대에는 독특한 개성을 뽐내는 작가가 많이 등장하였다. 숙종 이래 국제정세가 안정되면서 중국에서 유입된 문학서는 문인들에게 큰 영향을 미쳤다.

북학파 문인의 문학과 비평은 참신한 경향을 대표하였다. 이는 전통적이고 보수적인 문단에는 위험한 도전을 의미하였다. 도전에 대한 반발은 만만치 않았는데 대표적 인물이 국왕 정조(正祖, 李祘, 1752~1800)였다. 정조의 어록을 모은 『일득록日得錄』에는 참신한 문학 경향을 염려하고 억제하려는 주장이 실려 있다. 정조의 어록은 당시 보수적 문인의 시각을 대변한다. '기이함을 좋아하고 새롭게 바꾸려는 경향'을 경계한 정조는 문체를 순정한 상태로 돌린다는 문체반정文體反正 정책을 펼쳤다.

『일득록』은 정조가 말한 내용을 근신近臣들이 기록한 어록체 수필이다. 정조의 문집 『홍재전서弘齋全書』 권161에서 권178까지 18권에 수록되었고, 그 내용은 「문학편文學篇」, 「정사편政事篇」, 「훈어편訓語篇」 3부로 나뉜다. 「문학편」은 문학과 학술, 문화, 풍속에 이르는 주제를 다루었는데, 문학 주제가 3분의 1을 차지한다. 대화를 기록한 글을 어록語錄이라 하는데, 『일득록』은 어록체 시화이다. 시론과 작가의 품평 위주로 구성되어 일화나 작품의 품평은 거의 없다. 시론은 크게 문체와 작가평 두 주제로 나뉜다.

먼저 문체이다. 정조는 국왕의 관점을 문학에 적용하여 문체 문제를 다뤘다. 문학을 사회적 책임과 효용의 관점에서 이해하여 경술經術과 치도治道에 뿌리를 두고 창작해야 옳다고 보았다. "문장에만 전념하여 경술에 뿌리를 두지 않으면 그게 곧 이단이다"[74]라고 하였고, "학자가 바른 학문을 얻으려면 반드시 주자朱子로 준칙을 삼아야 한다"[75]라고 하였다. 주자학을 신봉한 정조는 경술에 뿌리내리지 않은 문학을 이단의 일종으로 간주하였고, 효용과 도덕의 기준에서 문학을 재단하였다.

시문이 세도世道 및 치도治道와 관련되므로 원숙하고 평담한 치세治世의 문학이 되기를 기대하였다. 그러나 현실 속 문인은 오히려 참신하고 창의적인 시문에 기울었고, 독자는 기발하고 재미있는 작품을 선호하였다. 그에 대해 정조는 "문체가 나날이 강파르고 까칠하여 치세의 맛이 전혀 없다",[76] "근래의 시문은 모두 빠르고 급박하며 가볍고 들떠서 듬직하고 도타우며 깊고 원대한 맛이 전혀 없다"[77]라며 문체를 비판하고 이렇게 말하였다.

시문의 문체와 격조는 참으로 세도世道의 오르고 내림과 관계가 있다. 근래 새로 등장한 문인의 문체를 보니 매우 섬세하고 화사하며 들뜨고 가벼워서 명청明清의 괴상한 버릇만 숭상한다. 시율詩律에서는 평이하고 담박하며 혼연하고 도타움이 하나 없이 모두 송원宋元 이래 전사塡詞 꼴이라 성조가 촉박하여 치세의 소리가 전혀 아니다. 무리를 벗어나 기이한 작품을 창출할 방법이 없지 않을 텐데 꼭 그렇게 지어야 할까?[78]

이 시론은 최신의 문학 동향에 민감하게 반응했던 북학파의 시론과 정면으로 맞선다. 정조는 당시 문인의 괴기한 문체를 명청의 패관잡서와 고증학 탓으로 돌렸다. 국가를 경영하는 국왕의 위치에서 치세의 문체를 희구하였고, 문학의 시대적 조류에 역행하여 문체반정을 시도하였다. 하지만 문체반정의 시도는 허위로 끝나고 말았다.

문체를 보는 관점은 작가평에도 반영되었다. 정조는 17세기 이후 시인을 낮춰보고 조선 전기의 시인을 호평하였다. 박은과 박상朴祥, 양성지梁誠之, 서거정, 최항崔恒, 이행李荇 등을 추켜세워 그들의 문집을 새로 간행하였으며, 선조 때의 차천로, 양대박, 이순신 등의 문집을 간행하도록 명하였다. 이미 정평을 얻은 작가도 있으나 그렇지 못한 작가도 있는데 그들의 위상을 전면적으로 재평가하였다. 재평가에는 김창협의 시각이 많이 반영되었다.

『일득록』에서는 18세기 중후기 문단에 등장한 소품체小品體 시문과 고증학 같은 새로운 문예와 학술을 억누르고 전통적 문학과 학술로 회귀하려는 보수적 사고를 보였다. 정조의 정책과 사유는 문단 전체에 큰 성과를 내지는 못했으나 일부 문인과 지방 문인에게는 효과가 있었다. 19세기의 비평가 홍석주洪奭周 등이 국왕의 사유를 계승하였다.

4. 정밀한 비평가 이덕무의 시화 3종

이덕무(李德懋, 1741~1793)는 자가 무관懋官, 호가 형암炯菴, 청장관青莊館, 아정雅亭으로 18세기 후기의 저명한 시인이자 비평가이다. 박지원, 유득공, 박제가, 이서구 등과 교유하며 문필활동을 펼쳤다. 오랫동안 검서관을 지내며 정조의 신임을 받아 국가의 전적을 편찬하는 업무에 종사하였다. 백탑파白塔派 동인으로 활약하며 독특한 시풍의 시와 빼어난 필치의 소품문을 창작하였다. 백탑파 동인 유득공, 박제가, 이서구 3인과 함께 시를 수록한 시선집 『한객건연집韓客巾衍集』이 세상에 널리 유행하여 당시부터 백여 년 이상 큰 영향을 끼쳤다. 1778년에는 박제가와 함께 북경에 사신으로 가서 많은 청나라 문인과 교류하고 돌아왔다.

이덕무는 뛰어난 비평가로서 동인의 작품을 품평하고 평점評點을 가하여 다수의 평점서를 남겼다. 좋은 작품을 감별하고 엄밀하게 비평하는 능력에서 허균許筠과 함께 조선왕조에서 으뜸가는 비평가이다. 뛰어난 감식안을 보여준 시화가 『청비록』이다. 전편시화인 『청비록』 외에 문학적 단상斷想을 간결한 문체로 쓴 『쇄아瑣雅』가 있고, 시화를 수록한 필기인 『이목구심서耳目口心書』, 역사적 사실을 고증한 『앙엽기盎葉記』가 있다. 여러 시화는 이덕무의 저작을 집성한 『청장관전서青莊館全書』에 수록되었고, 민족문화추진위원회에서 규장각 소장 사본을 저본으로 1978년~1981년 사이에 번역하였다. 미국 버클리대학 동아시아도서관에 소장된, 이광규李光葵가 편집하고 이원수李畹秀가 교정한 정고본定稿本이 선본이다. 고증적 성향이 강한 『앙엽기』에서는 시와 관련한 사실을 고증하였다. 설요薛瑤, 조선진졸朝鮮津卒, 일본도가日本刀歌, 동파체東坡體, 전당시소루全唐詩所漏, 시액詩厄, 조선시관시朝鮮試官詩 등 20여 칙에 이르는 기사가 실려 있으나 따로 설명하지는 않는다.

간결한 단상 시론 『쇄아』

가장 먼저 지은 시화는 『쇄아瑣雅』 1권이다. 본문 앞에 "쇄瑣는 대단치 않음이고, 아雅는 속되지 않음이다. 좁은 식견, 적은 견문으로 문장을 의논하니 분에 넘치지 않을까? 또 말하노니, 아雅란 말은 옛사람의 저서 이름을 훔쳐 썼다. 또 말하노니, 글은 순서가 없고 자질구레하다. 갑신년(1764) 7월 백두붕白荳棚 아래에서 쓴다"[79]라는 소서小序가 있다. 글 자체가 짤막하고 정취 있는 소품문이다.

1764년 7월에 완성 하였고, 전체 40칙이다. 문학에 관한 단상을 간결한 문체로 썼는데 번뜩이는 비평적 혜안과 20대 젊은 문인의 예민한 감각이 엿보인다. 일부 기사에서는 자세하게 시를 분석하기도 하였다. 특별한 체계는 없으나 앞에서는 고대에서 청대에 이르는 문학 명저의 문체와 특징을 서술하였고, 중간에서는 조선과 중국의 저명 시인에 대한 단상을, 뒷부분에서는 산문론을 펼쳤다. 작품을 인용하지 않았고, 일화를 적지 않았으며, 시론과 문론만으로 구성하였다.

한유와 소식 등 당송唐宋 시문을 논평하면서도 백거이와 원진元稹의 문장, 육유陸游의 『입촉기入蜀記』 등을 호평하여 관심의 폭이 넓고 소품문小品文을 선호한 취향을 드러냈다. 또한 이어李漁 같은 명말청초 문인에 오규소라이物茂卿 같은 일본 문인까지 호평하는 개방적 시선을 보였다. 특히, 복고와 창신創新의 문제를 깊이 천착하였다. 왕세정, 이반룡 같은 복고주의자의 시문을 인정하면서도 전대 문학을 답습하는 태도를 문학가의 고질적 병폐로 인식하였다. 경릉파竟陵派의 『고시귀古詩歸』와 『당시귀唐詩歸』

는 결함을 인정하면서도 대체로 호평하였다. 어느 한쪽에 치우치지 않고 결함과 장점을 균형 있게 평가하였다.

조선 시인의 비평은 핵심을 찌르는 촌철살인의 평가가 다수 보인다. 29칙에서는 조선의 시문 전체를 거시적으로 평하였다. 역대 명가의 장단점과 가치를 두루 평하고 난 다음 조선 문학의 결함을 다음과 같이 지적하였다.

> 재사才士가 없지는 않으나 누구나 견문에 제약이 있어 성취한 문장이 관각체館閣體뿐이다. 위축되어 감히 범주 밖으로 뛰쳐나가 조화를 들춰내 떨치지 못하고 나날이 낮은 수준으로 떨어진다. 문장이 말단의 기예이기는 하지만 진부하고 녹록한 하품下品에 안주해서야 되겠는가?[80]

새로운 문학세계를 창출하지 못함을 개탄한 글에서 젊은 패기로 혁신을 꿈꾸는 의지를 표출하였다. 신비한 재능을 발휘하고 개성의 창조를 중시한 문인다운 소신을 드러냈다. 또 17칙에서는 이규보를 두고 호되게 비판했다.

> 남용익이 편찬한 『기아箕雅』에는 신라 최치원으로부터 조선조 신정申晸에 이르기까지 454명과 도사, 승려, 잡류, 규수, 무명씨 등 38명을 더해 모두 492명을 실었다. 이규보를 칭송하여 "웅혼하고 드넓기로는 이규보가 제일이다"라 했고, 또 "문장이 동국의 으뜸이다"라 했다. 이수광은 "이규보는 웅혼하고 풍부하다"라 했고, 또 "이규보는 최고의 대작가이다"라 했으며, 또 "이규보의 글은 또한 호방하고 굳세다"라 했다. 내가 한번 이규보의 시를 보았는데, 드넓고 풍부하다고는 하겠으나 두 분이 웅혼하다고 한 말은 무슨 말일까? 대작가라면 인정할 만하나 최고의 대작가요 동국의 으뜸이라는 말은 또한 무슨 말일까? 또 그의 글은 쓸

데없이 길기만 하여 나는 보고 싶지 않다.[81]

남용익과 이수광이 이규보를 극찬한 사실을 찾아서 인용하고 인정할 수 없다고 했다. 대가로서 드넓은 창작 세계를 보인 점은 인정해도 역대 제일의 작가로는 결코 인정하지 못한다고 강하게 부정하였다. 『농암잡지』에서 김창협이 말한 평가를 이어받은 평가이면서 치밀하고 섬세한 작품을 선호한 이덕무의 문예관에서 나온 평가이다.

이규보의 평가는 10년 뒤에 지은 『청비록』에서 "그의 시는 놀랍고 절실한 취향이 전혀 없고, 거칠고 산만하여 명성이 실상에 부합하지 않는다. 오로지 빨리 짓고 풍부하기에 사람들이 두려워했으나 살아서는 정말 두려워할 만해도 죽은 뒤에는 볼 만하지 않다"[82]라고 하며 더 강하게 비판하였다. 『쇄아』의 비평은 이후 『이목구심서』와 『청비록』에서 더 정치한 논리와 작품 평가로 발전하였다.

감성적 소품 시론 『이목구심서』

다음에 완성된 저술은 『이목구심서耳目口心書』 6권이다. 20대 중반인 1765년~1767년 사이에 보고 듣고 말하고 생각한 사유와 경험을 감칠맛 나게 기록한 필기筆記이다. 잠언과 수필의 중간쯤 되는 성격의 산문집이다. 권4 이후에는 얼추 55칙 안팎의 시화 기사를 수록하였다. 짤막한 글로 예민한 감각의 비평 담론을 펼치고 있다. 다음은 그중 몇 가지이다.

옛사람의 문자를 베껴 쓰는 사람을 인면창人面瘡이라 한다. 패모(貝母, 인면창을 고치는 약) 대신 무엇을 사용하여 그런 사람의 입을 당장 막아야 할지 모르겠다.[83]

글을 지을 때는 마고할미의 손톱을 특별히 구비하여 조물주의 동굴 속을 시원스레 파내면 신비로운 빛이 종이 위로 서너 길이나 튀어 오를 것이다.[84]

문장은 말로 표현하기 어려운 것을 잘 드러내야 내 마음에 쏙 들어 천구(天球, 하늘빛 보석)처럼 아낀다. 내 조카 심계자(心溪子, 李光錫)는 '으슥한 동굴에는 거미가 숨어 하릴없이 흔들거리네[邃洞幽蛛虛自裊]'라고 읊었고, 내 친구 기평자騎萍子는 '황소가 빗소리 듣는지 뿔이 쭈뼛 섰네[黃牛聽雨角崢嶸]'라고 읊었다.[85]

잠언 투로 간명하게 문예론을 제시하였다. 해묵은 낡은 시문과 모방과 답습을 거부하고 참신한 시문을 추구하는 태도를 드러냈다. 모의를 배격하고 개성을 주장한 정도가 18세기 전기 시화보다 훨씬 강하다.

재주 있는 사람의 뱃속에서 시상이 한 줄기 봄 생수처럼 솟아나, 맑은 소리를 내고 흐르며 고운 물결이 일어나 멈추지도 고이지도 않는다. 시험 삼아 오른팔로 내보내면, 졸졸 흘러서 붓대까지 미쳐 붓끝에서 동그랗게 방울방울 떨어진다. 똑똑 떨어지는 모양이 수은 방울 같기도 하고, 앵무 사리(鸚鵡舍利, 孔雀石) 같기도 하며, 인어의 눈물 같기도 하다.[86]

작가의 내면에 창작의 열기가 샘솟아서 작품으로 완성되어 나오는 과정을 묘사하였다. 『이목구심서』에서는 이처럼 작가의 생생한 체험에서 우러나온 시론을 펼쳤다. 17세기 후기 이래 문단에서 첨예한 갈등을 빚던 복고와 창신의 문제를 분석한 글도 의미가 있다.

『이목구심서』에서는 이언진李彦瑱, 이형상李亨祥, 이광석李光錫, 박상홍朴相洪, 김홍운金洪運, 서상수徐常修, 이광려李匡呂, 변일민邊逸民 같은 동시대에 활동한 시인과 왕사정, 여유량呂留良, 위희魏禧, 우동尤侗, 이조원李調元, 엄성嚴誠 등 동시대 중국 시인, 겸가당蒹葭堂 주인 기 히로야스木弘恭 같은 일본 시인에 주목하여 그들의 일화와 시평을 고루 다뤘다. 그 시인 중 10여 명은 10년 뒤에 지은 『청비록』에 수정을 거쳐 재수록되었다.[87]

조선 후기 시화의 절품 『청비록』

이덕무의 시화 『청비록清脾錄』은 4권 2책이다. 권1 58칙, 권2 41칙, 권3 40칙, 권4 38칙으로 모두 177칙이다. 1778년에 초고가 완성되었다.[88] 이서구李書九가 산정하고서 서문을 지었다. 완성한 이후에는 새로운 내용을 첨가하거나 크게 수정하지 않았다.

이덕무는 초고를 완성한 해에 북경을 여행하면서 이서구의 『강산필치』와 함께 가져가 중국 문사에게 보여주었다. 『청비록』은 큰 반향을 일으켰다. 이덕무는 북경에서 이조원李調元에게 편지와 함께 책을 보내고 서문을 구하였다. 이조원은 서문을 쓰지는 않았으나 시화를 총서 『속함해續函海』에 편입하여 간행하였다. 총서에는 이광규李光逵가 수정하기 이전 사본을 수록하였기에 신유박해 이후에 수정한 내용이 없다. 천주교를 믿는 역적으로 몰린 탓에 이름을 기휘忌諱한 이가환(李家煥, 廷藻), 이희영(李喜英, 秋餐), 윤가기尹可基의 이름을 제대로 썼다. 기사는 130칙으로 축약하였고, 장편 기사는 내용을 줄여서 초록하였다. 이덕무의 손자 이규경李圭景은 『시가점등詩家點燈』과 『오주연문장전산고』에서 간본을 고증하였다.

2010년 광건행鄺健行이 홍대용洪大容의 『간정동필담乾淨衕筆談』과 함께 상해고적출판사上海古籍出版社에서 2종의 『청비록』에 표점을 달아 간행하였다. 『속함해』에 수록된 『청비록』의 차이와 의의를 논한 3편의 논문을 부록으로 수록하였다.

이조원이 간행한 『청비록』 간본 외에 조선에서는 10여 종 이상의 사본이 남아 전하는데 전사轉寫 과정이 복잡하다. 1778년 초고본 이후 이덕무가 수정한 사본과 1801년 신유박해 이후 아들 이광규가 수정한 사본이 있다. 한국학중앙연구원 장서각, 고려대학교 신암문고, 하버드대학 옌칭도서관, 일본 천리대 도서관, 미국 버클리대 도서관 소장 사본과 수경실 소장 사본 등은 이광규가 수정하기 이전 사본으로 선본이다. 신암문고 소장본은 하권이 빠진 낙질 1책이나 서유년徐有年이 소장했던 이덕무 친필본이다.[89] 또 『양파담원』과 『청운잡총』의 시화 총집에는 177칙 가운데 107칙을 뽑아 수록하였다. 이처럼 다양한 사본은 『청비록』이 많은 독자를 확보한 증거이다. 『청비록』에는 유득공·이서구의 서문 및 저자의 자서自序가 달려 있다.[90] 다음은 자서 전문이다.

천지 사이에는 맑은 기운이 있어	乾坤有淸氣
시인의 비장으로 스며드네	散入詩人脾
천 명 만 명 많은 사람 속에서	千人萬人中
한 명이나 두 명만이 겨우 알아주네	一人兩人知

이는 당나라 승려 관휴貫休의 시이다. 나는 성품이 시를 잘 짓지 못하나 시를 말하기를 좋아하여 한가할 때 눈으로 보고 귀로 들은 고금의 시구를 손수 기록하여 변증辨證한 것도 있고, 소해疏解한 것도 있고, 품평品評한 것도 있고, 기사記事한 것도 있다. 두서가 없이 어지러워 베개 맡에 보관해두어 남에게 보여주지 않고 단지 마음으로 즐길 뿐이므로 『청비록』이라 이름하였다.[91]

자서는 책명을 정한 근거와 서술 방향을 제시하였다. 1) 변정辨訂, 2) 소해疏解 3) 품평品評 4) 기사記事의 네 가지 방향을 제시하였는데 변정과 소해의 비중은 작고 품평과 기사의 비중은 크다. 조선 시화의 대체적 특징에 부합한다. 여기서 기사는 일화의 다른 표현이다.

『청비록』은 정밀한 품평을 지향하였다. 아름답고 개성이 넘치는 참신하고 우수한 작품을 선택하여 작품의 가치를 훌륭하게 드러냈다. 역사적 균형과 통시적 조명에는 관심을 많이 두지 않았다. 비평가의 섬세한 안목과 취향으로 참신하고 감각적 작품을 찾아 품평하였다. 인용한 작품에는 낡고 무딘 감각의 시가 거의 없다.

비평한 작가는 국적과 지위, 신분을 가리지 않고 동시대 사람 위주이다. 자국의 당대 시인에는 김이곤金履坤, 김숭겸金崇謙, 최성대崔成大, 이병연李秉淵, 신광수申光洙, 이용휴李用休, 이광려李匡呂, 이가환李家煥, 정범조丁範祖, 이서구李書九 같은 사대부 작가와 윤치尹治, 유득공, 박제가, 원중거, 이언진李彦瑱 등 서파庶派와 여항인, 여성, 아동을 골고루 다뤘다. 다음에 권2에 실린 34칙과 36칙을 각각 전문 인용한다.

> 윤증약尹曾若이 지은 「한강 상류를 잠깐 여행하다[薄遊上游]」의 '깊은 산골에는 가을 소리에 나뭇잎 놀래 떨어지고/ 넓은 강에서 달빛 가득 받으며 양근으로 내려가네[絶峽秋聲驚木葉, 滿江月色下楊根].' 구절이 많은 사람의 입에 자주 오르내린다. 양근은 군명郡名이다. 나는 일찍부터 다음 시구를 아꼈다. '잎이 져서 나무 소리는 들을 치닫고/ 날이 추워 산 그림자는 마을로 찾아드네[脫木聲奔野, 寒山影入村].' '흰 갈매기는 날아서 물을 찍고/ 지친 암소는 누워서 산을 쳐다보네[晴鷗飛點水, 倦牸臥看山].' 아치가 있고 조리가 있으며, 담백하고 정밀하여 석치石癡와 추찬秋餐의 붓솜씨를 빌려 부채에 그리고 싶다.[92]

> '구름 일어 봄 하늘이 어두컴컴해도/ 높은 곳의 꽃봉오리는 볼수록 많구나[雲起春天黑, 高花望更多]'는 정조廷藻 이가환李家煥의 시이다. 정취가 한가롭고 담박하며 정신이 명랑하니 많이 얻을 수 없는 작품이다.[93]

기사는 버클리대학 소장본에서 인용하였는데 중앙도서관본에는 이가환李家煥이 "어떤 사람인지 알 수 없는 인물이다"라고 썼고, 윤증약尹曾若을 "어떤 친구[有友生]"로, 추찬(秋餐, 李喜英)을 "겸재(謙齋, 鄭敾)와 현재(玄齋, 沈師正)[謙玄]"로 바꿨다. 신유박해 이후 역적으로 처형되었기에 기휘하여 기사에 변화가 크다.

윤증약은 윤가기尹可基로 백탑파白塔派 동인이고, 이가환은 동시대 저명한 학자이자 문인이다. 인용한 작품은 다른 문헌에는 전하지 않는다. 감각적이고 산뜻한 표현에서 상투적 냄새가 없이 강한 개성을 보인다. 작가의 흔한 정보를 제시하지 않고 오로지 작품만으로 평가하였다. 작가와 작품의 비평은 독자가 충분히 공감할 만하다. 이처럼 『청비록』에서 인용한 작품과 비평은 수준이 높다.

『청비록』은 다원주의, 국제주의, 개성주의의 세 가지 특징이 있다. 먼저 다원주의는 작가와 작품을 뽑고 평한 기본 태도로 권2의 유평국(劉平國, 劉宰) 조에서 분명히 밝혔다. '시만 보고 선택하고 관직으로 선택하지 말라!/ 시만 논하고 사람됨일랑 논하지 말라![選詩非選官, 論詩非論人]'를 인용하고 "나는 일찍이 이 시의 공평함에 감동하여 늘 기녀와 방류旁流, 승려, 어린아이 및 외국 시인의 시를 드러내고 칭송하였다. 다만 쉽게 얻을 수 없어서 안타까웠다. 난을 일으키거나 올바르지 못한 자라도 문장이 감동을 주면 작품을 수록하였다"[94]라고 하였다.

이 말은 『청비록』에 그대로 반영되었다. 기녀를 포함한 여성 시인도 다양하게 소개하여 어떤 시화보다도 풍부하고, 신분이 낮은 천민이나 여항인, 서얼庶孼 시인을 다채롭게 소개하였다. 아동 시인과 이름이 밝혀지지 않은 이들까지 다뤘다.

다음에는 국제주의이다. 『청비록』 기사에서 3분의 2 정도가 국제주의와 관련이 있다. 외국 시인을 다수 다뤄 중국, 일본, 베트남, 몽골, 금나라 시인을 다뤘다. 일본 시에는 특별한 관심을 기울였다. '일본 『난정집蘭亭

集』', 기 히로야스木弘恭의 시를 자세하게 소개한 '겸가당蒹葭堂', 일본 시의 초기 역사를 소개한 '왜시倭詩의 시초', 일본 시선집을 다룬 '『청령국시선蜻蛉國詩選』' 등의 기사가 있다.

국제주의는 『청비록』의 뚜렷한 특징으로 오랫동안 무시해온 일본 문학을 포용하는 개방적 태도를 보였다. 다음은 권1 23칙의 기사 일부이다.

> 아! 조선은 풍속이 편협하고 비루하여 꺼리거나 싫어하는 것이 많다. 문명의 교화를 입은 지는 오래이나 풍류와 문아文雅에서 교만을 떨지 않고 타국을 능멸하지 않는 일본에도 뒤지니 나는 매우 슬퍼한다. 원중거元重擧가 한 말이 참 옳다. "일본 사람은 예로부터 총명하고 뛰어난 사람이 많다. 심간心肝을 토로하여 흉금을 털어 보이며, 시문도 필담도 다 귀중하여 버릴 수 없다. 우리나라 사람은 저들을 오랑캐라 하여 가볍게 여기고 흘낏 한번 보고는 왜곡하거나 헐뜯기를 즐긴다." 나는 일찍이 이 말에 느낀 바가 있어 타국의 시문을 얻으면 항상 지극히 아껴서 마음에 맞는 벗을 만나는 것보다 더 소중하게 여겼다.[95]

원중거의 말을 인용하여 자기 생각을 밝혔다. 적대시하던 일본의 문인과 작품에도 깊은 관심을 기울여 수집하였다. 중국 문학에만 집중해온 구태를 버리고 다양한 외국 문학을 접하려는 태도를 보였다. 『청비록』에는 이처럼 개방적 태도가 뚜렷하다. 이에 따라 베트남 사신과 시를 주고받은 이수광의 연행 행적을 비롯하여 외국인과 교류하고, 외국 문물에 관심을 기울인 다양한 사례를 소개하였다. 또 금나라 『중주집中州集』에서 고려를 읊은 시를 소개하는 등 외국인이 조선의 문물을 다룬 기사도 다수 소개하였다.

역대 작가를 평가할 때도 외국을 직접 다녀오고 교류하는 데 관심을 기울인 이를 높이 평가하였다. 고려 후기에 이제현李齊賢이 원나라 각지를 여행하고 명사와 교류한 행적에 주목하고 그를 천년 이래 명가로 평가하였으며(권2), 조선 중기에 윤근수尹根壽가 명나라를 오가며 명대明代 고문사古文辭에 관심을 표명한 사실을 중시하였으며(권1), 17세기 말엽에 김창협과 김창흡이 중국의 문화를 수용하여 도학과 문장에서 조선의 표준이 되었다고 호평하였다.(권4)

세 번째로는 병세幷世 작가를 존중하고 현대적 감성의 표현을 강조하였다. 이덕무는 복고와 창신의 서로 다른 창작 태도에서 창신 쪽에 기울었다. 『이목구심서』의 연장선상에서 시는 항상 변화를 추구해야 하고, 개성을 표현해야 한다고 생각하였다. 허균과 김창흡이 창신의 시론을 펼친 공로를 높이 평가하였다. 의고주의를 배격하고, 개성을 치열하게 추구하여 독자적 개성을 보인 작가를 호평하였다.

중국 문학의 학습을 주장하여 "중원은 문헌의 숲이다. 외국에서 나서 중원을 깊이 좋아하지 않으면 문장의 호걸임을 자부해도 끝에 가서는 고루하고 과문하게 될 뿐이다"[96]라고 하여 중국 문학의 학습을 주장했으나 그 방향은 여느 비평가와 달랐다. 이전처럼 두보나 이백, 소식이나 황정견을 학습의 대상으로 설정하지 않았다. 권1 34칙의 '치천담예穉川談藝' 기사에는 자신의 「시를 논하다[論詩]」를 수록하였다.

한 평상에 자며 각자 딴 꿈을 꿔도 괜찮으니	各夢無干共一床
우리는 두보 이백 아니고, 지금은 당나라가 아니지	人非甫白代非唐
나의 시는 내 얼굴과 똑같다고 자부하나니	吾詩自信如吾面
남의 옷을 그대로 걸친 배우는 꼴이 우습네	依様衣冠笑郭郞

남다른 개성을 표현하는 시인이 되어야 한다는 주장을 담은 작품이다. 눈에 뜨이는 대목은 두보나 이백이 되지 않고, 당시를 쓰지 않겠다는 소신이다. 두보와 이백, 당시의 위상을 부정하는 표현이 아니다. 저들이 아

무리 훌륭해도 나는 이 시대의 문학, 나만의 개성이 있는 문학을 하겠다는 신념을 밝힌 것이다. 과거의 시에 갇히지 말고 동시대 문인들과 교류하면서 독자적 세계를 열고자 하였다. 권1 43칙 '어양논시漁洋論詩' 기사에서도 자신의 시를 실었다.

바보들은 옛 시를 떠들어대며	痴人談古詩
원명元明의 시를 즐겨 배척하지	喜斥元明代
원명의 시가 어떠냐고 물어보면은	何如是元明
말대꾸 하나 못하고 멍하게 있네	茫然失所對

당시나 송시를 학습의 대상으로 삼은 오랜 전통을 무시하고 어떤 시대 어떤 작가든 배우려는 자세를 중시하였다. 전통과 선입견에 사로잡혀 원시元詩나 명시明詩는 본 적도 없으면서 배척하는 이들을 비꼬고, 당시와 송시의 학습 논쟁을 벗어나 역대의 모든 시를 학습하라고 권유하였다.[97]

더 나아가 당대 외국의 문인과 교류하고 당대 문학을 수용하고자 하였다. 『청비록』에는 당시와 송시를 다룬 기사는 거의 없고, 청나라 시를 논한 기사는 177칙 가운데 28칙에 이른다. 고루한 전통, 낡은 사유와 결별하고 동시대 외국 문인과 교류하면서 현대적이고 참신한 창작을 시도한 획기적 시화이다.

당대 외국문인과 소통하려는 이덕무의 노력은 헛되지 않아 『청비록』은 당대 청나라 저명 문인인 이조원李調元에 의해 『속함해續函海』란 총서에 편입되어 출간되었다. 또 일본에도 곧바로 전파되어 저들 문인에게 언급되기에 이르렀다.[98] 에도 후기의 저명한 유학자이자 시인인 니시지마 란게이(西島蘭溪, 1780~1852)는 『폐추시화弊帚詩話』를 저술하였는데 그 「부록」에서 『청비록』을 언급하였다. 그는 앞서 소개한 일본 시인을 호평한 글을 읽고서 평을 남겨 "이 두 구절을 보니 삼한三韓 사람이 우리나라 일본 사람에게 탄복한 정도가 대단하다고 하겠다. 고난정高蘭亭·갈자금葛子琴 같은 이는 평범할 뿐이니 저자가 현재의 여러 뛰어난 문인을 본다면 또 분명히 탄복할 텐데 다만 기 히로야스木弘恭 같은 고아하고 풍류 있는 인물이 없음은 유감이다."[99]라고 하였다. 이덕무의 일본 시인 호평을 과도하게 받아들인 점이 있다. 그러나 조선과 일본 문인 사이에 시대의 큰 격차 없이 시화가 빨리 교류된 것은 『청비록』의 중요한 가치의 하나이다.

5. 이엽의 메타비평 시화 『시림쇄언』

18세기 후기에는 『시림쇄언詩林瑣言』이란 독특한 시화가 나왔다. 이엽(李燁, 1729~1788)이 지었고, 25칙의 시론으로 구성되었다. 이엽은 전라도 광주 출신으로 49세에 문과에 급제하였으나 강령 현감을 짧게 지내고 낙향하였다. 저명한 학자인 황윤석黃胤錫과 서울에서 함께 숙식하며 지낼 만큼 절친한 사이였다. 「일본부日本賦」와 「괴석부怪石賦」에서는 외국과 취미의 문제를, 「의진언擬進言」과 「반계수록변증磻溪隧錄辨證」에서는 정치와 국방의 문제를 논하였다. 1960년에 석인본으로 간행한 『농은집農隱集』이 그의 문집이다.

문학과 비평에 관심이 깊어 황윤석 등과 주고받은 편지에는 비평이 핵심 주제로 들어 있다. 황윤석도 시를 논한 문장이 많아 『이재난고頤齋亂稿』에는 시화로 볼 만한 기사가 많다. 『역대운어歷代韻語』는 시화로 추정되나 현재 전하지 않는다. 『농은집』 권4에 『시림쇄언』과 함께 실린 『영언零言』에는 13칙 중 시를 논한 기사가 3칙이 실려 있는데 흥미로운 시론이 보인다.

『시림쇄언』은 시론 위주의 시화이다. 『지봉유설』과 『청창연담』, 『농암잡지』의 시론과 시평을 비판하거나 긍정하면서 자신의 시론을 펼친 일종의 메타비평이다. 『청창연담』은 "의론이 올바름에 가까워 체험하기에 가장 적합하다"[100]라고 호평하였고, 『지봉유설』은 "이수광의 시를 보는 안목이 이처럼 편파적이니 애석하다"[101]라고 비판의 날을 세웠다.

이엽은 신흠이나 이수광이 시의 범위를 너무 좁게 설정했다고 보고 폭넓고 다양하게 확장하자고 하였다. "맑음[淸]이 시의 본색"이라는 신흠의 시론을 편협하게 여겼다. 표현, 형식, 성률, 성색聲色 등 수사 위주의 시론을 시를 보는 좁은 안목이라고 비판하고서 인간사와 자연을 두루 포괄하는 시의 본래 세계를 회복해야 한다고 하였다. 이에 따라 수사와 표현의 가치를 편애하여 이치와 의논議論의 가치를 낮게 보는 시각을 비판하였다. 수사와 표현도 가치가 있으나 의논과 이치가 더 근본 가치라는 주장이었다.

『영언』 2칙과 〈황윤석에게 답하여 시학을 논한다[答黃永叟論詩學]〉에서 이 주제를 두고 황윤석과 토론하였다. 편지에서 이엽은 "시의 구상과 시어 구사가 이른바 의논이다. 시로서 의논이 없다면 이는 희노의 감정과 시비의 분별이 없는 것이다. 긴요하지 않은 가벼운 구기口氣에 불과하니 시라 할 수 있으며, 세교世敎에 보탬이 되겠는가?"[102]라고 하여 의논을 중시하였다. 주제의 구상과 시어의 구사까지 포함한 개념으로 의논을 넓게 이해하였다. 이는 합당한 논리이다.

그의 시각은 『지봉유설』 시론에 대한 메타비평과도 연결된다. 이수광은 시어를 중첩하여 쓰거나, 남의 시구와 시어를 본뜨고 표절한 시를 엄격하게 따져 평가절하하였다. 이엽은 수사적 결함을 들춰내는 비평 경향을 못마땅해 하며 "지봉은 옛사람 시구의 결점을 들춰내어 남김없이 자주 언급하니 그 마음이 너무 고생스럽다"[103]라며 비판하였다.

다음으로 이엽은 특정한 시대의 특정한 작가와 풍격을 우위에 둔 시평을 비판하였다.[104] 시풍의 변화원리를 추적하여 시대의 추이에 따라 시는 변화한다는 역사적 관점으로 시사를 이해하였다. 『시림쇄언』 6칙에서 당시에서 송시로, 송시에서 명시로 변화하게 된 동기와 과정을 설명하면서 이렇게 주장하였다.

> 시 풍격의 높고 낮음은 고금 기수氣數의 점진적 쇠퇴와 관련되기도 하고, 당시 유행의 변화에 영향을 받기도 한다. 말류의 폐단을 고치려고

하여 하나라의 정성스러움, 은나라의 질박함, 주나라의 화려함이 번갈아 유행하며 점차 변화한 것과 같다. 시를 배우는 이는 이 점을 살펴야 한다.[105]

당시에 폐해가 나타나 이를 극복하는 과정에서 송시가 출현하였고, 송시에 폐해가 나타나 이를 극복하는 과정에서 명시가 나왔다는 논리이다. 당시 내에서도 성당에서 중당으로, 중당에서 만당으로 변화한 계기도 같다. 문학이란 "오래되면 익숙해지고, 익숙해지면 싫증을 내는 것이 인간의 심리이기에"[106] 하나의 경향이 장기간 지속되면 자연스럽게 다른 경향이 새로 등장하여 유행한다. "시대를 논하지 않고 작품만 가지고 작가의 재능과 능력의 우열을 평가하는 자는 작품의 형식에 사로잡혀 시대 기운의 변화를 모르는 사람이다"[107]라고 하였다. 작가의 평가에는 시대의 변화, 나아가 시사 변화를 이해하여야 한다고 보았다. 그러니 특정한 시대와 특정한 작가, 특정한 시풍을 고집하고 숭상하는 자세는 공정하지 않다. 합리적인 시각에서 나온 주장이다. 이엽은 외가와 처가로 연결된 동향 선배인 이웅징李熊徵의 개방적이고 열린 태도에 영향을 받아 더 정치하게 주장하였다.

세 번째로 시사를 보는 관점을 작가평가에 구체적으로 적용하였다. 중요한 사례가 이규보의 시세계를 어떻게 평가할 것인가 논한 22칙의 기사이다. 이규보의 평가는 17세기 이후 시화사에서 예민한 주제로 부상하여 비평가가 어떤 시각을 지니는지 뚜렷하게 드러내는 주제이다.

선조 때의 문인 최립은 이규보와 이색을 비교하여 이색을 동국의 문종文宗으로 추켜세웠다.[108] 시문의 법도를 중시한 최립의 창작 경향으로 볼 때 나올 법한 주장이다. 남용익이 『기아箕雅』에서 이규보를 동국 문장의 우두머리[109]라고 평하였고, 김창협은 『농암잡지』에서 이 평가를 뒤집으면서 논쟁이 본격화하였다. 다음은 김창협의 말이다. -

이규보는 학식이 비루하고 기상이 용렬하며, 격조는 낮고 잡되며, 말과 뜻은 번쇄하고 열다. 고시와 율시, 절구 수천, 수백 편은 한 마디, 한 어구도 청명하고 시원하며 고고하고 광활한 경계를 읊은 것이 없다. 남이 말한 적이 없는 시구라고 자부하며 좋아한 그의 작품은 어느 것이나 서응徐凝의 추악한 시에 불과하다. 참으로 엄우嚴羽가 말한 열등한 시마詩魔가 폐부까지 들어간 자라 하겠다.[110]

청신한 시풍을 좋아하는 김창협은 이규보를 지나치게 악평하였다. 이 평가는 이후 큰 논쟁을 불러일으켰다. 김창협의 문하생은 대부분 찬성하는 편에 섰다. 김춘택은 고려의 시에는 이규보 시를 제외하면 선택할 만한 작품이 많다고까지 하였다. 반대로 남극관은 저들의 견해를 혹독하게 비판하고 이규보를 뛰어난 작가로 호평하였다. 이엽은 김창협의 견해를 소개하고서 이렇게 주장하였다.

이규보의 시문은 간명하고 심오하며, 굉장하고 깊으니 힘써 청신함을 추구하는 작품을 선호한 김창협과는 당연히 합치되지 않는다. 일찍이 이규보의 전집을 보았더니 시문의 체격이 아직 완비되지 않았다. 그의 시대는 문헌이 처음 발생하여 아직 문학이 조화롭게 발전한 상태에 이르지 않았다. 이규보는 천재성이 뛰어나고, 노력을 많이 기울여 침울沈鬱하고 노성하며, 호탕하고 웅장하여 말세의 들뜨고 옅은 자들이 따라잡을 수준이 아니었다. 참으로 "나는 선배를 따르겠다"라는 공자의 말씀과 같다. 이제 김창협이 한 마디로 단정해서 서응의 추악한 시와 열등한 시마에 비유하고 조금도 용서함이 없었다. 옛사람을 두텁게 대하는 도리를 해치지 않을까?[111]

김창협의 이규보 비판은 지나친 면이 있었다. 이엽은 고려 시단의 상황을 고려하여 평가하며 그 비판에 동의하지 않았다. 시대의 추이를 고려한 역사주의적 비평을 적용하였다. 그의 이규보 평가는 남용익과 남극관에 접근하였는데 역사주의적 관점을 토대로 평가했다는 점에서 가치가 있다.

6. 노론계 문인의 시화 5종

18세기 후기에는 시론과 시평의 측면에서 우수한 시화가 다수 출현하였고, 그 밖에 흥미를 돋우는 일화성 시화도 다수 나왔다. 필기에 포함된 시화는 자연스럽게 일화의 성격이 강하였다. 필기는 저자의 당파성에 영향을 받기 쉬워 자연히 당파의 차이가 시화 내용의 차이를 가져왔다. 노론과 남인·소북 당파의 문인이 필기의 편찬에 적극적이었다.

이 시기 시화에서는 동시대 작가의 시평과 일화를 적바림하는 경향이 두드러졌다. 이덕무는 『청비록』에서 동시대 문인을 적극적으로 소개하여 병세幷世 시화로 볼 수 있는데 그 경향이 다른 비평가의 시화에서도 두드러졌다. 작가층이 두터워졌고, 다양한 신분에서 남다른 개성을 지닌 시인이 많이 등장하여 시화의 소재가 풍부해진 점도 영향을 미쳤다. 17세기 후기와 18세기 전기에는 홍만종과 남용익, 홍중인 등이 고대에서 당대까지 작가를 통시적으로 연구하고 정리하였다. 과거 문학의 정리를 바탕으로 이제는 당대의 풍성해진 작가에 더 큰 관심을 기울였다. 노론 당파의 시화를 먼저 살펴보고, 이어서 남인과 소북 당파의 시화를 살펴본다.

구수훈의 희작 시화 『이순록』

구수훈(具樹勳, 1685~1757)은 70여 세를 넘긴 1756년 전후한 시기에 『이순록二旬錄』을 저술하였다. 구수훈의 자字는 여상汝尙으로 무인이다. 무과에 급제하여 포도대장, 각도 절제사와 통제사 등 고위직을 역임하였다. 외손

김강金鋼의 문집 『파서사고芭棲私藁』 「제이순록후題二旬錄後」에서는 창작 시기와 과정을 밝혔다. 저자가 벼슬에서 물러나 70여세로 병들어 지낼 때 병을 조리하는 여가에 심심풀이로 평생 견문한 이야기를 생각나는 대로 구술하면 자제들이 듣고서 필사하였다. 수십 일 사이에 책을 완성하고 『이순록』이라 명명했다고 하였다.

『이순록』은 2권 1책 249칙의 기사로 구성되었다. 간행되지 않은 채 사본이 몇 종 남아 있다. 『대동패림』과 『패림』, 장서각에 소장된 『야승野乘』 등 야사 총서에 수록되었고, 단행본으로 일본 아가와문고[阿川文庫]에 소장된 사본이 있다. 시화 총집 『양파담원』에는 20칙, 『청운잡총』에는 16칙이 초록되어 있다. 『양파담원』의 맨 끝에 실린 이광적李光迪과 최석정崔錫鼎의 기사는 현존 『이순록』에는 나오지 않는다.[112] 보고사에서 표점본이 간행되었다.

『이순록』 249칙은 야사와 일화, 야담으로 구성되었고, 시화는 31칙이 수록되었다. 저술 전체가 흥미 위주 이야기이고, 시화도 흥미를 추구한 기사가 다수이다. 사적으로 큰 비중을 지닌 시인을 다루지 않았다. 노론의 시각을 드러내 김창흡이 여러 번 나오고, 유배를 떠나는 송시열을 비꼰 남인 문사 이서우李瑞雨의 시를 인용하고 비판하였다. 재담 기사와 재치와 재능을 과시한 연구聯句 놀이 및 육담풍월肉談風月을 많이 다뤘다. 또 귀신이 지은 시와 천재 시인의 요절을 예측한 기사가 여럿이다. 문학성보다는 흥미성에 치우쳤음을 단번에 알 수 있다.

다음은 물고기 이름을 이용하여 지은 무인의 희작시를 다룬 기사이다.

> 늙은 무인이 제자를 이끌고 산사에서 활쏘기를 가르쳤다. 그때 유생 다섯 명도 산사에서 공부하였다. 학업은 달랐으나 자연스레 친하게 되었다. 하루는 유생이 복어 몇 마리를 얻어서 국을 끓였는데 국은 적고 사람은 많아서 나눠 먹기가 힘들었다. 유생이 "시를 먼저 짓되 구절마다

물고기 두 마리를 넣어야 국을 먹도록 하자"라고 하였다. 궁사弓師가 "무사에게도 허락하겠는가?" 묻자 유생이 "문사와 무사를 따질 게 뭔가?" 답하니 궁사가 즉시 이렇게 시를 지었다.

한문에도 서툴고 작문에도 어눌하며	踈於文字訥於辭
이름 석 자 겨우 쓸 뿐 도는 아직 모르네	粗記姓名道未知
서울에 집 있어도 즐거움이 없는지라	家在長安無樂地
연못 반쪽이 기울어도 고칠 생각 전혀 없네	半塘傾仄不謀治

유생들이 붓을 내려놓으니 궁사 혼자서 복국을 먹었다.[113]

인용한 시는 그대로 읽어도 훌륭하나 가만히 읽어보면 한 구절에 물고기 이름이 두 개씩 들어가 있다. 송어[踈於], 눌어訥於, 조기粗記, 도미道未, 가재家在, 낙지樂地, 반당半塘어, 모치謀治라는 한글 물고기 이름을 이용한 언문풍월諺文風月이다. 재치를 부린 시로 독자를 즐겁게 한다. 18세기 시화에는 어희語戲를 활용한 희작시가 시화에 자주 등장하였다. 유경종의 『파적破寂』에 희작시가 풍부하게 수록되었는데 위 시도 실려 있다. 또 다음은 몰풍류沒風流한 시회 풍경을 비꼰 한벽루풍월寒碧樓風月의 기사이다.

충청도 공도회公道會에서 청풍淸風을 시소試所로 정하니 많은 선비가 모여들었다. 의심을 잘하는 손들이 한벽루寒碧樓에 올라 보니 빼어난 경치가 시흥을 북돋아 시를 읊어 풍경을 그리고 싶었다. 다만 평생 익힌 것이 의심뿐이라 시를 지을 줄 몰라서 어쩔 줄을 모르다가 마침내 행문체行文體로 연구聯句를 흉내 내었다. 한 사람이 먼저 "아! 한벽루여!"라고 하자 두 번째 사람이 이어서 "대저 풍경이 좋도다!"라고 하였다. 세 번째 사람이 한참을 끙끙거리다가 "이로 말미암아 보건대"라고 하자

마지막 사람이 낙구落句를 완성했는데 "삼가 맑은 강물을 마주했도다!" 라고 하였다. 사연을 듣고 사람들이 몹시 비웃으며 한벽루풍월이라 하였다.[114]

감흥이 없는 수준 이하의 시를 짓는 이를 희화화하였다. 육담풍월과는 성격이 다른 희작이다. 18세기 이후 시화에는 이처럼 육담풍월과 몰풍류한 시를 다룬 기사가 심심찮게 등장하였는데 『이순록』에서는 대세를 이루고 있다. 육담풍월이 이렇게 시화에 크게 침투한 배경에는 박두세(朴斗世, 1650~1733)의 『요로원야화기要路院夜話記』가 영향을 끼쳤다. 육담풍월의 전형적 작품이 인기를 끌면서 시화 편찬자도 으레 몇 편씩 수록하였다. 『섬천만필蟾泉謾筆』에서는 언문과 한문을 섞어 쓴 해학적 희작시를 '요로원희답례要路院戱答例'라는 이름으로 수록하였다. 문예미를 감상하는 시화에서 시를 포함한 흥미로운 이야기 소재로 화제가 옮겨가는 야담화野談化 현상이 등장하였다. 『이순록』은 야담화하는 조선 후기 시화의 변화를 앞서서 보여주었다.

편자 미상의 사대부 시인 일화 기사 『좌계부담』

『좌계부담左溪裒談』 3권은 광해군 말엽부터 영조 후반기까지 150년 동안 활동한 사대부의 일화와 시화를 적바림한 필기이다. 212칙의 기사 가운데 시화는 63칙에 이른다. 3권 후반부에는 여성의 행적과 시화를 다룬 〈부인사적婦人事蹟〉 기사 20칙을 실었는데 시화는 3칙이다.

3권 3책의 사본이 국립중앙도서관에 소장되어 있는데 표제는 『동계부담東谿裒譚』이고, 내제는 『좌계부담』이다. 7종의 이본 가운데 선본으로 권마다 세부 목록을 갖췄다. 2013년 이관성 등이 번역하여 문진에서 출간하였다.

이 필기의 저자는 미상이다. 김재화(金在華, 1768~1841)의 『번천만록樊川漫錄』에 신돈복(辛敦復, 1692~1779)을 저자로 표기하였다. 생존연대와 노론 당파의 시각 등에서 그럴 법하나 의문점이 많아 미상으로 둔다.[115] 적지 않게 유통되어 이본이 7종에 이르고, 시화 총집 『양파담원』에는 22칙, 『청운잡총』에는 17칙을 『좌해부담左海裒談』이라는 이름으로 초록하였다. 『자산차록초茨山箚錄鈔』 등 여러 시화에 초록되었다.

『좌계부담』은 사대부의 일화를 편년별로 서술하되 정치적으로나 문학적으로나 중요한 인물 위주로 다뤘다. 여항인은 홍세태만을 다루고 나머지는 사대부이다. 노론과 소론에는 우호적이고 남인에는 비판적이었다. 명사의 단점을 장점과 함께 드러냈다. 남의 저작에서 초록하지 않고 자신의 문체로 주관을 담아 서술하여 새로운 내용의 기사가 많다. 권3은 영조 시기 사대부 행적을 서술하여 병세인幷世人에 주목한 『병세재언록』과 유사하다.

상권 14칙에서는 연산군의 제사를 받든 이안눌李安訥의 가계를 자세하게 서술하였고, 권필을 애도한 많은 시를 찾아서 밝혀 놓았다. 중권 38화에서는 숙종조에 남인 5문장으로 권유權愈와 유명천柳命天, 권대재權大載, 유명현柳命賢, 이서우李瑞雨를 꼽아 놓았고, 50칙에서는 김창흡의 『삼연집』에 명작이 다수 빠진 단점을 지적하였다. 영조 시대의 제일가는 시인이라는 이병연은 권3 28칙과 51칙에서 다뤘다. 다음은 「사천 이병연과 함께 시를 잘 지었다[與李槎川皆能詩]」의 표제를 단 28칙이다.

> 김시민金時敏은 동포東圃란 자호自號를 썼다. 시 짓기에 고질병이 있어서 경구를 많이 지으니 사람들이 외워 전하였다. 이병연의 자는 일원一源으로 시인으로서 김시민과 이름을 나란히 하였다. 이병연이 삼척부사에 제수되어 부임할 때 김시민이 배웅하며 '천하에 유명한 삼척군이요/ 세간에는 적수가 없는 일원의 시라네'라는 시를 지었다. 판서 윤양

래尹陽來가 "'천하'와 '세간'은 '예로부터[從古]'와 '지금에는[卽今]'으로 고쳐야 좋다"라고 하였다. 이현상李顯相이 한 번은 이렇게 말했다. "일원은 절름발이라서 한평생 문밖을 나서지 않았다. 늘 더러운 곳에 처박혀 있으니 무슨 수로 시상이 맑고 새롭겠는가? 시어를 중첩하여 구사하고 시상을 겹겹이 구성하여 볼 게 없는 듯하다. '가을 되어 온화하기가 오늘 같은 날이 없었고/ 늙어서 소요할 만한 이런 강이 있네'라는 안중관安重觀의 시구와 '백발이니 벼슬을 그만두어야 옳고/ 노란 국화 피니 술을 안 마시면 그르다'라는 김시민의 시어는 정말 사랑스럽다. 사천의 시집 원고에는 근래 이와 같은 작품이 없는 듯하다."

사천은 몹시 노쇠했을 때도 창작을 멈추지 않았다. 자기와 어울린 사람이 열에 여덟아홉은 죽고 단지 김시민만이 남았으나 시를 논하며 봐주지 않으니 사천이 몹시 괴로워하였다. 사천은 이병연의 별호이고 이상현의 별호는 적안赤岸인데 이현상도 시로 세상에 이름이 있었다.[116]

김시민을 이병연과 함께 다뤘다. 이병연의 소전小傳을 기록한 『병세재언록』 기사와 비교하면 이병연의 독특한 경력과 개성이 드러난다. 일반 문헌에서는 보기 드문 참신한 내용이 많다. 『좌계부담』은 독특한 견문과 시각으로 동시대 시인의 행적과 시문을 기록하였다.

심재의 18세기 시인 기사록 『송천필담』

『송천필담松泉筆譚』은 120칙 어름의 시화를 수록한 18세기 후기의 우수한 필기이다. 저자 심재(沈鋅, 1722~1784)는 한양에 거주한 노론 문사로 자는 여장汝章, 호는 송천松泉이다. 1765년 진사에 급제하였으나 관직에 나가지는 않았다. 도암陶菴 이재(李縡, 1680~1746)에게 배웠고, 노년에 함경도에서 유배 생활을 하였다. 이 필기 외에 다른 저술은 전하지 않는다.

이 필기는 규장각과 장서각, 고려대학교 도서관에 필사본 완질이 소장되어 있다. 국립도서관에는 『동언東諺』이란 이름의 초록 1책이 소장되어 있는데 시화 위주로 뽑은 책이다. 규장각본은 4권 4책, 장서각본은 8권 8책이다. 신익철 등이 여러 사본을 교감하여 역주한 책을 2009년에 보고사에서 출간하였다.

『송천필담』은 1781년 이후 완성된 듯하다. 전체 기사 837칙중 시화는 대략 120칙이다. 자서自序와 범례에서 책을 읽으며 관심을 둔 주제의 글을 초록하고, 견문한 사실을 함께 적었다고 저술 동기를 밝혔다. 주제는 다양하여 명사의 일화, 역사, 풍속, 학술, 문화 등에 넓게 걸쳐 있다. 도곡 이의현과 서암 신정하의 필기 등 노론 지식인이 쓴 저술에서 많이 초록하였다.

저자는 여유롭고 품격있게 살아가는 삶을 다룬 청언淸言과 시화에 관심이 많아서 조선 중기 이후 시화와 필기에서 기사를 다수 초록하였다. 정두경의 시설詩說, 허균과 이식의 시문론을 소개한 기사는 드물게 시론에 속하고, 다수의 기사는 시인의 일화이다. 시평의 성격도 그다지 많지 않다.

4권에서 776칙부터 812칙까지 수십 칙에 이르는 시화를 한데 모아서 수록하였다. 17·18세기의 시인을 소개하되 직접 겪은 경험을 적었다. 다음은 집안 할아버지인 심약로(沈若魯, 1679~?)의 시를 다룬 기사이다.

> 월관옹月觀翁 심약로沈若魯가 담장 건너 집에 와서 살았다. 나는 아이 적에 날마다 뒤좇아 놀면서 시를 여쭤보았다. 때때로 시인들이 자리에 가득한 것을 보았는데 월관옹이 「강에 살다」의 '하늘은 부서진 지붕 틈바구니로 보이고/ 강물은 성근 울타리 터진 구멍으로 환하네'라는 어떤 사람의 시 한 구절을 읊고 난 뒤 경물의 묘사가 공교롭기는 하지만 곤궁하고 가난하게 살 수밖에 없다고 평하였다. 또 영보정永保亭을 읊은 '강산은 오래도록 시를 짓지 못하는 주인에게 맡겨졌고/ 물고기는 세

력 있는 집안으로 다 실려 가네'라는 어떤 사람의 시구를 읊고서는 혼연하고 도타운 멋이 전혀 없으니 어떻게 삶을 좋게 마무리하겠느냐고 말하였다. 다들 말없이 받아들였으니 참으로 시에서는 기상을 살펴보아야 한다. 자리에 앉은 한 손님이 '말을 타고 옛 강언덕 따라가면서/석양에 물든 가을 강을 바라보노라'라는 시구를 읊고서 이 시는 어떠한가 물었다. 월관옹은 귀를 쫑긋하고 듣더니 "이 사람은 이윤伊尹이나 강태공姜太公의 포부를 가진 사람이나 처지가 불우하여 그 뜻이 시에 드러났네"라고 평하고 거듭 탄식하였다. 손님이 시인의 성명을 말하지 않아 누구의 시인지를 모르니 유감이다.[117]

단구자丹丘子 심약로는 서파庶派 문사로서 1728년 문과에 급제하여 만경 현감, 자인 현령 등을 지냈다. 강백姜栢, 윤치尹治, 박사유朴師游 등 서파 문인과 어울리며 18세기 전반기 초림椒林 문단을 주도하였다. 시를 보는 안목을 호평한 이 기사에는 당시 그를 중심으로 모여든 초림 시인의 궁핍한 생활상과 예민한 감각을 드러냈다. 강가에 사는 시인의 궁핍과 충청도 수영水營에 있는 영보정을 읊으면서 풍자를 실었고, 세 번째 시에서는 불우한 시인의 심경을 표현하였다. 서파 시인의 날카롭고 쓸쓸한 시정詩情의 단면을 증언하였다.

이 기사에 앞서 803칙에서는 심약로와 그 친구 윤치의 작품을 소개하였다. 윤치의 사망 장면에서는 괴괴한 분위기를 생생하게 묘사하였다.

심약로는 윤치와 마음을 알아주는 친구 사이였다. 윤치는 현석강玄石江에 살면서 현포자玄圃子라 호를 지었다. 집이 가난하여 양식이 없었으나 시 읊기를 중단하지 않았다. 찬비爨婢가 와서 "오늘도 불 땔 양식이 없어요"라고 하니 손사래를 쳐 말리며 "너는 입을 다물라. 시가 곧 완성되려 한다"라고 하였다. (중략) 또 심약로에게 다음 시를 부쳤다. '황량한 강가에는 고목의 바람소리 멀리까지 들리고/ 저녁 하늘 서리 기운에 누런 구름 어지럽게 퍼지네/ 갈대밭에 기러기 떼 서로 부를 때/ 서쪽 봉우리에 반달은 반이 잠겨 있네.' 심약로는 시를 보고서 귀신이 하는 말같이 맑고 허허로움을 의아하게 여겨 서둘러 강가의 집으로 달려갔더니 윤치가 벌써 사망한 뒤였다. 시는 영낙없는 절필이었다. 심약로는 윤치가 죽은 뒤 지음이 사라졌다고 여겨 더는 시를 짓지 않았다. 때때로 내게 들렀는데 술을 권하면서 시를 청하면 생각해둔 시를 술김에 휘갈겨 써줬는데 글씨 또한 기이하고 빼어났다. 월관옹이란 호를 썼고, 대소자大笑子라 부르기도 했다. 때때로 시를 쓴 글씨를 펼쳐보면 그 사람이 떠오른다.[118]

창작자의 궁핍한 생활상과 창작의 집념, 절필의 괴괴한 풍경, 그리고 마음을 알아주는 친구를 보낸 외로운 정서를 잘 표현하였다. 심약로는 글씨를 대단히 잘 쓴 서예가이기도 하였다. 불우한 운명의 시인을 동정하는 저자의 필치가 맑다. 영조 시기 시단의 정황과 시인의 활동을 다룬 기사는 내용이 참신하고 문장이 아름답다.

동시대 시인 기사록, 이규상의 『병세재언록』

18세기 명사의 전기를 기록한 『병세재언록幷世才彦錄』에는 「문원록文苑錄」 항목이 있는데 일종의 전편시화이다. 저자의 문집 『일몽고一夢稿』에 포함되어 1935년에 석인본으로 간행한 『한산세고韓山世稿』에 실려 전한다. 『병세재언록』은 3권의 분량으로 『한산세고』 29권~31권에 수록되어 있다. 민족문학사연구소 한문분과에서 1997년 번역 출간하였다.

저자는 이규상(李奎象, 1727~1799)으로 자는 상지像之이고, 호는 일몽거사一夢居士이다. 벼슬하지 않고 서울과 공주에 거주하면서 문필활동을 펼쳤고, 개성이 풍부한 문체로 당대의 사회와 풍속, 인물을 기록하였다. 대표 저작에 『병세재언록』과 『청구지青邱誌』 등이 있다. 노년에 이른 1790년대에 몇 년 동안 저술하여 1797년 무렵에 완성하였다.

『병세재언록』의 서문에서는 동시대 명사의 언행을 기록하는 취지를 말하고 당파가 다른 인물을 소략하게 다룰 수밖에 없는 사정을 안타까워하였다. 병세幷世 명사의 일화와 성취를 자세히 기록하되 노론 중심으로 서술하였고, 여항인도 상세하게 다뤘다. 문체는 독특하고, 글은 난삽하다. 다른 시화에서 보기 힘든 흥미로운 내용이 많고, 문예미를 품평한 수준이 높다.

『병세재언록』은 유림록儒林錄, 고사록高士錄 등 18개 항목으로 분류하였다. 문인을 다룬 「문원록」이 가장 많은 53명의 작가를 다뤘다. 또 「과문록科文錄」에서는 과체시科體詩를 잘 지은 문인 9명을 다뤘고, 「규수록閨秀錄」에서는 여성문학가인 임윤지당任允摯堂과 곽씨郭氏를 다뤘다.

이 저술은 시인의 인상적 행적과 작품성을 요약한 시인소전형詩人小傳型이자 동시대 작가의 기록에 집중한 병세시화幷世詩話이다. 18세기 조선 시단의 개성적 시인을 예리하게 포착하여 그 특징을 기록하였다. 시인의 비중과 파악한 정보의 양에 따라 편차가 크다. 비중이 큰 작가는 자세하게 일화와 시를 소개하고 품평하였다.

53명의 문인은 큰 명성을 얻은 사대부부터 서파 시인, 여항인, 지방 아전 등으로 다채롭고, 사대부는 당파를 공평하게 다루려고 애썼다. 이미李瀰와 권헌權攇, 노긍盧兢, 이양천李亮天, 이사중李思重, 이규식李奎軾, 심낙수沈樂洙, 심환지沈煥之, 이태석李泰錫, 이훤李烜, 홍계우洪啓祐, 이명계李命啓, 이진李璡, 안시진安時進, 이재운李載運 등 흔히 보기 힘든 문인들까지 다뤘다. 18세기의 주요 작가는 물론 잊힌 작가까지 다수 포괄하였다. 다음은 이병연李秉淵을 기록한 기사이다.

사천槎川 이병연李秉淵은 자가 일원一源이다. 벼슬은 음직으로 우윤右尹을 지냈고, 80세를 넘게 살았다. 키가 큰데다 수염이 멋지고, 용모가 둥실하고 훤칠하여 가볍고 재바른 보통 시인의 용모와는 달랐다. 천성에서 우러나온 시는 근량斤量이 무겁고, 시어의 조직이 기이하고 우뚝하여 선조인 목은 이색의 음조를 잘 계승하였다. 조선에서 시의 거장으로 소재 노수신, 지천 황정욱, 호음 정사룡, 간이 최립, 삼연 김창흡 등을 대가로 꼽는데 삼연 이후로는 사천 한 사람뿐이다. 명성이 당시에 넘쳐흘러서 어린아이나 종조차도 누구나 '이삼척李三陟'의 시를 말했으니 삼척은 사천이 고을살이한 곳이다. 다음 시구를 지었다.

'해질 무렵 말 세우니 고려 서울인데/ 흐르는 물소리에 오백 년이 잠겼구나!'
'골이 깊어 철쭉은 큰 나무 많고/ 굴이 묵어 청솔모는 털이 길구나!'
'나무 무성한 강 언덕에 바람 서늘하고/ 배를 맨 바위에는 썰물의 흔적/ 미투리 꿰어 신고 누대 찾아가렸더니/ 말이 남을 따라 마을로 들어서네'
'노새가 비벼대자 꽃잎이 떨어지고/ 연못을 굽어보니 두건이 기우네'

이들은 모두 빼어난 경구警句이다. 누가 "어른께서는 어째 그리 시를 잘 지으십니까?" 물었더니 "많이 지어본 까닭에 잘 짓지"라고 웃으며 답했다. 별다른 일이 없으면 새벽에 율시 여러 수를 지었다. 1만 3천 수가 넘는 시를 지었으나 선집 한 권만이 간행되었다. 한양의 백악 아래에 살았으니 바로 북동北洞이다. 북동에는 시와 그림에 뛰어난 분이 많이 살았는데 시는 사천을 종장宗匠으로 삼았다. 그 밑으로 '팔표기八驃騎'가 늘어섰으니 영춘현감 남숙관南肅寬, 신계新溪 현감 김이곤金履坤, 도사都事 김시민金時敏 등이다. 원고는 참판 황승원黃昇源이 오래도록 빌려가 돌려주지 않았다. 손부孫婦 승지 이현영李顯永의 부인이 채근해 찾아다가 집에 보관하였다. 병진년(1796)에 경상도 관찰사 이태영李泰永이 판각한다며 그 문집을 경상도 감영으로 가지고 갔다고 한다.[119]

이병연李秉淵의 용모에서 일화, 사후의 문집 상황까지 생생하게 서술하였다. 작가의 특별한 개성 한두 가지를 꼭 제시하는 서술법은 다른 작가에게도 똑같이 적용하였다. 종래의 시화에 견줘 작가의 개성을 인상적으로 제시하였다. 작가 중심의 품평을 전개한 시인소전형 병세시화로서 18세기 조선 시단의 개성 넘치는 시인을 홍미롭게 보고하였다.

이동윤의 필기 시화 『박소촌화』

『박소촌화樸素村話』는 600여 칙의 기사를 수록한 필기로 그 안에는 시화 30여 칙이 들어 있다. 저자는 이동윤(李東允, 1727~1809)으로 자는 군집君執이고, 호는 민재敏齋이다. 본관은 전주로 충청도 덕산德山에 거주한 노론 사대부였다. 관직에는 나가지 않았고, 송시열宋時烈과 한원진韓元震으로 이어진 호론湖論을 따른 문인이었다.[120] 이 책은 간행되지 않고 사본으로 유통되었다. 규장각과 버클리대, 연세대, 임형택 등이 사본을 소장하고 있다. 3책의 규장각본이 선본이다. 당시 사대부의 행적과 일화, 조정의 동향, 민간의 야담과 풍속, 문사의 시문과 사상 등 기호지방 사대부의 관심사를 홍미롭게 반영한 빼어난 필기이다.

시화에서도 호론 계열의 사대부이자 내포 지방 문사로서 정체성을 반영하였다. 호론과 낙론으로 나뉘어 갈등을 겪은 이재李縡와 한원진, 그 문하생의 시를 주로 소개하였다. 홍성 출신의 시인 이달李達의 거주지와 신분을 명확하게 밝힌 기사가 홍미롭다. 삼당파 시인으로 유명한 이달이 홍성에 거주한 안평安平 이씨의 얼자孼子로서 홍주부洪州府 기생 소생이며, 월산月山 아래 한곡리閑谷里에 살았음을 밝혔다. 이달의 후손이 본가와 거리를 두고 비천한 출신을 감추려고 영남에 거주한다는 사실도 밝혔다. 동향 사람이 아니면 알기 힘든 행적이다. 또 호연재浩然齋 김씨와 홍계도洪啓道의 딸, 김철근金鐵根의 부인 곽씨 등 동향 여성 시인도 소개하였다. 시론이나 시평은 드물고, 일화가 많다. 다음에 두 칙의 시화를 인용한다.

> 홍세태는 사노私奴다. 문장을 잘하여 농암農巖 김창협, 삼연三淵 김창흡과 교유하였다. 아내가 "저런 대감께서 당신을 부르시니 무엇 때문이요?"라고 묻자 홍세태가 "다른 일이 뭐가 있겠소. 내 뱃속에 문장이 들어 있기 때문이지"라고 답했다. 어떤 사람이 벽에 초서로 '서책은 옹기 안에 뒤엉켜 있고/ 신발 지팡이는 닭과 개 옆에 흩어져 있네[圖書錯落甕盆裏, 屨杖散在雞犬傍]'라는 시구를 썼다. 보던 이가 "홍세태의 시로구나"라고 하였다. (후략) 【원주: 홍세태가 노비 신분을 벗고 양인(良人)이 되어 돌아와서는 '돌아가는 기러기는 드넓은 창공에서 득의양양하고/ 누웠던 버들은 뿌리가 흔들리니 생기가 도네[歸鴻得意天空闊, 臥柳生心根動搖]'를 지었다. 농암을 보고서는 "소인의 시가 이달의 시와 견주어 어떻습니까?"라고 묻자 농암은 한참 있다가 "'봄바람에 소쩍새는 넋이 괴롭고/ 석양에 노산군의 왕릉은 스산하네[東風蜀魄苦, 西日魯陵寒]'라는 이달의 시를 자네가 짓지는 못할 걸세"라고 대답하였다. 그래도 두 분은 홍세태와 시문을 주고받으면서 홍도장(洪道長)이라 불러 예우하였다.】[121]

> 이광려李匡呂는 시인으로 명성이 높았다. 언젠가 술병을 들고 손님 10여 명과 함께 양근楊根의 한강에서 배를 띄우고 놀았다. 한 초동樵童이 강변에 짐을 부리더니 펄쩍 뛰어 배에 올라서는 담배를 꺼내 화롯불에 불을 붙여 피웠다. 손님들이 무례함을 싫어하여 매를 치려 하니 이광려가 만류하였다. 초동이 펄쩍 뛰어 배에서 내리자 이광려가 불렀다. 초동이 "저를 불러 뭐 하시려구요?"라며 가지 않았다. 이광려가 "나는 어른이고 너는 아이다. 어른이 부르면 아이가 말을 들어야지"라고 하니 초동

은 그제야 와서 앞에 섰다. 이광려가 “너는 분명히 문장을 잘하렷다. 운자를 부를 테니 시를 지어보거라!”라고 했다. 초동이 손사래를 치며 “글을 어떻게 지어요? 나무만 할 줄 알아요”라고 하였다. 이광려가 강권하며 차례로 운자를 부르자 초동은 바로 ‘강호의 가을 물결은 쪽빛보다 푸르러/ 두세 마리 해오라기 한결 더 또렷하네!/ 노를 젓는 소리에 새들 모두 날아간 뒤/ 노을 아래 산빛만이 강물 아래 가득하다[江湖秋水碧於藍, 白鳥分明見兩三. 柔櫓一聲飛去盡, 夕陽山色滿空潭]’라는 시를 지었다. 시를 짓고 나서는 바로 펄쩍 뛰어 배를 내려가 땔나무를 짊어지고 나무꾼노래를 부르며 돌아갔다. 아이는 더벅머리에 땟국 절은 얼굴로 당돌하게 사대부 앞에서 담배를 피워 물었다. 그 모습 어디에 글 지을 자질이 나타났기에 한번 보고 척 알아차렸을까? 이광려는 예지력이 있다고 하겠다.[122]

숙종과 영조 때의 여항시인 홍세태洪世泰와 정초부鄭樵夫의 흥미로운 일화이다. 둘 다 노비 신분이었으나 시를 잘 지어 양민이 되었다. 앞의 기사는 노비 신분의 홍세태가 양민이 된 과정을 적었고, 주석에서 이달과 시재를 비교하였다. 홍세태의 삶과 의식을 생생하게 포착한 일화이다.

뒤의 기사에서는 저명한 시인 이광려가 양근 한강에서 뱃놀이하다가 기이한 나무꾼 소년을 만난 일화를 적었다. 소년의 이름은 밝히지 않았으나 양근의 노비 출신 시인으로 유명한 정초부이다. 다른 시화에서는 보기 힘든 일화이다. 이처럼 『박소촌화』는 동시대 시단과 시인의 흥미로운 일화를 전해준다.

7. 윤행임의 여항인 시화 『방시한집』

『방시한집方是閒集』은 사본 1권 1책으로 윤행임(尹行恁, 1762~1801)의 저술이다. 윤행임의 자는 성보聖甫, 호는 석재碩齋 또는 방시한方是閒이다. 1782년 문과에 급제한 뒤 초계문신抄啓文臣에 선발되었고, 도승지 등 고위직을 역임하였다. 정조 사망 이후 1801년 노론 벽파에 의해 죽임을 당하였다. 문집에 『석재고碩齋稿』가 있다.

『방시한집』은 저자가 30세 되던 1792년에 지은 시화로 젊은 시인이 견문한 시단의 생생한 풍경을 기록하였다. 시평과 시론은 드물고 행적과 일화가 중심을 이뤘다. 동시대 여항시인과 사대부 시인을 다룬 65칙의 병세 시화이다. 특히, 중간계층과 하층민의 시에 큰 관심을 쏟아서 여항인 시화로 규정할 수 있다.

여항인 시화로 볼 수 있는 문헌에는 내수사별좌內需司別坐를 지낸 정치鄭致의 『역헌잡기櫟軒雜記』가 있었다. 『소대풍요昭代風謠』 권9의 부록에는 16명의 시인을 소개한 시화가 실려 있다. 그중 7칙의 기사가 『역헌잡기』에서 뽑은 것이다. 이 필기에는 조숭례趙崇禮를 소개한 다음 기사가 실려 있다.

> 옛사람이 "높은 명성 아래 헛된 선비는 없다"라고 하였는데 맞는 말이다. 근세에 서울의 골목에 사는 평민들 가운데 시율詩律로 명성이 난 이들이 많다. 선현의 시구를 본떠서 옹색하지 않고 활달하게 시를 쓰는 시인이 그사이에 간혹 나타났으나 사람됨과 처지가 미천하다고 하여

평론가가 인정하지 않으니 개탄스럽다. 조숭례는 일찍이 「저물녘에 들을 조망하다[晩眺]」를 지었으니 시의 한 연이 '강은 넓건마는 새는 의심하여 날아서 건너지 않고/ 하늘은 드넓건마는 구름은 가려다 그냥 머무네'로서 상당히 자연스럽게 지어졌다.[123]

선조 때 한양의 여항에는 시인이 적지 않았고, 그중에는 수준이 높아 명성을 얻은 이들이 있었음을 증언하였다. 크게 활성화되기 이전에도 여항시단이 형성되었음을 증언하는 귀중한 기사이다. 정치는 초기 시사인 육가六家의 일원으로 활동한 정남수鄭楠壽의 아버지이다. 『역헌잡기』는 현재 전하지 않으나 『소대풍요』에 실린 기록만으로도 여항인이 저술한 첫 필기이자 시화이다.

청나라에 끌려가 죽임을 당한 삼학사三學士 윤집尹集의 후손으로서 윤행임은 대명의리大明義理를 지킨 인물에 주목하였다. 조선과 중국의 의인을 찾아 기록한 『해동외사海東外史』를 편찬하였는데 백대붕, 김우석金禹錫, 박태성朴泰星 등 여항인 위주로 9칙의 시화를 수록하였다. 그중 전만거田滿車란 인물은 『방시한집』에 다시 나온다.

『방시한집』은 본디 3권 3책으로 상권에는 "해상청운海上淸云", 중권에는 "일동이문日東異聞", 하권에는 "난성쇄록蘭省瑣錄"을 수록하여 독립된 3종의 개별 저술로 구성되었다. "해상청운"은 여항인 시화이고, "일동이문"은 전국의 금석문과 숨겨진 기이한 현상을 기록하였으며, "난성쇄록"은 중국 인물의 기이한 행적을 기록하였다.

미국 버클리대 극동도서관, 저자 후손가, 규장각, 연세대, 동국대 등에 각각 이본이 소장되어 있다. 버클리대본은 3권 3책을 3권 1책으로 필사하되 상권의 "해상청운"을 실수로 전체 책의 제목으로 삼았다. 서벽외사栖碧外史 해외수일본海外蒐佚本 12책에 영인되었다. 저자의 방계 후손 소장본은 저자 친필본으로 『방시한집』이란 제목하에 중권 "일동이문"과 하권 "난성쇄록"이 남아 있다. 저자를 "용성 윤행임 성보 저龍城尹行任聖甫著"로 밝혀 개명하기 이전에 필사한 책임을 알 수 있다.[124]

초고본을 필사한 버클리대본은 상권의 편목인 "해상청운"을 『방시한집』의 전체 제목으로 잘못 쓰기는 했으나 내용은 완전하다. 상권의 『해상청운海上淸云』에는 모두 65칙의 시화가 수록되었다. 『해상청운』이 『방시한집』보다는 시화에 더 부합하는 명칭이나 왕태 이래 사용한 명칭을 존중하여 이 책에서는 『방시한집』으로 사용한다.

규장각, 동국대, 연세대학교 소장본은 유사한 이본이다. 『방시한집』 상권의 "해상청운"에서 필사하되 1칙에서 49칙까지 여항인 위주의 기사 49칙만을 필사하였다. 규장각본에는 왕태王太가 1792년에 쓴 서문이 붙어 있고, 권말에는 동일인이 1820년에 쓴 후지後識가 붙어 있다. 『여항문학총서』 제9책에 영인되었다. 연세대본은 『독서차제讀書次第』란 책에 부록으로 실려 있는데 규장각본과 같이 내제內題 다음 줄에 '해상청운海上淸云'이라 썼고, 하단에 "왕태王太 정訂, 지덕구池悳龜 교校"라고 밝혀서 여항시인 왕태와 지덕구가 윤행임의 저술에서 베끼고 교정하였음을 밝혔다. 동국대 소장본에도 1792년에 쓴 송산후인松山後人 왕태의 필사기가 실려 있다. 내제가 "방시한집 상권方是閒集上卷"으로 되어 있다.

왕태는 서문에서 자신이 포함된 시화이기에 필사했노라고 밝혔다. 실제로 19칙에는 금호문金虎門 밖 장씨 노파 주사酒肆의 중노미로 일하던 왕태의 기사가 실려 있다. 그 밖에 여항인 시인을 다수 소개한 점이 필사의 동기였다. 사대부로는 김조순金祖淳, 이희지李喜之, 신광하申光河, 정범조丁範祖, 목만중睦萬中, 안석경安錫儆, 신광수申光洙, 이수봉李壽鳳, 이희사李羲師 등을 다뤘다. 48칙 '벽제점碧蹄店'은 경기도 파주의 벽제역碧蹄驛 주점에서 만난 기병騎兵 마씨馬氏와 시를 주고받은 기사이다. 이 사연은 신광수의 『석북집石北集』에 「서마기사사書馬騎士事」란 긴 글로 소개된 흥미로운 여항인 기사이다.

여항인으로는 이단전李亶佃, 김시모金時模, 정초부, 도화동桃花洞, 이희李姬, 박영석朴永錫, 정후교鄭後僑, 조수삼, 방영손方英孫 등을 다뤘다. 다른 문헌에서 보기 힘든 사연과 시가 많은데 다음에 14칙과 32칙을 함께 인용한다.

> 태학太學의 전사(典史, 典僕) 주영창朱永昌은 시를 잘 짓는다고 세상에서 명성이 제법 높다. 내가 불러서 환丸자를 운자로 주고 시를 지어보라고 하자 주영창이 즉시 '늙어갈수록 시편은 그저 껍데기요/ 취하고 나니 천지는 또 탄환이로다[老去詩篇只虛殼, 醉來天地亦彈丸]'라고 지었다. 풍모와 운치가 있어 호락호락하지 않음을 볼 수 있었다.[125]

> 운종가雲從街 시장의 아이인 안의성安義成은 나이 열세 살에 '소나무 아래에선 술 백 잔에도 취하지 않더니/ 맑은 바람 한 줄기에 갑자기 술이 깨네[松下百杯猶不醉, 淸風一道瞥然醒]'라는 시구를 지었다. 사람들은 열세 살 아이가 시를 잘 지으니 참으로 기특하나 술 백 잔에도 취하지 않는다니 버르장머리 없는 아이라고 하였다.[126]

13칙은 성균관 전복 주영창을, 32칙은 안의성이란 종로 시장통의 거간꾼을 소개하였다. 반인泮人 주영창과 시장통 아이가 시를 잘 지어 알려진 흥미롭고 희귀한 사연이다. 하층민의 문학 활동에 관심이 깊었던 저자의 성향을 엿볼 수 있다. 『방시한집』은 여항시단이 크게 활성화된 실태를 반영하여 그 동향을 생생하고 흥미롭게 전하였다.

8. 남인 소북계 문인의 시화 8종

남인南人과 소북小北 당파에서도 필기와 시화를 저술한 문인이 등장하여 당대 시단을 보고하였다. 유경종과 이극성, 임천상의 시화는 당파의 시각을 뚜렷하게 드러내 동시대 시인을 다뤘다. 유광익은 시화 선집을 편찬하였고, 성섭은 영남 출신 문인으로서 영남 문인에 초점을 맞춰 시화를 저술하였다.

역대 시평을 초록한 유광익의 『풍암집화』

『풍암집화楓巖輯話』는 분량이 많은 필기로서 그중 한 권은 시화 선집이다. 저자는 유광익(柳光翼, 1713~1780)으로 자는 사휘士輝, 호는 항재恒齋인데 나중에 풍암楓巖으로 바꿨다. 서울의 남대문 밖에 살면서 과거를 보지 않고 항재서재恒齋書齋를 열어 학생을 교육하며 저술에 힘썼다. 나중에는 추천받아 의금부도사와 고산현감高山縣監, 익위사翊衛司 익위翊衛를 지냈다. 홍양호洪良浩와 구상具庠은 묘지명을 각각 지어 저자의 생애를 간명하게 소개하였다. 당파는 소북小北으로 최성대崔成大, 강세황 등 남인 문사와 심육沈錥 등 소론 문인과 교유가 깊었다.

일찍부터 학문에 힘써 백여 권의 저술을 지었다. 『대학집석大學輯釋』 등의 성리서와 『동사편년東史編年』 등의 역사서, 『곤여전도록坤輿全圖錄』 같은 지리서를 편찬하였다. 『풍암집화』 권11 〈저서〉에서 스스로 밝히기를, 14세부터 25세까지는 시문과 역사에 관심을 기울여 문학에는 『시림총화詩

林叢話』 5권, 『동시평품東詩評品』 2권의 저술을 지었다고 하였다. 현재는 전하지 않으나 시화와 시평이 분명하다.

『풍암집화』는 저자의 역사서를 대표하는 책으로 국립중앙도서관, 미국 버클리대학 동아시아도서관 등에 선본이 전하고, 규장각, 장서각, 존경각, 고려대학교 도서관 등에도 사본이 전한다. 또 『대동패림』, 『패림』, 『야승』 등에 초략본이 전한다.[127] 중앙도서관 사본을 기준으로 하면, 편년체 역대 사적(권1~권7)과 주제별 역사(권8~권11), 그리고 시화(권12)의 3부로 구성되었다. 서명에 나타나듯이 지난날 문헌에서 관련한 기사를 집록輯錄하고 각 기사 끝에 출처를 밝히는 편집방식이다. 시화 1권을 끝에 편집한 것은 젊은 시절 문학에 대한 관심사가 이어진 결과이다. 편찬한 시기는 알 수 없다.

한편, 필자가 소장한 『해동시화海東詩話』는 『풍암집화』 권12의 시화를 단행본 1책으로 독립한 것이다. 내제內題 "해동시화海東詩話" 아래 "완산完山 유광익柳光翼 사휘士輝 집輯"으로 표기하였다. 정교하게 필사한 사본으로 원본에 있는 출처를 삭제한 결함이 있다. 『풍암집화』는 널리 읽힌 야사로서 초록본이 다수 나타났는데 이 책은 시화만을 읽기 위해 만들었다. 시화 역시 널리 읽혀서 『양파담원』과 『청운잡총』에는 24칙 정도가 초록되었다. 두 책에서는 편자를 유광익의 양자인 유숙지柳肅之로 표기하였다.

『풍암집화』의 시화는 모두 110칙이고, 크게 세 부분으로 나뉜다. 첫째는 1칙~93칙으로 이미 나온 시화에서 발췌한 기사이고, 두 번째는 94칙~98칙으로 저자가 직접 쓴 기사이다. 세 번째는 98칙 뒤에 시화정정詩話訂正이란 표제로 실린 12칙의 기사로 시화를 고증하였다.

첫 번째 부분은 『보한집』 이래 역대 주요 시화에서 기사를 집록하였다. 제왕과 사대부, 승려, 여성과 기녀의 구도를 바탕으로 통일신라의 최치원에서 숙종조 김수증金壽增까지 시기 순으로 배열하였다. 『소화시평』의 체제와 유사하다. 특이하게 13칙까지 역대 제왕을 다룬 다음 곧바로 사대부로 넘어가지 않고 13칙~16칙에서 『소문쇄록』을 인용하여 시법詩法의 기초 지식을 설명하였다.

집록의 대상은 『보한집』과 『성수시화』, 『소문쇄록』, 『어우야담』, 『지봉유설』, 『청창연담』, 『농암잡지』, 『백운소설』, 『종남총지』 등 역대의 주요한 시화이다. 홍만종의 『시화총림』을 저본으로 삼았고, 『보한집』, 『농암잡지』 등 전편시화 및 일부 문집과 단행본 저작을 참고하여 초록하였다. 작품성이 있는 작품을 엄정하게 평가한 시평 기사를 주로 뽑아 수록하였다.

두 번째 부분은 저자가 직접 쓴 기사로 자신의 저술과 창작을 소개하였다. 94칙에서는 역대 시인의 시를 뽑아 『동시광선東詩廣選』 상중하 3권을 편찬한 사실을 언급하고 시인의 목록을 장황하게 제시하였다. 95칙은 최치원 이래 시인의 기이하고 놀랄 만한 연구聯句를 뽑아 제시한 적구비평摘句批評이다. 이해李瀣와 이병연李秉淵, 송질宋瓆 등 영조 때 시인까지 포함하였다. 96칙은 역대의 육언시六言詩를 초록하였다. 97칙과 98칙은 자기 작품에서 명작과 연구를 다수 뽑아 수록한 적구비평이다. 다른 시화에 없는 내용이다.

세 번째 부분은 〈시화정정詩話訂正〉의 표제 아래 고증 기사 12칙을 실었다. 『시화총림』에 부록으로 수록한 〈증정證正〉과 유사하다. 대부분 어떤 작품이 시화나 시선집, 문집에 중복하여 기재되어 혼동을 일으킨 점을 밝히고 의문을 표시하거나 저자를 추정하였다. 8칙 이후에는 시의 이해와 평가의 어려움을 밝히고 『국조시산』과 『기아』 등 저명한 시선집에서 잘못 수록한 작품을 사례로 들어 바로잡았다.

『풍암집화』 11권에는 〈문인등급文人等級〉, 〈문인상경文人相輕〉, 〈문사文詞〉, 〈저서著書〉, 〈문감文鑑〉의 표제로 34칙의 기사를 수록하였다. 시화와 다름이 없는 기사이다. 〈저서〉는 자기 저술을 정리하여 소개하였고, 다른 표제에는 시화를 초록하였다. 이 기사까지 포함하면 『풍암집화』의 시화는 모두 144칙에 이른다.

『풍암집화』는 편년별, 주제별로 단군조선부터 숙종조까지 야사를 초록한 책이다. 시화는 이전 시대에 나온 홍만종의 『시화총림』과 홍중인의 『동국시화휘성』에 큰 영향을 받아 역대 주요 시화 기사를 간편하게 감상하기 위해 만들었다. 이후 『저호수록』 등 유사한 성격의 시화 선집에 큰 영향을 미쳤다.

유경종의 필기 시화 『파적』과 『동간필담』

해암海巖 유경종(柳慶種, 1714~1784)은 필기 『파적破寂』과 시화 『동간필담東磵筆談』을 지었다. 남인 명문가인 진주晉州 유씨柳氏 후손으로 성호 이익李瀷의 제자이다. 정치적 박해를 받은 집안 출신으로 경기도 안산에 칩거하여 벼슬하지 않은 채 독서하고 시문을 창작하며 살았다. 한시의 창작에 몰두하여 시집 『해암고海巖稿』에는 2천 여수의 시가 수록되어 있다. 그 밖에도 이익의 언행록과 청언집淸言集을 몇 종 저술하였다. 『파적破寂』은 시화를 다량 포함한 필기이고, 『동간필담東磵筆談』은 전편시화이다.

『파적破寂』은 고려대학교 소장 필사본 필기이다. 3책에 실린 475칙의 기사에는 다양한 제재의 기사를 수록하였다. 1770년대 초반에 지은 책으로 야담과 야사, 풍속과 문예, 명사의 일화와 행적 등 흥미로운 기사가 풍부하다.[128] 111칙 정도의 시화가 실려 있어 20% 정도의 비중을 차지한다.

『동간필담』은 1책 51장의 저자 자필본 시화로 필자가 소장하고 있다. 저자가 정서한 본문에 자필로 수정하고 보완한 흔적이 많이 남아 있다. 시화 102칙으로 구성되었다. 스승의 저술 『성호사설』 같이 '퇴계는 주자와 같다[退陶如朱子]', '이의승李宜繩', '이택당李澤堂' 등 표제를 달았다. 시론과 시평에서 『성호사설』의 영향이 보인다. 뒤쪽에는 「입검설入儉說」과 「가제법家祭法」 등 제사를 다룬 글 몇 편이 첨부되어 있다. 다른 시화에서 볼 수 없는 내용이 많다.

『동간필담』은 『파적』보다 뒤에 저술되었고, 조선 중기 이래 17세기 시인에 관심을 집중하였다. 당시보다는 위진魏晉, 위진보다는 한시漢詩가 수준이 더 높다고 밝혀서 남인의 상고주의尙古主義를 드러냈다. 시평을 중심으로 일화를 기록하였다.

유경종은 주자, 육유陸游, 전겸익錢謙益, 강왈광姜曰廣, 안남安南 사신, 일본의 시 등 외국의 시에도 관심을 기울였고, 두견새, 연초, 방풍죽防風粥, 소문국召文國을 비롯한 특별한 소재와 주제에도 관심을 기울였다. 귀신의 작품이나 꿈속에서 지은 시처럼 기이하고 재미있는 시문과 구비전설에 흥미를 느껴 기록하기도 하였다.

주목할 점은 작가와 작품의 품평이다. 조선 중기 이래 17세기 시인을 폭넓게 다뤄서 허균, 이식, 최경창, 백광훈, 최립, 임기林芑 등 목릉성제의 시인을 다뤘고, 17세기 이후로는 허목, 신유申濡, 이민구, 오도일吳道一, 광해군, 홍우정, 이서우李瑞雨, 허후許厚 등 주로 남인 시인에 주목하였다. '일시逸詩' 조에서 "나는 시를 좋아하는 기호가 고질병이 되어 사람을 만나기만 하면 바로 시를 묻는다"[129]라고 할 만큼 잘 알려지지 않은 시인과 작품의 채록에도 관심을 두었다. 정순신丁純愼, 오시유吳始有 등 무명의 시인을 다수 소개하였다.

시평에서는 서인과 노론이 장악한 문단의 평가를 강하게 부정하였다. 그만의 새로운 시각을 보여주었고, 또 17세기의 남인 시인을 집중적으로 논의하여 그가 속한 남인 당파의 문학을 호평하려는 의지를 드러냈다. 『해암고』에는 시를 논한 논시절구論詩絶句가 다량 수록되어 있는데 시화와 비슷한 시각이 엿보인다.[130] 새롭게 평가한 작가의 대표로는 『전등신화剪燈新話』에 주석을 가한 임기林芑와 허균, 신유 등이다. 다음은 허균을 논한 기사이다.

허균의 시는 그다지 고아하지 않으나 열댓 편의 작품을 정선하여 합하여 만들면 『문선文選』의 문장에도 부족하지 않다. 문장은 민활하고 시원하며, 쓰일 만하니 그 재주를 잘 보여준다. 김창협이 동방의 문장을 논하며 들뜨고 경솔하여 깊은 조예가 없다고 하였는데 허균 역시 이 병통을 벗어나지 못한다. 동주東州 이민구李敏求가 죽남竹南에게 보낸 편지에서 허균의 시문은 평탄하여 맑고 유려한 면이 많으나 운치와 격조는 부족하며, 문장이 넉넉하고 화려하면서도 조리가 있고 시원하기는 하지만 손 가는 대로 써서 절제함이 부족하다고 하였는데 평론이 적합하다. 허균의 장점은 시를 비평한 짧은 평문에 있는데 크게 유의하지 않고 생각나는 대로 쓴 글이 모두 음송할 만하다. 게다가 시를 평론하는 데 안목을 특별히 갖췄다. 척독과 짧은 편지는 때때로 우리나라 사람의 말버릇을 닮지 않았다. 남의 글을 본떠 쓴 작품이 많기는 하나 그리 나쁘지 않다. 동주도 그의 척독이 때때로 뛰어난 솜씨가 있다고 호평하였다. 남을 위해 쓴 비지碑誌도 간명하고 정밀하여 법도에 맞고, 문장이 아담하고 부드러워 읊을 만하다. (후략)[131]

허균은 역적으로 몰려 처형된 문인이기에 시문의 성취를 호평한 경우는 많지 않다. 임상원任相元이 「허균의 시를 읽고서[讀許筠詩]」라는 장편시에서 호평한 사례가 있다. 그런데 이민구가 오준吳竣에게 답한 편지에서 호평한 글을 이어받아 허균 시문의 장점을 호평하였다. 균형감이 있는 공평한 평가이다. 이처럼 새롭고 정밀한 평가가 드물지 않다.

'신죽당申竹堂'에서는 신유申濡와 신혼申混 형제를 조선 중기 이후 당시풍에서 높은 조예를 보여준 명가名家로 평가하였다. 『해암고』 3책의 〈감회가 있어 잡다하게 읊다[感懷雜賦]〉 제9수에서 "권필은 허약하고, 허균은 섬세한 흠이 있으며/ 최경창은 굳세고 이달은 경쾌하나 장점을 겸하지 못했네/ 신혼 형제는 진정한 호걸이니/ 그 스승 이식과 더불어 세 명가라 하겠네[石洲傷弱許筠纖, 竹勁蓀輕善未兼. 初菴兄弟眞豪傑, 幷與其師澤老三]"라고 읊었다.

목릉성제 시단의 대가를 뛰어넘는 시단의 대표자로 택당 이식과 초암 신혼, 죽당 신유를 꼽고 있다. 그의 말은 17세기 한시사의 구도를 재고할 만한 참신한 시론으로서 『해암고』와 『동간필담』의 특별한 시각이다.

『동간필담』에도 기이하고 흥미로운 이야기로서 시화가 일부 실려 있으나 『파적』은 시평보다는 일화에 속한 시화가 대부분이다. 파적破寂이라는 필기의 명명 자체가 흥밋거리로서 이야기임을 표방하였는데 시화에는 해학적 일화 위주의 시화가 다수를 차지한다.[132] 『성호사설』의 경우처럼 고증하고 분석한 기사도 있고, 시평이나 일화도 있으나 심심 파적거리 흥미 위주의 기사가 많은 점이 특징이다. 특히, 우스갯거리 육담풍월肉談風月이나 걸객乞客과 무인 등이 지은 점잖지 않은 시를 다수 채록하였다. 3책에는 송곡松谷 이서우李瑞雨의 잡체시雜體詩를 다루면서 육담풍월 10여 수를 채록하였다. 박두세朴斗世의 『요로원야화기要路院夜話記』에 등장하는 시를 거론하면서 다수의 작품을 소개하였다. 그중 무인이 지은 것이라며 백진벽白眞璧이 들려준 육담풍월을 다음과 같이 소개하였다.

강가에 '살살' 앉았더니	江上門門坐
갈매기가 '풀풀' 날아가네	白鷗草草飛
가랑비가 '솔솔' 내리니	細雨松松下
맑은 바람은 '술술' 다가오네[133]	淸風酒酒來

시적인 내용이 아닐뿐더러 문문門門과 초초草草, 송송松松, 주주酒酒는 한자의 훈訓으로 한국어의 의태어와 의성어를 표현한 언문풍월諺文風月이다. 그가 예로 든 시들은 모두 비슷하여 일반적인 한시로 읽어서는 안 된다. 2책에 수록한 다음 기사도 마찬가지이다.

옛날 어떤 선비가 길에서 한 명의 중을 만났는데 괴롭히면서 놓아주지 않았다. 마지막에는 중에게 시를 짓게 하고는 사沙, 가家, 사斜의 운자를 불러주자 중이 육담풍월로 응답하였다.

무지막지한 중이사	無知莫知둥이사
양반 상인을 내 어찌 알랴?	兩班常人내알가
저물녘 절에 돌아갈 길은 머니	夕陽歸錫前途遠
죄 없는 산승山僧을 놓아주십사	無罪山僧노흘사

선비가 범상치 않은 중임을 알고 풀어주었다.[134]

선비가 부른 운자를 아예 한국어 음으로 각운을 달았다. 이 역시 언문풍월이다. 간혹 시화에서 육담풍월을 재미삼아 기록하였으나 유경종은 『파적』에서 많이 수록하였다. 일상어와 비속어로 가볍게 시를 썼던 저자의 시풍에서 나왔으나 18세기 이후 흥미성을 중시하는 시화 경향과도 관련이 깊다.

성섭의 영남 시인 시화 『필원산어』

성섭(成涉, 1718~1788)은 영남 출신 문인이다. 호는 교와僑窩로 과거에 응시하였으나 합격하지 못하고 재야 문인으로 시문을 짓고 저술에 종사하였다. 저술로는 『교와문고僑窩文稿』와 『필원산어』가 전한다. 『필원산어筆苑散語』는 사본 3책으로 상편上編 2책 2권, 하편下編 1책으로 구성되었다. 이휘교李徽敎 교수가 1980년에 『영남어문학』 창간호와 제2집에 영인하였고, 이후 『한국시화총편』에도 실렸다. 원본의 소장처는 알 수 없고, 최근에 장유승 등이 번역하여 성균관대학교출판부에서 출간하였다.

이 책은 시화와 일화, 야담으로 구성되었다. 상권 서두에서 편자가 "상편에서는 우리 동방 사람의 문학을 기록하였고, 하편에서는 『제해齊諧』의 성격을 지닌 기이한 견문을 사이사이에 넣었다"라고 밝혔다. 326칙에 이르는 기사는 자국 문인의 시문을 논하였고, 하편에서는 중국 문인의 시문을 논한 시화와 야담이 섞여 있다. 제2권은 중기 이후 당대까지 시화로 구성되어 있다. 주요한 특징은 대략 세 가지로 꼽을 수 있다.

먼저 상편 제1권에서는 고려에서 조선 중기까지 시인을 논하였는데 홍만종의 『소화시평』이나 강박의 『총명쇄록』 같은 이전 시화에서 간추려 엮었다. 일화보다는 시평이 많다.

남인의 정치관과 인맥을 숨김없이 드러냈다. 조선 중기 이후에는 남인 위주로 채택하여 남인은 호평하고, 서인과 노론은 악평하는 평가가 주류를 이뤘다. 김창협처럼 노론이라도 호평한 사례가 일부 있다.

영남 문인에 초점을 맞췄다. 직접 교유한 선후배 영남 문인의 일화와 시문을 다수 다뤄 지방 문학의 실상을 조명하였다. 영남 출신의 저명한 관료와 문인을 자세하게 조사하여 지방 문인으로서 자긍심을 보여주었다. 중앙문단에서는 잘 알려지지 않은 영남 문인의 행적과 특징을 소개한 기사는 영남지방 문학 현황과 문학사 전개의 큰 틀을 제시한다.

독자적이고 참신한 시론과 비평이 많지는 않다. 또 자국의 문학 수준에 냉소하는 태도를 보였다. 성주에서 제말諸沫의 귀신을 만나 시를 들은 사연을 정석유(鄭錫儒, 1689~1756)에게 직접 듣고 기록한 기사나 대구에서 관찰사가 백일장을 열어 선비를 시험하는 관례 등 영남 지역 문단의 기록은 흥미롭다. 정석유의 사건은 『동국시화휘성』에서 『정사기이丁巳記異』를 전재하였고, 다른 야사에도 많이 나온 저명한 이야기이다. 성삼문이 매화를 읊고 최립이 괴석怪石을 읊은 시를 비교한 1권 72칙은 독자적 안목을 드러낸 기사이다. 다음은 최립의 시를 평한 기사이다.

이 한 마리를 창가에 매달아 놓고　　　　窓間一蝨懸

뚫어지게 바라보면 수레바퀴처럼 커 보인다　　目定車輪大
이 돌을 얻은 뒤로 나는 더 이상　　自我得此石
화산花山 쪽으로 앉지도 않는다　　不向花山坐

> 괴석을 석가산으로 간주해 항시 아껴 눈을 떼지 않고 바라봐 마치 기창紀昌이 창 사이에 이를 매달아 놓고 3년 동안 쳐다보자 이가 수레바퀴처럼 커져 보였다는 옛이야기처럼 하겠다고 하였다. 눈을 떼지 않기에 석가산이 화산처럼 커져서 자신이 화산 아래 있는 꼴이 된다. 이제는 굳이 화산을 바라볼 필요가 없어졌다. 시의 뜻을 이렇게 해석할 수 있다. 시의 심오함은 성삼문의 시와 같으나 시가의 별조別調로서 올바른 시의 맥락을 따르지는 않았다. 그러나 최립의 솜씨가 아니면 이런 작품을 쓸 수 없다. 당시唐詩에는 이런 격조가 없다.[135]

의미를 파악하기 어려운 최립의 시를 분석하여 숨겨진 의미를 추적하였다. 시는 최립이 황해도 옹진군에서 벼슬살이할 때 지었고, 화산은 옹진군에 있는 산이다. 시에는 외진 고을에 재직하는 동안 오로지 한 가지 일에 집중하여 거장이 되겠다는 집념이 들어 있다. 성섭은 작품을 꼼꼼히 분석하여 시의 의미와 최립 시의 특징을 찾아내려 하였다.

남인 시단을 조명한 이극성의 시화 2종

『형설기문螢雪記聞』은 남인 문인의 시각에 충실한 시화이다. 저자는 이극성(李克誠, 1721~1779)으로 자는 덕중德仲, 호는 고재睾齋이다. 생원시에 합격하고 음직蔭職으로 잠시 연기 현감 등을 지냈으나 관직보다는 저술에 더 많은 세월을 보냈다. 이수광李睟光의 6대손이며, 이익李瀷의 사위로서 『지봉유설』과 『성호사설』을 계승하여 『형설기문』과 『고암신편사과록睾庵新編

四科錄』을 저술하였다. 2종의 필기는 18세기 중반 남인 문단의 주요한 필기 시화로서 상호 깊은 관련을 맺고 있다.

『형설기문』은 영조 후반에 착수하여 1778년 무렵에 완성하였다. 이본은 6종으로 규장각에 2종, 국립중앙도서관, 미국 하버드대학 옌칭연구소, 일본 천리대학 도서관과 필자가 소장하고 있다. 책명이 한중기문閑中記聞, 한중만록閑中漫錄으로 되어 있기도 하다. 옌칭연구소 소장본과 필자 소장본이 선본이다. 이본마다 수록한 분량이 크게 차이가 나는데 필자 소장본이 259칙으로 가장 많다.[136] 장유승 등이 번역하여 성균관대학교출판부에서 출간하였다.

『형설기문』에는 50칙 안팎의 시화가 수록되었다. 전체 기사는 조선 후기 남인 명사의 행적을 서술하였는데, 시화도 마찬가지이다. 시론과 시평은 드물고, 시인의 일화와 작품을 소개하는 데 치중하였다. 이민구, 허목, 채팽윤, 이서우, 오상렴吳尙濂, 강박, 이용휴, 오광운, 목만중, 채제공 등 17세기 후반에서 18세기에 활동한 남인계 저명한 시인의 작품을 소개하였다. 다음은 100칙이다.

> 정승 홍봉한洪鳳漢이 북관北關에 가서 '마을이 깊어 고목은 지키는 듯하고/ 들이 넓어 주위 산은 우쭐대지 않네[村深古木如相守, 野廣群山不自高]'를 지었으니 원대한 기상을 엿볼 수 있다. 판서 채제공이 젊은 시절 금강산을 유람했을 때 '무수하게 기세등등 화난 듯한 봉우리 속에/ 때때로 뾰족하게 부서지니 외롭기 짝이 없구나[無數飛騰渾欲怒, 有時尖碎不勝孤]'를 지었으니 자기의 한평생 삶을 스스로 말했다고 하겠다.[137]

정조의 외조부로서 노론 정승인 홍봉한과 남인 정승 채제공이 경물을 읊은 시를 함께 인용하였다. 홍봉한은 경물 묘사 속에서 원대한 기상을 드러냈고, 채제공은 드센 노론 정치인 틈바구니에서 고군분투하는 남인

정치인의 자화상을 그렸다. 채제공의 시구는 『시필』을 비롯한 여러 남인 시화에서 남인 당파를 이끈 채제공의 강인한 기상을 상징하는 시구로 자주 인용하였다. 『이사재기문록』에서는 채제공의 기상을 상징하는 많은 시구를 인용하였는데 거기에도 포함되었다. 그 기사에서는 홍봉한의 시구도 채제공의 작품이라 하였다.

100칙에서는 노론과 남인을 함께 다뤘으나 대개는 남인 시인의 작품과 연관된 일화를 소개하였다. 작품성을 논한 본격적인 시평은 많지 않고, 제재와 소재 등에 주목한 일화가 많다. 걸주계乞酒啓와 같은 희작 병려문을 여러 편 소개한 것처럼 시화에서도 희작에 관심을 보였다.

이극성은 『형설기문』을 편찬한 다음 『고암신편사과록』, 줄여서 『사과록四科錄』을 편찬하였다. 이 책은 1778년에서 1779년 사이에 편찬되었다. 저명한 인물의 언행록을 공자가 말한 네 가지 분과 즉 덕행德行, 언어言語, 정사政事, 문학文學으로 분류하여 편찬하였다. 문집과 필기, 시화 등에서 발췌하고 출처를 밝혔다. 일본 동양문고에는 6책의 사본 완질이 전하고, 국민대학교 성곡도서관과 충남대학교 도서관에는 낙질이 전한다. 한편, 필자는 『동조기어東朝綺語』를 소장하고 있는데 1책 24장의 이 시화는 『사과록』 권9의 〈문사〉 하권을 필사하였다. 115칙을 필사하고 비점批點을 찍었으니 시화 감상용의 단행본이다.

또한 미국 버클리대학 동아시아도서관에 소장된 『강하청도록絳霞聽覩錄』은 『사과록』 전체를 필사한 바탕 위에 편자 미상의 『해동패설海東稗說』과 정건조鄭健朝가 편찬한 『용산총서蓉山叢書』에서 10여 칙을 필사하였다. 실명을 알 수 없는 강하노창絳霞老傖이 1880년에 편찬한 1책 사본이다. 다만 『사과록』에서 전재했다는 사실을 밝히지 않았다. 『사과록』이 읽을거리로서 인정받은 점을 알 수 있다.

이 책의 제6책 「문학편文學篇」에 시화가 집중 실려 있다. 「문학편」은 권8의 〈학술〉과 권9의 〈문사文辭〉 2개 항목으로 나뉘는데, 학술은 학문의 자세를 다뤘고, 〈문사〉는 전편專編 시화이다. 〈문사〉는 다시 창작법과 문인의 자세를 논한 시론 위주의 상권 34칙과 시화로 구성된 하권 130칙으로 나뉘어 모두 168칙의 기사를 수록하였다. 조선 초기부터 당대까지 시화와 필기에서 시화를 발췌하여 편년별로 수록하였다. 초록한 시화는 『어우야담』, 『종남총지』, 『소문쇄록』, 『풍암집화』 등 다양하다. 6대조 이수광의 『지봉유설』과 장인인 이익의 『성호사설』에서 특히 많은 기사를 발췌하였고, 조석주趙錫周의 필기 『백야기문白野記聞』처럼 희귀한 필기에서 10칙 내외의 시화를 발췌하였다. 가학과 당파의 영향을 깊이 받은 결과이다.

자신의 저술 『형설기문』과 『경원록景遠錄』에서 각각 34칙과 17칙을 초록하였다. 『형설기문』에 수록된 시화 대부분을 재수록하였고, 집안 선조의 언행을 기록한 『경원록』에서 시화를 다수 발췌하여 재수록하였다.

> 희암 채팽윤은 늘 동주 이민구 공이 지은 '벌레소리 벽을 감싸니 삼경 밤은 고요하고/ 반딧불이 휘장을 타고 오르니 칠월 날씨 차구나[蟲音繞壁三更靜, 螢火緣帷七月寒]'라는 시구를 읊으면서 이렇게 말했다. "벌레가 벽을 감싸는 것은 움직임인데 고요하다는 글자를 썼고, 불이 휘장을 타고 오르는 것은 더운 것인데 차다는 글자를 썼다. 뜻은 교묘하고 말은 기이하지 않은가? 이런 시구는 당시에서 찾아봐도 비슷한 부류가 드물다."[138]

이민구는 이수광의 아들로 17세기를 대표하는 시인의 한 사람이다. 남인 시맥의 거두인 채팽윤이 이민구 시의 기교를 분석하고 당시와 비교하여 호평하였다. 『경원록』은 문학적 기량이 뛰어났던 이수광 가문의 주요 인물을 기록한 시화로서 가치가 있다.

이극성이 편찬한 2종의 시화는 남인 문단의 위상을 제고하고, 남인 문인의 실태를 후대에 전달하였다. 이후 『시필』, 『송간이록』 등 많은 시화에서 초록의 대상이 되었다.

지방 문인 이경유의 복고적 시화 『창해시안』

이경유(李敬儒, 1750~1821)는 본관이 연안延安, 자가 덕무德懋, 호는 임하林下와 창해滄海이다. 고조부는 이옥李沃이고, 증조부는 이만부李萬敷이니 남인 명문가의 후예로 경상도 상주에 거주한 재야 학자이다. 문집에 『임하유고林下遺稿』가 있다. 20대 초반인 1770년대에서 30대 초반인 1780년 사이에 『창해시안滄海詩眼』을 저술하여 1784년 어름에 완성하였다.[139] 『시안詩眼』이라고도 한다.

이본은 3종으로 한국국학진흥원에 소장된 사본 2종 가운데 이병상李炳尙 필사본이 선본이다. 이를 저본으로 장유승 교수가 번역하여 성균관대학교출판부에서 출간하였다. 번역서에서는 1책 3권에 상편 78칙, 중편 214칙, 하편 117칙, 모두 409칙의 기사를 수록했다고 보았으나 저본에서 행갈이를 자주 한 탓이므로 338칙의 기사가 실상에 가깝다.[140]

부친 강재剛齋 이승연(李承延, 1720~1806)이 『창해시안』에 서문을 붙였는데 이는 흔치 않은 사례이다. 그 글에서 저자의 안목을 칭찬하였다. 서문처럼 시화에서는 시를 보는 안목의 중요성을 강조하였다. 189칙에서는 "요즘 사람은 참다운 안목이 없다"[141]라며 작품을 감별하는 안목도 없고, 창작 방향도 가늠하지 못하는 당시 시인의 무지를 비판하였다. 자기의 감식안을 자부한 말은 거꾸로 주류 시단과 크게 달라진 시각을 드러낸다.

이경유는 중앙문단과 교섭이 없이 고향에 거주하면서 지역 문인의 구심점 역할을 하였다. 추수사秋水社란 이름의 시사詩社를 결성하여 활동하여 1784년에 〈추수사제명기秋水社題名記〉를 지어 시사 활동을 기록하였다.[142] 이만부의 후예인 이승연과 이정유李挺儒, 강박姜樸의 후예인 강필악

姜必岳과 그 아들 강세백姜世白, 강세륜姜世綸, 강세진姜世晉 및 그 아들 강봉흠姜鳳欽, 강세문姜世文, 신광직申匡稷, 강응남姜應男 등이다. 같은 시기에 완성된 『창해시안』은 이 시사의 활동과 지향을 정리한 셈이다.

시화는 시사적 관점과 동시대 작가평의 두 가지 구도로 짜여있다. 시사적 관점을 적용하여 중국의 경우에는 『당시품휘唐詩品彙』와 『당음唐音』에서 작품과 비평을 빌어 당시 위주로 품평하였고, 조선의 경우에는 서거정의 『동인시화』를 활용하였다. 활용 면에서 폭이 좁다. 동시대 시인은 추수사 동인과 연관된 시인에 초점을 맞췄고, 자연스럽게 영남과 경기 지역 남인 시인의 비중이 컸다.

시를 보는 관점에서는 당시 중앙문단의 추세와 크게 달라 당시唐詩를 높이고 송시宋詩를 낮춰 보았다. 동시대 시인으로 문단에서 큰 명성을 얻은 백탑시파白塔詩派 시인은 언급도 하지 않았다. 『병세재언록』을 비롯하여 남인의 『형설기문』과 비교하면 동시대 저명 시인을 언급하지 않았다. 중앙문단과 교류하지 않고, 정보도 취약하여 관점을 공유함이 없었다. 『필원산어』보다도 시각이 편파적이다.

명대 시인을 호평하여 복고주의 성향을 드러냈다. 상권 1칙에서는 『시경』 이래 당나라 때까지 발전해온 시가 "송나라에 이르러 큰 액운을 만났다"라고 하였다. 송시에는 황정견黃庭堅 등 두서넛 시인이 보이기는 해도 다수가 감흥을 가볍게 읊은 수준이라고 말했다. 또 2칙에서는 "나는 동파東坡 같은 천재가 아름다운 시 한 편 없는 것을 이상하게 여겼으니, 송시가 병든 것은 반드시 동파로부터 시작한다"[143]라고 하였다. 당시를 높이고 송시를 낮춘 정도가 과도하다.

실천비평에서는 그 기준을 정확하게 적용하였다. 하권 13칙에서 "천하에서 잘 지은 시로 당시 같은 작품이 없다"라고 하였고, 당시풍 시와 시인을 호평하였다. 『당시품휘』에서 시를 뽑아 소개한 점도 그렇고, 조선 중기의 시를 주로 다루고 호평한 점도 그렇다. 반대로 송대의 시인과 송시풍 시인에게는 악평이 따랐다. 송시풍이 주도한 고려나 조선 전기의 시인은 자신의 안목으로 뽑지 않고 『동인시화』를 전재하였다. 정사룡의 작품성을 선뜻 인정하지 않았고, 최립의 시를 악평하였다. 중권 166칙에서 최립에게는 마음에 드는 시가 없다고 총평하고, 「백사정白沙汀」에서 '훨훨 나는 흰 갈매기를 질투하고/ 어슴푸레한 밝은 달빛을 부끄러워 하네[妬白鷗輕薄, 羞明月眇茫]'를 인용한 다음 "몹시 촌스러워 읽을 수가 없다"라고 악평하였다. 영남 문인이 으레껏 호평한 퇴계 이황의 시를 아예 다루지 않은 이유도 여기에 있다.

이경유는 작품 평가에서 시어와 자안字眼, 점화點化와 표절 등 표현에 주목하였다. 상권 10칙에서 "시를 배우는 사람은 옛 시인이 힘을 기울인 곳을 알려면 놓은 글자를 먼저 살펴야 한다"[144]라고 하였다. 두보의 시어 사용에 주목하여 이른바 시안詩眼을 찾아 밝혔다. 다른 기사에서도 시어와 표현의 특징을 언급하며 시의 좋고 나쁨을 평하였다. 표현에 주목한 작품평은 서거정의 『동인시화』와 『당송천가연주시격唐宋千家聯珠詩格』에서 흔히 볼 수 있어 송시풍을 따르는 시인이 주목하였는데 이경유는 역으로 당시풍을 호평하는 잣대로 활용하였다. 『창해시안』은 중앙문단과 교섭이 약한 지방의 시화로서 조선 후기 영남지방 시단의 현황과 수준을 보여준다.

조선 후기 시인 기담록, 임천상의 『시필』

『시필試筆』은 조선 후기 필기와 시화의 명작이다. 편자 임천상(任天常, 1754~1822)의 자는 현도玄道, 호는 궁오窮悟이다. 풍천임씨 명문가 출신에 소북小北 당파의 저명한 문인이다. 1795년 문과에 급제하여 홍문관 교리를 지냈다. 『교거쇄편』의 저자 임상원任相元의 현손으로 시문에 능하였다. 문집에 『궁오집窮悟集』이 있다.

『시필』은 『교거쇄편』 후속작이다. 저자는 1784년 이후 『교거쇄편』을 편집하고 자기가 편찬한 필기 『시필』과 『임씨가언任氏家言』을 속편으로 삼아 『쇄편瑣編』을 엮었다. 조상의 언행을 기록한 『임씨가언』은 1786년에 완성하였고, 1788년 5월에는 전체 편집을 마쳤다. 『시필』 초고는 이해에 완성되었다. 이후에도 편자는 가까운 집안사람인 임하상任夏常이 『시필』에 자극 받아 저술한 『훈벽필담暈碧筆談』을 채워 넣어 보완하였다. 1803년에 쓴 기사도 있다.

『쇄편』은 6책으로, 사본은 10여 종이 넘는다. 규장각 소장본을 기준으로 보면, 상권 1책에는 임상원의 『교거쇄편』이 실려 있고, 2~3책에는 임천상의 『시필』이, 4책에는 『시필』과 『쇄편별집瑣編別集』, 『시필서론試筆緖論』이 차례로 실려 있다. 5책에는 『임씨가언』과 『시필』이 실려 있다. 6책에는 『쇄편별집』과 『시필서론』이 실려 있다. 『쇄편』과 『쇄편별집』은 임상원의 저술이고, 『시필』과 『시필서론』은 임천상의 저술이다. 시대가 다르고 편자가 다른 2종의 저술을 합해놓아 혼란스럽다. 『시필서론』을 포함하여 『시필』은 모두 1540여 칙에 이르고, 시화는 4분의 1정도인 300여 칙에 이르러[145] 비중이 크다.

『시필』은 간행되지 않은 채 사본으로 널리 읽혔다. 규장각, 고려대, 이화여대, 장서각, 종로도서관 등에 소장되어 있다. 또 기사의 수량이 많아서 축약본이 몇 종 편집되어 『쇄편유초瑣編類抄』(규장각, 일본 천리대학 소장), 『쇄편요록瑣編要錄』(국립중앙도서관), 『묘담약초妙談略抄』(장서각) 등이 등장하였다. 또한 연세대에 소장된 『동시기담東詩奇談』은 1책 274면에 578칙을 수록한 시화로 『시필』의 시화 기사 위주로 초록하였다. 『시필』은 이후 시화 형성에 큰 영향을 끼쳤다.

『교거쇄편』 속편으로 『시필』을 편찬한 가문의 전통을 본받아 임천상의 재종질 임백희任百禧도 『쇄편속집瑣編續集』을 편찬하였다. 다만 이 책은 현재 전하지 않는다.

『시필』은 기왕의 필기에서 발췌하여 초록한 기사와 자신이 직접 쓴 필기로 구성되었다. 발췌한 필기와 시화는 80종에 이르는데 특히 『어우야담』, 『지봉유설』, 『검옹지림』, 『동평견한록東平遣閒錄』, 『회은잡설』, 『청성잡기靑城雜記』 등에서 다수의 기사를 발췌하였다. 특히 동시대 소북 당파 문인인 엄숙嚴璹의 『생계만록生溪漫錄』과 임하상任夏常의 『훈벽필담暈碧筆談』, 민경속閔景涑의 『오수만록迂叟漫錄』 등에서 다수의 기사를 발췌하였다. 이 3종의 필기는 현재 전하지 않는다.

1784년에 쓴 「시필소서試筆小敍」에서는 저술의 동기와 기록 방향을 "마침내 붓을 잡고 쓰기로 하여 선현의 언행과 선배의 풍류를 적거나 벗과의 교유, 음주와 놀이, 해학을 기록하였다. 중간에는 또 세상에 전해오는 이야기를 기록하여 담소거리로 삼고자 하였다. 얻어지는 대로 적바림하다 보니 기사에 정해진 순서가 없다"[146]라고 밝혔다. 정치나 행정, 학문, 교육 등 유학자의 상투적이고 진지한 기사는 일부러 배제하고 인간적이고 풍류스럽고 해학적인 언행을 가볍게 쓴 기사가 주축을 이룬다. 경쾌하고 재미있는 필기이다. 시화 기사도 예외가 아니어서 본격적인 시론이나 시평은 많지 않고 흥미로운 일화가 주축이다.

17세기 이후 소수 당파로 전락한 소북 문인의 기사가 주축을 이룬다. 남취명南就明, 남태제南泰齊, 남태량南泰良, 윤휘정尹彙貞, 이웅징, 강현姜鋧, 강세황, 송질宋瓆, 허담許霮, 허필許佖, 엄숙, 엄집嚴緝, 엄경수嚴慶遂, 이정작李庭綽, 신경준申景濬, 정철조鄭喆祚, 최성대 등 소북 명가가 두루 등장한다. 이들 인물에 관한 기사가 다른 당파의 저술에서는 잘 등장하지 않는다. 다음은 숙종대의 저명한 소북 시인인 송질宋瓆이 지은 만시挽詩를 소개한 기사이다.

치암 송질이 선비 이정봉李正封의 만시를 지었다.

초가집 아래서 제 그림자 부둥켜안고	抱影衡茅下
마음 가는 대로 편안하게 살아갔네	怡然任性情
고요해야 얻은 바가 진짜이고	靜中眞有得
이름나지 않아야 높은 수준이지	高處在無名
밭고랑 사이에서 몸은 정말 편안했고	畎畝身惟適
산수에서 앉은 자리가 절로 맑았네	溪山坐自淸
곤궁하고 현달함은 따지지 말라	莫論窮與達
이 모습 보면 한평생을 잘 알리라	卽此見平生

이 한 작품은 세상에 드러나지 않은 천고 사람의 만시로 쓸 수 있겠다.[147]

송질은 소북 시단에서는 저명했으나 일반 시화에서는 크게 주목하지 않았다. 『시필』에는 다수의 일화와 시화가 실려 있다. 인용한 작품은 무명의 선비로 살다 간 지인을 애도한 만시인데 추켜세울 업적이 없는 무명 선비의 삶을 인상적으로 표현하였다. 많은 무명인들이 공감할 내용이다. 『시필』에서는 17세기와 18세기의 문인에 주목하였고, 18세기 문인의 기사는 새롭고 희귀한 내용이 많아 시인의 동향을 파악할 주요한 저술이다.

서문에서 밝힌 것처럼 시화에는 골계나 해학을 담은 희작시와 언문풍월을 다수 포함하였다. 다음은 이웃집 강씨를 놀려먹기 위해 강아지와 관련한 말을 써서 지은 희작시이다.

판중추부사 조관진이 참봉 강재와 이웃하여 살았다. 참봉이 선조에게 제사하고서 제사 음식을 나눠주지 않았다. 조관진이 희작시를 짓되 온통 강아지와 연관된 상말을 썼다. 조선말에 개를 강아지라고 부르기 때문이었다. 시는 이렇다.

어제는 강씨가 슬퍼했는데	昨日姜哀之
제물이 뭔지 대충 다 알겠네	祭物盖粗知
노란색은 밤 색깔이겠고	黃發山栗色
검은색은 해삼탕이겠지	黔動海蔘湯
띠풀 태워 모래 속에 꽂고	煎茅插沙裡
첨작하니 동쪽으로 기울었네	添酌半東傾
집사는 모두 서얼 노인이고	執事皆孼翁
주부는 전부 늙은 할머니네	主婦盡老娘
파리가 앉을까 다담상을 덮으니	畏蠅盖茶盤
신령이 이웃집으로 달아나네	神靈走隣家[148]

이 시는 있는 그대로 읽어도 제사 풍경을 묘사한 훌륭한 한시이다. 의미를 벗어나 사용한 시어를 발음하면 강아지, 개좆, 황발이, 검둥이, 삽사리, 동경개, 얼룽이, 노랑이, 개차반, 주린개라는 10개의 어휘가 10개 구절마다 들어가서 강씨 집안을 완전히 '개판'으로 만들어버렸다. 재치 있게 쓴 훌륭한 언문풍월이다. 희작시를 다수 수록하여 흥미성을 띠는 시화가 유행하는 이 시기 경향이 짙게 나타난다.

『시필』은 동시대 사대부 문인 위주로 다뤘으나 여성, 서얼, 여항인 등 다양한 소수자도 많이 다뤘다. 18세기 시단의 소수자 문학 자료의 보고이기도 하다. 다음은 여성의 시를 다룬 기사이다.

동지부사 이필운李必運의 부인 남씨가 손녀를 애도하는 시를 지었다.

여덟 해 동안 일곱 해를 병석에 있었으니	八年七歲病
돌아가 누움이 네게는 편안하겠지	歸臥爾應安
애처롭구나! 오늘밤 눈이 내리는데	只憐今夜雪

어미 떠나있어도 추운 줄을 모르네　　　　　　　離母不知寒

시는 정에서 생겨나고 정은 또 시에서 생겨나는데 풍경과 지극히 잘 어울려서 한자 한 자 눈물이 떨어질 듯하다. 참으로 요절한 이를 애도한 작품의 백미이다. 친척조차 평소 부인이 시를 잘하는 줄 몰랐으니 가정에도 모범이 된다.[149]

인용한 시는 정동유鄭東愈의 『주영편晝永編』에도 등장한다. 다른 저작에서 발췌하지 않고 임천상이 직접 쓴 기사이다. 18세기 소북 당파 시인을 중심으로 유명 무명의 다양한 작가를 소개하고 평가한 점에서 조선 후기의 다변화한 시인을 두루 증언하는 귀중한 자료이다. 『시필』은 『동시기담』, 『송간이록』 등 많은 시화에서 초록할 만큼 널리 활용되었다.

9. 역대 시화 초록집 조덕상의 『저호수록』

이 시기에는 이전의 시화를 초록한 『저호수록樗湖隨錄』이 출현하여 널리 읽혔다. 편자는 조덕상(趙德常, 1708~1784)이다.[150] 편자는 서울의 마포에 살면서 음직으로 간성군수, 순흥부사, 진주목사 등을 역임하였다. 저자의 문집은 현재 전하지 않으나 『해동충의전海東忠義傳』을 지었고, 『허창해유고許滄海遺稿』와 집안 선조의 문집 몇 종을 편찬하여 서문과 발문을 썼다. 또 경기도 여주에 거주한 서얼 시인 이희李熺의 『유유자고悠悠子稿』에 서문을 쓰는 등 문학에 조예가 있었다.

『저호수록』은 앞서 나온 시화를 초록하고 뒷부분에 자기의 시화로 보완하였다. 260칙의 기사를 시기 순으로 배열하였다. 『백운소설』에서 시작하여 『견한잡록』 『송계만록』 『청강시화』 『지봉유설』 『어우야담』 『성수시화』 『계곡만필』 『종남총지』 『수촌만록』 『시화총림 부증정』까지 186칙을 초록하였는데 『시화총림』을 저본으로 삼았다. 이후에는 『둔암시화』, 『자각관규紫閣管窺』, 『현주잡기玄洲雜記』, 『농암잡지』,[151] 『도협총설』에서 기사를 초록하였다. 앞의 3분의 2는 『시화총림』에서, 뒤의 3분의 1은 18세기 전기 노론 문인의 시화에서 초록하였다. 그중 『자각관규』는 현재 전하지 않는다. 196칙에서 240칙 『농암잡지』 사이에 수록된 44칙은 『자각관규』에서 초록한 것으로 보인다. 다음은 196칙 기사이다.

> 『자각관규紫閣管窺』에서는 이렇게 말하였다. 시를 어찌 쉽게 말하리오? 개원開元 천보天寶의 성당盛唐에 비교하여 송나라와 명나라는 세상 기운

이 점차 내려갔다. 동국은 중국에 비해 풍속과 기운이 또 한 세대 떨어져 있다. 시를 배우는 이들이 아무리 당시를 배우고자 한들 체재는 가늘고 약하며 소리는 짧고 운치는 꺽꺽하여 끝내 진사도와 황정견의 수준에도 들어가지 못하니 더구나 이백과 두보의 울타리를 넘볼 수 있으랴? 당시에 가깝다고 이름난 고죽 최경창과 옥봉 백광훈, 손곡 이달로 말하자면, 절구는 간혹 절창이 있으나 칠언율시는 끝내 부합하는 작품이 드물다. 세상에 따라 재능이 내려가고, 지역에 따라 풍속에 차별이 있어서 그렇게 되지 않았겠는가? 계곡 장유와 택당 이식 이후에는 문운文運이 점차 가라앉아 명종과 선조 때의 성대한 분위기를 더는 볼 수 없다. 남용익이 『기아箕雅』에서 시를 뽑은 지 또 백 년이 흘렀으니 후대에 전할 만한 걸출한 시구가 어찌 없겠는가? 이에 모자란 내가 망령되고 참람한 줄 헤아리지 않고 견문한 대로 채록하였다. 작품의 선택은 예로부터 어려워하였으니 고루하고 좁고 막혀있을까 두려울 뿐이다.[152]

남용익의 시선집 『기아』가 나온 지 백 년이 지났다고 했으니 대략 1780년대 이후의 사정이다. 저자의 만년 시절에 해당하므로 『자각관규』는 사실상 조덕상이 편찬한 시화로 추정한다. 인용한 글은 『자각관규』의 서문이자 곧 『저호수록』의 서문이다. 당시를 선호하는 시각과 당대보다 옛날의 시를 더 높이 평가하는 시각이 드러나는 데 시화 전체의 시각에 부합한다.

『저호수록』은 인기를 끌어서 이본의 수가 상당히 많다. 적어도 10여 종 이상의 사본이 남아 있다. 『저호수록』보다는 『동인시화』나 『해동시화』, 『시가제화수록詩家諸話隨錄』의 서명으로 더 많이 불렀다. 주요한 역대 시화를 초록하였기에 이 서명을 선호하였다. 사본에 따라 기사의 수량과 수록 순서 및 기사에 차이가 있다. 필사자에 따라 새로 추가된 기사도 적지 않다.

사본은 크게 두 가지 계통이 있다. 하나는 각각 충남대학교와 영남대학교 도서관에 소장된 『동인시화』 1책으로 원본에 가깝다. 서거정이 지은 『동인시화』와는 무관하다. 2종의 사본은 260칙의 기사에 내용이 거의 같고, 끝에 「동인필법東人筆法」과 「동인화격東人畵格」을 수록하였다. 충남대학교 도서관본은 『한국시화총편』 제5책에 영인되었다. 강노재講魯齋에서 계해년에 필사했다고 밝혔는데 1803년이나 1863년 둘 중의 하나이나 1803년이 더 가깝다.

다른 하나의 계통은 양승민 교수 소장본 계열이다. 이 계통은 대체로 19세기 중후반 이후에 필사되었다. 원본 계통 사본에서 『시화총림』을 초록한 앞부분 186칙을 3분의 2 정도로 줄여서 초록하였고, 끝에 「본조규수本朝閨秀」와 「본조승류本朝僧類」, 「본조종영本朝宗英」의 항목을 별도로 두어 기사를 수록하였다. 『동국시화휘성』에서 채택한 체재이자 기사이다. 또 원본 계통 사본에는 없는 이의승(李宜繩, 1665~1698) 같은 기사 다수를 『동국시화휘성』 등에서 초록하였다. 반면 앞에서 인용한 『자각관규』의 내용이 빠져 있다. 기사의 수량은 260칙 전후이나 중반 이후부터 원본 계통 사본의 편차를 주관에 따라 재정리하고 기사를 넣고 빼서 차이가 크다. 『시화총편』 제9책에 실린 『저호수록』과 연세대학교 도서관에 수록된 『저호수록』, 서울대학교 도서관에 소장된 『해동시화』, 고려대학교 소장 『해동제가시화海東諸家詩話』 등이 여기에 해당한다. 개인소장 사본도 여러 종류가 있다. 한편, 국립중앙도서관에 소장된 『시가제화수록』과 장서각 소장 『해동시화』는 두 계통의 사본을 종합하여 필사하여 기사의 수량이 더 불어났다. 『저호수록』 계통의 시화는 사본마다 후반부에서 필사자의 주관에 따라 기사를 넣고 빼서 크고 작은 차이를 낳았다.

연세대학교 소장 『저호수록』과 서울대학교 소장 『해동시화』 등은 19세기 중반 이후 필사되었다. 연세대본은 『시필』 위주로 필사한 『동시기담』의 뒤에 수록되었다. 산운山雲 이양연李亮淵의 기사를 몇 칙 실었으므로 19세기 중반 이후 필사되었다. 서울대본 역시 익종翼宗 때의 화산모씨華山母

氏를 논한 기사를 수록하였으므로 헌종 이후에 필사되었다. 이들 사본은 『한국시화총편』 제8책과 제9책에 실려 있다. 양승민 교수 소장 사본은 조선 말기 서만보徐晩輔가 필사하였다.

『저호수록』은 1책의 분량으로 고려부터 18세기까지 주요 시화를 읽을 수 있어 독자의 사랑을 받았다. 『풍암집화』와 『저호수록』은 편자의 명성이 그다지 높지 않음에도 널리 읽혔다. 18세기 이후 등장한 몇 종류의 시화는 보급형 대중적 시화 선집이었다. 이 선집은 독자의 비평적 욕구와 시를 향한 지식욕을 채워주었다. 시화가 문인의 필수 교양인 한시의 이해와 창작의 지침서로서 흥미와 지식욕을 채워주는 독서물로 인기를 얻었음을 보여준다.

한편, 시화를 초록한 선집에 『시화초성詩話抄成』이 있다. 1권 1책의 사본으로 고려대학교 중앙도서관에 소장되어 있다. 표제는 『만와잡기晩窩雜記』이고, 상권은 '시화초성', 하권은 '붕당원위朋黨源委'이다. 만와晩窩가 편자이나 실명은 알 수 없다. 표제 아래 '한천주인寒泉主人이 썼다. 병신년 8월 20일'이라는 기록이 있어 1776년으로 추정한다.

이 시화는 노론계 문사의 편저로 추정된다. 인명을 그대로 쓰되 우암 송시열만은 호를 사용하여 관련한 기사를 몇 개 썼고, 남인을 비판하는 기사가 여럿이라 노론의 시각이 뚜렷하다. 홍만종의 시화에서 많이 초록하였고, 나머지는 이희겸李喜謙 편저의 『청야만집靑野漫輯』 등의 필기에서 초록하였다. 고려에서 숙종 때까지 저명한 인물의 절의와 행적을 다룬 기사가 많이 등장한다. 조선 중기 이후에는 주로 서인과 노론 선배의 지조를 드러낸 시와 행적의 비중이 크다. 문예적 관심이 적어 원래 기사에서 시평을 삭제하거나 축약하는 등 변형이 많다. 18세기 이후에는 『시화초성』 같이 앞서 나온 필기와 시화에서 관심 있는 기사를 자유롭게 뽑아서 만든 선집이 다수 출현하였다.

제
3
절

19세기 전기 시화사

19세기 전기에는 이전 시기 시화의 성과를 계승하여 많은 시화가 출현하였다. 다음은 이 시기에 편찬된 20종 안팎의 시화 목록이다.

저자	시화명	저술 시기	비고
성해응(成海應, 1760~1839)	『연경재시화(硏經齋詩話)』	미상	
정약용(丁若鏞, 1762~1836)	『혼돈록(餛飩錄)』	1819년	
	『탁옹한담(籜翁閑談)』	1809~1818년	
강봉흠(姜鳳欽, 1762~1828)	『남애시사(南涯詩史)』	1800~1808년	
조필감(趙弼鑑, 1767~1828)	『첨의헌시화(瞻猗軒詩話)』	미상	『첨의헌유고(瞻猗軒遺稿)』
강준흠(姜浚欽, 1768~1833)	『삼명시화(三溟詩話)』	1810년 이후	망창창재(莽蒼蒼齋) 소장
홍석주(洪奭周, 1774~1842)	『학강산필(鶴岡散筆)』	1837년	
이존서(李存緖)	『칠계창수록(漆溪唱酬錄)』	1818년 이전	1825년 필사 『소화시평』 부록
박선성(朴善性, ?~?)	『자산차록초(茨山箚錄鈔)』	미상	
편자 미상	『동시영언(東詩零言)』	미상	
이원순(李源順, 1772~1823)	『정봉한점(靜峰閑點)』	1812년 이후	『한산세고』, 이규상 손자
임렴(任廉, 1779~1848)	『섬천만필(蟾泉謾筆)』	1824년	
	『양파담원(暘葩談苑)』	1824년	
편자 미상	『수미청사(脩眉清史)』	1840년대	

저자	시화명	저술 시기	비고
편자 미상	『청운잡총(靑韻雜叢)』	1840년대	
조언림(趙彦林, 1784~1856)	『이사재기문록(二四齋記聞錄)』	1845년 이후	
홍길주(洪吉周, 1786~1841)	『수여방필(睡餘放筆)』	1835년	『표롱을첨(縹礱乙幟)』 권12~13
	『수여연필(睡餘演筆)』	1835년	『표롱을첨(縹礱乙幟)』 권14
	『수여난필(睡餘瀾筆)』	1836년	『항해병함(沆瀣丙函)』 권5~7
	『수여난필속(睡餘瀾筆續)』	1837~1841년	『항해병함(沆瀣丙函)』 권8~9
조희룡(趙熙龍, 1789~1866)	『석우망년록(石友忘年錄)』		지곡서당(芝谷書堂)
남희채(南羲采, 1790~?)	『구간시화(龜磵詩話)』	1832년	
이형부(李馨溥, 1791~1851)	『고금인총언(古今人叢言)』	1849년	
박영보(朴永輔, 1808~1872)	『녹범시화(綠帆詩話)』	1830년	
	『연총록(衍聽錄)』	1832년	

19세기 전기 시단은 18세기 후기의 참신한 시풍을 계승하되 더 고답적이고 예술성 위주의 시풍을 추구한 신위申緯와 김정희(金正喜, 1786~1856) 등이 시단의 중추로 활약하였다. 여기에 홍석주洪奭周, 정약용丁若鏞, 이양연李亮淵, 이학규李學逵, 이명오李明五, 김려金鑢, 이희사李羲師, 정학연丁學淵, 이만용李晩用 같은 사대부 시인과 조수삼趙秀三, 장혼張混, 정수동鄭壽同 같은 여항시인이 대가로 이름을 얻었다. 또 민간에서는 무명 시인이 다수 등장하여 김삿갓과 이패랭이 같은 유랑시인이 시단에 이채를 더하였다. 신분과 당파, 지역의 차이에 따라 다양한 시인 집단이 형성되었고, 경향 각지에는 시사詩社가 결성되어 한시 창작과 감상이 성황을 이루었다. 다원화한 시단의 다양한 욕구를 충족하기 위해 시화는 여러 성격으로 분화하였다.

서울과 경기 지역 시단에서는 언외지미言外之味와 선적禪的 감각, 지성미를 중시한 시풍이 유행하였다. 신위와 김정희가 대표적 시인이었다. 그 심미안을 대변하는 문학 이론서에 『이십사시품二十四詩品』이 있다. 이 시풍의 유행에 큰 영향을 끼친 청나라 문인이 왕사정과 옹방강翁方綱으로 옹방강의 『석주시화石洲詩話』와 『소재필기蘇齋筆記』 등이 유입되었다. 이 시풍은 『이십사시품』의 유행과도 관련이 깊어서 조희룡과 박영보의 시화에도 영향을 끼쳤다.

중앙 관료를 지낸 사대부의 시화는 당파에 따라 큰 차이를 보였다. 노론 문인은 전편시화보다는 시화를 포함한 필기를 다수 지었다. 시의 사회적 기능을 강조하고 유가의 시관을 중시한 홍석주와 홍길주의 필기가 대표적이다. 남인 문인은 이 시기에도 다수의 전편시화를 지었다. 기호 지역의 남인 학자인 강준흠姜浚欽과 정약용, 이학규가 몇 종의 시화를 저술하여 남인의 시각을 드러냈고, 영남 남인 강봉흠姜鳳欽은 독특한 형태의 시화를 저술하였다. 여기에 소북 문인인 조언림趙彦林도 주목할 만한 시화를 편찬하였다.

남희채는 『구간시화』를 저술하였다. 이 시화는 시를 매개로 자연과 풍속, 사회를 이해하려는 박물학적 관심사를 극대화한 전편시화이다. 이 시기에는 시를 활용하여 세계와 만물, 인간을 이해하려는 박물학적 경향이 등장하였는데 『구간시화』가 바로 뒤에 등장한 『시가점등』과 함께 한국 시화 가운데 가장 방대한 분량을 자랑하며 그 경향을 대표한다.

18세기 전기의 시화 총서를 이어받아 『양파담원』과 『청운잡총』, 『동시영언』 등 총서가 새로 등장하였다. 앞서 나온 총서의 토대 위에서 18세기에 나온 여러 시화의 성과를 추가하였다. 시화 총서는 흥미 위주의 이야기를 초록하는 경향이 강해졌다. 이와 함께 구전되는 작품과 사연을 기록하는 경향이 대두하여 야담의 성격이 첨가되었다. 『칠계창수록』 등에서 구전되는 이야기를 채록하는 경향이 강하게 나타났고 일반 시화에도 비슷한 경향이 보였다.

시화의 창작자가 관료나 저명한 문인에게서 재야 문인이나 지방에 거주하는 이름 없는 작가로 확대된 점도 중요한 변화이다. 시화가 전통적 주제와 내용에서 멀어지면서 점차 시의 문예적 특성을 논하거나 작품을 품평하기보다는 흥미거리 이야기를 선호하는 통속화 과정을 겪었다.

1. 역대 시화를 종합한 선집과 총서의 편찬

18세기 전기에 홍만종이 『시화총림』을, 홍중인이 『동국시화휘성』을 편찬하여 역대 시화를 두 가지 방식으로 정리하였다. 2종의 시화 총집은 역대 시화를 이해하는 중요한 문헌으로 널리 활용되었다. 이후 역대 시화를 활용하고 정리한 저술은 두 가지 방식으로 전개되었다. 하나는 『시화총림』처럼 개별 시화를 선집하는 방식이고, 다른 하나는 『동국시화휘성』처럼 편자의 의도대로 역대 시화에서 발췌하여 초록하는 방식이다. 19세기에는 두 가지 방식이 모두 유행하여 『양파담원』과 『청운잡총』, 『동시영언』 등 몇 종의 시화 총집이 출현하였다.

『시화총림』을 증보한 『양파담원』과 『청운잡총』

『시화총림』을 모델로 삼아 총집 2종이 새로 편찬되었다. 『양파담원暘葩談苑』은 임렴(任廉, 1779~1848)이 편찬한 시화 선집으로 사본 8책이다. 국립도서관에 8책 완질 사본이 소장되어 있고, 7책의 사본도 전한다. 한국학중앙연구원에는 제1책이 빠진 4책의 사본이 소장되어 있다. 8책의 사본이 아세아문화사에서 영인되어 이용되고 있다.

편자의 자는 직여直汝, 호는 섬천蟾泉으로 『수촌만록』의 저자 임방任埅의 현손이고, 『잡기고담雜記古談』의 저자 난당蘭堂 임매(任邁, 1711~1779)의 손자이다. 영덕현령을 지냈다. 임렴은 1824년에 쓴 시화의 자서自序에서 이렇게 밝혔다.

나는 평소 성병聲病을 잘 알지 못하나 고금 사람의 가작을 보기만 하면 흔쾌히 사모하여 읊조리곤 하였다. 집안에는 고조부의 『수촌만록』 한 부가 있는데 실린 내용이 너무 간략하였다. 그래서 여러 작가가 지은 시화를 두루 수집하고 초록하여 모으고 보태었다. 8년을 거쳐 비로소 약간 권의 책을 이루고 전체를 『양파담원』이라 이름하였다. 잘된 것과 거친 것을 함께 수록하였고, 고아한 것과 비루한 것을 두루 펼쳐놓았으니 감히 내 소견대로 절충하여 보태거나 삭제할 수 없었다.[153]

똑같은 글이 동시대 문인 권복인權復仁의 문집 『천유고天遊稿』에 「양파담원소서暘葩談苑小敍」라는 제목으로 실려 있다. 대작代作임을 밝혔으나 내용상 대작이기 어렵다. 자서에서 고조부 임방이 편찬한 시화 『수촌만록』을 보고서 부족함을 느껴 시화를 수집하여 총집으로 편찬하였다고 밝혔다. 『시화총림』에 수록된 책과는 다른 『수촌만록』을 소장하였음을 알 수 있다. 『수촌만록』에 자극 받아 총서를 만들었다는 취지이지만 사실상 『시화총림』을 증보한 총서임을 고려한다면 조금 과장된 말이다. 다음은 『양파담원』의 목록이다.

권1: 『백운소설』, 『역옹패설』, 『용재총화』, 『추강냉화』, 『소문쇄록』
권2: 『사재척언』, 『용천담적기』, 『견한잡록』, 『패관잡기』, 『송계만록』, 『청강시화』
권3: 『오산설림』, 『월정만록』, 『청창연담』, 『산중독언』, 『지봉유설』, 『제호시화』, 『좌해부담』
권4: 『어우야담』, 『성수시화』, 『종남총지』, 『계곡만필』, 『풍암집화』
권5: 『호곡시화』, 『수촌만록』, 『현호쇄담』, 『매옹한록』, 『이순록』
권6: 『소화시평』
권7: 『청비록』, 『부증정附證正』
권8: 『섬천만필』

8권 8책에 시화 32종을 수록하였다. 『백운소설』에서 『현호쇄담』까지 24종은 수록한 순서와 권차가 조금 다르고 기사의 수량을 조금 늘렸을 뿐 『시화총림』을 그대로 전재하였다. 『좌해부담』, 『풍암집화』, 『매옹한록』, 『이순록』, 『소화시평』, 『청비록』, 『섬천만필』 7종의 시화는 새로 수집하여 증보하였다. 『좌해부담』은 앞에서 살펴본 『좌계부담』이다. 7종 가운데 자신이 편찬한 『섬천만필』과 홍만종의 『소화시평』, 이덕무의 『청비록』은 전편시화로서 기사의 수량이 많다. 7종의 시화를 증보한 것만 해도 새로운 시화 총서로서 가치가 있다. 하지만 『시화총림』 이후에 나온 시화는 이 정도에 그치지 않는다. 홍만종의 『시평보유』, 남학명과 남극관의 시화, 이익의 『성호사설』 등 수록할 만한 시화가 10종 이상이므로 조금 안이한 편찬이다. 증보한 시화에는 『소화시평』과 『청비록』 같이 뛰어난 시평집이 포함되기는 하였으나 나머지는 해학적 일화와 희작시 위주의 시화이다. 시화의 흥미성을 중시하는 이 시기 시화 독자의 경향을 반영하였다.

임렴의 편찬 범례는 『시화총림』의 범례를 조금 수정한 수준에 그쳤다. 범례를 크게 수정하지 않고 그대로 옮기면서 모순에 빠졌다. 범례 1조에서 『파한집』과 『보한집』 등 전편시화는 수록하지 않는다는 원칙을 제시하였으나 『소화시평』과 『청비록』 같은 온전히 독립되고 단행본으로 널리 유통되는 전편시화를 수록하였다. 『파한집』, 『보한집』, 『동인시화』의 전편시화를 선록하지 않은 『시화총림』과는 차이가 난다.

『양파담원』의 텍스트는 『시화총림』에 비하여 오자와 탈자가 많은 편이고, 공란으로 비워둔 곳이 여러 군데이다. 그 안에 수록된 『소화시평』은 오자가 적지 않고, 빠트린 내용이 많다. 『어우야담』과 『지봉유설』은 『시화총림』보다 각각 한 칙을 더 보탰고, 『수촌만록』은 56칙과 57칙을 더 보탰다. 『청비록』은 조선에서 유통되는 사본을 저본으로 삼아 전체 177칙 가운데 107칙을 발췌하여 수록하였다. 권7 34장에는 『청비록』 권1에서 뽑은 시화가 실려 있다.

박차수(朴次修, 朴齊家)의 시에 '벌레가 새벽까지 간절하게 우네[鳴蟲懇到晨]'라는 구절이 있는데 '간절하게[懇]'라는 글자에 시의 정채가 담겨 있다. 초려草廬 오징吳澄의 시에 '매미는 가을이 온 줄도 모르고 간절하게 우네[蟬未知秋懇懇吟]'라는 구절과 뜻이 같다.[154]

인용한 시는 박제가의 작품이 아니다. 그의 시집에는 이 시구가 없다. 일부 사본에는 박제가가 원중거元重擧로 쓰였는데 원중거가 맞다. 이덕무의 아들 이광규가 수정하기 이전 사본에는 박제가로 되어 있었다. 이 사본을 따른 『속함해續函海』 본 『청비록』에도 박제가로 되어 있다. 『양파담원』은 이광규가 수정하기 이전 사본을 초록하였다.

『청운잡총青韻襍叢』은 사본 6책으로 편자는 미상이다. 일본 동양문고에 제1책 낙질이 소장되어 있고, 태동고전연구소 자료실에 권5 1책이 소장되어 있다. 우에노 도서관上野圖書館과 서울대학교 도서관에 1책이 소장되어 있는데 후자는 전자를 베꼈다. 이 책에는 『매옹한록』, 『이순록』, 『풍암집화』, 『좌해부담』, 『수미청사』 5종의 시화를 초록하였다. 『청운잡총』의 제4, 5, 6책에서 『시화총림』 외에 추가된 시화 위주로 선택하여 필사하였다.

다음은 이 책 앞에 실린 시화 전체의 목록이다.

제1책: 『백운소설』, 『역옹패설』, 『용재총화』, 『추강냉화』, 『소문쇄록』, 『사재척언』, 『용천담적기』
제2책: 『견한잡록』, 『송계만록』, 『패관잡기』, 『청강시화』, 『월정만록』, 『오산설림』
제3책: 『청창연담』, 『산중독언』, 『지봉유설』, 『어우야담』, 『제호시화』, 『성수시화』

제4책: 『계곡만필』, 『종남총지』, 『호곡시화』, 『수촌만록』, 『매옹한록』, 『현호쇄담』, 『이순록』
제5책: 『소화시평』, 『부증정附證正』, 『풍암집화』, 『좌해부담』
제6책: 『청비록』, 『수미청사』

전체 32종의 시화를 수록하였다. 한편, 이와 똑같은 서목書目이 1850년대 한 개인의 장서목록에 등장한다. 수경실修綆室에서 소장하고 있는 서목에서는 제4층 서가書架 첫 줄에 보관하고 있다고 나와 있다. 여기에서 『청운잡총』이 1850년대 이전에 편찬이 완료되었으리라 추정한다.

이 총집은 『양파담원』과 마찬가지로 『시화총림』을 근간으로 만들어졌다. 다른 점이라면 『섬천만필』 대신에 『수미청사』가 들어갔다. 이처럼 두 시화 총서는 서로 깊은 관련이 있다. 『양파담원』과 『청운잡총』에 수록된 『풍암집화』, 『이순록』, 『매옹한록』의 기사를 비교하면 『양파담원』의 항목이 조금 더 많다. 『풍암집화』는 전자가 24칙, 후자가 17칙으로 7칙이 적고, 『이순록』은 전자가 21칙, 후자가 17칙으로 4칙이 적으며, 『매옹한록』은 전자가 12칙, 후자가 5칙으로 7칙이 적다. 『청운잡총』의 편자가 이전에 나온 『양파담원』의 기사를 선택적으로 발췌하고 줄여서 총집을 만들었다. 또 『양파담원』의 기사 본문을 충실하게 필사하지 않고 축약하여 필사하였다. 따라서 『청운잡총』은 여러 면에서 거친 시화 총집이다.

『양파담원』과 『청운잡총』은 『시화총림』 이후 나온 주요 시화를 다시 정리하여 시화에 관심을 가진 독자에게 제공하였다. 19세기 중반까지 나온 한국 시화의 주요 저작을 조감할 수 있는 시화 선집으로서 의의가 있다.

다만 시화의 선별에서 공정성과 형평성이 부족한 점은 결함이다. 『농암잡지』나 『사시자』 같은 비평사상 중요한 시화나 『병세재언록』 같은 진지한 시평은 오히려 배제하고 흥미성 위주의 시화를 더 많이 선택하였다. 또 『청운잡총』은 텍스트의 변형이 많아 아쉬움을 남긴다.

자국 시화를 작가별로 편집한 시화총집 『동시영언』

다음으로 『동국시화휘성』을 모델로 삼아 역대 시화를 발췌하여 만든 총집이 나왔다. 19세기 중반 무렵 『동시영언東詩零言』이란 새 시화 총집이 출현하였다. 지금까지 알려진 적이 없는 이 책은 본래 10권 10책이나 현재는 2권과 6권이 빠진 8권 8책이 남아 있다. 미국 버클리대학 동아시아도서관에 2종의 사본이 소장되어 있다. 하나는 편자 수택본이고, 다른 하나는 수택본을 정사한 사본으로 내용에는 차이가 없다. 수택본에는 곳곳에 첨지籤紙를 꽂거나 난외에 기사를 보충하거나 이본을 교감하고 글자를 수정한 기록을 통해 원고본임을 알 수 있다. 또 기사의 전체 또는 일부를 삭제하라고 표시한 곳도 적지 않다. 3권에는 난외에 "김우추金遇秋의 시는 볼 만하지 않으니 굳이 거둬 실을 필요가 없다"[155]라고 편집자의 의견을 써두었다.

수택본 1권 표지 안쪽에 윤성인尹姓人 구장舊藏이란 기록이 있어 윤씨 성의 소장자로부터 입수하였다고 밝혔다. 그렇다고 윤씨 성을 가진 사람이 편찬했다고 판단하기는 이르다. 7권에 익종을 목록에 올리고 기사를 썼으니 아무리 빨라도 헌종(1834~1849) 시기에 편찬되었다.

『동시영언』은 1권에서 4권까지는 위만조선에서 조선왕조의 정조까지 왕조별로 분류하고 그다음에는 시기별로 작가를 분류하여 기사를 정리하였다. 시대를 알 수 없는 이들은 마지막에 따로 서차序次가 미상이라 밝히고 수록하였다. 권4에서 7권까지는 속편으로 신라 경덕왕에서 익종까지 기사를 수록하였다. 권8은 다시 속편으로 신라 경순왕에서 정조시대 유득공까지, 권9는 다시 속편으로 신라 최치원에서 영조 때의 유언술兪彦述까지, 10권은 고려 최충에서 순조 때의 정약용까지 기사를 수록하였다. 네 번에 걸쳐 속편을 만들어 10권의 책을 만들었다. 이렇게 거듭 속편을 만든 뒤에 나중에 풀어헤쳐 다시 편집하여 완성하려 한 듯하다.

체제와 편찬 방식은 『동국시화휘성』과 흡사하다. 고조선에서부터 편자 당대까지 다양한 문헌에서 시화 기사를 초록하여 시대 순으로 제시하였다. 문집보다는 주로 필기와 시화 자료에서 초록하였다. 『동국시화휘성』과 체제는 비슷하나 관점과 채록한 문헌이 달라서 독자성을 띤 별도의 저술이다. 『동국시화휘성』은 출처를 분명하게 밝히지 않은 결함이 있는데 『동시영언』은 빠짐없이 출처를 정확하게 밝혔다.

이 시화에서는 18세기 이후 시인을 다수 채록하였다. 『동국시화휘성』에서는 숙종 말기와 영조 초기의 작가를 일부 다뤘으나 대체로 숙종 시대가 하한선이다. 초록한 문헌도 숙종 말기가 하한선이다. 반면에 『동시영언』은 그로부터 1백여 년 사이에 배출한 시인을 다수 다뤘다. 7권의 속편에서 숙종 이후의 권유權愈, 조태채趙泰采, 신광수, 안성시安聖時, 김이곤金履坤, 원중거, 최성대, 변일휴, 이용휴, 구득로具得魯, 이덕무, 박제가 등을 목록에 올렸다. 편자가 『천예록天倪錄』, 『청죽만록聽竹漫錄』, 『좌계부담』, 『풍암집화』, 『수미청사』, 『이순록』, 『기문록記聞錄』, 『기문記聞』, 『청비록』, 『나서잡록羅西雜錄』, 『삼관기三官記』, 『연려실기술』, 『성호사설』 등 18세기 이후의 다양한 문헌에서 초록한 결과이다.

『좌계부담』, 『풍암집화』, 『청비록』, 『이순록』 등은 『양파담원』에 실려 있고, 『수미청사』는 『청운잡총』에 실려 있다. 『동시영언』이 다양한 필기와 시화를 개별로 소장하고 초록했다기보다는 『양파담원』이나 『청운잡총』 같은 총서를 활용했을 것이다. 권7의 34장에서는 원중거의 시를 논한 『청비록』을 인용하면서 똑같이 원중거의 시를 박제가의 시로 잘못 인용하였다. 『동시영언』이 『양파담원』에 수록된 『청비록』을 초록했음을 알 수 있다.

활용한 문헌 가운데는 시화 관련 문헌으로는 생소한 것이 적지 않다. 『청죽만록』과 『삼관기』, 『연려실기술』은 시화로서는 주목받지 못했으나 그 안에 실린 기사를 초록하여 시화로 읽도록 하였다. 또 『나서잡록』과

『기문록』, 『기문』에서 적지 않은 기사를 초록하였는데 저작자와 저술의 성격을 알기 힘들다. 다른 시화에서 보기 힘든 참신한 기사가 적지 않다. 다음은 『기문』에서 초록한 기사로 권10의 마지막 부분에 실려 있다.

> 정약용이 귀양 가 있을 때 작은 청개구리가 닭에게 쪼여 먹힐까봐 펄쩍 뛰어 석류나무 가지로 올라가는 장면을 보고 느낌이 일어 다음 시를 지었다.
>
> 온통 새파란 아주 작은 청개구리가 　綠色通身絶小蛙
> 석류 가지 갈라진 틈에 한평생 단정히 앉아 있네 　一生端正坐榴杈
> 제가 감히 높은 자리 앉으려는 심사가 아니니 　非渠敢有居高願
> 닭 창자에 산 채로 매장될까 겁이 나서지 　剛怕鷄腸活見埋
>
> 귀양지에서 돌아오게 되자 사람들이 마지막 구절에 조짐이 있었다고 여겼다.[156]

정약용이 1831년에 지은 「여름날 전원의 홍취. 범성대와 양만리 두 분의 시체詩體를 본받아 지은 24수[夏日田園雜興效范楊二家體二十四首] 가운데 한 편을 인용하였다. 남양주 본가에서 지은 작품이므로 유배지에서 짓지는 않았다. 다만 내용으로 보면 그럴 법한 해석이다. 이 시를 다룬 기사는 다른 시화에 보이지 않고 훗날 유인식柳寅植의 『대동시사大東詩史』에서만 다루었다.

이전 시화를 초록한 『섬천만필』과 『수미청사』

18세기 후기부터 앞서 나온 시화에서 기사를 초록한 선집이 많이 출현하였다. 시화의 수요가 적지 않은 증거로 『풍암집화』와 『저호수록』, 『해동시화』 등이 여기에 해당한다. 19세기 들어 『섬천만필蟾泉謾筆』과 『수미청사脩眉淸史』, 『청구시화』, 『기문총화紀聞叢話』, 『단구파한록丹邱破閑錄』 등 앞서 나온 시화를 초록한 선집이 새로 편찬되었다.

먼저 『기문총화紀聞叢話』 같은 필기 야담집은 편자 미상으로 159칙의 시화가 실려 있다. 여러 이본 가운데 연세대학교 소장 사본 4책이 풍부한 기사를 보유하였다. 1권과 4권은 시화를 중심으로 기사를 초록하였다. 일본 동양문고 소장 사본은 연세대본의 1권, 4권과 내용이 겹쳐 있다. 성격이 유사한 『이순록』 등에서 기사를 많이 초록하였다. 문예적 관심보다 흥미 위주의 기사가 다수이다. 이 시기에는 흥미 위주의 이야기를 수록한 야담집이 여러 종 나왔다. 시화와 야담이 서로에게 영향을 끼쳐 시화는 야담화하였고, 야담에는 시화가 다수 침투하는 현상이 벌어졌다.

『단구파한록丹邱破閑錄』은 국립중앙도서관에 소장된 1책 81장의 시화이다. 편자와 편찬 시기가 미상이다. 『파한집』, 『보한집』, 『고려사』를 비롯하여 조선 중기까지의 다양한 시화와 필기에서 기사를 초록하였다. 일정한 체계가 없이 작품과 이야기의 감상용으로 초록하였다. 이렇게 편자와 편찬 시기가 분명하지 않은 시화집이 몇 종 전해진다.

필기와 야담집에 실린 시화 기사는 대부분 전대 시화에서 흥미로운 일화를 뽑아서 윤문하여 수록하였다. 시화가 이야깃거리로 널리 읽힌 19세기 특성을 반영하였다. 『기문총화』를 이어서 『섬천만필』, 『수미청사』 같은 시화 선집이 등장하였다. 앞서 나온 시화를 초록하면서 뒷부분에는 창작 시화를 일부 넣는 방식을 선호하였다. 창작 시화는 대체로 흥밋거리 이야기가 많은 특징이 있다.

『섬천만필』은 『양파담원』의 편자 임렴이 편찬한 시화로 『양파담원』 권8에 수록되었다. 229칙의 기사를 가진 독립된 시화이다. 『파한집』과 『보한집』 이후 역대 시화에서 초록하여 17세기까지 주요 시화 기사를 초록하였다. 원 시화에서 직접 초록하기보다는 『동국시화휘성』을 간추려 초록하였다. 후반부에 일부 18세기 시인을 초록하였고, 227칙에서 1811년 홍경래난에 희생된 정시鄭蓍를 애도한 영남 사람의 시를 수록하였다. 앞서 나온 시화를 초록하되 시평을 생략하여 시평으로서는 가치가 크지 않다. 다만 주요 작가의 주요 작품을 이야기와 함께 읽을 수 있는 선집으로서는 가치가 있다.

『수미청사脩眉淸史』는 『청운잡총』의 제6책에 수록되어 있고, 모두 108칙의 기사를 싣고 있다. 편자는 알 수 없으나 『청운잡총』의 편자와 같으리라 추정한다. 『양파담원』의 기사를 선택적으로 발췌하여 『청운잡총』을 만들었듯이, 『섬천만필』의 기사를 축약하여 『수미청사』를 만들었다. 분량은 『섬천만필』의 절반에 그친다. 58칙까지만 『섬천만필』에서 초록하였고, 그 수량이 『섬천만필』의 4분의 1에 해당한다. 그 이후 기사는 다른 시화에서 초록하였다. 64칙에는 임제林悌의 『원생몽유록』 전문을 수록하는 등 편제가 혼란스럽다. 『동국시화초東國詩話抄』에서 이 글을 수록한 것과 관련이 있는 듯하다.

다만 『수미청사』가 『섬천만필』을 초록하였으나 단순하게 베끼지는 않았다. 기사가 길거나 작품을 2수 이상 인용했을 때는 줄여서 인용하였다. 『섬천만필』은 인용만 하고 품평하지 않을 때가 많았으나 『수미청사』는 오히려 품평을 첨가하였다. 다음에 『섬천만필』 20칙을 축약한 『수미청사』 3칙을 인용한다.

> 1) 인빈印份이 다음 시를 지었다. '초당에는 가을철 칠월이라/ 오동잎에 비 내리는 밤은 또 삼경/ 베개에 누워 나그네는 잠 못 이루고/ 창문 너머 벌레 소리만 크게 들리네/ 잔디밭에 빗방울이 어지럽고/ 찬 잎에는 맑은 비가 뿌리는구나/ 나에게 그윽한 홍이 일어나니/ 오늘 밤 그대 심정 잘도 알겠네.' 학사가 해동에 명성을 떨친 것은 정말 이

시 때문이다. 2) 대개 함련은 기구 첫째 구절의 가을철 칠월의 경물을 받아서 시상을 펼쳤고, 경련은 제2구의 비 내리는 밤 삼경의 구절을 받아서 시상을 펼쳤다. 시를 보는 이는 마땅히 먼저 구상하는 법과 시구를 만드는 법을 살펴야 한다.[157]

인빈의 시는 고려 이래 명작으로 인정받은 작품이다. 1) 대목은 『파한집』 하권에 나오는 내용으로 『섬천만필』에서 그대로 전재하였다. 2) 대목은 『수미청사』에만 나오는 내용으로 오언율시의 시상 전개 방법을 설명하였다. 공교롭게 이 시는 율시의 전형적 시상 전개 방법을 잘 구사하였다. 이처럼 『수미청사』는 작품의 분석과 품평을 거의 빠짐없이 추가하였다. 『섬천만필』을 축약했으나 시평을 가함으로써 다른 가치를 부가하였다.

『섬천만필』에서는 뒷부분에 희작의 성격을 지닌 기사를 수록하였고, 229칙에서는 언문과 한문을 섞어 쓴 해학적 희작시를 '요로원희답례要路院戲答例'라는 이름으로 수록하였다. 『수미청사』는 더 많은 희작시를 수록하였는데 다음 100칙을 들어본다.

'세상사를 겪어보니 돈이 말을 하고/ 인정을 말하려 하니 검이 울려 하네[閱來世事金能語, 說到人情劍欲鳴]'라는 시구를 어떤 사람은 최삿갓의 시라고 한다. 삿갓은 어떤 사람인지 모르겠으나 늘 삿갓을 쓰고 있어서 사람들이 삿갓이라 불렀다. 경구가 반드시 많을 텐데 얻어듣지 못하니 유감이다.[158]

구전으로 전해지는 시구를 인용하고 최삿갓이라는 떠돌이 시인의 작품이라고 기록하였다. 당시에 김삿갓이 떠돌이 시인의 대명사로 전국적인 명성을 얻었는데 이 시화에서는 또 다른 인물을 기록하였다. 세파에 찌든 괴로운 심경을 묘사한 시와 인물의 행적이 인상적이다.

2. 남희채의 박물학적 시화 『구간시화』

『구간시화龜磵詩話』는 전체 27권이다. 성균관대학교 존경각과 필자, 일본 동경도립도서관東京都立圖書館에서 27권 6책의 완질을 소장하였고, 충남대학교와 국사편찬위원회 도서관에는 낙질이 소장되어 있다. 충남대학교 소장 사본은 저자 자필본이다. 존경각 소장본이 선본이다. 『한국시화총편』에는 존경각 소장 사본을 영인하였다.

편자는 남희채(南羲采, 1790~1855 이후)로 자는 문시文始, 호는 구간龜磵, 지산일민芝山逸民이다. 충청도에 거주한 소북계 문인으로 관직에 나가지 않은 재야 문인이다. 책의 앞에는 1832년에 지은 편자의 자서와 박단회朴端會의 서문이 실려 있다. 1832년에 시화를 완성하였다. 편자의 다른 저술에는 1855년에 지은 『중향국춘추衆香國春秋』가 있다. 그 책에서 "일찍이 고금의 문인이 지은 시화를 모았다. 그중 정수를 채록하여 일에 따라 부문을 나눠서 『구간시화』를 저술하였으니 무릇 27권이다"[159]라고 밝혔다. 화훼를 논한 『중향국춘추』는 박물학적 시화인 『구간시화』와 밀접하게 관련된다.[160]

편자는 서문에서 "고거考據하기에 편의를 도모하여 일에 따라 부문을 나누고, 천지인 삼재三才를 세워 강령을 세웠으며, 만물을 모아 계보를 만들고, 인정으로 씨줄을 삼고, 사류事類로 날줄을 삼아서 망라하여 책을 이뤘다"[161]라고 편찬 체제의 대강을 정리해 밝혔다. 고증에 이바지하려는 목적을 갖고, 천지인天地人 삼재三才의 백과전서 체제를 이용하여 천지 만물과 인간, 사회현상이란 세 가지 범주로 분류한 것이다. 세계를 구성하는 다양한 현상과 사물을 소재로 지은 시를 계통을 갖춰 이해하려는 목적을 드러냈다. 다음은 『구간시화』의 세부 목차이다.

제1책: 『건문시서乾文時序』 상하(1, 2권)
제2책: 『지리악독地理嶽瀆』 상하(3, 4권)
제3책: 『화훼과라花卉果苽』 상하(5, 6권)
제4책: 『어충조수魚虫鳥獸』 상중하(7, 8, 9권)
제5책: 『인도윤례人道倫禮』 상하(10, 11권)
제6책: 『인품성행人品性行』 (12권)
제7책: 『유술재예儒術才藝』 상하(13, 14권)
제8책: 『사진관직仕進官職』 상하(15, 16권)
제9책: 『좌도유괴左道幽怪』 상하(17, 18권)
『민업재화民業財貨』 상하(19, 20권)
제10책: 『복식기용服食器用』 상하(21 ,22권)
제11책: 『악부가무樂府歌舞』 (23권)
『장원제택莊園第宅』 (24권)
제12책: 『술수잡기術數雜技』 (25권)
『세로영췌世路榮悴』 (26권)
『시운성회時運盛衰』 (27권)

주제별로 명나라 이전 문헌을 활용하여 주관에 따라 새로 글을 지어서 편집한 창작 시화이다. 큰 규모와 방대한 분량, 폭넓은 관심으로 당송 시를 재해석한 것은 조선 문인으로는 처음 있는 일이다. 중국인이 저술한 시화를 활용하여 완전히 새로운 체계와 글로 창작하였다.

『구간시화』는 당송의 시와 문헌을 활용하여 주제별로 편찬하였다. 이렇게 분류한 시화는 19세기에 처음 나타났다. 문목門目을 자세하게 나누

어 편찬한 시화로 오함분吳涵芬이 41개 문門 127조로 편찬한 『설시낙취說詩樂趣』를 꼽는다.[162]

『구간시화』는 당송 시인의 시작품을 중심에 두기는 했으나 사이사이 조선의 현상, 특히 당시 사회와 자연의 현상을 소개하였고, 곳곳에 자기 경험을 반영하였다. 또 자신이 지은 시를 곳곳에 인용하여 사실을 설명하였다. 아쉽게도 그 비중이 크지는 않으나 대략 수십 개 항목이 있다. 권1 「견문시서」 상권의 '이하가 하늘나라 꿈을 꾸다[李賀夢天]'에서는 기사년(1809)에 서쪽 마루에서 곤하게 잠을 자다가 하늘나라에 올라가 청도십이루淸都十二樓의 하나인 청허전淸虛殿을 구경하고 시를 짓고 온 꿈을 기록하였다. 권24의 '제승능허制勝凌虛'에서는 충청도 태안에 있던 안흥진安興鎭의 누대 제승루制勝樓와 능허대凌虛臺의 웅장한 경관을 인상적으로 묘사하였다. 권25의 '귀신같은 붓장수[金生神筆]'는 붓을 파는 행상꾼 김생金生과 바둑을 두어 여러 번 진 자기 체험을 길게 서술하였다. 행상을 하는 떠돌이 기사를 천하의 기사棋士로 평가한 흥미로운 체험담이다. 이처럼 시를 통해 고증하되 자기의 체험과 견문을 반영하였다. 시화의 성격을 잘 드러내는 몇 가지 사례를 아래에 든다.

권21 「복식기용服食器用」 상권에는 '등나무 모자를 몸에서 벗다. 동국 사람이 잘못 착용하다[席帽離身·東人錯用]'라는 기사가 있다. 등나무 모자[席帽]는 송대에는 과거에 급제하지 못한 이들이 쓰는 모자로 과거에 급제하면 더 이상 쓰지 않았다. 『청상잡기靑箱雜記』에서 송나라 문인 이손李巽의 일화를 인용하여 입증하였다. 이손이 과거에 번번이 떨어지자 고향 사람들이 "등나무 모자를 언제 벗을지 누가 알까?"라며 비웃었다. 과거에 급제하자 이손은 "고향 친지에게 소식을 전하노니/ 이제는 등나무 모자를 벗어 던졌네[爲報鄕閭親戚道, 如今席帽已離身]"라고 했다. 그다음 기사는 이렇다.

(전략) 지금 우리나라 풍속에는 처음 벼슬자리에 나가는 일을 두고 '등나무 모자를 쓴다'라고 한다. 이야말로 야사에서 말한 '슬갑膝匣 도적'이다. 내가 전에 과거시험장에 들어갔더니, 어떤 시인이 큰 소리로 "내가 오늘 급제하여 등나무 모자를 쓰리라"라고 하였다. 내가 방언을 써서 장난삼아 절구 한 수를 지었다. '삼자부三字符 달린 남색 도포에 두 귀 늘어진 두건/ 대인이라 큰소리치니 부끄럽구나/ 슬갑 도적이란 옛 이야기 있거니/ 내일 아침에는 등나무 모자 잘도 걸치리[三字青袍兩耳巾, 之於羞顏言大人. 錯用古談爲膝匣, 明朝席帽好加身]'163

등나무 모자를 읊은 영물시詠物詩를 소개한 다음 중국과는 반대가 된 조선의 풍습을 직접 지은 희작시로 입증하였다. 슬갑 도적은 남의 무릎 가리개인 슬갑膝甲을 훔쳤으나 어디에 쓰는 물건인지 몰라 머리에 덮어쓴 바람에 비웃음을 산 이야기이다. 중국의 시를 중심에 놓기는 했으나 조선의 상황과 자기의 시를 첨부하여 흥미를 더했다. 작품성을 배제하지는 않았으나 그보다는 시가 담고 있는 지식정보에 더 관심을 기울여 박물학적 태도를 보였다.

시화는 시에 반영된 사회와 인간의 현상과 사물의 생태를 더 정확하고 풍부하게 이해하는데 기여한다. 남희채는 시에 반영된 현상과 생태를 지식정보의 원천으로 삼았다. 중국 문헌을 정보의 자원으로 삼았으나 여기에 그치지 않고 조선의 문헌과 풍속, 자기의 경험과 자기 작품도 원천의 일부로 활용하였다. 다음에 권7 「어충조수魚虫鳥獸」 상에서 '국화가 노랗고 복사꽃이 붉을 때[菊黃桃紅]'와 '소정방의 조룡대[定方釣臺]'의 두 기사를 함께 인용한다.

의서醫書에서 "게는 여름 끝 가을 초기에 매미처럼 껍질을 벗는다. 게를 해蟹라고 이름한 것은 틀림없이 이 뜻을 취했으리라"라고 하였다. 게는 반드시 서리를 맞은 뒤에 살이 오른다. 따라서 '국화가 노랗고 술이 익어야 게 엄지발에 살이 오르네[菊黃酒熟蟹螯肥]'라고 하였고, 또 '자해紫蟹가 살이 오를 때 늦벼가 향기롭다[紫蟹肥時晩稻香]'라고 하였다. 그런데 초계어은苕溪漁隱의 시에서 '복사꽃 붉게 터트릴 때 게가 살이 막 오르네[桃花紅綻蟹初肥]'라고 한 까닭은 무엇일까? 대개 게는 한 가지가 아니어서 가을에 살이 오른 것이 있고, 봄에 살이 오른 것이 있다. 우리나라 호남의 순천과 관북의 북청, 영동의 흡곡 등지에서는 봄에 게가 살이 막 오르고, 해서海西 지역에는 겨울철에 동해凍蟹가 나온다고 한다. 사물의 특성이 지역에 따라 변화하기 때문에 그런 것인가?[164]

내가 예전에 부소산 아래에 노닐 때 강가에 걸쳐있는 괴상한 바위를 보았다. 바위 위에는 용 발톱 흔적이 있었다. 전설에는 소정방蘇定方이 백제를 정벌할 때 강에 도착하여 건너려 하니 문득 비바람이 크게 일어나 백마를 먹이로 삼아 용 한 마리를 낚시하자 곧 날이 갰다고 전한다. 그래서 백마강白馬江이라 부르고 조룡대釣龍臺라 부른다고 하였다. 그러나 옛사람이 전하는 전설은 단지 황당무계한 이야기에 불과하여 사실인지 알 수 없다. 그래서 내가 「고란정에서 눈 오는 밤에 감회가 일어나[皐蘭亭雪夜有懷]」란 고시에서 '조룡대에 구름 얄궂게 천년 세월 파도 치고/ 어선에 불이 밝아 별빛 가물대는 눈 오는 밤 깊어가네[龍臺雲譎波千載, 魚火星微雪二更]'라고 읊었다.[165]

식용하는 게의 생태를 여러 시 작품을 통해 입증하고 조선 삼면의 바다에서 나는 게의 실태로 방증傍證하였다. 백마강 조룡대 사연의 허구성은 자신이 직접 탐방하고서 지은 시를 인용하여 얄궂고 허무맹랑한 전설에 불과함을 밝혔다. 시의 문예적 가치를 논하고, 수사와 표현을 다루는 시화 일반의 접근법과는 크게 다르다.

이렇게 『구간시화』의 표제와 구성 및 내용은 사물과 사회현상, 문화를 시를 이용하여 인식하려 하였다. 이는 당시 학계의 경향과 관련이 깊다. 『지봉유설』과 『성호사설』 등 저명한 유서에서 박물학의 관점에서 시를 분석한 전통을 이었다. 19세기 들어 조재삼趙在三의 『송남잡지松南雜識』, 『재물보才物譜』 같은 방대한 유서 및 유재건劉在建의 『고금영물근체시古今詠物近體詩』 같은 영물시 선집이 출현하였는데 박물학의 관심이 확장되어 나온 성과이다.

『구간시화』는 『시가점등』과 마찬가지로 시의 감상과 향유 이상의 기능을 시화에 부여하였다. 시는 정서의 산물을 넘어 세계의 모든 현상과 물질의 정보를 담고 있는 그릇이기도 하다. 그러니 시를 분석하여 정보를 캐낼 수 있다. 그 일을 시화가 수행하였다. 일반 시화와 다르게 현상과 사물이 어떻게 시에 구현되었는지 찾아내 더 정확하게 이해하는 도구로서 시화를 편찬하였다.

『구간시화』는 『시가점등』과 비슷한 시기에 출현한 전편시화로서 한국 시화 가운데 가장 방대한 분량을 자랑한다. 『구간시화』에서는 전통 문물을 소재로 한 영물시가, 『시가점등』에서는 신문물을 소재로 한 영물시가 주축을 이뤘다.[166] 2종의 시화는 문예미를 뒤로 돌리고, 시를 매개로 자연과 풍속, 사회를 이해하는 저술 방향을 취하였다. 시화의 부차적 기능인 지식정보를 시의 중요한 기능으로 앞세웠다. 18세기 후기 실학자의 시화에서 조짐을 보이던 박물학적 시의 이해가 19세기 이후에는 재야 학자에 의하여 큰 성과를 이루었다.

시화가 시의 이해를 본래의 목적으로 삼고 있다면, 이 시기의 시화에서는 시를 수단으로 활용하여 세계와 만물, 인간을 이해하려는 목적을 가졌다. 『구간시화』가 대표적 저술이고, 임경준의 『작비암시화昨非庵詩話』, 홍의호洪義浩의 『청구시지青邱詩誌』, 이장찬李章贊의 『여지시화輿地詩話』, 강봉흠의 『남애시사南涯詩史』 등의 시화로 확산되었다. 홍의호와 이장찬의 시화는 전하지 않으나 시를 매개로 지리를 이해하려는 목적을 가진 시화로 추정한다.

3. 남인계 문인의 시화 5종

19세기 전기에도 남인과 소북 당파 문인들이 왕성하게 시화를 창작하였다. 영남 남인인 강봉흠姜鳳欽과 기호남인인 강준흠姜浚欽, 그리고 정약용과 이학규, 소북 문인인 조언림趙彥林이 시화를 편찬하였다.

강봉흠의 역사를 담은 시화 『남애시사』

영남에 거주한 남인 문사도 시화 저술을 이어갔다. 강봉흠(姜鳳欽, 1762~1828)의 『남애시사南涯詩史』가 대표이다. 강봉흠의 자는 덕조德祖, 호는 남애南厓로 경상도 상주에 거주하였다. 모헌慕軒 강필신姜必愼의 손자이고, 경현재警弦齋 강세진姜世晉의 아들이다. 문학을 가학으로 이어받았으나 한평생 재야 문사로 지냈다. 이경유 등을 따라 추수사에서 동인 활동을 하였다. 정상리(鄭象履, 1774~1848)는 묘지명에서 그의 저술에 『시사詩史』 1권과 『남애시고南厓詩藁』 몇 권이 있어 집안에서 보관한다고 하였는데 『시사』가 바로 『남애시사』이다.

『남애시사』는 계명대학교 동산도서관에 소장되어 있다. 유일본으로 저자 수택본이다. 상하 2권으로 권상에는 전조前朝 26칙, 본국本國 110칙을 수록하였고, 권하에는 본국 108칙, 외국 4칙으로 모두 248칙의 기사를 수록하였다.

김제해金齊海의 시를 다룬 권상 20칙 기사에서 "금상今上 무오년戊午年"에 반포된 전교傳敎를 근거로 글을 구성하였는데 이는 정조 22년(1798년)의 일이다. 정조 연간부터 저술을 시작하였음을 알 수 있다. 이정귀李廷龜의 시를 다룬 권하 23칙에서 7세손인 이시수李時秀가 지금 좌의정이라 했고, 이만수李晩秀가 지금 판서라고 했으니 저술 시기는 대략 1800년에서 1808년 사이이다.

이 시화는 주제와 내용이 독특하다. 시사詩史를 표방하여 역사와 관련이 깊은 시를 인용하고 다양한 문헌에서 시의 배경을 이루는 기사를 초록하였다. 시로 읽는 역사로 꾸몄다. 통일신라의 최치원부터 시작하여 영조대 시인까지 다뤘다. 조선조 효종 이후는 적고 성종, 중종, 명종, 선조 시대 시의 기사가 큰 비중을 차지하였다. 예상과 달리 효종 이후 기사가 적은 것은 당파에 치우칠 우려를 피한 탓이다. 끝부분에는 외국까지 다뤘다. 저술의 성격상 작품성보다는 역사적 의미를 위주로 하였다.

작품과 작가의 선택 및 서술에는 영남 남인이란 지역성과 당파성이 반영되었다. 당쟁이 부상한 선조대 이후 남인의 기사가 많이 선택되어 남인의 시각이 두드러진다. 인용한 문헌 역시 허목의 『미수집眉叟集』, 강박의 『총명쇄록』, 남하정南夏正의 『동소만록桐巢漫錄』, 편자 미상의 『장동만필墻東漫筆』 등 남인의 저술이 다수이다. 영조대의 기사는 105칙에서 108칙까지 4칙을 수록하였는데 오광운의 탕평책, 무신란 때 노론 병사兵使 이봉상李鳳祥의 무능 등 남인 저술에서 기사를 전재하여 비판하였다. 다음은 하권 108칙의 전문이다.

의기양양한 석실산인 훌륭한 분이	施施石室人
산을 떠나 정승으로 되돌아왔네	去作台扉客
문에 드니 동자가 맞이하면서	入門童子迎
웃음 띠고 수양산 먹 돌려주었네	笑進首陽墨

이 시는 모헌慕軒 강필신이 국포 강박의 남한산성 시에 화답한 작품이

다. 인조 정축년 남한산성에서 청나라에 항복하던 날 청음 김상헌은 후문으로 성을 나와서 바로 호서로 갔다가 서둘러 영남으로 향했다. 그로부터 벼슬에 임명해도 왕명을 받들지 않았다. 신사년에는 심양에 억류되었다가 그해 겨울 의주에 구금되었다. 을유년에 풀려나자 한양으로 돌아왔다가 곧장 안동으로 향하였다. 온 집안 자제들이 한양 교외에서 배웅할 때 청음이 제각기 먹 하나씩 선물하며 "나는 이제 분수상 남쪽 고을의 귀신이 되어 다시는 한양으로 가는 길을 밟지 않을 것이다. 너희들은 이 먹을 가지고 내 얼굴을 본 듯이 여겨라!"라고 했다. 이듬해 청음은 정승에 제수되자 그제야 왕명을 받들어 한양으로 들어왔다. 대사헌 김수홍金壽弘은 청음의 종손從孫이다. 그 먹을 소매에 넣고 와서 말하기를, "이전에 먹을 주셔서 삼가 받아 때때로 어루만졌습니다. 이제 대인께서 다시 한양에 들어오셔서 소자가 다시 얼굴을 뵙게 되었습니다. 이 먹은 쓸 데가 없으니 감히 돌려드립니다"라고 하였다. 청음은 부끄러워하는 낯빛을 띠었다고 한다.[167]

저자의 조부인 강필신은 남인 관료로 강박, 이중환, 이인복 등과 함께 백련시사白蓮詩社 동인이었다. 바로 앞 107칙에는 남한산성에서 지은 강박의 절구 16수 중 한 편을 수록하여 청나라에 항복할 때의 정황을 묘사하였다. 연작시 가운데 한 수가 '동계桐溪 정온鄭蘊 공은 부끄럽지 않게 살았으니/ 백세가 흘러도 영원히 모범이 되리라/ 들으니 석실산인 어떤 분은/ 활보하며 조정에 앉았다고 하더라[桐翁不愧生, 百世永爲敎. 聞道石室人, 高步坐廊廟]'이다. 정온은 배를 갈라 자결을 시도하여 청나라에 항거한 인물이다. 이 시에 화답하여 강필신은 석실산인石室山人 김상헌의 처신을 비꼬았다. 그의 처신이 사실인지 아닌지 여부는 논외로 하고 백련시사 동인의 김상헌에 대한 반감을 표현하였다. 인용한 시는 강필신의 『모헌집慕軒集』에는 실리지 않았다.

영조대 기사인 107칙과 108칙에서 남인 문사의 서인, 노론에 대한 반감을 흥미롭게 표현하였는데 이는 영조대를 넘어 다른 시기에도 똑같이 적용된다. 이 기사는 『모헌집』과 『장동만필』을 합하여 쓴 기사임을 밝혔는데 『장동만필』은 오로지 이 시화에서만 등장한다. 상권 72칙과 106칙, 하권 57칙 등 9칙을 이 필기에서 전재하였고, 대부분 김종직 등 영남 남인을 호평한 기사이다. 누구의 저술인지 분명하지 않으나 편자 자신의 저술로 보인다.

안평대군의 궁녀 10명이 안개를 읊은 시를 성삼문成三問이 평가한 기사는 이채를 띤다. 이 기사는 17세기 초의 대표적 소설인 『운영전雲英傳』에 나온 내용과 다르지 않다. 흥미롭게도 저자는 이 기사를 『대동시림大東詩林』에서 초록하였다. 이 소설은 성로(成輅, 1550~1615)가 지었으므로 『대동시림』보다 뒤에 나온 저작이다.[168] 『대동시림』은 『신편유취대동시림新編類聚大東詩林』으로 1542년 무렵 유희령(柳希齡, 1480~1552)이 70권으로 엮은 방대한 조선 한시 선집이다. 현재 3권 정도밖에 전하지 않는다. 인용이 정확하다면, 강봉흠은 안평대군과 궁녀의 시를 역사적 사실로 간주하여 인용하였다. 그렇다면 성로는 오래전부터 전해진 안평대군과 궁녀의 시를 소재로 삼아 소설로 각색한 것이므로 소설의 성립과 관련하여 주요한 시사점을 던진다.

『남애시사』는 이경유의 『창해시안』을 보완하는 성격의 시화이다. 추수사 동인으로서 밀접한 관계였던 두 사람은 한 사람은 철저하게 문예적 관점에서 시를 논하였고, 한 사람은 문예적 관심을 넘어 역사적 관심에서 시를 논하였다. 『남애시사』의 저술은 이후 김원근金瑗根의 『시사詩史』와 영남 남인의 후예인 류인식柳寅植의 『대동시사大東詩史』로 계승되었다.

강준흠의 18세기 남인 시론 『삼명시화』

강준흠(姜浚欽, 1768~1833)은 정조와 순조 시대 관료이자 문인이다. 강봉흠과 같은 집안이나 기호남인畿湖南人으로 서울 경기에서 활동하였다. 자는 백원百源, 호는 삼명三溟으로 문과에 급제하여 승지를 지냈으며, 문집에 『삼명집三溟集』이 남아 있다. 목만중睦萬中 등과 함께 공서파攻西派 남인으로서 정약용 등 신서파信西派 남인과 대립하였다.

『삼명시화三溟詩話』는 불분권不分卷 1책, 127칙으로 망창창재莽蒼蒼齋 소장이다. 유일본으로 편자의 친필본이다. 서문과 발문이 달리지 않았고, 체재가 거칠며, 균형이 잡히지 않은 사본으로 완성을 보지 못한 미정고未定稿이다. 저자의 아들 강시영(姜時永, 1788~1868)은 부친의 행장에서 저서로 올리지 않았다. 목만중이 세상을 떠난 사실이 나와 있어 저술한 시기는 1810년 이후 만년으로 추정한다. 임형택 등이 번역하여 2006년에 소명출판에서 간행하였다.

이 시화에서는 인조 이후 남인 시인을 중심으로 기사를 구성하였다. 다만 시사에 균형을 맞추려는 시도로 앞부분 20여 칙에서는 『파한집』과 『소화시평』 등에서 인용하여 최치원부터 17세기까지 주요 시인을 소략하게 다뤘다. 무게 중심은 그 뒤에 실린 100여 칙에 있다.[169] 남인의 시맥에서 큰 위상을 지닌 채팽윤, 이서우 이후 백련시사白蓮詩社 동인인 이중환, 강박, 오광운, 강필신 등과 채제공, 신광수, 목만중 등으로 이어지는 남인 시인이 중심을 이뤘다. 여기에 소북의 최성대와 이희사, 소론의 이광사, 이광려, 노론의 이병연, 김창흡, 김이곤, 서얼 계층의 윤치, 이봉환, 남옥南玉, 박제가, 이덕무 등과 여항인으로 이단전, 정초부, 조수삼 등을 다뤘다. 18세기 각 당파와 계층의 주요 시인을 목록에 올렸다. 『병세재언록』만큼 속속들이 다루지는 않았으나 선이 굵게 맥을 짚어낸 병세并世시화이다.

한편, 이익에서 이용휴, 이가환, 정약용 등으로 이어지는 남인 시인 계열을 아예 다루지 않았다. 천주교 신앙을 가졌거나 옹호하는 계열이라서 일부러 배제하였다. 남인 선배인 이극성이 『형설기문』 등에서 남인 시맥을 서술한 방향과 크게 달라졌다. 편파적이고 주관적인 서술이다.

강준흠은 18세기 한시사의 특별한 현상에 주목하였다. 백련시사 동인의 풍속시 창작과 노론 홍봉한의 아들들과 그 문객門客인 이봉환, 노긍이 어울려 일련의 낙화시落花詩를 지은 일, 소론 정승 조재호趙載浩와 그 문객인 이봉환, 채희범蔡希範, 남옥 등이 매화시를 지어 『매사오영梅社五詠』을 엮은 일이 그것이다. 시인들이 시사를 결성하여 특정한 경향이나 특별한 소재로 시를 짓는 현상에 큰 의미를 부여하여 18세기 시단의 독특한 사건으로 제시하였다.

1721년 윤6월 문과에 급제한 남인 청년 관료인 이중환과 강박, 강필신, 이인복, 오광운, 이희李熹 등이 백련봉(白蓮峰, 서울시 서대문구 남가좌동 그랜드힐튼호텔 뒷산)에 있는 정토사淨土寺에서 시사를 결성하여 2년 동안 활동하였는데 42칙에서 다음과 같이 서술하였다.[170]

> 영조 초기에는 뛰어난 시인이 많았다고 일컫는다. 청담 이중환, 국포 강박, 모헌 강필신, 약산 오광운, 신절재 이인복 등이 재기才氣로 우열을 다투어 서로 어울려 시를 수창하였는데, 그중 이중환의 명성은 여러 사람을 압도하였다. 계묘(癸卯, 1723)년에 신절재가 관직을 그만두고 순흥順興으로 내려가 살았는데, 마침 청담이 단양丹陽에 머문다는 말을 듣고 편지를 보내 불러서 함께 태백산과 소백산을 유람하였다. 두 산 안팎의 명승지와 기이한 유적, 특이한 소문을 어디고 찾아가고 일행이 함께 시를 지어서 얼추 백 편에 이르렀다. 취원루聚遠樓와 부석사를 두고 지은 청담의 시가 가장 빼어나서 인구에 회자膾炙되었다. (중략) 다음은 「부석사」 시이다.

아득하게 높다란 열두 난간 누각에서는	縹緲危樓十二欄
동남쪽 천리 풍경 눈앞에서 펼쳐지네	東南千里眼前看
인간 세상 신라국은 까마득한 과거요	人間渺渺新羅國
하늘 아래 태백산은 깊게도 숨어 있네	天下深深太白山
나는 새 저편의 가을 산골에는 어둠이 내려앉고	秋壑冥烟飛鳥外
어지러운 구름 끝 바다에는 노을이 지는구나	海門殘照亂雲端
높은 절에 터벅터벅 올라오지 않았다면	行行不到上方寺
천추에 인생길 험난한 줄 어떻게 알았으랴?	豈識千秋行路難

(중략) 신절재의 시도 아름다운 작품으로 불리나 크고 시원스러운 음향은 청담에 비하면 손색이 있는 듯하다.[171]

경종 말엽과 영조 초기 남인 문인의 시사 활동을 간명하게 밝혔다. 이 시사는 정치적으로 민감한 사안과 관련되어 있고, 이후 남인 시단의 중추로 활약한 문인이 대다수이나 관련한 기록이 이희(李熹, 1691~1733)의 『지재유집支齋遺集』에 실린 「백하록창수록서白下錄唱酬錄序」 외에는 보이지 않는다. 이 기사는 남인 시단의 맥을 잘 짚어냈고, 특히 이중환의 시를 높이 평가하였다. 50칙에서도 강박과 이중환 사이에 시가 지향해야 할 풍격을 두고 펼친 논란을 소개하기도 하였다.

더욱이 강준흠은 시사 동인의 풍속시에 큰 관심을 기울여 44칙~49칙에 걸쳐 많은 양을 다뤘다. 44칙 서두에서 "서울의 오래된 풍속에는 기록할 만한 것이 많으나 수집하여 시로 지은 이들을 이전에는 찾아볼 수 없었다. 국포와 모헌은 기속시를 지어 『형초세시기荊楚歲時記』에 견줄 만하다. 훗날 국풍을 채록하는 자 가운데 반드시 이 시를 채택하리라"[172]라고 호평하였다. 이어서 강박과 강필신의 「원조기속元朝紀俗」 각각 20수, 「상원기속上元紀俗」 각각 14수, 또 강필신의 「한식기속寒食紀俗」 5수를 모두 소개하였다. 또 51칙에서는 한양의 팔경시를 다뤘고, 110칙에서 목만중이 인천 사람의 고기잡이 생업을 묘사한 「고기잡이 노래[漁謳]」 9수를 인용하였다. 한양의 풍속을 연작시로 묘사한 「한경잡영漢京雜詠」을 지은 시인답게 풍속시에 대한 관심을 시화 서술에 반영하였다.

정약용의 『혼돈록』과 이학규의 『낙하시화』

정약용(丁若鏞, 1762~1836)은 정조 순조 연간의 실학자이다. 당파는 남인으로 신서파信西派에 속한다. 저술 가운데 『혼돈록餛飩錄』은 시화를 포함한 필기이다. 전체 4권으로 권1과 권2는 사론史論이고, 권3은 사론과 시화이며, 권4는 언어와 문자를 다뤘다. 전체 249칙 가운데 시화는 33칙이다.

『혼돈록』은 장서각과 규장각에 소장된 사본 『여유당집與猶堂集』에 각각 수록되어 있고, 1974년에 영인한 『여유당전서보유』 2집에 수록되어 있다. 신조선사新朝鮮社 간행본 『여유당전서』에는 포함되지 않았으나 2013년에 나온 『정본여유당전서』 37권 보유편에는 수록되었다. 장서각본에 249칙, 규장각본에 225칙이 실렸는데 장서각본이 24칙 더 많아 규장각본이 장서각본을 필사하며 일부 내용을 삭제한 것으로 보인다. 『혼돈록』은 1796년 초계문신으로 『사기영선史記英選』을 교정하면서 기사를 적바림하기 시작하였고, 유배지에서 계속 추가하여 1819년 이전에는 완성한 듯하다. 임형택 등이 시화 부분을 추려서 번역하였고, 김언종은 전체를 완역하여 출간하였다.[173]

『혼돈록』은 체계를 갖추지 못한 거친 필기이다. 시화도 시를 수집하고 간단한 평을 단 정도의 기사가 대부분이다. 다수의 시화가 시작되는 '번옹시파樊翁詩派' 제목 아래에는 "이 아래는 시화이다[已下詩話]"라고 소주小註를 달았다. 사론에도 시화가 몇 칙 실려 있다.

『혼돈록』의 시화는 시평을 포함하고, 다수는 작품의 소개에 그쳤다. 크게 보아 두 가지 특징이 있다. 하나는 채제공, 정범조, 이수광, 이용휴 등 남인 시인의 시를 소개하였다. 중요한 의미가 있는 시평은 채제공을 다룬 '번옹시파樊翁詩派'와 '번옹시樊翁詩' 2개 기사이다.

> 번옹樊翁 채제공은 호주湖州 채유후蔡裕後, 동주 이민구에서 시맥詩脈이 시작되어 송곡 이서우를 떠받들었고, 희암 채팽윤과 국포 강박, 약산 오광운은 직접 배운 분들이다. 번옹 또한 송곡을 대단히 추켜세우며 여러 작가가 미칠 수 있는 상대가 아니라고 하였다.[174]

채제공의 시가 나오게 된 맥락을 서술한 기사로 17세기 이래 남인시단의 시맥詩脈을 짚어냈다. 정약용이 젊은 시절 『화앵첩畵櫻帖』을 만들어 채제공에게 질정을 구했을 때 남인 시맥을 자세하게 짚어준 말이 그 발문에 실려 있다.[175] 똑같이 채제공에게서 들은 말을 정리하였다. 5칙의 기사를 수록한 '번옹시' 항목에는 채제공의 시풍에 대해 "무릇 공의 시에서는 기상을 두루 살펴야 하니, 웅혼하고 돈좌頓挫한 시어를 쓰려고 애썼다. 다른 사람의 시를 논할 때도 마찬가지여서 처절한 소리와 격정적 소리를 전부 배척하였다"[176]라고 하여 정곡을 찌르는 평가를 내렸다.

다음으로 흥미로운 작품을 거두어 실었다. 먼저 희작시를 다수 실었다. 1796년 남인 관료 문인들과 죽란시사竹欄詩社를 결성하여 시험하였던 잡체시를 주로 수록하였다. 흘어체吃語體, 구자체口字體, 오잡조체五雜組體, 양두섬섬체兩頭纖纖體, 약명체藥名體, 건제체建除體 등을 수록하였는데 유배가서 다시 지은 작품도 덧붙였다. 당시 남인과 소북 문인들이 즐겨 지은 언어유희에 속하는 창작의 실태를 잘 보여준다.

흥미롭게도 정약용은 '동요' 항목에서 '계수나무 노래'와 '참새 쫓는 노래', '밤 까는 노래' 세 편의 동요를 채록하였다. 다음은 그중 '참새 쫓는 노래'이다.

위녘새야 아랫녘새야	上平雀 下平雀
천지고파 녹두새야	天池古坡綠豆雀
네 집에 지금 두루박 떨어지니	汝家裏今屓子落
훠여! 훠여! 쪼지 마라!	麾歟麾歟勿來啄

현재도 널리 알려진 유명한 동요를 원래의 감각을 생생하게 살려서 옮겼다. 전래 동요의 독특한 구법인 "형님 형님 사촌형님"식의 반복 어구와 "훠여! 훠여!" 의성어를 잘 살린 번역시이다. 정약용은 민요를 한역漢譯하면서 "우리나라 동요는 비루하고 상스런 말이 많아 후세에 전할 만한 것이 없다. 내가 한두 노래를 가져다 번역하였더니 버젓이 볼 만하였다"[177] 라고 그 의의를 밝혔다. 이 무렵 이학규가 영남 지역 민요를 즐겨 한역하였는데 그로부터 영향을 받은 듯하다. 이렇게 『혼돈록』은 자신과 주변 문인의 시에 주목한 거친 시화이지만 의미있는 기사가 여럿이다.

한편, 월간 『문학사상』 1976년 10월호에는 '새로 찾은 다산의 작품'이란 표제로 「빈사전貧士傳」을 비롯한 4편의 전기와 『탁옹한담籜翁閑談』에서 9칙의 시론을 초역抄譯하여 실었다. 역자는 송욱宋旭이다. 현재 책의 소재를 알 수 없어 단정하기는 성급하나 평소 생각을 적바림한 필기이자 시론이 다수 실려 있는 시화이다. 현대의 시승 석전石顚 박한영朴漢永이 시화 『석림수필石林隨筆』 10칙에서 후세에 전할 만한 정약용의 시화 몇 칙[洌上老人 可傳詩話數則]을 소개하였는데 그처럼 정약용은 시화로 간주할 만한 글을 다수 썼다. 『탁옹한담』은 석전이 말한 시화를 편집한 원고이다. 그 중 7칙에서 9칙은 1808년 겨울에 맏아들 정학연丁學淵에게 보낸 편지 1통에서 뽑아 3칙으로 나눠 적었다. 다음은 7칙 기사 전문이다.

후세의 시는 마땅히 두보를 공자처럼 생각해야 한다. 두보의 시가 다른 모든 시인의 시보다 뛰어난 까닭은 『시경』 3백 편이 남긴 뜻을 체득하였기 때문이다. 『시경』 3백 편은 모두 충신, 효자, 열부烈婦, 양우良友의 진실하고 충후한 마음이 표현되었다. 임금을 사랑하고 나라를 걱정함이 없으면 시가 아니고, 시대를 슬퍼하고 풍속을 개탄하지 않으면 시가 아니며, 진실을 찬미하고 허위를 풍자하며 옳은 행위를 권하고 악행을 징벌하는 뜻이 없으면 시가 아니다. 따라서 의지를 세우지 않고 학문이 순수하지 못하며 큰 도를 듣지 못하고 임금을 성군으로 만들어 백성에게 혜택을 입히려는 마음이 없는 자는 시를 지을 수 없다.[178]

본래는 독서와 창작의 주제로 아들에게 몇 가지 당부한 편지글인데 개인적 기사는 걷어내고 객관적인 글로 만들었다. 인용한 기사는 정약용 시론의 핵심이고, 8칙과 9칙 역시 흥미로운 시론이다. 그 밖에 다른 기사도 젊은이에게 시를 짓는 자세와 작시법 및 금기 사항을 찬찬히 가르치는 내용으로 정약용의 시관이 잘 드러난다. 이렇게 『탁옹한담』은 작자 본인이 아닌 제3자가 편지와 서발문에서 누구나 읽어도 좋을 만한 시론을 초록하여 시화로 편집한 시화이다.

정약용의 지인인 이학규(李學逵, 1770~1835)에게는 『낙하시화洛下詩話』가 있다. 저자는 남인 출신으로 자는 성수醒叟, 호는 낙하생洛下生이다. 이용휴의 외손자이자 이가환의 조카로 성호 이익의 학맥을 이었다. 과거에 급제하지 못한 처지로 1801년 신유박해에 연루되어 경상도 김해에서 24년간 유배 생활을 하였다. 오랜 유배 기간에 많은 시문을 지었는데 서울과 경기 지역의 지인과 주고받은 수많은 척독尺牘에는 명작이 적지 않아서 낙하척독洛下尺牘이란 이름으로 퍼졌다. 시문에 뛰어난 그에게 창작법을 묻거나 품평을 청탁하는 이들이 많아서 척독에는 시문 작법과 시문평이 적지 않다.

『낙하시화』는 3종의 사본에 실려 전한다. 필자 소장의 『일명고逸名稿』

에는 이학규와 정약용의 시문을 초록하였다. 1책 52장에 이학규의 척독과 시화, 잡설, 시선, 소품문을 실었다. 21장에서 26장까지 6장에 「시화詩話」 13칙과 「잡설雜說」 2칙이 실려 있는데 모두 시화이다. 개인이 소장한 또 다른 『일명고』에도 이학규의 시 82제와 문 50편, 척독 60편이 수록되어 있고, 「시화」 13칙과 「잡설」 2칙이 실려 있다.[179] 한편, 단국대 도서관에 소장된 사본 『낙하시화』 1책에는 「시평」이란 제목으로 6장에 걸쳐 6칙의 시화가 수록되어 있다. 2종의 『일명고』와는 수록한 내용에서 조금 차이가 난다.

『낙하시화』는 시론이 담긴 척독을 편지 투식을 삭제하고 시화로 편집하였다. 편집한 이는 알 수 없다. 정약용의 시론을 편집한 『탁옹한담』과 성격이 비슷하다. 이학규는 자구字句와 결구結構 등 시작법을 설명한 『광시칙廣詩則』을 저술하였는데 해박한 지식을 동원하여 작법을 안내하였다. 그의 척독에는 시문을 논한 내용이 제법 많아 그런 척독만 모아 '낙하시화'란 이름으로 편집하였다. 기사는 모두 17칙 안팎으로 수량이 적으나 시론 위주에 시평을 일부 포함하였다. 그 내용은 상당히 참신하여 비평사적 가치가 높다. 다음은 감정과 경물의 문제로 시사와 작법을 해석한 기사의 후반부이다.

> 당나라 이전의 시에서는 경물을 만나 감정을 일으킨 경우가 가장 많으나, 송나라 이후로는 이와 반대이다. 삼당三唐 이전에는 작품이 매우 적어서 본떠서 지을 방법이 없었다. 마치 처음 말을 배우는 어린아이가 울고 하소연하는 짓마다 천진함이 물씬 풍겨서 어떤 몸짓이나 사랑스러운 것과 같다. 당나라 이후에는 벽을 채우고 다락을 메운 책마다 5언시 7언시가 절반이다. 가령 일 한 가지 쓰고, 사물 한 가지 읊으려 해도 점귀부點鬼簿나 달제어獺祭魚가 아니면 한 구절 한 글자도 얻지 못한다. 잘 속이고 잘 흉내 내는 자가 이 사람 저 사람을 본떠서 비웃고 승낙하

는 행동 같아서 우맹優孟이 손숙오孫叔敖를 흉내 낸 허위가 아니라면, 한단邯鄲에서 남의 걸음걸이를 배우려다 제 걸음걸이를 잃어버린 꼴이 될 것이다.[180]

당나라 이후 작가가 남의 시문을 표절하거나 용사用事 위주로 시를 써서 창의적이지 못한 이유를 재미나게 해석하였다. 흥미롭고 설득력 있는 해석이다. 여기서 어린아이의 천진함으로 당나라 이전 시인의 창작을 설명한 것이 절묘하다. 이학규는 과시科詩 창작의 특징을 두세 편의 기사로 자세하게 설명하였고, 실제비평에도 흥미로운 기사를 여러 편 썼다.

어떤 사람이 「강행잡시江行雜詩」를 보여주었는데 '날 저물어 용문산 서쪽에 잤네[暮宿龍門西]'라고 되어 있었다. 나는 '실제 장소가 서쪽이라 해도 시에 쓸 때는 북쪽이 되어야 한다'라고 비평하였다. 옛날 초정 박제가가 어떤 사람의 시를 보았더니 그 운각韻脚에 '도봉산 동쪽[道峯東]'이라 되어 있었다. 박제가는 "설령 천번 만번 '도봉산 동쪽'이라도 이 시가 좋게 보이려면 부득이 '도봉산 서쪽[道峯西]'이라고 고쳐야 한다"라고 하였다. 당시에 그 말을 듣고서 대청이 왁자하게 웃었다.[181]

시는 사실대로 써야 하지만 때로는 시적인 효과를 고려하여 시어를 선택하기도 한다. 박제가가 좌중을 웃게 만든 이야기는 그 이치를 재치 있게 설명하였다. 기사 가운데 운자韻字 사용의 적합함을 논하기도 했고, 「성운설聲韻說」 두 편의 논문에서도 같은 문제를 논하였다. 고시의 평측과 운자를 엄격하게 준수하려 한 시각을 엿볼 수 있다. 이학규의 시화는 온전하게 남아 있지 않으나 깊이 있는 분석과 수준 높은 해석을 보여주었다.

조언림의 동시대 시인 시화 『이사재기문록』

『이사재기문록二四齋記聞錄』의 편자는 조언림(趙彦林, 1784~1856)으로 자는 미경美卿이고, 책명에 쓰인 이사재二四齋는 호로 보인다. 생애와 저술 활동은 잘 알려지지 않았다. 소북계 문인으로 역시 소북계 시인인 이희사李羲師에게 시를 배웠다. 1844년에 진사시에 급제한 조수삼의 행적이 나오니 1845년 이후에 완성하였다. 120칙의 시화로 구성된 전편시화이다.

국립중앙도서관, 고려대학교와 계명대학교 도서관에 사본이 소장되어 있다. 시화 선집 『해동시화초海東詩話抄』 뒷부분에 필사되어 전하는데 모두 거친 사본이거나 축약본이다. 국립중앙도서관 소장 『해동시화초海東詩話抄』에 실려 있는 사본이 그중 낫기는 하지만 같은 시화에 실려 있는 『종남총지』나 『수촌만록』이 거칠게 초록된 정황으로 볼 때, 『이사재기문록』도 상당히 거친 사본임이 분명하다. 이본마다 자구의 이동異同, 기사의 출입도 적지 않다. 필자가 1997년 『문헌과해석』 창간호에 원문을 교감하고 표점을 달아 처음 소개하였다. 다음은 계명대학교 본에만 있는 기사이다.

> 봉조하奉朝賀 김이익金履翼이 남당南黨과 북당北黨의 다툼을 풀어보고자 했으나 아무도 말을 듣지 않았다. 그래서 지은 시에는 '세상사는 녹피에 가로 왈자요/ 남의 말은 쇠귀에 경 읽기로구나![世事鹿皮書曰字, 人言牛耳讀經文]'라는 연聯이 있다. 비유가 좋다.[182]

시파時派와 벽파僻派의 갈등을 조정하려다가 실패하고 당쟁에 몰두한 노론의 행태를 2개의 속담을 활용하여 묘사하였다.

이 시화는 시론이 없이 시평과 일화를 간명하게 서술하였다. 소북 당파 선배인 임천상의 『시필』과 임하상의 『훈벽필담』 등에 큰 영향을 받아

18세기 중반에서 19세기 전기에 활동한 시인을 집중하여 소개한 병세시화幷世詩話이다. 비중을 두어 소개한 시인은 신광수, 이정작李庭綽, 강세황, 목만중, 정범조, 채제공, 이희사, 신광하, 권영좌權永佐, 이평량李平凉, 정초부 등으로 소북과 남인 시인 주축이다. 다음은 이희사를 다룬 기사이다.

> 취송醉松 이희사는 근세 시율詩律의 종장으로 치암恥菴 송질宋瓆과 회헌悔軒 이정작李庭綽이란 두 대선배의 장점을 집대성하였다. (중략) 여와餘窩 목만중과 처음 만났을 때 '한양에서 밤 시간에 말술 마시다/ 목여와睦餘窩 좌랑을 새로 만났네[斗酒長安夜, 新逢睦佐郎]'를 주었다. 헤어질 때 증정한 시에서 '평생을 어찌 다 시로 말하랴?/ 지기는 한 명도 오히려 많네/ 가을바람 불어올 때 만났으니/ 하얗게 센 머리털은 어쩌면 좋나?[平生詩豈盡, 知己一猶多. 相逢秋風裏, 其如鬢髮何]'라고 읊었다. 지난밤에 헤어졌는데 다음 날 아침 여와가 불쑥 또 찾아와 문에 들어서자마자 절을 하였다. 취송은 엉겁결에 답배하고 "웬일입니까?"라 물으니 여와가 "절을 해야 할 시구를 보았으니 절하지 않을 수 있겠소?"라 하였다. '가을바람에 하얗게 센 머리털'이란 시구를 가리켜 한 말이었다. 나는 어릴 때 선생께 요행히 가르침을 들었으나 다 배우지 못하고 선생이 중도에 돌아가셨다. 지금 생각해보니 명장名匠의 마당에서 자랐으면서도 제대로 한 번 배우지 못했으니 탄식할 일이구나![183]

소북 시단의 대가인 송질과 이정작을 이어 대시인으로 일컬어진 이희사의 일화를 소개하였다. 목만중과의 일화는 시인의 빼어난 재능과 천진함을 인상 깊게 보여준다. 그런 대시인에게서 제대로 배우지 못한 안타까움을 토로하였다. 이처럼 견문을 바탕으로 하되 자신의 체험을 섞어 18세기 이후 시단을 고루 다뤘다.

이 시화에서는 다른 문예 영역에도 관심을 기울여 서술하였다. 이정작이 장편소설 『옥린몽玉麟夢』 15권을 지었고, 청나라 문인이 이 소설을 보고 80권의 장편소설로 개작한 사실을 기록하였는데 18세기 소설사의 향방을 가늠하는 사료이다. 또 순조 때의 판소리 명창인 우춘대禹春大의 호방한 성품을 소개하였는데 판소리 문학의 정황을 보여주는 중요한 정보이다.

『이사재기문록』은 18세기 이후 19세기 중반까지 소북과 남인 시인을 중심으로 시단의 후미진 곳에서 활동하는 시인에 주목하여 주요 작품과 일화를 소개하고 품평하였다. 범위가 넓어서 이 시기 시화 가운데 백미에 속한다.

4. 지방 문인의 시화 『칠계창수록』과 여항인의 시화초록 『자산차록초』

19세기 지방 문인의 시화에 『칠계창수록漆溪唱酬錄』이 있다. 이 시화는 통문관 구장 『소화시평』에 부록으로 수록되었고, 『한국시화총편』 3권에 실려 있다. 필사한 시기가 1825년이니 『칠계창수록』은 그보다 앞선 시기에 지었고, 강진에 유배된 정약용을 언급하였으므로 1818년 이전에 지었다. 친구이자 의원인 옥천玉川 노규엽盧奎燁이 진찰하러 와서 『소화시평』을 보여주자 감탄하며 필사하였다. 필사를 마치고 발문을 쓰고 이어서 자신의 저술 『칠계창수록』을 필사하여 부록으로 첨부하였다. 15장 22칙의 『칠계창수록』은 본디 저자의 『야헌일기野軒日記』에 수록되어 있었다.

이존서李存緖는 행적이 분명하지 않으나 호남에 거주한 시인으로 호가 야헌野軒이다. 곡성 사람으로 저명한 시인인 홍교汞橋 심두영沈斗永과 친밀하여 22칙에서 그를 찾아가 시를 논한 일이 나와 있다. 친구 노규엽과 시의 작법을 논하고, 새로 전해 들은 시를 주제로 대화를 주고받는 형식이다. 시작법을 안내한 기사가 많아 과시科詩의 작법, 시작법의 기초, 당시와 송시, 고시 작법, 이색李穡과 황윤석黃胤錫의 우열 비교, 시를 보는 안목, 채제공 시의 체제, 시와 궁달 등의 내용을 다뤘다.

시론과 시평 위주의 기사는 내용이 흥미롭다. 다만 18세기 이후 통속화하는 시화의 경향을 반영하여 통속적 견해가 주도한다. 4칙에서 친구에게 희작시를 몇 수 소개한 데서 잘 드러난다. 그중에 "구월산 속에는 곰이 놀고 있고/ 문화현 성안에는 개가 꽝꽝 짖네/ 안전께서 벌써 곰의 네 발을 드셨으니/ 소인이 어찌 개 귀 하나를 아끼리오[九月山中能遊遊, 文化城裏

大光光. 案前旣食熊四足, 小人何惜犬一耳]"라는 시를 소개하였는데, 권응인이 『송계만록』에서 소개한 육담풍월이다. 논의한 작가 가운데 채제공과 정범조, 정약용 등 남인이 다수이다. 호남의 고창 사람인 황윤석은 시화에서 극히 드물게 다루어진 인물이다. 정약용을 2칙에 걸쳐 다룬 점이 특이하다. 다음은 그중 하나이다.

> 세상에는 시인의 빼어난 연구나 아름다운 작품이 많아서 서로들 입으로 전해주는데 누가 지은 작품인지는 잘 모른다. 그러나 안목을 갖춘 자가 시를 보고 지은 사람을 사모한다면 백에 하나도 그릇됨이 없을 것이다. '울창한 숲 짙은 그늘은 꾀꼬리의 세계요/ 한 줄기 강 성근 비에 백로는 평생을 보내네[萬樹繁陰鶯世界, 一江踈雨鷺平生]'는 세상에 화전花田으로 알려진 이의 시이다. '아슬아슬 바위가 떨어지려 해도 꽃은 웃음을 띠고/ 고목은 무정해도 새는 저 혼자 노래 부르네[危岩欲墜花猶笑, 古木無情鳥自歌]'와 '이별한 뒤라 백발이 생긴 줄은 모르겠으나/ 10년이니 내 얼굴보다 더 붉어졌으리[別後不知生白髮, 十年應多我朱顏]'는 기세가 쌓여서 호쾌하고 신출귀몰하니 절로 말 밖에 깊은 뜻이 숨어 있다. 문장가의 솜씨가 아니라면 이렇게 지을 수 있을까? 근일에 강진에서 온 사람이 정승지(丁承旨, 丁若鏞)의 여러 시구를 입으로 전해주었다. '석 잔 술만 얻어도 하루해를 잘 보내고/ 연꽃 한 송이만 봐도 봄놀이는 충분하지[得酒三盃猶遣日, 看花一荷足爲春]'와 또 '그대 등불 하나 없었다면 나 혼자일 뿐이고/ 내게 술 석 잔 권하다니 그대로구나[非君燈一吾而已, 勸我盃三子矣乎!]' 또 '산이 깊어진 뒤의 절이요/ 꽃이 지기 이전의 봄이라[山深然後寺, 花落以前春]' 같은 시구는 이루 다 들 수 없다. 김문장金文章의 시와 비교해보면 어떠한가? 저번에 아이들 시 같다는 주장은 누구를 가리켜 한 말인가?[184]

입에서 입으로 전해지는 작품을 비중 있게 서술하였다. 이처럼 이존서가 다룬 작품은 다수가 구전으로 전해진 것이다. 강진에 유배되어 사는 정약용의 작품도 구전으로 전해 들은 것이다. 세 개의 연구는 정약용 시집에는 수록되지 않았다. 정약용의 시풍과도 다르고, 하나는 『추구推句』에 실린 연구이므로 정약용의 작품이 아니다. 나머지 시구도 사실상 입에서 입으로 전해지는 통속적인 작품이다. 19세기 지방 문인이 지식과 정보의 제약 탓에 구전에 의존하여 문학 정보를 얻고 다룬 실태를 잘 보여준다.

18세기 이후 여항인은 문학 활동을 더욱 왕성하게 펼쳐 관련한 기록이 풍성해졌다. 19세기에는 여항인 화가이자 시인인 조희룡이 시론 위주로 차기箚記 시화를 다수 지었다. 여항인은 시화 편찬에는 그다지 관심을 기울이지 않았는데 19세기 중반의 박선성(朴善性, ?~?)에 이르러 『자산차록초茨山箚錄鈔』를 편찬하였다.

박선성은 역관인 이상적(李尙迪, 1804~1865)의 스승으로 생애와 활동에 대해 알려진 사실이 거의 없다. 그의 시화 『자산차록초』는 1책 70장의 사본으로 하버드대학 옌칭연구소 도서관에 유일본으로 소장되어 있다. 이 책은 후지츠카 치카시(藤塚鄰, 1879~1948) 구장본으로, 역관 김병선(金秉善, 1830~1891)이 초록했음을 보여주는 취향산루醉香山樓라는 장서인이 찍혀 있다. 김병선은 방대한 양의 『화동창수집華東唱酬集』을 편찬한 인물이다.[185] 조선 사람과 외국인이 교류하고 창수한 사실이 실려 있어 초록한 듯하다.

이상적은 「이우상선생전李虞裳先生傳」 두 군데에서 『자산차기茨山箚記』를 인용하고 있는데 그 내용이 현존하는 『자산차록초』에는 나오지 않는다. 『자산차기』는 더 많은 내용을 담은 필기로 『자산차록초』는 그 필기에서 시화만을 초록하였다. 아쉽게도 『자산차기』는 전하지 않는다.

이 시화는 전편시화로 전체 111칙이다. 체계 없이 여러 시화에서 초록하였고 자신이 쓴 차기 일부를 첨부하였다. 제26칙을 전후하여 『좌계부담』에서 20여 칙을 축약하여 초록하였다. 『좌계부담』의 이병연 기사를 축약하여 인용한 것이 하나의 사례이다. 조선 전기 시인도 일부 다루고 있으나 다수는 조선 중기와 조선 후기의 시인을 다뤘다. 특히, 18세기 이후 시인을 다룬 내용이 참신하여 파직당한 윤급尹汲을 옹호한 홍봉한洪鳳漢의 70칙, 석지형石之珩의 육담풍월을 수록한 74칙, 성완成琬과 홍세태의 대마도에서 쓴 시를 수록한 102칙, 삼의당三宜堂을 설명한 106칙이 흥미롭다. 마지막 부분에서 자기가 쓴 시화를 몇 칙 수록하였다. 다음은 104칙 기사이다.

> 박옹泊翁 이명오의 자는 사위士緯로 제암濟庵 이봉환의 아들이다. 제암은 무진년(1748) 통신사의 서기로 일본에서 큰 명성을 떨쳤다. 박옹이 또 신미년(1811) 통신사의 서기가 되었다. 두실斗室 심상규沈象奎는 '훨훨 나는 범수(泛叟, 南聖重)의 일본 여행을 왜 부러워하랴?/ 우뚝한 박옹의 이름에 놀라리라[何羨翩翩泛叟行, 應驚落落泊翁名]'를 지어줬고, 풍고楓皐 김조순金祖淳은 '등씨 귤씨 평씨 원씨 옛 명사의 후예들이/ 시 청하기에 앞서 제암의 아들인지를 물으리라[藤橘源平多舊裔, 索詩先問謝家毛]'를 지어줬다. 두 편 모두 가풍을 잘 이었음을 말하였다.[186]

저명한 시인 이명오가 부친 이봉환의 뒤를 이어 다시 통신사 서기로 일본에 가게 되자 저명한 정승과 문인이 시를 선물하였다. 남성중南聖重은 아버지 남용익南龍翼의 뒤를 이어 일본에 사신으로 다녀온 일이 있어 비교하였고, 등씨藤氏 귤씨橘氏 평씨平氏 원씨源氏는 일본의 대표적인 성씨로 일본의 명사가 이명오 부자를 높이 평가하리라고 기대하였다. 이 시화에는 국제교류와 관련한 내용이 다수 실렸는데 역관의 관심사를 반영하였다.

다음은 마지막 기사인 111칙이다.

내가 두 번째로 연경에 들어갈 때 함성중咸聖中이 이런 시를 주었다.

솜옷을 겹겹이 옷 안에 껴입고	重重裏着草綿花
짧은 저고리, 긴 도포를 열 겹으로 둘렀네	短襖長袍十襲加
팔다리를 자유자재 움직일 길 없어서	四大無由寬自在
몸이 어디 가려운들 긁을 수 없겠구나	縱敎身癢不能爬[187]

편자가 북경에 갈 때 관향瓣香 함진숭(咸鎭嵩, 1773~1850)이 준 시를 평가없이 수록하였다. 함진숭은 저명한 여항인으로 조희룡의 『호산외기壺山外記』에도 전기가 실려 있고, 『폐언廢言』과 『금강유기金剛遊記』, 『경설존고經說存稿』의 저서가 현존한다. 작품을 인용하기만 하였으나 추운 겨울에 옷을 겹쳐 있고 외국을 나가야 하는 사행길의 괴로움을 생생하게 표현하였다. 역관에게는 절절한 감흥을 일으킬 수 있는 소재이다.

5. 성해응과 이원순 부자의 엄밀한 시평

19세기 전기에는 비평이 정밀한 시평집이 몇 종 출현하였다. 그중에서 비평가가 서로 친분이 깊고 부자 관계인 3종의 시화를 살펴본다.

먼저 성해응(成海應, 1760~1839)의 『연경재시화研經齋詩話』이다. 성해응은 정조와 순조 연간의 저명한 학자 문인으로 자는 용여龍汝, 호는 연경재研經齋, 난실蘭室이다. 정조 때의 문인 성대중成大中의 아들로 1788년 규장각 검서관에 발탁된 이후 각종 편찬사업에 종사하였다. 같은 신분으로 함께 근무한 이덕무, 유득공, 박제가 등과 교유하며 『연경재전집研經齋全集』이란 방대한 저술을 남겼다.

성해응은 박식한 고증학자로서 다양한 분야에 많은 저술을 남겼다. 시화는 『연경재전집』 외집外集 권55에 「시화」란 제목으로 56칙이 수록되어 있다. 시평과 일화 위주로 조선 후기의 시인을 다뤘다. 시화에서는 고증적 학풍을 벗어나 친분이 깊은 시인과 대명의리와 관련된 조선과 중국의 시를 평하고 일화를 소개하였다. 서얼 계층 시인을 가장 많이 다뤄 유득공, 박제가, 양사언, 변일휴, 윤치尹治, 이희李熺, 조륜趙綸, 송재도宋載道 등을 다뤘다. 친분이 있는 당대의 명사로는 이서구, 이광려 등을 다뤘다. 다음은 「유유자悠悠子」란 표제로 쓴 기사이다.

> 유유자悠悠子 이희李熺는 정익공貞翼公 이완李浣 정승의 후손이다. 물정에 몹시 어두웠으나 시만은 잘 지어 당시에는 사람들 입에 크게 오르내렸다. 「빗속에 짓다[雨中作]」의 '찢어진 파초잎에는 빗소리 그치지 않고/

깊이 숨어 참새는 무료하게 앉아 있네[敗蕉喧未已, 深雀坐無聊]' 같은 시구가 있다. 서녀庶女는 청주목사 김이건金履健의 소실小室이 되어 지방 임지를 여러 번 따라갔다가 사재를 쏟아 시집 한 권을 판각하였다. 또 사위인 조륜趙綸도 시를 잘 지었는데 호를 솔암率菴이라 하였다. 시집 한 권을 남겼는데 고암顧菴 이세원李世愿과 사이가 대단히 좋았다. 모두 여주에서 시를 주고받으며 지냈다. 고암도 시집 한 권을 남겼다.[188]

기사에 나온 세 명의 서얼 시인은 당시에는 잘 알려졌으나 이들을 다룬 시화 기사는 거의 없었다. 경기도 여주에 거주한 이희의 시집을 사망 후 30년 만인 1761년에 그의 딸이 『유유자고悠悠子稿』 1책으로 간행한 사연을 가슴 뭉클하게 전하였다. 이 시집에는 『저호수록』의 편자 조덕상이 서문을 얹어 자세한 사연을 기록하였다.

이 기사처럼 덜 알려진 문인과 작품을 다수 발굴하여 소개하였다. 여성의 경우 10개 표제로 소개하였다. 김성달金盛達의 소실 이씨의 작품 4수를 호평하였고, 평안북도 철산에 사는 조씨趙氏 집안 부인의 작품을 호평하였다. 명나라에 후궁이 된 조선 여인 권귀비權貴妃의 사연을 『태평청화太平清話』에서 초록하기도 하였다. 그 밖에 이름 없이 묻힌 시인과 작품을 다수 소개하였다. 저자는 『난실담총蘭室談叢』과 『초사담헌樵榭談獻』에서도 양반 사대부 외의 하층 인물, 여성과 승려 명사를 대거 소개하였다. 여항 시인의 행적을 호평하기도 했는데 『연경재시화』와 관련이 있다. 서얼 계층을 중심으로 18세기의 주목해야 할 시인을 발굴하여 소개하고 비평한 점에서 가치가 있다.

성대중과 성해응은 『병세재언록』의 저자 이규상 가문과 친밀한 관계였다. 이 가문 문인은 필기와 시화 저술에 관심이 많았다. 이규상의 부친 이사질(李思質, 1705~?)도 필기 『흡재산언翕齋散言』에서 12칙의 시화를 적바림하였는데 창의적인 내용이 적지 않다. 박은과 송익필, 오도일 같은 뛰어난 대가도 중국 시인을 모델로 삼았다는 기사와 삼당파 시인은 조화造花이고 권필은 생화生花라는 기사, 박은과 노수신은 당하악堂下樂이고 권필은 당상악堂上樂이라는 기사, 정두경을 놓고 김창협과 남극관의 대립을 논한 기사 등에서 안목과 식견을 드러냈다. 시를 배우는 세 가지 단계로 연마鍊磨와 원숙함, 근량斤量을 꼽고 창작법을 논한 시론은 참신하다. 또한 김창흡과 홍세태의 시를 품평한 내용은 깊이가 있고, 신선하다.

이규상의 시화를 계승하여 손자인 이원순(李源順, 1772~1823)과 증손자인 이형부(李馨溥, 1791~1851)는 모두 시화를 남겼다. 여기에는 가문의 영향이 깊이 스며있다.

이원순의 시화 『정봉한점靜峰閑點』은 문집 『수헌고壽軒稿』에 수록되었고, 이 문집은 또 『한산세고』에 수록되었다. 『정봉한점』은 또 정고본精藁本 2권 1책이 대전광역시 연정국악원에 소장되어 있다. 83칙의 기사에서 39칙까지가 시화로서 절반을 차지한다. 대부분의 기사에서 18세기 이후 시인의 시를 품평하였다. 김창흡과 조경趙璥, 이병연, 최규서崔奎瑞, 김이곤, 채팽윤, 최성대, 이미, 오광운, 심노암沈魯巖 등 18세기의 명가를 다수 포함하였다. 당파는 노론이나 소론과 남인, 소북을 고루 선정하였고, 작품성에 근거하여 뽑았다. 여기에 이단전李亶佃 같은 노비, 최익남崔益男 같은 서얼, 도일道一 같은 승려, 일지홍一枝紅 같은 기녀 등 다양한 신분과 처지의 작가를 다뤘다. 또한 박익령朴益齡과 정혐鄭謙 같은 무명의 지방 시인도 다뤘다. 시론이나 일화는 드물고 시평이 다수인데 문예적 수준에 부합하는 평가를 하였고, 작가와 작품의 선정이 참신하고 수준이 높다. 평가와 작품 선정에서는 『병세재언록』의 영향이 짙게 나타난다.

삼연 김창흡이 금강산을 읊은 시의 끝 구절은 '가을 되어 만 이천 봉우리에 달이 떠서/ 스님의 예불하는 등불을 비추겠네[秋來萬二千峯月, 應照

山僧禮佛燈]'이다. 농암 김창협이 조照란 글자를 반伴자로 고쳤고, 몽와夢窩 김창집金昌集이 작作자로 고쳤다. 문곡文谷 김수항金壽恒이 가져다 보고서 "조照와 반伴 두 글자도 이름을 남길 수 있겠으나 작作자가 반드시 멀리 이름을 남기는 수준에는 미치지 못한다"라고 하였다. 문곡의 감식안도 높다고 하겠다.[189]

김창흡의 시는 조선 후기 많은 시화에서 논란이 되었다. 시의 한 글자를 두고 형제들이 각기 의견을 내고 부친이 평가하였다. 홍직필洪直弼의 『매산잡록梅山雜錄』에도 똑같은 내용으로 실려 있는데 누구의 기사가 앞서는지 단정하기 어렵다. 이처럼 이 시화에는 작품성을 따지고 품평하는 기사 위주로 실었다.

이원순의 아들 이형부는 『고금인총언古今人叢言』이란 필기를 저술하였다. 1책 12항목으로 야담과 명사의 언행록, 시화, 격언, 소화笑話 등을 기록하였다. 헌종 신묘년(1841)에 있었던 유룡兪龘의 기사가 있어서 철종 초 1849년에서 1850년 사이에 저술하였다. 이 필기는 명사의 기이하고 해학적인 언행 위주로 서술하였다. 시화는 책명이자 첫 항목인 〈고금인총언〉과 세 번째 항목인 〈고금시인가구古今詩人佳句〉에 실려 있다. 후자에는 간혹 시화를 수록하였고, 대다수는 작품의 인용에 그쳤다. 18세기 이후 동시대의 흥미로운 작품을 수록하여 시사를 이해하는 자료로서 가치가 있다. 다음은 〈고금인총언〉의 시화이다.

이병연의 자는 일원一源이고, 호는 사천이다. 삼척부사가 되었을 때 '천하에 유명한 삼척부요/ 세간에는 적수가 없는 일원의 시라네'라는 시를 지었다. 문득 동자가 나타나 "글 때우시오!"라 외쳤다. 이병연이 동자를 불러 들어오라 하고 "글을 어찌 때우느냐?"라 물었다. 동자가 "솥

때우듯 하노라" 답하니 이병연이 "내 글을 때워보라"라 하고 시를 외웠다. 동자가 "조선의 삼척이 어떻게 천하에 유명할 수 있겠는가?"라 하고 글을 때워 말하기를 '예로부터 유명한 삼척부요/ 현재에는 적수가 없는 일원의 시라네'라 하였다. 또 "'예로부터[自古]'와 '현재에는[當今]' 네 글자는 동해東海와 남방南方보다 못하다"라고 하였다.[190]

이 기사는 『좌계부담』에서 인용한 기사와 함께 보면 차이가 분명해진다. 이병연의 시에 동자가 나타나 합당하지 못한 시어를 고치게 한 내용이다. 흥미로운 점은 이병연과 동자의 대화를 한문이 아닌, 국문으로 썼다. 이 저술 전체에는 한국어를 사용한 희작이 다수 등장한다. 어휘의 표현을 넘어 문장까지 국문 문장을 쓴 것은 구어체를 생생하게 표현하려는 의도이다. 국한문 사용을 법제화하기 이전에 시화에서 국문의 사용이 많이 늘어났다. 이 시도가 발전하여 대한제국 시기에 국한문으로 쓴 『천희당시화天喜堂詩話』가 등장하였다.

6. 홍석주·홍길주 형제의 시론서 『학강산필』과 『수여삼필』

19세기 전기 학계는 고증학(考證學, 漢學)과 정주학(程朱學, 宋學)이 대립하고 절충하면서 발전하였다. 정주학이 대다수 학자의 사고를 지배한 전통적 학문이었으나 18세기 후기 이래 학자들 가운데 고증학을 새로운 돌파구로 삼은 이들이 점차 늘었다. 고증학은 재야에 있거나 지방에 거주한 학자보다 외국 문화와 접촉이 잦은 서울과 그 주변 지역의 양반 사대부 학자와 조정의 관료 사대부에 더 깊이 침투하였다.

18세기 후기와 19세기 전기 시화에도 고증적 성향이 두드러진 저술이 나타났다. 19세기 전기에 홍석주洪奭周는 정주학 편에, 성해응은 고증학 편에 서서 논쟁을 벌이기도 하였다.[191] 홍석주의 「답성음성서答成陰城書」와 성해응의 「답홍학사석주척고증서答洪學士奭周斥考證書」에는 대립과 절충의 양상이 보인다. 시화에도 비슷한 양상이 등장하였다.

홍석주(洪奭周, 1774~1842)와 홍길주(洪吉周, 1786~1841)는 19세기 전기를 대표하는 문인 학자이다. 형제가 지은 필기 『학강산필鶴岡散筆』과 『수여삼필睡餘三筆』은 정주학에 근간을 둔 시화이다. 이들 필기는 서로 관련이 깊고, 비슷한 시기에 저술되었으며, 시론이 중심을 이뤘다.[192]

홍석주는 자가 성백星伯, 호가 연천淵泉이다. 19세기 전기 문단에서 보수적 시론과 학문관을 표방하며 영향력을 행사하였다. 그의 사상과 문학론을 집약한 저작이 64세 때인 1837년에 집필한 『학강산필』 6책이다. 이 책에는 시화의 범주에 들어갈 기사 수십여 칙이 실려 있다.

노론인 홍석주 형제는 김창협과 어유봉魚有鳳의 학통을 이었는데, 경학經學과 경세학經世學에서는 국왕 정조의 영향을 받았다. 홍석주는 6년 동안 규장각 초계문신抄啓文臣으로 재직하면서 정조의 집중적인 지도하에 대학자로 성장하였다. 『학강산필』에는 『일득록』에서 펼친 정조의 시론이 많은 흔적을 남겼다. 미국 버클리대 리치몬드 문고와 일본 오사카부립 나카노시마도서관에 6권 5책 사본이 소장되어 있다. 후자에는 자연경실장自然經室藏본 3권 1책 사본도 함께 소장되어 있다. 서울대학교 중앙도서관에는 일제강점기의 유인본油印本 6권 5책이 소장되어 있는데 이것이 1984년 오성사旿晟社에서 영인한 『연천전서淵泉全書』 7책에 수록되었다.

홍석주는 보수적 비평의 성과를 비판적으로 정리하면서 시론을 정립하였다. 다음은 문학을 보는 기본 시각을 드러낸 기사이다.

> 문장을 논할 때는 교화를 밝히는 데 주력해야 하고, 시를 논할 때는 사람을 감동시키는 데 주력해야 한다. 문학은 이 말에 다 포괄된다. 체재와 격조, 풍운風韻은 모두 곁가지일 뿐이다. 더구나 성병聲病이 어긋나고 부합하며, 대우가 엉성하고 조밀하며, 용사와 운자 사용이 교묘하고 졸렬한 문제야 굳이 따져야 할까?[193]

문예미를 지엽적인 문제로 보았고, 문학의 본질을 교화와 감동에 두었다. 이 관점에서 당시 시단에서 영향을 미치는 엄우나 호응린, 왕사정의 격조설格調說과 신운론神韻論을 강하게 비판하였다. 시의 형식미나 기교, 격조格調, 신운神韻은 17세기 후반 홍만종 등이 선호한 호응린의 『시수』와 18세기 이후 환영받은 왕사정의 시학에서 중시하였다. 문예미의 추구는 본질에서 벗어난 창작론이라고 보았다. 「『시수』에 붙이는 글[題詩藪後]」 등에서 홍석주는 의고주의와 함께 비판하였다.

그의 비판은 18세기 후기의 백탑시파 시인과 신운과 성령性靈을 절충하여 학인지시學人之詩를 추구한 신위와 김정희를 비롯한 시인을 대상으로 하였다. 저들은 청나라의 새로운 학문 경향을 중시하여 고증학에 뿌리를 두었고, 왕사정과 옹방강의 시를 선호하였다. 정주학에 뿌리를 둔 홍석주는 그런 추세를 받아들이지 않고 유가 시론의 원칙을 재천명하였다.

이는 김창협에서 시작하여 정조가 종합한 보수적 유가의 시론과 맥이 닿아 있다. 문학의 효용성을 강조한 다음 기사는 그의 시론을 종합하였다.

> 시는 성정性情에 뿌리를 두고, 천기天機에서 나온다. 그 뜻은 진지하고, 그 언어는 조리가 정연하며, 그 기운은 넘쳐흐른다. 그 쓰임은 사람을 감동케 하는 데 주안점을 두고, 그 공적은 정서를 일으키고, 세상을 살펴서 악행을 징벌하는 데로 귀결되며, 그 효과는 풍속을 바꾸는 데 있다.[194]

시의 본질과 기능을 유가의 효용론에 근거하여 설명하였다. 시가 지닌 효용성을 잃게 만든 것을 근대의 율시라고 보았다. "시는 흥관군원興觀群怨을 귀하게 여긴다. 후세 시인도 사람을 감동케 하는 작품을 왕왕 지었으나 율시가 등장하자 이 취지가 씻은 듯이 사라졌다"[195]라고 하였다. 율시는 정서를 일으키고, 세상을 살피며, 남과 어울리고, 사무친 감정을 푸는 효용을 상실한 나쁜 형식이라고 진단하였다.

홍석주는 시는 사람을 감동케 해야 한다는 소박한 시론으로 회귀하고, 그 이유를 사회 교육적 측면의 명교明教에 두었다. 문학의 효용을 중시하는 유학의 이념을 재천명하였다. 홍석주는 백거이白居易의 시론과 작품을 높이 평가하였다. 그의 시가 천근하고 거칠어 격조가 높지는 않아도 사리를 자세히 진술하고 인정에 가까워 어리석은 사람을 깨우치는 효용을 가졌기 때문이었다.[196] 이처럼 문예미보다 효용성에 더 비중을 두었다.

『학강산필』의 시론은 당시 시단에 대한 정통 유가 문인의 비판적 시선을 집약하였다. 당시 주류 시단은 시의 문예미에 관심을 집중하였는데 홍석주는 유가 본래의 전통을 환기하여 비판하였다.

홍길주는 홍석주와 함께 19세기 전기 고문의 명가名家이다. 그의 기이한 발상과 참신한 문장, 심오한 주제는 독특한 개성을 발산한다. 호는 항해沆瀣이다. 명문가 후예로 진사 급제 이후 과거 보기를 단념하였고, 지방관에 잠시 나간 시기를 제외하고는 창작에 전념하였다. 그의 저술로 문집에 『현수갑고峴首甲藁』, 『표롱을첨縹礱乙幟』, 『항해병함沆瀣丙函』이 있어 연세대학교 도서관에 소장되어 있다. 단행본으로 『숙수념孰遂念』이 있는데 연세대학교 도서관을 비롯하여 몇 곳에 소장되어 있다. 이상 저작은 박무영, 이은영 등이 번역하여 태학사에서 출간하였다. 또 정민 등이 『수여삼필』을 독립하여 돌베개에서 출간하였다.

홍길주는 학문과 문학에서 홍석주의 영향을 받아 정주학을 기반으로 하되 고증학의 장점으로 절충하려고 하였다. 창작에서도 그렇고, 시론과 문론에서도 홍석주와는 딴판으로 독자적 견해를 많이 제기하였다. 그는 『수여방필睡餘放筆』, 『수여연필睡餘演筆』, 『수여난필睡餘瀾筆』, 『수여난필속睡餘瀾筆續』의 필기를 저술하였는데 『표롱을첨』과 『항해병함』에 각각 수록되어 있다. 일부 저술은 독립하여 필사되어 읽히기도 하였다. 다음에 각각의 필기를 간명하게 설명한다.

1) 『수여방필』: 상하 2권 1책으로 1835년에 지었다. 『표롱을첨』 권12~13 「총비기叢秘紀」 권2~3에 실려 있다. 124칙의 내용이 대부분 시화문담文譚인 전편시화이다.
2) 『수여연필』: 상하 2권, 1835년에 지었다. 『표롱을첨』 권14 「총비기」 권4~5에 실려 있다. 153칙이다. 『수여방필』과 비슷한 성격의 필기로

당대 명사의 언행을 언급한 비중이 늘어났다. 시론보다는 문장론의 비중이 더 크다.

3) 『수여난필』: 상하 2권, 209칙이다. 1836년에 지었다. 『항해병함』 권5~7 「총비기」 권1~3에 실려 있다.

4) 『수여난필속』: 상하 2권, 169칙으로 1837~1841년에 지었다. 『항해병함』 권8~9 「총비기」 권4~5에 실려 있다. 저자 사후에 아들 홍우건洪祐健이 『수여난필』의 편집 방향에 따라 편찬하였다.

4종의 필기 가운데 3종은 저자가 직접 『수여삼필睡餘三筆』이란 이름으로 정리하였고, 『수여난필속』은 사후에 아들이 『수여난필』의 후속 저작으로 정리하였다. 4종의 저술이나 방필放筆, 연필演筆, 난필瀾筆의 『수여삼필』로 부른다.

『수여삼필』은 시론과 문론의 비중이 큰 필기로 당시부터 문장이 아름답고 시론과 비평의 수준이 높다는 평가를 받았다.[197] 주요한 주장을 다음 세 가지로 정리할 수 있다.

첫째, 문학은 시대의 추이에 따라 변화하므로 과거의 문학을 답습해서는 안 된다. "문장은 살아 있는 물건[文是活物]"이므로 작가는 현재의 사회와 인생을 작품으로 재현하는 존재임을 깨우치려 하였다. 문장론에서 더욱 중시한 이론이다.

둘째, 시론에서는 창작의 원칙과 형식상의 문제를 다수 다뤘다. 일상생활을 영위하면서 경험하고 견문한 체험과 사물과 현상을 진실하게 재현하는 문제를 자주 다뤘다. 작가를 천지자연이란 텍스트를 읽는 독서가로 인식하였다. 이 텍스트는 형상화되지 않은 무한대의 원재료 상태로 천지자연에 펼쳐져 있다. 조물주가 만든 텍스트를 작가의 예민한 안목으로 읽어서 풀어놓으면 곧 뛰어난 작품이 된다는 것이다. "조물주는 위대한 문장가이다[造物大文章也]"라고 하면서 다음과 같이 주장하였다.

나는 일찍부터 이렇게 생각하였다. 문장은 독서에만 있지 않고, 독서는 책속에만 있지 않다. 산과 내, 구름과 경물, 새와 짐승, 풀과 나무 등 갖가지 자연 현상과 일상에서 일어나는 자질구레한 일이 모두 독서이다.[198]

창작의 소재와 발상을 죽어 있는 책에서 찾지 말고 생활 주변과 실제 자연에서 찾아내야 한다는 취지의 말이다. 자국 산천의 풍경을 진실하게 묘사하고 인정세태를 사실대로 표현하자는 18세기의 시론과 맥이 닿아 있다. 또 천지를 가득 채운 모든 존재가 다 경서經書이므로 지식이 추구할 목표는 책 자체가 아니라 자연이라는 서유구의 자연경自然經 사유와 관련이 있다. 낡은 전통과 해묵은 사유가 쌓여 있는 책이 아니라 자연과 인생 자체로 회귀하여 창조하는 작가가 되라고 작가를 격동시켰다. 그의 주장에 따르면, 이전의 위대한 작가를 모방한다는 생각은 어리석은 짓이다.

자연히 홍길주는 일상의 삶으로부터 괴리된 문학이 아니라 평범하고 일상적인 생활이 훌륭한 문학의 소재임을 강조하였다.[199] 생활을 소재로 한 문학이 기이한 문학이라고 주장하며 다음과 같이 말했다.

반드시 신기한 생각이나 화려한 표현을 쓰고 나서야 문장이 좋아진다면 평생 동안 좋은 문장을 몇 편이나 쓸 수 있으랴? 골목의 부녀자와 길거리의 아이들이 평상시 늘 쓰는 상말을 가져다 문장에 넣으면 아름답고 멋진 문장이 되지 않는 경우가 없다. 다만 사람들이 아침저녁으로 귀에 자주 듣고 입에 익어서 문장에 가져다 넣을 생각을 아예 하지 않을 뿐이다.[200]

상말을 문장에 쓰자는 주장은 일상생활을 문학의 소재로 삼자는 주장과 연결되어 있다. 조선에는 글 속에 넣을 만한 속담이 매우 많은데도 가져다 쓰는 작가가 없다고 개탄하였다. 이 시론은 18세기 중후반 박지원과 백탑시파의 문학론에 맥이 닿아 있다.[201] 홍석주와는 생각이 크게 다르다.

셋째, 시의 형식에 큰 관심을 가지고 논하였다. 『수여방필』에서는 율시와 고시의 평측과 구법, 성률을 논하였는데 다음은 하나의 사례이다.

> 율시에서 기구起句를 통운通韻한 격식을 일안고비격一雁孤飛格이라 하고, 결구結句를 통운한 격식을 평사낙안격平沙落雁格이라 한다. 이 명칭이 어떤 책에 나오는지 모르겠다. 당시와 송시에서 일안고비격은 열에 두셋이요, 평사낙안격은 백에 한둘도 채 안 된다. 내가 전에는 평사낙안격을 많이 썼는데 그 사실을 근래 들어 깨달았다. 세상 사람들은 옛사람이 구속받지 않은 법에는 구속을 많이 받고, 옛사람이 꺼린 법은 살피지 않고서 항상 범하니 개탄할 일이다.[202]

청나라의 조집신趙執信, 왕사정, 옹방강이나 정약용의 『곤돈록』, 이학규의 「성운설聲韻說」에서 형식과 성률을 세밀하게 논하였는데 홍길주도 창작에 밀접한 요소로 형식을 중시하였다. 왕사정 등이 제기한 고시평측론古詩平仄論에 부정적 견해를 밝힌 홍석주와는 생각이 달랐다.

홍길주의 시론은 18세기 북학파 시론을 계승하여 발전시켰다. 홍석주의 보수적 시론과도 뚜렷한 차이를 보였고, 학인지시學人之詩를 옹호하거나 문예미에 큰 비중을 둔 신위와도 달랐다. 그의 독특하고 참신한 시론은 문학의 근본으로 돌아가 새로운 창작을 가능하게 하였다.

7. 시경론詩境論을 펼친 박영보의 『녹범시화』와 『연총록』

순조 철종 연간의 문인 박영보(朴永輔, 1808~1872)는 『녹범시화綠帆詩話』와 『연총록衍聽錄』 2종의 시화를 편찬하였다. 2종은 19세기 전기 시단의 경향을 상징하는 시화이다.

편자 박영보는 순조 헌종 연간의 문신이자 문인이다. 본관은 고령高靈이고 당파는 소론이다. 자는 성백星伯, 호는 금령錦舲으로 1844년에 문과에 급제하고 형조판서, 경기도 관찰사를 역임하였다. 신위의 수제자로서 19세기 전기 시단의 중추적 인물이다. 소론 문인으로서는 드물게 시화를 저술하였다. 성균관대학교 대동문화연구원에서 2019년 후손이 소장한 수고본 문집을 주축으로 『박영보전집』 4책을 출간하였다. 『녹범시화』는 지헌영 구장본을 4책에, 『연총록』은 3책에 영인하였다. 영인 이후 후손은 원본 전체를 성균관대학교 존경각에 기증하였다.

『녹범시화』는 사본 6권 2책 661칙의 기사로 구성되었다. 이본은 3종이 있다. 지헌영 선생 구장본은 편자 수택본이고, 버클리 아사미문고 소장 자연경실自然經室 소장본은 서유구徐有榘가 필사한 사본이며, 이화여대 도서관 소장본은 수택본을 필사하였다. 수택본은 '수홍관장水葒館藏'이란 편자의 전용 원고용지에 한 사람의 필체로 단정하게 필사하였다. '금령錦舲', '소재묵연蘇齋墨緣'이란 편자의 장서인이 찍혀 있고, 여러 곳에 자필 첨삭이 되어 있다. 글씨와 장정, 지질이 호사스럽다.

이 시화는 마포 녹범각綠帆閣에 살던 20대 초반 1830년 어름에 편찬하였다. 수택본 난외欄外에는 "나는 집이 서호(西湖, 즉 마포)에 있는데 거처하는 곳 풍경이 범속凡俗하지 않다. 한때 푸른 버드나무 사이로 돛배 하나가 어른거리며 지나갔다. 나는 사는 곳을 녹범영원綠帆影園이라 이름하고 엮은 책을 '녹범시화'라 하였다. 성백星伯은 기록한다"라고 써서 저술 시기와 배경을 밝혔다.

권마다 백여 칙의 기사를 수록하였다. 명청 시대 필기에서 시와 관련한 기사를 발췌하여 필사하였다. 시적 정취를 담은 어휘와 고사 가운데 참신하고 정취 어린 기사를 채록하였다. 편자가 선호하는 시적 정취가 무엇인지 인상 깊게 보여준다. 다음은 권1 첫머리 서언緖言으로 시화를 편찬한 동기를 밝혔다.

> 전희언錢希言은 『서부적西浮籍』「환성皖城」에서 '수양버들은 수면을 스치고, 그늘은 몇 리에 이어져, 돛 그림자가 온통 푸르다[垂楊撲江, 陰羃數里, 帆影盡綠]'라 하였다. 이것이 시경詩境이다. 이 구절을 보고서 다른 책에 실려 있는 시에 어울리는 말을 추려 엮고 『녹범시화』란 이름으로 몇 권의 책을 지었다. 여전히 버려진 좋은 글귀가 많으리니 훗날의 군자가 뜻을 함께하여 아름다운 이야기책 한 부를 만든다면 말할 것도 없이 크게 다행이리라.[203]

명나라 말엽 시인 전희언의 글을 읽다가 멋진 시경詩境을 보인 대목을 보고서 그처럼 깊은 인상을 남기는 시경의 문장을 수집하겠다는 의지를 갖게 되었다. 시를 이야기하는 시화詩話가 아니라 시적 정경을 떠올리는 시경을 초록한 시화이다. 그처럼 이 저술은 다채로운 시경의 기사로 채워져 있다. 시인이 창작할 때 활용할 만한 소재와 시어의 숲이다. 권마다 관심을 보인 주제가 다르니 몇 가지 사례를 들어본다.

필소동畢少董은 거처하는 집에 사헌死軒이란 이름을 붙였다. 사용하는

것이 모두 상고 시절 옛 무덤에서 나온 물건이었다.[204] (권1 23칙)

범관范寬은 처음에는 이성李成을 스승으로 모셨다. 이윽고 탄식하며 "사람을 스승으로 섬기기보다는 조화造化를 스승으로 섬기는 것이 낫겠다"라고 하였다.[205] (권4 37칙)

장호張祜가 끙끙대며 시를 지을 때 처자식이 아무리 불러도 대꾸하지 않자 장호에게 불평하였다. 장호는 "내가 한창 입술에서 꽃이 필 때는 너희를 돌볼 겨를이 없다!"라고 하였다.[206] (권4, 96칙)

강총江總은 글을 지어 읊어보고는 득의의 작품이면 일어나 창가에 원고를 놓아두었고, 남에게 보여줄 수준이 아니면 측간에 던져버렸다. 그렇게 오래 하자 드디어 글이 좋아졌다.[207] (권4 107칙)

장적張籍은 두보杜甫 시집 한 질을 불에 태워 재를 만들고 꿀에 재어 자주 마시면서 "내 간과 창자를 이제부터 바꿔 달라!"라고 하였다.[208] (권4 109칙)

기이하고 특별한 예술인의 언행이 인상 깊다. 시를 쓸 때 활용하면 좋을 법하다. 기사의 소재는 당시 독서인들이 얻기 힘든 명청 시대 필기와 소품서小品書에서 찾았다. 익숙하여 식상한 소재가 아니라 새롭고 기이한 소재가 많아서 서권기書卷氣와 신선한 감수성을 중시한 시인들이 활용할 만하였다. 박영보 자신을 포함하여 신위, 김정희, 이만용, 정학연 등이 활용하기에 적합한 공구서였다. 시경詩境과 시료詩料를 제공하는 독특한 시화로서 이 시기 시단의 창작 경향을 뒷받침한다.

박영보는 『녹범시화』를 편찬한 뒤 1832년 무렵에는 『연총록衍聽錄』이란 필기를 저술하였다. 2권 4책으로 구성된 필기로서 시화가 주축이 된 필기이다. 전체 기사에는 표제가 달렸다. 자기가 지은 서문과 묘지명, 논문, 편지, 제문, 기문 등 독립된 시문을 수록하기도 하였고, 역사와 서화골동, 풍속, 지명 등 다양한 주제의 기사를 적바림하기도 하였다. 기사를 쓴 시기에 따라 편집하였다. 시론과 시평, 일화를 고루 다룬 수준 높은 시화로서 경화세족 문인의 문학적 소양을 드러냈다.

시론을 펼친 기사에는 '대장정절對仗精切', '소릉시사少陵詩史', '시문난겸詩文難兼', '자하논시紫霞論詩', '동인학시東人學詩', '우산논시愚山論詩' 등이 있는데 깊이 있고 독창적인 주장이 다수 보인다. 다음은 그중 '동인학시'이다.

> 시를 배우는 동방 사람은 과거시험 문장에 빠지지 않으면 풍기風氣에 갇혀 있기에 준수한 시인을 얻기 힘들다. 또 성당盛唐에 고질병이 있어 머리가 허옇도록 흐리멍텅하다. 마치 무릉도원 사람이 진秦나라 의복을 입고 살면서 산 밖에서는 한漢나라 진晉나라 시절이 벌써 다 흘러갔음을 깨닫지 못함과 같다. 그렇지 않으면, '밥 향기는 가난해지니 잘 느끼고/ 잠자는 맛은 늙어가니 유독 잘 알지[飯香貧始覺, 睡味老偏知]'라는 육유陸游의 시구가 남산 밑에 사는 딸깍발이 선비의 일생을 완전히 그르쳤다. 어양漁洋 왕사정이 시를 논한 시에서 '귀동냥만 하고서 개원 천보 당시를 말하지만/ 송원 시를 실제 본 이가 몇이나 될까?[耳食紛紛說開寶, 幾人眼見宋元詩]'라 하였고, 담계覃溪 옹방강이 논의를 거친 뒤에 '개원과 대력의 성당시는 허황한 모습이 아니니/ 수수秀水 주이준朱彝尊과 신성新城 왕사정이 대충 말하지 않았네[開元大曆非空貌, 秀水新城莫漫云]'라 하였다.[209]

조선 시단의 병폐를 날카롭게 진단하였다. 지금 중국은 당나라도 아니고 송나라도 아닌데 시인 다수는 여전히 성당의 울타리만 맴돌고 있다. 성당 시에서 벗어나자는 왕사정의 시론과 후대 시인이 성당시를 잘못 이해하고 있다는 옹방강의 주장을 인용하여 시단의 변혁을 꿈꾸고 있다. 이덕무·박제가의 시론과 유사하다.

시평의 경우에는 더욱 다양한 내용으로 구성되었다. 중국의 시인으로는 두보, 백거이, 이상은李商隱, 소식, 전겸익錢謙益 등을 주목하였다. 특히, 청대의 왕사정과 옹방강의 시학에 매료되어 다수의 기사를 통해 다뤘는데 '합평어양·담계(合評漁洋·覃溪)'에서는 두 시인의 차이점을 인상 깊게 평가하였다.

시평의 주축은 당세의 시인에 집중되어 있다. 스승인 신위와 동번東樊 이만용李晩用, 이우신李友信, 김정희, 박제가, 이학규, 정약용과 정학연丁學淵, 정대림丁大林 삼대 등 시단의 핵심적인 시인 위주로 작품을 평가하였다. 신위와 이만용, 박제가, 정대림은 여러 편의 기사에서 호평하였다. 다음은 권3의 '정사형에게[與丁士衡]'이다.

> 『초정집楚亭集』의 작품이 사람들 입에 드문드문 흩어져 쪼가리 비단이나 물총새 깃털 하나같은 구절이라도 귀하다는 말을 처음 들었을 때부터 마음이 기울고 넋이 빠지는 심경을 막을 수 없었지요. 이제 그분의 고시와 근체시 수백 편을 보게 되니 조금 흡족해졌습니다. 그러나 3집이 더 있다는 데 생각이 미치니 또 마음이 기울고 넋이 빠지는 심경을 막을 수 없답니다. 만족할 줄 모르는 욕심은 정말 끝이 없군요. 오는 인편에 『아언각비雅言覺非』와 『영재집泠齋集』을 함께 보여주신다면, 처음부터 내내 돌보아 주시는 은혜는 듬뿍 보낸 귀한 선물보다 나을 것입니다.[210]

정학연의 아들 정대림은 자가 사형士衡, 호가 연사蓮史로 저자와 나이가 같고 친분이 깊었다. '연사蓮史' 등에서 구슬프고 부드러우며 말쑥하고 조촐한 시풍을 가졌다고 호평하였다. 저자는 정대림에게 편지를 띄워 박제가의 『초정집』을 빌려달라고 부탁하였다. 실제로 『초정집』을 빌려 보았는지 권4의 '석노石砮'와 '황제총皇帝塚', '영평永平' 등에서 박제가의 시를 언급하고 호평하였다. 저자 시학의 형성에 박제가와 이덕무, 유득공의 영향이 있었음을 예상할 수 있다.

또 '이학규의 시 뒤에 쓰다[題李金官學逵詩後]'에서는 이학규의 시를, '김포시金浦詩', '적운객구笛遠客句' 등에서는 이만용의 시를 호평하였다. 박영보는 창작론이 뚜렷하여 개성과 기호에 부합하는 열 명 안팎의 시인 위주로 작가를 선택하여 평가하였다. 2종의 시화는 자기와 당시 시단이 나아가야 할 길을 분명한 시론과 시평으로 제시하였다. 19세기 전기 시단의 추세를 보여주는 중요한 시화이다.

제
4
절

19세기 후기 시화사

19세기 후기는 제국주의 국가가 동아시아 여러 나라를 본격적으로 침탈한 시기이다. 외국에 나라의 문호를 연 1876년 이후 조선왕조는 급격한 변화를 겪으며 쇠락의 길로 들어섰고, 장구한 기간 동안 유지된 문화와 전통은 혼란에 빠져들었다. 아편전쟁 이후 전근대의 중국 중심 국제질서가 와해되면서 독점적 지위를 유지해온 문어文語 문학으로서 한문학은 공고한 지위를 빠르게 잃어갔다.

조선 말기 사회는 1895년 갑오개혁과 1897년 광무개혁光武改革으로 서구적 사회체제에 뿌리를 둔 근대적 체제로 급속하게 변모하였다. 이 시기에 일어난 중요한 변화의 하나가 어문정책이다. 1895년 국한문國漢文 혼용을 공식화하면서 한문학은 독점적이고 권위적인 지위를 잃었다. 한문 문어로 쓴 한시를 다루고 한문으로 기록하던 시화는 사회의 급격한 변화와 어문정책의 영향을 받지 않을 수 없었다. 다만 그 변화가 19세기 말기에 일어났기에 시화는 여전히 전통적 체제를 유지하였으나 양과 질 양면에서 쇠락의 길로 들어섰다. 다음 표는 이 시기에 출현한 시화를 정리하였다.

저자	시화명	저술 시기	비고
김정희(金正喜, 1786~1856)	『완당잡지(阮堂雜識)』	미상	
이규경(李圭景, 1788~1856)	『시가점등(詩家點燈)』	1855년	
조희룡(趙熙龍, 1789~1866)	『해외난묵(海外讕墨)』	1853년	『화구암난묵(畵鷗盦讕墨)』
	『석우망년록(石友忘年錄)』	1863년	
이우준(李遇駿, 1801~1867)	『몽유야담(夢遊野談)』, 『고금시화(古今詩話)』	1855년	
편자 미상	『청구시화(青邱詩話)』	미상	
김좌균(金左均, 1810~1880)	『송간이록(松澗貳錄)』	미상	
이유원(李裕元, 1814~1888)	『임하필기(林下筆記)』	1884년	
정건조(鄭健朝, 1823~1882)	『용산총서(蓉山叢書)』	미상	3책
유운(劉雲, ?~?)	『작비암시화(昨非庵詩話)』	1881년	
이건창(李建昌, 1852~1898)	『영재시화(寧齋詩話)』	1893년	
강하노창(絳霞老傖, 미상)	『강하청도록(絳霞聽覩錄)』	1880년	

주요한 시화 다수가 1850년대에 몰려 있고, 1876년 개항 이후에는 수량이 줄고 비중이 큰 저술이 나오지 않았다. 1850년대에는 시화의 전통을 이어받아 역사적 의의를 지닌 시화가 몇 종 나왔다. 이규경과 김좌균의 시화가 대표적이다. 박물학과 고증학의 학술에 영향 받아 이규경은 전편 시화 『시가점등』을 편찬하였고, 김좌균은 유서 『송간이록』을 편찬하면서 방대한 시화를 정리하였다. 2종의 거질 시화는 저술의 방향은 서로 다르나 이 시기 학술과 문학의 경향을 상징한다. 같은 시기에 김정희와 조희룡은 고답적이고 문예적인 필기 시화를 저술하였고, 이우준은 야담에 접근한 시화를 저술하였다. 개항 이전의 시화는 이전 수준을 가까스로 유지하였고, 19세기 전기 시화의 특징과 연계되어 있다.

개항 이후에는 시화의 수준과 경향에 큰 변화가 일어났다. 시화 저술 사이에 일정한 방향성이 없어졌다. 독창성을 지닌 전편시화로 이건창의

『영재시화』가 나왔으나 기사의 양이 매우 적어서 본격적인 저술로 보기 힘들다. 다만 질적 수준은 높은 편이다. 정건조의 편저로 추정되는 『용산총서』 3책은 이전의 필기를 초록한 책으로 대부분 시화로 채워져 있다. 이 책을 포함해 나머지 시화는 앞서 나온 시화를 초록한 수준에 머물고 있다. 독특한 시화에 임경준의 『작비암시화』가 있는데 『작비암일찬昨非庵日纂』라는 청언집에서 시화만을 뽑아 만든 시화 선집이다. 이처럼 19세기 후기의 시화는 혼란한 사회와 급격한 어문정책의 변화에 따라 양적, 질적으로 저술이 시들해졌다.

1. 이규경의 시료론詩料論과 고증적 시화집『시가점등』

『시가점등詩家點燈』은 이규경(李圭景, 1788~1856)이 지은 시화이다. 자필로 쓴 유일한 사본이 전한다. 모두 11권 1433칙에 이르는 많은 분량의 저술이다. 저술한 시기는 1850년에서 1855년 사이이다.[211] 원본은 노촌老村 이구영(李九榮, 1920~2006)이 소장했었으나 현재는 소장처를 알 수 없다.[212] 손바닥 넓이보다 작은 수진본袖珍本 크기의 원본을 1981년에 아세아문화사에서 확대 영인하여 세상에 알려졌다. 방대한 분량을 자랑하고, 다양한 소재를 다루었으며, 흥미로운 내용이 많아 시화의 역사에서 중요한 가치를 지닌다.

이규경의 자는 백규伯揆, 호는 오주거사五洲居士 또는 소운거사嘯雲居士로 『청비록』의 저자 이덕무의 손자이고, 이광규李光葵의 아들이다. 『소단천금결』을 정사하고 서문을 썼고, 역대 여성 시인의 시와 기사를 모아 『동관습유彤管拾遺』란 시화를 편찬하기도 하였다.[213] 후자는 현재 전하지 않는다. 18세기 실학의 전통을 이어 19세기 실학을 대표하는 위대한 학자의 한 사람이다. 박물학과 고증학에 조예가 깊어 『오주연문장전산고五洲衍文長箋散稿』라는 기념비적 저술을 남겼다. 이 책이 인간과 사회, 자연 만물에 대한 고증과 성찰을 담은 저술이라면, 『시가점등』은 다양한 시적 제재를 고증하고 성찰한 시화이다. 『오주연문장전산고』에도 시화 항목이 수십 개 실려 있어 『시가점등』을 보완한다.

그중 「역대시화변증설歷代詩話辨證說」에서는 중국과 한국의 중요한 시화를 조감하면서 "내가 망령되이 『시가점등』 네댓 권을 지어 다른 시화의 뒤를 이었으니 개 꼬리로 담비 꼬리를 이은 꼴이다"[214]라고 하였다. 『시가점등』의 편찬을 언급하였고, 같은 항목에서 "시화란 시의 아류로 창작의 모범이다"[215]라고 생각을 밝혔다. 창작의 모범이자 지침서로 시화를 이해하였다.

『시가점등』은 새로운 문헌과 정보를 학계에 빠르게 소개한 저자의 박식함이 잘 드러난다. 중국 문인을 조선 문인보다 더 많아 다뤘고, 일본과 유구, 안남의 문인까지 관심을 보였다. 명청明淸 문인의 비중이 커서 최신 정보에 관심을 쏟은 저자의 성향을 보였다. 하지만 감상과 적구摘句의 대상으로 애호한 개별작가는 송나라의 범성대范成大, 고려의 정몽주鄭夢周라서 예외가 있다. 영조와 정조 때의 시인을 특별히 선호하여 이용휴와 이언진李彦瑱, 이덕무, 유득공, 박제가, 이서구, 이기원李箕元 등의 작품을 대거 뽑아 호평하였다.

『시가점등』은 북학파 학자의 『청비록』과 『강산필치』, 『피서록』 등에 영향을 받아 고증적 전통을 이어받았다. 특히, 『청비록』에 큰 영향을 받았다. 국제주의적 시선을 펼쳐 중국, 일본, 유구, 안남의 시문을 다뤘다. 『화한삼재도회和漢三才圖會』를 다수 활용하여 여러 곳에서 일본 시문을 소개하고 호평하였다. 최신 문헌과 정보를 중시하고, 고증적이며, 국제주의적 성향을 띠는 점에서 이덕무의 영향이 짙게 배어 있다.

이규경은 시의 소재, 즉 시료詩料에 특별한 관심을 기울여 시화를 채웠다. 다양한 사물과 현상에서 창작에 활용할 만한 소재를 찾았다. 2권 11칙 「인보의 문장에서 점화할 만한 좋은 재료[好詩點化印文中]」에서는 청나라의 인문印文을 열거하였다. "『곡원인보谷園印譜』의 인문印文은 섬세하고 곱다고 하나 그중에는 시에 넣어도 좋을 것이 많다. 그래서 소품小品임에도 불구하고 다 거두어 쓰니 시인이 어떻게 점화點化하느냐에 달려 있다. (중략) 『유청신집留青新集』의 「인장기어印章綺語」는 『곡원인보』의 인문보다 마음을 일깨우는 말이 더욱 많아, 빚어서 시로 만든다면 반드시 사람을 놀라게 하는 시구가 나올 것이다. 그래서 또 거두어 쓴다"[216]라고 하였다. 창작의 재료로 쓸 만하다고 하여 인문을 장황하게 적어두었다.

이규경은 "시는 그 사람의 역사다"[217]라고 선이 굵게 말했다. 시는 감성의 표현을 넘어 개인사와 사회사를 드러내는 도구라는 말이다. 시료의 제시와 분석을 통해 시는 결국 인간과 사회의 다양한 사실을 소재로 포착해야 한다는 시각을 보였다.

서술에서는 고증적 태도가 돋보였다. 작가와 시의 정보에서 오류를 변증하여 올바른 정보를 전달하려 하였다. 관념과 지식의 옳고 그름을 꼼꼼히 따져서 정확하고 분명한 지식으로 만들고자 하였다.

이규경은 실사구시의 고증학을 학문 방법의 근간으로 삼았다. "박학다식은 군자들이 마음에 새겨두고 잊지 말아야 할 태도이다"[218]라고 하여 박식을 요구하였다. 올바른 지식을 얻기 위한 전제가 박식이라고 생각하였다. 저서 곳곳에서 문헌에서 사실을 배우고, 자연과 사회의 실제 사물, 현상의 다채로운 내용을 검증하고자 하였다. 인생 후반기에 충청도 충주 산골에 거주하며 2종의 방대한 저술을 편찬하면서 지적 욕구를 채우기 힘든 환경에 탄식하였다. 많은 문헌을 참고해야 하는 고증 작업에 여건이 갖춰지지 않음을 개탄하였다.

시의 평론에서는 고증적 태도를 중시하였다. "시인이라도 박식함을 중시하지 않을 수 없다"[219]면서 박식함을 시 평론의 기초로 여겼다. 문예 분야의 박식함은 제6권 135칙 '어무적의 눈을 만난 시[魚无迹逢雪詩]'와 136칙 '옥봉 이씨의 채련곡[玉峯李氏採蓮曲]'에서 이들의 시가 방대한 총서 『고금도서집성古今圖書集成』의 「설부雪部」와 「연부蓮部」에 기재된 사실을 밝히고 품평한 데서 잘 알 수 있다. 당시 이 총서의 전래 상황으로 볼 때 그렇게 외진 부분에까지 눈이 이른 것은 놀랍다.[220]

올바른 지식을 중시하는 태도는 일상에서 쓰는 다반문자茶飯文字의 출처를 고증한 기사에서 확인할 수 있다. "저술의 문자는 사용할 고사의 출처를 자세히 안 다음 사용하여야 한다"[221]라 하고서 제4권 37칙 '일상적 문자의 출처를 기록한다[茶飯文字記出處]'에서 시문에서 많이 쓰이는 문자를 두루 고증하였다.

조선의 고사와 문화, 풍속을 고증하는 문제를 더욱 역설하였다. '『대동운부군옥大東韻府群玉』의 고증[大東韻玉考辨]'에서는 권문해權文海가 편찬한 『대동운부군옥』을 간명하게 평하고서 "이 책은 조선의 전고를 알고자 하는 사람에게 없어서는 안 된다. 특히 시인 문장가들이 고사를 쓸 때 두루 참고하면 도움이 된다"[222]라고 하였다. 조선학의 시각에서 자국 문화의 고증을 중시하였다.

조선의 사회현상과 다양한 물질 문화를 고증하면서 시를 활용하였는데 풍속을 묘사한 시를 고증한 많은 기사에서 확인할 수 있다. 각시놀이(제2권 54칙), 취승도醉僧圖와 산대도감극山臺都監劇의 취승무醉僧舞(제3권 62칙), 널띠기를 시화한 이덕무의 시(70칙), 떡국의 유래 및 이덕무의 시(71칙), 승희僧戱를 노래한 이덕무의 시(73칙), 이덕무의 지연시紙鳶詩(81칙), 동전 치기[擊錢, 86칙], 처용處容 벽사辟邪(제4권 46칙), 유두일流頭日 풍속시(제8권 128칙), 차운로車雲輅의 대보름날 시(129칙), 종정도從政圖 놀이 시(130칙), 목침시(제9권 13칙) 등 상당히 많은 풍속을 시를 인용하여 입증하였다. 여러 나라의 동전 치기를 묘사한 시를 소개하고 조선에서는 아직 시를 짓지 않았다고 아쉬워하였다.

일상생활에서 접하는 평범한 사물에서부터 흔히 보기 힘든 새로운 사물까지 다양한 스펙트럼으로 사물을 시의 소재로 간주하고 그런 사례를 소개하였다. 목면木綿을 소재로 쓴 시를 소개하면서 "우리나라에만 이런 종류가 없어 형상이 어떤지를 알 수 없다. 마침 옹산翁山 굴대균屈大均의 「남해신사목면화가南海神祠木綿花歌」를 보았더니 매우 기이하였다. 후배들이 고증할 거리로 삼게 하려고 채록한다"[223]라고 하였다. 조선에 없는 사물을 형용한 시이기에 고증의 근거를 위하여 채록하였다. 시인은 사물을 단순히 읊는 차원에 머물러서는 안 되고 사물을 깊이 알고 써야 한다고 생각하였다. 구공기救公飢, 은화천銀花賤, 금화귀金花貴 같은 희귀한 곡물을 읊은 시를 소개하고서 "이런 사물을 시인이 몰라서는 안 된다"[224]라고 말하였다.

또 3권 34칙 「하쿠세키의 자명종 배율[白石自鳴鐘排律]」과 2권 42칙 「안경 또는 애체 시[眼鏡靉靆詩]」 등에서는 자명종과 안경을 묘사한 여러 나라의 시를 모아 기계 장치와 쓰임새를 설명하였다.[225] 일본의 문인 아라이 하쿠세키(新井白石, 1657~1725)의 장편 배율시를 전체 인용하고 평가를 덧붙였다. "섬나라 오랑캐라고 하나 사물을 읊은 수준이 중원에 뒤지지 않는다. 인재가 장소를 가려 나지 않는다는 말은 이런 경우를 말하리라!"[226]라고 호평하였다.

사물과 현상의 묘사를 중시한 태도는 종래 시화에서 작품을 수록하고 품평하던 태도와는 상당한 거리가 있다. 이전에는 작품의 품격이나 의경意境, 성률聲律 등 작품의 문예미가 평가의 주요 기준이었다. 일화 중심의 시화는 흥미성에 있었다. 이규경의 시화에서는 소재와 정보가 문예미와 흥미성을 압도하였다.

이규경은 통념화한 문자나 상식적 지식, 일상적 생활과 풍속은 물론 희귀한 사물과 현상, 낯설고 참신한 사물을 창작의 소재로 간주하고 그에 부합하는 작품을 시화에서 논의하였다. "시를 통하여 짐승과 초목의 이름을 많이 알 수 있다"라는 공자의 말을 인용하여 사물을 인식하게 하는 시의 기능을 강조하였다. 짐승과 초목의 이름은 확대하면 만물의 이름이다. 종래에는 사물의 이름을 아는 기능은 시를 배우는 이차적 목적이었으나 이규경은 시학에서 매우 중요한 기능으로 이해하였다. 짐승과 초목의 이름을 아는 것은 '견문을 넓히고 이야깃거리에 보탬이 되는[廣耳目, 資談說]' 수준에 그치지 않고 실제로는 민생일용民生日用의 중대사로 간주하였다. 국가를 소유한 자가 마땅히 관심을 두어야 할 일이라는 청나라 학자의 견해에 동조하였다.

이규경은 과학적, 생활적 지식을 얻는 시의 고유한 기능에 큰 의의를 부여하여 자연과 사회의 사물과 현상, 풍속을 시의 소재로 새롭게 조명하였다.

> 문장은 양陽이고, 시는 음陰이다. 문장의 마음[文心]이 이른 대상을 시가 말할 수 있거니와, 끝까지 말할 수도 있고, 반복해 말할 수도 있으며, 넘쳐흐르게 말할 수도 있고, 괴이하거나 환상적으로 말할 수도 있다. 그렇게 하늘을 대신하여 끝맺음을 잘하는 것이 바로 음의 직분이다. 흥관군원興觀群怨의 작용은 모두 하나하나 짐승과 초목에 맡겨서 감히 정면으로 말하지 못한다. 신하나 아들의 도리는 마땅히 이와 같아야 한다.[227]

사물을 다양한 방식으로 드러내는 시의 특성을 설명하였다. 시는 사물을 직설적으로 드러내지 않고, 우의하여 형상화해낸다. 우의의 대상이 바로 짐승과 초목이다. 인간사회와 우주 자연의 온갖 현상이 금수와 초목의 생태로 다양하게 나타난다. 사물을 다양한 방식으로 표현한 시를 통해 대상의 실태를 파악하는 단계로 나아가야 한다는 것이 이규경의 주장이다. 수많은 사물시事物詩를 시화에서 거론한 것은 이 시론에 근거하였다. 그가 찾은 시료와 소재에 주목한 시는 사례가 매우 많다. 제10권 89칙의 '호박이 시에 쓰인 것은 예로부터 드물다[南瓜入詩古來稀]'와 제10권 138칙의 '고루화菰蔞花'에서는 호박이나 고루화 같은 사물을 어떻게 시로 형상화했는지 논의하였다. 일상에서 쉽게 접하는 생활과 동식물 등을 시의 재료라는 입장에서 관찰하여 그 사물을 묘사한 자작시를 소개하기도 하였다.

> 나는 초야에 거처하여 벌레나 물고기를 관찰 조사할 뿐이다. 따라서 나무꾼이나 소치는 아이들이 전해주는 벌레나 물고기의 이야기를 들으

면 반드시 자세히 기록하였다. 고금 인사들이 기록한 새나 짐승에 관련한 글을 읽으면 다시 초록하여 두었다. 그런 일이 쓸데없고 이익이 생기지 않는다는 점을 나도 잘 알고 있으나 쓸데없고 이익이 생기지 않는 중에도 고증에 도움 되는 이익은 있다. 그래서 이렇듯이 시를 읊는 병이 끊어지지 않는다.[228]

일상적 사물을 포함하여 다양한 물질 문화를 접촉하고 시의 소재로 이해하여 시적으로 형상화하려고 하였다. 『시가점등』 전체에는 그 문제의식이 두루 반영되었다. 『구간시화』의 문제의식과 상통한다. 『시가점등』은 이처럼 풍부하고 참신한 내용 및 사상성을 가져 19세기의 우수한 시화집으로 손꼽을 수 있다.

2. 김정희·조희룡의 고답적 시론과 시화

김정희와 조희룡은 고답적 예술미를 추구하는 시론을 제기하였다. 한 시대의 거장으로 꼽힌 김정희(金正喜, 1786~1856)의 시론은 동시대 문인에게 큰 영향을 끼쳤다. 19세기의 문신이자 서화가로 자는 원춘元春, 호는 완당阮堂·추사秋史 등을 썼다. 한 시대의 학술과 문예의 거장이라 추종자가 많았다. 후대에 편찬된 문집 『완당집阮堂集』에 수록된 잡지雜識에 20여 칙 가까운 시론이 수록되었는데 이를 『완당잡지阮堂雜識』라는 이름으로 다룬다. 김정희는 학문에서는 고증학을, 문예에서는 학인지시學人之詩를 추구하였다. 학문과 예술의 결합, 즉 학예學藝의 일치를 중시한 배경에는 동시대 청나라 옹방강翁方綱의 학문과 예술이 있었다. 소식과 황정견의 수경미瘦勁美를 애호하였고, 왕사정王士禎과 옹방강의 문예론을 중시하였다.

시의 범주는 광범위하여 모든 것이 구비되어 있으므로 작가의 성령性靈에 알맞게 선택하여 창작하여야 한다고 보았고,[229] 동시에 학력學力의 가치도 중시하였다. 성령만 강조할 때 발생할 폐단을 학력과 격조格調로 보완할 수 있다고 생각하였다. "성령과 격조를 갖춘 다음에야 시를 공교롭게 잘 짓는다. (중략) 반드시 격조로 성령을 조절해야 음란 방탕하며 귀신같고 괴상한 지경을 벗어난다. 그렇게 하면 시를 공교롭게 잘 지을 뿐만 아니라 올바름도 잃지 않는다"[230]라고 하여 성령과 격조를 대등하게 중시하였다. 학문적 분위기를 강조함에 따라 서권기書卷氣가 고고하게 담기고, 학술적 기품이 있는 문예물의 창작을 지향하였다. 옹방강과 전재錢載의 시를 학습의 본보기로 삼은 이유가 여기에 있다. 두 시인은 심상한 시인의 어구를 흉내 내지 않고 경서에 있는 말을 사용하여 시를 쓴 경학 자풍의 시인이었다.[231] 다만 김정희는 본격적으로 시화라고 할만한 저술을 남기지 않았고, 그와 생각이 통하는 조희룡이 본격적으로 시화와 필기를 썼다.

조희룡(趙熙龍, 1789~1866)은 자가 운경雲卿이고, 호는 호산壺山, 우봉又峰 등이다. 경아전京衙前 출신 중인으로 19세기 화단의 영수이다. 시와 문장에도 솜씨를 발휘하여 저서에 『호산외기壺山外記』, 『석우망년록石友忘年錄』, 『해외난묵海外讕墨』 등이 있다. 김정희와 교유하며 학문과 예술을 결합한 그림을 그렸고, 서권기書卷氣를 강조한 예술론을 펼쳤다. 많은 회화 작품과 저술을 남겨 화가와 문인으로 인정받았다. 『해외난묵』은 1851년 이후 3년 동안 임자도荏子島에 유배된 상태에서 지었다. 『화구암난묵畵鷗盦讕墨』이라고도 한다. 『석우망년록』은 1863년에 지었다. 서화 미학을 중심으로 예술 전반에 관한 단상을 기록하였다. 그의 글은 운치가 넘치는 청언소품淸言小品이기도 하다. 전자에는 13칙, 후자에는 75칙의 기사를 수록하였다. 다수의 저술이 1999년 한길아트에서 『조희룡전집』으로 번역 출간되었다.

조희룡의 시화는 시평과 일화가 없이 시론으로 채워졌다. 소식과 황정견의 학습을 강조하고, 서권기와 아취가 있는 창작을 중시하였다. 작가는 제각기 자기 성령에 맞게 창작해야 한다는 성령론性靈論을 주장하였다. 성령性靈은 남과 다른 자기만의 독자적 개성을 의미하는데 개성이 절실하게 드러난 작품을 써야만 제대로 된 작가라고 하였다. "시인은 시를 지으며 으레 남의 시구를 주어오고 미사여구를 늘어놓기 일쑤이다. 자기 틀로 만들어 독자적 성령을 표방하는 이가 몇 명이나 될까?"[232]라고 말하였다.

성령을 중시하면서도 성령을 과도하게 추구하여 저속해지는 폐단을 경계하여 서화기書畵氣로 그 폐단을 막아야 한다고 하였다. 서화의 기운이 시문에 담기면 저속함에 빠지지 않는다는 것인데 그 생각에는 김정희의 영향이 있다. 김정희는 성령의 폐해를 격조로 보완하자고 주장하였는데 조희룡은 격조를 서화기로 대체하였다. 서화의 기운이 저속한 기운을 가시게 하여 품격이 생긴다고 보았다.

> 사람들은 자식을 낳으면 모두 부귀와 복록을 원한다. 유독 시문에서는 달달하고 속된 기운이 있는 것을 좋아하지 않는다. 가는 길이 달라서 제각기 추구하는 세계가 있다.[233]

저속한 기운을 몹시 싫어하여 시문이 나빠지는 원인을 '속俗'이란 글자에서 찾았다. 속기俗氣를 없애는 서화기에서 무엇보다 학문이 필요하니, 글씨와 그림에 학문과 문장의 기운이 스며들면 속기는 저절로 사라진다. 학문과 예술의 조화로운 간섭은 성령과 학력 서로에게 보완의 의미가 있다.

조희룡은 시를 신비하고 순수하며 고답적인 예술이라고 생각하였다. "연하煙霞 경지에 들어갈 때마다 시의 아취가 신령하고 활발해진다. 세상 인연은 절로 멀어지고 연하의 도움만을 받기 때문이다"[234]라고 하였다. 세속적 환경에서 벗어나 신비한 자연을 체험하게 되면 순수하고 고답적인 시가 나온다. 다음은 신비한 시의 세계를 강조한 시론이다.

> 시는 맑고 고움의 세계이자 온갖 오묘함의 문이므로 비루하고 더러운 사람이 배울 수 있는 것이 아니다. 시 창작은 거문고를 연주하는 것과 같아 마음은 온화하고 기운은 평화로우며, 손가락은 부드럽고 소리는 담담하여 한 번 부르면 세 번 감탄이 나오는 시가 최상의 작품이다.[235]

시 창작을 고결하고 신비한 체험으로 설명하였다. 그의 시론에는 예술지상주의적 분위기가 서려 있다. 사회성과 연관하여 시를 이해하려는 유가의 시론과는 거리가 멀다. 속된 현실로부터 차단된 순수한 예술을 추구하자는 시론은 고답적이다. 시는 사람을 감동케 하여 세상을 교화하는 수단이어야 한다는 홍석주의 시론과 비교하면 크게 다르다. 조희룡은 화가이자 서법가, 시인, 산문가로서 고답적 예술을 추구하였다. 수경미瘦勁美를 추구한 소식과 황정견의 예술적 취향에 가깝다. 조희룡은 서울 경기 지역에 세거한 경화세족 사대부와 중인 문인의 미의식을 대변하였다.

3. 김좌균의 시화 총집 『송간이록』 〈동아〉

19세기 후기에 나온 『송간이록松澗貳錄』은 53책 131개 항목으로 조선의 학술과 문화를 총 정리한 유서類書이다. 조선인의 저술에서 기사를 초록하여 항목별로 분류하고 필사하였다. 저자는 김좌균(金左均, 1810~1880)으로 자는 공준公準, 호는 송간松澗이다. 생원시에 급제하여 돈녕부도정敦寧府都正을 지냈다. 오랜 기간에 걸쳐 편찬하여 저술을 완성한 시기는 1875년 무렵이다.[236] 국립중앙도서관 운정문고云丁文庫에 사본이 소장되어 있는데 고려대학교 교수를 지낸 김춘동金春東 구장이다. 경북대학교 도서관과 김영진 교수가 낙질 3책을 소장하고 있다.

이 유서는 동시대에 나온 조재삼(趙在三, 1808~1866)의 유서 『송남잡지松南雜識』에 비견할 만한 방대한 저술이다. 문학과 관련한 내용도 상당히 많다. 특히, 제5책 해몽解蒙 항목의 〈문장〉에는 조선 문인의 문학론을 집성하였다. 시문에 관한 일반이론을 망라하여 조선 문인의 시와 문장을 보는 관점에 관한 자료를 집성하였다. 제26책에도 〈문장〉 항목이 설정되어 있는데 다양한 문장의 사례를 잡다한 문헌에서 인용하였다.

독립된 시화 항목은 제49책의 〈동아東雅〉이다. 82장 164면의 많은 분량에는 깨알 같은 글씨로 역대 시화와 시를 초록하였다. 제목에서 알 수 있듯이 조선의 시를 초록하였는데 전체의 3분의 2는 시화의 초록이고, 3분의 1은 한시의 초록이다. 당시까지 나온 대부분의 시화를 대상으로 초록하였는데 체계를 정교하게 잡지는 못하였다.

체계는 『지봉유설』에서 시와 문장, 이론과 시평과 시화를 서술한 체계를 따랐다. 〈동아〉는 크게 세 부분으로 나뉜다. 첫 부분에서는 조선 한시를 총평하였고, 한시사의 전개를 가늠하는 거시적 시각의 기사를 초록하였다. 예컨대, 이응징이 『검옹지림』에서 한시사의 맥락을 정리한 글을 전재하였다.

두 번째 부분에서는 역대 시화를 폭넓게 초록하였다. 『파한집』과 『보한집』, 『지봉유설』에서 『시필』에 이르는 최근 저작까지 망라하였다. 『지봉유설』과 『소화시평』, 『시필』 등이 초록 기사의 수량이 많은 시화이다. 『청비록』 같은 주요하고 널리 알려진 시화를 초록하지 않은 점은 의문이다. 시화 외에도 『대동운부군옥』 같은 총서와 『매산집梅山集』 같은 문집, 기타 행장과 행록, 연보, 서간문 등에서 시를 인용하거나 평론한 기사를 발췌하여 시화의 영역으로 끌어들였다. 『동국시화휘성』의 편찬 방법과 유사하여, 시화의 세계를 크게 확장하였다. 다음은 『남행문견록南行聞見錄』을 출처로 밝힌 기사이다.

> 내가 여쭤보았다. "조현기趙顯期는 항상 '우암尤庵 선생께서 《사직은 물거품 위에 있고/ 조정은 큰 취중에 있네[社稷浮漚上, 朝廷大醉中]》라는 시를 지었다. 죄를 짓고 위리안치圍籬安置되어 있는 처지로 이렇듯 세상을 조롱하는 시를 지었으니, 송 아무개가 하는 짓은 정말 어리석다'라고 한답니다." 선생께서는 머리를 절레절레 저으며 말씀하셨다. "정말 그런 시구를 지었다면 어리석다는 비꼼을 어떻게 벗어나겠는가? 다만 본래 그런 시구를 짓지 않았으니 나는 조현기에게 유감이 없네."[237]

여기서 우암은 송시열宋時烈이고, 나는 제자인 이경수李敬秀이다. 이경수가 우암과 주고받은 대화를 적은 어록으로서 『송자대전宋子大全』 부록 제18권에 내용이 실려 있다. 송시열과 조현기 사이에 시구를 두고 벌어진 논란을 다룬 시화로서 훌륭한 자료이다. 출처로 제시한 『남행문견록』

은 저자를 알 수 없다. 이처럼 일반 시화가 아닌 문헌에서 시화를 다수 발췌하였다.

세 번째 부분은 한시의 초록이다. 〈동아〉에서는 18세기와 19세기의 시인을 중심으로 많은 시와 시구를 뽑아 수록하였다. 다수의 시를 뽑은 시인에는 홍양호, 이희사, 이만용, 이양연 등이 있다. 가까운 시대의 시인인 김상현金尙鉉, 조면호趙冕鎬, 박영보, 최헌수崔憲秀 등 철종과 고종 시기의 시인도 포함하였다. 『송간이록』은 19세기 박물학과 유서 편찬의 전통에서 출현한 저술로서 〈문장〉과 〈동아〉 등에는 시론과 시평, 시화 등 문학이론과 시화를 풍부하게 거두어 정리하였다.

4. 통속적 시화 2종, 『고금시화』와 『청구시화』

『몽유야담夢遊野談』에서는 『고금시화古今詩話』란 표제로 시화를 수록하였다. 저술한 시기는 1849년에서 1855년 사이이다. 저자는 이우준(李遇駿, 1801~1867)으로 순조 연간의 문인이다. 본관은 전주全州이고, 자는 경문敬文, 호는 몽유자夢遊子이다. 1848년 북경에 다녀오고 『몽유연행록夢遊燕行錄』을 저술하였다. 야담집과 『몽유시집夢遊詩集』 등 여러 저술을 남겼다.

『몽유야담』은 독특한 야담집의 하나이다. 몇 종의 사본이 전해지는데 고려대학교 도서관에 소장된 3권 3책이 선본이다. 한중연, 국사편찬위원회, 영남대, 서강대 등에도 이본이 소장되어 있다.[238] 홍성남이 편집한 영인본이 보고사에서 간행되었고, 표점본도 출간되었다.

『몽유야담』 권3의 후반부 『고금시화』 항목에는 모두 68칙의 시화가 실려 있다. 〈과구문체科臼文體〉 항목에 실린 11칙의 기사도 시화이고, 다른 항목 곳곳에도 시화가 실려 있어 실제로는 100칙 가까운 시화가 수록되었다. 『고금시화』는 제목과 달리 동시대 시화 위주로 수록하였다. 야담집 일부로 시화 항목을 설정한 데서 알 수 있듯이 본격적인 시론이나 시평보다는 일화 기사가 많다. 시사에서 비중을 차지한 역대 시인과 작품보다는 문인들 사이에 흥미 삼아 입에 올리는 작가와 작품이 주로 논의되었다. 통속화, 야담화 경향이 두드러진다.

다만 앞부분에서는 작법과 관련한 기사를 10칙 안팎으로 서술하였다. 높은 기상을 밝히고, 부귀한 시어를 써야 좋다는 따위의 창작 지침을 안내하였다. 기존 작법서에서 흔히 언급하는 통속적 시론이다. 눈에 뜨이는 기사로 1칙에서 중국과 조선의 시사 전개의 방향과 최근 창작 경향을 논한 다음 기승전결起承轉結의 작법을 소개하였다. 2칙에서는 이백과 두보와 한유가 하늘나라의 학사學士로서 옥황상제를 모시며 각자 자기 시를 자랑한다는 이야기를 소개하였다. 시를 배우는 아동에게 들려주기 위해 여항에 널리 퍼진 야담을 초록한 기사로 자기 개성에 맞게 시를 쓰라는 교훈을 담았다. 이 기사는 시화이면서 실제로는 당시에 널리 구전되던 야담의 하나이다.

이우준은 골계나 해학을 담은 희작시와 언문풍월에 관심을 기울였고, 민간에서 유행하는 통속적이고 재미난 동시대 작가와 작품을 주목하였다. 흥미성 있는 시화로 귀신이 지은 시와 꿈속에서 지은 시, 여성이 지은 시, 만시挽詩를 29칙에서 48칙까지 20칙에 걸쳐 다뤘다. 49칙에서 68칙까지 20칙에서는 동시대 시인으로서 통속적이고 인기를 끈 독특한 시인의 작품을 다뤘다. 특히 떠돌이 시인과 무명의 시인에 주목하였다. 주요한 시인으로는 김삿갓으로 유명한 김병연金炳淵, 이양연, 이패랭이, 감산甘山 이황중李黃中 등이 그들이다. 이양연은 토속적 민요풍 시를 써서 인기를 얻은 시인으로 광주廣州 동향인에게 전해 들은 사연과 시를 소개하였다.

김병연, 이패랭이, 이광직, 이황중 등 전국을 떠도는 방랑시인이나 나무꾼, 장사꾼, 과객過客이 성명과 시재를 숨긴 채 시를 써서 사대부를 놀려먹는 일화를 썼다. 49칙에서는 당시 서울에서는 동인同人을 불러 모아 풍악을 울리고 술을 마시며 시를 짓는 시회나 시사가 유행한다고 증언하였다. 그 모임에서 무명 시인이 등장하여 좌중을 압도하는 사연을 기록하였다. 이렇게 구전으로 전하는 기사를 많이 수록한 시화가 『몽유야담』과 『청구시화』이다. 다음은 대표적인 떠돌이 시인 김삿갓 곧 김병연을 소개한 기사로 일부만 인용한다.

김병연金炳淵이란 자는 어떤 사람인지 알 수 없다. 삿갓을 쓰기도 하고,

패랭이를 쓰기도 하며, 옷차림을 깔끔하게 입기도 하며, 땟국에 절어 누더기를 입기도 하였다. 술을 즐겨 마구 마셔서 술에 취해 있지 않은 날이 없었다. 거취가 일정치 않고 불쑥 나타났다 불쑥 사라져 예측할 수 없었다. 단지 자기 성명을 속이지 않았을 뿐이다. 이르는 곳마다 문장 솜씨로 칭송을 받았다. 운자를 부르고 시를 짓게 하면 즉시 지어냈는데 귀신같은 말이 많았다. 과체행시科體行詩를 정교하게 빨리 썼다. 누군가가 작품에서 흠집을 잡아내어 평하면 눈을 부릅뜨고 냅다 소리를 지르며 "어른의 글을 어찌 함부로 논하는 게냐?"라고 하였다. 그 이름을 들은 이들은 그와 맞서려 하지 않고 웃으며 받아들였다. 늘 머물고 싶은데 머물러 열흘도 좋고 한 달도 좋으나 홀연히 또 버리고 떠나서 정착하는 법이 없었다. 어떤 강원도 산골 사람이 나에게 이런 이야기를 들려주었다. (중략) 아! 사람이 이런 포부를 가졌으니 몸가짐을 단정하게 하고 행실을 떳떳하게 한다면, 내력을 묻지 않고 나는 책상자를 짊어지고 가서 뒤를 따를 것이다. 어째서 방종하여 아무 구속을 받지 않고, 세상 질서를 벗어던지며 기꺼이 떠돌이 무리가 되었을까? 혹시 이 사람은 법도를 따르지 않는 선비로서 폐족의 처지가 되어 재능을 갖고 당세를 오시하며 자포자기한 상태에 안주한 자가 아닐는지?[239]

이 저명한 시인의 행적을 조리 있게 서술하였다. 『몽유야담』 여러 곳에서 김삿갓이 즐겨 쓴 독특한 언문풍월을 볼 수 있다. 〈달리지명達理知命〉 3칙에는 다음 내용이 보인다.

어떤 사람이 승죽와升竹窩로서 자호自號를 삼았는데 무슨 뜻인가? 승升에는 두 가지 뜻이 있으니 하나는 승강升降의 승升이고 하나는 승두(升斗, 되와 말)의 승升이다. 대개 상말에서는 모든 일을 반드시 시세를 따르고 할 일만 헤아려 적당히 따르는 태도를 일러 승죽(升竹, 되는대로)이라

한다. 또 순리대로 마음 가는 대로 자연에 내맡긴다는 것을 승죽升竹이라 한다. 근래 한 정승이 거처에 정자 한 채를 짓고 편액을 연죽然竹이라 하였으니 이 또한 이름을 보고 뜻을 취하였다. 시 한 수를 지어 문설주에 달았으니 그 시는 다음과 같다.

내 마음에는 그런대로 되는 것이 있으니	我心自有居然竹
바람 부는 대로 물결치는 대로	風吹之竹浪打竹
시시비비는 저대로 버려두고	是是非非置彼竹
밥이면 밥, 죽이면 죽, 이런대로 하세	飯飯粥粥爲此竹
시정매매는 세월대로 하고	市井買賣歲月竹
빈객접대는 가세대로 하세	賓客接待家勢竹
평생에 내 마음대로 하는 것만 같지 못하니	平生不如余心竹
그런대로 행하며 그런대로 지내세	只行然竹過然竹

이 사람은 낙천적이고 운명을 알아 남과 경쟁하지 않는다고 말할 수 있다. 그러나 사업과 행위에 마음을 쓰거나 힘써 실행하려는 의지가 없다. 제 한 몸만 편하고, 세속을 따라 부침하고자 하니 이것이 어찌 대인군자의 올바른 말이랴?[240]

김삿갓의 〈죽시竹詩〉로 널리 알려진 언문풍월 작품을 인용하고 창작의 동기를 설명하였다.[241] 이우준은 김삿갓의 작품으로 단정하지는 않았으나 그의 대표작 가운데 하나이다. 『몽유야담』에서는 세사에 달관한 정승의 사연으로 소개하였으나 이조차도 실은 민간에 떠도는 야담을 채록한 것이다.

언문풍월은 한시의 풍격과 격률을 무시하여 전통적 한시가 해체되는 과정을 보여준다. 시화 역시 전통적 시화의 주제와 범주를 벗어나 가벼운 읽을거리로 통속화하는 경향을 보였다. 『몽유야담』은 그 경향을 뚜렷하게 보여준다.

『몽유야담』과 유사한 시화에 『청구시화青邱詩話』가 있다. 이 시화는 서울대학교 중앙도서관에 유일한 사본으로 소장되어 있다. 내제는 '석사습유고石史拾遺稿'로 되어 있고, 「청구시화습유고서青邱詩話拾遺稿序」란 서문이 달려 있다. 여기에 따라 편자를 순조 연간의 문인인 서미(徐湄, 1785~1850)로 추정하기도 한다. 서미의 자는 죽해竹海, 호는 석사石史로 충주에 거주한 재야시인이다. 박규수朴珪壽가 지은 「서석사묘지명徐石史墓誌銘」에 생애를 간명하게 서술하였다. 서미는 시 짓기를 즐겨하였고, 과장과 해학을 좋아하였다. 또 공경 귀인으로부터 여항의 서민에 이르기까지 가리지 않고 당대의 명사와 재주꾼을 두루 사귀었다. 저술로는 『호해주선록湖海周旋錄』 2권이 있는데 당세 사람들과 교유하며 수창한 시문을 모은 책이다. 그러나 우연히 호가 같을 뿐 서미를 저자로 보기에는 무리이다. 서미의 학식과 조예로 보아 이런 거친 시화를 쓰지는 않았을 것이다.

책의 권말에 '병술맹추丙戌孟秋'라 쓰여 있어 1886년에 필사한 것으로 추정한다. 서문에서는 자신이 시를 혹독하게 좋아하여 사람들과 교유하고 담소를 나누면서 전해 들은 고금의 명사나 무명씨의 시를 베껴두었고, 선배 문인의 문집에서 빼어난 시구를 뽑기도 하여 책을 만들었다고 편찬 동기를 밝혔다. 긴 시간에 걸쳐 이루어진 책이라고 하였다.

하지만 편자의 말과는 달리 전체 75장 가운데 앞쪽에 수록한 41장은 『지봉유설』을 초록하였다. 독자적인 기사는 42장 이후에서 찾을 수 있는데 18세기 이후 시인을 중심으로 작품을 초록하였다. 시구를 간명하게 초록한 수준의 기사가 많으나 간혹 품평과 일화의 소개, 또는 야담 기사가 수록되어 있다. 우산愚山 최헌수崔憲秀를 비롯하여 김정희, 김조순金祖淳, 이승원李承元 등 19세기를 대표하는 시인들의 작품을 뽑고 평하였다. 다만 신뢰할 수 없는 통속적 시가 많다.

더 주요한 특징은 당시 시단에서 구전으로 전해지는 많은 민간 시인과 작품을 채록한 점이다. 시단의 중심부에 서지 못하고 재야에 떠돌면서 창작한 작품을 많이 채록하였다. 언문풍월 같은 희작시도 다수 채록되어 있다. 그 점에서 『청구시화』는 민간시화라 부를 만하다. 야담의 성격을 공유하고 실제로 유사한 이야기가 시화와 야담집에 함께 실려 있다. 기생의 성행위를 노골적으로 묘사한 시와 사연이[242] 대표적 야담집인 『동야휘집東野彙輯』에도 등장한다. 이처럼 구전되는 시 이야기를 채록한 『청구시화』는 『이순록』, 『수미청사』, 『몽유야담』 등과 함께 통속성을 띠었다.

특히, 김삿갓 같은 방랑시인의 작품을 다수 채록하였다. 세상을 조롱하기를 즐겨서 시가 격조는 낮고 상스러우나 형용을 잘하여 배를 잡고 웃게 만든다고 평하였다. 김정희나 김조순 등의 작품이라 소개한 시도 실제로는 김삿갓의 작품으로 전하는 것이 여러 수이다. 구전에 의지하여 채록한 탓에 작가와 작품에는 오류가 적지 않다.

5. 19세기 명가를 논한 이유원의 『임하필기』

『송간이록』과 비슷한 시기에 나온 『임하필기林下筆記』는 풍부한 시화 기사를 수록하였다. 이 필기는 39권 37책의 방대한 분량이다. 서울대학교 규장각에 유일한 사본이 소장되어 있다. 1961년에 성균관대학교 대동문화연구원에서 영인하였고, 2000년에 한국고전번역원에서 번역하여 간행하였다.

편자 이유원(李裕元, 1814~1888)은 자가 경춘景春, 호가 귤산橘山이다. 당파는 소론少論으로 문과에 급제하여 고종 때에 영의정을 지냈다. 신위를 따라 소식의 시를 배웠고, 고위직을 두루 역임하며 당대의 저명한 학자 문인과 교유하였다. 여러 분야에 풍부한 지식을 소유한 박학한 학자였고, 시인과 문장가로서도 높은 수준이었다. 그의 경력과 위상에 문학적 재능을 발휘하여 다방면에 걸친 필기를 집성하였다. 문학과 관련한 필기도 다수 포함되어 있다. 3종의 시화가 포함되어 『사시향관편四時香館編』과 『춘명일사편春明逸史編』, 『화동옥삼편華東玉糝編』이 있다. 편마다 저자가 소서小序를 붙여 1871년부터 1872년까지 필사한 경과를 밝혔다. 3종의 필기를 다음에 각각 설명한다.

『사시향관편』

제1권으로 독서하면서 기억할 만한 내용을 간명하게 주제별로 적바림하였다. 저자의 주관을 담은 필기는 아니다. 경서부터 소학, 천도, 역수曆數,

지리, 제자諸子, 고사攷史, 평시評詩, 평문評文, 잡지雜識의 주제를 가졌다. 평시에는 30칙, 평문에는 34칙의 기사가 있는데 중국 문인의 작품을 논한 시화이다. 당시에 어떤 작품이 관심을 끌었는지 보여준다.

『춘명일사편』

권25에서 권30까지 6권 840여 항목의 표제어로 기사를 수록하였다. 다른 필기에서는 타인의 저술에서 발췌한 기사가 많으나 이 필기에서는 이유원이 직접 쓴 기사가 많다. 오랫동안 조정에서 근무하고, 저명한 사대부와 교유하며 견문하고 체험한 사실을 찬찬히 기록하였다. 19세기 사대부의 신변잡기에서부터 주변 인물의 일화와 조정의 제도, 풍속의 변천을 다뤘다. 음악, 풍속, 미술, 문학 등 예술사와 문학에 관한 기록도 적지 않다. 시화로는 정조에서 헌종에 이르는 시기의 문학과 관련한 기사가 다수를 차지하였다. 자기의 시문 창작을 포함하여 당시 명사의 기사는 사료적 가치가 크다.

『화동옥참편』

2권으로 권33과 권34에 실려 있다. 조선과 중국의 골동품과 서화, 시문을 다룬 기사를 편찬하였다. 신위, 김정희, 이광사李匡師 등 18세기 이후 19세기의 작가와 그들의 시문 위주로 다루었다. 대체로 소식의 시풍이 유행하여 서권기書卷氣가 농후한 시단의 경향을 반영하였다. 시문과 서화 분야에서 19세기 예술사의 동향을 안내하였다. '동인논시東人論詩' 표제로 『시화총림』에서 28칙의 시화를 초록하였다. 전체로 보아 『춘명일사편』과 성격이 유사하다.

신위의 『경수당전고警修堂全藁』 주석에서 발췌한 기사가 매우 많고, 또

한재락韓在洛의 『녹파잡기綠波雜記』에서 초록한 기사도 있다. 이처럼 출전을 밝히지 않고 초록한 기사는 주의하여 읽을 필요가 있다. 다만 자기 경험에서 우러나온 기사도 많다. 다음은 『춘명일사편』에서 두 개의 시화를 인용한다. 먼저 '강선루의 명구[仙樓名句]'라는 표제로 자신이 경험한 사실을 기록하였다.

> 내가 과거시험을 주관하는 업무로 성천에 갔다가 강선루降仙樓를 두루 구경하고 시를 지으려고 하였다. 시판에 강한江漢 황경원黃景源의 시가 남아 있어 보았더니 '기둥 하나마다 봉우리 하나를 마주하였네[一楹對一峯]'라고 하였으니 정말 명작이었다. 기둥 12개가 무산巫山의 열두 봉우리와 호응한다고 읊었기 때문이다. 이 시구가 나오자 사람들이 붓을 놓았다고 하니 당연하다. 지난날 정조 임금 때 금강산 일만이천봉을 주제로 신하들에게 시를 지으라 명하였다. 당시에 초정 박제가는 기구起句에서 '하루에 한 봉우리씩 지팡이 짚고 오르면/ 백년을 삼등분해야 겨우 한 바퀴 돌겠네[住笻一日一峯頭, 百歲三分始一周]'라고 지으니 임금께서 기이한 재사라고 칭찬하였다. 이 시구와 함께 후세에 전해질 만하다.[243]

영조 때의 저명한 문인 황경원과 정조 때의 문인 박제가의 제영시를 대비하여 호평하였다. 서로 다른 시인의 시에서 비슷한 발상을 찾아 지적한 시평이 홍미롭다. 박기수朴綺壽, 정원용鄭元容, 홍석주, 박제가, 서유구, 윤정현尹定鉉 등 19세기의 이름난 문인이 자주 등장하였다. 이광사의 자녀가 『소씨명행록蘇氏名行錄』이란 언서고담諺書古談을 합작했다는 기사, 신위가 당시 명창의 판소리를 듣고 지은 「관극시觀劇詩」를 논하고 이유원이 명창의 노래를 모두 들어보고 모흥갑의 노래가 가장 뛰어나다고 평가한 기사가 홍미롭다. 다음은 '직려시화直廬詩話'란 표제로 이백李白과 두보杜甫의 우열을 재미난 이야기로 풀어낸 일화성 시화이다.

> 구양수歐陽脩가 이백과 두보의 우열을 이렇게 논하였다. "이백의 '청풍명월은 돈 한 푼 안 들이고 사서 즐기고/ 취한 몸은 절로 거꾸러졌을 뿐 남이 무너뜨리지 않았네[清風明月不用一錢買, 玉山自倒非人推]'라는 시구에서는 거침없는 시상을 볼 수 있으니 천고에 사람을 깜짝 놀라게 하는 까닭이다. 두보는 이백의 한 가지 장점을 얻었으니 정밀하고 굳센 점은 이백보다 나으나 천부적 재능과 거침없는 시상은 두보가 미치지 못한다." 나는 초정苕亭 조성교趙性敎와 두 시인의 우열을 논하였는데, 곁에서 "이두李杜라고 부르는 것을 보면 문장의 우열을 미루어 알 수 있다"라고 하였다. 그래서 내가 이렇게 말하였다. "백 편이 한결같은 것이 두보의 시이니 두보가 어찌 이백에게 양보하겠는가? 성을 거꾸로 붙여 '두리杜李'라고 부르면 소리가 '이두'만 못해서 그렇다. 그렇다고 이것으로 그 높낮이를 정하겠는가? 옛사람이 이백을 시중 천자詩中天子요, 두보를 시성詩聖이라 하였다. 천자에게는 잘잘못이 있으나 성인에게는 과유불급過猶不及한 부분이 있겠는가?"[244]

숙직할 때 우연히 이백과 두보의 우열을 두고 논쟁이 벌어진 사연이다. 두보보다는 이백이 낫다는 근거없는 주장을 결함이 없는 시성詩聖이기에 두보가 더 낫다고 주장하였다. 진지한 토론이기보다는 재미있게 우열을 언급하였다. 이유원의 시화는 소론 문인으로서는 드물게 시화에 관심을 두고 저술에 반영하여 이후 소론계 문인인 이건창과 정만조의 시화가 나오게 된 배경이 되었다. 비슷한 시기에 『용산총서蓉山叢書』가 편찬되었다. 회동정씨會洞鄭氏의 일원인 용산蓉山 정건조(鄭健朝, 1823~1882)가 편찬한 것으로 추정한다. 다만 자서自序가 1886년에 썼다고 밝혀서 의문이 남는다. 자서에서 밝힌 것처럼, 이전 필기와 시화를 초록하였기 때문에 독창적 저술로 보기 어렵다. 그 점에서 『임하필기』와 성격이 비슷하다. 2종의 시화는 18세기 이후 경화세족의 문학적 취향을 보여준다.

6. 중국 시화를 초록한 시화 선집

18세기 이후에는 중국 시화를 초록한 선집이 다수 출현하였다. 『시문청화詩文清話』는 중국 시화를 초록한 선집이다. 고려대학교에는 "체화서루棣華書樓" 판심版心 종이에 필사한 3권 3책이 소장되어 있다. 전라도 곡성谷城의 저명한 장서가인 정봉태丁鳳泰 구장본이다. 대략 700칙 안팎의 기사가 수록되어 있는데 『한국시화총편』에 영인 수록되었다. 필자는 2종의 사본을 소장하고 있다. 하나는 2권 1책 68장 단권單卷으로 상권과 중권만 있고 하권이 낙질이다. 400칙 안팎의 기사를 정교하게 필사한 선본이다. 다른 하나는 초록본으로 25장이다. 이상 3종의 사본은 편차와 수록한 내용에 차이가 있어 교감이 필요하다.

이 저술은 명나라 말엽의 학자 왕기(王圻, 1530~1615)가 편찬한 『패사회편稗史匯編』에서 시화를 초록하였다. 왕기는 『삼재도회三才圖會』와 『속문헌통고續文獻通考』와 같은 방대한 유서類書를 편찬한 저명한 학자인데 그의 유서는 출간되자마자 바로 조선에 유입되어 폭넓게 활용되었다. 『패사회편』은 모두 175권 28문門, 320류類의 방대한 유서로 앞의 유서와 비슷한 과정을 거쳐 유입되어 활용된 것으로 보인다.

『시문청화』는 『패사회편』의 시화문詩話門을 위주로 하여 나머지 여러 부문에서 시화를 뽑아서 편집하였다. 『패사회편』도 많은 필기에서 기사를 초록한 유서인데 그 유서에서 기사를 초록하되 기사를 원형대로 전재하지 않고 축약하거나 여러 기사를 결합하는 등 재편집하여 초록하였다.[245] 다수의 기사를 초록한 시화에는 『시인옥설』, 『초계어은총화』, 양신楊愼의

『승암시화升庵詩話』, 진요문陳耀文의 『천중기天中記』, 낭영朗瑛의 『칠수유고七修類稿』, 하양준何良俊의 『사우재총설四友齋叢說』 등이 있다. 이처럼 송대와 명대의 시화와 필기에서 기사를 주로 초록하였다.[246] 17세기 초반 『총화叢話』에서 시화를 초록한 예처럼 다양한 문헌에서 송대와 명대 시학을 조명하는 시화선집을 만들었다. 명대 시문학의 실상을 파악하기에 적합한 시화와 시론이 풍부하다는 점에서 중요한 가치를 지녔다.

『백가시화초百家詩話抄』는 명칭과는 달리 원매袁枚의 『수원시화隨園詩話』 위주로 초록하였다. 이옥李鈺의 『이언俚諺』과 함께 『예림잡패藝林雜佩』에 수록되어 이옥이 초록하였다고 볼 수 있다. 정조와 순조 때의 뛰어난 소품작가인 이옥은 「이언인俚諺引」에서 독특한 시론을 펼쳤는데 『백가시화초』에는 이옥의 시론을 뒷받침할 만한 시론이 보인다.

규장각에 소장된 『문장유록초文章遺錄抄』 1책과 장서각에 소장된 『천금구千金裘』 7책 또한 중국 시화를 초록한 선집이다. 송대 시화 위주로 뽑아 수록한 『천금구』 1책에는 "연사기사주蓮史記事珠"라는 내제內題가 달려 있다. 연사는 19세기 이후에 사용된 아호雅號로 정학연의 아들로 저명한 시인인 정대림丁大林과 고종 때의 시인 홍병위洪秉瑋가 사용하였다. 이 선집에 수록된 시화는 19세기 시단의 경향을 보여준다. 『백가시화초』를 이어 7책에서는 원매袁枚의 『수원시화隨園詩話』에서 기사를 초록하였다. 원매의 시화는 18세기 말엽 이후 조선 시인에게 널리 읽혀서 사본이 유통되었다. 성령설性靈說이 여항인 시단에서 유행하는데 이론적으로 뒷받침하였다.[247] "나는 시를 지을 때 첩운疊韻과 화운和韻 및 옛사람의 운자를 좋아하지 않았다. 시는 성정을 드러내어 내 마음에 들기만 하면 된다고 생각하였다"[248]라는 『수원시화』 권1의 기사를 초록하였는데 성령설에서 중요한 의미를 지닌 주장이다. 원매의 시화를 선호한 경향은 20세기 초 시단까지 이어졌다.

한편, 여항인 유운劉雲은 1881년에 『작비암시화昨非庵詩話』를 편찬하였다. 명말 정선(鄭瑄, 1602~1646?)의 『작비암일찬昨非庵日纂』에서 시화를 가려내어 엮었다. 유운은 『술몽쇄언述夢瑣言』의 저자인 월창거사月窓居士 김대현金大鉉의 제자로 호는 보광葆光이다. 이 책은 국립중앙도서관과 연세대학교 도서관에 사본이 소장되어 있다. 임경준(任慶準, 1823~?)이 1881년에, 김석준金奭準이 1883년에 쓴 서문 두 편이 실려 있다. 임경준은 서문에서 『화엄경』의 이른바 풍아風雅의 고아하고 본받을 만한 말[風雅典則語]과 사람의 마음에 잘 들어가는 말[善入人心語]을 수록하였다고 호평하였다. 18세기 이후 여항인은 『채근담菜根譚』을 비롯한 청언과 선서善書를 즐겨 읽었는데 유운이 청언집에서 시와 함께 읽을 수 있는 기사를 초록하여 시화로 만들었다.[249]

또 『시화유취詩話類聚』와 『사류시화事類詩話』가 등장하였는데 『사문유취事文類聚』에서 시화만을 뽑은 선집이다. 조선 사회에서 널리 활용된 유서 『사문유취』에서는 각 항목에 시화를 다수 수록하였는데 그 시화를 가려내어 선집으로 만들었다. 『시화유취』는 2종이 있어 조종업趙鍾業 교수 구장의 낙질 2책은 3권 3책 중 상권이 빠진 상태로 『한국시화총편』에 영인되었다. 『사류시화』는 연세대학교 도서관에 소장된 1책 필사본이다. 『작비암시화』와 『시화유취』 등은 시화를 즐겨 읽은 조선 후기 문인의 독서경향을 잘 드러낸다. 이밖에 중국 시화 선집이 몇 종 더 있다.

7. 조선 말기 감식안의 정점 이건창의 『영재시화』

19세기 말엽에는 이건창(李建昌, 1852~1898)의 『영재시화寧齋詩話』가 출현하였다. 15칙밖에 되지 않는 간소한 시화이지만 조선 말기를 대표하는 안목이 높은 작가의 시화이므로 소홀히 취급하기 어렵다.

이건창의 자는 봉조鳳藻, 호는 명미당明美堂 또는 영재寧齋이다. 15세에 문과에 급제하였고, 한시와 문장에서 조선 말기의 제일인자로 꼽히고, 당대 시단에 큰 영향력을 끼쳤다. 일찍부터 소론少論 문사들과 남사南社를 결성하여 시단의 주도자로 활동하였다.[250]

『영재시화寧齋詩話』는 독립된 사본 작품집인 『남천기南遷記』에 「시화詩話」라는 표제로 실려 전한다.[251] 저자는 1893년 8월에 전라도 보성寶城에 유배 가서 이듬해 봄에 풀려나 귀경하였다. 보성에 머무는 동안 전라도 일원의 많은 문인이 그를 찾아가 시와 문장을 질문하였다. 그들에게 말해준 내용을 간추려 적어 시화로 편집하였다.

『남천기』는 여러 사본이 전한다. 연세대학교 도서관에 소장된 2종의 사본 가운데 『영재남천기寧齋南遷記』는 민영규 선생 구장본이다. 이 사본을 2018년에 성균관대학교 대동문화연구원에서 간행한 『이건창전집李建昌全集』 제2책에 영인하였다. 또 두세 종의 사본이 전하는 이건창의 시문집 『제가문영諸家文英』에도 시화가 수록되었다. 한편, 이정직李定稷의 『작가지남作家指南』에 실린 『남천기』에도 실려 있다.

일제강점기 말기인 1938년 12월에는 당시 유일한 일간지 『매일신보每日申報』 문예란에 12월 3일부터 9일까지 5회에 걸쳐 연재되었다. 남사 동인인 정만조(鄭萬朝, 1858~1936)의 『용등시화榕燈詩話』가 연재를 마친 다음 날부터 연재를 새로 시작하였다. 신문에서는 원본의 1~4칙을 빼고 11칙만을 수록하였다. 한편, 필자가 소장한 『용등시화』 원고본 뒷부분에도 실려 있다.

이 시화는 시론과 시평으로 구성된 소략한 시화이나 당시에는 제법 많이 필사되어 읽혔다. 1칙은 소식蘇軾의 「적거삼적謫居三適」 3수 중 첫 번째 작품을 인용한 기사로 유배된 처지에 공감하여 수록하였다. 2~3칙은 도가와 서예에 관한 기사이다. 시론과 직접 관련이 없어서 일부 시화에서는 이 4개 칙을 삭제하였다. 5칙에서는 엄우嚴羽와 왕사정의 신운설神韻說을 옹호하였는데 이 시기 남사 동인의 취향과 관련이 있다.

6칙 이후 기사에서는 역대의 조선 시인을 평가하였다. 6칙에서는 고려 말의 이규보와 이제현, 이색의 세 이씨가 동방의 시를 번성하게 한 점을 거론하였고, 7칙에서는 목릉성제 이전에는 명나라 사신과 수창하는 관습 덕분에 시를 중시했으나 이후에는 그렇지 못해 시를 귀하게 여기지 않았다고 하였다. 8칙 이후에는 정두경과 신정申晸, 김창흡, 이광려, 정지상, 신위, 정사룡, 최립, 강위姜瑋, 이황중李黃中, 이상수李象秀의 시를 비평하였다. 평양의 연광정 같은 누정과 금강산 같은 명산에 붙이는 제영시를 잘 짓는 방법을 제시하였고, 7언 율시에서 첫 구절을 잘 지어야 다음 구절을 잘 짓게 되는 작법을 제시하였다. 신위와 강위의 영향을 많이 받았음을 드러낸다. 19세기 후기 시단의 명가를 품평한 14칙과 15칙의 실제비평이 주목할 만한 기사이다.

> 내가 연경에 다녀올 때 고환古歡 강위姜瑋와 수레를 함께 타고 시의 수창을 일과日課로 삼으니 이로부터 시에 대한 소견이 부쩍 늘어났다. 그래서 나는 일찍이 고환시제자古歡詩弟子라고 스스로 썼다. 고환의 시는 천연의 아취에는 조금 손색이 있는데 이번 여행에서는 자못 자연스러

운 시구를 지었다. '찬 별은 모두가 물에 떠 있고/ 밤사이 낀 안개는 성을 뒤덮었네[寒星皆在水, 宿霧欲沈城]'는 당나라 시인이라도 이보다 더 낫지 않다.[252]

근세의 시인 가운데 감산甘山 이황중李黃中의 작품이 최고이다. 우리 집안의 어당峿堂 이상수李象秀 어른과 고환도 일대의 명가이다. 감산은 선학仙學에 깊고, 고환은 부처의 이치에 장기가 있으나 어당은 오로지 성리학의 가법을 잘 지켜 결국 조정으로부터 부름을 받았다. 그 시는 또 정수를 넓게 채택하여 말과 이치가 모두 빼어나니 도연명·진자앙陳子昂과 매우 비슷하다.[253]

근세의 명가로 세 명의 시인을 꼽아서 그 차이를 평가하였다. 간명한 서술이지만 19세기 중후반 시단을 독특한 개성을 지닌 세 시인 중심으로 평가하였는데 이 구도는 후배들에게 금과옥조로 받아들여졌다.

소략한 시화임에도 『영재시화』는 당시에 제법 많이 읽혔다. 당대의 거장으로서 이건창의 시평은 시인들에게 중요한 지침이 되었다. 소론 시단의 신정, 이광려, 신위를 부각한 점과 신운설에 흥미를 느낀 점, 근세의 이상수와 강위를 높이 평가한 점 등은 조선 말기 시단의 시풍을 진단하는 데 유용하다. 이 시화는 이후 정만조의 『용등시화』와 최영년의 『동시총화』, 박한영의 『석전수필』 등 많은 시화에 영향을 끼쳤다.

제5장

현대 시화사

조선은 20세기 들어 대한제국기와 일제강점기를 거쳐 대한민국과 북조선으로 나뉘어 건국하였다. 100여 년에 걸친 한국현대사는 정치, 사회, 문화 온갖 영역에서 큰 변화를 겪었다. 문학에서는 동아시아 보편문학으로 통하던 한문학이 급격하게 세력을 잃고 언문일치를 기반으로 한 자국어 문학, 속어 문학이 문학의 중심을 차지하였다. 100여 년에 걸쳐 한국 문학에서는 한문학의 쇠퇴 과정과 한국어 문학의 발달이 전개되었다. 문학 언어의 완전한 교체가 그 사이에서 일어났다.

한문학의 쇠퇴는 한시를 한문으로 서술하던 시화의 쇠퇴를 의미하였다. 전통적 형식을 지켜오던 시화는 새로운 문학 환경에 적응하면서 큰 변화를 겪었다. 20세기 이후 시화는 자료도 제대로 조사되지 않았고, 관심을 기울인 연구자도 많지 않았다. 실제로는 적지 않은 시화가 등장하여 전통 비평양식으로서 위상을 지켜왔다. 한문학의 전통이 급격하게 사라지는 과정에서 일제강점기에는 한문으로 쓴 시화와 국문으로 쓴 시화가 비슷한 비중을 차지하였다. 점차로 한문보다는 국문으로 쓴 시화의 비중이 확대되었고, 대한민국 성립 이후에는 한문으로 쓰인 시화는 한두 가지 예외를 제외하고는 완전히 종적을 감추었다. 한시문이 생산되지 않고, 한문을 읽고 쓸 줄 아는 독자가 급격히 줄어든 영향이다. 1945년 해방 이후에는 한문 해독자가 급감하여 더는 한문으로 쓴 시화가 생산되지 않았다. 이는 자연스러운 현상이다. 한문 시화가 줄어들었으나 시화가 자취를 감춘 것은 아니고 국문으로 시화를 쓰는 현상이 점차 확대되었다.

시화는 시를 이야기하고 평론하는 보편적 형식의 지위를 현대 비평에 넘겨주었고, 제한된 범위에서 주로 현대시 비평의 한 형식으로 모색의 과정을 밟고 있다. 한문 시화는 자취를 감췄고, 완전한 국문 시화가 시화의 주류가 되었다. 학술적 평론과 달리 가볍게 이야기하듯이 독자와 소통하는 시화의 가치는 재발견되고 있다. 앞으로도 시화의 생명은 지속되리라 기대한다.

20세기 이후에도 시화가 많이 산출되었다. 수량 상 직전 시대인 19세기 후반보다도 더 많은 시화가 출현하였다. 개항 이후 조선왕조는 제국주의 국가의 간섭과 침략에 제대로 대처하지 못하고 일본 제국주의 세력에게 국권을 상실하는 과정을 밟아갔다. 1894년 갑오개혁甲午改革으로 외세의 간섭을 배제하고 근대화를 추진하는 개혁 조치를 추진하였으나 그 조치는 불완전하였다. 러시아와 일본의 세력이 균형을 이루는 1897년 독립협회와 보수세력의 협력으로 고종이 광무光武 황제로 등극하여 대한제국大韓帝國이 성립되었다. 대한제국은 광무개혁을 통하여 국가의 완전한 자주독립과 근대화를 지향하여 자주적 내정개혁을 추진하였다. 그러나 1907년 러·일 전쟁 이후 일본이 재진출함에 따라 개혁은 중단되었고 일본에 국권을 잃으면서 대한제국은 무너졌다.

아편전쟁 이후 전근대 동아시아 국제질서가 무너지면서 조선과 대한제국은 서구 세력이 주도한 새로운 국제질서에 편입되었다. 1천여 년 이상 독점적 지위를 지켜온 문어文語 문학으로서 한문학은 대한제국기와 일제강점기를 거치면서 급격히 지위를 잃어갔다. 1895년 갑오개혁에서 어문정책을 국한문國漢文 혼용으로 전환한 조치는 지식인 문학이 자국어문학 중심으로 전환하는 혁신적 계기를 마련하였다.

대한제국에서 일제강점기에 이르는 시기에 문단에서는 한문학 전통을 지키며 한문을 구사하는 문인 그룹과 한문학 유산을 낡은 유물로 비판하며 한국어를 구사하는 문인 그룹이 대립하였다. 근대적 서구 문명의 신학新學이 물밀듯 들어오는 속에서 유교와 한문학을 근간으로 한 동아시아 전통의 구학舊學이 힘겹게 막아내는 형국이었다. 수십 년에 걸친 신구 문학의 대립은 필연적으로 한문학 전통이 퇴조하고 국문 문학이 지위를 회복하는 과정을 밟아갔다.

대세는 그렇다고 해도 일제강점기 끝 무렵까지도 한문을 이해하고 구사하는 식자가 적지 않아서 한시 창작자와 한시를 짓는 시사詩社가 전국 각지에서 활발하게 활동하였다. 신문과 잡지의 새 매체에서 한시란漢詩欄은 인기를 끌었다. 시화는 두터운 독자층을 보유하고 있었다. 일제강점기에도 한문 시화의 비중은 여전히 컸다.

하지만 한문에 토를 다는 수준의 문장이나 국한문 혼용체에서 점차로 한국어다운 문장으로 급격하게 전환되는 문단의 추세를 거스를 수는 없었다. 1909년 신채호가 『대한매일신보』에 『천희당시화天喜堂詩話』를 국문으로 연재하면서 훌륭한 국문 시화의 모델을 제시하였다. 이는 한국 시화사에서 너무 늦게 나타나기는 했으나 대단히 중요한 혁신의 장면이다. 이후 김원근金瑗根의 『조선고금시화朝鮮古今詩話』, 홍명희洪命熹의 『역일시화亦一詩話』 같은 국문 시화가, 김태준金台俊의 『조선시화朝鮮詩話』 같은 일본어 시화가 출현하였다. 점차 국문 시화의 비중이 커졌다.

이 시기에는 또 매체의 등장이 중요한 변수가 되었다. 이전에는 문학작품과 저술이 활자와 목판으로 간행되거나 아니면 사본으로 유통되었다. 시화는 사본으로 많이 유통되었다. 대한제국기 이후에는 시화 저술이 근대적 신문과 잡지에 연재되는 형태로 급격하게 전환되었다. 매체를 확보하지 못한 일부 시화는 친필의 유일본으로 전해졌다. 신문과 잡지는 짤막한 기사의 형태로 시화를 연재하기에 적합한 근대적 매체였다. 일본과 중국을 비롯한 동아시아 사회와 추세를 공유하였다.

중국에서도 민국(民國, 1912~1949) 시기에 나온 시화중 상당수가 신문과 잡지에 연재되었다. 이 시기에 나온 시화의 수량은 천 종을 웃돌아 청대보다도 많은데 서양의 번역시와 일본과 한국의 한시, 현대 백화시白話詩, 선시禪詩 등 다양한 소재의 시를 다채롭게 다루어 20세기 한국의 시화와 비슷한 발전과정을 거쳤다. 그동안 큰 관심을 끌지 못했던 이 시기 시화에 중국 학계에서도 주목하여 장인팽張寅彭이 2002년에 『민국시화총편民國詩話叢編』을 편찬하여 37종의 시화를 정리하는 등 정리와 소개가 이루어지고 있다.[1]

주요 시화로는, 신채호의 『천희당시화』가 1909년 11월 『매일신보』의 전신인 『대한매일신보』에 연재된 이래 안택중安宅重의 『동시총화東詩叢話』가 1915년부터 1918까지, 최영년崔永年의 『시가총화詩家叢話』가 1921년에서 1922년까지, 정만조의 『용등시화』와 이건창李建昌의 『영재시화寧齋詩話』가 1938년에 『매일신보』에 연재되었다. 다른 신문도 마찬가지여서 이승규李昇圭의 『계산시화桂山詩話』가 1929년 『조선일보』에, 조용훈趙鏞薰의 『소서시화銷暑詩話』가 『동아일보』에 연재되었다. 특히, 『매일신보』는 시화 연재에 적극적이어서 여러 종류의 시화를 장기간에 걸쳐 연재하였다.

잡지도 시화 연재의 매체로 등장하였다. 주요 시화 가운데 최영년의 『매하시화梅下詩話』는 1921년에서 1922년까지 『신문계』에 연재되었고, 김원근의 『조선고금시화』는 『청년』에, 홍명희의 『역일시화』는 『조광朝光』에 연재되었다. 유인식柳寅植의 『대동시사大東詩史』와 이승규의 『계원담총桂苑談叢』, 박한영의 『석림수필石林隨筆』, 하겸진河謙鎭의 『동시화東詩話』는 사본으로 전하다가 대체로 해방 이후에 간행되었다. 이들 사본은 한학자가 발표할 매체를 구하지 못하고 저술한 시화인데 매체에 연재한 시화보다 더 완결되고 수준이 높았다.

제
1
절

대한제국기 시화사

대한제국기에 나온 시화는 다음 2종이 전부이다.

저자	시화명	저술 시기	비고
정만조(鄭萬朝, 1858~1936)	『용등시화(榕燈詩話)』	1906년	『매일신보(每日申報)』
신채호(申采浩, 1880~1936)	『천희당시화(天喜堂詩話)』	1909년	『대한매일신보』(1909년 11월 9일~12월 4일)

정만조의 『용등시화』와 신채호의 『천희당시화』이다. 러일전쟁 이후 대한제국의 운명이 풍전등화 같던 시기에 저술되어 조선왕조 5백년과 왕조를 계승한 대한제국까지 장구한 시화 역사의 대미를 장식하였다. 이 시기에 나온 시화는 2종에 그치나 역사적 의미는 매우 크다.

1. 근대 한시단을 조명한 정만조의 『용등시화』

『용등시화榕燈詩話』는 고종조 근대 한시단을 집중하여 조명한 시화이다. 저자는 무정茂亭 정만조(鄭萬朝, 1858~1936)로 조선 말기와 일제강점기에 활동한 저명한 시인이다. 자는 대경大卿, 호는 무정茂亭으로 소론 명문가 출신이다. 문과에 급제한 이후 홍문관 부교리, 승지 등 주요 직책을 두루 거쳤고, 갑오개혁 때는 김홍집 내각에서 중용되었다. 1896년 을미사변에 연루되어 진도에 유배되었다가 1907년 고종이 퇴위한 뒤에 사면되었다. 이후 친일 행적을 이어가 총독부의 여러 문화사업에 참여하였고, 성균관을 개편한 경학원經學院의 운영을 주관하여 『경학원잡지經學院雜誌』를 편찬하였고, 경학원 대제학을 지냈다. 문화계와 학계에서 당대를 대표하는 한학자로 높은 지위를 누렸다. 저술로는 시화 외에 『자각산관초고紫閣山館初稿』와 『은파유필恩波濡筆』, 『무정존고茂亭存稿』가 남아 있다.

『용등시화』는 1906년 어름에 진도 유배지에서 편찬하였다. 오랫동안 묻혀 있다가 『매일신보』에 1938년 9월 1일부터 12월 2일까지 62회에 걸쳐 연재되면서 일반에 공개되었다. 해방 이후 일제강점기 신문은 열람이 몹시 힘들어 『용등시화』의 존재는 알려지지 않았다. 필자가 2017년에 이 시화를 발굴하여 논문으로 소개하였고,[2] 2018년에 김보성 박사와 함께 번역하여 성균관대학교출판부에서 간행하였다. 이후 필자는 원고본을 입수하여 소장하였다. 원고본은 66칙에서 99칙까지 내용과 『영재시화』를 수록한 일부로 『매일신보』 기사의 저본이다. 연재 기사와는 순서에 차이가 있고, 더 정확하다.

『매일신보』는 조선총독부의 기관지로 일제강점기 내내 폐간 없이 발간된 유일한 신문이다. 정만조 사후에 묵은 원고를 연재한 데에는 정인익(鄭寅翼, 1902~?)과 조용만(趙容萬, 1909~1995)의 영향력이 뻗어 있다. 정인익은 조카로서 당시 편집국장까지 지낸 언론계 거물이었고, 조영만은 경성제대에서 가르친 제자였다.

『용등시화』는 근대 한시단의 시인을 조명한 99칙의 시화이다. 18세기 중반 이후 당대까지 시단을 보는 저자의 시각이 잘 드러난다. 근대 한시의 기점을 정조 때 이덕무, 박제가, 유득공, 이서구의 한시사가漢詩四家로 규정하고, 이후 시단이 변화하고 발전하는 양상에 주목하였다. 3칙에서 "중엽 이전에는 오로지 당시唐詩를 일삼았으나 건릉(健陵, 정조) 이후로는 사가四家가 오로지 송시宋詩를 일삼아서 시체詩體가 일변하였다"[3]라고 말하며 사가를 조선 후기 시풍을 변화시킨 주창자로 간주하였다. 19세기는 그 변화를 계승하여 전반기에는 신위가, 후반기 고종 때는 강위姜瑋나 이건창李建昌이 더 높은 수준으로 발전시켰다고 해석하였다. 근대 한시가 변화와 발전을 지속하였다는 발전적 시각을 드러냈는데 이는 퇴보하는 과정을 밟았다는 학계에 널리 퍼진 시각과는 크게 달랐다.

그에 따라 사가를 포함하여 이우신李友信, 이상황李相璜, 김조순金祖淳, 신위申緯, 이양연李亮淵, 김정희金正喜, 이만용李晩用, 이상적李尙迪 등 19세기 전기를 대표하는 주요 시인을 호평하였고, 고종 시대를 대표하는 주요한 시인인 강위와 이상수李象秀, 정기우鄭基雨, 김윤식金允植, 이중하李重夏, 여규형呂圭亨, 김택영金澤榮, 이건창, 황현黃玹, 이남규李南珪 등 거장을 포함하여 군소작가 수십 명의 생생한 일화와 작품을 수록하고 평가하였다. 19세기 이후 시단의 현황과 작가를 이처럼 균형을 갖춰 평가한 비평가는 그가 유일하다.

특히, 정만조는 고종 시대의 대표적 시사인 남사南社의 시인과 그들의 활동에 눈길을 돌렸다. 남사는 서울의 남쪽 회현방會賢坊에 모여 살던 소론 문인이 주도한 시사로 홍기주洪岐周, 이중하, 정기우, 여규형, 이건창 등이 주요 동인이었다.[4] 저자 본인도 구성원의 한 사람으로 주요 동인의 개성과 작품을 평가하였다. 다음에 인용하는 39칙과 67칙은 강위와 이근수를 다룬 내용인데 남사의 초기 활동 장면이 잘 드러난다.

> 추금秋琴 강위姜瑋 선생이 나를 비롯한 시사詩社의 벗들과 함께 해당루海棠樓에서 분운시分韻詩를 지었다. 선생이 장단구長短句를 지었으니 다음과 같다. '늙은이가 지나친 우려로 감기에 걸리고/ 미친 말로 세상을 어찔하게 놀라게 했네/ 북쪽은 나쁜 짓 잘하고 남쪽은 줄을 대느라 바쁘니/ 이런 때 편히 자고 배불리 먹으면 어찌 대청마루 위의 제비[5]가 아니랴.' 당시 고관들이 시를 듣고서 자기를 조롱했다 하여 날마다 비방이 일어났다. 추금이 하는 수 없이 '편히 자고 배불리 먹으면[晏眠飽食]'이라는 구절을 고쳐 '옛사람은 밝게 경계해 대청마루의 제비를 슬퍼했네古人炯戒悲堂燕'라고 했다. 그러자 비방이 뚝 그쳤다. '옛사람은 밝게 경계해 대청마루의 제비를 슬퍼했네'와 '편히 자고 배불리 먹으면'이라는 구절의 말뜻이 뭐가 다른가? 다만 시어의 구사가 조금 부드러워졌을 뿐이다. 오늘날 비방하는 사람은 참으로 어리석구나! 추금 선생의 시에는 시대를 상심하고 나라를 근심하는 말이 많다. 이 장단구의 끝 구절은 '에라! 삼십년 뒤에 이 시권을 보기나 기다리자꾸나且待三十年後看此卷'이다. 지금 30년이 흘러 일본과 러시아 두 나라가 인천 앞바다에서 전쟁 중이라 한다. 선생이 눈을 치뜨고 상대방의 속마음을 헤아려 미리 알아차린 것이 왜 아니겠는가?[6]

추금과 이당(二堂, 李重夏) 및 시사의 여러 명사와 해당루에서 모여 시를 지었을 때 위사(韋士, 李根洙)는 사언시四言詩를 지었다. 일필휘지一筆揮之하여 수십 구를 썼는데 글자마다 서릿발이 서려 있었다. 그중 몇 구는

'허리의 검광은/ 사람을 정성껏 비추네/ 바다의 고래는/ 휘저으면 죽게 되고/ 산의 바위는/ 던지면 갈라지네'였다. 추금이 시를 읽다가 여기에 이르러 흐느끼자 위사도 추금과 함께 눈물을 흘렸으니, 한 시대의 호걸이라 이를 만하다.[7]

1878년 겨울 동짓날 해당루에서 남사 동인 13명이 시를 지어 『구구소한첩九九銷寒帖』이란 시첩을 엮었다. 이때 이건창은 이전 해에 충청도 암행어사가 되어 감사 조병식趙秉式의 비행을 폭로하다가 모함을 받아 평안도 벽동군에 유배되었다. 그의 유배는 국정의 난맥상을 잘 보여주는 사건이었다. 해당루에 모인 동인들은 나라를 걱정하고 이건창의 불운을 슬퍼하며 비분강개한 심경을 토로하였다. 강위와 이근수의 시풍을 말하면서 시사 전체의 지향을 암시하였다. 『용등시화』는 이렇게 남사 시인을 중심으로 고종 시대 시단을 증언하였다.

김태준을 비롯한 일제강점기 학자 다수는 한국 한문학사의 전개 과정을 일종의 생명체로 이해하고 18세기 이후 쇠퇴기에 접어들어 조선 말기 이후에는 한문종자漢文種子가 끊어졌다고 보았다. 최근까지도 영향을 미친 이런 관점과 상이한 시각으로 19세기 한시단을 조명한 대표적 비평가가 정만조이고, 비평서가 『용등시화』이다. 문학사의 실상을 객관적이고 합리적으로 해석하였다. 저자는 나중에 「조선시문변천朝鮮詩文變遷」과 「조선근대문장가약서朝鮮近代文章家略敍」라는 중요한 논문을 써서 근대 이후 한문학의 전개 양상을 조명하였는데 시화의 시각을 확대하여 적용하였다. 『용등시화』는 근대 한문학의 실상을 정확하고 균형감 있게 서술하여 당대 한시의 경향과 전개 양상을 밝혀주는 핵심적 저술이다. 19세기 중반 이후 시화 가운데 가장 수준 높은 시화의 하나로 평가할 만하다.

2. 현대 시화의 개척자 신채호의 『천희당시화』

신채호(申采浩, 1880~1936)의 『천희당시화天喜堂詩話』는 대한제국기를 대표하는 비평서로 현대 비평의 출발을 알리는 혁신적 저술이다. 『매일신보』의 전신인 『대한매일신보大韓每日申報』〈문단文壇〉란에 1909년 11월 19일부터 같은 해 12월 4일까지 17회 연재되었다. 지면에서는 저자를 밝히지 않았으나 1970년대 이후 대부분 연구자는 저자를 신채호로 확정하였다. 17칙의 많지 않은 글이라 단행본으로 출간되지는 않았으나 신채호의 저작집 등 여러 문헌에 수록되었다. 전문을 교감하고 주석을 단 김주현의 논문이 있어 원문을 정확하게 읽기 쉽다.[8]

신채호는 애국계몽기와 일제강점기를 대표하는 지식인이자 독립운동가이다. 성균관에서 공부하여 1905년에 성균관 박사가 되었다. 동시에 신문과 잡지에 민족의식을 고취하는 많은 논설과 작품을 발표하였다. 1905년 『황성신문』에 논설을 썼고, 이듬해 『대한매일신보』 주필로 활동하였다. 이후 국내외 사회단체와 독립운동 기관에서 활동하며 민족사관에 뿌리를 두고 한국사를 연구하여 근대 사학의 기초를 다졌다. 저술로는 『조선상고사』, 『조선사연구초』 등 역사서와 『을지문덕전』 등 여러 종의 작품을 출간하였다.

『천희당시화』는 여러 측면에서 한국 시화사상 혁신적 저술이다. 무엇보다 온전히 국문으로 쓴 최초의 시화이다. 갑오개혁으로 국한문 혼용을 제도로 정착시켰으나 학술 문장에는 여전히 순전한 한문을 구사하였고, 대중적인 글에는 한문에 토를 단 문장이 대세를 이뤘다. 신채호는 한학자이면서도 과감하게 국문으로 시화를 썼다. 그보다 뒤에 나온 신문과 잡지에서 여러 시화가 한문으로 쓰인 점과 비교해볼 때 이 시화는 큰 혁신이었다.

더 큰 혁신은 주제와 내용에 있다. 20세기 이후 한시를 다룬 시화는 대체로 보수적 태도를 보였다. 반면에 『천희당시화』는 시를 다루고 있으면서 표기언어뿐만 아니라 전통적 관습과 주제, 논의 대상을 완전히 벗어난 혁신성을 보였다. 혁신적 변화는 다음 몇 가지에 이른다.

하나는 시조 등 자국어문학을 중심에 놓았다. 신채호는 국문으로 쓴 자국어문학을 한국문학의 본류로 간주하여 시조와 민요 등을 주로 다루었다. 자연스럽게 한시는 외국어 문학으로 간주하였다. 한시를 우리 문학의 중심으로 보지 않고 외국어 문학으로 간주하여 논의를 펼친 비평가는 고려 전기의 혁련정赫連挺과 17세기의 김만중 정도만을 꼽을 수 있다. 신채호는 애국계몽기 선진적 지식인을 대변하여 자국어문학의 가치를 제고하였다. 현대적 국문학의 시작을 알리는 시화이다.

신채호는 자국어문학을 국시國詩라고 명명하여 한시와 상대화하였다. 2칙에서 다음과 같이 말하였다.

> 지금 우리나라 사람에게 "우리나라 시가 어느 때 시작하였는가?" 물으면 혹자는 "유리왕의 〈황조가〉이다"라고 답하며 혹자는 "을지문덕의 시이다"라고 답하나 이들은 모두 한시漢詩요 국시國詩가 아니다. 5백 년 이래 문학가의 책상 위에는 단지 한시만 쌓여있어 '마상봉한식馬上逢寒食하니, 도중속모춘途中屬暮春'이 어린 학동의 초등소학이 되고, 두보의 '낙성일별사천리洛城一別四千里에, 호기장구오륙년胡騎長驅五六年'이 학교 의숙義塾의 전문교과가 되고, 국시에 이르러서는 울타리 가에 버려둔 지 몇 백 년이다. 오호라! 이것이 국수國粹 쇠락의 한 원인인저.[9]

그 시각으로 유리왕의 「황조가」와 을지문덕의 「수나라 장수 우중문에게 주는 시」를 한국 시가의 기원에서 배제하였다. 조선시대에는 으레 이 2편을 조선시의 기원으로 보았으나 신채호는 그렇게 보기를 부정하고 최영과 정몽주의 시조를 국시의 시초로 보았다. 「황조가」 등이 국시國詩가 아니라 한시라는 이유를 들었다.

7칙에서는 영국에는 영국의 시가 있고, 러시아에는 러시아의 시가 있듯이 대한제국에는 대한제국의 국시가 있다고 하였다. 한시는 대한제국의 국시가 아니라 중국의 시일 뿐이라는 생각이었다. 그런 관점을 명료하게 보여주는 기사가 있다. 당시에 『제국신문』에서는 한시의 칠언시를 모델로 삼아 국문으로 7자시字詩를 창작하는 참신한 기획을 하였다. 신채호는 "게다가 당당하게 독립한 국시가 본디부터 있거늘 어찌 구태여 중국의 율시체律詩體를 본떠서 노쇠하고 기구한 꼴을 하느냐?"[10]라고 비판하였다. 국시를 쓰면서 구태여 한시의 형식을 빌려다가 쓸 필요가 없다는 주장이다.

신채호는 한국인이 쓴 한시는 순수한 한국 문학이 아니고, 외국말을 이용한 외국 문학이라고 생각하였다. 따라서 조선시대 창작된 수많은 한시는 순수한 한국 문학이 아니라는 관점이 등장한다. 순수한 국문학에서 한문학을 배제하는 순수 국문학의 논리가 처음으로 만들어졌다. 다음은 4칙이다.

> 한시는 한문과 함께 우리나라에 수입하여 일종의 문학을 이룬 것이다. (중략) 그 뒤에 허다한 여러 학사가 배출되었으나 모두 이백, 두보, 한유, 소식의 찌꺼기를 주워다가 전쟁 일을 비관하고 구차한 편안을 구가하여 사대주의만 고취할 뿐이요 능히 안광을 크게 떠서 동국의 상무尙武 정신을 발휘한 자가 없다. 오호라! 외국어 외국문이 국혼國魂을 옮겨가고 빼앗을 마력이 과연 이러한가? 내가 고려 및 본조의 천여 년 간 한시

작가를 두루 헤아려보니 개탄함을 견디지 못하는 바이다.[11]

조선시대 문학의 대세였던 한시를 수입 문학이고, 지식인이 한시만 숭상한 사대주의에 빠져있었다고 매도하였다. 그에 따라 "그 나머지는 일절 횃불에 던져 넣고자 하니 오호라! 이 말이 비록 과격한 듯하나 뜻을 가진 자가 동의할 바가 아닌가?"[12]라 하여 한시문을 불태워도 좋다는 극단적 주장까지 하였다. 신채호는 말과 글이 일치되지 않은 한문학을 매도하고 어문일치의 국시 창작을 주장하였다. 국문으로 쓴 문학이 순수한 한국 문학이라는 주장은 이후 한국 문학을 보는 주류 시각을 형성하였다. 한문학이 한국 문학에서 비주류로 전락한 출발점은 이 시화에서 제기되었다.

신채호는 또 상무 정신을 강조하였다. 최영과 남이 등 무인의 시조를 호평한 반면, 상무 정신이 없는 조선시대 지식인의 한시를 배척하였다. 시가 국민 언어의 정화이므로 강무强武한 국민은 그 시가 강무하고, 문약文弱한 국민은 그 시가 문약하다고 하여 문약한 국시를 개량하여 국민정신을 강하고 건강하게 함양하는 문학을 좋은 문학으로 인정하였다.

신채호는 한문학의 주도하에 있었던 조선시대 문단의 존재 자체를 기생적이고 사대주의적인 것으로 질타하였다. 한문학의 오랜 질곡에서 벗어나 국문으로 창작하는 국시 창작의 새로운 시단이 출현할 것을 소망하였다. 한시에서 국시로 한국 문학 창작의 근본을 회복하는 운동을 진정한 동국시계혁명東國詩界革命으로 주장하였다.[13] 다음은 9칙이다.

어떤 손님이 한시 몇 수를 들고 내게 보여주는데 구절구절마다 새 명사를 집어넣어 지었다. 그중 '골짜기 가득 향기로운 꽃은 평등하게 솟아났고/ 숲 저편에 새들은 자유롭게 우는구나[滿壑芳菲平等秀, 隔林禽鳥自由鳴]'라는 한 연을 가리키며 두 구절은 동국시계혁명이라 부를 수 있다고 하면서 뿌듯하게 우쭐대는 낯빛을 띠었다. 나는 이렇게 말해주었다. 당신이 참으로 고심하였다마는 이것을 중국시계혁명中國詩界革命이라고 말하는 것은 가능하나 동국시계혁명이라 말하는 것은 불가하다. 왜냐하면 동국의 시가 무엇인가 하면 동국의 말과 동국의 글, 동국의 소리로 지은 작품을 말하기 때문이다. 동국시의 혁명가가 누구인가 하면 동국시 가운데 새로운 솜씨와 안목을 발휘한 자가 그 사람이라 할 수 있다. 지금 당신이 한자시를 짓고 경솔하게 자신하여 내가 동국시계의 혁명가라 하니 어리석고 망발한 것이 아닌가?[14]

격식을 파괴한 한시를 지은 시인이 신채호에게 자신의 시가 동국시계 혁명을 이뤘다고 자부하였다. 평등이니 자유니 애국계몽기 신문물을 상징하는 시어를 넣어 시를 짓고서 대단한 혁신이라고 뽐낸 것이다. 신문물의 시어는 전통 한시에서는 금기어이므로 혁신으로 볼 수는 있다. 하지만 신채호는 사유의 차원이 달랐다. 한국 시의 혁명은 한시를 버리고 한국의 말과 글과 소리로 한국 사람의 사상과 감정을 표현하는 어문일치의 창작을 의미한다고 보았다.

9칙에서 말한 시계혁명은 양계초(梁啓超, 1873~1929)의 『음빙실시화飮氷室詩話』에서 주장한 시론에 큰 영향을 받았다. 애국계몽기 이후 양계초의 저술과 주장은 신문과 잡지에 폭넓게 소개되었다. 『음빙실시화』는 1902년부터 1907년 사이에 『신민총보新民叢報』에 연재되었고, 1907년에 처음 간행된 『음빙실합집飮氷室合集』 등 문집에 수록되었다. 양계초는 시화에서 시가의 계몽주의적 효용성과 상무정신의 표현, 서구 선진문물의 반영과 어문일치를 중시하였다.[15] 그의 시론은 애국계몽기 조선 지식인에 크게 환영받았는데 『천희당시화』에서도 뚜렷하게 확인된다.

『천희당시화』는 망국의 위기 속에서 애국정신을 계몽하려는 목적이 뚜렷한 시화이다. 온전한 국문으로 쓴 첫 시화라는 점에서 진정한 현대

시화의 출발을 알렸다. 근대 국민국가의 이념을 문학에 적용하여 천여 년 이래 지속된 한문학 주도의 창작 관행을 폐기하고 언문일치 문학을 선언한 혁신적 시화로서 문학사적 의의가 대단히 높다.

제 2 절

일제강점기 시화사

일제강점기 36년 기간 동안 저술된 주요 시화는 다음 표와 같다.

저자	시화명	저술 시기	비고
김택영(金澤榮, 1850~1927)	『창강잡언(滄江雜言)』	1921년	
안택중(安宅重, 1858~1929)	『동시총화(東詩叢話)』	1915~1918년	『매일신보(每日申報)』
	『고부기담(姑婦奇譚)』	1915년	신해음사
	『평정열상규조(評定洌上閨藻)』	1927년 1월 21일~6월 12일	『매일신보』
	『평정공문삼선(評定空門三選)』	1927년 8월 24일~1928년 4월 8일	『중외일보』
최영년(崔永年, 1859~1935)	『매하시화(梅下詩話)』	1914~1915년	『신문계』
	『시가총화(詩家叢話)』	1921~1922년	『매일신보』
유인식(柳寅植, 1865~1928)	『대동시사(大東詩史)』	1924년	
김원근(金瑗根, 1870~1944)	『조선고대부인시문고(朝鮮古代婦人詩文考)』	1914~1917년	『공도(公道)』
	『시사(詩史)』	1917년	사본
	『조선고금시화(朝鮮古今詩話)』	1922년 5월~7월	『청년(靑年)』
	『조선시사(朝鮮詩史)』	1930~1934년	『신생(新生)』
박한영(朴漢永, 1870~1948)	『석림수필(石林隨筆)』	1943년	『석전문초(石顚文鈔)』

저자	시화명	저술 시기	비고
하겸진(河謙鎭, 1870~1946)	『동시화(東詩話)』	1934년	
권상노(權相老, 1879~1965)	『선림문예(禪林文藝)』	1917~1918년	『조선문예』 1~2호
홍언(洪焉, 1880~1951)	『조선기생시화』	1936년	『신한민보』 미국
홍종한(洪鍾翰, 미상)	『계옥만필(桂屋漫筆)』	1920~1921년	『조선일보』
이승규(李昇圭, 1882~1954)	『계원담총(桂苑談叢)』	1920년대	후손가 소장 자필본
	『계산시화(桂山詩話)』, 동양시가원류(東洋詩歌源流)	1929년 10월 3일 ~12월 8일	『조선일보』
	『시단금설(詩壇金屑)』	1939~1940년	『조선일보』
김석익(金錫翼, 1885~1956)	『근역시화(槿域詩話)』	미상	사본
안확(安廓, 1886~1946)	『자산시화(自山詩話)』	1926~1927년	『동광(東光)』
동리산인(東籬散人, 미상)	『구시신화(舊詩新話)』	1933년 12월	『매일신보』
홍명희(洪命熹, 1888~1968)	『역일시화(亦一詩話)』	1936년	『조광(朝光)』
황석우(黃錫禹, 1895~1960)	『상아탑시화(象牙塔詩話)』	1919년	『매일신보』
최익한(崔益翰, 1897~?)	『한시만화(漢詩漫話)』	1937년	『조선일보』
	『영물단결(詠物斷訣)』	1939년	『동아일보』
정인서(鄭寅書, 미상)	『동국명가시화집(東國名家詩話集)』	1929년	『중외일보』
김태준(金台俊, 1905~1949)	『조선시화(朝鮮詩話)』	1936년	『조선(朝鮮)』 일본어
조용훈(趙鏞薰, 미상)	『소서시화(銷暑詩話)』	1939년	『동아일보』

대략 20여 종이 넘는 시화가 저술되었다. 수량만으로도 19세기 후반을 넘어서고, 질적 수준과 다양성에서도 주목할 만한 성과가 나왔다. 다수의 시화가 신문과 잡지에 연재되어 광범위한 독자에게 읽혔다. 매체의 변화에 따라 새로운 환경에 적응하는 모습을 보였고, 독자의 문해력에 따라 한문과 국문으로 서로 다르게 쓰는 현상도 일어났으며, 동일한 저자가 비슷한 내용을 한문과 국문으로 각각 쓰기도 하였다. 여전히 한학에 이해가

깊은 독자를 상정한 시화가 대세를 이루었다. 내용에서는 식민지 상황에서 민족주의적 관점이 시화에 짙게 반영되었다.

1. 전통 유학자 김택영과 유인식 등의 시화

이 시기에 조선시대 유학과 문학의 전통을 계승한 한학자들이 시화를 몇 종 저술하였다. 첫손에 꼽히는 문인이 김택영金澤榮이고, 그보다 한 세대 뒤에 유인식柳寅植과 하겸진河謙鎭이 나타났다. 김택영이 중앙 문단에서 대가로 인정받은 작가라면, 유인식과 하겸진은 영남 출신으로 각각 고향인 안동과 진주에서 활동한 지방 문인이었다. 활동과 교유의 범위는 그들 문학과 시화의 세계에도 반영되었다.

김택영(金澤榮, 1850~1927)은 고종 시대에서 대한제국기를 거쳐 일제강점기까지 활동한 문인이자 역사가이다. 자는 우림于霖, 호는 창강滄江 또는 소호당주인韶濩堂主人이다. 개성 출신으로 1891년에 진사가 된 이래 편사국 주사와 학부 편찬위원 등 주로 역사서 편찬과 관련한 부서에서 근무하였다. 을사조약이 체결되자 대한제국의 암울한 미래에 절망하여 중국으로 망명, 남통南通에 거주하였다. 작품활동을 하는 여가에 조선의 역사서와 문집을 편집하여 출판하였다. 젊은 시기부터 시문을 잘 지어 중앙 문단에서 거장으로 통한 그는 이건창·정만조·이중하 등 남사南社 동인과 활발하게 교유하였다. 한말사대가韓末四大家의 한 사람으로 조선 말기 시단의 대가이다.

김택영은 비평에도 큰 관심을 기울여 다수의 서발문과 편지에서 문학을 보는 시각을 밝혔다. 또 박지원과 신위 등 여러 문인의 문집과 『여한구가문초麗韓九家文抄』 등 선집을 편집하여 평자로서 안목을 드러냈다. 비평에 관한 단독 저서를 남기지는 않았으나 잡언雜言이란 표제로 흥미로운 비평 담론을 펼쳤다. 1922년 남통에서 간행된 『소호당문집정본韶濩堂文集定本』 권8에는 「잡언雜言」이란 표제로 「잡언」1에서 「잡언」10까지 모두 111칙의 기사를 수록하였다. 1925년에 간행된 『소호당집속韶濩堂集續』 권4에서 「잡언」10으로 14칙을 추가하였다.[16] 125칙의 기사로 구성된 「잡언」은 일화를 배제하고 진지하고 수준 높은 시론과 문론, 비평으로 구성되었다. 전편시화로 간주할 만한 형식과 내용을 갖춰서 『창강잡언滄江雜言』이란 이름으로 다룬다.

『창강잡언』에서는 혜안을 보여주는 독특한 시론과 문론이 펼쳐지고 있다. 시론에서는 시의 음악적 효과를 중시한 주장이 흥미롭다. 시문 창작에서 소리[聲]와 의미[意]의 상호작용에 주목하되 소리의 기능을 더 앞세웠다. "시에서는 율조律調가 가장 중요하니 의취意趣가 좋더라도 율조가 어울리지 않으면 의취가 좋아질 수 없다"[17]라고 하여 음악적 화성을 중시하였다. 좋은 시는 소리의 아름다운 어울림으로 완성된다고 생각하였는데 이는 조선 중기 윤춘년의 관점과 이어져 있고, 엄우嚴羽와 왕사정의 신운설神韻說을 옹호한 이건창의 『영재시화』와도 관련이 있다.

문론에서도 당대를 대표하는 고문가의 관점을 엿볼 수 있는데 소리의 중요성을 문장에까지 적용한 이론이 흥미롭다.

> 시에서 소리가 중요함은 말할 필요도 없고, 문장에서도 소리가 중요하다. 고대의 반고와 사마천, 후대의 한유와 소식은 모두 대단히 웅장한 소리를 표현한 작가이다. 우리 동방에는 연암 박지원이 그에 접근한 작가이리라.[18]

문장의 음향 효과를 중시한 그의 문론은 동시대 중국과 일본의 문장론의 경향과 부합하여 흥미를 끈다. 시론과 문론의 바탕 위에서 역대 시인과 문장가를 평가한 비평에서는 엄격한 안목과 조금은 치우친 견해를 보였다. 고려의 이제현과 조선의 신위, 동시대 문인 이건창의 시문을 호평한 기사가 다수인데 다음 기사가 그 한 사례이다.

> 이제현의 시는 공교롭고 오묘하며, 맑고 준수하여 삼라만상을 모두 갖추었기에 조선 삼천 년 이래 으뜸가는 대가이다. 이 시인은 정종正宗으로 뛰어난 작가이다. 신위의 시는 신비하게 깨우치고 막힘없이 치달려 삼라만상을 모두 갖추었기에 우리 조선 오백 년 이래 으뜸가는 대가이다. 이 시인은 변조變調로 뛰어난 작가이다.[19]

이덕무의 『청비록』이래 이제현의 시를 호평한 비평가가 적지 않으나 그래도 역사 이래 최고의 대가로 꼽은 것은 과도한 평가로 보인다. 핍박받은 개성 출신 문인으로서 김택영은 고려의 김부식과 이제현을 매우 높이 평가하였고, 개성 출신 문인인 차천로 형제를 옹호하였다. 지역적 편견이 작가의 평가로 이어졌다고 볼 수 있다. 논의의 대상에 올린 작가는 수가 적고 평가는 깐깐하였다. 비평 안목에서는 이건창을 비롯한 남사 동인과 유사한 면이 보인다. 그의 시론과 비평은 이후 이승규 등의 시화에 큰 영향을 끼쳤다.

영남 지역에서는 전통 한학의 영향이 다른 지역보다 더 깊게 남아 있었다. 퇴계와 남명의 유학 전통이 이어져 문학과 비평에서도 전통적 색채를 강하게 유지하였다. 시화도 다르지 않은데 유인식과 하겸진의 시화를 대표작으로 꼽을 수 있다.

유인식(柳寅植, 1865~1928)은 『대동시사大東詩史』란 역사적 의의가 큰 시화를 저술하였다. 저자는 민족주의와 사회주의 의식이 강한 독립운동가로서 교육과 사회사업에 종사하면서 한시와 한문 문장을 창작하였다. 『대동시사』는 1924년에 저술하였으나 오랫동안 사본으로 전해지다가 1978년 동산선생기념사업회에서 문집 『동산문고東山文稿』와 함께 간행하였다. 조선왕조의 시인 302명이 지은 445수의 시와 시화를 수록하였다. 시를 수록한 뒤에 역사적 배경과 작품의 취지를 시화 기사로 설명하였다. 서술하는 방식과 취지, 동기의 여러 측면에서 강봉흠의 『남애시사』와 견줄 만하다. 남인의 당파성과 지역적 관점에서도 유사하여 그 영향이 적지 않다.

『대동시사』는 시로 쓴 동방의 역사란 뜻이다. 서문에서는 한 개인의 성정을 표현한 시를 한 나라의 정치를 기술한 역사와 결합하여 시사詩史를 저술한 동기를 상세히 설명하였다. 사물에 감회를 기탁하고, 시사時事에 가슴 아파한 시에는 역사가가 사료로 쓸 만한 가치가 담겨 있다. 정치나 풍속과 관련이 있는 조선시대 시작품은 문학으로는 시이나 내용으로는 역사로 볼 수 있기에 시사라고 이름 붙일 수 있다. 그렇기에 시를 통해서 역사의 요체를 파악하고, 역사를 통해 시학의 길을 터득할 수 있다. 시를 사료史料로 간주하고 해석한 독특한 시화이다.

서문에서 말한 것처럼 저자는 큰 정치적 사건이나 사회현상과 관련한 제재의 작품을 뽑아서 그 정치적 역사적 배경과 작가의 시각을 설명하였다. 자연스럽게 작품성보다는 내용을 근거로 선정하였고, 해설에서도 작품의 미학과 표현 등에는 관심을 크게 기울이지 않았다. 작품 대부분은 시선집이나 시화, 그리고 야사에서 자주 다룬 것이다. 외적의 침입으로 큰 고통을 겪었던 임진왜란과 병자호란 관련한 시와 기사가 4분의 1이 넘는다. 독특하게 외국인의 시도 여러 편 수록되었는데 임진왜란 중에 일본군 첩자로 활동한 겐소玄蘇의 시와 관련한 기사가 홍미롭다.

> '매미는 우느라 사마귀가 저 잡으려는 줄 잊고/ 물고기는 헤엄치느라 백로가 잠들었다고 기뻐하네. 여기가 어디인지 잘 알고 있으니/ 다른 해에는 다시 한 번 연회를 열리라.' 신묘년(1591) 3월 통신사 황윤길黃允吉 등이 일본에서 돌아왔는데 다이라 시게노부平調信 휘하에 있는 승려

겐소가 회례사回禮使라는 명목으로 함께 와서 관사에 머물렀다가 여러 달 만에 돌아가면서 이 시를 관사의 벽에 써놓고 갔다. 군대를 발동하여 침략하겠다는 취지였다.[20]

겐소가 침략 야욕을 드러낸 시를 써놓고 갔어도 대비하지 않은 당시 국정 실태를 폭로하였다. 이처럼 정치적 동향 중에서도 국난과 관련한 기사가 다수이다. 다음 기사도 이와 관련이 있다.

'창 앞에 매화나무 네 그루 있어/ 황혼녘 달을 향해 피었네/ 꽃 아래서 술이나 마시려 했더니/ 누르하치 도적놈이 대궐을 포위했다네.' 이현일은 호걸스러운 인물로 큰 뜻이 있었다. 10살 때 어른이 매화를 소재로 시를 쓰게 하였다. 마침 만주족이 남한산성을 포위하여 이 시를 썼다.[21]

저명한 영남 지식인 이현일李玄逸이 만주족에 대한 적개심을 표현한 동몽시童蒙詩를 인용하여 어린아이에게도 애국적 기상이 살아 있음을 보였다. 충신열사의 강인한 정신력을 표현한 작품 위주로 뽑아서 시와 일화를 감상하면서 애국심을 고취하기를 기대하였다.

『대동시사』는 역사와 관련이 깊은 시를 감상하여 애국심과 민족혼을 불러일으키려는 목적에서 시화를 저술하였다. 문학성의 평가를 바탕으로 한 일제강점기 다수의 시화와는 근본적으로 차이가 있다. 신채호의 『천희당시화』가 보인 저술 경향을 계승하고 있다.

하겸진(河謙鎭, 1870~1946)은 경상도 진주 사람으로 『동시화東詩話』를 저술하였다. 1934년 시화를 저술하고서 직접 후지後識를 지었다. 1942년에는 정인보가 서문을 쓰고, 제자 이일해李一海가 발문을 썼다. 제자 성환혁成煥赫 등이 1960년에 연인본으로 출간하였고, 기태완·진영미가 1995년에 번역하여 아세아문화사에서 출간하였다.

저자는 영남 유학을 계승한 문인이자 유학자로 조선 유학자를 종합적으로 정리한 『동유학안東儒學案』 30권 등 많은 저서를 남겼다. 『동시화』는 권1에 143칙則, 권2에 105칙의 기사를 수록하였다. 최치원부터 당대까지 한시사 전체를 시대 순으로 서술하였다. 한시사 전체를 포괄하려는 시도는 이 시화의 장점이다. 그러나 실상에서는 고려 한시는 소략하게 다뤘고, 조선 전기와 중기에 과도하게 치우쳐 있다. 더욱이 숙종조 이후 한시는 제대로 다루지 못하였다. 조선 후기 이후 영남 학자의 시화에서는 조선 후기 문학을 소홀히 다루고 있는데 이는 영남 문인이 중앙 문단과 교류가 활발하지 못하여 실상을 폭넓게 파악하기 어려운 형편 탓이다. 유인식과 하겸진도 그런 형편에서 벗어나지 못하였는데 하겸진이 더 심하다.

시화는 흥미로운 이야기 위주로 서술하였다. 전란이나 당론, 정치와 관련한 기사가 많아서 작품성의 평가보다는 흥미로운 일화를 위주로 서술하였다. 망국의 지식인으로서 민족주의적 태도가 스며있다. 다만 작품의 선정에서는 독자적 안목이 부족하고, 심미적 비평에서는 깊이가 얕은 점이 있다. 저자가 직접 경험하고 독서한 부분에서는 창의성이 보이나 다른 시화와 필기에서 초록한 부분에서는 새로움이 없다. 『지봉유설』을 대거 초록한 데다가 기타 여러 시화를 초록한 기사도 적지 않다. 『용등시화』의 내용을 간추린 부분도 있고, 위서인 『고부기담』을 사실로 믿어 초록한 것도 흠이다.

이밖에 김석익(金錫翼, 1885~1956)은 『근역시화槿域詩話』를 편찬하였다. 저자는 근현대의 제주도 출신 학자로서 『탐라기년耽羅紀年』과 문집 『심재집心齋集』을 저술하였다. 청장년기에 안택중을 추종하며 시문을 창작하였는데 그 경험이 시화를 저술한 동기가 된 듯하다. 제주도 출신 학자로서 제주도와 관련한 여러 소중한 문헌을 남겼다. 『근역시화』를 저술하여 역대 한시를 두루 평하였으나 『소화시평』 등 기왕의 시화와 시선을 초록하여 독창적 시각이나 비평이 많지 않다. 김새미오가 번역한 『심재집』 2에 수록되어 있다.

2. 신문에 장기간 연재한 안택중의 『동시총화』

일제강점기 초기에 시단에 큰 반향을 일으킨 시화로 안택중(安宅重, 1858~1929)의 『동시총화』가 있다. 안택중은 근대적 언론 매체를 활용하여 『동시총화』를 비롯하여 『평정열상규조評定洌上閨藻』와 『평정공문삼선評定空門三選』 등을 연재하였고, 『고부기담姑婦奇譚』이란 시화를 제작하였다. 대표작인 『동시총화』는 1915년 3월 19일부터 1918년 8월 20일까지 조선총독부의 기관지인 일간지 『매일신보』에 무려 600회에 이르도록 장기 연재하였다. 1회에 몇 칙의 시화를 수록하였기에 전체로는 3,000칙을 넘어서는 많은 수량이다. 긍래肯來라는 필명으로 주로 1면과 2면에 연재하였고, 매 기사의 분량이 적지 않았다.[22] 신채호의 시화를 이어서 언론 매체를 본격적으로 활용하여 독자로부터 대단한 인기를 얻었다. 그 인기는 이후에 여러 시화가 일간지와 잡지에 연재되는 환경을 만들었다.

저자는 안왕거安往居와 긍래라는 필명으로 활동한 친일 지식인이다. 본관은 광주廣州이고 김해 출신이다. 1880년 진사시에 급제한 뒤로 법관 양성소와 사범학교, 수학원修學院 등 교육기관에서 교관을 역임했다. 전통 시학詩學의 부흥을 표방하고 1911년 신해음사辛亥唫社를 설립하여 언론과 출판이란 문화권력을 쥐고 한시단을 주도하였다. 신해음사는 한시 투고를 받고, 시집을 간행하는 등 전국에 분포한 많은 한문 식자층이 한시 창작 능력을 발휘할 공간을 만들어 큰 호응을 받았다.[23]

대한제국기 이래 서양과 일본의 신문물이 급격하게 밀려 들어와 신소설과 국문 시가 등 새로운 문학 형식이 등장하였다. 지식 계층은 여전히 한문학 소양을 갖춘 이들이 다수였다. 언론 매체에서는 한문학 전통에 뿌리를 둔 지식 계층을 주된 독자층으로 흡수하여 한시를 소개하는 시화를 연재하여 큰 인기를 끌었다. 언론 환경의 도입에 발 빠르게 적응한 안택중은 친일 관료로 변신하여 언론과 출판의 권력을 적극적으로 활용하였다. 그 뒤에는 『경성일보』와 『매일신보』 사장을 지낸 아베 마츠이에(阿部充家, 1862~1936)란 식민지 권력자의 도움이 있었다.

안택중은 권력과 인기를 등에 업고 여성 문학을 띄우고 위작 제작에 손대어 명성을 이어가려 하였다. 1913년 신해음사에서 『허난설헌집』을 출간하면서 허난설헌 원작에 차운시의 형태로 123수의 『경란집景蘭集』을 수록하였다. 이전에는 전혀 알려지지 않은 실체가 없는 허경란許景蘭이란 인물과 작품은 안택중이 제작하였다. 또 1915년 『고부기담姑婦奇譚』이란 시화를 출간하였는데 역시 그가 만든 위작이다.[24] 시어머니와 며느리 사이에 주고받은 시화집으로 정즙鄭濈이란 사람에게 얻었다고 하였으나 믿을 수 없는 말이다.

위서의 제작은 여기에 그치지 않았다. 『평정열상규조』는 1927년 1월 21일부터 6월 12일까지 『중외일보』에 127회 연재되었다. 조선의 여성 시인을 중심으로 주변 국가의 여성 시인까지 다룬 시화인데 역시 역사적 실체가 없는 위작이 다수를 차지하였다.[25] 19세기말부터 일제강점기에는 많은 위서가 출현하였는데 한시와 시화에서 다량의 위서를 제작한 인물이 바로 안택중이다. 이밖에 『평정공문삼선』은 1927년 8월 24일부터 다음해 4월 8일까지 『중외일보』에 150회 연재되었다. 한중일 세 나라 승려의 시를 뽑은 시선을 겸한 시화이다. 이처럼 식민지 조선의 초창기에 시화 부분에서 큰 역할을 한 안택중의 많은 기사는 온전히 신뢰할 수 없다. 다만 그의 저작 전체를 완전히 무시할 수는 없다.

독자에게 큰 인기를 끌어 역사적으로 의미가 있는 시화는 『동시총화』이다. 다만 신문에 연재한 시화 가운데 가장 체계가 엉성하고 즉흥적이다. 저자는 시화를 연재하는 어려움과 글쓰기 방식을 서문과 93회, 116회, 129회 등에서 여러 번 말하였다. 93회에서는 "내가 『동시총화』를 남들의 요구에 부응하여 생각나는 대로 기록하다 보니 본디 질서와 계통이 없고, 게다가 남겨둔 원고가 없다. 그래서 종종 중복된 내용이 있어도 알아차리지 못한다"[26]라고 시화 연재의 힘든 상황을 토로하였다. 체계를 갖추지 못하고 연재할수밖에 없는 아쉬움이 묻어난다. 장기간 연재된 시화는 대략 다음 3단계를 밟고 있다.

1회에서 151회까지는 처음 기획하여 연재한 원편原編이다. 연재 초기에는 최치원에서 시작하여 고려와 조선 전기, 중기와 후기의 시대 순을 취하였다. 41회부터 19세기 시인 위주로 소개하였고, 74회 이후에는 이덕무 등 사가시인四家詩人의 『한객건연집韓客巾衍集』과 정지윤鄭芝潤과 이상적李尙迪 등 여항인 시인을 집중하여 다루었다. 또 『이십사시품二十四詩品』과 원매袁枚의 『속시품續詩品』, 허내곡許乃穀의 『화품畵品』을 모두 연재하였다. 145회에서 151회까지는 시조를 한역한 신위申緯의 『소악부小樂府』를 시조 원작과 함께 다루었다.

1916년 1월 7일부터 1917년 8월 10일까지는 255회 연재된 『동시총화』 속편이다. 연재가 중단되었다가 속편을 연재한 이유는 신문사의 화재로 원고를 잃었기 때문이다. 속편은 원편과는 소재가 크게 달라졌다. 처음에는 이언진의 시를 전재하여 평하다가 '동시별안東詩別案'이란 부제로 청나라 초기의 시인 왕사정王士禎의 시를 50회 정도 연재하였다. 이후 유득공의 『이십일도회고시』, 박문규朴文逵의 집구시集句詩, 『고부기담』, 신광수의 『관서악부關西樂府』, 이만용李晩用의 시를 연재하였다. 특정 시인의 특정한 연작시를 집중하여 소개하였는데 장기간 연재하면서 다양한 시를 읽고 뽑아서 비평할 역량이 고갈되었음을 보여준다.

1917년 11월 13일 이후는 제삼편第三編으로 『동시총화』라는 원제목을 복구하고 '규방조선閨房藻選'이란 부제를 달아 여성 시인의 한시를 연재하였다. 앞에는 3년 전 『공도公道』에 연재된 김원근金瑗根의 『조선고대부인시문고朝鮮古代婦人詩文考』를 간추려 작품을 연재하였고, 뒤이어 자신이 제작한 『허난설헌집』을 활용하여 허난설헌과 허경란의 시를 소개하였고, 이어서 『고부기담』의 시를 연재하였다.

인기를 누리며 연재된 『동시총화』는 독자가 베껴 만든 사본 몇 종이 전한다. 규장각에는 사본 5책이 전하고, 국립도서관과 필자가 사본 1책을 소장하고 있다. 규장각 소장본은 원편과 속편 전반부 위주로 필사하였고, 국립중앙도서관 소장본은 일부를 초록하여 시대 순으로 재배열하였다. 필자 소장의 『견문수록』은 1917년에 『동시총화』 제삼편만을 초록하였다. 『동시총화』는 현재 장서각에서 번역을 진행중이다. 한편, 동양문고에 소장된 『동시총화東詩叢話』는 이름만 같을 뿐 숙종조를 하한선으로 하여 역대 시화를 초록하였다.

『동시총화』는 신문과 잡지에 짤막한 기사 형태로 연재한 시화를 대표한다. 여러 신문 가운데 『매일신보』는 소설과 한시의 연재뿐만 아니라 시화를 장기간에 걸쳐 기획 연재하는 전통이 있었는데 이 시화가 그 첫 문을 열었다. 신문에 연재되어 독자가 많았고, 그만큼 영향도 많이 끼쳤다. 시화의 특징은 다음과 같다.

첫째로 『동시총화』는 방대한 분량의 시화이나 체계가 엉성하고, 비평의 수준이 높지 않은 통속적 시화이다. 대한제국기와 일제강점기에는 이전에 비해 한학의 수준이 많이 떨어진다. 깊이 있는 역사적 평가나 심미적 분석과 평가가 약하다. 형식과 시어, 수사와 작법을 따지는 통속적이고 가벼운 평가가 이뤄지고 있다. 더욱이 중앙 문단에 축적된 많은 작품과 전개 과정을 깊이 이해하지 못하여 조선 후기 주요 시인을 제대로 설명하지 못하였다. 고려에서 조선 중기까지의 시인은 『저호수록』과 『소화시평』 등의 시화와 『국조시산』과 『기아』 같은 선집을 활용하여 그나마 설명하였으나 조선 후기에는 사가의 『한객건연집韓客巾衍集』, 신위, 이학규,

이상적, 정지윤, 이만용 등 일부 명가 위주로 소개하였다. 다른 주요 시인은 다루지 않아서 균형과 체계가 없다.

둘째로 스승이라고 밝힌 해옹海翁의 시화를 다수 전재하여 작가와 작품을 평가하였다. 인용한 『해옹시화海翁詩話』 또는 『해옹만화海翁漫話』는 일정한 비평 수준을 보여주어 참고할 만하다. 주요 시인의 명작은 해옹의 평가를 근거로 제시하였다. 신위의 『소악부』는 해옹이 소장한 사본을 필사하였고, 이언진의 시는 해옹이 들려준 것을 기억하여 논하였다. 다만 해옹과 그의 저술은 실체가 분명하지 않아서 실존한 인물인지 아니면 가상의 인물인지 검토가 필요하다.

셋째로 동시대 시인을 다수 다루되 자신과 교류가 있는 친일파 문인을 위주로 하였고, 중국인, 일본인, 서양인 시인을 소개하였으며, 신해음사에 시를 투고한 동시대 아마추어 시인을 다수 소개하였다. 당시 친일 문사의 교유관계와 문학적 취향을 보여준다. 이 시화의 내용과 기사는 근대 시기 일본 신문과 잡지에 연재된 시화와 관련이 있다.

넷째로 신뢰할 수 없고, 확인되지 않은 작품을 독자에게 제공하였다. 자신이 제작한 『고부기담』과 『경란집』 등 위서와 위작을 수록하고 비평을 가하여 독자를 기만하였다.

다섯째로 여성 시에 큰 관심을 기울여 허난설헌을 비롯하여 역대의 여성 시인을 소개하였다. 제3편은 전적으로 여성 시인을 소개하였다.

안택중과 그의 『동시총화』는 부정적 측면이 있으나 언론 매체에 본격적으로 소개된 대형 연재물로 전국 독자의 호응을 끌어낸 역사적 가치가 있다. 당시 한시단 및 후속 시화 연재물과 관련성이 적지 않고, 한문 식자층의 동향과 관련하여 주목할 만한 시화이다.

3. 잡지와 신문에 연재한 최영년의 시화

안택중과는 또 다르게 당시 문단에서 비중이 큰 시화를 창작한 최영년(崔永年, 1859~1935)을 주목해야 한다. 안택중과 최영년은 동년배인데 전자가 영남 출신이라면 후자는 한양의 서리胥吏 집안 출신이었다. 조선 후기 여항문학을 계승한 최영년은 매하산인梅下山人이란 호로 언론계에서 활동하였다. 독립협회에 참가하는 등 사회활동에도 적극적이었다. 이후 『대한일보』와 『만세보』, 『매일신보』 등 대한제국기와 일제강점기 언론계에서 활동하였다. 1913년에는 『신문계新文界』 잡지의 발간을 주도하였고, 친일 유림단체인 대동사문회大東斯文會를 조직하였다. 1916년에는 이문회以文會를 계승한 조선문예사朝鮮文藝社를 창립하여 기관지 『조선문예』의 발행을 주관하였고, 『매일신보』 문예란을 담당하였다. 여러 친일 유림단체와 언론기관에서 활동하며 노골적으로 친일 행적을 벌였다. 그 아들이 신소설 작가로 유명한 최찬식崔瓚植이다. 저술로는 『실사총담實事叢譚』(1918)과 『해동죽지海東竹枝』(1925)가 유명하다.

최영년은 한시의 창작과 시조의 연구, 단편소설 창작 등 여러 분야에서 다양한 글을 썼다. 문예비평가로서는 여러 매체에 비평문과 시화를 연재하여 영향력을 발휘하였다. 『신문계』에 2년 동안 연재한 『매하시화梅下詩話』(1914~1915)와 『매일신보』에 연재한 『시가총화詩家叢話』(1921.3.23~ 1922.7.1)가 시화로서 중요한 의의가 있다. 단행본으로도 출간될 만한 수량을 가지고 있고, 질적 수준에서도 우수한 전편시화이다. 다만 단행본으로 엮어지지는 않았다. 그 밖에 1924년 3월에는 『매일신보』에 『매하산인시품梅下山

人詩品』을 3회 연재하였다. 이는 당시唐詩의 숭고한 아름다움에 관한 단상을 적은 시화이다.

『매하시화』는 『신문계』 2권 5호부터 시작하여 3권 12호까지 모두 17회에 걸쳐 연재되었다.[27] 1회당 10칙 안팎의 시화를 수록하여 전체 148칙에 이른다. 이전에 써두었던 시화를 간추려 잡지 체제에 맞춰 연재하였는데 일제강점기에 언론 매체에 연재된 가장 앞선 시화이다. 1칙에서 31칙까지는 고종대 시인 위주로 다루었고, 32칙 이후 120칙까지는 신라에서 조선 후기까지 시인을 다루었다. 121칙 이후는 고종 이후 당대 시인을 다루면서 여성과 승려, 일본 시인까지 포함하여 소개하였다.

저자가 동시대 시인으로 높이 평가한 작가에는 정만조와 이희두李熙斗, 안택중 등 친일 문인이 포함되어 있다. 그 점에서는 불공정하고 편파적이나 근대 이전에 활동한 작가를 다룬 기사에서는 공정하고 안목이 낮지 않다. 고종대를 대표하는 강위와 이건창, 김택영, 이남규 등의 대가와 19세기의 이양연, 이상수, 박문규 등 명가를 소개하였다. 근대 시인의 구도와 서술에서는 『용등시화』의 영향이 엿보인다. 눈여겨볼 점은 1칙에서 영조 말엽의 여항 시인 이언진을 상세히 논하고 이후 조수삼과 이황중, 황오, 차좌일 등 여항 시인을 비중있게 소개한 것이다. 여항 문단을 계승한 저자의 시각을 드러냈다. 서정성과 당시풍 시를 중시한 시론도 여항 시단의 전통을 따랐다. 정치적 성향을 크게 드러내지 않고 작품을 온당하게 평가하고자 하였는데, 시평의 수준은 『동시총화』보다 높다.

『매하시화』의 시각과 내용은 6년 뒤에 『매일신보』에 연재한 『시가총화』에서 더욱 확대되고 깊어졌다. 『시가총화』는 『동시총화』 연재가 끝나고서 3년 뒤에 연재를 시작하였다. 『동시총화』가 인기를 얻은 데 착안하여 일제에 협력한 최영년에게 『시가총화』의 연재를 맡겨 독자를 확보하려는 의도로 보인다. 최영년은 이전 시화를 계승하되 큰 변화를 꾀하여 더 체계적이고 더 정치한 논리와 엄정한 비평을 펼쳤다.

이 시화는 몇 가지 점에서 가치가 있다. 먼저 근대 시인에 논의의 초점을 맞추었다. 앞서 언급한 시화에서는 신라 이후 18세기까지 시인의 비중이 컸으나 이 시화에서는 19세기 이후 대한제국기까지 시인의 비중이 절대적이다. 동시대 시인의 비중도 크지 않고 고종대 시인론이 주축을 이뤘다. 정만조·안택중의 시화와 상당히 유사한 구도인데 그러면서도 차이가 있다. 이덕무, 박제가 등 후기 사가 이후 신위와 김정희, 이만용, 강위, 이건창으로 이어지는 시사의 흐름을 거론하기는 하면서도 그만의 독특한 시각을 제시하였다. 지성적인 시, 송시풍 시를 중시하는 저들보다 감성의 가치를 중시하여 당시풍 계열을 더 선호하여 자주 논의하였다. 호평한 시인으로는 강위, 심영경, 이남규, 이광려, 이황중, 이양연, 조수삼, 정지윤, 이언진, 이단전, 이상수, 이상적 등이다. 근대의 명가 시인에 관심을 기울인 비평작업은 특별히 선호한 시인 8명을 뽑아 『팔가생용八家笙鏞』을 편찬한 사실에 잘 드러난다. 시사를 이해하는 관점을 편찬의 의의를 밝힌 58회에서 이렇게 밝혔다.

> 시를 배우는 자는 당시唐詩를 본받지 않을 수 없으나 시대가 멀고 풍격이 높아 그 골수를 터득하기 쉽지 않다. 송대에서는 양만리楊萬里와 진사도陳師道의 시도 배울 만하나 성정을 쏟아낸 육유陸游의 시를 배우느니보다 못하다. 조선의 근세에서는 사가四家의 시가 좋기는 하나 배울 수 없다. 이 팔가八家의 시는 사물을 창조하는 큰 솜씨라 할 만하니 참으로 시를 배우는 자의 오묘한 법이다. 어째서 그런가? 모두 성정의 본연에서 나와 힘들여 꾸미고 참담히 노력을 기울이느라 성정을 잃은 시인의 부류가 결코 아니기 때문이다. 이들을 배우면 시의 올바른 소리를 터득하기도 쉽다. 따라서 반드시 팔가를 배워야 여러 해 동안 노력을 허비하지 않고도 탄탄대로에서 느릿느릿 걸어 마음먹은 대로 갈 수 있다.[28]

18세기의 사가시를 호평하면서도 이른바 여덟 명의 명가를 배워야 한다고 하였다. 중요한 이유로 성정에서 우러나온 자연스러운 시를 쓴다는 창작의 특징을 들었다. 사가는 이와는 경향이 달랐다. 그가 꼽은 여덟 명의 명가는 이양연, 조수삼, 강위, 이상수, 정지윤, 이상적, 박문규, 심영경이다. 19세기 초중반 시단을 대표하는 주요 작가를 포괄하고 있다.

다음으로는 여항 시인을 호평하였다. 근대의 명가 8명 가운데 조수삼, 정지윤, 이상적이 여항 시인이다. 이들을 사대부 시인과 함께 8가로 꼽은 것은 파격적 대우이다. 또 이언진을 가장 높이 평가한 것도 여항 시인의 선호를 반영한다. 조선 5백년 시풍 변화에서 여항 시인의 기여를 매우 높게 평가하였다. 102회에서 조선 중기 시인과 사가시, 근세 시인의 세 단계로 조선 시사의 큰 변곡점을 제시하면서 그 변화를 일으킨 개별 시인으로 이단전李亶佃과 이언진, 이황중, 이지전李芝田, 황녹차黃綠此 5명을 꼽았다. 모두 독특한 개성을 지닌 시인이다. 이지전은 생소한 시인인데 야담집 『기리총화綺里叢話』의 저자인 기리綺里 이현기(李玄綺, 1796~1846)이거나 이학규李學逵 중의 한 사람으로 추정한다. 125회와 126회에서도 시풍 전개의 흐름을 상세하게 서술하면서 여항 시인의 기여를 강조하였다. 한시사의 흐름을 정리하고 그 흐름에서 여항 시인의 의의를 높인 시각은 적지 않은 의의가 있다.

다음으로는 시론과 시작법이 큰 비중을 차지한다. 『시가총화』 1회에서부터 시론을 펼치고 있다. 급변하는 세계에서 한시 창작의 가치와 의의, 서양과 일본의 한시 창작 및 국문 신체시新體詩에 대응한 한시 창작의 문제, 조선 한시사의 전개와 당시풍 선호의 합당한 근거 등을 설명하였다. 당대 한시단의 지도자임을 표방하고서 60~64회에서는 한시의 가치와 한시 작가의 위의를 강조하였다. 시인이 너무 많아서 조선에서는 시인을 푸대접하지만 중국과 일본, 서양 등 다른 나라에서는 시인을 중시한다고 하였고, 또 시를 통해 높은 지위와 명예를 얻을 수도 있고, 출세의 도구이기도 하고, 후세에 큰 명성을 누릴 수도 있으므로 시인이란 존재는 가치가 있다고 주장하였다. 그런 자부심의 표명은 오히려 한시 창작자의 존재감과 위상이 크게 약화하는 시대적 조류를 반영한다.

최영년은 젊은 지식인이 한시 창작에 관심을 두지 않고 신체시와 현대시의 창작으로 옮겨가는 세태에 위기를 느끼고 한시의 창작을 옹호하는 논리를 펼쳤다. 『신문계』 3권 6호에서 「시가詩家를 장려함」이란 논설을 써서 한시 창작을 권유하기도 하였다.

『시가총화』에서는 청년들에게 한시를 짓는 방법을 가르치려는 방안의 하나로 한시 창작법을 소개하였다. 한시의 다양한 형식과 허자용법虛字用法, 시품론詩品論 등 시작법의 기초를 상당한 비중을 두어 상세하게 설명하였다. 한편으로는 잡체시 창작의 사례로 금언체시禽言體詩에 주목하여 무려 16회에 걸쳐 연재하였다.

최영년은 정만조, 안택중 등과 함께 문화계의 친일적 인물로 비판받는다. 다만 1910년대와 20년대에 2종의 우수한 시화를 매체에 연재한 의의는 인정할 점이 있다.

4. 여성과 조선사에 주목한 김원근의 시화

안택중과 최영년의 10년 후배로 시화를 다수 쓴 문인이 김원근(金瑗根, 1870~1944)이다. 서울에서 출생하여 구학문을 배우고 1893년 배재학당 영어과를 졸업하였다. 이후 배재학당에서 8년 동안 교사로 근무한 뒤에 정신여학교에서 25년간 근무하였다. 한학자이자 기독교 신자로서 저술과 교육을 통해 민족 정신과 기독교정신의 함양을 꾀하였다. 1906년에 기독교 관련한 글을 편역한 『영혼편靈魂篇』을 간행하였는데 여기에 캐나다 선교사인 게일(James Scarth Gale, 1863~1937, 한국 체류 1888~1927)이 서문을 썼다. 게일에게 한문을 가르친 한국인이 바로 김원근이었다.

김원근은 안택중 등 친일 문인과는 활동과 사상에서 달랐다. 여러 기독교 계열 잡지에 한국의 역사와 문학, 미술, 출판 등 다방면으로 한국 전통의 문화를 소개하는 글을 기고하였다. 당시에 한국의 역사와 문화를 소개한 대표적 문필가의 한 사람이었다. 시화의 저술은 그런 문필 활동의 일환이었다.

1914년 10월부터 1915년 3월까지 『공도公道』 잡지에 『조선고대부인시문고朝鮮古代婦人詩文考』를 7회 연재하였고, 1922년 5월부터 7월까지 『청년靑年』에 『조선고금시화朝鮮古今詩話』를 3회 연재하였으며, 1930년에서 1934년까지 『신생新生』에 『조선시사朝鮮詩史』를 42회에 걸쳐 연재하였다.[29] 이 잡지들은 모두 기독교 계열로 각 잡지에서 핵심 필자였던 김원근은 시화를 포함해 다방면의 역사 관련 기사를 기고하였다. 또 국문의 보급과 교육에도 관심이 깊어 신경준의 희구본 어학서인 『운해훈민정음韻解訓民正

音』도 그가 소장하고 있었다.

김원근은 누구보다 먼저 여성 시문학에 주목하였다. 연재 시기가 가장 이른 『공도』에서 『조선고대부인시문고』를 7회 연재하여 여성 문학을 본격적으로 수집하여 소개하였다. 한문으로 쓴 이 시화는 『동시총화』보다 앞서고, 최영년의 『매하시화』와 함께 일제강점기에 가장 먼저 언론 매체에 연재되었다. 저술의 제목은 학술논문으로 보이나 실제로는 전형적인 시화의 체재를 따르고 있다. 역대 주요 여성 문인의 시문을 발굴하여 상세하게 소개하였다. 역대 여성 시인의 시와 기사를 모아 편찬한 이규경의 『동관습유彤管拾遺』와 유사한 성격이다. 『동관습유』는 전하지 않으므로 김원근의 이 시화는 조선 여성 문학 연구의 본격적인 출발을 알리는 첫 저술로서 큰 의미가 있다. 역사상 처음으로 양반가 여성 유씨俞氏 부인의 「조침문弔針文」을 발굴하여 세상에 알린 저술도 다름 아닌 『조선고대부인시문고』였다. 일제강점기에 등장한 많은 시화에서 여성 시문을 주목하여 다루도록 환경을 조성하였다. 이는 1939년 신구현申龜鉉이 학예사에서 '조선문고'의 하나로 『역대조선여류시가선』을 편찬·간행하는 성과로 이어졌다. 식민지 시기에 서정적 한시의 주류로 여성 한시가 부상하는데 기여하였다.

이 연재 이후에도 저자는 여성의 문학과 교육에 깊은 관심을 기울였다. 1922년 종로영창서관에서 『신여자보감新女子寶鑑』을 출간하여 신여성이 모범으로 삼을 조선 역대 여성을 소개하여 인기를 끌었다. 또 1934년 『동아일보』에 역사상 빛나는 여성이란 주제로 선덕여왕, 도미부인, 「공후인」을 지은 여옥, 허난설헌, 예순禮順 등 여성의 삶과 문학을 8회 소개하였다. 여학교 교사로 재직하면서 이처럼 여성의 삶과 문학에 큰 관심을 기울여 대표적 여성학 전문가의 한 명으로 꼽혔다.

다음으로 저자는 조선의 역사를 조명한 시화를 저술하고 연재하였다. 잡지에 연재한 『조선고금시화』와 『조선시사』는 국한문혼용체의 시화로서 후자는 특히 한국 한시사를 표방하였다. 『조선시사』는 수량과 품질에서 김원근 시화의 대표작이다. 이 시화는 1917년에 저술한 초고본 저술 『시사詩史』에 뿌리를 두고 있다. 『시사』는 친필 원고본으로 연세대학교 도서관에 소장되어 있다. 전체 79장으로 49장까지 자신이 저술한 시화가 실려 있고, 49장 이하는 남용익의 『호곡만필』을 필사하였다. 한문으로 쓴 시화로 대략 100여 칙의 기사가 실려 있다. 『소화시평』을 모델로 하였다. 다만 시의 문학성에 관심을 기울이기보다는 역사적 사실을 반영한 시를 이야기하려는 태도를 보였다.

1930년부터 잡지에 연재한 『조선시사』는 『시사』를 활용하여 일반 독자에게 국문으로 알기 쉽게 쓴 대중용 시화였다. 다음은 『조선시사』의 첫 회에 실린 서문이다.

> 시詩란 것은 사람의 뜻을 그려내는 것이요 사史란 것은 당시의 일을 기록하는 것이다. 그러면 인류사회에 일을 기록하는 것이 하도 많은데 시를 어찌 사라 하느냐. 그렇지 않다. 대개 관사官史는 산삭刪削하고 간단하여 진상을 알기가 어렵고 야사野史는 복잡하고 한만汗漫하여 영량領量하기가 어렵다. 그러나 옛적부터 소인騷人 묵객墨客이 혹 누대와 산천에서 읊으며 혹 재예를 찬송하며 혹 충렬을 조상하며 혹 전장을 슬퍼하며 혹 고도를 생각하여 자차咨嗟 영탄詠嘆하는 자가 많다. 그런 시중에 있는 사실을 가지고 정사正史에 참고하며 야사에 대조하여 보면 어시호於是乎 허실이 나뉘고 진위가 판단되는 것이 많다. 그뿐 아니라 경재卿宰의 수창과 여항의 음영吟詠에서 고인의 아운雅韻 전형과 청담 서론緖論을 다 얻어 볼 수가 있다. 이것이 고시를 보면서 일사逸史를 징명徵明하는 데 한 가지 도리가 될 줄 안다. 그러므로 근역槿域 고시 중 사실이 있는 것을 써서 파한적破閑的 보한적補閑的으로 일반一般이 공람供覽코자 한다.[30]

조선의 역사적 사실을 반영한 옛 한시를 일반인에게 알리고자 책을 쓰고 연재한다는 목적을 밝혔다. 이 서문은 『시사』에 실린 「시사서詩史序」의 번역이다. 실제로 『조선시사』는 『시사』와 내용이 겹치는 부분이 상당히 많다.

『조선시사』를 편찬하는 일차적 목적은 시를 통해 역사를 이해하는 것이고, 부차적 목적은 시의 문예성을 감상하는 것이다. 목적에 부합하게 34회에서는 이규보의 장편 건국 신화인 「동명왕편東明王篇」을 인용하여 소개하였고, 35회에서는 조선 초의 『차원부설원록車原頫雪冤錄』을 다수 거론하였다. 동시대에 저술된 유인식의 『대동시사』가 지닌 목적과 매우 유사하다. 시사詩史를 표방한 시화가 비슷한 시기에 출현한 데는 당시 시화 저술이 역사 이해를 도우면서 작품까지 감상하는 수요가 있었기 때문이다.

김원근의 저술은 대체로 이야기를 중심으로 하여 시평의 가치는 낮다. 그 점이 비평으로서는 아쉬움을 남긴다. 한편, 그의 저작으로 1931년에 저술된 『지재수록止齋隨錄』 사본이 독립기념관에 소장되어 있다. 65장의 적지 않은 사본에도 시평이 다수 포함되어 있다.

5. 이승규의 『계원담총』과 기타 시화

김원근과 비슷한 시기에 활발하게 활동한 문인 가운데 이승규(李昇圭, 1882~1954)가 있다. 그는 『계원담총桂苑談叢』 등 몇 종의 시화와 『동양시학원류東洋詩學源流』 등 학술서를 남겼다. 일제강점기를 대표하는 한시 작가이자 시화 저작자이다. 자는 윤약允若이고, 호는 창동滄東인데 호를 필명으로 썼다. 충남 보령 사람으로 성균관에서 같은 시기에 신채호와 함께 한학을 익혔다. 1920년 『동아일보』 창간과 함께 기자가 되어 기사를 썼고, 나중에는 『조선일보』 등 여러 언론 매체에 기사를 썼다. 조선어연구회의 설립에도 참여하여 활동하였다. 1922년 이후 휘문고보 교사로 오랫동안 근무하였고, 명륜전문학원에도 출강하였다. 한문 교재의 모델이 된 『중학한문교본』과 한문 문장 작성법을 서술한 『한문작문요결漢文作文要訣』을 편찬하였다. 1936년에는 선조 이덕온李德溫의 문집 『귀촌집龜村集』을 간행하였다. 언론인과 교사로 활동하면서 저술에 종사한 한학계의 저명인사였다.

이승규는 『계원담총』과 『계산시화桂山詩話』, 『시단금설詩壇金屑』, 『일사시화逸史詩話』 등 4종의 시화를 저술하였는데 『계원담총』을 제외한 3종은 『조선일보』에 연재하였다. 가장 중요한 시화는 『계원담총』이다. 대략 1920년대에 한문으로 저술한 이 시화의 저자 친필 사본을 후손이 소장하고 있다. 전체 43장에 107칙의 기사가 수록되었고, 뒷부분에는 저자의 시고 『간암만록艮庵謾錄』이 붙어 있다. 최근까지 공개되지 않았던 이 시화를 정민 교수팀이 번역하여 성균관대학교출판부에서 출간할 예정이다.

『계원담총』은 조선 후기에서 대한제국기까지 주요 시인과 명작을 비평하였다. 기사의 수량은 많지 않으나 시의 본질은 성정의 표현에 있다(1칙), 풍교風敎의 기능을 지닌 시(2칙), 시의 표절과 암합暗合(14·15칙), 시평의 다섯 가지 어려움(18칙) 등 정채로운 시론을 여럿 제시하였다. 시와 시사를 보는 깊이 있는 안목을 시화에 표출하였다.

먼저 비평론에서 주목할 만한 견해가 다수 보인다. 옛 시인의 시를 평가하는 다섯 가지 어려운 점을 논한 18칙이 비평론에 해당한다. 다섯 가지는 첫째 고금 풍조風調의 변천, 둘째 작가의 성격 차이, 셋째 처한 정경情境의 천차만별, 넷째 옛 시인의 은밀한 우의寓意를 뒷사람이 알아차릴 방법이 없음, 다섯째 작품을 취하고 버리는 주관이 사람마다 다른 점이다. 이렇게 어려운 시평을 경솔하게 평가한다면 망발이라는 것이다. 이 시론은 나중에 「조선시학고」에도 전재하여 그의 소신임을 드러냈다. 저자가 중시한 역대의 비평가는 신위와 김택영이었다. 신위의 「동인논시절구東人論詩絶句」를 전체 인용하였고, 여러 곳에서 김택영의 시론을 원용하여 시론을 펼쳤다.

작가 비평에서는 역대 시화의 일반적 테두리를 벗어나 개성이 풍부하거나 시사적 위상이 높은 작가 위주로 평가하였다. 조선 중기에는 허난설헌과 최립, 이항복, 유몽인 등을, 조선 후기에는 이양연, 이인상, 남상교, 신위, 김창흡, 윤휴, 오도일, 신유한, 이광려, 이용휴, 박지원, 한재렴, 이학규 등을 비중있게 다뤘다. 여항 시인 가운데 이언진, 조수삼, 이단전, 정초부 등을 자세히 다루었고, 특히 이언진을 호평하여 장편의 「해람편海覽篇」을 전편 인용하고 매우 인상적인 평가를 남겼다. 여기에서 일정하게 최영년의 시화와 유사한 관점도 확인된다.

또 남인과 소북 시인을 비중있게 다뤄 윤휴, 남상교, 오도일, 신유한, 이용휴, 안정복, 임정任珽, 허필, 이희사, 채제공, 정범조, 여주이씨 등을 다수 소개하였다. 남인의 후예로서 관점이 스며있다.

한시사에서 관건이 되는 주요 작가나 시인 그룹을 부각한 점은 더욱 의의가 있다. 이덕무, 유득공, 박제가, 이서구로 구성된 사가四家를 주목하고 그 시사적 의의를 높이 평가하였다. 고종대에 『한사객시선韓四客詩選』에 포함된 홍기주洪岐周, 이중하李重夏, 정기우鄭基雨, 이건창 등을 중심으로 강위, 정만조, 김택영, 황현, 이근수李根洙 등 남사南社 동인에 큰 비중을 두어 소개하였다. 여기에 남사의 후배 세대인 조병건趙秉健, 이범세李範世, 이건방李建芳, 박풍서朴豊緖 등도 상세하게 소개하였다. 이들과는 친교가 있었다.

시사를 해석한 시각에서는 『용등시화』 영향이 강하게 나타난다. 정인서와 친분이 있어서 그 아버지 정만조에게 안인식安寅植과 함께 한학의 대가라고 인정받기도 하였다. 정조 시대를 근대 한문학의 기점으로 삼고, 근대 한문학의 전개를 긍정적으로 이해하였다. 나중에 「조선시학고」에서 김창흡 이후 조선 후기를 '시학 혁명 시대'로, 헌종 이후 근대를 '시학 쇠미 시대'로 설정하기는 하였으나 18세기 이후 한문학을 한문종자漢文種子가 끊어지는 쇠퇴의 과정으로 설명한 김태준과는 시각이 달랐다.[31] '시학 혁명 시대'의 시각은 55칙에서 후기 사가의 등장을 설명하면서 논의되었다. 그 글에서 조선의 학문은 당론黨論의 폐해를 크게 입어 생명력이 사라지고 자유로운 연구의 사상이 존재하지 않는다고 질타하였다. 한시도 똑같이 독창성 없는 진부한 창작만 답습한다고 보고 저자는 다음과 같이 말하였다.

> 영조 정조 사이에는 풍기가 일변하여 유학 외에 학자가 조금씩 낡은 관습을 무너뜨리고 새로운 견해를 창조할 줄을 알았다. 문장은 연암 박지원, 과학은 다산 정약용, 시는 사가四家 이르러서 낡고 누추한 것을 제거하고 벗어나 새로운 길을 따로 열었다. 그러나 여전히 당시 무리가 모함하고 질투하여 혹은 조정에서 쫓겨나 죽을 뻔하고, 혹은 낙척하여

불우하게 지냈으니 나라가 쇠퇴하여 망한 것이 어찌 하루 아침 하루 저녁에 만들어졌으리오?[32]

18세기 중반에 당론의 억압에도 문학에 혁신의 바람이 불어온 현상을 짚어내고, 혁신을 일으킨 이들이 모두 핍박받은 사실을 국가멸망과 연결하여 이해하였다.

『계원담총』의 저술은 이후에 나온 시화의 모태가 되었다. 3종의 시화는 모두 국한문으로 『조선일보』에 연재하였다. 『계산시화』는 1929년 10월 3일부터 12월 8일까지 53회 연재하였고, 『시단금설』은 1939년 5월 11일부터 1940년 2월 29일까지 30회 연재하였고, 『일사시화』는 1940년 6월 28일부터 8월 1일까지 10회 연재하였다. 조선 전기 사림파 위주의 시화인 『시단금설』과 단경왕후端敬王后 신씨愼氏의 사화 등을 소개한 『일사시화』는 주로 역사적 소재를 다룬 시화이고, 『계산시화』는 정통 시화의 맥을 잇고 있는 전편시화이다. 1회에 몇 칙씩 소개하여 전체 내용은 150여 칙에 해당한다.

이 시화에는 '동양시가원류東洋詩歌源流'라는 부제가 달려 있다. 고대부터 조선 중기까지 한시를 뽑아서 통시적으로 서술하겠다는 의도를 보인 부제이다. 실제로 일화나 시론은 거의 보이지 않고 고대에서 조선 중기까지 작가를 제시하고 평가하였다. 『계산시화』의 1회에서 3회는 앞으로 연재할 시화의 전제가 되는 시론으로 시의 역사적 변천을 간명하게 살폈다. 그 내용과 구도는 단행본 『동양시학원류』와 상당히 유사하다. 「공후인」, 「황조가」, 을지문덕의 오언시 등 고대 시인에서 최치원을 거쳐서 고려와 조선 전기, 중기의 시인을 두루 다뤘다. 각 시대를 대표하는 저명한 시인의 명작으로 알려진 작품을 인용하고 온당한 평가를 하였다.

이 시화는 홍만종의 『소화시평』에 큰 영향을 받아 저술하였다. 24회에서 저자는 이렇게 말하였다.

필자가 일찍이 홍만종洪萬宗의 『소화시평』을 보았다. 그의 의론이 조금도 결점이 없이 진선진미盡善盡美하다고는 말하기 어려우나 대개 그가 필생의 정력을 다하여 궁수박구窮搜博求하여 정화精華를 구별하고 공졸工拙을 비교한 것은 누구든지 그의 고심용력苦心用力에 대하여 탄복하지 아니할 수 없다.

『소화시평』을 뼈대로 삼아 연재하였다고 평가할 만큼 『계산시화』는 체제는 물론, 작가와 작품의 선정에서 평가에 이르기까지 큰 영향을 끼쳤다. 『소화시평』은 일제강점기의 일반 시화에 두루 영향을 미쳤는데 이 시화도 예외가 아니다. 다만 김석익의 『근역시화』가 단순히 전재한 것과는 달리 독자적으로 서술하였다. 11회에서 고려와 조선 한시의 우열을 서거정과 신흠, 김택영의 주장을 인용하여 논하였고, 34회에서 이수광의 시를 다루면서 선조인 이덕온의 시를 함께 논하였으며, 40회에서 여항 시인으로 이단전과 조수삼, 이상적을 논하는 등 창의적 내용이 보인다.

『계산시화』는 『계원담총』과 내용이 겹치지 않는다. 『계원담총』이 조선 후기와 근대의 시인을 대상으로 평가한 시화이고, 『계산시화』는 역사적 평가가 내려진 조선 중기까지 시인을 정리해 소개하여 대상 자체가 달랐고, 논의의 수준도 차이가 난다.

한편, 시화와 별도로 저자는 1930년대에 한문으로 『동양시학원류東洋詩學源流』를 저술하였다. 한시를 배우는 전문학교나 대학 과정의 교재로 구성한 저술로서 제1편編은 「중국시학中國詩學」, 제2편은 「조선시학고朝鮮詩學考」이다. 제1편은 다시 시학통론, 고시, 율시의 3장으로 구성하여 중국시학과 작법을 서술하였다. 시학통론 제3절의 시법론詩法論에서는 명의命意, 조어造語, 하자下字, 용사用事 등 시작법을 서술하였다. 조선 중기 이후에 나온 시법서와 같은 계통의 시화이다. 주목할부분은 제2편 「조선시학고」이다. 그 내용이 1939년 가을 『조선일보』에 「한시작법개론」이란 제목의 국문으로 4회 연재하였다. 상고시대부터 당대까지 시학 배태胚胎 시대(삼국), 시학 진보 시대(통일신라), 시학 발흥 시대(고려 광종 이후), 시학 정음正音 시대(이제현 이후 고려 말기), 시학 극성 시대(조선 전기), 시학 혁명 시대(김창흡 이후 조선 후기), 시학 쇠미 시대(헌종 이후 근대)로 구분하여 서술하였다. 시학사를 유기체의 발전과 쇠퇴의 과정으로 서술하였는데 조윤제의 국문학사 서술과 매우 유사하다.[33] 최근 김묘정 등이 2권으로 번역하여 출간하였다.

「조선시학고」는 나중에 『경학원잡지經學院雜誌』 44호, 47호, 48호에 연재되었고, 시학 배태 시대 부분은 만주제국 건국 10주년 기념으로 편집하여 출간한 『반도사화와 낙토만주』(1943년)에 국문으로 번역하여 수록하였다. 그만큼 이승규의 시론을 대표하는 글로 인정받았다. 이승규는 『계원담총』을 비롯한 몇 종의 저술을 통해 18세기 이후 근대 시단을 분석하고 평가하였다. 일제강점기 중후반 학자 가운데 한시사 이해에 가장 높은 수준을 보여준 학자로 평가할 수 있다.

6. 신문과 잡지에 연재된 시화 몇 종, 홍명희와 최익한 등

위에서 살펴본 여러 시화 저술가 외에도 크고 작은 시화를 쓴 이들이 있다. 1920년대 초창기 국문학 연구를 대표하는 안확安廓도 간명한 시화를 썼다. 1922년에 최초의 한국문학사인 『조선문학사』를 출간하였고, 1926년과 1927년에는 「자산시화自山詩話」를 잡지 『동광東光』 7호와 8호, 12호에 연재하였다.[34] 7호와 8호는 외편으로 조선의 굳센 기상을 보인 민족주의적 한시를 여러 수 뽑았고, 12호는 그에 대한 품평을 적었다. 내편이 있어 조선어로 쓴 시를 연재하였다고 하나 확인되지 않는다. 앞에서 시를 인용하고 뒤에서 그 의의를 논하였기에 시화라는 이름을 붙였다. 작품 인용을 빼면 실상 1칙의 시화에 불과하다. 다만 일반 시화와는 크게 다르게 대화체 문장에 색다른 관점을 보여 논의에 올릴 만한 가치가 있다.

12호 기사에서 역대의 시와 시화가 "모두 형形의 예술에 아랑곳 되는 평評이요 참 상想에 비처서는 천년간에 하나도 없었어"라 진단하고, 한시를 가치가 없는 문학으로 보는 이도 있지만 자세히 보면 참 흥미로운 작품도 있어서 자신이 이전 사람은 보지 못한 것을 개척하기 위해 품평한다고 하였다. 여기서 작품의 외형이 아니라 참된 상想에 주목한다는 말이 의미가 있다. "시를 평함에는 일반一方으로 민족성을 참조함이 가해"라고 하여 민족주의 관점에서 평가할 것을 제안하고 "고로 제법 사적史的 가치를 허락할 자는 최고운, 이규보, 원천석, 김시습 4, 5인을 지목하기 가해"라고 하였다. 3명은 공평한 선정이나 원천석을 지목한 것은 뜬금없는 선정이다. 원천석을 시의 대가로 인정한 비평가는 거의 없었다.

안확은 역대의 상식적인 평가를 완전히 무시하는 평가를 하였다. 예컨대, 박은을 천재이기는 하지만 애송이 티가 나는 시인으로, 정몽주를 명나라를 예찬한 비굴한 성미가 있는 시인으로, 이제현과 이곡, 이색은 장壯한 시인이기는 하나 그저 시인의 자리를 차지한 수준이라고 평하였다. 한시사에서 최고의 대가로 평가받는 작가들이 그의 붓끝에서 형편없이 평가절하당하였다. 반면에 원천석元天錫을 고려 말을 대표하는 시인으로 꼽고 『운곡시사耘谷詩史』 권3에 실린 「삼교는 하나의 이치이다[三教一理]」 한 편을 인용하였다.

삼교는 종풍에 본래 차이가 없으나	三教宗風本不差
시비를 다투어 개구리처럼 시끄럽네	較非爭是亂如蛙
본성은 한 가지라 아무 장애가 없거늘	一般是性俱無礙
불교니 유교니 도교니 다 무엇인가?	何釋何儒何道耶

이 작품을 두고 안확은 "이는 사상사의 혼魂이라. 수천 년 이래 삼교통일은 오직 운곡耘谷의 제창이요 또 고려 말에 삼교상쟁은 이 시로 가자可慈할 걸"이라고 평하였다. 삼교에 대한 관점을 밝힌 시로 형식만 갖춘 작품인데 안확은 저렇게 호평하였다. 작품성이 아닌, 주장으로 시의 높낮이를 평가하였고, 여기에는 민족주의와 운동가로서 시각이 개입되어 있다. 안확의 시화는 『천희당시화』를 계승하여 민족주의 이념을 문학의 해석에 적용하였다.

『임거정林巨正』을 지어 문단의 거장으로 평가받는 벽초碧初 홍명희(洪命憙, 1888~1968)도 시화를 저술하였다. 1936년 잡지 『조광朝光』 2권 10호에 연재한 『역일시화亦一詩話』이다. 국문으로 81쪽에서 94쪽까지 30칙의 시화를 수록하였다. 미완의 시화인데 연재가 재개되지는 않았다. 서문에 해당하는 1칙은 다음과 같다.

> 고려 이후 시화 자료 됨직한 것을 이 책 저 책에서 초출鈔出하여 둔 것이 휴지 뭉치로 구르는데 다른 휴지와 함께 병정(丙丁, 불)에 붙이려 하니, 계륵鷄肋의 버리기 아까운 생각이 나서 그중에서 약간 선택하여 번록飜錄하고 역일시화亦一詩話라고 제목 붙인다. 송 구양수六一居士의 『육일시화六一詩話』가 한시 시화의 효시임을 짐작하는 사람은 이 제목이 장난조로 좋다고 웃으리라.

서문의 말처럼 이 시화는 고려 말 이제현에서 조선 중기 이호민까지 다루면서 역대 시화에서 많이 언급된 널리 알려진 기사를 초록하였다. 다만 시사에서 비중이 큰 작가보다는 절의를 지킨 저명한 사대부가 주축이다. 문학성을 무시하지는 않았으나 작가의 심리와 태도 등을 중시하였다. 여러 사료에서 취사선택하여 기사를 썼는데 서로 다른 문헌을 교감하여 제시하였다. 고증적이고 균형잡힌 서술이 장점인 시화이다.

문헌 고증을 거쳐 창의적 비평안을 제시하였기에 참고할 만한 가치가 있다. 특히 사대주의적 시각이 드러난 대목을 일관되게 제거하여 인용하였고, 독자적 감상을 제시한 점이 특이점이다.[35] 예컨대, 조선 중기 인종과 김인후의 군신 관계를 상세히 다루면서 "김인후의 인종을 여읜 설움은 애틋하기 과부 설움만 못지아니하여 그의 시에 「유소사有所思」란 일편一篇이 있으니, 사의辭意가 진짜 과부도 울릴 만하다"라고 평하였다. 작가와 작품의 심층을 예민하게 포착한 비유이다.

미완의 시화이기에 전모를 알 수는 없으나 잡지에 수록된 내용을 보면 『임거정』 집필을 위해 여러 문헌을 섭렵하면서 시화 자료를 따로 모아두었다가 정리한 듯하다. 이 시기에 역사와 문학을 결합하여 읽으려는 기사의 원천으로 시화 연재물이 다수 등장하였다. 『역일시화』는 당시 문단의 유행과 경향을 따라 나온 시화 가운데 수준이 높은 성과로 평가할 수 있다.

독특한 시화로 동리산인東籬散人의 『구시신화舊詩新話』가 있다. 『매일신보』에 1933년 12월 9일부터 12월 20일까지 10회 연재하였다. 동리산인의 실명은 알 수 없으나 사회주의 성향을 지닌 중국문학 연구자로 보인다. 매회 시화 2칙을 써서 전체는 17칙이다. 중국 근대의 저명한 문인인 유대백(劉大白, 1880~1932)이 저술한 시화 『구시신화舊詩新話』에서 작품을 뽑아 싣고 자신의 의견을 덧붙였다. 유대백은 민중의 고통에 연민한 창작 성향을 보인 시인인데 시화에서도 민중의 고통을 묘사한 다양한 장르의 시를 소개하였다. 당시에 한국의 옛 시나 중국의 당송대 시 위주로 소개한 시화가 주류인데 청나라 이후 백화시 위주로 소개하였다. 사회주의 지식인의 관점이 짙게 배어 있는 시화로서 시화 저술의 새 경향을 보여주고, 한시 이해의 폭을 넓혔다.

이밖에도 여러 문인이 잡지와 신문에 시화를 연재하였다. 홍종한洪鍾翰은 계하산인桂下散人이란 필명으로 『조선일보』에 1920년 12월 10일부터 4월 20일까지 『계옥만필桂屋漫筆』을 111회 연재하였다. 야담을 연재하는 중간에 '시화발췌詩話拔萃'란 부제로 시화를 23회 연재하였다. 주로 독자에게 흥미를 선물하고자 시가 포함된 일화를 소개하였다. 출전도 정통 시화보다는 야담이었다.[36]

저명한 문학사가인 김태준(金台俊, 1905~1949)은 일본어로 「조선시화朝鮮詩話」를 연재하였다. 1936년 7월에서 12월까지 네 번에 걸쳐 조선총독부 기관지인 『조선朝鮮』에 연재하였다. 1회에는 「시화고詩禍考」와 「유명한 만가挽歌」를, 2회에는 「방랑시인 일군一群」을, 3회에는 「조선의 여류시인을 말한다」를, 4회에는 「허난설의 시를 말한다」와 같은 특정한 주제의 시화를 기고하였다. 『조선한문학사』와 『조선소설사』의 저자로서 한문학과 문학사의 식견을 드러냈다. 방랑시인은 「김삿갓의 시」, 「위조된 김삿갓의 시고詩考」 등 신문기사를 쓴 일이 있고, 여류문학은 1932년 『조선일보』에 「조선의 여류문학」을 14회 연재한 일이 있다. 관심을 기울였던 주제를 간명하게 일본어로 소개하기 위해서 시화 형식을 활용하였다.

사회주의 운동가이자 다산연구가로 유명한 최익한(崔益翰, 1897~?)은 1937년 『조선일보』에 『한시만화漢詩漫話』를 연재하여 한시작법 등을 소개하였고, 또 1939년에는 『동아일보』 '한시곡란漢詩曲欄'에 『영물단결詠物斷訣』이란 일종의 시화를 1월에서 2월까지 10회에 걸쳐 연재하였다. 또 시조를 한시로 번역하는 법을 강의한 『시조역례時調譯例』를 연재하였다. 한시 작법을 소개하는 유의 시화로서 당시 문단의 경향을 보여준다.

이밖에 정인서鄭寅書는 정만조의 아들로서 1930년 전후하여 연희전문 강사로서 중국고대사를 강의하였고, 1936년 이후 명륜학원 강사로서 김태준, 안인식安寅植, 이승규, 김성진金誠鎭 등과 함께 강의하였다. 『동국명가시화집東國名家詩話集』이라는 제명으로 1929년 10월 25일부터 11월 30일까지 13회에 걸쳐서 『중외일보』에 『파한집』, 『백운소설』, 『보한집』을 연재하였다. 또 조용훈趙鏞薰은 『소서시화銷暑詩話』라는 이름으로 1939년 7월 『동아일보』에 13회 연재하였다. 세조와 이달, 서산대사, 길재, 김상헌, 정희량, 이옥봉 등 홍밋거리 위주의 시화이다. 그중 풍운아 홍경래와 조견의 시혼을 다룬 기사가 있는데, 해방 이후 1949년 『홍경래』를 단행본으로 간행하였다.

특이한 사례로 미국 샌프란시스코에서 재미동포가 간행한 순국문 신문 『신한민보』에도 시화가 연재되었다. 동해수부란 필명을 쓴 홍언(洪焉, 1880~1951)은 이 신문의 주필로 오랫동안 기사를 썼다. 하와이 이주 노동자 출신으로 1910년대부터 40년 동안 소설과 시가, 수필, 비평 등 다양한 주제로 기사를 써서 문장으로 조국의 독립을 꾀하였다. 시화도 그런 문장보국 활동의 하나였다. 『동국염향록東國奩香錄』이란 주제로 1918년에 양봉래의 소실, 부용, 곽씨청창郭氏晴窓, 신부사申府使의 부인, 계생 등의 여류시인을 소개한 시화 1칙을 기고하였고, 1936년 12월에는 「조선기생시화」란 주제로 4회 연재하였다. 조선 여류문학을 재미동포에게 소개한 의의가 있다.

또 이병기李秉岐는 문예잡지 『박문博文』 5권에 「시화」란 표제로 근대 이전의 표절 관습을 비판적으로 서술하였다. 『수미청사』에 이행李荇의 「절화행折花行」으로 수록된 시를 거론하고, 이 시가 명나라 당인唐寅의 「투화가妬花歌」와 유사하며, 당인은 또 송나라 시인의 사詞를 표절하였다고 고증하였다. 우리 선조가 거짓 시, 상투적인 시를 쓰는 버릇이 있다고 비판하였다.[37]

한편, 한시를 대상으로 하지 않고 현대시를 대상으로 하여 시인과 비평가가 시화를 쓰는 경우가 있었다. 상아탑象牙塔이란 필명으로 작가 생활을 한 시인 황석우(黃錫禹, 1895~1960)는 1919년 9월 22일 '시화'란 제목으로 5칙의 기사를 『매일신보』에 기고하였다. 현대시 시론을 짧은 단상으로 발표하면서 시화라는 제목을 썼다. 현대시에서 시화를 활용한 첫 번째 시도이다. 표현과 영혼의 율격, 색채, 음향, 유파의 다섯 가지 문제를 짧게 표현하였다. 다음은 그중 제1칙이다.

> 시인은 신의 옥좌에 대좌하는 영광을 가졌다. 시인은 실로 예술가의 제왕이다. 시인의 감흥은 곧 신인神人과의 접촉 — 그 회화會話이다. 그러나 신의 말은 세균보다 섬미纖微하다. 이 섬미의 확도擴圖가 곧 표현이다.

근대 이전의 시화에서도 단상의 시론과 시평이 적지 않았다. 해방 이후 조남령, 박목월 등 현대 시인과 비평가가 시를 해설하는 장르의 하나로 시화를 선택하였는데 그 선구로 인정할 수 있다.

7. 박한영의 정밀한 시론서 『석림수필』

석전石顚 박한영(朴漢永, 1870~1948)은 근현대 한국불교를 대표하는 석학이다. 최남선, 오세창, 정인보, 고희동 등 한 시대를 대표하는 저명한 학자, 시인, 예술가와 어울리면서 불교계의 거두로 활동하였다. 특히 최남선, 정인보와 친밀하게 지냈는데 그 사실을 「불석담예拂石談藝」라는 고시古詩에서 밝혔다. 이 시에서는 강위姜瑋의 시풍을 추종하였다는 사실도 고백하였다. 박한영은 1925년에서 1927년 사이에 여항인 시사詩社의 전통을 계승한 산벽시사珊碧詩社를 결성하여 윤희구尹喜求, 이기李沂 등 문인 예술가들과 어울렸다.[38] 그의 저술은 생전인 1940년에 동명사東明社에서 『석전시초石顚詩鈔』가, 사후 1962년에는 법보원法寶院에서 『석전문초石顚文鈔』가 간행되었다.

『석전문초』는 완전한 한문 문집으로 여기에는 『석림수필石林隨筆』이 수록되었다. 『석림수필』은 시론 형식의 21칙 38장의 시화이다. 일제강점기 말엽인 1943년에 완성하고 이해 6월 5일에 자서를 썼다. 이 시화는 일화 성격이 강한 전통적 시화와는 전혀 다르게 장편의 시론이다. 21칙 가운데 절반은 선학禪學, 절반은 시론으로 구성되었다. 선종과 한시는 궁극에서는 하나라는 시선일치詩禪一致의 시각에서 선종과 한시를 분석하고 비평하였다. 조선의 차문화를 다룬 내용도 흥미롭다.

저자는 자서自序에서 『석림수필』이 근대의 선종과 시에 대한 감회를 자유롭게 쓴 수필이고, 또 그 체제가 고문도 아니고 어록도 아니고 시화도 아니어서 가슴에서 솟아나 말하고 싶은 이야기를 자유롭게 풀어낸 수필이라고 하였다. 21칙 가운데 시론의 제목과 내용을 간략히 설명하면 다음과 같다.

제3칙. 상승上乘에 도달하면 시와 선은 하나이다[及到上乘 詩禪一揆]: 시선일치詩禪一致를 논의하여 엄우의 『창랑시화』를 언급하고, 당 이후 명청시대의 시인까지 선의 경지를 표현한 시를 두루 논평하였다. 저자는 이전에 「두륜산초의선사탑명비음頭輪山草衣禪師塔銘碑陰」을 지어 시선일치를 이룬 초의선사의 시를 호평한 적이 있는데 그 글과 함께 흥미로운 시론을 펼쳤다.

제4칙. 추사秋史는 옹방강翁方綱을 광대교화주廣大敎化主로 추대하였다[秋推覃磎 爲廣大敎主]: 옹방강을 추종한 추사 김정희의 시론과 시평을 비판적으로 해석하였다. 추사 시학의 장단점을 설득력 있게 해명하였다.

제6칙. 시단의 세 시인은 제각기 유불도 삼교를 본받았다[鼎坐詩班 各祖三敎]: 고종 때의 대표적 시인으로 이황중李黃中, 이상수李象秀, 강위姜瑋를 꼽고 유불선 삼교의 특징을 살린 개성 있는 시인으로 비교하여 비평하였다. 세 시인의 등단 과정과 장단점을 요령 있게 설명하였다.

제10칙. 후세에 전할 만한 다산의 시화 3칙[洌上老人 可傳詩話數則]: 정약용의 시평과 시론을 해명하였다. 칠구지산인七俱胝山人에게 보낸 다산의 글에서 시화에 부합하는 몇 개 조항을 전재하고, 뒷부분에는 아들 정학연의 시를 논평하였다.

제11칙. 완당의 시평을 감히 따끔하게 충고한다[阮堂詩評 敢下頂鍼]: 전겸익錢謙益을 무시한 김정희 시론의 오류를 논증하고, 신위와 이건창 등 거장들이 전겸익을 학습한 내력을 밝혔다. 19세기 시인의 전겸익 학습 문제를 예리하게 논하였다.

제14칙. 승려 명가로는 근세에 초엄과 초의를 꼽는다[上人名家 近稱草广·草衣]: 승려 시인의 계보를 연대기 순으로 논한 다음 근대의 저명한 승려 시인을 상세하게 평가하였다.

제16칙. 일종의 시 형식이 저절로 조선 특유의 체제가 되었다[一種詩式 自爲半島體製]: 조선 한시 특유의 폐습을 비판적으로 분석하였다.

제18칙. 천재성이 노력과 조화를 이루어야 시의 도가 비로소 원만해진다[天籟叶人籟 詩道方圓]: 천재적 자질과 후천적 노력의 창작 차이를 개괄하고 양자의 조화가 좋은 시를 낳는다고 논하였다. 박제가의 시론을 인용하여 김시습의 시문을 비판하였고, 이건창의 창작에 대한 성찰의 글을 소개하였다.

제21칙. 오늘날 문인들이 서로 헐뜯는 세태를 깊이 탄식한다[深嘆今世文人之相詆]: 문인 사이에 상대방의 작품 수준을 인정하지 않는 세태를 비판하였다.

이 9칙의 시론은 각 편이 짧은 논문이라 할 만한 주제와 분량이다. 크게 보아 한시사의 관점에서 대가의 시풍을 논한 기사와 한시 일반론을 다룬 기사로 나뉜다. 각 주제를 두고 식견과 안목을 발휘하여 독창적 비평을 전개하였다. 그의 안목은 조선시대 비평사 전체를 놓고 볼 때 매우 우수한 수준이다.

먼저 한시사의 관점에서 대가의 시를 논한 기사이다. 19세기 이후 근대까지의 대가를 다뤄서 그가 사숙한 강위와 이건창, 김택영을 하한선으로 하여 박제가, 이황중, 이상수, 김정희, 신위, 정약용을 논하였다. 대가와 그 작품을 작품성과 품격, 개성과 취향의 관점에서 평가하였는데 독자적 안목으로 여러 시인의 장점과 단점을 균형을 갖춰 평가하였다. 세 명의 시인을 평가한 6칙에서 근대 시단의 대가로 평가받는 강위를 시의 개성이 고고하지만 취향이 협소한 한계를 지적한 사례에서 잘 드러난다.

시인의 개성과 성취를 평가하되 종종 비판적 시각을 유지하여 균형을 이뤘다. 11칙에서 김정희의 시론을 과감하게 비판한 것이 중요한 사례이다. 조선 후기에는 다수의 시인이 전겸익錢謙益을 학습하였는데 김정희는 오히려 그를 천마天魔의 외도外道로 무시하였다. 박한영은 김정희의 관점이 잘못임을 논증하고 신위와 이건창 등 19세기 거장들이 모두 전겸익을 배웠다고 하였다. 그의 말대로 김정희는 『완당잡지』에서 왕사정과 주이준, 옹방강, 전재, 사신행査愼行 등을 높이 평가하고 저들을 학습하여 원대의 원호문元好問과 우집虞集을 거쳐 소식과 황정견, 그리고 두보를 배우자고 하였다. 이는 김정희 시론에서 매우 중요한 의미가 있다. 반면에 "목재牧齋의 경우에는 기력이 대단히 크지만 끝내 천마의 외도를 면치 못하므로 보아서는 절대 안 된다. 오로지 어양漁洋과 죽타竹坨를 따라서 착수하는 것이 좋다"[39]라고 말했다. 박한영이 비판한 대상이 바로 이 주장으로 이치에 닿지 않는 헐뜯는 말로 전겸익을 저주하였다고 보았다. 좁은 소견으로 청나라에 동조했다는 누명을 뒤집어씌웠다는 것이다.

사실 신위나 이건창 등 18세기 이후 시단에서는 전겸익을 열성적으로 배웠다. 신위는 소식의 학습을 표방했으나 실제로는 전겸익을 더 열심히 배우고서 배운 흔적을 숨겼고, 이건창은 전겸익을 배운 사실을 과감히 드러냈다고 하였다. 박한영은 김정희가 박학하기는 하지만 잘못된 시평을 펼쳤다고 지적하고 근세의 시풍을 전겸익 학습과 연결하여 평가하였다. 탁월한 안목의 분석으로 19세기 한시 학습의 경향을 예리하게 포착하였다.

한시 일반론을 다룬 기사로는 16칙을 주목할 만하다. 여기에서는 조선 시인의 한시 창작 관행을 비판하였는데 한시를 보는 넓은 시선을 잘 보여준다. 조선 한시의 폐습을 네 가지로 꼽았는데, 첫째로 시는 홀로도 읊고 회동會同해서도 읊는데 운자를 자유롭게 고르지 않고 제한하여 사용하는 폐습, 둘째로 고시가 부족하고 7언 절구와 율시 위주로 시를 짓는 폐습,

셋째로 7언 율시에서 기승전결起承轉結로 시를 조직하지 않고 함련과 경련의 수사에만 집중하는 폐습, 넷째로 수련과 미련이 함련, 경련과 호응을 이루지 못해 서로 다른 작품처럼 느껴지는 폐습을 들었다. 조선 한시 전반에 적용할 만한 논의이다.

박한영의 진지한 시론은 폭넓은 독서를 바탕으로 하고 최남선과 정인보 등 당대 일류 학자와의 교유 및 창작 체험에서 우러나왔다. 일제강점기 전체를 통해 이만큼 치밀한 분석과 깊이 있는 비평을 전개한 한학자는 보기 힘들다. 그의 시화 비평과 수준은 전종서錢鍾書가 『담예록談藝錄』에서 동서양 시론을 비교하여 분석한 것과도 견줄 만하다.

한편, 박한영보다 10년 뒤의 불교학자인 권상노(權相老, 1878~1965)는 불교에 해박한 지식을 지닌 인물로 시화로 볼만한 『선림문예禪林文藝』를 연재하였다. 친일 문사가 낸 문예잡지 『조선문예』는 1917년과 1918년에 1호와 2호를 내고 종간되었는데 여기에 고려의 선승을 다룬 시화를 연재하였다. 문학에도 관심이 깊어 『조선문학사』를 저술하기도 한 이력을 볼 때 시화를 연재한 동기는 충분하다. 다만 『파한집』과 『보한집』을 비롯한 시화와 문집에서 뽑아낸 기사를 전재하여 창의성이 없는 선시자료집에 지나지 않는다. 최영년이 편집장으로 주관한 이 잡지는 권상노의 연재 외에도 『학시초정學詩初程』 등 시화 성격의 연재가 몇 종 연재되었다.

제
3
절

대한민국 시화사

일제강점기 이후 대한민국에서 시화는 시를 이야기하고 평론하는 보편적 형식의 지위를 현대 비평에 넘겨주었다. 장구한 세월 동안 한시를 말하는 주도적 비평형식이었던 시화는 제한된 범위에서 활용되었다. 이전처럼 신문과 잡지에 한문 원문이나 국한문 혼용체의 시화가 연재되는 일도 사라졌다. 한시를 읽고 시화를 즐겨 보던 한학에 뿌리를 둔 독자가 1950년대 이후에는 종적을 감춘 현상과 맞물려 있다. 그 대신 시화는 창작과 감상의 대상에서 연구의 대상으로 변화하였다. 국문학과 한문학 연구의 독립된 한 분야로서 고전비평이 자리 잡았고, 시화는 연구의 주요 대상이 되었다. 고려 이래 주요한 시화가 번역되었고, 수많은 자료가 재발견되었다.

낡고 오래된 시화의 새 모습은 한시가 아닌 현대시 비평에서 보여주었다. 독자가 사라진 한문 시화의 빈자리를 현대시 비평이 채웠다. 해방 이후 폭발적으로 늘어난 신문과 잡지의 매체에는 드물기는 하지만 현대시를 이야기하는 시화가 연재되었다. 시대가 진행될수록 한시나 시조를 대상으로 한 시화보다는 현대시를 대상으로 한 시화가 그 비중을 넓혀갔다. 천년을 이어온 시화 형식이 생명을 이어가는 영역은 오히려 현대시이다. 당대비평, 현장비평의 요소가 있는 시화의 장점이 재발견되어 평론의 특별한 한 가지 형식으로 활용되었다. 치밀한 분석이 요구되는 학술적 평론과 달리 시화는 가볍게 이야기하듯이 시를 소개하고 설명한다. 현학적이고 난해하여 일반인이 이해하기 어려운 현대비평이 독자를 잃어가는 평단의 실정에서 시화가 독자와 거리를 좁히는 비평형식으로 새롭게 자리를 잡아가고 있다. 시화는 사라진 형식이 아니라 여전히 현재진행형의 비평형식이다.

1. 이가원의 한문 시화 『옥류산장시화』

해방 이후 시화는 당연히 언문일치된 국문으로 쓰였다. 시화의 전통을 따라 한국 한시를 대상으로 하여 한문으로 쓴 시화가 특별하게 등장하였다. 한문으로 시화를 쓴 문인은 연민淵民 이가원(李家源, 1917~2000)이다. 일제강점기 한문학의 전통을 계승한 이가원은 20세기 중후반에 한문학자로 명성이 널리 알려졌다. 한시문을 활발하게 창작하였고, 『연암소설연구』와 『한국한문학사』, 『조선문학사』등을 저술하여 한문학 연구를 선도하였다. 시화로 『옥류산장시화玉溜山莊詩話』를 저술하였다.

이 시화에 앞서 이가원은 『여한시화麗韓詩話』와 『귤우선관시화橘雨仙館詩話』, 『육육초당시화六六草堂詩話』, 『청동시화靑銅詩話』 등을 저술하였다. 『청동시화』는 1958년에 문학잡지 『사조思潮』에 수록하였다. 『귤우선관시화』는 단국대학교 도서관 연민문고에 소장된 사본으로 나중에 등사본 저술인 『한국한문학잡초』에 11칙을 뽑아 수록하였다. 『옥류산장시화』는 위에서 말한 여러 시화를 간추리고 보완한 결정판이다. 1769년과 1970년 『연세논총』 7집과 8집에 나누어 수록하였고, 이후 1972년에 을유문화사에서 간행하였다. 제자인 허경진許敬震이 번역하여 1980년에 연세대학교 출판부에서 간행하였다.

이 시화는 앞서 나온 시화 가운데 『귤우선관시화』와 밀접한 관련이 있다. 『귤우선관시화』는 89장에 312칙의 한문 시화로 저자의 원고용지에 자필로 쓴 초고이다. 적지 않은 수량으로 대부분 내용이 이후 『옥류산장시화』에 전재되었다. 저술한 시기는 1950년대이다. 이 시화는 일정한 체계가 없는 초고본이다. 조선시대 전기와 중기의 한시를 중심으로 역대 시화를 초록한 기사가 큰 비중을 차지한다. 고려시대 시단과 17세기 이후 19세기 말엽의 기사가 매우 소략하다. 이 시화에서 가장 중요한 가치는 이승규를 비롯한 현대의 한학자를 직접 교유하고 견문한 사실과 그들의 작품을 소개한 점이다. 평가할 만한 가치가 있는 시화이지만 기사의 대부분이 『옥류산장시화』에 수정하여 수록하였으므로 더는 논하지 않는다.

『옥류산장시화』는 모두 787칙으로 구성된 상당히 규모가 있는 전편시화이다. 서언緖言과 본론 1(고조선~조선 중기), 본론 2(조선 후기~현대), 결어結語로 구성하여 논문이나 학술서의 체제를 갖추었고, 그중 본론은 시대별로 기사를 배치하였다. 서언은 시화 저술의 동기와 과정을 서술하였고, 결어는 비평론과 고증으로 일종의 메타비평에 해당한다. 서론·본론·결론으로 이어지는 논문의 기법을 차용함으로써 현대 학문의 체계를 갖춰 구성하였으나[40] 실제 서술에서는 차기箚記를 적바림한 전통적 시화와 차이가 크지 않다. 이 시화는 여러 면에서 독특한 특징과 의의가 있다.

먼저 고려와 조선, 일제강점기의 시화 전통을 충실하게 계승하였다. 한문학 창작의 전통이 사라진 시대에 한문으로 저술하여 유구한 전통의 마지막 발자취를 남겼다. 고대에서 현대까지 한국 한시의 성과를 두루 살펴봄으로써 한국한시사 전체를 조망하는 데 효과적이다. 다음으로 현대 학문의 시각이 적게나마 한시 이해에 스며들어 조선시대 유학자의 시각을 벗어나 새 관점이 적용되었다. 이전 시화에서 주목하지 않았던 시사적 현상과 작가, 작품을 부각하였다. 예컨대, 이규보의 장편서사시 「동명왕편」의 가치를 『삼국유사』와 함께 높이 평가하였고, 이제현의 「소악부小樂府」를 비중 있게 다루는 등 악부시에 주목하였다. 민족주의와 사실주의의 시각이 작품의 평가에 반영되었다.

또한 일제강점기 후반에서 1960년대까지 시단과 학계의 한시 창작과 한학자의 존재를 설명한 부분은 가장 주목할 가치이다. 저자가 명륜전문학원에서 공부할 당시 이승규, 김태준, 정인서 등이 강사로 강의하였고, 김창숙, 정인보, 변영만 등 저명한 한학자와도 배우고 교유한 인연이 있었다. 해방 전후하여 양주동, 성낙훈, 홍진표, 이우성 등과도 교유하여 그 시기 한학계의 분위기와 교유관계, 창작과 연구의 주요한 경향을 잘 알 수 있었다. 저명한 문학사가인 김태준과 관련한 기록이 그중 한 가지 사례이다.

1) 성암聖岩 김태준은 산운山雲 이양연의 시를 가장 사랑하였는데 언젠가 내게 여러 편의 시를 외워 들려주었다. (10수 인용) 산운은 또 다른 호가 임연臨淵이다. —『귤우선관시화』[41]

2) 성암은 산운 이양연의 시를 가장 사랑하였는데 언젠가 내게 여러 편의 시를 외워 들려주었다. (6수 인용) 대개 인간의 정경을 묘사할 때 아무리 미세한 것도 묘사하지 않음이 없었다. 특히 농노農奴에 대하여 한평생 진정한 고통을 유감없이 묘사해냈다.

—『한국한문학잡초』[42]

3) 성암聖岩 김태준은 산운山雲 이양연의 시를 가장 사랑하였는데 내게 10여 편의 시를 외워 들려주었다. 그 뒤에 성암이 직접 베낀 『임연당집』을 서점에서 구하여 아끼며 감상하기를 마지않았다. 그중 「전가田家」, 「피세원避稅怨」, 「해계고蟹鷄苦」 등의 작품은 당시 가렴주구苛斂誅求에 신음하는 농노들의 참상을 곡진하게 묘사하였다.

—『옥류산장시화』[43]

19세기의 대표적 시인인 이양연의 시를 김태준으로부터 배운 사실을 밝히고 그 작품을 소개하였는데 기록한 시기에 따라 조금씩 작품의 인용이 줄어들고, 비평이 첨가되었다. 여기에서 김태준의 영향을 엿볼 수 있다. 또 앞서 살펴본 『계원담총』의 저자 이승규의 경우에도 10여 칙 내외의 기사가 있는데 조선 후기 시단을 깊이 이해한 이승규의 조예에 영향을 받았다.

『옥류산장시화』는 일제강점기 후반과 1960년대까지 한학계의 수준을 반영하는 시화이다. 저자가 김태준의 『조선한문학사』를 이어 쓴 『한국한문학사』는 이 시화와 크게 관련이 있다. 『한국한문학사』에서 이양연을 서술하면서 "그의 사실적인 시풍은 박지원에 비해 더욱 진전되었다. 이제 그의 「전가」, 「피세원」, 「해계고」 등 몇 편을 들어보기로 한다. 이들은 모두 당시 가렴주구에 신음하는 농노들의 백년고百年苦를 곡진하게 묘사한 작품이다"라고 써서 시화와 차이가 거의 없다. 영조와 정조 이후의 사실적 시풍을 다룬 제12장에서 39명의 시인을 소개한 내용은 시화와 매우 유사하다. 특히, 정지윤鄭芝潤, 김택영, 이중균李中均, 변영만, 유인식 등의 서술은 시화와 긴밀하다. 역대 시화의 충실한 학습을 통해 하나는 『한국한문학사』의 문학사로, 하나는 『옥류산장시화』의 시화로 나왔다. 두 저술은 모두 기왕에 나온 역대 시화를 기반으로 출현하였다.

『옥류산장시화』는 한시사 전체를 다루었고, 기사량이 많은 시화로 가치가 있다. 그러면서도 몇 가지 한계를 드러냈다. 역대 시화를 전재하거나 수정하여 초록한 기사의 비중이 상당히 크다. 대표적으로 19세기 이후 조선 말기까지 기사는 사실상 『용등시화』를 전재한 수준이다.[44] 그에 따라 역대 한시를 보는 독자적 관점이 잘 드러나지 않고, 시론과 시평보다는 시선의 성격이 강하다. 역대 시화를 근거로 시인과 작품을 논하였기 때문에 17세기에서 19세기까지 활동한 시인의 기사가 풍부하지 않다. 사가시인과 박지원, 정약용 등의 기사는 풍부하나 신위나 김정희, 그리고 여항시인의 기사는 비중이 크지 않다. 한계가 있음에도 전통적 시화 저술의 마지막 모습을 폭넓게 보여준 점은 높이 평가할 일이다.

2. 현대 시화의 변화와 실험

한문으로 쓴 이가원의 시화가 전통 시화의 생명력을 잇기는 하였으나 한시문의 생산이 단절된 시대에 한문 시화는 근본적 한계를 가지고 있다. 한문학 연구자와 중국의 고전문학자로 독자를 상정한 저술이 지속될 수는 없다. 해방 이후 이가원 외에 더는 한문으로 쓴 시화가 나오지 않은 것은 자연스러운 현상이다. 신채호 이후 일제강점기에 다수의 문인과 학자들이 국문으로 시화를 썼고, 그 추세는 최근에 이르러 확대되었다.

역사상 시화는 시를 말하는 주요한 형식으로 대부분 한시 장르를 대상으로 하였다. 하지만 시화가 다루는 대상이 한시에만 국한될 이유는 어디에도 없다. 20세기에는 그 대상이 점차로 한시에서 현대시로 전환하였다. 애국계몽기의 신채호는 『천희당시화』에서 시조와 민요 등 자국어문학을 다루면서 한시만을 다룬 과거 실태를 비판하였다. 일제강점기에는 여전히 한시가 중심이었으나 황석우의 사례에서 보듯이 현대시도 대상이 될 수 있다. 점차 시화는 어떤 시든 다룰 수 있는 개방적 비평형식으로 전환하였는데 해방 이후 그 추세가 본격화하였다.

먼저 시조 영역에서 시화가 등장하였다. 조남령(曺南嶺, 1918~미상)은 1949년 문예 월간지 『학풍』에 「시화삼제詩話三題」를 기고하였다. 한 세대 뒤에는 박을수朴乙洙가 1977년 『시조시화時調詩話』를 성문각에서 출간하였다. 조남령은 저명한 시조 시인으로서 이병기 및 조운曺雲과 함께 해방 공간에서 활발하게 시조를 창작하였다. 그의 시화는 세 가지 주제의 3칙에 불과하나 시조를 보는 독자적 안목을 제시한 문예비평이다. 아마도 선배로서 추종하던 이병기의 「시화」를 모델로 삼은 듯하다.

조남령은 시조를 고리타분한 옛 문학으로 간주하는 인식을 부정하고 정당하게 감상하고 새롭게 평가하는 변화한 태도를 제시하였다. 세 편의 독립된 글에서 신흠申欽과 임제林悌, 이정보李鼎輔의 시조 각 1편씩을 들어 흥미롭고 신선하게 해석하였다. 예컨대, 임제의 유명한 시조 '북천北天이 맑다커늘 우장雨裝 없이 길을 나니/ 산에는 눈이 오고 들에는 찬비로다/ 오늘은 찬비 맞아시니 얼어잘가 하노라'를 기생과 연애하는 제재로 설명하는 공인된 주장을 거부하고 선조 초기에 정쟁의 심화로 관계에 진출하기 어려워진 암울한 정치 상황을 노래하였다고 해석하였다. 현재도 잘 받아들여지지 않은 주장이기는 하지만 참신하고 설득력 있다. 문학이 사회의식과 현실인식의 재현이라고 보는 이론을 시조 작품에 적용하였다. 사회주의 비평가로서 월북한 작가인 조남령은 「시화삼제」를 통해 시조를 새롭게 이해하려는 시도를 시화를 빌어 전개하였다.

박을수는 저명한 시조 연구가로 1977년에 『시조시화』를 출간하였다. 한량과 기녀가 풍류를 즐기며 수창한 시조 작품을 중심으로 11개 기사를 시화 형식으로 썼다. 후기에서는 역대로 시화가 많이 저술되었으나 모두 한자로 기록된 탓에 쉽게 읽을 수 없는 점을 안타깝게 여겨 저술한다는 동기를 밝혔다. 황진이와 서경덕, 홍랑과 최경창, 한우와 임제, 계랑과 유희경, 혜란과 안민영 등 11명의 기녀가 남성과 주고받은 연정을 표현한 시조와 관련한 흥미로운 이야기를 다양한 자료를 활용하여 썼다. 논문이나 평론의 형식이 아니라 이야기를 풀어가는 형식이므로 시화의 형식에 부합한다.

저자는 시조의 이해를 돕고 관심을 불러일으키고자 시화 글쓰기를 활용하였다. 이 책은 1994년 『시화, 사랑 그 그리움의 샘』이라는 이름으로 아세아문화사에서 재출간되었다. 일제강점기에 김원근과 홍언을 비롯하여 여러 저술가가 기생의 한시나 시조가 지닌 흥미성에 주목하여 시화를 썼다. 박을수는 이전 시대 경향을 이어 이야기로 시조를 해설한 시화 글쓰기를 시도하였다. 시조 시인 최승범이 1995년에 창비에서 출간한 『시조 에쎄이』는 『시조시화』를 계승하되 더 시화에 접근한 글쓰기이다. 이 책에서 에쎄이라는 말을 시화로 바꿔도 이상하지 않다. 이후 이런 유의 저술이 다양하게 출간되었다. 다만 시화임을 표방하지는 않았다.

해방 이후 현대시인과 평론가는 간헐적으로 현대시를 설명하고 평론하는데 시화 형식을 채택하였다. 주로 문학잡지와 신문 등 매체를 활용하여 일제강점기 이래의 관행을 이어갔다. 먼저 해방 공간에서 청록파 시인 박목월(朴木月, 1916~1978)은 「목월시화木月詩話」라는 제목의 시화 1편을 썼다. 대구지역 시인의 동인지인 『죽순竹筍』은 1946년 5월 1일 창간호를 시작으로 1947년 7월호를 마지막으로 12권이 나왔다. 잡지 간행을 주도한 박목월은 제2호에 쓴 시화에서 시류時流에 휩쓸리지 않은 순수문학을 지향한 시전문지의 취지를 시화라는 이름으로 밝혔다.

이어서 60년대와 70년대에 현대시인 구상(具常, 1919~2004)은 「관수재시화觀水齋詩話」를 잡지와 신문에 기고하였다. 「관수재시화」 5제는 1969년에 『현대시학現代詩學』에 연재하였고, 「속관수재시화續觀水齋詩話」 5제는 1974년 『독서신문』에 연재하였다. 저자가 1975년에 시와 평론 등을 모아 『구상문학선』을 성바오로출판사에서 출간하면서 350~395면에 수록하였다. 「관수재시화」의 제목은 '나와 시의 정진도精進度', '현대시의 난해', '사회참여의 우리 시', '시와 현대 문제의식', '시의 실재인식' 등 일반 평론의 주제와 크게 다르지 않으나 수필처럼 가볍게 이야기를 풀어간 점에서 전통적 시화의 특징을 살렸다. 「속관수재시화」의 제목은 '우주인과 하모니카', '〈그리스도폴〉의 강', '수치', '꽃과 주사약', '하와이 풍정' 등 수필에 가까운 주제와 글쓰기를 보였다.

구상 이후로 오탁번 시인이 1990년대와 2000년대에 시화 글쓰기를 활용하였다. 구상 시인이 「관수재시화」를 월간 시전문지 『현대시학』에 연재하였는데 오탁번(1994~2023) 역시 1996년 1년 동안 12회에 걸쳐 여기에 시화를 연재하였다. 이 시 잡지는 때때로 여러 시인에게 시화를 연재할 기회를 제공하여 현대시인이 시화 글쓰기에 익숙해지는 계기를 만들었다.

저자는 연재한 시화를 정리하여 1998년 나남출판에서 『오탁번시화: 아직 태어나지 않은 시인을 위하여』로 출간하였다. 머리말에서 철부지 소년의 시선으로 시를 읽고 삶을 이야기하기 위해 시화를 썼고, '시인'이라는 운명 앞에 고개 숙이고 시인의 꿈을 키우던 중학교 2학년의 자신에게 꾸밈없이 쓴 편지와 같은 성격의 글이라고 밝혔다. 시 비평이니 시인 연구니 하는 엄숙한 자세를 버리고 그냥 곰살스럽게 속삭이면서 시를 이야기하겠다고 하였다. 기행과 어머니, 학생의 리포트 등 느슨한 주제를 시와 버무려 이야기를 전개하여 문학적 자서전과 수필의 성격이 짙다.

저자는 1998년 계간지 『시안詩眼』을 창간하였는데 여기서도 시화를 활용하였다. 2004년 봄호부터 시인 대담 기사를 '원서헌시화遠西軒詩話'라는 이름으로 2년 동안 연재하였다. 원서헌은 저자의 거처이자 문학관으로 여기에서 정진규, 김춘수, 김종길, 황동규 등 원로 시인과 대담 자리를 마련하고 그 기록을 정리하였다. 주제는 '시의 정체성과 새로운 패러다임', '고전의 멋과 현대시', '선시의 세계화 현대시의 전망', '문학과 사회적 상상력' 등이다. 19세기 이전에도 시문을 주제로 대담한 내용을 시화로 구성하여 김춘택의 『동문문답東文問答』과 소은자笑隱子가 구술받아 쓴 『시제자문장설示諸子文章說』이 나왔으므로 전통을 재해석한 성과로 볼 수 있다. 시를 주제로 대화를 주고받는다는 의미는 시화의 또 다른 해석이기도 하다.

한편, 정진규(鄭鎭圭, 1939~2017) 시인은 2014년에 자필 시선집과 시화를 모아 단행본 『향깃한 차가움: 정진규의 짧은 시화』를 고려대학교출판부에서 출간하였다. 제목에 짧은 시화라고 못 박은 것처럼 짧고 가벼운 단상의 시화 모음집이다. 저자는 산문시를 즐겨 썼고, 시와 문장이 잘 어우러진 시화를 애호하여 시와 시화를 모은 작품집에 시화란 이름을 붙였다.

월간 시전문지 『현대시학』을 25년 동안 주관한 저자는 잡지에 시화 형식을 도입하였고, 여러 시화를 연재하였다. 20세기 후반 현대 시인의 시화 저술은 『현대시학』과 관련되어 있다. 구상과 오탁번의 시화를 연재하였고, 또 시인이 자신의 시를 몇 편씩 뽑아 수록한 다음 창작의 동기와 시를 보는 안목을 자유롭게 서술한 "시인의 시화詩話"란을 고정적으로 운영하였다. 시인마다 서로 다른 문체와 주제로 가볍게 쓴 글에 시화란 이름을 붙였다. 학술적 분위기가 짙은 논문과 평론의 무게를 벗어던지고 자유롭게 쓴 "시인의 시화"는 시화의 본래적 성격을 현대시에 적용한 시도이다. 박목월에서 구상, 오탁번, 정진규에 이르도록 시화를 활용한 시인은 대체로 순수시 계열의 시인이다. 교유와 취향, 창작경향에서 유사성과 친분으로 시화를 쓰고 공유하는 계기가 되었다.

새로운 세대가 등장한 21세기에 시화는 어떻게 변화해가고 있을까? 시화가 현대시 평론에서 주도적 장르로 활용되지는 않았다. 그렇다고 시화가 아예 과거의 비평 형식으로만 머물러 있지도 않아서 끊어지지 않고 이어지고 있다. 그런 존재감을 최근의 시화 저술에서도 확인할 수 있다. 해방 이후 가장 성공적인 시화 저술은 문학평론가 신형철의 '격주시화隔週詩話'이다. 2016년 일간지 『한겨레』에 '신형철의 격주시화隔週詩話'란 이름으로 25회를 연재하였고, 내용을 보완하여 2022년에 난다 출판사에서 『인생의 역사: '공무도하가'에서 '사랑의 발명'까지』라는 제목으로 출간하였다. 단행본에서도 '신형철 시화詩話'라는 표제를 달고 나와 시화 형식을 채택하였음을 밝혔다. 일간지에서 지면 한 면을 시화 기사로 채운 연재는 일제강점기에 『매일신보』에 실린 시화의 비중을 떠올리게 한다. 『몰락의 에티카』, 『느낌의 공동체』, 『정확한 사랑의 실험』 등의 평론집으로 명성을 쌓은 평론가이자 글을 잘 쓰는 작가인 신형철은 『인생의 역사』에서 교양 독자에게 더 쉽게 접근하는 글쓰기로 시화를 채택하였다. 그의 시화는 작가와 작품을 말하는 시화의 본모습에 더 가까워졌다. 저자 스스로 시를 대상으로 쓴 이전의 글이 시화를 흉내 낸 것이었고, 그것이 자기 글쓰기의 원형이었다고 밝혔다. 평론에 가까웠던 이전의 글에 비하면 시를 보는 자신의 개성적 시각을 더 쉽고 흥미롭게 표현한 글쓰기라는 점에서 시화의 본질적 특징을 살려냈다.

논의 대상도 고대의 「공무도하가」에서 최근의 시인 박준의 「우리가 함께 장마를 볼 수도 있겠습니다」까지, 서구의 「욥기」에서 필립 라킨의 「나날들」까지 시대와 나라를 넘나들며 인생의 문제를 형상화한 시를 다루었다. 삶의 육성이 담긴 시를 그만의 섬세한 감성과 진지한 추론으로 전개하여 한 편 한 편이 깊은 울림을 선사한다. 20세기 이후 질적 수준에서 비교해볼 만한 시화로는 박한영의 『석림수필』이 있는데 한문 시화에서 국문 시화로 옮겨간 차이가 있다. 여러 측면에서 성공적인 변화를 이뤄내 한국 시화사의 새로운 가능성을 보여준 시화로 평가할 만하다.

신형철은 한국 시화의 긴 역사에서 시화가 낡은 형식으로 안주하지 않고 새롭게 변화하는 열려 있는 비평 형식임을 보여주었다. 시화는 글쓰기와 사유 전개 방식에서 서구문학 비평에서 출발한 담론 방식과는 다른 특징과 개성을 보인다. 그 특징을 단점이 아니라 장점으로 되살려 더 새롭고 가치 있는 비평의 형식으로 거듭나기를 기대한다.

주
참 고 문 헌
찾 아 보 기

주

제1장 고려 시화사

1) 혁련정(赫連挺) 지음 최철·안대회 역주, 「제팔역가현덕분자(第八譯歌現德分者)」, 『譯注 均如傳』, 새문사, 1986, 56~65면. "或皎然·無可之類, 爭雕麗藻; 齊己·貫休之輩, 競鏤芳詞."
2) 鄺健行, 「高麗《破閑集》·《補閑集》·《櫟翁稗說》引中國詩歌及詩話文字述論」, 『韓國詩話探珍錄』, 中國, 學苑出版社, 2013, 1~28면.
3) 이인로(李仁老), 『파한집(破閑集)』, 권상 2칙, 국립중앙도서관 소장 삼간본, 1659, 장1. "讀惠弘『冷齋夜話』, 十 七八皆其作也."
4) 歐陽修, 『六一詩話』(何文煥 編, 『歷代詩話』, 中國 中華書局, 1992), 264면. "居士退居汝陰, 而集以資閑談也."
5) 郭紹禹 저, 이지운·주기평 옮김, 『宋詩話考』, 학고방, 2014, 19~25면.
6) 최자(崔滋), 『보한집(補閑集)』, 국립중앙도서관 소장 삼간본, 1659, 권하 50칙, 장26~27. "今此書, 非敢以文章增廣國華, 又非撰錄盛朝遺事. 姑集雕篆之餘, 以資笑語."
7) 이장용(李藏用), 「발(跋)」(최자, 『보한(補閑)』, 중간본), 일본 東洋文庫 소장, 1492년 刊. "夫閑者, 逍遙無事之稱也. 閑而事翰墨, 其閑不全, 故曰破, 故以爲非破也. 從容嘯咏, 暢發天和, 秖所以裨益閑味, 故曰補. 然則參政之諂題, 其自高矣. 淸河公居功名富貴之地, 而■■經史, 深於文章, 見此書而悅之, 乃曰: '其有自公退食, 開吟齋, 迎佳士, 手披口咏而資淸話, 足以粉澤大平, 丹靑文化, 則於國家閑暇之美, 豈小補? 補閑之義, 於此益知也.'"

8) 김건곤, 「고려시대의 일실(逸失) 시화집」, 『신라·고려 한문학의 비평과 재인식』, 역락, 2021, 203~208면.

9) 최자, 「속파한집서(續破閑集序)」(서거정 편, 『동문선(東文選)』 3책), 한국고전번역원 영인, 권84 장4. 12~13면. "又得李中書藏用家藏鄭中丞敍所撰『雜書』三卷, 幷附于後編, 以俟通儒刪補."

10) 이장용, 위의 글. "昔鄭中丞嗣文, 著『習氣雜書』, 亦新話之類也. 崇慶中, 李大諫眉叟筆素所記者, 略爲評論, 名『破閑』. 今參政崔公續編之, 名『補閑』."

11) 최숙정(崔淑精), 「동인시화후서(東人詩話後序)」(서거정, 『동인시화』), 초간본, 『계간 서지학보』 제18호, 1996년, 142~145면. "其間斧藻裁品者, 若鄭中丞嗣文·李大諫眉叟·金文正台鉉·崔平章樹德·李益齋仲思, 皆有裒集之勤. 然不無踈略細瑣之病."

12) 최자, 『보한집』, 위의 책, 상권 8칙, 장5. "鄭中丞敍『雜書』, 載崔侍中惟善「閨情」詩云: '黃鳥曉啼愁裏雨, 綠楊晴弄望中春.' 又「梳」詩云: '入用宜加首, 何曾在匣中.' 非特才華贍給, 足以知位極人臣也. 今觀侍中集中, 如加首之句頗多, 鄭何取此一聯, 知位極人臣也?"

13) 정선모, 「『破閑集』 板刻에 있어서의 添削문제와 그 文學史的 意義: 『破閑集』 編纂時期 및 編纂意圖의 新考察을 바탕으로」, 『漢文學報』 10권, 우리한문학회, 2004, 3~42면; 鄭墡謨, 「李仁老『破閑集』研究」, 『域外漢籍研究集刊』 第十九輯, 2020, 85~114면.

14) 馬金科, 「《六一诗话》与高丽诗话《破闲集》之比较」, 『延边大学学报(社会科学版)』, 1992. 4期.

15) 정선모, 위의 글.

16) 서유구(徐有榘), 『누판고(鏤板考)』 권4, 「설가류(說家類)」, '破閑集', 大同出版社, 1940, 106~107면. "高麗一代名章佳句之至今可徵者, 多賴是篇及崔滋『補閑集』."

17) 이인로, 『파한집』, 위의 책, 상권 15칙, 장6. "今上踐阼八年, 趙司成冲, 亦引門生詣任相國濡第陳謝."

18) 이인로, 위의 책, 하권 23칙, 장10~11. "今上卽阼六年己巳, 金公出守南州, 諸公會于檜里以餞之, 世謂之龍頭會, 望之若登仙."

19) 기장현에서 간행된 『파한집』에 대한 정보는 나오지 않는다. 다만 장석룡(張錫龍, 1823~1907)의 「쌍명재파한집서(雙明齋破閒集序)」(『遊軒集』, 1925, 목판)에서 판목이 기장현의 운암사(雲巖寺)에 보관되어 있었다고 말했으나 근거가 확실하지 않다.

20) 서유구, 위의 글. "雜記詩話, 而詳於事實, 而略於月朝."

21) 이인로, 위의 책, 下권 6칙, 장3. "南州樂籍有倡, 色藝俱絶. 有一郡守忘其名, 屬意甚厚. 及爪, 將返轅, 忽大醉謂傍人曰: '若我去郡數步, 輒爲他人所有.' 卽以蠟炬燒灼其兩脥, 無完肌. 後滎陽襲明, 杖節來過, 見其妓, 悵怏不已. 出二幅雲藍, 手寫一絶贈之. '百花叢裏淡丰容, 忽被狂風減却紅. 獺髓未能醫玉脥, 五陵公子恨無窮.' 因囑云: '若有使華來過, 宜出此詩示之.' 妓謹依其教, 凡見者輒加賙恤, 欲使滎陽公聞之. 因得其利, 富倍於初."

22) 이인로, 위의 책, 상권 22칙, 장9~10. "是以古之人, 雖有逸材, 不敢妄下手, 必加鍊琢之工, 然後足以垂光虹蜺, 輝映千古. 至若旬鍛季鍊, 朝吟夜諷, 撚鬚難安於一字, 彌年只賦於三篇, 手作敲堆, 直犯京尹, 吟成太瘦, 行過飯山, 意盡西峰, 鐘撞半夜, 如此不可縷擧. 及至蘇黃, 則使事益精, 逸氣橫出, 琢句之妙, 可以與少陵幷駕."

23) 이인로, 위의 책, 하권 22칙, 장9~10. "天下之事, 不以貴賤貧富爲之高下者, 惟文章耳. 盖文章之作, 如日月之麗天也, 雲烟聚散於大虛也, 有目者無不得覩, 不可以掩蔽. 是以布葛之士, 有足以垂光虹霓, 而趙孟之貴, 其勢豈不足以富國豊家, 至於文章, 則蔑稱焉. 由是言之, 文章自有一定之價, 富不爲之減." 조맹(趙孟)은 춘추시대 진(晋)나라의 귀족이다.

24) 이인로, 위의 책, 하권 23칙, 장10~11. "盖文章得於天性, 而爵祿人之所有也."

25) 이인로, 위의 책, 중권 22칙, 장12~13. "學士金黃元弭節西都, 登其上, 命吏悉取古今郡賢所留書板焚之, 憑欄縱吟, 至日斜, 其聲正苦, 如叫月之猿. 只得一聯: '長城一面溶溶水, 大野東頭點點山.' 意涸, 不復措辭, 痛哭而下. 後數日足成一篇, 至今以爲絶唱.

26) 심호택, 「破閑集의 역사적 성격」, 『한국 한문학의 시각』, 보고사, 2014, 532~566면; 이종문, 「이인로의 문학론에 대하여」, 『嶠南漢文學』 제1호, 嶠南漢文學會, 1988, 199~221면.

27) 이인로, 위의 책, 하권 9칙, 장4. "白雲子神駿, 掛冠神虎, 歸隱公州山莊. 郡守遣其子, 受業有年, 應擧京師, 以一絶送之. '信陵公子統精兵, 遠赴邯鄲立大名. 天下英雄皆法從, 可憐揮涕老侯嬴.'"

28) 이인로, 위의 책, 하권 25칙, 장11. "耆之避地江南幾十餘載, 携病妻, 還京師, 無托錐之地. 偶遊一蕭寺, 岸幅巾, 兀坐長嘯, 僧問: '君是何人, 放傲如是.' 卽書二十八字. '早把文章動帝京, 乾坤一介老書生. 如今始覺空門味, 滿院無人識姓名.'"

29) 남극관(南克寬), 「사시자(謝施子)」, 『몽예집(夢囈集)』 곤(坤), 문집총간 209집. "『破閒集』文辭雅潔可愛, 『補閒』揎釀, 遠不及也."

30) 최자, 「보한집서(補閑集序)」, 위의 글. "然而古今諸名賢, 編成文集者, 唯止數十家, 自餘名章秀句, 皆湮沒無聞. 李學士仁老略集成編, 命曰破閑, 晋陽公以其書未廣, 命予續補."

31) 申用浩, 「補閑集 編刊 動機에 대하여」, 『圓光漢文學』 2집, 圓光漢文學會, 1985, 9~28면; 이종문, 위의 글; 심호택, 「崔滋의 의식과 補閑集의 성격」, 앞의 책, 567~605면.

32) 「속파한집서」에서 문집을 남긴 이가 겨우 일고여덟 명이라고 했다가 「보한집서」에서 수십 명이라 수정한 이유도 대상을 확대하려는 의지를 보인 것이다. 최항과 그 측근 문사의 의견이 반영되었다.

33) 안대회, 「고려의 시화 『파한집』과 『보한집』의 본래 이름은 무엇인가?」, 『문헌과해석』 89호, 2022, 87~103면.

34) 김건곤, 위의 글, 209~214면.

35) 최자, 「보한집서」, 위의 글. "今侍中上柱國崔公, 追述先志, 訪採其書, 謹繕寫而進."

36) 李鍾文, 「崔氏政權의 補閑集 編刊 意圖에 對하여」, 『韓國學論集』, 15집, 1988, 59~74면.

37) 朴鉉圭, 「중국 國家圖書館藏本 ≪補閑集≫과 고려 李藏用 발문」, 『한민족어문학』 40집, 2002, 235~257면.

38) 이장용, 「발」, 위의 책, 위의 글, 日本 東洋文庫 소장. "於是命予志之, 而召公鋟梓云. 乙卯七月日, 翰林學士慶源李藏用題."

39) 최자, 『보한집』, 위의 책, 중권 25칙, 장14. "陳補闕澕評詩, 以文順公「杜門」云: '初如蕩蕩懷春女, 漸作寥寥結夏僧.' 如牙齒間實蜜, 漸而有味. 李由之「和耆老相國詩」云: '睡倚乍容靑玉案, 醉扶聊遣絳紗裙.' 如咀氷嚼雪, 令人心地爽然無累. 實蜜之辭未若咀氷之語. 僕於此評未服. 彼咀氷之語, 雖新進輩月鍊日琢, 則萬有一得, 實蜜之辭, 深得杜門之意, 非老手固不可道. 陳與由之, 乃當時鳴詩輩, 共和耆老相國詩, 裙韻最强, 至於復用, 皆有難色. 而由之道此聯, 陳卽驚動, 故有此語."

40) 최자, 「보한집서」, 위의 글. "今之後進, 尙聲律章句, 琢字必欲新, 故其語生; 鍊對必以類, 故其意拙. 雄傑老成之風, 由是喪矣."

41) 최자, 위의 책, 하권 13칙, 장7~9. "『補閑』只載本朝詩, 然言詩不及杜, 如言儒不及夫子, 故編末略及之. 凡詩琢鍊如工部, 妙則妙矣. 彼手生者, 欲琢彌苦, 而拙澁愈甚, 虛

雕肝腎而已, 豈若各隨才局, 吐出天然無龘錯之痕? 今之事鍛鍊者, 皆師貞肅公·李眉叟, 曰: '章句之法不外是', 如使古人見之, 安知不謂生拙也?"

42) 정선모, 앞의 논문; 장영옥, 「『補閑集』에 나타난 崔滋의 四六文 批評」, 『대동문화연구』 107집, 2019, 187~215면.

43) 조인영(趙寅永), 「지(識)」(최자, 『보한집』), 1818년 필사, 사본, 국립중앙도서관. "此書頗多諛詞, 卽時勢然也. 然而反政之時, 滋以首相淸嚴, 有鎭俗之功."

44) 서유구, 위의 책, 107면. "前錄記公私乘牒, 後錄多詩文評騭."

45) 옥영정, 「새롭게 확인된 초기문집 3종의 서지적 특징과 가치」, 『2023년 추계 한국서지학회 공동학술발표논집』 한국서지학회, 2023, 10, 61~80쪽.

46) 이제현(李齊賢), '서(序)', 『역옹패설(櫟翁稗說)』, 「후집(後集)」, 일본 민우사(民友社), 성궤당총서(成簣堂叢書) 영인, 1913, 장1. "後所錄其出入經史者, 無幾, 餘皆雕篆章句而已, 何其無特操耶? 豈端士壯夫所宜爲也."

47) 이제현, 위의 책, 후집 2권, 13칙. "山人悟生「黃山江樓」詩落句云: '臥聞漁父軸轤語, 走馬紅塵非我徒.' 東坡「漁父詞」云: '江頭騎馬是官人, 借我孤舟南渡.' 坡如龍眠畫李廣奪胡兒弓, 引滿不發, 悟生畫作射中追騎矣."

48) 「어부(漁父)」 4편 가운데 마지막 작품으로 앞 대목은 "어부가 껄껄 웃자, 갈매기는 훨훨 날고, 드넓은 강에는 비바람이 치네(漁父笑, 輕鷗擧, 漠漠一江風雨)"이다. 이제현이 송사(宋詞)를 즐겨 읽었음을 짐작하게 한다.

49) 이인로, 『파한집』, 위의 책, 중권 15칙, 장9. "華嚴月師少從僕遊, 自號高陽醉髡, 作詩有賈島風骨. 昨者携訪西河耆之, 一見如舊識."

50) 임춘(林椿), 「증월사 병서(贈月師幷序)」, 『서하집(西河集)』 권2, 한국문집총간 1집. "興王寺月上人者, 頗聰惠而喜文章, 從眉叟遊, 自號高陽醉髡."

51) 최자, 『보한집』, 위의 책, 하권 40칙, 장20~22. "華嚴月首座餘事, 亦深於文章, 有草集傳士林. 嘗撰『海東高僧傳』."

52) 정규복, 「白雲小說의 撰者에 대하여」, 『韓國古典文學의 原典批評』, 새문사, 1990.

53) 김건곤, 위의 글.

54) 홍만종 편, 『시화총림(詩話叢林)』, 아세아문화사, 영인본, 1973, 10면. "先輩所錄, 雖非詩句, 其所評論有不可不知者, 則併錄之, 使人資其見識, 而有補於詩道焉."

55) 홍만종, 안대회·김종민 외 옮김, 『시평보유(詩評補遺)』, 성균관대출판부, 2019, 509~

510면. "右載白雲詩稿, 爲詩者有不可不知, 余表而錄之."

56) 5칙에서 인용한 「천하지도에 붙이다[題輿地圖]」의 한 연(聯)인 '곤륜산이 동으로 달려 오악(五岳)이 푸르고, 성수해가 북으로 흘러 황하가 누렇다[崑崙東走五山碧, 星宿北流一水黃]'라는 시구는 최치원의 명작으로 유명하다. 다만 이 시구는 문헌상으로 홍만종의 『소화시평』 17칙에 처음 등장한다.

57) 이규보, 『백운소설』(홍만종 편, 위의 책), 15면. "侍中金富軾學士鄭知常, 文章齊名一時, 兩人爭軋不相能. 世傳知常有琳宮梵語罷天色淨琉璃之句. 富軾喜而索之, 欲作己詩, 終不許, 後知常爲富軾所誅, 作陰鬼. 富軾一日詠春詩曰: '柳色千絲綠, 桃花萬點紅.' 忽於空中鄭鬼批富軾頰曰: '千絲萬點孰數之也? 何不曰: 柳色絲絲綠, 桃花點點紅?' 富軾心頗惡之. 後往一寺, 偶登厠, 鄭鬼從後握陰囊問曰: '不飮酒, 何面紅?' 富軾徐曰: '隔岸丹楓照面紅.' 鄭鬼緊握陰囊曰: '何物皮囊子?' 富軾曰: '汝父囊鐵乎?' 色不變, 鄭鬼握陰囊尤力, 富軾竟死於厠焉."

58) 박미(朴瀰), 「서경감술(西京感述)」 제7수, 『분서집(汾西集)』 권8. "富軾素嗛知常詩名軋己, 至是行師到興義驛, 引知常斬之. 後富軾之子敦時·敦中, 皆以學士遭武人之禍, 富軾血胤俱絶, 人以爲殺知常之報云."

59) 박미, 위의 글, 제8수. "金富軾旣破妙淸, 大宴於觀風殿上. 賦詩曰: '楊柳千絲綠, 桃花萬點紅.' 忽空中聞鄭知常語曰: 汝能算得'楊柳之千絲桃花之萬點'乎? 何不曰: '楊柳絲絲綠, 桃花點點紅.'耶?"

60) 홍만종 저, 안대회 옮김, 『소화시평(小華詩評)』, 성균관대학교출판부, 2016, 201면. "世傳金侍中富軾, 與鄭學士知常同遊山寺, 知常有琳宮梵語罷天色淨琉璃之句. 富軾喜之, 乞而不與, 乃搆而殺之. 後往一寺, 偶登厠, 忽有從後握囊者曰: '君顔何赤?' 富軾對曰: '隔岸丹楓照面紅.' 因病死. 按唐劉廷芝作「白頭翁」詩, 其一句曰: '今年花落顔色改, 明年花開復誰在.' 其舅宋之問愛其句, 懇乞不與, 怒以土囊壓殺之. 噫! 人之猜才好名如此, 爲詩者不可不知."

제2장 조선 전기 시화사

1) 성현(成俔), 「문변(文變)」, 『허백당집(虛白堂集)』 권13, 문집총간 14집. "今之學詩者必曰: '謫仙太蕩, 少陵太審, 雪堂太雄, 劍南太豪, 所可法者, 涪翁也, 后山也.'"

2) 『성종실록』 223권, 성종 19년(1488) 12월 24일. "居正爲一時斯文宗匠, 爲文章尤長於詩, 篤意著述, 至老不懈."

3) 서거정, 「동문선서(東文選序)」, 『동문선』 1책, 위의 책, 장1~4. "是則我東方之文, 非宋元之文, 亦非漢唐之文, 而乃我國之文也. 宜與歷代之文并行於天地間, 胡可泯焉而無傳也哉!"

4) 안대회, 「中國詩話의 朝鮮刊本攷」, 『한국 한시의 분석과 시각』, 연세대학교출판부, 2000, 350~388면.

5) 강희맹(姜希孟), 「동인시화서(東人詩話序)」(서거정, 『동인시화』, 초간본), 『계간 서지학보』 제18호, 1996년, 영인, 1~5면. "『總龜集』·『苕溪叢話』·『菊莊玉屑』等編, 議論精覈, 律格備具, 實詩家之良方也."

6) 張伯偉, 「『東人詩話』與宋代詩學: 以文獻出典爲中心的比較硏究」, 『시화학』 5집, 2004, 643~666면; 지영원, 「『東人詩話』의 文獻 受容樣相 硏究」, 고려대학교 석사학위논문, 2020, 118~164면; 류화정, 「『東人詩話』에 수용된 중국 詩學書 연구」, 『동양한문학연구』 36집, 2013, 101~122면.

7) 卞東波 校正, 『唐宋千家聯珠詩格校正』, 風凰出版社, 2007, 1~47면; 류화정, 「『精選唐宋千家聯珠詩格』에 활용된 宋元代 문학비평서의 문헌학적 검토」, 『한국한문학연구』 83집, 2021, 225~255면.

8) 최숙정(崔淑精), 「동인시화후서(東人詩話後序)」(서거정, 위의 책), 142~145면. "自有詩話以來, 未有如此之精切者也."

9) 林在完, 「『東人詩話』 解題」, 『계간 서지학보』 제18호, 1996년, 97~105면. 1585년 허봉(許篈)이 속찬(續撰)한 『고사촬요』에 전라도 남원에도 책판이 있다고 하였는데 1576년과 1585년 사이에 복각한 판목일 수 있다. 다만 실물이 없어 단정하기는 어렵다.

10) 이필영(李必榮), 「지(誌)」(서거정, 위의 책, 중간본), 1639, 권하 장26. "第恨原本多有差舛處, 間或以舊所聞見者, 頗加抹改, 而蒙學蔑識, 未盡釐正."

11) 14칙은 첩운(疊韻)을 논한 내용으로 주석에서는 채조(蔡絛)의 『서청시화(西淸詩話)』

를 인용하고 두보의 「광가행(狂歌行)」 등에서 첩운한 사례를 찾아 놓았다. 마지막에 "무릇 이 다섯 편의 시는 『동인시화』에서 다루지 않았기에 아울러 수록하여 식견이 있는 자를 기다린다[凡此五詩, 皆不論於詩話中, 故幷錄之以俟知者云]"라고 썼다. 후인이 첨가한 내용이다.

12) 오용섭, 「『동인시화』의 간행과 대일본 유출」, 『서지학연구』 59집, 2014, 103~130면.

13) 松田甲, 「東人詩話の飜刻」, 『韓日關係史研究』, 朝鮮總督府發行, 成進文化社 影印, 1982, 158~167면; 오용섭, 위의 글. 화각본 『동인시화』는 1922년 도쿄 文会堂書店에서 池田四郎次郎이 편찬하여 간행한 『日本詩話叢書』 제4권에 수록되었다.

14) 김선기, 「『東人詩話』의 李奎報에 대한 論評」, 『詩話學』, 창간호, 1998, 183~209면.

15) 김선기, 위의 논문.

16) 윤형(尹炯), 「발(跋)」(위경지(魏慶之), 『시인옥설(詩人玉屑)』), 일본 동양문고(東洋文庫) 소장 목판본. "古之論詩者多矣. 精鍊無如此編, 是知一字一句, 皆發自錦心, 散如玉屑, 眞學詩者之指南也."

17) 서거정, 위의 책, 하권 44칙, 107~108면. "范希文贈釣者詩: '江上往來人, 盡愛鱸魚美. 君看一葉舟, 出沒風濤裏.' 金居士克己賦漁翁詩: '天翁尙不貰漁翁, 故遣江湖少順風. 人世險巇君莫笑, 自家還在急流中.' 語意深遠, 末句尤妙, 道希文所不道. 蔡蒙齋粹然詩曰: '世間無地不風波.' 卽此意."

18) 김종직(金宗直), 『청구풍아(靑丘風雅)』 권6 장7(유영봉 편, 이회), 2000, 186면. "他人多詠漁父閒趣, 此詩乃飜案, 言其危險."

19) 서거정, 위의 책, 하권 64칙, 126~127면. "此謂飜案法, 學詩者, 不可不知已."

20) 서거정, 위의 책, 중권 49칙, 54~55면. "古人詩鍊格鍊句鍊字, 又就師友, 求其疵而去之. 曾吉甫贈汪彦章詩: '白玉堂中曾草詔, 水晶宮裏近題詩.' 先示韓子蒼, 子蒼改兩字云: '白玉堂深曾草詔, 水晶宮冷近題詩.' 逈然與前句不侔. 雙梅李狀元詹, 與郊隱鄭文定公以吾論詩, 自詑嘗得句云: '烟橫杜子秦淮夜, 月白坡仙赤壁秋.' 郊隱吟玩再三, 但曰籠小, 李初不認. 鄭徐吟曰: '烟籠杜子秦淮夜, 月小坡仙赤壁秋.' 籠小二字, 比前精彩百倍."

21) 서거정, 위의 책, 하권 13칙, 84~85면. "古人詩有偶同者, 有因點化而尤工者. 或讀古人詩已熟, 往往恰得, 認爲己有者, 此詩家常事, 猊山豈竊人詩者哉?"

22) 신흠(申欽), 「청창연담(晴窓軟談)」 상권, 『상촌집(象村集)』 권50, 문집총간 72집. "四佳之後, 虛白極太, 古今衆體無不作. 其所著述之富, 諸公無與爲比."

23) 윤황필(尹黃瓘), 「발(跋)」(성현(成俔), 『용재총화(慵齋叢話)』), 경산대학교, 2000, 469~470면. "凡我國文章世代之高下, 都邑山川民風俗尙之美惡, 曁乎聲樂卜祝書畫諸技, 朝野間喜愕娛悲, 可以資談笑怡心身, 國史所未備者, 悉載是編." 이 내용이 김휴(金烋)의 『해동문헌총록(海東文獻總錄)』에도 전재되었다.

24) 성현, 위의 책, 권1, 1~3면. "經術文章非二致, 六經皆聖人之文章, 而措諸事業者也. 今也爲文者不知本經, 明經者不知爲文, 是則非徒氣習之偏, 而爲之者不盡力也."

25) 성현, 위의 책, 권1, 3~6면. "我國文章, 始發揮於崔致遠, 致遠入唐登第, 文名大振, 至今配享文廟. 今以所著觀之, 雖能詩句而意不精, 雖工四六而語不整. 有如金富軾能贍而不華, 鄭知常能曄而不揚, 李奎報能捭闔而不斂, 李仁老能鍛鍊而不敷, 林椿能縝密而不潤, 稼亭能的實而不慧, 益齋能老健而不藻, 陶隱能醞藉而不長, 圃隱能純粹而不要, 三峯能張大而不檢.(後略)"

26) 성현, 위의 책, 권3, 107~108면. "高麗宰臣趙云仡, 知時將亂, 謀欲避患, 乃詐爲狂誕. 嘗爲西海道觀察使, 每念阿彌陁佛. 有一守令與公相友者, 亦來窓外念趙云仡. 公曰: '汝何以稱我名?' 守令曰: '令公念佛欲成佛, 吾之念令公, 欲爲令公耳.' 相視大笑. 又詐得靑盲疾, 辭職居家, 其妾與公之子相私, 每戲於前, 公不露形色者數年. 及亂定, 忽揩目曰: '吾疾愈矣.' 率其子遊於江上, 數其罪而投之江. 其所居鄕墅, 在今廣津下, 公求爲沙平院主, 與鄕人結侶, 每於飮會相與雜坐, 詼諧戲謔, 無所不至. 一日坐亭上, 朝臣貶斥者多渡江, 公作詩曰: '柴門日午喚人開, 步出林亭坐石苔. 昨夜山中風雨惡, 滿溪流水泛花來.'" 초간본에는 강물에 던진 이가 아들로 되어 있으나 『대동야승』에는 첩으로 바뀌어 있다.

27) 성현, 위의 책, 권6, 247면. "昔有處女居室者, 人之媒者衆. 或云能文章, 或云能射御, 或云有池下良田數十頃, 或云陽道壯盛, 能掛石囊而揮之踰首. 女作詩以示其意曰: '文章鬧發多勞苦, 射御材能戰死亡. 池下有田逢水損, 石囊踰首我心當.'"

28) 정용수, 「曺偉의 梅溪叢話考」, 『반교어문연구』 제4집, 1992, 109~117면. 활자본 『소문쇄록』 하권 2칙은 『한고관외사』 권14 수록 『매계총화』에서는 16칙과 17칙 사이에 편차되어 있다. 김려의 교감이 정확하다.

29) 조신(曺伸), 『소문쇄록(謏聞瑣錄)』 하권 19칙, 아세아문화사, 1990, 160~162면. "次韶少時喜用事, 下語奇險, 見之者輒難讀."

30) 허균, 「제적암유고서(題適菴遺稿序)」, 『성소부부고(惺所覆瓿稿)』 권5, 문집총간 74집.

"讀之, 遒切簡重, 蓋出於黃陳而微穠. 比諸太虛則渾融過之, 所乏, 格也響也藻也, 其亦國朝名家哉!"

31) 김려, 『담정총서(藫庭叢書)』 권2, 「제소문쇄록권후(題謏聞瑣錄卷後)」, 학자원, 2014, 653~732면. "其所著『瑣錄』, 先輩以爲野史中逸品. 今余讀之, 其文圓暢, 其事淹該, 殆弇園所謂史料者, 眞此之謂歟!"

32) 조신(曺伸), 위의 책, 상권 62칙, 59~63면. "文人詞藻, 流傳不朽, 千載之下, 想望其風彩. 但有諂諛之詞, 取媚哀乞, 阿其非所阿, 則幷其已前欽慕以盡棄之, 可不戒哉! 嘗愛金坵「障子詩」: '風護花奴頭上槿, 露濃王母手中桃.' 何其艶麗! 及見「上晋陽公」詩: '兩世波瀾定海東, 太山功後太山功. 茀分萬戶猶毫末, 河潤三韓亦掌中.' 極口稱頌. 且得罪乞救於晋陽云: '玉上無端點作痕, 已將名利負乾坤. 可憐百世升沈事, 決在明朝一片言.' 皆未免阿諛哀乞. 文順公詩文, 自可膾炙人口, 而其「上晉陽公感賜米炭」詩: '炭玉苫苫堆可仰, 米珠粒粒重難掀. 一生祝壽憑誰證, 無盡虛空有佛尊.' 語甚淺俗. 「明日有題」云: '詩癖不須嗔, 有時霑潤利.' 盖自多以詩名荷寵於巨室, 感至連日, 未忘于懷也. 視古輕千乘傲萬鍾祿者, 有間哉!"

33) 여기현, 「曺伸의 『謏聞瑣錄』에 나타난 品格意識」, 『반교어문연구』 제4집, 1992, 213~237면.

34) 조신, 위의 책, 하권 20칙, 162~163면. "詩者言也. 人言之不同如其面, 詩之或奇險華麗·豪壯飄逸·淸俊典實·平易天然·枯淡淺俗各異, 而及其圓熟自成一家, 則各有所長, 不可是此而非彼, 取平易而斥奇險. 詩不可不作意爲之, 胸中流出, 夫豈盡然. 自唐以後, 詩道日盛, 隨世運而降, 作者千萬家. 苟不力去陳言, 作意用功力以爲之, 誰復改眼觀哉! 千萬人中出尋常語, 人能傾耳聽哉? 次韶公詩, 或以强作意少之, 未知何如?"

35) 안대회, 「조선 전기 지성인의 자화상 남효온의 한시」, 『한국 한시의 분석과 시각』, 위의 책, 140~173면.

36) 김려, 「제추강냉화권후(題秋江冷話卷後)」, 위의 책, 같은 곳. "是當時事蹟, 摠實錄無演語, 文亦踈宕簡朴, 眞野史中絶品."

37) 남효온(南孝溫), 『추강냉화(秋江冷話)』 37칙, 『대동패림(大東稗林)』 20권, 국학자료원, 영인, 1991, 382~383면. "柳思菴淑碧瀾渡詩曰: '久負江湖約, 紅塵二十年. 白鷗如欲笑, 故故近樓前.' 思菴竟未免紅塵之厄. 其忠淸大節, 終不見白於大名(明)之下, 爲賊旽所誣陷, 黯黯就戮, 哀哉! 余年三十六, 過碧瀾渡, 步韻曰: '未識靑雲路, 江湖四十年.

思菴終賊手, 余在白鷗前.' 乃黻思菴案也."

38) 김안로(金安老), 『용천담적기(龍泉談寂記)』 상권 21칙, 『대동패림』 21권, 114~115면. "斯蓋皆出於鄙俚嘲謔之口, 而中含譏諷, 各存一時之事, 而自不容掩其實. 自古採俗謠察民言者, 於斯而不可忽焉."

39) 김정국(金正國), 『사재척언(思齋摭言)』 하권 23칙, 『대동패림』 21권, 28~29면. "梅月堂平生心懷, 世人未窺. 觀詩集, 好使薇蕨字, 亦不知意義所在. 余以家病避寓山寺, 見老衲年過七十, 與之語, 頗聞玄理. 問所受師, 則少時以沙彌逮事五歲, 仍曰: '五歲着述傳世者, 僅百中之一二.' 問其由, 曰: '老僧以侍奉陪居中興寺最久. 每値雨後山水添流, 折作片紙百餘段, 令具筆硯隨後, 沿流而下. 必擇湍急處而坐, 沈吟作詩, 或絶或律, 或五言古風書于紙, 放流見遠去, 且書且放, 或至終夕, 紙盡乃還. 有時一日所述, 幾至百餘首.' 云. 此亦其意難窺."

40) 이이(李珥), 「경연일기(經筵日記)」, 『율곡전서(栗谷全書)』 권28, 문집총간 45집. '金時習, 東方孔子也. 不見孔子, 則得見悅卿可矣."

41) 안대회, 「윤춘년 간행 시화·문화의 비교문학적 분석」, 『尹春年의 詩話文話』, 소명출판, 2001, 11~96면.

42) 윤춘년 저 김윤조 외 옮김, 「秋堂小錄」, 『국역 학음집』, 계명대학교출판부, 2021, 241~247면. "詩中有二聲. 一則乃句語內之聲, 卽世人所謂平側之聲, 乃有聲之聲也. 一則乃句語外之聲, 如淸風之自遠而至者, 乃無聲之聲也. 可以心聞而不可以耳聞, 此非世人之所能知者也, 惟悟於聲者知之. 比之於俗樂, 則平側之聲, 卽絃內之聲也. 如淸風之自遠而至者, 卽絃外之聲也. 絃內之聲, 俗耳皆知之, 絃外之聲, 萬無一人知之者. 其於俗樂尙然, 況詩之聲乎?"

43) 안대회, 위의 책, 같은 곳.

44) 윤춘년, 「체의성삼자주해(體意聲三字註解)」(안대회, 위의 책), 63~75면. "夫詩之爲聲也, 一字之聲變, 則一句之聲大變矣. 一句之聲變, 則一篇之聲亦大變矣."

45) 윤춘년, 위의 글. "大抵詩之聲, 不過上下相應而已. 若上下相應, 則雖千變萬化, 而其變而通之, 則一也."

46) 남극관(南克寬), 위의 책, 「사시자(謝施子)」. "詩殊醇雅, 雜文及「秋堂小錄」, 亦可讀. 其論音律, 余不能識, 大抵務思索而有自得者也."

1) 이재충, 「패관잡기 시화 연구」, 영남대학교 한문교육과 석사학위논문, 2004, 7~15면.
2) 이황(李滉), 「도산십이곡발(陶山十二曲跋)」, 『퇴계집(退溪集)』 권43, 문집총간 30집. "惟近世有李鼈六歌者, 世所盛傳, 猶爲彼善於此. 亦惜乎其有玩世不恭之意, 而少溫柔敦厚之實也."
3) 趙俊波, 「徐景嵩《弭變賦》流傳朝鮮考論」, 『域外漢籍研究集刊』 제19집, 中華書局, 2020.
4) 어숙권(魚叔權), 『패관잡기(稗官雜記)』 3권 39칙, 『대동패림』 27권, 390~381면. "自古中國多隱君子, 或藏於山林, 或混於城市, 有被裘褐終其身而名垂千萬世者. 本國幅員挾窄, 人心碎屑, 凡論人物, 動以世類. 苟非冠冕之冑, 則鮮有能自奮於文墨者, 況於商工庶人乎? 近來市人朴繼姜, 有能詩聲, 中廟改玉之初, 陪名士游彰義門外得句曰: '乾坤新雨露, 詩酒舊山川.' 諸公歎美不已."
5) 어숙권, 『패관잡기』 4권 65칙, 위의 책, 500~501면. "正德年間, 黃校理孝獻示余「八陣圖」詩曰: '此乃朴訥齋祥代其弟祐作玉堂月課之詩也. 大提學於考第時, 不置優等, 可怪也.' 其詩曰: '兵家休說渭陽符, 不見夔江八陣圖. 天地動搖歸指畫, 鬼神簫瑟落規模. 三分海宇擎微羽, 萬古孫吳叱懦夭. 雄筭未終星已隕, 至今遺磧絶高孤.' 蓋己卯年間, 訥齋·沖庵諸公, 詩尙盛唐, 文尙西京. 如金承旨綠·典翰遵, 與其儕輩, 皆以訥齋·沖庵爲師友. 諸公遭禍, 容齋典文, 欲改詩文之體. 凡監試文科, 皆取平平之文, 稍涉奇健, 則輒黜之, 故月課取舍亦如是."
6) 언해본에 "복셨고지 블고미 錦이라와 더오몰 내 分엣 것 삼디 몯ᄒᆞ고"라고 되어 있다.
7) 어숙권, 『패관잡기』 1권 25칙, 위의 책, 211면. "不分二字, 中國方言也. 分與嗔同, 不分卽怒也, 猶言未嗔其怒而含蓄在心也. 老杜詩: '不分桃花紅勝錦, 生憎柳絮白於綿.' 生憎卽憎也, 亦方言也. 不分旣方言, 故以生憎對之. 東坡詩: '不分東君專節物.' 亦此意也. 成廟朝諺解杜詩者, 誤以不分之分, 爲分內之分, 遂使東人承誤而用之, 竟不知不分之義."
8) 문정우, 「『松溪漫錄』의 異本과 그 자료적 가치」, 『영주어문학회지』 20호, 2010, 119~144면.
9) 김려, 「제송계만록권후(題松溪漫錄卷後)」, 위의 책, 같은 곳. "松溪權應仁, 參判應昌

之庶弟也. 能文章, 以善詩名, 蓋椒林中最翹楚者耳. 其所著『漫錄』二篇, 本以詩話, 參以紀事."

10) 권응인(權應仁), 『송계만록(松溪漫錄)』 상권 9칙, 『대동패림』 19권, 175면. "安東有一措大李孝則, 携魚無迹同踰鳥嶺, 李有一絶云: '秋風黃葉落紛紛, 主屹山高半沒雲. 二十四橋嗚咽水, 一年三度客中聞.' 魚閣筆."

11) 권응인, 『송계만록』 상권 29칙, 위의 책, 185면. "柳村嘗語僕曰: '余曩入京師, 問申企齋近來孰有佳作, 答云: 《林公亨秀, 出宰耽羅, 得山蟠王子國波蹴老人星之句, 此最佳.》' 余質於湖陰, 則曰: '吾不知其佳也云.'"

12) 권응인, 『송계만록』 하권 10칙, 위의 책, 222~223면. "今世詩學, 專尙晩唐, 閣東蘇詩. 湖陰聞之笑曰: '非卑也, 不能也.' 退溪亦曰: '蘇詩果不逮晩唐耶?' 愚亦以爲如坡詩所謂(중략), 不知晩唐詩中有敵此奇絶者乎?"

13) 심수경(沈守慶), 『견한잡록(遣閑雜錄)』, 『대동야승』 권13, 위의 책, 363면. "余自辛卯秋, 凡身之所履, 目之所覩, 耳之所聞者, 隨年記錄, 摠若干條, 目之曰『遣閑雜錄』. 雖主於遣閑, 冗雜荒亂, 而未必皆漫浪無益之說, 觀者幸毋哂焉."

14) 심수경, 위의 책, 332면. "余於七十五歲生男, 八十一歲又生男, 皆婢妾出也. 八十生子, 近世罕見, 人曰慶事, 而余則以爲災變也. 戲唫二絶, 呈于西郊·竹溪兩老契, 兩老皆和之, 仍致傳播, 尤可笑也. (중략) '八十生兒恐是災, 不堪爲賀只堪咍. 從敎怪事人爭說, 其奈風情尙未灰.'"

15) 심수경, 위의 책, 328~329면. "余少時, 士子學習古詩者, 皆讀韓詩·東坡, 其來古矣. 近年士子以韓蘇爲格卑, 棄而不讀, 乃取李杜詩讀之, 未知李杜詩其可容易而學得耶? 非獨學詩, 凡俗尙莫不厭舊而喜新, 徇名而蔑實, 人心之不于常, 眞可笑也."

16) 김영봉, 「『松窩雜說』의 필기문학상 위상에 대하여」, 『한국언어문학』 103호, 2017, 121~152면.

17) 이기(李墍) 저 신익철 외 옮김, 『간옹우묵(艮翁疣墨)』, 한국학중앙연구원출판부, 2010, 49~50면. "牧隱入元朝, 見稱於歐陽玄. 一日歐公戲公曰: '獸蹏鳥跡之道, 交於中國.' 公應聲曰: '鷄鳴狗吠之聲, 達于四境.' 歐公一日又吟曰: '持盃入海知多海.' 蓋譏公自小邦入中國, 始見文物之盛也. 公卽對曰: '坐井觀天曰小天.' 盖言東國亦大, 文獻有傳. 歐公未能遍觀而特小東矣. 如此等句, 皆爲歐公之所歎賞, 而深服公之聰明, 至有吾道東矣之語. (후략)"

18) 정유일(鄭惟一), 「한중필록(閑中筆錄)」, 『문봉집(文峯集)』 권5, 문집총간 42집. "退溪先生喜爲詩, 平生用功甚多. 其詩勁健典實, 不衒華彩, 初看似無味, 愈看愈好. 嘗爲余言: '吾詩枯淡, 人多不喜. 然於詩用力頗深, 故初看雖似冷淡, 久看則不無意味.' 又曰: '詩於學者, 最非急功. 然遇景値興, 不可無詩矣.'"

19) 김려, 「제청강사제록권후(題淸江思齊錄卷後)」, 위의 책, 같은 곳. "又按其所著詩話, 其取意也正, 其評格也高. 寧實無華, 寧朴無文, 駸駸乎大雅之遺風, 非詩人組繪雕篆之技·風花雪月之品者."

20) 이제신(李濟臣), 『청강시화(淸江詩話)』 29칙, 『대동야승(大東野乘)』 11집, 조선고서간행회, 1910, 215~216면. "尙相有靈川子申潛畫竹·晴雨二障, 分請企齋·湖陰之詠, 各以八韵排律歸之. 企齋一句: '子瞻去後無眞筆, 與可亡來有此人.' 湖陰一句: '神移蘇老三生習, 勢倒文翁萬尺長.' 皆第七韵也. 其用事措意一也, 而立語骨法頓殊, 平生兩家氣像可想, 而天然佶崛, 未易甲乙也."

21) 김보경, 「朝鮮本 ≪東坡詩選≫ 初探」, 『중국문학』 74권, 한국중국어문학회, 2013, 119~149면.

22) 윤근수(尹根壽), 『월정만록(月汀漫錄)』, 『대동야승』 11집, 171~172면. "癸酉年余以宗系奏請副使, 同上使李判書後白·書狀尹溱原卓然赴京. 行到遼陽, 値操鍊兵部侍郎巡到遼城, 城中大小官盡出迎於一二日程地. 聞操鍊侍郎卽左侍郎汪道昆. 其後見汪侍郎所著『副墨』及『皇明十大家』有汪南明文, 而弇州『四部稿』盛稱汪伯玉, 始知汪侍郎卽近日文章大家. 幸得生同一時, 適於赴京之行, 値侍郎巡到遼城. 若知其天下文章士, 則便當出往路傍, 仰望眉宇, 而乃未及知也, 至今常以爲恨. 侍郎操鍊之後, 以日費斗金, 被叅見罷, 不復起以終其身云. 鳳洲書牘與公書謂: '嘗走一价候起居, 而是時節鉞尙在玄菟涓水傍, 以故不得奉大敎爲歉.' 當時操鍊出巡時也."

23) 곽열(郭說), 『서포일록(西浦日錄)』, 사본, 필자 소장, 권하 장44~45. "武節公之慶源別章, 提學公之貢院唱和, 安亭之遺稿諸篇, 非他人所得見者也. 余若不錄此篇, 終必至於泯滅而無傳, 豈不深可惜哉? 況乎祖先世系之傳派·一時交遊之事跡, 皆錄於此. 爲子孫者, 他日覽之, 則如聞其謦咳而親承提挈也. 使孝悌之心, 油然而發者, 其不在於此篇乎!"

24) 곽열, 위의 책, 권상 장29~30. "申濆築室居于富平餘金山, 求詩諸名士, 詩人尹紀理之詩曰: '荊門日暖桃花淨, 無數晴蜂下上飛. 午睡初醒童子語, 折來山蕨滿筐肥.' 諸人閣

筆. 栗谷見之嘆曰: '此豈摸寫所得者, 所謂出於天然者歟!'(후략)"

25) 김려, 「제오산설림권후(題五山說林卷後)」, 위의 책, 같은 곳, "此五山車公天輅所著『說林草稿』者也. 然毋論草稿與正本, 其行文粗俗野俚, 無可觀者. 且其爲書, 三分之二則詩話."

26) 박태순, 「제오산설림(題五山說林)」, 『동계집(東溪集)』 권7, 문집총간속 51집. "話亦無發明古人微意者, 間或有錯記處."

27) 王紅霞·任利榮, 「車天輅《五山說林》解李白諸條辨析」, 『東亞人文學』, 東亞人文學會, 2016, 435~447면; 임준철, 「『分類補注李太白詩』의 조선시대 수용 양상(Ⅰ): 전·중기를 중심으로」, 『민족문화연구』 제93호, 2021, 149~204면.

28) 차천로(車天輅), 『오산설림초고(五山說林草藁)』 148칙, 『대동야승』1집, 669면. "老杜「杜鵑行」: '業工竄伏深樹裏, 四月五月啼偏呼.' 業工註不釋. 余昔少時曾見一書, 杜鵑雛曰業工, 今不記出自何書也."

29) 안대회, 「조선시대의 두시주석(杜詩注釋): 이식(李植)의 『찬주두시택풍당비해(纂註杜詩澤風堂批解)』를 중심으로」, 『한국 한시의 분석과 시각』, 위의 책, 314~349면.

30) 차천로, 위의 책 17칙, 601면. "子長『史記』, 獨立萬古, 而不大行於世, 蘇長公主『戰國策』, 尤不喜, 至皇朝, 始有表章之者. 王世貞輩蓋尊尙之, 天下家傳戶誦, 是亦有數存於其間耶! 莊叟曰: '萬世之後, 而一遇大聖知其解者, 是旦暮遇之也.' 子長之遇王弇州, 亦可謂萬世朝暮也."

31) 심경호, 「宣祖·光海君朝의 韓愈文과 史記 硏鑽에 관하여: 韓愈文과 『史纂』의 懸吐와 註解를 중심으로」, 『서지학보』 제17호, 1996, 3~39면; 안대회, 「조선 후기 『史記』「貨殖列傳」 註釋書의 文獻的 연구」, 『대동문화연구』 110권, 성균관대학교 대동문화연구원, 2020, 201~230면.

32) 유몽인(柳夢寅), 『어우야담(於于野談)』(홍만종, 『시화총림』), 300~301면. "余於往年宿松泉精舍, 夢覺, 聞有聲如雨, 問寺僧曰: '雨耶?' 僧曰, '瀑聲也, 非雨也.' 遂口占曰: '三月山寒杜宇稀, 遊人雲臥靜無機. 中宵錯認千林雨, 僧道飛泉灑石磯.' 後日有客來言鄭松江一絶曰: '空山落木聲, 錯認爲疎雨. 呼兒出門看, 月掛溪南樹.' 上年八月十四夜, 洪慶臣遊楓岳, 宿表訓寺, 夜將央, 同遊琴者朴生曰: '雨矣.' 慶臣聞而覺, 明月滿窓, 天無點雲, 只簷外刳木取泉, 風吹飛沫, 作雨聲矣. 慶臣笑而遂口號一絶曰: '崖寺無塵秋氣淸, 滿窓明月夢初驚. 淙淙一壑風泉響, 錯認前山夜雨聲.' 諺稱詩人意思一般, 信哉."

33) 윤종지(尹宗之), 「소수록(小睡錄)」, 『백봉유고(白篷遺稿)』, 한국학중앙연구원 장서각 소장 사본. 장48. "權石洲過鄭松江墓詩曰: '空山木落雨蕭蕭, 相國風流已寂廖. 怊悵一杯難更進, 昔年歌曲卽今朝.' '一杯'·'更進', 松江歌詞中語, 歌詞一時膾炙, 而此詩亦傳誦. 學官叔次韻曰: '世厭椒蘭寶艾蕭, 年來直氣太寥寥. 空揮志士傷時涕, 鄭某陵前夜不朝.' 其地名, 仍以相公名稱之, 故云然一按: 松江墓在高陽新院, 今遷鎭川."

34) 고상안(高尙顔), 「효빈잡기(效矉雜記)」 권상, 『태촌집(泰村集)』 권4, 문집총간 59집. "丙午丁未年間, 柳永慶當國, 建白遣使日本, 名之曰回答. 尹參判季初有詩曰: '使名回答欲何爲, 此日和親意未知. 試上漢江亭上望, 二陵松栢不生枝.' 崔季昇爲內翰, 載此一絶于史册, 見忤權奸, 竟遭驢鳴焉."

35) 이시발(李時發), 「벽오만기(碧梧謾記)」, 『벽오유고(碧梧遺稿)』 권7, 문집총간 74집. "鄭季涵嘗落職, 以布衣行過畿甸, 有一溪邊十餘人會坐, 打魚飮酒. 季涵入揖, 坐中不知爲何人, 而亦知其非爲常人, 問其姓名, 季涵笑而不答. 坐中人曰: '公莫是閔淸風乎?' 又曰: '莫是成牛溪乎?' 季涵皆不答, 因與縱飮. 臨散, 索紙筆, 題一絶曰: '吾生非閔亦非成, 半百人間醉得名. 欲向新朋說姓字, 靑山送罵白鷗驚.' 詩成揖出. (중략) 詩格類如此."

36) 朴守川, 『芝峯類說 文章部의 批評樣相 硏究』, 태학사, 1995, 23~58면.

37) 안대회, 「李睟光의 『芝峰類說』과 조선 후기 名物考證學의 전통」, 『진단학보』 98권, 2004, 267~289면.

38) 이수광(李睟光), 『지봉유설(芝峰類說)』 권8, 「문장부(文章部)」1, 조선고서간행회, 1915, 221면. "今成雙泉汝學言: '詩至盛唐, 無以復加, 雖使聖人見之, 亦必稱善.' 余以爲然."

39) 이수광, 위의 글, 222면. "宋以下詩, 未知所來, 而體多鄙俗, 看得自別耳."

40) 이수광, 위의 책, 「문장부」2, 255면. "余於五經外, 好莊子·司馬子長. 詩好建安, 以至始唐·盛唐, 而中晩以下, 則唯取其警句而已."

41) 이수광, 위의 책, 「문장부」3, 293면. "余謂一涉議論, 便是鬼道."

42) 이수광, 위의 책, 「문장부」1, 224면. "曾鞏曰: '如風行水, 如蟲食木, 自然成文, 不假彫飾.' 又曰: '蟲之食木, 無縫可見; 蠶之作繭, 無罅可尋.' 余謂: '文貴自然, 不假人巧, 至此, 則爲無所用其力矣. 凡爲文詞者, 不可不知此言.'"

43) 이수광, 위의 책, 「문장부」2, 224면. "余謂: 夫文猶造化也, 成於心者必工, 而成於手者,

不必工, 固也."

44) 이수광, 위의 책, 「문장부」2, 275면. "東坡詩曰: '公獨未知其趣耳, 臣今時復一中之.' 古今以爲奇對. 然此爲四六偶對, 則好矣, 用之於詩, 則句法似俗而天機亦淺. 唐人則必不如是作句矣."

45) 서거정, 위의 책, 중권 51칙, 55~56면. "古人云: "天下無無對之句." 東坡詩: '公獨未知其趣耳, 臣今時復一中之.' 今古以爲奇對. 近有薛司藝緯, 忤執政褫職, 有句云: '怒於甲者移於乙, 用則行之捨則藏.' 頃在春坊, 聯句有占治字者曰: '治國其猶指諸掌.' 崔文靖公恒對曰: '存人者莫良於眸.' 儘乎天下無無對之句."

46) 이수광, 위의 책, 「문장부」4, 9면. "河魚, 乃水面之塵所結成者, 如釜生魚也."

47) 이수광, 위의 글, 같은 곳. "杜詩'震雷飜幕燕, 驟雨落河魚.' 盖以震雷故幕上之燕驚而飜翅, 驟雨故河魚隨之而落也. 以目前所見記之而已. 註者謂幕燕, 幕上爲燕形以係飾者, 河魚乃水面之塵所結成者, 其見拙矣."

48) 이식(李植), 『찬주두시택풍당비해(纂註杜詩澤風堂批解)』, 震友會 영인, 1997, 권9 장 10. "驟雨時, 河魚緣水氣上騰, 落於平陸, 今皆有之."

49) 안대회, 「조선시대의 두시주석(杜詩注釋): 이식(李植)의 『찬주두시택풍당비해』를 중심으로」, 위의 글, 314~349면.

50) 鄺健行, 「讀李睟光《芝峯類說》論李白詩文字札記二則」·「李睟光《芝峯類說》解杜諸條析評」, 위의 책.

51) 이수광, 위의 책, 「문장부」7, 1279면. "鄭湖陰爲詩主蘇黃, 晩年甚悔之, 每讀樊川·義山. 許荷谷少學東坡, 後喜『唐音』·李白, 自言欲變前習而未能. 林石川號爲學李白者, 而常讀樂天集云. 以前輩之文章才藝尙如此, 豈蘇黃易染而李白難學故歟?"

52) 임미정, 「『학산초담(鶴山樵談)』 재고찰: 이본의 계열과 선본 문제에 대하여」, 『동방학지』 제196집, 2021, 513~534면.

53) 김려, 「제학산초담권후(題鶴山樵談卷後)」, 위의 책, 같은 곳. "今見其所著『鶴山樵談』一書, 卽詩話而兼野史者也. 評論精敏, 品藻公明, 鑿鑿無一不中窾者."

54) 허균(許筠), 『학산초담(鶴山樵談)』(김려 편, 『한고관외사(寒皐觀外史)』) 권57, 하버드대 소장, 사본. "近日中朝人, 文學西京, 詩祖老杜, 故雖不能臻其閫閾, 所謂刻鵠類鶩者也. 本朝人, 文則三蘇, 詩學黃陳, 故卑野無取. 工詩者崔白林許, 皆早昇世, 今只有一李益之, 而積謗如山, 其不愛才如此."

55) 허균, 위의 책, 3칙. "本朝詩學, 以蘇黃爲主, 雖景濂大儒, 亦墮其窠臼. 其餘鳴于世者, 率啜其糟粕, 以造腐牌坊語, 讀之可厭, 盛唐之音泯泯無聞. 梅月堂詩, 淸邁脫俗, 然天才逸蕩, 自去雕飾, 或不經意, 率然而成者多, 故間有駁雜處, 終非正始之音. 忘軒李冑之之詩, 沈著老蒼, 仲氏以爲近於大曆貞元. 然自是杜蘇中來, 大體不純. 冲庵則淸壯奇麗, 可謂作家, 而生語疊語頗多, 厥後無有起頹者. 隆慶萬曆間, 崔嘉運·白彰卿·李益之輩, 始攻開元之學, 黽勉精華, 欲逮古人. 然骨格不完, 綺靡太甚, 置諸許李間, 便覺傖夫面目. 乃欲使之奪李白·摩詰位邪? 雖然, 由是學者知有唐風, 則三人之功亦不可掩矣."

56) 허균, 「성수시화(惺叟詩話)」 25칙, 『성소부부고(惺所覆瓿稿)』 권25, 문집총간 74집. "其詩專出蘇黃, 宜銓古者之小看也."

57) 허균, 위의 책 29칙. "朴之詩, 雖非正聲, 嚴縝勁悍."

58) 양경우(梁慶遇), 「제호시화(霽湖詩話)」 49칙, 『제호집(霽湖集)』 권9, 문집총간 73집. "(전략)石洲以詩案受刑, 竟被塞外之竄. 擔出東城外人家, 余與趙玄夫隨往, 理其行具. 見主人家板檽之上, 以艸書書李長吉〈將進酒〉篇末四句, 而變勸爲權, 實出於誤書. 其時政當暮春, 桃花滿庭. 石洲臨歿, 連飮三杯酒, 日欲夕而瞑. 一字之誤, 偶然成讖, 豈不異哉?"

59) 이식, 「잡록(雜錄)」, 『택당선생유고간여(澤堂先生遺稿刊餘)』 8책, 서울대학교 규장각한국학연구원 소장 사본. "崔東皐詩律, 出於黃陳, 沈雄謹嚴, 不雜俗下一句."

60) 양경우, 위의 글, 35칙. "李相不取崔詩, 其來久矣. 當高苔軒, 以書狀赴京之日, 崔爲質正官, 沿途唱酬甚多. 李相伺高·崔之還, 而借來其詩卷, 見初面數三首唱和, 甚厭崔詩. 使旁人裁紙, 黏覆崔詩, 然後取見其卷, 其厭之也深矣. 此則某親聞李相之言. 李相言論和柔, 其於論詩, 未嘗輕侮人才, 而至於崔詩, 每發言每詆之曰: '唯知者知之耳.'"

61) 박태순, 「제제호시화(題霽湖詩話)」, 위의 책. "以詩鳴於湖南, 久爲學官, 出入於一時諸鉅公門下, 諸公皆爲之傾倒. 今觀其論詩, 殊有意致. 及敍諸公詞場勝事, 語簡核而無浮誇, 其可傳也審矣."

62) 김려, 「제청창연담권후(題晴窓軟談卷後)」, 위의 책, 같은 곳. "『晴窓軟談』者, 玄軒申公所著詩話也. 其上半截, 汎論古今詩品; 下半截, 專言我東詩人. 讀之, 往往心醉."

63) 김보성, 「象村 申欽과 前後七子 批評의 비교 연구: 《晴窓軟談》을 중심으로」, 성균관대학교 석사학위논문, 2009, 6~22면.

64) 신흠(申欽), 「청창연담(晴窓軟談)」 상권, 『상촌집(象村集)』 권50, 문집총간 72집. "詩卽由文而句爾. 詩形而上者也; 文形而下者也. 形而上者屬乎天; 形而下者屬乎地也. 詩主乎詞; 文主乎理, 詩非無理也者, 而理則已愨; 文非無詞也者, 而詞則已史, 要在詞與理俱中爾."

65) 신흠, 「청창연담」 중권, 위의 책 권51. "弇州之詩甚大, 其可詠者不可盡記."

66) 신흠, 「청창연담」 상권, 위의 책 권50. "古人云: '乾坤有清氣, 散入詩人脾.' 清是詩之本色, 若奇若健, 猶是第二義也. 至於險也怪也沈着也質實也, 去詩道愈遠. 清則高, 高則不可以聲色求也. 詩必得無聲之聲·無色之色, 瀏瀏郎郎, 澹澹澄澄, 境與神會, 神與筆應而發之, 然後庶幾不作野狐外道. 故歷觀往匠, 閑居之作, 勝於應卒; 草野之音, 優於館閣. 蓋有意而爲之者, 不若得之於自然也."

67) 이종호, 「시가 하늘이라면 문장은 땅: 상촌 신흠의 산문저술과 문예의식」, 『조선의 문인이 걸어온 길』, 한길사, 2004.

68) 신흠, 「청창연담」 하권, 위의 책 권52. "我朝作者, 代有其人, 不啻數百家. 以近代人言, 途有三焉. 和平淡雅, 成一家言者, 容齋李荇·駱峯申光漢, 而申較清, 李較圓. 大家則徐四佳居正當爲第一, 而佔畢金宗直虛白成俔次之. 如訥齋朴祥·湖陰鄭士龍·蘇齋盧守愼·芝川黃廷彧·簡易崔岦, 以險瑰奇健爲之能. 至於得正覺者, 猶不多, 思庵朴公淳, 近來稍涉唐派, 爲詩甚清邵."

69) 이식, 「학시준적(學詩準的)」, 『택당집(澤堂集)』 별집 14권, 문집총간 88집. "宋詩雖多大家, 非學富, 不易學, 非是正宗, 不必學. 惟兩陳一后山·簡齋律詩, 近於杜律者, 時或參看. 大明詩, 惟李崆峒夢陽, 善學杜詩, 與杜詩參看."

70) 이식, 위의 글. "余兒時無師友, 先讀杜詩, 次及黃蘇·『瀛奎律髓』諸作, 習作數千首. 路脈已差, 然後欲學選詩·『唐音』, 而菁華已耗, 不能學. 又不敢捨杜陵而學唐, 故持疑未決. 四十以後, 得胡元瑞『詩藪』, 然後方知學詩不必專門, 先學古詩唐詩, 歸宿於杜, 乃是三百篇楚辭正脈. 故始爲定論, 而老不及學, 惟以此訓語後進. 大抵欲學詩者, 不可不看『詩藪』."

71) 이식, 「시아대필(示兒代筆)」, 위의 책, 별집 15권. "男女情欲, 天也, 倫紀分別, 聖人之教也. 天且高聖人一等, 我則從天而不敢從聖人."

72) 이식, 「잡록」, 『택당선생유고간여』 8책, 위의 책. "詩之學唐者, 全無文理. 劉希慶·沈竹西不能書判, 而皆得好句. 柳夢寅嘗欲習唐格, 恐類劉希慶·白大鵬, 而恥爲之云, 梁

景遇亦然. 我國文章, 分爲二途, 自嘉隆後始."

73) 서유구, 위의 책, 107~108면. "雜記經史聞見, 往往參以瑣事逸聞."

74) 장유(張維), 『계곡만필(谿谷漫筆)』 권1, 한국문집총간 92집. "中國學術多岐, 有正學焉, 有禪學焉, 有丹學焉. 有學程朱者, 學陸氏者, 門徑不一. 而我國則無論有識無識, 挾筴讀書者, 皆稱誦程朱, 未聞有他學焉."

75) 장유, 위의 책, 같은 곳. "文主於理, 理勝則文不期美而自美. 亦有理乖而文美者, 君子不以爲美也."

76) 장유, 위의 책, 같은 곳. "然常持五戒, 毋尖巧, 毋滯澁, 毋剽竊, 毋摸擬, 毋使疑事僻語. 時或應俗副急, 贈行相挽, 未免悔吝, 旋卽碎稿不留也."

77) 김창호, 「李再榮의 『藝苑詩話』」, 『漢字漢文敎育』 제24집, 2010, 619~647면.

78) 김창호, 위의 논문.

79) 이재영(李再榮), 『총화(叢話)』 2책, 일본 와세다대학 도서관 소장 사본. "宋旦詩格, 變於蘇黃, 固也. 黃直欲凌蘇, 而終不及也. 盖愈巧而愈拙, 愈新而愈陳."

80) 賴力行, 『中國古代文學批評學』, 華中師範大學出版社, 1991, 71면.

81) 안대회, 「18세기 한국한시사의 구도」, 『18세기 한국한시사 연구』, 소명출판, 1999, 14~22면.

82) 김득신, 「종남총지」(홍만종 편, 『고금소총(古今笑叢)』), 일본 동양문고 소장 사본, 장20. "有一武夫不文者, 倅關西, 到平壤, 登練光亭玩景, 見板上韻, 有'送君南浦動悲歌'之句, 意謂'動悲歌'三字爲名妓也. 顧問曰: '此妓中有'動悲歌'爲名者誰?' 一妓含笑而對曰: '此是小的祖母名也.' 聞者絶倒."

83) 김득신(金得臣), 「증구곡시서(贈龜谷詩序)」, 『백곡집(栢谷集)』 책5, 문집총간 104집. "近來操觚者, 咸曰: '詩必主於響', 余不勝捧腹. 象村「晴窓軟談序」: '詩非無理也', 其言至矣. 專爲響則無理, 專爲理則無響, 二者兼備, 謂之詩矣."

84) 이종묵, 「김득신 한시의 창작방법과 淸新의 미학」, 『한국 한시의 전통과 문예미』, 태학사, 2002, 403~429면.

85) 김득신, 『종남총지(終南叢志)』(홍만종 편, 『시화총림』), 아세아문화사, 영인본, 1973, 381면. "近者無詩, 非無詩, 詩之可者, 無有也. 大抵人不致力於古作者."

86) 김득신, 위의 책, 379면. "往往不用古語, 有螭蚓之雜."

87) 김득신, 위의 책, 381면. "雖非唐格, 擺脫科臼."

88) 김득신, 위의 책, 376면. "凡詩得於天機, 自運造化之功者爲上."

89) 김득신, 위의 책, 361면. "文章用意處, 自有奇妙造化, 誠未易論也. 至其狀物寫景之語, 則如風雲變態, 朝暮無常."

90) 김득신, 위의 책, 362면. "余謂俗人無具眼, 又無具耳. 唯以時之先後, 人之貴賤輕重之, 雖使李杜再生, 若沈下流, 亦必有輕侮者, 世道可慨也."

91) 김득신, 위의 책, 363~364면. "盖兩公皆具眼者, 眞知其善故耳. 世之粗解押韻者, 强次人韻, 自以爲能, 良可哂也."

92) 김득신, 위의 책, 383면. "知詩者, 以詩取人, 不知詩者, 以名取詩."

93) 김득신, 위의 책, 362~363면. "鄭松江澈「樂民樓」詩: '白岳連天起, 成川入海遙. 年年芳草路, 人渡夕陽橋.' 世稱絶唱, 而余意樂民樓·萬世橋何等壯盛, 而末句語涉低殘. 且似懷古之詠, 何以爲絶唱耶? 具眼者自當知之."

94) 김득신, 위의 책, 385면. "噫! 唯知者可與話此境. 今人以淺學率爾成章, 便欲作警人語, 不亦踈哉!"

95) 박장원(朴長遠), 「기문(記聞)」, 『구당집(久堂集)』 권20, 문집총간 121집. "申觀察嘗吟曹南溟絶句曰: '請看千石鍾, 非大扣無聲. 萬古天王峯, 天鳴猶不鳴.' 而彈指一下, 且歎曰: '此怎麼氣象, 怎麼力量!' 蓋以此激昂其志氣也."

96) 황위(黃暐) 저 황의열 역주, 『역주 당촌한화(塘村閑話)』, 보고사, 2011, 245면, "宣廟文章高邁, 幸論權韠詩, 如鐵衣將軍騎駿馬, 控轡而坐; 李山海詩, 如絶色美姬盛容儀, 死於百花叢中. 聞者皆嘆甚得其比喩."

97) 신명규(申命圭), 『묵재기문록(默齋記聞錄)』 권1, 규장각한국학연구원 소장 사본, 26~27면. "嘗從淸陰論文, 仍問作詩規模, 公云: '古人有言曰, 詩言志也, 詩而獨有華藻, 非詩之本色也. 余於宋人詩最重王荊公者, 亦此意也. 抄選其詩, 讀數百遍, 最有味'云. 後與白洲李尙書語, 洲老論異於是, 專以淸新俊逸爲貴曰: '詩而涉議論, 豈云詩哉! 蘇黃之大手而亦有此病, 詩要以李唐爲主, 趙宋以下, 則涉獵可矣. 何暇熟讀, 使索然無意趣, 薾然無氣力爲哉!' 二公所見之不同如此, 故詩亦各有所長."

98) 홍만종, 「시평치윤서(詩評置閏序)」(홍만종, 『소화시평』), 위의 책, 485~486면. "余旣輯我東之名篇佳作纂『詩評』, 又裒所逸者爲『補遺』, 比數年來, 更摭得文人才子瑣儒賤士秀句警語香人牙頰, 而或爲瞽眼所棄, 或以無名見捐, 并湮滅而不稱. 余爲此之惜, 隨手纂錄, 遂成一編, 亦猶積餘分而能成歲功也."

99) 홍만종, 『소화시평』, 위의 책, 43~45면. “昔敖陶孫評漢魏以下諸詩, 王世貞評皇明百家詩, 皆善惡直書, 與奪互見, 凛然有華袞斧鉞之榮辱. 嗚呼! 評詩之難尙矣. 評其所難評, 而使夫後學知所取舍, 則非具別樣眼孔能之乎? (중략) 顧才質卑下, 學力魯莽, 其於立意之淺深, 造語之工拙, 格律之清濁, 昧昧焉不得窺其藩籬, 闖其閫域. 每對人論詩, 或混淄澠, 以是有慊于心.”

100) 홍만종, 위의 책, 91~92면. “詩人之咏漁父, 例多取其閑味而已. 獨金老峯克己詩: ‘天翁尙不貰漁翁, 故遣江湖少順風. 人世險巇君莫笑, 自家還在急流中.’ 此則言其危險, 乃反案法也. 眞逸齋成侃詩: ‘數疊青山數谷烟, 紅塵不到白鷗邊. 漁翁不是無心者, 管領西江月一船.’ 此亦與有心於名利者異矣. 屬意雖不同, 寫景遣辭, 各極其妙.”

101) 홍만종, 『시평보유』, 위의 책, 163~164면. “簡易以鵝溪詩爲無骨, 鵝溪以簡易詩爲拙, 此蓋出於文人相輕. 以余觀之, 俱未必然, 豈可以鵝溪之富麗爲眞無骨, 簡易之遒健爲眞拙耶? 然以大家高手, 時或有疵累, 此則李杜之所不免, 亦何害於兩公之文章也? 今摘兩公詩世稱驚語者二聯, 幷論其瑜瑕. 簡易三日浦詩: ‘三日淸遊猶不再, 十洲佳處始知多.’ 意深而語滯. 鵝溪寒碧樓詩: ‘紅樹白雲曾駐馬, 亂峯殘雪又登樓.’ 有韻而氣弱.”

102) 진갑곤, 「洪萬宗의 漢詩批評 硏究」, 경북대학교 국문과 박사학위논문, 1991.

103) 신영미, 「南龍翼의 『壺谷漫筆』 연구」, 성균관대학교 석사학위논문, 2017, 6~12면.

104) 신영미, 「남용익 문학론 보유: 『壺谷漫筆』과 『詩話叢林』 內 『壺谷詩話』의 대비를 중심으로」, 『한문학논집』 61권, 2022, 169~194면.

105) 남용익(南龍翼), 「시평(詩評)」 29칙, 『호곡만필』 권3, 장서각 소장 사본, 제3책, 장 6~7. “余思學詩之法, 李杜絶高不可學, 惟當多讀吟誦, 慕其調響, 思其氣力.”

106) 남용익, 「명시(明詩)」, 위의 책, 장8. “明詩格不及於唐, 情不及於宋, 惟以音響自高, 觀者多病焉.”

107) 남용익, 「동시(東詩)」 35칙, 위의 책, 장19. “李芝峰一生攻唐, 閑淡溫雅, 多有警句, 而所乏者氣力. 其子觀海敏求敏求尙明而有調格, 或可謂跨竈耶, 然造詣必未及.”

108) 張伯偉, 『中國古代文學批評方法硏究』, 中華書局, 2002, 196~197면.

109) 임준철, 「意象批評의 전통과 세기 17세기 조선의 意象批評」, 『민족문화연구』 47호, 2007, 175~212면.

110) 남용익, 「시화(詩話)」 5칙, 위의 책, 장22. “簡易嘗造鵝溪許, 鵝溪使之論當世之文.

簡曰: '請以朝天遠近爲喩.' 鵝問君行幾何, 答曰: '吾則坐統軍亭上矣.' 盖言盡我國之文章也. 仍言李春英, 以單奚匹馬, 跨破鞍, 着敝笠, 方到平山, 車天輅, 將百萬兵, 立大將旗鼓, 方踰沙峴矣. 鵝問吾幾許, 答曰: '大監整冠帶, 修容儀, 奉表出弘化門矣.' 鵝溪憮然爲間, 而亦不敢怒."

111) 남용익, 「동시」 33칙, 위의 책, 장19. "權之'空山木落雨蕭蕭', 李之'江頭誰唱美人詞', 皆爲鄭松江而作, 而俱是絶響, 世不敢輕重. 盖權之首句, 有如雍門琴聲忽然驚耳, 使人無不零涕, 李之末句, 有如赤壁簫音不絶如縷, 猶含無限意思, 雖難優劣, 然格調則權勝."

112) 유성룡은 본격 시화를 지은 일이 없다. 다만 『서애집(西厓集)』 권15 잡저에 실린 '시의(詩意)' 등 몇 개 칙의 시화에서 참신한 견해를 밝혔다. 필자가 소장한 시화 『제가시화(諸家詩話)』에는 유성룡의 작품과 시론에서 뽑은 시화를 『서애집시화(西厓集詩話)』라는 이름으로 11장에 걸쳐 수록하였다. 또 유몽인의 시화를 뽑은 『어우시화(於于詩話)』와 여러 문인의 시화를 초록한 『시화잡부(詩話雜裒)』를 함께 수록하였다. 김만중처럼 유성룡의 시화를 주목한 평자가 있었음을 알 수 있다.

113) 안대회, 「17세기 비평사의 시각에서 본 金萬重의 復古主義 문학론」, 『민족문학사연구』 20권, 2002, 8~29면.

114) 이이명(李頤命), 「시선발(詩選跋)」, 『소재집(疎齋集)』 권10, 장36~37. "盖近世詩道無準則, 而日就卑陋, 雖間有名世者, 有其才而無其學. 先生慨然有意於復古, 乃與其季西浦公, 蒐羅數千年間, 沈潛積久, 洞見淵源, 又謂五代以後不可以言詩, 取止於晩唐, 淘汰鎔鍊, 鑑別極精, 以成是選."

115) 이민서(李敏叙), 「고시선발(古詩選跋)」, 『서하집(西河集)』 권12, 장28. "不佞間相與金公重叔言詩, 竊歎正聲之堙鬱, 俗學之卑陋, 乃屬金公删正古詩, 而余又以舊所聞者, 參證其異同, 合成六編, 亦承朱子之旨而稍有出入."

116) 김만중(金萬重) 저 심경호 옮김, 하권, 문학동네, 2010, 656~658면, "李達「採蓮詞」: '蓮葉無差(參差)蓮子多, 蓮花相間女郎歌.' 眞絶唱, 惜其結語不稱. 不然, 當與王昌齡荷葉羅裙並驅也. 李芝峯謂蓮子多時不應有花, 遂與'逆上波'語並駁之. '上波'固是病, '蓮子'云者, 近於强解事也. 詩家景物, 本未嘗太拘, 善言詩者, 正不如此. (후략)"

117) 김만중, 위의 책, 664~667면. "松江「關東別曲」·「前後思美人歌」, 乃我東之「離騷」. 而以其不可以文字寫之, 故惟樂人輩口相授受, 或傳以國書而已. 人有以七言詩飜「關

東曲」, 而不能佳. (중략) 今我國詩文, 捨其言而學他國之言, 設令十分相似, 只是鸚鵡之人言. 而閭巷間樵童汲婦咿啞而相和者, 雖曰鄙俚, 若論眞贋, 則固不可與學士大夫所謂詩賦者同日而論."

118) 조정윤, 「《瑣編》 所載 詩話의 양상과 성격: 《試筆》을 중심으로」, 『語文研究』 80집, 2014, 199~231면.

119) 임상원(任相元), 『교거쇄편(郊居瑣編)』 중편, 미국 버클리대학 동아시아도서관 소장 사본, 장1. "東人之詩, 詞旨溫麗, 風格瀏亮, 自然近唐. 三唐之詩, 影響唐人, 跳句習字, 見而可狎, 其佳者, 編之唐詩, 未知其孰玉孰珉也."

120) 임방(任埅), 『수촌만록(水村漫錄)』(홍만종 편, 『시화총림』, 위의 책) 20칙, 429면. "洪守菴柱世, 一號靜虛堂. 爲文詞, 以事達理暢爲主, 不尙浮華險奇. 谿谷·澤堂, 俱稱爲大手. 其詠竹一絶曰: '澤畔有孤竹, 霜梢秀衆林. 斜陽雖萬變, 終不改淸陰.' 蓋其時北使來, 問: '朝鮮有金斜陽者乎?' 曰: '無金斜陽而有金時讓矣.' 北使曰: '此是斥和主論者乎?' 曰: '斥和非金時讓, 乃金尙憲.' 蓋字音彷彿, 以致訛傳. 淸陰卽金公尙憲別號, 故詩中及之. 洪之此詩, 因詠竹而寓意含諷, 一時膾炙."

121) 임경(任璟), 『현호쇄담(玄湖瑣談)』(홍만종 편, 위의 책) 14칙, 456면. "鄭東溟斗卿, 一生多讀馬史, 發爲詩文者, 渾浩沈雄. 磨天嶺詩曰: '驅馬磨天嶺, 層峯上入雲. 前臨有大澤, 盖乃北海云.' 下句全用馬史凶奴傳本語, 而氣象渾厚. 其餘古律諸篇, 傑然特出, 泱泱乎如擊洪鍾然, 我東作者鮮有其比. 柏谷嘗以己作示東溟, 東溟曰: '君常謂學唐, 何作宋語也?' 柏谷曰: '何謂我宋語耶?' 東溟曰: '余平生所讀誦唐以上詩也. 君詩中文字有曾所未見者, 必是宋也.' 柏谷笑而服之."

122) 임경, 위의 책 1칙, 449면. "'驢背春眠穩, 靑山夢裏行. 覺來知雨過, 溪水有新聲.' 此一絶未知誰作, 而世稱絶佳. 余以爲不然. 雨過而有水聲, 則雨之暴也. 雨暴雨而不覺, 猶作驢背之夢, 語不近理. 唐人詩: '春眠不覺曉, 處處聞啼鳥.' 趣眞而語得, 自成韻格, 詩當如此矣. 大抵泥於意趣, 墜失格律, 詩家之禁, 專務格律, 失其意趣, 尤不可也. 趣屬乎理, 格屬乎氣, 理爲之主, 氣爲之使, 從容乎禮法之場. 開元之際, 其庶幾乎此, 宋人滯於理, 明人拘於氣, 雖有淸濁虛實之分, 而均之有失也. 評者曰: 開元之詩, 雍容君子, 端委廟堂也; 宋人之詩, 委巷腐儒, 擎跽曲拳也; 明人之詩, 少年俠客, 馳馬章臺也, 亦可謂善喩也."

1) 홍만종, 「시화총림서(詩話叢林序)」, 『시화총림』, 위의 책, 5면. "余聞無不求, 得無不覽. 第弟於其間並載朝野事蹟·閭巷俚語, 篇帙浩汗, 難於記覽. 於是合諸家所著, 而專取詩話, 輯成一編, 名之曰詩話叢林."
2) 임방, 「제시화총림후(題詩話叢林後)」(홍만종 편, 위의 책), 481~482면. "乃於東方詩, 大家名家有集行世者, 皆包括無餘. (중략) 數句一語之可取者, 靡不採掇, 細加評隲, 目之曰『小華詩評』. 猶矻矻不止, 更續以『補遺』·『置閏』. 又復上自麗代, 下至今日, 裒聚文人韻士譚詩瑣說, 輯爲『詩話叢林』四册. 余得而徧閱之, 掩卷而歎曰: '美哉! 詩話之作, 蔑以加矣. 此可與元美『巵言』·元瑞『詩藪』繼武並駕, 亦足誇示中華, 藝苑之功, 夫豈小哉?'"
3) 남용익, 『호곡시화』(홍만종 편, 위의 책) 18칙, 395면. "李芝峰一生攻唐, 閑淡溫雅, 多有警句, 而所乏者氣力. 如'風生九塞秋橫劍, 雪照三河夜渡兵.' '窓聞小雨天難曉, 城枕寒江地易秋.'等句皆佳. 其子觀海敏求尙明, 而有調格. 或可謂跨竈耶! 然造詣未必及."
4) 조신, 『소문쇄록』 상권, 위의 책, 31칙. "牧隱自負才豪, 多用俚語以作詩."
5) 조신, 『소문쇄록』(홍만종, 위의 책) 3칙, 78면. "牧隱自負才豪, 但多用俚語以作詩."
6) 홍중징(洪重徵), 「시화휘성서(詩話彙成序)」(홍중인(洪重寅) 편, 『시화휘성(詩話彙成)』(『한국시화총편』 제5권), 523면. "家叔兄花隱公, 閒居無事, 櫽括東國稗記, 裒成一部詩話. 余取而覽之, 則因其世次, 列其人物, 凡山川風俗之所記述, 風月樓觀之所吟弄, 旁羅徧剔, 附錄名下, 合爲十二編. 譬如集百卉而成林, 紅者白者各效其姸, 皆足以供吾玩賞, 而前輩之流風餘韻, 宛然如卽席事."
7) 심노숭(沈魯崇), 「주묵한여집(朱墨閒餘集)」, 『효전산고(孝田散稿)』, 연세대학교 중앙도서관 소장 사본, 제26책. "故都正洪重寅, 判書萬朝之子, 筮仕至原州牧使, 年七十五歿. 平生博學多聞, 所著有『鵝城雜錄』, 最爲外史大家. 余嘗一見好之. 洪生書模卽其祀孫, 從洪生借見其家舊書如『鵝城錄』草本·『摭隱菀裒』·『詩話彙成』諸書, 一皆見其獨苦之心."
8) 홍중인(洪重寅), 『시화휘편(詩話彙編)』(『대동패림』 32권, 국학자료원, 1993), 278~279면. "東岳不曾識吳晩翠, 聞其喪, 往弔之. 月沙先生在座, 勸製挽. 卽席題一絶曰:

'平生性癖似嵇康, 懶弔人喪六十霜. 曾未識公何事哭? 亂邦當日守綱常.' 月沙稱爲諸挽之首. 晩翠名節, 以此一絶益著於世云. 此事在玄黙子詩話, 而公之扶綱常事, 在於光海戊午, 公之沒又在是年, 則謂之亂邦, 大觸時諱. 況是卽事則不當謂當日, 似是晩翠改葬時挽也."

9) 홍만종 저 안대회 외 옮김, 『시평보유』 하권 11칙, 성균관대학교출판부, 2019, 290~291면. "吳晩翠億齡之喪, 東岳往哭, 鞱月已近. 月沙方在座, 諸棘人私謂月沙曰: '先人之於東岳素不相識, 臨弔已感, 而東岳當世鉅手, 欲挽語以賁泉路. 又不敢耳.' 月沙爲致其意, 因於座間呼韻, 東岳應韻立號曰: '平生性癖似嵇康, 懶弔人喪六十霜. 曾未識公何事哭? 亂邦當日守綱常.' 造次立語, 深婉激切. 月沙稱賞不已, 以爲諸挽之第一. 晩翠名節, 以此一絶而尤著於世."

10) 홍중인, 『좌해시수(左海詩藪)』 6권, 장18, 일본 와세다대학 도서관 소장 사본. "許筠詩話, 以風捲潮聲之句, 爲戚繼光詩, 而膾炙人口云. 芝峯豈盜人之句而爲自己之作, 誇耀於人耶? 筠也必誤引也!"

11) 허균, 『학산초담』, 위의 책, 106칙. "戚總兵之威名事業, 彪炳耳目, 且能詩文, 李滄溟輩推許之. 近臨淮侯李言公, 字惟寅, 亦能詩文, 有'風捲潮聲喧島嶼, 日斜帆影上樓臺.'之句, 膾炙人口."

12) 성정론(性情論)은 비평에서 지속적으로 논의된 주제이다. 비평사에서 성정론은 크게 두 부류로 나뉜다. 하나는 성리학자의 이론으로, 조선 중기의 이이(李珥)와 이황(李滉) 등은 시가 올바른 성정을 표현해야 한다고 하여, 일정한 도야(陶冶)와 정화(淨化)의 과정을 거쳐 도달해야 할 가치로 논하였다. 이에 반하여 17세기 후기 이후 문예론에서는 작가의 성정을 진실하게 표현하는 시의 가치로 논하였다. 성정을 전자는 성(性)의 기준에서, 후자는 정(情)의 기준에서 보았다. 金興圭, 『朝鮮 後期의 詩經論과 詩意識』(고대민족문화연구소, 1988), 33~50면에서 성정을 '성정지정(性情之正)'과 '성정지진(性情之眞)'으로 나누어 이해한 것도 그 차이를 잘 드러낸다.

13) 김창협(金昌協), 「잡지(雜識)」, 『농암집(農巖集)』 권34 장5. "詩者, 性情之發, 而天機之動也. 唐人詩有得於此, 故無論初盛中晩, 大抵皆近自然. 今不知此, 而專欲摸象聲色, 黽勉氣格, 以追踵古人, 則其聲音面貌雖或髣髴, 而神情興會都不相似, 此明人之失也."

14) 김창협, 같은 곳, 장5. "時有近於天機之發, 而讀之, 猶可見其性情之眞也."

15) 김창협, 같은 곳, 장37. "天下事, 須先辨眞贗虛實, 而後可論工拙精粗, 文章亦然. 如大

明王李輩力爲古文, 蹈藉唐宋, 驟視之, 非不高奇, 而徐而繹之, 皆假竊形似之言耳. 此乃文之贋者也."

16) 김창협, 위의 책, 권24 장8. "獻吉勸人不讀唐以後書, 固甚狹陋. 然此猶以師法言可也. 至李于鱗輩, 作詩使事, 禁不用唐以後語, 則此大可笑. 夫詩之作, 貴在抒寫性情, 牢籠事物, 隨所感觸, 無乎不可. 事之精粗. 言之雅俗, 猶不當揀擇. 况於古今之別乎. 于鱗輩學古, 初無神解妙悟, 而徒以言語摸擬, 故欲學唐詩, 須用唐人語, 欲學漢文, 須用漢人字. 若用唐以後事, 則疑其語之不似唐. 故相與戒禁如此, 此豈復有眞文章哉!"

17) 김창협, 같은 곳. "明人太拘繩墨, 動涉模擬, 效顰學步, 無復天眞."

18) 김창협, 같은 곳, 장10~11. "世稱本朝詩, 莫盛於穆廟之世. 余謂詩道之衰, 實自此始. 盖穆廟以前爲詩者, 大抵皆學宋, 故格調多不雅馴, 音律或未諧適, 而要亦疎鹵質實, 沈厚老健, 不爲塗澤艶冶, 而各自成其爲一家言. 至穆廟之世, 文士蔚興, 學唐者寖多, 中朝王李之詩, 又稍稍東來, 人始希慕倣效, 鍛鍊精工, 自是以後, 軌轍如一, 音調相似, 而天質不復存矣."

19) 이종호, 「三淵 金昌翕 研究(其一)」, 『한국한문학연구』 제9·10합집, 1987, 147~225면.

20) 김창흡(金昌翕), 「여졸수재조공(與拙修齋趙公)」, 『삼연집(三淵集)』, 「拾遺」 권15, 문집총간 166집. "盖聞古之吟咏性情, 率自擊轅之徒, 見採於聖人, 雖寂寥短什, 皆足以激越金石, 鼓舞神人. 論之者, 性情之是考, 而未及於才力之厚薄. 名氏之或闕, 亦何有於家數之大小乎!"

21) 홍만종, 『소화시평』 하권 75칙, 위의 책, 415~416면. "鄭東溟斗卿, 氣呑四海, 目無千古, 文章山斗一代. 其手劈秦漢盛唐之派, 可謂達摩西來, 獨闡禪教."

22) 김창협, 위의 책, 권34 장9. "鄭東溟 (중략) 徒以一時意氣, 追逐前人影響, 故其詩雖清新豪俊, 無世俗齷齪庸腐之氣. 然其精言妙思, 不足以窺古人之奧, 橫騖旁驅, 又未能極詩家之變."

23) 홍만종, 위의 책, 상권 83칙, 201~209면. "車五山「明川」詩: '風外怒聲聞渤海, 雪中愁色見陰山.' 汪洋憤猛, 如潮捲百川, 雷掀萬竅."

24) 김창흡, 위의 글. "至於五山鰲背鶴邊·風外雪中之句, 腥醜, 尤不可近."

25) 김창협, 위의 책, 권34 장9. "挹翠軒, 雖學黃陳, 而天才絶高, 不爲所縛. 故辭致淸渾, 格力縱逸. 其興會所到, 天眞瀾漫, 氣機洋溢, 斯不犯人力."; 같은 곳. "詩則當推挹翠爲絶調."

26) 김창협, 위의 책, 권34 장6. "詩固學唐, 亦不必似唐. 唐人之詩, 主於性情興寄, 而不事故實議論, 此其可法也. 然唐人自唐人, 今人自今人, 相去千載之間, 而欲其聲音氣調, 無一不同, 此理勢之所必無也. 强而欲似之, 則亦木偶泥塑之象人也. 其形雖嚴然, 其天者固不在也, 又何足貴哉!"

27) 이의현(李宜顯), 「도협총설(陶峽叢說)」, 『도곡집(陶谷集)』 권28, 문집총간 181집. "詩以道性情, 文以明道術記事變, 皆有所補於世敎, 不可以徒作也. 然詩則間多吟詠景物, 容或有閒漫之作, 文則何可如此? 以故唐宋以前文人, 雖所就各有高下優劣之不同, 考其遺集, 罕有浮雜不緊之文. 逮至皇明, 習尙浮華, 全欠質實, 集中閒漫之作甚多."

28) 민복기, 「도곡 이의현의 반의고적 산문비평」, 『동양한문학연구』 25집, 2007, 103~139면.

29) 이의현, 같은 곳. "至於明人, 浮慕三百篇漢魏, 鄙夷唐以下, 而究其所成就, 正如仲默所謂古人影子, 不能自道出胸中事, 吟咀數三, 索然無意味."

30) 장유승, 「陶谷 李宜顯의 한시 비평론」, 『한국한시작가연구』 13집, 2009, 283~307면.

31) 신정하, 「기방옹집서어(記放翁集序語)」, 『서암집(恕菴集)』, 위의 책, 권16 장25. "近看放翁集序, 乃中州近歲人所爲也, 有'胸中李杜, 紙上李杜'之語, 可謂善論詩者. 近世學杜者, 多用悲愁困苦之語, 殆亦無病而呻吟者. 僕亦少時不免此病爾."

32) 신경(申暻), 「둔암집서후(屯菴集書後)」(신방(申昉), 『둔암집(屯菴集)』), 장1~2면. "雜識一編, 盖多名言格論."

33) 신방, 「시화(詩話)」, 위의 책, 권8 장30. "詩不貴有出處. 朱子曰: '關關雎鳩, 有何出處?' 惟當求其聲調趣造之如何, 爲之鑑別, 豈以其有出處而不敢論哉! 東溟「磨天嶺」一絶, 盖自許得意者, 或者疑之, 則東溟擧馬史本文以折之, 遂無異辭. 其說見於東人詩話. 而余則以爲惟其有出處, 故尤不佳."

34) 신방, 「시화」, 위의 책, 권8 장31. "東溟詩善作虛景, 而不能寫實景. 集中古樂府及從軍出塞之作居多, 閒適幽淡, 寫景狀物之致, 盖小矣. 夫所貴乎詩者, 爲陶寫性情, 寄託興會, 卽事卽物, 以自舒娛也. 古人之爲樂府, 眞有其事, 有爲而發. 後之作者, 皆擬之也, 略有所述, 以備其體, 存古意, 可矣. 而'胡兒', '白馬', 非常有之事, '日出東南隅', '靑靑河畔草', 字數有限, 是豈可以作家計終身者? 古有眞古, 在內不在外, 在意境不在題目. 須能用今人家常語, 而使不落卑近, 方見其古."

35) 남윤지, 「金春澤의 『北軒雜說』 譯注」, 고려대학교 고전번역협동과정 석사학위논문, 2020, 12~19면.

36) 안세현, 「별본(別本) 『동문선(東文選)』의 편찬 과정과 선문(選文) 방향 재고(再考): 조선중기 산문을 중심으로」, 『한국한문학연구』 54집, 2014, 45~84면.

37) 김춘택(金春澤), 「논시문(論詩文)」, 『북헌집(北軒集)』 권16 장16, 문집총간 185집. "嘗謂眞西山『心經』之後, 眞學絶罕. 胡元瑞『詩藪』之後, 好詩無聞. 然爲學而不可舍『心經』, 論詩而又何可廢『詩藪』乎! 但『詩藪』儘有偏處. 且詩須寫出實情眞境, 而胡乃以爲滁州雖無西澗, 不害有韋應物絶句, 此等却又不是."

38) 호응린(胡應麟) 저 기태완 외 옮김, 『시수(詩藪): 胡應麟의 역대한시 비평』, 성균관대학교출판부, 2005. 636~637면. "韋蘇州'春潮帶雨晩來急, 野渡無人舟自橫.' 宋人謂滁州西澗春潮不能至. 不知詩人遇興遣詞, 大則須彌, 小則芥子, 寧此拘拘. 痴人前政自難說夢也." 위응물의 시에서는 밀물이 올라온다고 했으나 송나라 사람들은 밀물이 올라오지 않는 곳이라고 고증하였다. 호응린은 실제 현상을 가지고 시의 흥취를 재단하는 것은 옳지 않다고 보았다.

39) 김춘택, 「논시문」, 위의 책, 권16 장23. "其以本國言語爲之者, 不論其自合於本國樂律與否, 就其辭意或多, 悠揚婉切, 眞可以動人聽·感人心者, 不惟勝於效古之歌詞, 其視詩文諸作, 又不啻過之. 無他, 眞與假之分也."

40) 김창흡, 「일록(日錄)」, 위의 책, 권35 장13. "程朱之說, 皆云雅勝乎風, 以其語皆正當. 而竊謂天眞呈露, 不容安排, 多在於街童巷女之口氣. 若老成士大夫濡毫起草, 容或有累次點竄, 則命辭雖當, 而稍與天機有間矣. 以是之故, 童謠沒巴鼻者, 槩多靈驗, 以其神來而不安排也!"

41) 남학명(南鶴鳴), '사한(詞翰)', 「회은잡설(晦隱雜說)」, 『회은집(晦隱集)』 권5, 문집총간속 51집. "劉村隱希慶, 有憶陜川猨溪舊主詩曰: '宅在猨溪畔, 依俙夢裏尋. 世業傳儒術, 家風繼孝心. 老奴無氣力, 長程未得臨. 餘生今不死, 更感主恩深.' 蓋村隱之主本陜川人, 『村隱集』刊行時, 其子孫嫌爲私賤, 改此題曰猨溪舊事, 老奴改作老夫."

42) 이승철, 「몽예 南克寬의 『謝施子』 譯注」, 고려대학교 석사학위논문, 2014.

43) 송혁기, 「몽예 남극관의 학문과 산문비평」, 『한문학보』 14집, 2006, 245~272면.

44) 남극관, 위의 책, 乾卷 장28. "余嘗謂王李之禍中國大矣, 而在我國則有破荒之功, 宜尸而祝之也."

45) 남극관, 위의 책, 乾卷 장28~29. "詩則金昌協『雜識』之論得之. 蓋詩是歌謠之流, 容或直抒天機, 不假服習故也. 然東溟之所以獨出, 亦其氣也. 乃反以思致刪之, 得其一而

遺其一也(原注曰:『雜識』謂穆廟以後不及曩時)."

46) 이사질(李思質),「잡저(雜著)」,『흡재고(翕齋稿)』,『한산세고(韓山世稿)』 권11. "農巖以東溟爲鈍賊, 非竊衮手段. 吾未知其然也. 歷觀三百年詩家, 七言無非依樣, 誰如東溟海闊天高揮斥八極之手段邪? 南克寬亦獎許東溟, 而誚農巖鈍賊之語. 克寬他說雖皆邪說, 此論可謂識明議公也."

47) 남극관, 위의 책, 坤卷 장23. "崔簡易文, 雖似沈實, 然命辭局澀, 只效古人字句小巧, 不曉篇章大體. 理致又無可觀, 比李相國, 不及遠矣. 金昌協稱崔而詆李不遺力, 亦可笑也."

48) 이웅징(李熊徵),「검옹지림(黔翁志林)」,『검주유고(黔州遺稿)』 권1, 충남대학교 도서관 소장 사본. "有人問李東洲敏求, 曰: '讀何書, 可以得效?' 東洲曰: '難言也. 譬如喫餅, 珍羞滿盤, 隨意喫之, 各得其味, 庸詎知喫何餅而肥耶? 唯在飽喫而已.' 可謂善言學文之妙矣."

49) 이웅징, 위의 글. "作詩最難兼備, 體雖多端, 要不出神與氣. 尙神者, 易失之弱, 如國朝崔白諸家是也, 尙氣者, 易失之麤, 如湖蘇諸家亦然. 此後世之通患也. 其兩全者, 惟盛唐乎!"

50) 강박(姜樸), '이래초사변(李來初詞辨)',「한묵만희(翰墨漫戲)」,『국포집(菊圃集)』 권12, 문집총간 속70집. "譚元春曰: '才子雖極方正難犯, 下筆作艷詞, 自深於一切蕩子.' 此言可謂來初解圍."

51) 강박, '羅僧某輩',「한묵만희」, 위의 책, 권12. "今吾輩數人, 於詩道自謂粗, 有所得, 而徒欲力追古人, 不解時俗一切軆段. 凡其應人文字, 多齟齬可笑, 請甐徵挽之家, 往往不滿其意. 已有聚而議者矣, 亦有狎而譏之者矣, 幾何其不至於侮辱而歐之, 畢竟如僧某輩所遇者耶. 如是而尙能奮然挺立, 不自愧悔棄業, 而終卒伽倻十年之工, 則誠難矣. 不知吾輩數人, 於成佛常僧, 將何居焉. 戲書而自笑, 且示春慕諸君."

52) 조지형,「서경시화의 구성 체제와 문헌적 특성」,『고전과 해석』 30호, 2020, 73~115면.

53) 장유승,「서경시화 연구: 지역문학사적 성격을 중심으로」,『한국한문학연구』 36호, 한국한문학회, 2005, 273~301면.

54) 이은주,「평안도 인물 일화집『칠옹냉설』 연구」,『대동문화연구』 111집, 2020, 29~52면.

55) 김점(金漸) 저 장유승 옮김,『서경시화(西京詩話)』, 성균관대학교출판부, 2021, 75면. "近日詞場自文山外, 一方觚墨之士特爲彬蔚. 余所獲師友者, 吾箕則李騎省時恒, 中和則林司藝益彬, 德川則許上舍徽, 義州則金員外楚直, 殷山則康員外侃. 或以詩顯,

或以賦稱, 惟林·李二丈最為知己. 夫以放翁見托者, 庶幾騎省之衣缽也. 而若司藝, 則許箕山以上人, 余固不敢當也. 雖然, 視世之褊忮遇物者, 亦幸矣! 余嘗有「偶興一絕」云: '西京不愧漢兼唐, 千古詩仙骨亦香. 風月本來無定主, 豈應全屬鄭知常.' 於戲! 往者不可見, 來者不可期而已."

56) 편자 미상, 『기도시화(箕都詩話)』, 규장각한국학연구원 소장 사본, "練光·浮碧, 皆以'長城一面溶溶水, 大野東頭點點山.'金學士黃元詩句, 刻揭兩楹, 卽戊辰監司徐榮輔之筆, 而近又有節使李尙書晩秀詩: '萬戶樓臺天半起, 四時歌吹月中還.' 副使洪尙書義浩詩: '風烟不盡江湖上, 詩句長留宇宙間.' 書狀洪相國奭周詩: '黃鶴千年人已遠, 夕陽回棹白雲灣.' 各以一聯, 合成書揭."

57) 張伯偉, 「李鈺〈百家詩話抄〉小考」, 『作爲方法的漢文化圈』, 北京 中華書局, 2011, 236~250면,

58) 신익철, 「신경준(申景濬)의 『장자(莊子)』 독법(讀法)과 『시칙(詩則)』에 담긴 시의식」, 『반교어문연구』 43집, 2016, 169~198면; 이향배, 「旅庵 申景濬의 詩理論 體系」, 『어문연구』 96집, 2018, 229~253면.

59) 신경준(申景濬), '시중필례(詩中筆例)', 「시칙(詩則)」, 『여암유고(旅菴遺稿)』 권8, 장31~32, 문집총간 231집. "如憂之極, 興之極, 已到十分地頭, 心方不自勝定. 忽有飛鳥落花白雲明月之類, 來觸眼前, 則語却斷絶, 不知所云. 如近世崔寬谷「垂楊」詩: '雨後垂楊綠漸肥, 浮金淺黛爛爭輝. 含毫欲說說不得, 更有翩翩黃鳥飛.' 盖其雨後綠肥, 則垂楊之景, 固極佳矣. 金黛爭輝, 則又極佳矣. 把筆沈吟, 欲摸其佳, 而方不自能之際, 更見黃鳥之飛, 其佳又不可摸得也. 此詩能得此例, 而頗有意爲之跡, 却不如鄭道傳「錦江樓」詩: '忽有飛來雙白鷗'之意."

60) 신경준, '시작법총(詩作法總)', 위의 책 권8, 장32~33. "凡詩之式楷甚繁, 皆不可不知者. 然而詩者, 不可以有意, 不可以有必, 必以冥會爲貴焉. 若以計較經營, 節節求合, 則前遮後攔, 左牽右掣, 卒無以有成矣. 必也先求古人所示之法, 以盡其榘矱, 次觀古人已述之篇, 以作其證印, 玩之旣深, 知之旣眞, 則諸般式楷之紛然者, 自爾森耀於心目之間. 抽管命墨, 長吟短呼, 以從心所欲, 自不踰矩矣."

61) 남기제(南紀濟), 「자서(自序)」, 『시보(詩譜)』, 필자 소장 사본. "故作詩者, 知作詩之法. 古之善詩者, 不知其法而詩之者, 未之有也. 欲入其門者, 不可不由其徑矣, 欲學其詩者, 不可不知其法矣. 物象不雜而義意立, 格體不亂而聲律成, 是所以『詩譜』之作也."

62) 凌禮潮 整理, 『枕中十書』, 「點校說明」, 首都師範大學出版社, 2020, 1~2면.

63) 이익(李瀷), '업공(業工)', 『성호사설(星湖僿說)』 권28, 「시문문(詩文門)」, 민족문화추진회, 고전국역총서 117권, 1982, 54~55면. "杜甫「杜鵑行」云: '業工竄伏深樹裏.' 今考『事文類聚』, 以'業工'作'業業'. 蓋一字疊書者, 只加兩點, 如'工'字樣, 此所以傳訛也. '業業', 卽恐懼之義也. 車天輅『五山說林』: '業工, 杜鵑雛也. 余少時曾見一書, 今不記何書也.'"

64) 『성호사설유선』 권10 「논문문」에서는 '業工'이란 표제로 다음과 같이 수정하였다. "杜詩「杜鵑行」: '業工竄伏深樹裏.' '業工', 蓋一字疊書, 只加兩點, 如'工'字樣, 此所以傳訛也. '業業', 卽恐懼之義也. 車天輅『五山說林』: '業工, 杜鵑雛也. 少時曾見一書, 今不記.' 可笑. 今『事文類聚』作'業業'."

65) 이익, '烏夜啼', 위의 책, 권29, 186~187면. "李白「烏夜啼」, 細看更有味, 乃爲之解曰: '天氣蒼蒼, 謂之靑雲, 地氣昏黃, 謂之黃雲. 白詩中多用此句, 皆此意. 烏棲春暮也. 歸飛日晩也. 正是征婦懷人之時. 織錦者, 用蘇蕙璿璣圖事, 但云隔窓語, 語可知矣, 必是聞烏聲而獨語: '物亦知歸, 人獨不爾, 何哉?' 怨詈之情, 婉約之態, 宛如目見. 其遠憶人三字, 卽破題語也. 此千古閨思之冠絶, 而寓意亦深, 謂之泣鬼, 不亦然乎!'"

66) 이수광, 『지봉유설』 권10. "李白「烏夜啼」詩有曰: '機中織錦秦川女, 碧紗如烟隔窓語. 停梭悵然憶遠人, 獨宿孤房淚如雨.' 又曰: '城烏獨宿夜空啼'. 按古書曰: '烏失雌雄, 則夜啼.' 詩意盖以此也."

67) 이익, '도시자주(陶詩自做)', 위의 책 권29, 184~185면. "古人之詩, 如荒郡野人, 冠是自做, 帶是自做, 衣屨是自做, 器物是自做, 眞心見而工拙可別也. 今人之詩, 如京邑之士, 冠是借物, 帶是借物, 衣屨是借物, 器物是借物, 雖都雅可觀, 皆非己有此物, 東隣借用, 西隣借用, 何足稱也. 今觀靖節集, 卽自做出來, 所以難學. 今之論詩, 不過借物而善鋪排無罅漏也. 又或有借物而顚倒錯亂之者, 益可笑."

68) 이익, '이백고풍(李白古風)', 위의 책 권30 421면. "子曰: '多識於鳥獸草木之名', 風詩爲然. 人事之得失, 惟物可喩也. 觀其形色榮悴, 衆態俱備; 人之賢愚貴賤, 萬般不同. 均是造化之生成, 其理何別, 特名色異類耳. 故其泛言託興者, 莫不有所指摘親切, 而後人不覺也."

69) 김명호, 『열하일기 연구』, 돌베개, 개정판, 2022, 459~531면.

70) 박지원(朴趾源), 『연암집(燕巖集)』 권14, 「열하일기(熱河日記)」, '피서록(避暑錄)'.

"夕登豊潤城, 有一美髯長者, 前揖自言: '姓名林皐, 浙江人.' 求聞余姓名, 且驚且喜曰: '君豈非楚亭族親乎?' 余亦驚喜問: '君何以知楚亭?' 林皐曰: '前年朴楚亭與同國李炯菴, 共登文昌樓, 因宿同郡胡適恒.' 指城底一門曰: '這是胡宅, 壁上有楚亭筆.' 遂同卞季涵·鄭進士珏, 入其中堂. 日已昏黑, 主人爲張四燈, 照壁一讀, 乃余家典洞時炯菴在余作也. (중략) 聯白鷺紙二幅, 筆態流動, 一字恰如兩掌大. 先是, 吾輩談說中原, 空費艷羨, 數年之間, 取次一游. 又況萬里異鄕, 如逢故人一面哉!"

71) 남재철, 「『강산필치』 연구」, 『한국한시연구』 10권, 한국한시학회, 2002, 285~314면.

72) 이서구(李書九), 「소인(小引)」, 『강산필치(薑山筆豸)』, 『개신어문연구』 제12집 영인, 1995, 259~325면. "余顧不佞, 然凡於攷古之學, 嗜好頗篤."

73) 이서구, 위의 책, 권1. "藍秀才席上賦呈吳子魚先生詩云: '平壤城北路便賒, 滿目烟波日又斜. 且向尊前惜歡笑, 馬頭開遍海棠花.' 此卽春亭卞季良「鐵關道中詩」, 見『輿地勝覽』, 而第一句本作'鐵關城下路歧賒', 第三句本作'南去北來春欲盡'. 所謂藍秀才亦不知何人, 且本國無藍氏, 或是薛字形近而訛歟?"

74) 정조(正祖), 『홍재전서(弘齋全書)』 권163, 「일득록(日得錄)」3, 문집총간 267집. "專治乎文章, 而不本諸經術, 這便是異端."

75) 정조, 위의 책, 165권, 「일득록」5. "學者欲得正, 必以朱子爲準的."

76) 정조, 위의 책. 162권, 「일득록」2. "文體日就噍殺, 全無治世之意."

77) 정조, 위의 책, 164권, 「일득록」4. "近來詩文, 皆促迫輕浮, 絶無敦厚淵永之意."

78) 정조, 위의 책, 162권, 「일득록」2. "文詞體格, 實關世道汚隆, 而近見新進人文體, 甚纖靡浮薄, 專尙明清間怪套. 至於詞律, 一無平淡渾厚, 皆是宋元以來塡詞樣子, 聲調促迫, 大非治世之音. 苟欲超群刱奇, 何患無術, 而豈必乃爾耶?"

79) 이덕무(李德懋), '쇄아(瑣雅)', 「영처잡고(嬰處雜稿)」1, 『청장관전서(青莊館全書)』 권5, 문집총간 257집. "瑣者, 貶其不大也; 雅者, 多其不塵也. 謏見寡聞, 輿議文章, 不亦僭乎? 又曰雅者, 竊取古人著書之名, 又曰: 記述, 無倫次, 瑣瑣然也. 甲申七月, 書于白荳棚下."

80) 이덕무, 위의 글. "蓋才不無焉, 皆局於聞見, 所得多館閣體, 而畏縮不敢出遊局外, 掀動造化, 日就卑卑而已. 文章一事, 雖末技, 豈可腐陳庸碌, 安於下品哉?"

81) 이덕무, 위의 글. "南壺谷編『箕雅』, 自新羅崔致遠, 至本朝申最, 四百五十四人. 又羽士·衲子·雜流·閨秀·不姓氏三十八人, 總四百九十二人. 稱李奎報曰: '雄博則李文順.' 又曰: '文章爲東國之冠.' 芝峯曰: '李奎報雄贍.' 又曰: '李奎報最大手.' 又曰: '李

奎報之文, 亦自豪健.' 余嘗觀李文順之詩, 謂之博也贍也則可, 兩公所謂雄者何也? 謂之大手, 則稍或可也, 其爲最大手, 爲東國之冠者, 亦何也? 又其文冗長, 不欲觀."

82) 이덕무, 「청비록」2, 위의 책 권33. "詩苦無警切之趣, 粗率散漫, 名不副實. 惟其敏速富贍, 故人皆畏之, 生時固可畏, 死後不足觀."

83) 이덕무, 「이목구심서」2, 위의 책 권49. "蹈襲古人文字, 曰人面瘡. 不知以何物代貝母用, 急抹其口."

84) 이덕무, 위의 글. "作文可別具麻姑爪, 快爬造化窟底來, 神光騰出紙墨上三四丈."

85) 이덕무, 위의 글. "文章到人所難言處而會, 余心愛之如天球. 吾姪心溪子曰: '邃洞幽蛛虛自裊.' 吾友騎萍子曰: '黃牛聽雨角崢嶸.'"

86) 이덕무, 위의 글. "才子肚中, 有一派春泉湧出, 琤淙漣淪不得停貯. 試灌于右腕, 涓涓而流, 達于筆管. 點滴毫端, 圓了了如汞珠, 如鸚鵡舍利, 如鮫人淚."

87) 권정원, 「이덕무 『耳目口心書』의 구성과 『淸脾錄』으로의 傳授 양상」, 『동방한문학』 86호, 2021, 269~304면.

88) 이서구는 1778년 1월에 쓴 「初春客至賦詩, 余与楙官次之, 因相贈酬八首」(『薑山初集』 권4) 제4수의 주석에서 이덕무가 한창 『청비록』을 저술 중이라고 밝혔다. 또 같은 해 2월에 사망한 변일휴(邊日休)의 기사가 권3의 끝에 들어가 있다. 변일휴가 사망한 1778년 2월에 이덕무는 바로 「변일민시집발(邊逸民詩集跋)」을 지었다.

89) 김영진, 「『青莊館全書』 및 其他 李德懋 著作에 대한 文獻學的 再檢討」, 『고전과해석』 17집, 2014, 117~144면.

90) 박지원은 『열하일기』 「피서록」에서 『청비록』에 서문을 썼다고 밝혔으나 현재 전해지지 않는다.

91) 이덕무, '자서(自序)', 「청비록」1, 위의 책 권32. "'乾坤有淸氣, 散入詩人脾. 千人萬人中, 一人兩人知.' 此唐僧貫休詩也. 余性不工詩, 而顧喜談藝. 閑居, 嘗手錄耳目所到古今詩句, 有辨訂, 有疏解, 有評品, 有記事. 漫無第次, 藏之枕中, 人所罕見, 只有怡心, 名曰『淸脾錄』."

92) 이덕무, '절협추성경목엽(絶峡秋聲驚木葉)', 「청비록」2 34칙, 위의 책 권33. "尹曾若 「薄遊上游」: '絶峡秋聲驚木葉, 滿江月色下楊根.'之句, 膾炙人口. 楊根, 郡名也. 余嘗愛其'脫木聲奔野, 寒山影入村.' '晴鷗飛點水, 倦犢卧看山.' 有趣有理, 亦澹亦精. 欲倩石癡·秋餐之筆, 畵此扇頭."

93) 이덕무, '고화망갱다(高花望更多)', 「청비록」2, 위의 책 권33. "'雲起春天黑, 高花望更多.' 此李家煥廷藻詩也. 意致閒淡, 精神朗然, 不可多得."

94) 이덕무, '유평국(劉平國)', 「청비록」2, 위의 책 권33. "余嘗感此詩之公平, 每闡發妓女·旁流·浮屠·童儒之詩及異國之人所咏, 而但苦未易得耳. 至若亂流匪人, 文彩動人, 則錄其所著."

95) 이덕무, '겸가당(蒹葭堂)', 「청비록」1, 위의 책 권32. "嗟乎! 朝鮮之俗, 狹陋而多忌諱, 文明之化, 可謂久矣, 而風流文雅, 反遜於日本無挾自驕凌侮異國, 余深悲之. 善乎! 元玄川之言曰: '日本之人, 故多聰明英秀, 傾倒心肝, 炯照襟懷, 詩文筆語, 皆可貴而不可棄也. 我國之人, 夷而忽之, 每驟看而好訾毁.' 余嘗有感於斯言, 而得異國之文字, 未嘗不拳拳愛之, 不啻如朋友之會心者焉."

96) 이덕무, '윤월정(尹月汀)', 「청비록」1, 위의 책 권32. "夫中原文獻之淵藪, 生於外國, 不深喜中原, 雖自命爲豪傑文章, 畢竟孤陋寡聞而止也."

97) 이 주장은 백탑파 시론의 핵심이다. 박제가(朴齊家)는 「시학론(詩學論)」에서 "우리나라의 시는 송금원명의 시를 배우는 자가 가장 뛰어나고, 당시를 배우는 자가 그다음이며, 두보를 배우는 자가 가장 못하다[吾邦之詩, 學宋金元明者爲上, 學唐者次之, 學杜者最下]"라고 하였다.

98) 張伯偉, 「論日本詩話」, 『중국어문학지』 14집, 2003, 207~233면.

99) 西島蘭溪, 『弊帚詩話附錄』(池田四郎次郎 編, 『日本詩話叢書』) 제4권, 日本 東京, 文会堂書店, 1922, 63~69면.

100) 이엽(李爗), 「시림쇄언(詩林瑣言)」 6칙, 『농은집(農隱集)』 권4 장13~21, 한국역대문집총서 1721집. "象村詩話, 議論近正, 最可體驗."

101) 이엽, 위의 책, 「시림쇄언」 13칙. "芝峰詩眼, 如是偏局, 可惜也."

102) 이엽, 「답황영수논시학(答黃永叟論詩學)」, 위의 책, 권4 장10~12. "詩之命意立辭, 卽所謂議論也. 詩而無議論, 則是無喜怒之情. 是非之心, 而不過一閒漫口氣也. 何足謂之詩, 而何所補於世敎哉?" 여기에서 黃永叟는 黃胤錫이다.

103) 이엽, 위의 책, 「시림쇄언」 10칙. "芝峰抉摘古人詩句, 屢言不置, 其心亦已勞矣."

104) 안득용, 「農隱 李爗 詩論 硏究」, 『동방한문학』 66호, 2012, 265~294면.

105) 이엽, 위의 책, 「시림쇄언」 6칙. "詩格之高下, 相關於古今氣數之漸降, 而亦當時."

106) 이엽, 위의 글. "久則常, 常則厭, 亦人之情."

107) 이엽, 위의 글. "不論其時, 而只取其詩, 以定作者才力之優劣者, 局於聲病, 而不達時運之變者也."

108) 이덕형(李德泂), 『죽천일기(竹泉日記)』(『대동패림』 18권, 국학자료원), 462~464면. "前輩文章, 非文章之士, 不敢尙論雅矣. 余以新及第, 投刺崔簡易岦. 簡易曰: '近觀『牧隱集』, 碑銘墓誌冠絶古今, 東國文章當以牧隱爲首. 爲子孫者, 何必費功於韓柳, 讀『牧隱集』可也.' 其推仰之意 夐出尋常. 其子東望在傍曰: '李相國文章與牧隱孰愈?' 簡易曰: '湖陰常言李奎報「祖江賦」最勝, 然何能當牧隱哉!'"

109) 남용익, 「기아목록(箕雅目錄)」, 『기아(箕雅)』, 아세아문화사 영인본, 10면. "李奎報, 文章爲東國之冠."

110) 김창협, 「잡지」, 위의 책 권34. "然其學識鄙陋, 氣象庸下, 格卑而調雜, 語瑣而意淺. 其古律絶數千百篇, 無一語一句道得清明灑落高古宏闊意思. 其所沾沾自喜, 以爲不經人道語者, 大抵皆徐凝之惡詩, 眞嚴羽卿所謂'下劣詩魔, 入其肺腑'者也."

111) 이엽, 위의 책, 「시림쇄언」 22칙. "按李文順詩文, 簡奧宏深, 農庵所尙, 力主淸新, 宜其不合矣. 曾觀李相國全集, 體格猶未完備, 盖緣文獻之初生, 猶未臻於彬彬. 然天才旣高, 用工亦深, 沈鬱老健, 莽宕奇壯, 固非末世膚淺者所可企及, 正孔子所謂吾從先進者也. 今農庵一筆句斷, 比之徐凝之惡詩·下劣之詩魔, 無少假借, 得無有傷於待古人忠厚之道乎!"

112) 박수현, 「具樹勳의 『二旬錄』 硏究」, 성균관대학교 한문학과 석사학위논문, 2020, 8~13면.

113) 구수훈(具樹薰), 『이순록(二旬錄)』 하권 71칙, 『대동패림』 21권, 국학자료원, 1991, 442~443면. "有老武, 率弟子, 敎射於山寺, 儒士五人, 亦讀書同寺, 所業雖異, 自然相親. 一日士人得河豚數尾作羹, 而羹少人多, 難爲分食. 士人曰: '作詩先成, 每聯用二魚名, 然後可以許食.' 弓師曰: '雖武夫, 可許乎?' 士人曰: '何論文武?' 其人卽詩曰: '踈於文字訥於辭, 粗記姓名道未知. 家在長安無樂地, 半塘傾仄不謀治.' 士人閣筆, 弓師獨食之."

114) 구수훈, 위의 책, 하권 109칙, 490~491면. "忠淸道公道會以淸風定試所, 多士聚會. 疑心客相與登寒碧樓, 勝致令人挑興, 欲題詩寫景, 但平生只習疑心, 不知吟咏, 故無可柰何, 遂以行文体效作聯句. 一人首呼曰: '於戲寒碧樓!' 第二繼曰: '大抵風景好!' 第三沈吟良久曰: '由是觀之則,' 居末者成落句: '謹對淸江流.' 聞者大笑, 以寒碧樓風月稱之."

115) 조정윤, 「『좌계부담』 연구: 저자 문제와 이본 검토를 중심으로」, 『한문학논집』 35집, 2012, 237~269면; 조정윤, 「『左溪裒談』 所載 詩話의 양상과 성격 연구」, 『어문연구』 76호, 2013, 67~95면.

116) 편자 미상, 이관성 외 옮김, 『좌계부담(左溪裒談)』, 문진, 2013, 452~453면. "金時敏, 自號東圃, 癖於吟咏, 多有警句, 人皆誦傳. 李秉淵, 字一源, 以詩人與時敏齊名. 秉淵除三陟府使, 將赴任, 時敏送之曰: '天下有名三陟郡, 世間無敵一源詩.' 尹判書陽來曰: '天下·世間, 改以從古·卽今則可也.' 李相顯嘗曰: '一源病躄, 一生不出門庭, 則常在溷穢中, 詩思惡得清新也哉!' 使字構思, 重複層疊, 恐無可觀. 安重觀'秋來穩藉無今日, 老去逍遙有此江'之句, 金時敏'白首休官是, 黃花不飮非'之語, 最可愛也, 其於『槎川集稿』, 近無如此之作云云. 槎川年雖篤衰, 述作不輟, 而與己相將, 零落八九, 只有時敏, 論不饒, 槎川甚苦之. 槎川, 李秉淵別號, 李相顯別號赤岸, 亦以詩名世."

117) 심재(沈鋅) 저 신익철·조융희 외 옮김, 『송천필담(松泉筆譚)』 권2, 보고사, 2009, 584~585면. "月觀翁来住隔垣家, 余以童稚日追逐問詩, 時見詞客滿座. 翁嘗誦一人「江居」詩一句曰: '天從破屋虛中漏, 江得踈籬缺處明.' 寫景雖工, 固宜窮寒. 又誦一人「永保亭」詩曰: '江山久屬無詩主, 魚蟹多輸有勢家.' 全欠渾厚, 安得令終. 其人皆可黙會, 儘乎詩觀氣像矣. 座有一客, 傳誦一句曰: '〈騎牛遵舊岸, 落日見秋江.〉 此詩何如?' 翁竦然聽之曰: '此人抱負, 無或伊尹·呂尚之流之類不遇而發之詩者耶!' 歎賞不已. 其客不言姓名, 不知其何人作, 可恨."

118) 심재, 위의 책, 803~805면. "(전략) 與尹治爲知心交. 尹居在玄江, 自號玄圃子, 家貧無食, 哦詩不輟. 炊婢来告曰: '今日又不舉火.' 尹揮手亟止曰: '汝勿語! 詩將就矣.' 詩云: (중략) 又寄沈詩云: '老樹荒江響遠聞, 夕天霜氣亂黃雲. 蘆洲群鴈如相號, 月在西峯半缺分.' 沈見詩, 疑其清虛如鬼語, 疾就江居, 則尹已奄忽, 詩果絶矣. 沈自尹之亡, 以爲更無知音, 不復作詩. 時或過余, 勸酒而請詩, 則醉草宿稿, 筆亦奇逸. 自號月觀翁, 又稱大笑子, 時展詩筆, 想見其人."

119) 이규상(李奎象), 「문원록(文苑錄)」, 『병세재언록(幷世才彦錄)』(『18세기 조선인물지』, 민족문학사연구소 한문분과 옮김), 창작과비평사, 1997, 46~47면. "李槎川秉淵, 字一源, 官蔭右尹, 年躋八十餘. 長身好鬚髯, 容貌環偉, 不似詩人之儇捷姿. 詩得天性, 斤量重而造語奇崛, 直承上祖牧隱之音. 我朝大匠蘇齋·芝川·湖陰·簡易·三淵如干家, 而三淵後槎川一人. 名亦溢世並時, 雖兒童走卒皆曰李三陟詩, 三陟搓川官

也. 其詩曰: ‘黃昏立馬高麗國, 流水聲中五百年.’ 又曰: ‘躑躅洞深多大木, 鼪鼯穴古有長毛.’ 其曰: ‘夾岸風凉夏木繁, 維舟石壁晩潮痕. 納鞋便覓樓臺去, 鞍馬隨他自入村.’ 其曰: ‘花落驢磨樹, 巾斜客俯池.’ 者, 警句雋篇也. 有問公工詩何以然, 笑曰: ‘獨多作故工.’ 無事, 晨輒吟數首律, 著詩過一萬三千餘首, 而抄集一卷只刊行. 公居京白岳山下, 卽北洞. 北洞多詩畵人, 詩人以槎川爲宗匠, 其下列八驃騎, 南永春肅寬·金新溪履坤·金都事時敏輩卽其人. 公全稿黃參判昇源久借不還, 公孫婦承旨顯永夫人督索, 方置公家. 丙辰嶺伯李泰永以刊板次携其文集下去嶺營云.”

120) 정준식, 「박소촌화의 著作者와 著作年代」, 『어문연구』 39호, 어문연구학회, 2002, 237~259면.

121) 이동윤(李東允), 『박소촌화(樸素村話)』, 규장각 소장 사본, 책3 장9. “洪世泰, 私奴也. 能文章, 與農淵結交, 農巖嘗招之, 其妻曰: ‘此大監招之, 以何事耶?’ 世泰曰: ‘豈有他哉? 以我腹中有文章故也.’ 有人以草書題壁曰: ‘圖書錯落甕盎裡, 屨杖散在鷄犬傍.’ 見者曰: ‘此世泰詩也.’ 世泰拔身爲監牧官, 有『柳下集』五卷, 刊行于世. 世泰贖良而歸, 有詩曰: ‘歸鴻得意天空闊, 臥柳生心根動搖.’ 及見農巖, 問曰: ‘小人詩. 與李達何如?’ 農巖良久曰: 〈東風蜀魄苦, 西日魯陵寒.〉之句, 君似未能爲也.‘農淵兩翁, 以詩文相酬, 稱洪道長.”

122) 이동윤, 위의 책, 장31. “李匡呂有詩聲, 嘗携酒, 與客十餘人, 泛舟遊於楊根江上. 有一樵童, 弛其負於江岸, 超而登舟, 取南草吸煙于爐火. 諸客惡其無禮, 欲打之, 匡呂挽止之. 旣超而下舟, 匡呂招之, 樵童曰: ‘招之胡爲乎?’ 遂不來. 匡呂曰: ‘吾長者也, 汝童子也. 長者有命, 童子不敢違也.’ 樵童乃來立於前. 匡呂曰: ‘汝必能文詞, 吾當呼韻, 汝可作詩也.’ 樵童辭曰: ‘烏能爲文, 只得爲樵也.’ 匡呂強之而次第呼韻字, 應聲曰: ‘江湖秋水碧於藍, 白鳥分明見兩三. 柔櫓一聲飛去盡, 夕陽山色滿空潭.’ 詩成, 卽負樵而下舟, 負薪作樵歌而歸. 其以蓬頭垢面, 唐突吸草士夫之前也, 有何文藻, 形於狀貌, 而能知之乎? 匡呂亦可謂有藻鑑.”

123) 고시언(高時彦) 편, 『소대풍요(昭代風謠)』(大東文化硏究院 編, 『閭巷文學叢書續集』 1책, 성균관대학교출판부, 2022, 권9, 185면. “古人云: ‘名下無虛士,’ 信矣. 近世洛下巷居之士, 以詩律有名稱者多. 間或祖述前賢之句, 而步趨不窘者亦有之, 而評詩者, 忽其人地之微, 而不肯許可, 良可慨. 然趙崇禮者, 嘗有晩眺詩, 其一聯曰: ‘江闊鳥疑飛不渡, 天長雲欲去還流.’ 頗近自然.”

124) 남윤덕, 「碩齋 尹行恁의 『方是閒輯』(上) 연구」, 『동방한문학』 99호, 2021, 179~220면.

125) 윤행임(尹行恁), 『해상청운(海上淸云)』, 미국 버클리대 극동도서관 소장 사본, 장8, "太學典史朱永昌, 頗以詩見稱. 余召而試之, 呼丸字, 永昌輒應聲曰: '老去詩篇只虛殼, 醉來天地亦彈丸.' 有以見風韻, 也不草草."

126) 윤행임, 위의 책, 장13. "雲從街市兒安義成, 年十三有詩云: '松下百杯猶不醉, 淸風一道瞥然醒.' 人謂十三歲兒能詩, 誠奇矣, 百杯不醉, 可謂潑童云."

127) 박인호, 「풍암집화의 편찬과 편사정신」, 『한국사학사학보』 12집, 한국사학사학회, 2005, 51~81면.

128) 김영진, 「해암(海巖) 유경종(柳慶種)의 잡록 『파적(破寂)』 연구: 작자 고증과 내용(內容) 제요(提要)를 중심으로」, 『한문학논집』 30집, 근역한문학회, 2010, 349~382면.

129) 유경종(柳慶種), '일시(逸詩)', 『동간필담(東磵筆談)』, 필자 소장 사본, 장9. "余嗜詩成癖, 每逢人輒問之."

130) 김동준, 「海巖 柳慶種의 論詩詩 硏究」, 『한국한시연구』 11호, 한국한시학회, 2003, 311~339면.

131) 유경종, '허균시(許筠詩)', 위의 책, 8장. "許筠詩稍不雅, 精選十數篇合作, 亦無愧選文, 敏暢適用, 可見其才. 然金氏昌協論東文, 膚率而不能深至, 亦不免此病. 東州與竹南書稱其詩文率平平, 淸便有餘, 而調韻不足. 文贍華條暢, 由其信手拈來, 殊乏桓文節制. 此論得之矣. 許所長評詩小論, 直寫不留意者, 皆可誦. 且於論詩, 特具隻眼. 尺牘短簡, 時不類東人口氣, 雖襲取過多, 而亦自不惡. 東州亦稱其尺牘, 時時出射鵰手. 爲人碑誌, 亦簡精合度, 文字雅婉可誦. (후략)"

132) 김성훈, 「海巖 柳慶種 『破寂』 연구」, 성균관대학교 석사학위논문, 2019, 88~111면.

133) 유경종, 『파적(破寂)』 인권(人卷), 41칙.

134) 유경종, 위의 책, 41칙. "昔有一士人遇僧于路上, 侵困之不已, 末乃令作詩, 呼韻沙家斜也. 僧以肉談對曰: '無知莫知듕이사, 兩班常人내알가. 夕陽歸錫前途遠, 無罪山僧노흘사' 知其非凡釋之. (후략)"

135) 성섭(成涉), 『필원산어(筆苑散語)』, 성균관대학교출판부, 2019, 146~147면. "詩意蓋以怪石爲石假山, 愛而長對, 常目在之, 如紀昌之懸蝨於窓間, 而三年視之, 其大如車輪. 言常目故石山如華山, 我在華山下矣, 何必向華山而望? 詩之深奧, 與上詩同, 而此則詩家之別調, 非詩之正脈也. 然非簡易手段, 則亦不能作此矣, 唐無此格."

136) 장유승, 「李克誠의 『螢雪記聞』 연구」, 『성호학보』 4, 성호학회, 2007, 233~285면.

137) 이극성(李克誠) 지음 장유승 외 옮김, 『형설기문(螢雪記聞)』, 성균관대학교출판부, 2016, 185~186면. "洪相鳳漢往北關, 賦詩曰: '村深古木如相守, 野廣群山不自高.' 其遠到氣像可見矣. 蔡判書濟恭少時遊楓嶽, 作詩曰: '無數飛騰渾欲怒, 有時尖碎不勝孤.' 可謂自道其平生也."

138) 이극성, 『고암신편사과록(臯庵新編四科錄)』, 일본 동양문고(東洋文庫) 소장 사본 권9下 장33. "蔡希庵彭胤常誦東州李公敏求: '蟲音繞壁三更靜, 螢火緣帷七月寒.' 之句, 曰: '蟲繞壁則動也而措靜字, 火緣帷則熱也而下寒字, 豈不意巧而語奇乎? 如此之句, 雖求諸唐詩, 鮮有其類.'"

139) 장유승, 「『滄海詩眼』 연구의 재검토」, 『한문학보』 42집, 2020, 193~228면.

140) 최상근, 「林下 李敬儒의 『滄海詩眼』 연구」, 『한국한문학연구』 59집, 2015, 7~37면.

141) 이경유(李敬儒) 저 장유승 등 옮김, 『창해시안(滄海詩眼)』 중권, 성균관대학교출판부, 2020, 349면. "近世人, 無眞眼目."

142) 방현아, 『지원 강세륜의 삶과 시문학』, 학자원, 2023, 120~138면.

143) 이경유, 위의 책, 상권 43면. "余嘗怪天才如東坡, 而其詩無一篇佳者. 病宋詩者, 必自東坡始."

144) 이경유, 위의 책, 상권 53면. "學詩者, 欲識古人用力處, 當先看其下字."

145) 조정윤, 「《瑣編》 所載 詩話의 양상과 성격: 《試筆》을 중심으로」, 『語文研究』 80집, 2014, 199~231면; 조정윤, 「任天常 編著 《瑣編》 연구」, 『漢文學論集』 51집, 2018, 231~261면.

146) 임천상(任天常), 「시필소서(試筆小敍)」, 『쇄편(瑣編)』, 규장각 소장 사본, 책5 장26. "遂援筆試書, 或述先賢言行·前輩風流, 或識交遊·酣嬉·諧謔, 間亦記世俗所傳道, 以爲談笑之資. 隨得隨書, 事亡次序."

147) 임천상, 위의 책, 책4 장55. "宋恥庵瑣挽李斯文正封詩云: '抱影衡茅下, 怡然任性情. 靜中眞有得, 高處在無名. 畎畝身惟適, 溪山坐自清. 莫論窮與達, 卽此見平生.' 此一篇, 可作千古不顯者挽辭."

148) 임천상, 위의 책, 책4 장61. "趙判樞觀彬與姜參奉栽隣居, 姜嘗祭先而不分餕餘. 趙戲爲詩, 皆用諺語之屬狗兒者. 盖方言狗曰姜兒之故也. 詩云: '昨日姜哀之, 祭物盖粗知. 黃發山栗色, 黔動海蔘湯. 煎茅插沙裡, 添酌半東傾. 執事皆孼翁, 主婦盡老娘.

畏蠅盖茶盤, 神靈走隣家.'"

149) 임천상, 위의 책 2책, 72장. "李同知必運夫人南氏, 悼孫女詩曰: '八年七歲病, 歸臥爾應安. 只憐今夜雪, 離母不知寒.' 詩生於情, 情生於詩, 與境俱到, 字字可涕, 眞是悼殤之佳作, 而平日雖姻戚, 亦不知其能詩, 亦可以垂範於閨閫."

150) 이대형, 「樗湖隨錄의 編者와 異本」, 『고전문학연구』 32집, 2007, 411~433면. 필자는 『조선후기시화사』에서 편자의 친척인 조덕윤(趙德潤)을 저자로 보았으나 오류이므로 바로잡는다.

151) 원문에는 『북헌잡지(北軒雜識)』로 되어 있으나 이는 『농암잡지』의 오류이다. 대부분 이본에서 오류를 답습하였다.

152) 조덕상(趙德常), 『저호수록(樗湖隨錄)』, 영남대학교 도서관 소장(표제는 『동인시화(東人詩話)』) 사본, 장38. "『紫閣管窺』曰: 夫詩豈易言乎哉? 開天之於宋明, 世運黠降, 東國之於中華, 風氣又隔世云. 攻詩者, 雖欲學唐, 而體裁纖弱, 音韻短澁, 終不能入陳黃之堂奧, 則敢望李杜之藩籬也哉? 雖以孤竹·玉峯·蓀谷名爲近唐者言之, 絶句則間有絶唱, 而長律則終欠合作, 是豈非才隨世下, 風與地別而然歟? 谿澤以後, 奎運漸晦, 明宣盛際不可復覩, 而南壺谷『箕雅』之選, 又過百年, 則亦豈無騷人傑句之可以傳後者乎? 玆不佞不揆妄僭, 隨聞隨錄, 而選擇之際, 自古爲難, 固陋褊滯, 惟是之懼焉."

153) 임렴(任廉), 「양파담원서(暘葩談苑序)」, 『양파담원(暘葩談苑)』, 아세아문화사 영인본, 1981, 3면. "余素不嫺聲病, 而每見古今人佳作, 欣然伎慕諷玩乃已. 家有高祖考『水村漫錄』一編, 所載頗簡略, 故因旁蒐諸家所著詩話, 抄錄而裒益之, 歷八稔, 始成若干卷, 總名之曰『暘葩談苑』. 其中巧拙幷收, 雅俚畢陳者, 不敢以己見折衷而增刪之也."

154) 임렴 편, 위의 책, 896면. "朴齊家詩云: '鳴蟲懇到晨.' 懇字甚精神. 吳草廬詩: '蟬末知秋懇懇吟.' 其意同然."

155) 편자 미상, 『동시영언(東詩零言)』, 미국 버클리대학 동아시아도서관 소장 사본, 권3 장16. "金遇秋詩無足觀, 不必收入."

156) 편자 미상, 위의 책, 권10 장32. "丁若鏞在謫, 見小綠蛙恐見啄於鷄, 躍上榴枝, 感吟曰: '綠色通身絶小蛙, 一生端正坐榴杈. 非渠敢有居高願, 剛怕雞腸活見埋.' 及放歸, 人以爲末句之兆云."

157) 편자 미상, 「수미청사(脩眉淸史)」, 『청운잡총(靑韻襍蘩)』, 서울대학교 규장각 소장 사본 장28. "印份有詩曰: '草堂秋七月, 桐雨夜三更. 欹枕客無夢, 隔窓虫有聲. 淺莎

翻亂滴, 寒葉洒餘淸. 自我有幽趣, 知君今夜情.' 學士之名雷震海東者, 實由此篇. 盖頷聯承起句第一秋七月景物而敍之者, 頸聯承第二雨三更之句而敍之者. 看詩者, 當先察其搆意與注句之如何做去."

158) 편자 미상, 위의 책, 장57. "'閱來世事金能語, 說到人情劍欲鳴.'之句, 或稱崔簑笠之詩. 簑笠者, 未知何許人, 而常着簑笠, 故人以號之. 警句必多, 而無得聞, 可恨."

159) 남희채(南羲采), 『중향국춘추(衆香國春秋)』, 국립중앙도서관 소장 사본, 장68. "嘗輯古今人以詩話者, 擷芳選華, 隨事分門, 撰輯爲『龜磵詩話』, 凡二十有七卷."

160) 하지영, 「南羲采의 『衆香國春秋』 소고」, 『한국한문학연구』 권51, 2013, 575~608면.

161) 남희채, 「구간시화서(龜磵詩話序)」, 『구간시화(龜磵詩話)』 1책, 성균관대학교 존경각 소장 사본, 권1 장2. "閑寂中, 遂取唐宋人以詩話者, 擷芳選華, 薙其繁冗. 兼掇墳典子史及稗官野乘所載叢話, 而以古人詩句潤色之. 爲其便於考據, 隨事分門, 立三才以紀之, 族萬物以譜之, 人情以經之, 事類以緯之. 蒐羅成卷, 凡若干篇. 仍又自念猥以謏見, 敢爲蒐輯. 間或以己意附之, 固已難逃於僭越之罪."

162) 吳涵芬 編 楊軍 校注, 「說詩樂趣類編細目」, 『說詩樂趣校注』, 齊魯書肆, 1992, 1~28면.

163) 남희채, '석모이신(席帽離身)·동인착용(東人錯用)', 「복식기용(服食器用)」 상, 위의 책 10책, 권21 장3. "(前略) 今我東俗以初通仕籍謂'着席帽', 政野乘所謂膝匣賊也. 余嘗於場屋有一賦客, 大談以爲'吾今日及第着席帽'. 余用方言戲作一絶曰: '三字靑袍兩耳巾, 之於差顚言大人. 錯用古談爲膝匣, 明朝席帽好加身.'"

164) 남희채, '국황도홍(菊黃桃紅)', 「어충조수(魚虫鳥獸)」 상, 위의 책 4책, 권7 장5. "醫書: '蟹於夏末秋初, 如蟬蛻解, 名蟹之義, 必取此也.' 凡蟹必得霜而肥, 故詩曰: '菊黃酒熟蟹螯肥.' 又曰: '紫蟹肥時晩稻香.' 而苕溪漁隱詩乃曰: '桃花紅綻蟹初肥.' 何也? 蓋蟹非一種, 有秋肥者, 有春肥者. 我東湖南之順天, 嶺北之北靑, 嶺東之歙谷等地, 春時蟹始肥, 海西則冬節有凍蟹云, 物性隨地以變而然耶?"

165) 남희채, '정방조대(定方釣臺)', 위와 같은 곳 장7. "余曾遊扶蘇山下, 有一怪石跨於江渚, 石上有龍攫之跡. 諺傳: '蘇定方伐百濟, 臨江欲渡, 忽風雨大作. 以白馬爲餌, 釣得一龍, 須臾開霽.' 故江曰白馬, 又曰釣龍臺. 然而古諺所傳特譎詭之譚, 不知其信然也. 故余於「皐蘭亭雪夜有懷」古詩有'龍臺雲譎波千載, 魚火星微雪二更.'之句."

166) 김보성, 「19세기 詠物詩 비평과 문화콘텐츠적 가치: 『龜磵詩話』와 『詩家點燈』을 중심으로」, 『동양한문학연구』 권60, 2021, 203~239면.

167) 강봉흠(姜鳳欽), 『남애시사(南涯詩史)』, 하권 108칙, 계명대학교 동산도서관, 사본. "'施施石室人, 去作台扉客. 入門童子迎, 笑進首陽墨.' 右慕軒姜公和菊圃南漢詩也. 仁廟丁丑南漢下城之日, 淸陰金公從後門出, 徑歸湖西, 仍轉向嶺南. 自是凡有除拜, 不受朝旨. 辛巳就囚瀋陽, 其冬拘之灣上, 乙酉放還, 直向安東. 一家子弟送別于郊外, 公各贈一墨曰: '吾今分爲南方之鬼, 不復踏漢陽一路. 汝等持此墨以對吾面目也.' 及明年拜爲相國, 始承命入京闕, 金大憲壽弘, 公之從孫, 於是袖墨而進曰: '前賜墨, 謹受而寶藏之, 時時奉玩也. 今大人復入京城, 小子更承顏面, 此墨無所用也. 敢還納之.' 淸陰有愧色云."

168) 박희병, 「〈운영전〉 작자 고증」, 『국문학연구』 42집, 2020, 5~69면.

169) 이현일, 「『삼명시화(三溟詩話)』로 본 18세기 한시사(漢詩史)」, 『민족문학사연구』 27호, 2005, 40~79면.

170) 안대회, 「국토 평론가 이중환: 그의 생애와 학문의 행방」, 『택리지평설』, 휴머니스트, 2020, 37~72면.

171) 강준흠(姜浚欽) 저 민족문학사연구소 한문분과 옮김, 『삼명시화(三溟詩話)』, 소명출판, 2006, 134~139면. "英廟初年, 號多詩人, 如淸潭李佐郎重煥·菊圃姜學士樸·慕軒姜司書必愼·藥山吳參判光運·脊節齋李參判仁復, 才氣相上下, 互相唱酬, 淸潭之名, 殆掩諸子. 癸卯愼節罷官, 居順興, 聞淸潭住丹陽, 以書相邀, 遊大小二白山. 凡山之表裏形勝奇跡異聞, 無不搜討, 一行唱和, 幾至百篇. 淸潭之「聚遠樓」·「浮石寺」二詩, 最爲膾炙. (中略) 其「浮石寺」詩曰: '縹緲鐘樓十二欄, 東南千里眼前看. 人間渺渺新羅國, 天下深深太白山. 秋壑暝烟飛鳥外, 海門殘照斷雲端. 登臨不到上方寺, 豈識千秋行路難?' (中略) 亦稱佳作, 而若其音節弘亮, 似遜於淸潭."

172) 강준흠, 위의 책, 44칙, 142~154면. "漢陽舊俗多有可記, 終古無萃集成詩者. 菊圃. 慕軒有紀俗詩, 可比『荊楚歲時記』. 異時採國風者, 必有取之者."

173) 임형택·김종태 외, 「譯註 餛飩錄 詩話部」, 『민족문화』 40집, 한국고전번역원, 2012, 331~383면; 김언종, 『餛飩錄』, 실학박물관, 2014.

174) 정약용 저, 김언종 역주, 위의 책, 291~292면. "樊翁詩脉, 蓋自湖州·東州, 承以松谷, 而希菴·菊圃·吳藥山其親受者也. 樊翁亦盛推松谷, 爲非諸子所能及."

175) 정약용, 「발화영첩(跋畫櫻帖)」, 『정본여유당전서(定本與猶堂全書)』3, 다산학술문화재단, 2012, 권14, 140~141면. "吾黨詩脈, 自湖洲·東州以來, 唯松谷得其宗, 而松

谷之詩工緻少遠致. 燕超齋, 松門之顔子, 希菴, 松門之曾子. 嗣此唯藥山·菊圃得其傳. 若吾有不及夢瑞·法正."

176) 김언종 역주, 위의 책, 293~296면. "大抵公詩全觀氣象, 務爲雄渾頓挫之語. 其論他人詩亦然, 悽楚激切之音, 並在所黜."

177) 정약용, 위의 책, 319~320면. "我國童謠, 言多鄙俚, 無以傳後. 余嘗取其一二, 翻譯成文, 居然可觀."

178) 정약용, 「기연아(寄淵兒)」, 위의 책4, 권21, 255~256면. "後世詩律, 當以杜工部爲孔子. 蓋其詩之所以冠冕百家者, 以得『三百篇』遺意也. 『三百篇』者, 皆忠臣·孝子·烈婦·良友惻怛忠厚之發. 不愛君憂國, 非詩也; 不傷時憤俗, 非詩也; 非有美刺勸懲之義, 非詩也. 故志不立, 學不醇, 不聞大道, 不能有致君澤民之心者, 不能作詩."

179) 정은주, 「낙하생 문집 이본과 선집 수록 현황」, 『반교어문연구』 48호, 2018, 85~119면.

180) 이학규, 「시화(詩話)」, 『일명고(逸名稿)』, 필자 소장 사본, 장22. "且凡唐以上詩, 最多遇景起情, 自宋以下反是. 此因三唐以前人, 製作甚少, 無從蹈襲, 如初學語小兒, 一咤一訴, 天眞爛然, 無不可愛. 自唐以後, 充棟塞樓, 惟五七字居半焉. 假使賦一事, 咏一物, 自非點鬼·獺祭, 則道一句一字不得. 是如慣詐喬做者, 一哂一諾, 便倣某甲某乙, 非爲優孟抵掌, 則竟亦邯鄲學步者也."

181) 이학규, 위의 책, 장22. "人示「江行雜詩」: '暮宿龍門西', 批曰: '實境雖西, 入詩當北.' 昔朴次修見人詩, 其韻脚有云道峯東. 次修曰: '雖千番萬番道峯東, 爲要此詩好看, 不得已改曰道峯西.' 當時爲之鬨堂."

182) 조언림(趙彦林) 등, 「이사재기문록(二四齋記聞錄)」, 『해동시화(海東詩話)』, 계명대학교 동산도서관 소장 사본. "金奉朝賀履翼嘗欲解紛南北, 而不聽. 有一聯'世事鹿皮書曰字, 人言牛耳讀經文.' 善喩."

183) 조언림 저 안대회 교감표점, 「이사재기문록」, 『문헌과해석』 창간호, 1997 가을, 200~227면. "李醉松義師詩律近世宗匠, 而集恥菴·悔軒兩祖而大成之. (중략) 初與睦萬中相逢贈詩曰: '斗酒長安夜, 新逢睦佐郞.'云云. 其「留別詩」曰: '平生詩豈盡, 知己一猶多. 相逢秋風裏, 其如鬢髮何.'云云以送. 翌朝睦已別於前夕, 而忽又來訪, 入門便拜, 松翁慌忙答之曰: '是何故也?' 睦曰: '吾見可拜之句, 敢不拜乎!' 盖指秋風鬢髮之句也. 余自幼幸得聞其緖餘, 而未及升堂, 中道哭之, 到今追思, 則可謂長於匠石之園而不得一斤者也, 可歎."

184) 이존서(李存緖), 『칠계창수록(漆溪唱酬錄)』(홍만종, 『홍만종전집』 하권), 太學社, 1986, 183~212면. "世有詩人之警聯佳作者多, 而互相言傳, 未知其誰人之所製. 然若使有眼者觀其詩而慕其人, 則百無一失矣. 有曰: '萬樹繁陰鶯世界, 一江踈雨鷺平生.' 世云花田之詩也. '危岩欲墜花猶笑, 古木無情鳥自歌.'云, '別後不知生白髮, 十年應多我朱顔.' 氣勢渟滀浩漫, 神出鬼沒, 自有言外之意, 非文章手段, 能如是乎? 近日人從康津來者, 口傳丁承旨多少詩句, 有'得酒三盃猶遣日, 看花一荷足爲春.' 又'非君燈一吾而已, 勸我盃三子矣乎!' 又'山深然後寺, 花落以前春.' 等句, 不可殫擧, 而比諸金詩何如哉? 向者兒聲之說, 未知指誰而發也."

185) 송호빈, 「人物錄으로서의 『華東唱酬集』과 조선후기 인물록의 한 系譜」, 『어문논집』 87집, 2019, 57~94면.

186) 박선성(朴善性), 『자산차록초(茨山箚錄鈔)』, 하버드대학 옌칭연구소 도서관 소장 사본, 장33. "李泊翁明五, 字士緯, 濟庵鳳煥之子, 濟庵戊辰通信使書記, 大鳴日域, 泊翁又爲辛未信使書記. 斗室詩: '何羨翩翩泛叟行, 應驚落落泊翁名.' 楓皐詩: '藤橘源平多舊裔, 索詩先問謝家毛.' 皆言世趾其美."

187) 박선성, 위의 책, 장34. "余再入燕時, 咸聖中詩: '重重裹着草綿花, 短襖長袍十襲加. 四大無由寬自在, 縱教身癢不能爬.'"

188) 성해응(成海應), 「시화(詩話)」, 『연경재전집(硏經齋全集)』 외집(外集) 권55, 문집총간 277집. "悠悠子李熺, 貞翼相國之後也. 性甚迂踈, 顧能詩, 頗膾炙于時. 如「雨中作」曰: '敗蕉喧未已, 深雀坐無聊.'之句是也. 其庶女爲金清州履健妾, 屢從夫任之郡府, 以私財刻其集一卷. 又一婿趙綸亦能詩, 自號曰率菴, 有集一卷. 與顧菴李世愿甚好, 俱在驪上唱酬, 顧菴亦有集一卷."

189) 이원순(李源順), '정봉한점(靜峰閑點)', 「수헌고(壽軒稿)」, 『한산세고』 권38, 장1. "三淵楓岳詩末句: '秋來萬二千峯月, 應照山僧禮佛燈.' 農巖改照以伴, 夢窩改照以作, 文谷取見之曰: '照伴二字. 亦足以留名, 而未若作字之必致遠到也.' 文谷鑑識亦高矣."

190) 이형부(李馨溥), 『고금인총언(古今人叢言)』. 규장각 소장 사본, 장17. "李秉淵, 字一源, 號槎川. 爲三陟府使, 有詩曰: '天下有名三陟府, 世間無敵一源詩.' 忽有童子呼曰: '글 씨우시오!' 李招入曰: '글을 엇지 씨우ᄂᆞ니?' 童曰: '솟 씨우닷 ᄒᆞ노라.' 李曰: '네 글 씨우라.' 誦之, 童曰: '朝鮮三陟何以有名於天下乎?' 씨와 가로ᄃᆡ '自古有名三陟府, 當今無敵一源詩.' 又曰: '自古·當今四字, 不如東海·南方.'"

191) 김새미오, 「연천 홍석주의 고증학 비판양상과 그 의미」, 『한문학논집』 32, 근역한문학회, 2011.

192) 홍길주(洪吉周)는 『수여난필속(睡餘瀾筆續)』(『항해병함(沆瀣丙函)』 권8, 「총비기(叢秘紀)」4)에서 형제의 저술을 두고 다음과 같이 밝혔다. "余草『放筆』·『演筆』在乙未冬, 『瀾筆』自丙申始, 而今年丁酉淵泉先生屛居湍上, 隨意著錄, 題之曰『鶴岡散筆』. 自春徂夏, 所就已數卷, 方又縱筆不休, 來者未可量也. 其中往往有與『放』·『演』諸筆所載者相疊者. 盖余之所錄太半是先生緖論, 而余之諸筆, 雖皆一經先生鑒閱, 歲月稍久, 自不能一一記, 有勢固然爾."

193) 홍석주, 『학강산필』 권3(『연천전서(淵泉全書)』 7책), 오성사(旿晟社), 영인, 1984, 113면. "論文而主於明教, 論詩而主於感人, 一言而盡矣. 曰體裁, 曰格調, 曰風韻, 皆已支矣. 況於聲病之姘合, 對偶之踈密, 使事用韻之巧拙也哉?"

194) 홍석주, 위의 책, 권4, 117면. "詩之爲文, 本乎情性, 發乎天機, 其意眞摯, 其辭條達, 其氣流動, 其用則以感人爲主, 其功歸於興觀懲刱, 其效至於移風易俗."

195) 홍석주, 위의 책, 권1, 57면. "詩之爲道, 以興觀群怨爲貴. 雖後世詞人之作, 亦往往有能感發人者. 至律詩之出, 而此意遂掃地矣."

196) 홍석주, 위의 책, 권3, 104면. "白香山詩, 流率俚近, 固未可謂之高格. 然指陳事理, 切近人情, 往往可以警發聾頑. 其新樂府諷諭諸作, 又足謂長民者座右之銘."

197) 박무영, 「'睡餘三筆'의 문학적 사유」, 『열상고전연구』 17호, 열상고전연구회, 2003, 7~34면; 정민, 「'수여삼필'을 통해 본 항해 홍길주의 사유방식」, 『19세기 조선 지식인의 문화지형도』, 한양대학교출판부, 2006.

198) 홍길주(洪吉周), 「수여방필(睡餘放筆)」(박무영·이주해 외 옮김, 『표롱을첨(縹礱乙幟)』 하, 태학사) 상권 3칙, 216~217면. "余嘗論, 文章不但在讀書, 讀書不但在卷帙. 山川雲物鳥獸草木之觀, 及日用瑣細事務, 皆讀書也."

199) 홍길주, 「수여방필」 상권 46칙, 위의 책, 248~249면. "詩之感人, 非必超異警絶語也. 雖凡句, 亦往往有感人者."

200) 홍길주, 「수여연필(睡餘演筆)」 하권 21칙, 위의 책, 370면. "文章必待新奇之思·瓌異之辭, 然後工, 則平生能做了幾篇好文耶! 街巷婦孺茶飯恒言, 取以入文, 無非瓌章綺句. 人自朝夕浹於耳, 熟於口, 而特未嘗想到於入文耳."

201) 金喆凡, 「19世紀 古文家의 文學論에 대한 硏究: 洪奭周 金邁淳 洪吉周를 중심으로」,

성균관대학교 한문학과 박사학위논문, 1992, 96~97면.

202) 홍길주, 「수여방필」 상권 22칙, 위의 책, 232~233면. "律詩起句通韻者, 謂之一雁高飛, 結句通韻者, 謂之平沙落雁. 未知其稱出於何書. 唐宋詩一雁高飛格, 十殆二三, 平沙落雁, 則百尠一二. 余嘗多用落雁格, 近始覺之. 世人多拘古人之所不拘, 而于其所忌者, 反不之究, 而恒犯之, 可歎."

203) 박영보(朴永輔), 『녹범시화(綠帆詩話)』, 『박영보전집』 4책, 성균관대학교 대동문화연구원, 2019, 753면. "錢希言『西浮籍』「皖城」: '垂楊撲江, 陰羃數里, 帆影盡綠.' 此詩境也. 因纂輯他書之言之宜於詩者, 總名之曰『綠帆詩話』凡若干篇. 然而遺珠尙多, 後之君子衍此, 同志合成一部佳話, 不勝厚幸."

204) "畢少董命所居之室曰死軒, 凡所服, 皆用上古壙中之物."

205) "范寬初師李成, 旣乃歎曰: '與其師人, 不若師諸造化.'"

206) "張祜苦吟, 妻孥喚之不應, 以責祜. 祜曰: '吾方口吻生花, 豈恤汝輩!'"

207) "江總爲文, 次至吟詠, 得意則起稿於窓上, 不堪示則投置溷中, 久而文遂工矣."

208) "張籍取杜甫詩一帙, 焚取灰燼, 副以膏蜜, 頻飮之曰: '令吾肝腸, 從此改易.'"

209) 박영보, '동인학시(東人學詩)', 『연총록(衍聰錄)』3, 위의 책 3책, 736면, "東人學詩者, 不墮功令, 便囿風氣, 少獲雋人. 又痼於盛唐, 白首茫然, 如桃源人, 着秦衣服, 不覺漢晉日月都從山外過. 不爾, 學放翁飯香·睡味等句, 誤盡南山下學究一生. 漁洋論詩有云: '耳食紛紛說開寶, 幾人眼見宋元詩.' 覃溪已議後云: '開元大曆非空貌, 秀水新城莫漫云.'"

210) 박영보, '여정사형(與丁士衡)', 위의 책, 『연총록』3, 734~735면, "『楚亭集』, 初聞散在人口者, 零零星星, 如殘錦片翠, 每不禁心移神往. 今得覩其古近體數百篇, 庶可以知足. 然想到三集更在, 又不禁心移神往, 望蜀之想, 固無窮也. 來遞若與『雅言覺非』·『泠齋集』聯示, 則終始荷眷, 不啻百朋之錫矣."

211) 『시가점등』 각 권 끝에는 필사 연대가 실려 있는데 그 연대가 곧 저술 시기이다. 제1권 끝에는 "庚戌南至月", 제2권에는 "庚戌臘望王后二日"이라고 써서 저자가 63세 때(1850) 집필을 시작하였다. 저자는 1840년 이후 충청도 忠州 德山面 三田里에 살면서 시화를 저술하였다. 시화 몇 곳에 나이가 70세를 바라본다고 하였고, 속집 158칙 '法境瓦硯序銘'에 사망 직전 해인 1855년도 기사가 실려 있어 1850년에 시작하여 1855년에 완성하였다.

212) 김보성, 「李圭景의 『詩家點燈』 연구」, 성균관대학교 박사학위논문, 2015, 7면.

213) 이규경(李圭景), 「경번당변증설(景樊堂辨證說)」, 『오주연문장전산고(五洲衍文長箋散稿)』 권46, 명문당 영인본 下卷, 487~488면. "余嘗輯《彤管拾遺》一書, 取東方閨房之詩, 滙作此編, 而景樊之事實甚詳, 與之參辨可也."

214) 이규경(李圭景), 『오주연문장전산고(五洲衍文長箋散稿)』 권下, 명문당 영인본, 55면. "余不佞妄著『詩家點燈』四五卷, 僭錄詩話之后, 便仝續貂耳."

215) 이규경, 위의 책, 54면. "詩話者, 詩之流亞, 而作詩之模楷也."

216) 이규경, '호시점화인문중(好詩點化印文中)'조, 『시가점등(詩家點燈)』, 아세아문화사, 영인, 1981, 96~107면. "『谷園印譜』印文, 雖云纖麗, 間多可采入詩詞, 故不拘小品, 並爲收來, 惟在作詩者點化之如何. (中略) 『留青新集』「印章綺語」, 比谷園印文, 尤多警醒句語, 釀以爲詩, 必生驚人句, 故亦收入之."

217) 이규경, '시자기인지사(詩者其人之史)'조, 위의 책, 702면. "詩者, 其人之史."

218) 이규경, 「박학다식변증설(博學多識辨證說)」, 『오주연문장전산고』 권45, 위의 책, 440면. "博學多識, 卽君子所宜銘念不諼者也."

219) 이규경, '가리문무단극청당(可離文无丹棘青堂)'조, 위의 책, 114~115면. "雖詩人不可不以淹博爲貴也."

220) 해박하기로 유명한 한치윤(韓致奫)조차도 『해동역사(海東繹史)』 「예문지(藝文志)」에서 『명시종(明詩綜)』과 『지북우담(池北偶談)』·『열조시집(列朝詩集)』을 인용 문헌으로 밝히는 데 그쳤다.

221) 이규경, '표상질질질질엽자(縹緗袠袟帙秩葉字)'조, 위의 책, 716면. "凡著述文字, 當詳知其所用故事出自何處, 然后用之."

222) 이규경, 위의 책, 625~626면. "此書欲爲我東典攷者, 不可无者. 尤宜於詩文二家用事𥳑以爲魋魚之助者也."

223) 이규경, '굴대균목면화가(屈大均木綿花歌)'조, 위의 책, 190면. "我東獨無此種, 故不識其狀. 適見屈翁山大均「南海神祠木綿花歌」, 甚奇之, 采錄, 使我后生有所攷焉."

224) 이규경, '구공기은화천금화귀(救公飢銀花賤金花貴)'조, 위의 책, 142면. "此等名物, 騷人不可不知."

225) 김보성, 위의 논문.

226) 이규경, '백석자명종배율(白石自鳴鐘排律)', 위의 책, 167~168면. "雖曰島夷, 其咏

物不讓中原, 才不擇地, 其斯之謂歟!"

227) 이규경, '문양시음(文陽詩陰)'조, 위의 책, 667면. "文陽也, 詩陰也. 文心之所至, 詩能言之, 能盡言之, 能反覆言之, 能洋溢言之, 能怪幻言之. 所以代天而有終, 蔭之職也. 興觀羣怨, 皆一一委之於草木鳥獸, 而不敢正言之, 臣子之誼, 當如是也."

228) 이규경, 「호접청정위충태변증설(蝴蝶蜻蜓爲虫胎辨證說)」, 『오주연문장전산고』 권45, 위의 책, 452면. "余處艸野, 但知注虫疏魚, 故如聞樵童牧豎所傳虫魚之事, 則必細錄之. 如見古今人士所記鳥獸之文, 則更翻鈔之. 自知其无所用, 无所益, 然其无用无益中亦有可攷可據之益. 故吟病不廢者有如是."

229) 김정희, 「잡지(雜識)」, 『완당집(阮堂集)』 권6, 문집총간 301집. "凡詩道亦廣大, 無不具備, 有雄渾, 有纖濃, 有高古, 有淸奇, 各從其性靈之所近, 不可以拘泥於一段. 論詩者, 不論其人性情, 以自己所習熟, 斷之以雄渾而非纖濃, 豈渾含萬象寸心千古之義也."

230) 김정희, 「제이재동남이시후(題彝齋東南二詩後)」, 위의 책, 같은 곳. "然性靈格調具備, 然後詩道乃工. (中略) 必以格調裁性靈, 以免乎淫放鬼怪, 而後非徒詩道乃工, 亦不失其正."

231) 錢鍾書, 『談藝錄』, 中華書局, 1986, 176~178면.

232) 조희룡(趙熙龍), 「석우망년록(石友忘年錄)」(實是學舍 古典文學硏究會 옮김, 『조희룡전집』 1책, 한길아트, 1999), 185~186면. "凡爲詩, 每未免掇拾餖飣, 自出機杼, 獨標性靈者, 凡幾人?"

233) 조희룡, 위의 책, 139면. "人有兒孫, 莫不願富貴福澤, 而獨於詩文, 不喜有惦俗氣. 此分其道而各極其欲也."

234) 조희룡, 위의 책, 61~62면. "每入煙霞之中, 詩趣從以靈活. 盖緣世諦自遠, 但爲煙霞之助發."

235) 조희룡, 위의 책, 224~225면. "詩乃淸華之府·衆妙之門, 非鄙穢人所可學. 凡作詩, 如撫琴, 心和氣平, 指柔音淡, 有一唱三歎之意, 是爲上乘."

236) 朴智永, 「金左均 『松澗貳錄』 연구」, 성균관대학교 석사학위논문, 2019, 6~13면.

237) 김좌균(金左均), 「동아(東雅)」, 『송간이록(松澗貳錄)』 49책, 국립중앙도서관 소장 사본, 장105. "余問: '趙顯期常曰, 先生有詩曰, 社稷浮漚上, 朝廷大醉中. 罪伏圍籬之中, 作此譏世之詩, 宋某所爲, 殊甚愚迷云.' 先生掉頭曰: '誠有如許詩句, 則趙之所謂愚迷, 何得免乎? 但本無此句, 吾不恨於趙也.'"

238) 홍성남, 「『夢遊野談』異本 硏究」, 『동악어문학』 제45집, 2005, 199~216면.

239) 이우준(李遇駿), 「고금시화(古今詩話)」(홍성남 편, 『夢遊野談』), 보고사, 1994, 686~689면. "金炳淵者, 不知何許人也. 或戴篛笠, 或着蔽陽子, 或鮮明衣履, 而或弊垢懸鶉, 嗜酒放飮, 靡日不醉, 去就無常, 閃忽莫測, 但不欺其姓名而已. 所到以文章見稱, 呼韻使賦, 應口輒對, 亦多神語. 至於科體行詩, 精速兼備. 或有人評論其疵病, 則便張目叱之曰: '長者之言, 安敢妄論!' 聞其名者, 不與之較, 笑而受之. 常止於止處, 或浹旬, 或彌朔, 忽又捨去, 無定住焉. 有東峽人, 爲余言. (中略) 噫! 人之抱負如是, 而苟能持身雅正, 行正有常, 則不問來歷, 吾將負笈而從之矣. 奈何放縱不拘, 擺脫名敎, 甘作漫浪之徒耶? 是或斥跎之士, 遭其窮廢, 負才傲時, 自安於暴棄者歟?"

240) 이우준, 「달리지명(達理知命)」, 위의 책, 560~561면. "某人以升竹窩自號, 何者? 升有二義, 有升降之升, 有升斗之升. 盖以俗言自以爲凡事必隨時度宜, 務從其可而行之, 曰升竹也. 又欲循理因情, 任其自然而爲之, 曰升竹也. 近有一卿宰, 搆一亭於所居, 而扁曰然竹, 亦所以顧名思義也. 爲一詩以揭于楣曰: '我心自有居然竹, 風吹之竹浪打竹. 是是非非置彼竹, 飯飯粥粥爲此竹. 市井買賣歲月竹, 賓客接待家勢竹. 平生不如余心竹, 只行然竹過然竹.' 此可謂樂天知命, 與物無競. 然於事爲上, 無用心力行之意, 而只欲自求方便, 隨俗沈沒, 豈是大人君子中正之言歟?"

241) 李應洙, 『金笠詩集』, 한성도서주식회사, 1944, 39~40면.

242) 그중 한 편은 다음과 같다. "秋宵已曙莫言長, 促向燈前解繡裳. 獨眼微開睛吐氣, 兩胸纔合汗生香. 脚如螻蟈翻波急, 腰似蜻蜓點水忙. 强穩向來心自負, 愛恨深淺問娘娘."(『청구시화』, 『총편』 11책, 122~124면)

243) 이유원(李裕元), '선루명구(仙樓名句)', 「춘명일사(春明逸史)」, 『임하필기(林下筆記)』 권28, 성균관대학교 대동문화연구원 영인, 59면. "余於掌試之役, 轉入成都, 歷覽降仙樓. 思欲點句際, 見板上留黃江漢景源詩曰: '一楹對一峯.' 儘名作也. 盖樓架之數, 應於巫山. 此句一出, 人爲閣筆, 宜矣. 記昔正廟以金剛萬二千峰詩, 命諸臣應製, 楚亭朴齊家起句曰: '住笻一日一峯頭, 百歲三分始一周.' 上詡以奇才, 可與此句同傳矣."

244) 이유원, '직려시화(直廬詩話)', 위의 책 권30. "歐文忠論李杜優劣曰: '〈清風明月不用一錢買, 玉山自倒非人推.〉 可見其橫放, 其所以警動千古. 而甫之於白也, 得其一節, 精强過之. 至於天才自放, 非甫可到也.' 余於趙岩亭性敎論是事, 或曰: '旣稱李杜, 則文章次序, 推可知也.' 余曰: '百篇如一, 杜詩也, 少陵豈讓於靑蓮哉? 若其姓字

倒稱, 則響不如李杜而然, 烏可以此定其高下也? 古人以李爲詩中天子, 以杜爲詩聖, 天子有得失, 聖人安有過不及處耶?"

245) 郭醒, 「韓國所藏本《詩文淸話》來源考」, 《古典文獻硏究》 第五輯, 南京大學出版社, 2002, 271~281면.

246) 鄺健行·詹杭倫, 「《詩文淸話》材料來源擧隅及其價値之初步評估」, 『시화학』 창간호, 1998, 157~182면; 김정희, 「한국소장《詩文淸話》初探」, 『중국학보』 43호, 2001, 141~153면.

247) 張伯偉, 위의 논문: 童玲, 「「百家詩話鈔」溯源小考」, 『古代文學理論硏究』 33, 華東師範大學出版社, 2011, 392~404면; 韓東, 「조선 후기 『隨園詩話』의 유입과 崔瑆煥의 『性靈集』 편찬」, 『東洋學』 62집, 2016, 1~18면.

248) 원매(袁枚), 『수원시화(隨園詩話)』, 인민문학출판사, 1960, 671면. "余作詩, 雅不喜疊韻·和韻及用古人韻, 以爲詩寫性情, 惟吾所適."

249) 안대회, 「동아시아 淸言小品의 전파와 향유」, 『민족문화연구』 75권, 고려대학교 민족문화연구원, 2017, 231~260면.

250) 안대회, 「조선 말기의 문예그룹 南社와 南社同人의 문학활동」, 『韓國漢詩硏究』 25, 한국한시학회, 2017, 5~42면.

251) 민영규, 「李建昌의 南遷記」, 『史學會誌』 20집, 1971, 256~263면.

252) 이건창(李建昌), 「영재남천기(寧齋南遷記)」, 『이건창전집(李建昌全集)』 제2책, 성균관대학교 대동문화연구원, 영인, 2018, 318~325면. "余遊燕, 與姜古歡同車, 日課吟酬, 自此微有所見於詩, 故余嘗自署爲古歡詩弟子. 古歡之詩, 於天趣則小遜, 而此行頗有自然之句, 如'寒星皆在水, 宿霧欲沈城', 則雖唐人, 何以過之?"

253) 이건창, 위의 글. "近世詩人, 惟甘山李黃中之作爲最高, 吾宗峿堂徵君與古歡, 亦一時之名家也. 甘山邃於仙學, 古歡長於佛理, 而峿堂專守洛閩家法, 終至膺弓旌之招. 至其詩, 則又搏採菁華, 辭理俱勝, 大似靖節·子昂."

1) 張寅彭,『民國詩話叢編』, 上海書店出版社, 2002; 王侃 等,『校輯近代詩話九種』, 上海古籍出版社, 2013; 周興陸 等,『民國報刊詩話選編』, 東方出版中心, 2023.
2) 안대회,「茂亭 鄭萬朝의『榕燈詩話』연구」,『한국문화』79, 2017, 77~104면.
3) 정만조(鄭萬朝) 저, 안대회·김보성 옮김,『용등시화(榕燈詩話)』, 성균관대학교출판부, 2018, 41~43면. "中葉以前, 專事唐聲, 自健陵以後, 四家專事宋理, 詩體一變."
4) 안대회,「조선 말기의 문예그룹 南社와 南社同人의 문학활동」, 위의 논문.
5) '대청마루 위의 제비'는 자신의 안락을 위해 권세가에게 빌붙는 사람을 비유한다. 두보(杜甫)의「거의행(去矣行)」에 "그대는 보지 못했나 팔찌 위의 매가, 한번 배부르면 즉시 날아가 버리는 것을. 어찌 대청마루 위의 제비가 되어, 진흙 물고 따뜻한 곳에 빌붙으랴(君不見鞲上鷹, 一飽則飛掣. 焉能作堂上燕, 銜泥附炎熱)"라는 구절이 보인다.
6) 정만조, 위의 책, 123~125면. "姜秋琴先生, 與余及社中諸友分韻於海棠樓, 先生作長短句詩, 有曰: '老夫過計發寒疾, 狂言驚世如瞀眩. 北氛易惡南風競線, 此時晏眠飽食庸非堂上燕.' 時宰多聞之, 以爲嘲我輩, 謗言日興. 秋琴不得已改'晏眠飽食'句, 曰'古人炯戒悲堂燕'. 於是謗者遂止. '古人炯戒悲堂燕'與'晏眠飽食'句, 語意何異? 但遣辭稍緩耳. 今之謗者, 誠愚矣哉! 先生詩多傷時憂國之語, 此長短句末曰: '且待三十年後看此卷.' 今爲三十年, 而日露兩國, 戰于仁川海上云. 豈先生盱衡揣摩, 有所預知耶?"
7) 정만조, 위의 책, 186~190면. "與秋琴·二堂及社中諸名勝會吟于海棠樓, 韋士作四言詩, 一筆屢十句, 字挾風霜. 中有數句曰: '腰間秋水, 照人悃愊. 維海有鯨, 揮之則殛. 維山有石, 擲之則泐.' 秋琴讀之, 至此嗚咽, 韋士亦與之相泣, 可謂一代之豪士也."
8) 김주현,「『天喜堂詩話』와 그 주석」,『어문론총』56호, 2012, 271~303면.
9) 신채호(申采浩),『천희당시화(天喜堂詩話)』2칙, 김주현, 위의 논문. "今에 我國人다려 問曰 我國詩가 何時에 始ᄒᆞ엿나뇨? ᄒᆞ면 或曰 類利王의 黃鳥詩가 是라. ᄒᆞ며 或曰 乙支文德의 遺于仲文詩가 是라. ᄒᆞ나 是는 皆漢詩오 國詩가 아니라. 五百年來 文學家 案上에 但只 漢詩만 堆積ᄒᆞ야 馬上寒食途中暮春이 童孺의 初等小學이 되며 洛城一別胡騎長驅가 敎塾의 專門敎科가 되고 國詩에 至ᄒᆞ야ᄂᆞᆫ 笆籬邊에 閑棄ᄒᆞᆫ지 幾百年이니 嗚呼라 此亦 國粹衰落의 一原因인져."
10) 신채호, 위와 같음. "且堂堂獨立ᄒᆞᆫ 國詩가 自有ᄒᆞ거놀 何必 支那律體를 依倣ᄒᆞ야 龍鍾

崎嶇의 態를 作ᄒᆞ리오."

11) 신채호, 위와 같음. "漢詩ᄂᆞᆫ 漢文과 共히 我國에 輸入ᄒᆞ야 一種 文學을 成ᄒᆞᆫ 者라. (중략) 其後에 許多 詩學士가 輩出ᄒᆞ엿스나 皆李杜韓蘇의 唾餘를 拾ᄒᆞ야 戰事를 悲觀ᄒᆞ고 苟安을 謳歌ᄒᆞ야 事大主義만 鼓吹ᄒᆞᆯ 쓴이오 能히 眼光을 大放ᄒᆞ야 東國 尙武的 精神을 發揮ᄒᆞᆫ 者ㅣ 無ᄒᆞ니 嗚乎라 外語 外文의 國魂을 移奪ᄒᆞᆯ 魔力이 果然 如此ᄒᆞᆫ지 余가 勝朝及本朝 千餘年間 漢詩家人物을 歷數ᄒᆞᄆᆡ 欷歔를 不堪ᄒᆞᄂᆞᆫ 비로다."

12) 신채호, 위와 같음. "其餘ᄂᆞᆫ 一切 火炬에 付코ᄌᆞ ᄒᆞ노니 嗚乎라 此言이 비록 過激ᄒᆞᆫ 듯ᄒᆞ나 抑亦有志者의 同認ᄒᆞᆯ 바가 아닌가."

13) 임형택, 「「동국시계혁명」과 그 역사적 의의」, 『한국문학사의 시각』, 창작과 비평사, 1984.

14) 신채호, 위와 같음. "客이 漢詩 數首를 携ᄒᆞ고 余를 示ᄒᆞᄂᆞᆫᄃᆡ 句句에 新名詞를 참入ᄒᆞ야 成ᄒᆞᆫ지라. 其中 '滿壑芳非平等秀, 격林禽鳥自由鳴'이라 云ᄒᆞᆫ 一聯을 指ᄒᆞ여 曰: 此兩句ᄂᆞᆫ 東國詩界革命이라 可稱ᄒᆞᆯ 비라 ᄒᆞ고, 怡然히 自得의 色이 有ᄒᆞ거놀 余ㅣ 曰: 吾子의 用心이 良苦ᄒᆞ도다만은 此로 支那詩界의 革命이라 ᄒᆞᆷ은 可커니와 東國詩界의 革命이라 云ᄒᆞᆷ은 不可ᄒᆞ니 盖東國詩가 何오 ᄒᆞ면 東國言 東國文 東國音으로 製ᄒᆞᆫ 者가 是오 東國詩革命家가 誰오 ᄒᆞ면 東國詩 中에 新手眼을 放ᄒᆞᄂᆞᆫ 者가 是라 ᄒᆞᆯ지어날 今에 子가 漢字詩를 作ᄒᆞ고 貿然히 自信ᄒᆞ여 曰 我가 東國詩界革命家라 ᄒᆞ니 抑亦愚悖ᄒᆞᆷ이 아닌가."

15) 조보로, 「양계초 문학관에 대한 신채호의 수용양상」, 『중국산문연구집간』 5호, 2015, 164~184면.

16) 박수천, 「창강 김택영의 「잡언」에 나타난 神韻의 문학론」, 『한국한시연구』 25권, 2017, 293~318면.

17) 김택영(金澤榮), 「잡언(雜言)」4, 『소호당문집정본(韶護堂文集定本)』 권8, 문집총간 347집. "詩最要調律, 意趣雖好, 律不諧, 則不得成其好."

18) 김택영, 위와 같은 곳. "詩固是聲響, 而文亦有聲響, 如古之莊周·太史公, 後之昌黎·東坡, 皆聲之最壯者. 在吾東則朴燕岩, 其庶幾者乎!"

19) 김택영, 위와 같은 곳. "李益齋之詩, 以工妙淸俊萬象具備, 爲朝鮮三千年之第一大家, 是以正宗而雄者也. 申紫霞之詩, 以神悟馳騁萬象具備, 爲吾韓五百年之第一大家, 是以變調而雄者也."

20) 유인식, 『대동시사(大東詩史)』, 동산선생기념사업회, 1978, 72면. "'蟬噪忘螳捕, 魚游喜鷺眠. 此地知何地, 他年重開筵.' 辛卯三月黃允吉等, 回自日本, 平調信僧玄蘇, 稱

以回禮使, 偕來留館, 幾月告歸, 題此詩于館壁而去, 以其動兵來犯之意也.”

21) 위의 책, 107면. “‘窓前四梅樹, 開向黃昏月. 欲飮花下酒, 奴賊圍城闕.’ 玄逸豪俊有大志, 十歲時長者命賦梅花, 時南漢被圍故云.”

22) 김보성, 「『東詩叢話』(규장각본)의 저자 및 저본 고찰」, 『한국한문학연구』 68, 한국한문학회, 2017, 403~429면.

23) 신상필, 「근대한문학의 성격과 辛亥唫社」, 『한문학보』 22집, 2010, 107~129면.

24) 양승민, 「문학류 僞書 연구 試論: 雲谷集과 少雪軒集의 진위 변증을 겸하여」, 『고전과 해석』 17집, 2014, 83~115면.

25) 장유승 「「열상규조(洌上閨藻)」 연구: 가상의 고대사와 허구의 여성들」, 『한국한문학연구』 79집, 2020, 129~181면.

26) 안택중(安宅重), 『동시총화(東詩叢話)』 93회, 『매일신보』, 1915년 7월 14일. “余記『東詩叢話』, 只是塞人要求, 隨意隨錄, 元無倫脊, 且無存稿, 故種種有架疊而未之覺也.”

27) 김보성, 「崔永年의 〈詩家叢話〉를 중심으로 살펴본 19세기 말~20세기 초 문인들」, 『대동한문학』 61집, 2019, 209~249면.

28) 최영년, 『시가총화(詩家叢話)』 58회, 『매일신보』, 1921년 7월 14일. “盖學詩家, 不得不祖唐詩, 而但世遠風高, 不可容易得其骨髓. 至於宋, 如楊誠齋 · 陳后山亦可學, 而不如陸放翁之陶寫性情, 可以學之也. 至于朝鮮近世, 則四家雖好而不可學, 此八家之詩, 可謂陶鎔大手, 眞學詩家之妙法也. 何以然也? 皆出於性情之本然, 絶非刻苦雕鏤·用工慘憺, 失其性情之類也. 學此者, 得詩之正音, 從可易也. 故必學八家, 而後不費多年之工, 而立於坦道, 遲遲行行, 任意可爲也.”

29) 『신생』에 연재된 「조선시사(朝鮮詩史)」는 崔喆·薛盛璟이 편집한 『시가의 연구』(정음사, 1984), 105~235면에 ‘조선한시사(朝鮮漢詩史)’란 이름으로 재수록되었다.

30) 김원근(金瑗根), 『조선시사(朝鮮詩史)』 제1회, 『新生』 17호, 1930년 2월. 이 글은 저자가 연세대학교 학술정보원에 소장된 한문 시화 『詩史』의 「詩史序」를 번역하여 수록하였다. “詩者, 言其志也; 史者, 記其事也. 世之記事者, 非不多也, 而何取乎詩哉? 盖正史則削而簡, 野史則散而逸, 後世莫知其眞狀. 然從古騷人墨客, 或題樓臺, 或詠時物, 或讚才藝, 或弔忠烈, 或悲戰場, 或懷古都, 或奮世而咨嗟, 或開懷而詠嘆者, 不止於一也. 因其詩中事實, 參考正史, 對照野史, 於是乎虛實分矣, 眞僞辨焉. 又若卿宰酬唱之際, 閭巷吟詠之間, 古人之雅韻典型·淸談緖論, 皆可得見. 此乃誦古詩·徵逸

史, 一擧兩備者也. 是以詩中有事實者, 隨見隨錄, 不係編年, 輯成一卷. 時丁巳季夏之月小暑之節, 書于駱西庶官, 斜陽明窓, 蟬聲滿樹." 뒷부분은 생략한 채 번역하였다.

31) 안대회, 「漢詩史 서술의 제문제」, 『한국한문학연구』 64, 2016, 31~57면.

32) 이승규, 『계원담총(桂苑談叢)』, 후손가 소장 사본. "至英正之間, 風氣一變, 除儒學以外, 學者稍知破舊習, 創新見. 文至於燕巖, 科學至於茶山, 詩至於四家, 可謂脫袪舊陋, 別開新逕. 然猶爲時輩所媢嫉, 或竄逐瀕死, 或落拓不遇, 國之衰亡, 豈一旦一夕也哉?"

33) 이종묵, 「일제강점기 한문학 연구의 성과」, 『한국한시연구』 13, 2005, 421~445면.

34) 김주한, 「自山詩話 小攷」, 『國語國文學硏究』 26, 1998, 1~21면.

35) 한영규, 「벽초 홍명희의 漢詩 비평: 亦一詩話를 중심으로」, 『반교어문연구』 36, 2014, 355~379면.

36) 배현자, 「『조선일보』 연재 「계옥만필(桂屋漫筆)」 연구」, 『어문론총』 88, 2021, 103~134면.

37) 이병기(李秉岐), 「시화(詩話)」, 『博文』 5, 1939. 12, 4~5면.

38) 김예진, 「漢衕雅集帖과 오세창의 詩會活動연구」, 『동양학』 48호, 2010, 105~129면; 김예진, 「일제강점기 詩社활동과 書畵合璧圖 연구: 珊碧詩社 書畵合璧圖를 중심으로」, 『미술사학연구』 68호, 2010, 195~227면.

39) 김정희, 「여신위당(與申威堂)」2, 위의 책 권2. "至如收齋, 魄力持大. 然終不免天魔外道, 其最不可看, 專從漁洋 · 竹坨, 下手爲妙."

40) 구지현, 「"玉溜山莊詩話"의 특성에 대하여」, 『열상고전연구』 26호, 2006, 187~213면; 박순, 「연민선생의 한시: 淵民先生의 『玉溜山莊詩話』」, 『연민학지』 19호, 2013, 43~103면.

41) 이가원, 『귤우선관시화』, 8~9면. "金聖岩台俊, 最愛李山雲詩, 嘗爲余誦數篇. (중략) 山雲又號臨淵."

42) 이가원, 『한국한문학잡초』 8칙, 51~52면., "聖岩最愛山雲李亮淵詩, 嘗爲余誦數篇. (중략) 蓋描人情境, 靡細不無. 又就農奴, 百年眞苦, 寫之無餘蘊矣."

43) 이가원, 『옥류산장시화』, 1972, 을유문화사, 73면. "聖岩金台俊, 最愛臨淵李亮淵詩, 爲余誦十餘篇. 後得聖岩手寫臨淵堂集於書肆, 愛玩不已. 其「田家」·「避稅怨」·「蟹鷄苦」等篇, 描寫當時農奴之呻吟於苛斂誅求之慘狀, 曲盡無遺."

44) 안대회, 「茂亭 鄭萬朝의 『榕燈詩話』 연구」, 위의 논문.

참고문헌

1. 원전자료

강명관, 『농암잡지평석』, 소명출판, 2007.

姜鳳欽, 『南涯詩史』, 계명대학교 동산도서관 소장 사본.

姜浚欽 저 민족문학사연구소 한문분과 옮김, 『삼명시화』, 소명출판, 2006.

姜浚欽, 『三溟詩話』, 莽蒼蒼齋 소장 사본.

絳霞老偷, 『絳霞聽覩錄』, 미국 버클리대학 동아시아도서관 소장 사본.

古賀煜, 『侗庵非詩話』, 崇文叢書 第一輯, 日本 崇文院, 1927.

郭紹虞 편, 『清詩話續編』, 中國 上海古籍出版社, 1983.

鄺健行 편, 『乾淨衕筆談·清脾錄』, 中國 上海古籍出版社, 2010.

具常, 『具常文學選』, 성바오로출판사, 1975.

金起東 편, 『韓國文獻說話全集』 10권, 太學社.

金鑢 편, 『藫庭叢書』, 학자원, 영인본, 2014.

金鑢 편, 『寒皐觀外史』, 한국학중앙연구원, 영인본, 2002~2006.

金萬重 저, 심경호 역주, 『西浦漫筆』, 문학동네, 2010.

金萬重, 『西浦集·西浦漫筆』, 通文館 影印, 1971.

김언종, 『餛飩錄』, 실학박물관, 2014.

金瑗根, 「朝鮮詩史」, 『新生』, 1930~1934.

金瑗根, 『詩史』, 연세대학교 학술정보원 소장 친필 원고본.

金漸 저, 장유승 옮김, 『西京詩話』, 성균관대학교출판부, 2021.

金左均,『松澗貳錄』, 국립중앙도서관 소장 사본.
金澤榮,『韶濩堂文集定本』, 한국문집총간 347집.
金烋,『海東文獻總錄』, 학문각, 1969.
南紀濟,『詩譜』, 개인소장 사본.
南龍翼,『壺谷漫筆』, 藏書閣, 日本 東洋文庫 소장 사본.
南泰膺,『聽竹雜識』, 개인소장 사본.
南羲采,『龜磵詩話』, 성균관대학교 존경각 소장 사본.
大東文化硏究院 編,『閭巷文學叢書續集』, 성균관대학교출판부, 2022.
柳慶種,『東磵筆談』, 개인소장 사본.
柳慶種,『破寂』, 고려대학교 도서관 소장 사본.
劉雲,『昨非庵詩話』, 국립중앙도서관 소장 사본, 1881.
柳寅植,『大東詩史』, 동산선생기념사업회, 1978.
李建昌 저, 대동문화연구원 편,『李建昌全集』, 성균관대학교 대동문화연구원, 2018.
李敬儒 저, 장유승 등 옮김,『滄海詩眼』, 성균관대학교출판부, 2020.
李圭景,『五洲衍文長箋散稿』, 東國文化社, 1958.
李世燦 編,『韓山世稿』, 石印本, 국립중앙도서관 소장, 1936.
李昇圭,『桂苑談叢』, 후손가 소장 친필 원고본.
李瀷,『星湖僿說』, 태동고전연구소 '성호전서 정본화 사업' DB(http://waks.aks.ac.kr).
李仁老 저, 고려대학교 한국사연구소 고려시대사연구실 역주,『破閑集 역주』, 경인문화사, 2013.
李仁老,『破閑集』, 국립중앙도서관 소장 중간본, 1659.
李再榮 編,『叢話』, 3책, 日本 早稻田大學 도서관 소장 사본.
李齊賢 저, 김성룡 옮김,『櫟翁稗說』, 지만지, 2013.
李齊賢 저, 박성규 역주,『역주 櫟翁稗說』, 보고사, 2012.
李齊賢,『櫟翁稗說』, 日本 東京 民友社, 成簣堂叢書, 1913.
李學逵,『逸名稿』, 개인소장 사본.
朴永輔,『朴永輔全集』, 전4책, 성균관대학교 대동문화연구원, 2019.
朴乙洙,『時調詩話』, 성문각, 1977.
朴漢永,『石顚文鈔』, 法寶院, 1962.

卞東波 校正, 『唐宋千家聯珠詩格校正』, 中國 鳳凰出版社, 2007.
徐居正 저, 박성규 역주, 『東人詩話』, 집문당, 1998.
徐居正 編, 『東文選』, 한국고전번역원 영인.
徐居正, 『東人詩話』, 초간본, 『계간 서지학보』 제18호, 1996.
徐有榘, 『鏤板考』, 大同出版社, 1940.
성백효, 『조선 후기 한문비평 1: 농암 김창협의 〈농암잡지 외편〉』, 한국인문고전연구소, 2020.
成涉 저, 장유승 외 옮김, 『筆苑散語』, 성균관대학교출판부, 2019.
成涉, 『筆苑散語』, 『嶺南語文學』 창간호, 제2집.
松菊堂, 『示諸子文章說』, 국립중앙도서관 소장 사본.
신형철, 『인생의 역사: '공무도하가' 에서 '사랑의 발명' 까지』, 난다, 2022.
沈魯崇 편, 『靜嘉堂本大東稗林』, 國學資料院, 1991.
沈鋅 저, 신익철·조융희 등 역, 『송천필담』, 보고사, 2009.
沈鋅, 『松泉筆譚』, 『韓國野談資料集成』 제22권.
안대회 외 편, 『조선 후기 명청문학 관련 자료집』, 성균관대학교 대동문화연구원, 2012.
楊愼 저, 李官聖 외 역주, 『升庵詩話』, 문진, 2010.
王侃 等, 『校輯近代詩話九種』, 上海古籍出版社, 2013.
오탁번, 『오탁번시화: 아직 태어나지 않은 시인을 위하여』, 나남출판, 1998.
吳涵芬 編, 楊軍 校注, 『說詩樂趣校注』, 中國 齊魯書肆, 1992.
魏慶之, 『詩人玉屑』, 日本 東洋文庫 소장 朝鮮刊 木版本.
魏慶之, 『詩人玉屑』, 中國 上海古籍出版社, 1982.
尹春年 저, 김윤조 등 옮김, 『국역 학음집』, 계명대학교출판부, 2021.
尹春年, 『詩法源流』, 개인소장 사본.
尹春年, 『學音稿』, 日本 天理大學 도서관 소장 사본.
尹行恁 저, 王太 편, 『方是閒集』, 『閭巷文學叢書』 제9책, 驪江出版社.
尹行恁, 『海上淸云』, 미국 버클리대학 극동도서관 소장 사본.
李家源, 『橘雨仙館詩話』, 단국대학교 도서관 소장 사본.
李家源, 『玉留山莊詩話』, 을유문화사, 1972.
李圭景, 『詩家點燈』, 亞細亞文化社, 1981.

李奎象 저, 민족문학사연구소 한문분과 옮김, 『并世才彦錄: 18세기 조선인물지』, 창작과 비평사, 1997.

李克誠 지음, 장유승 외 옮김, 『螢雪記聞』, 성균관대학교출판부, 2016.

李克誠, 『睾庵新編四科錄』, 日本 東洋文庫 소장 사본.

李德懋 필사, 『騷壇千金訣』, 『洌上古典研究』 제4집, 영인, 1991.

李東允, 『樸素村話』, 서울대학교 규장각 소장 사본.

李白, 『李太白全集』, 中國 中華書局, 1990.

李書九, 『薑山筆豸』, 『개신어문연구』 제12집, 영인, 1995.

李睟光 저, 南晩成 역, 『芝峯類說』, 을유문화사, 1975.

李睟光, 『芝峯類說』, 朝鮮古書刊行會, 1915.

이승규 저, 김묘정 등 옮김, 『동양시학원류』, 학자원, 2023.

李熼, 『農隱集』, 한국역대문집총서 1721집.

李鈺, 『藝林雜佩』, 국립중앙도서관 소장 사본.

李遇駿 저, 홍성남 편, 『夢遊野談』, 보고사, 1994.

李遇駿, 『夢遊野談』, 한국학중앙연구원 소장 사본.

李熊徵, 『黔州遺稿』, 충남대학교 도서관 소장 사본.

李裕元, 『林下筆記』, 성균관대학교 대동문화연구원 영인, 1961.

李瀷 저 安鼎福 편, 『星湖僿說類選』, 文光書林, 1929.

李瀷, 『국역 성호사설』, 民族文化推進委員會譯, 1989.

李學逵, 『洛下生全集』, 亞細亞文化社 영인, 1985.

李學洙, 『霞石謏稿』 13책, 연세대학교 학술정보원 소장 사본.

任 廉, 『暘葩談苑』, 亞細亞文化社 영인, 1981.

任相元·任天常, 『郊居瑣編』, 연세대학교 학술정보원 소장 사본.

任相元·任天常, 『瑣編』, 서울대학교 규장각 소장 사본.

張伯偉 編校, 『稀見本宋人詩話四種』, 中國 江蘇古籍出版社, 2002.

張寅彭, 『民國詩話叢編』, 上海書店出版社, 2002.

鄭萬朝 저, 안대회·김보성 옮김, 『榕燈詩話』, 성균관대학교출판부, 2018.

鄭明基 편, 『韓國野談資料集成』 22권, 啓明文化社, 1987.

丁福保 編, 『歷代詩話續編』, 中國 中華書局, 2006.

丁福保 편,『淸詩話』, 中國 上海古籍出版社, 1978.

丁若鏞 저 다산학술문화재단 엮음,『定本 與猶堂全書』, 사암, 2013.

丁若鏞,『籜翁閒談』,『文學思想』 제49호, 1976, 10.

趙德常,『樗湖隨錄』, 영남대학교 도서관 소장(표제는『東人詩話』) 사본.

朝鮮古書刊行會 편,『大東野乘』, 전13권, 1919~1911.

趙彦林 저 安大會 點校,『二四齋記聞錄』,『문헌과해석』 창간호, 1997.

趙鍾業,『修正增補 韓國詩話叢編』, 전17책, 태학사, 1996.

趙鍾業,『韓國詩話叢編』, 전12책, 東西文化院, 1989.

趙弼鑑,『瞻猗軒遺稿』, 서울대학교 규장각 소장 사본.

趙熙龍 저 실시학사 고전문학연구회 역주,『조희룡전집』, 한길아트. 1999.

周興陸 等,『民國報刊詩話選編』, 東方出版中心, 2023.

池田四郎次郎 편,『日本詩話叢書』, 日本 東京, 文会堂書店, 1922.

蔡夢弼 저 李義康 옮김,『세종조 간행본 杜工部草堂詩話』, 다운샘, 2003.

蔡美花·趙季 主編,『韓國詩話全編校注』, 中國 人民文學出版社, 2012.

蔡鎭楚 편,『域外詩話珍本叢書』, 中國 北京圖書館出版社, 2006.

蔡鎭楚 편,『中國詩話珍本叢書』, 中國 北京圖書館出版社, 2004.

崔滋 저, 柳在泳 역주,『補閑集』, 원광대학교출판국, 1981.

崔滋,『補閑集』, 日本 東洋文庫 및 中國 國家圖書館 소장, 1492년 중간본.

편자 미상, 이관성 등 역주,『左溪裒談』, 문진, 2013.

편자 미상,『箕都詩話』, 서울대학교 규장각 소장 사본.

편자 미상,『丹邱破閑錄』, 국립중앙도서관 소장 사본.

편자 미상,『大東野乘』, 72권 72책, 서울대학교 규장각 소장 사본.

편자 미상,『東詩奇談』, 연세대학교 학술정보원 소장 사본.

편자 미상,『東詩零言』, 미국 버클리대학 동아시아도서관 소장 사본.

편자 미상,『事類詩話』, 연세대학교 학술정보원 소장 사본.

편자 미상,『詩林撮要』, 개인소장 사본.

편자 미상,『詩話類聚』, 개인소장 사본.

편자 미상,『青韻襍叢』, 서울대학교 규장각 소장 사본.

편자 미상,『海東詩話』, 개인소장 사본.

河謙鎭,『東詩話』, 1960.

何文煥 編,『歷代詩話』, 中國 中華書局, 1992.

韓致奫,『海東繹史』, 驪江出版社 영인.

赫連挺 원저, 최철·안대회 역주,『譯注 均如傳』, 새문사, 1986.

胡應麟 저, 기태완 외 옮김,『胡應麟의 역대한시 비평』, 성균관대학교출판부, 2005.

胡應麟,『詩藪』, 中國 上海古籍出版社, 1979.

洪吉周 저, 박무영·이주해 외 역주,『峴首甲藁』·『縹礱乙幟』·『沆瀣丙函』, 태학사, 2006.

洪吉周 저, 정민 외 옮김,『19세기 조선 지식인의 생각창고』, 돌베개, 2006.

洪吉周,『峴首甲藁』·『縹礱乙幟』·『沆瀣丙函』, 연세대학교, 학술정보원 소장 사본.

洪大容·李德懋 著, 鄺健行 點校,『乾淨衕筆談·清脾錄』, 中國, 上海古籍出版社, 2010.

洪萬宗 저, 안대회 옮김,『小華詩評』, 성균관대학교출판부, 2016.

洪萬宗 저, 안대회·김종민 외 옮김,『詩評補遺』, 성균관대학교출판부, 2019.

洪萬宗 편, 許捲洙·尹浩鎭 역,『譯註 詩話叢林』, 까치, 1993.

洪萬宗 편, 洪贊裕 옮김,『譯註 詩話叢林』, 通文館, 1993.

洪萬宗 편,『古今笑叢』, 일본 東洋文庫 소장 사본.

洪萬宗 편,『詩話叢林』, 아세아문화사, 영인본, 1973.

洪萬宗,『洪萬宗全集』, 太學社, 1986.

洪命熹,『亦一詩話』,『朝光』, 2권 10호, 1936.

洪奭周,『淵泉全書』, 旿晟社, 1984.

黃暐 저, 황의열 역주,『역주 당촌한화(塘村閑話)』, 보고사, 2011.

동아일보 아카이브: http://www.donga.com

국립중앙도서관 대한민국 신문 아카이브: https://www.nl.go.kr/newspaper

한국고전종합DB: https://db.itkc.or.kr

국사편찬위원회 한국사데이터베이스: http://db.history.go.kr

조선일보 뉴스라이브러리100: https://newslibrary.chosun.com

2. 연구논문 및 연구서

강민구, 「『滄海詩眼』을 통해 본 18·19세기 文學 批評 研究」, 『漢文學報』 18집, 2008.

郭紹禹 著, 이지운·주기평 옮김, 『宋詩話考』, 학고방, 2014.

郭醒, 「韓國所藏本《詩文清話》來源考」, 『古典文獻研究』 第五輯, 南京大學出版社, 2002.

霍松林 主編, 『中國歷代詩詞曲論專著提要』, 北京師範學院出版社, 1991.

鄺健行, 『韓國詩話探珍錄』, 學苑出版社, 中國, 2013.

具重會, 「詩話叢林의 文獻學的 研究」, 경희대학교 박사학위논문, 1990.

구지현, 「"玉溜山莊詩話"의 특성에 대하여」, 『열상고전연구』 26호, 2006.

권정원, 「이덕무 『耳目口心書』의 구성과 『清脾錄』으로의 傳授 양상」, 『동방한문학』 86호, 2021.

권태을, 「滄海詩眼 考察, 林下詩評集의 紹介를 위해」, 『韓民族語文學』 16호, 1989.

金程宇, 「高麗大學所藏《精刊補註東坡和陶詩話》及其價値」, 『文學遺產』, 2008年 第5期.

金程宇, 『域外漢籍叢考』, 中華書局, 2007.

金台俊, 『朝鮮漢文學史』, 朝鮮語文學會, 1931.

김건곤, 『신라·고려 한문학의 비평과 재인식』, 역락, 2021.

김동준, 「海巖 柳慶種의 論詩詩 研究」, 『한국한시연구』 11호, 2003.

김명호, 『열하일기 연구』, 돌베개, 개정판, 2022.

김보경, 「朝鮮本 ≪東坡詩選≫ 初探」, 『중국문학』 74권, 2013.

김보성, 「『東詩叢話』(규장각본)의 저자 및 저본 고찰」, 『한국한문학연구』 68, 한국한문학회, 2017.

김보성, 「19세기 詠物詩 비평과 문화콘텐츠적 가치: 『龜磵詩話』와 『詩家點燈』을 중심으로」, 『동양한문학연구』 60권, 2021.

김보성, 「李圭景의 『詩家點燈』 연구」, 성균관대학교 박사학위논문, 2015.

김보성, 「象村 申欽과 前後七子 批評의 비교 연구: 《晴窓軟談》을 중심으로」, 성균관대학교 석사학위논문, 2009.

김보성, 「崔永年의 〈詩家叢話〉를 중심으로 살펴본 19세기 말~20세기 초 문인들」, 『대동한문학』 61집, 2019.

김선기, 「小華詩評 研究」, 전북대학교 박사학위논문, 1993.

김선기, 「『東人詩話』의 李奎報에 대한 論評」, 『詩話學』, 창간호, 1998.
김성훈, 「海巖 柳慶種 『破寂』 연구」, 성균관대학교 석사학위논문, 2019.
김영봉, 「『松窩雜說』의 필기문학상 위상에 대하여」, 『한국언어문학』 103호, 2017.
김영진, 「해암(海巖) 유경종(柳慶種)의 잡록 『파적(破寂)』 연구: 작자 고증과 내용(內容) 제요(提要)를 중심으로」, 『한문학논집』 30집, 근역한문학회, 2010.
김영진, 「『青莊館全書』 및 其他 李德懋 著作에 대한 文獻學的 再檢討」, 『고전과해석』 17, 2014.
김예진, 「일제강점기 詩社활동과 書畵合璧圖 연구: 珊碧詩社 書畵合璧圖를 중심으로」, 『미술사학연구』 68호, 2010.
김예진, 「漢衙雅集帖과 오세창의 詩會活動연구」, 『동양학』 48호, 2010.
김주한, 「自山詩話 小攷」, 『國語國文學硏究』 26, 1998.
김주현, 「『天喜堂詩話』와 그 주석」, 『어문론총』 56호, 2012.
김창호, 「李再榮의 『藝苑詩話』」, 『漢字漢文敎育』 제24집, 2010.
金喆凡, 「19세기 古文家의 文學論에 대한 연구: 洪奭周 金邁淳 洪吉周를 중심으로」, 성균관대학교 한문학과 박사학위논문, 1992.
金興圭, 『朝鮮後期의 詩經論과 詩意識』, 고려대학교 민족문화연구소, 1982.
남윤덕, 「碩齋 尹行恁의 『方是閒輯』(上) 연구」, 『동방한문학』 99호, 2021.
남윤지, 「金春澤의 『北軒雜說』 譯注」, 고려대학교 고전번역협동과정 석사학위논문, 2020.
남재철, 「『강산필치』 연구」, 『한국한시연구』 10, 한국한시학회, 2002.
童玲, 「「百家詩話鈔」溯源小考」, 『古代文學理論研究』 33, 華東師範大學出版社, 2011.
賴力行, 『中國古代文學批評學』, 華中師範大學出版社, 1991.
劉德重·張寅彭, 『詩話概說』, 中華書局, 1990.
柳在泳, 『白雲小說硏究』, 원광대학교출판부, 1979.
류화정, 「『東人詩話』에 수용된 중국 詩學書 연구」, 『동양한문학연구』 36집, 2013.
류화정, 「『精選唐宋千家聯珠詩格』에 활용된 宋元代 문학비평서의 문헌학적 검토」, 『한국한문학연구』 83집, 2021.
李世賢, 「星湖僿說에 나타난 李瀷의 文學論 硏究」, 『伏賢漢文學』 제7집, 1991.
李鍾文, 『한문고전의 실증적 탐색』, 계명대학교출판부, 2005.

林在完,「『東人詩話』 解題」, 『계간 서지학보』 제18호, 1996년.

馬金科,「《六一诗话》与高丽诗话《破闲集》之比较」, 『延边大学学报(社会科学版)』, 1992. 4期.

문정우,「『松溪漫錄』의 異本과 그 자료적 가치」, 『영주어문학회지』 20호, 2010.

민복기,「도곡 이의현의 반의고적 산문비평」, 『동양한문학연구』 25집, 2007.

민영규,「李建昌의 南遷記」, 『史學會誌』 20집, 1971.

박무영,「'睡餘三筆'의 문학적 사유」, 『열상고전연구』 17호, 열상고전연구회, 2003.

박수천,「창강 김택영의 「잡언」에 나타난 神韻의 문학론」, 『한국한시연구』 25권, 2017.

朴守川, 『芝峯類說 文章部의 批評樣相 硏究』, 태학사, 1995.

박수현,「具樹勳의 『二旬錄』 硏究」, 성균관대학교 한문학과 석사학위논문, 2020.

박순,「연민선생의 한시: 淵民先生의 『玉溜山莊詩話』」, 『연민학지』 19호, 2013.

朴禹勳,「壺谷 南龍瀷 文學論 硏究」, 충남대학교 박사학위논문, 1988.8.

박우훈,「壺谷 南龍翼의 詩評語 分析」, 『鶴山 趙鐘業博士 화갑기념논총』, 동방고전문학연구, 1990.

박인호,「풍암집화의 편찬과 편사정신」, 『한국사학사학보』 12집, 한국사학사학회, 2005.

朴智永,「金左均 『松澗貳錄』 연구」, 성균관대학교 석사학위논문, 2019.

朴鉉圭,「중국 國家圖書館藏本 ≪補閑集≫과 고려 李藏用 발문」, 『한민족어문학』 40집, 2002.

박현규,「청 이조원과 조선 이덕무의 『청비록』」, 『한문학연구』 13, 계명한문학회, 1998.

박희병,「〈운영전〉 작자 고증」, 『국문학연구』 42집, 2020.

방현아, 『지원 강세륜의 삶과 시문학』, 학자원, 2023.

배현자,「『조선일보』 연재 「계옥만필(桂屋漫筆)」 연구」, 『어문론총』 88, 2021.

卞東波, 『域外漢籍與宋代文學硏究』, 中華書局, 2017.

聶垚,「韓國詩話『詩家點燈』唐宋詩舉證硏究」, 吉林大學 博士論文, 2012.

成範重,「韓國漢詩의 意境設定方法과 樣相에 대한 硏究: 朝鮮時代 詩話集 所載詩를 資料로 하여」, 서울대학교 박사학위논문, 1993.

松田甲, 『韓日關係史硏究』, 朝鮮總督府 發行, 成進文化社 影印, 1982.

송혁기,「몽예 남극관의 학문과 산문비평」, 『한문학보』 14집, 2006.

송호빈,「人物錄으로서의 『華東唱酬集』과 조선후기 인물록의 한 系譜」, 『어문논집』 87집, 2019.

신상필, 「근대한문학의 성격과 辛亥唫社」, 『한문학보』 22집, 2010.

신영미, 「남용익 문학론 보유: 『壺谷漫筆』과 『詩話叢林』 內 『壺谷詩話』의 대비를 중심으로」, 『한문학논집』 61권, 2022.

신영미, 「南龍翼의 『壺谷漫筆』 연구」, 성균관대학교 석사학위논문, 2017.

申用浩, 「補閑集 編刊 動機에 대하여」, 『圓光漢文學』 2집, 1985.

신익철, 「신경준(申景濬)의 『장자(莊子)』 독법(讀法)과 『시칙(詩則)』에 담긴 시의식」, 『반교어문연구』 43집, 2016.

심경호, 「宣祖·光海君朝의 韓愈文과 史記 硏鑽에 관하여: 韓愈文과 『史纂』의 懸吐와 註解를 중심으로」, 『서지학보』 제17호, 1996.

심경호, 『김삿갓 한시』, 서정시학, 2018.

심호택, 『한국 한문학의 시각』, 보고사, 2014.

안대회, 「17세기 비평사의 시각에서 본 金萬重의 復古主義 문학론」, 『민족문학사연구』 제20권, 2002.

안대회, 「茂亭 鄭萬朝의 『榕燈詩話』 연구」, 『한국문화』 79, 2017.

안대회, 「小華詩評의 批評方式과 品評의 특성」, 『古典文學硏究』 제7집, 1992.

안대회, 「李睟光의 『芝峰類說』과 조선 후기 名物考證學의 전통」, 『진단학보』 98권, 2004.

안대회, 「조선 말기의 문예그룹 南社와 南社同人의 문학활동」, 『韓國漢詩硏究』 25, 한국한시학회, 2017.

안대회, 「조선 후기 野史叢書 편찬의 의미와 과정」, 『민족문화』 제15집, 1992.

안대회, 「조선 후기 『史記』 「貨殖列傳」 註釋書의 文獻的 연구」, 『대동문화연구』 110권, 2020.

안대회, 「『二十四詩品』과 18·19세기 朝鮮의 士大夫 文藝」, 『한국문화』 56, 2011.

안대회, 『18세기 한국한시사 연구』, 소명출판, 1999.

안대회, 『궁극의 시학』, 문학동네, 2013.

안대회, 『尹春年의 詩話文話』, 소명출판, 2001.

안대회, 『朝鮮後期詩話史』, 소명출판, 2000(초판 국학자료원, 1995).

安大會, 『韓國 漢詩 分析의 視角』, 연세대학교출판부, 2000.

안득용, 「農隱 李爗 詩論 硏究」, 『동방한문학』 66호, 2012.

안득용, 「조선 중기 詩話 비평 연구: 시화의 전통과 변모 양상을 중심으로」, 『동양한문학연구』 35집, 2012, 91~122면.
안세현, 「별본(別本) 『동문선(東文選)』의 편찬 과정과 선문(選文) 방향 재고(再考): 조선 중기 산문을 중심으로」, 『한국한문학연구』 54집, 2014.
양승민, 「문학류 僞書 연구 試論: 雲谷集과 少雪軒集의 진위 변증을 겸하여」, 『고전과해석』 17집, 2014, 83~115면.
여기현, 「曺伸의 『謏聞瑣錄』에 나타난 品格意識」, 『반교어문연구』제4집, 1992, 213~237면.
延錫煥, 「南鶴鳴의 『晦隱集』 譯注」, 고려대학교 고전번역협동과정 박사학위논문, 2018.
오용섭, 「『동인시화』의 간행과 대일본 유출」, 『서지학연구』 59집, 2014, 103~130면.
王紅霞·任利榮, 「车天辂《五山说林》解李白诸条辨析」, 『東亞人文學』, 東亞人文學會, 2016.
禹應順, 「金萬重의 學問態度와 文學論의 性格」(『金萬重文學研究』, 정규복 외), 국학자료원, 1993.
李庚秀, 「漢詩四家의 淸代 詩 受容 研究」, 서울대학교 박사학위논문, 1993.
이대형, 「樗湖隨錄의 編者와 異本」, 『고전문학연구』 32, 한국고전문학회, 2007
이수봉, 「疊山筆豸 自筆本 영인 및 解題」, 『개신어문연구』 제12집, 1995.
이승철, 「몽예 南克寬의 『謝施子』 譯注」, 고려대학교 석사학위논문, 2014.
이은주, 「평안도 인물 일화집 『칠옹냉설』 연구」, 『대동문화연구』 111집, 2020.
李應洙, 『金笠詩集』, 한성도서주식회사, 1944.
李義康, 「조선 초기 飜刻本 『杜工部草堂詩話』에 관하여」, 『漢文學報』 제7집, 2002.
이재충, 「패관잡기 시화 연구」, 영남대학교 한문교육과 석사학위논문, 2004.
이종묵, 「일제강점기 한문학 연구의 성과」, 『한국한시연구』 13, 2005.
이종묵, 『한국 한시의 전통과 문예미』, 태학사, 2002.
李鍾殷 · 鄭珉, 『韓國歷代詩話類編』, 아세아문화사, 1988.
이종호, 「三淵 金昌翕의 詩論에 關한 研究」, 성균관대학교 박사학위논문, 1991.
이종호, 『조선의 문인이 걸어온 길』, 한길사, 2004.
이향배, 「旅庵 申景濬의 詩理論 體系」, 『어문연구』 96집, 2018.
이현일, 「『삼명시화(三溟詩話)』로 본 18세기 한시사(漢詩史)」, 『민족문학사연구』 27호, 2005.
李徽教, 「筆苑散語解題」, 『嶺南語文學』 창간호, 1980.
임미정, 「『학산초담(鶴山樵談)』 재고찰: 이본의 계열과 선본 문제에 대하여」, 『동방학지』 제196집, 2021.

任範松·金東勳 主編,『朝鮮古典詩話研究』, 延邊大學出版社, 1995.

임준철,「意象批評의 전통과 세기 17세기 조선의 意象批評」,『민족문화연구』 47호, 2007.

임준철,「『分類補注李太白詩』의 조선시대 수용 양상(Ⅰ): 전·중기를 중심으로」,『민족문화연구』 제93호, 2021, 149~204면.

임형택 외,「譯註 餛飩錄 詩話部」,『민족문화』 40집, 한국고전번역원, 2012.

임형택,「「동국시계혁명」과 그 역사적 의의」,『한국문학사의 시각』, 창작과비평사, 1984.

林熒澤,「李朝末 知識人의 分化와 文學의 戲作化 傾向: 金笠 硏究 序說」,『전환기의 동아시아 문학』, 創作과批評社, 1985.

張健,『清代詩學研究』, 북경대학출판사, 1999.

張伯偉,「李鈺〈百家詩話抄〉小考」,『作爲方法的漢文化圈』, 北京 中華書局, 2011,

張伯偉,「『東人詩話』與宋代詩學: 以文獻出典爲中心的比較研究」,『시화학』 5집, 2004.

張伯偉,『中國古代文學批評方法研究』, 北京 中華書局, 2002.

張伯偉,『清代詩話東傳略論稿』, 北京 中華書局, 2007.

張葆全 主編,『中國古代詩話詞話辭典』, 廣西師範大學出版社, 1992.

장영옥,「『補閑集』에 나타난 崔滋의 四六文 批評」,『대동문화연구』 107집, 2019.

장유승,「「열상규조(洌上閨藻)」 연구: 가상의 고대사와 허구의 여성들」,『한국한문학연구』 79집, 한국한문학회, 2020.

장유승,「陶谷 李宜顯의 한시 비평론」,『한국한시작가연구』 13집, 2009.

장유승,「서경시화 연구: 지역문학사적 성격을 중심으로」,『한국한문학연구』 36호, 한국한문학회, 2005.

장유승,「李克誠의 『螢雪記聞』 연구」,『성호학보』 4, 성호학회, 2007, 233~285면.

장유승,「『滄海詩眼』 연구의 재검토」,『한문학보』 42집, 2020.

全鎣大 外,『韓國古典詩學史』, 홍성사, 1981.

全鎣大,『한국고전비평연구』, 책세상, 1987.

丁奎福 편,『韓國古典文學의 原典批評』, 새문사, 1990.

鄭大林,『한국 고전문학비평의 이해』, 太學社, 1991.

정민,「'수여삼필' 을 통해 본 항해 홍길주의 사유방식」,『19세기 조선 지식인의 문화지형도』, 한양대학교출판부, 2006.

鄭墡謨,「李仁老『破閑集』研究」,『域外漢籍研究集刊』 第十九輯, 2020.

鄭墡謨,「『破閑集』板刻에 있어서의 添削문제와 그 文學史的 意義: 『破閑集』 編纂時期 및 編纂意圖의 新考察을 바탕으로」, 『漢文學報』 10권, 2004.
鄭堯一, 『漢文學批評論』, 인하대학교출판부, 1990.
정용수, 「曺偉의 梅溪叢話考」, 『반교어문연구』 제4집, 1992.
鄭雨峰, 「19세기 詩論 研究」, 고려대학교 국문학과 박사학위논문, 1992.
정우봉, 『조선 후기 시론사의 구도와 전개』, 고려대학교출판문화원, 2021.
정은주, 「낙하생 문집 이본과 선집 수록 현황」, 『반교어문연구』 48호, 2018.
정준식, 「박소촌화의 著作者와 著作年代」, 『어문연구』 39호, 어문연구학회, 2002.
정진규, 『향깃한 차가움: 정진규의 짧은 시화』, 고려대학교출판부, 2014.
鄭判龍 主編, 『韓國詩話研究』, 延邊大學出版社, 1997.
조남권 외, 『한국고전비평론』 1~6책, 민속원, 2006~2011.
曺南嶺 저, 이동순 엮음, 『조남령문학전집』, 소명출판, 2018.
조보로, 「양계초 문학관에 대한 신채호의 수용양상」, 『중국산문연구집간』 5호, 2015.
조융희, 「17세기 전기 시화집 연구: 『惺叟詩話』·『芝峯類說』·『晴窓軟談』·『霽湖詩話』를 중심으로」, 서강대학교 박사학위논문, 1999.
조정윤, 「《瑣編》 所載 詩話의 양상과 성격: 《試筆》을 중심으로」, 『語文研究』 80집, 2014.
조정윤, 「任天常 編著 《瑣編》 연구」, 『漢文學論集』 51집, 2018.
조정윤, 「『左溪裒談』 所載 詩話의 양상과 성격 연구」, 『어문연구』 76호, 2013.
조정윤, 「『좌계부담』 연구: 저자 문제와 이본 검토를 중심으로」, 『한문학논집』 35집, 2012.
趙鍾業, 『中韓日詩話之比較研究』, 學海出版社, 1984.
趙鍾業, 『韓國古代詩論史』, 태학사, 1984.
趙鍾業, 『韓國詩話研究』, 태학사, 1991.
趙俊波, 「徐景嵩《弭變賦》流傳朝鮮考論」, 『域外漢籍研究集刊』 제19집, 中華書局, 2020.
조지형, 「서경시화의 구성 체제와 문헌적 특성」, 『고전과 해석』 30호, 2020.
左江, 『李植杜詩批解研究』, 中華書局, 2007.
지영원, 「『東人詩話』의 文獻 受容樣相 研究」, 고려대학교 석사학위논문, 2020.
陳甲坤, 「洪萬宗의 漢詩批評 研究」, 경북대학교 박사학위논문, 1991.
蔡鎭楚, 『詩話學』, 湖南教育出版社, 1990.
최상근, 「林下 李敬儒의 『滄海詩眼』 연구」, 『한국한문학연구』 59집, 2015.

崔喆·薛盛璟 편, 『시가의 연구』, 정음사, 1984.

하지영, 「南羲采의 『衆香國春秋』 소고」, 『한국한문학연구』 권51, 2013.

韓東, 「조선 후기 『隨園詩話』의 유입과 崔瑆煥의 『性靈集』 편찬」, 『東洋學』 62집, 2016.

한영규, 「벽초 홍명희의 漢詩 비평: 亦一詩話를 중심으로」, 『반교어문연구』 36, 2014.

홍성남, 「『夢遊野談』異本 硏究」, 『동악어문학』 제45집, 2005.

황교은, 「陶齋 尹昕의 『溪陰漫筆』 역주」, 성균관대학교 박사학위논문, 2023.

찾아보기

서명·작품명·신문/잡지명

가

마

바

사

아

자

차

타

파

하

인명

가

나

다

라

마

바

사

아

자

차

타

파

하

총서 知의회랑 arcade of knowledge 을 기획하며

대학은 지식 생산의 보고입니다. 세상에 바로 쓰이지 않더라도 언젠가는 반드시 인류에 필요할 지식을 생산하고 축적하며 발전시키는 일을 끊임없이 해나갑니다. 오랫동안 대학에서 생산한 지식은 책이란 매체에 담겨 세상의 지성을 이끌어왔습니다. 그 책들은 콘텐츠를 저장하고 유통시키며 활용하게 만드는 매체의 차원을 넘어, 인간의 비판적 사유 능력과 풍부한 감수성을 자극하는 촉매의 역할을 충실히 해왔습니다.

이와 같은 '책을 읽는다'는 것은 단순히 지식과 정보를 습득하는 데 멈추지 않고, 시대와 현실을 응시하고 성찰하면서 다시 그 너머를 사유하고 상상함을 의미합니다. 그러므로 '세상의 밑그림'을 그리는 책무를 지닌 대학에서 책을 펴내는 것은 결코 가벼이 여겨선 안 될 일입니다.

이제 우리는 다양한 방식으로 존재하는 지식과 정보, 그리고 사유와 전망을 담은 책을 엮어 현존하는 삶의 질서와 가치를 새롭게 디자인하고자 합니다. 과거를 풍요롭게 재구성하고 미래를 창의적으로 기획하는 작업이 다채롭게 펼쳐질 것입니다.

대학의 심장부에 해당하는 도서관이 예부터 우주의 축소판이라 여겨져 왔듯이, 그곳에 체계적으로 배치된 다양한 책들이야말로 이른바 학문의 우주를 구성하는 성좌와 다름없습니다. 우리는 그 빛이 의미 없이 사그라들지 않기를, 여전히 어둡고 빈 서가를 차곡차곡 채워가기를 기대합니다.

앎을 쉽게 소비하는 시대를 살고 있지만, 다양한 앎을 되새김함으로써 학문의 회랑에서 거듭나는 지식의 필요성에 우리는 공감합니다. 정보의 홍수와 유행 속에서도 퇴색하지 않을 참된 지식이야말로 인간이 가야 할 길에 불을 밝혀줄 수 있기 때문입니다. 앞으로 대학이란 무엇을 하는 곳이며, 왜 세상에 남아 있어야 하는 곳인지 끊임없이 되물으며, 새로운 지의 총화를 위한 백년 사업을 시작하겠습니다.

총서 '知의회랑' 기획위원

안대회 · 김성돈 · 변혁 · 윤비 · 오제연 · 원병묵

총서 知의회랑 arcade of knowledge 총목록

001 기업 처벌과 미래의 형법: 기업도 형법의 주체가 될 수 있는가
김성돈 지음 ○ 2018년 세종도서 학술부문

002 표상의 언어에서 추론의 언어로: 언어표현이 의미하는 것은 무엇인가
이병덕 지음 ○ 2018년 대한민국학술원 우수학술도서

003 동양 예술미학 산책: 동아시아 문인들이 꿈꾼 미의 세계
조민환 지음

004 한국 영화에 재현된 가족 그리고 사회: 〈미몽〉에서 〈고령화 가족〉까지
강성률 지음 ○ 2018년 세종도서 학술부문

005 개인적 자유에서 사회적 자유로: 어떤 자유, 누구를 위한 자유인가
김비환 지음 ○ 2019년 대한민국학술원 우수학술도서 · 인재저술상 수상도서

006 시민종교의 탄생: 식민성과 전쟁의 상흔
강인철 지음 ○ 2019년 세종도서 학술부문

007 경합하는 시민종교들: 대한민국의 종교학
강인철 지음 ○ 2019년 대한민국학술원 우수학술도서 · 제1회 용봉최재석학술상 수상도서

008 식민지 문역: 검열/이중출판시장/피식민자의 문장
한기형 지음 ○ 2019년 세종도서 학술부문 · 제11회 임화문학예술상 수상도서

009 제러미 벤담과 현대: 공리주의의 설계자가 꿈꾼 자유와 정의 그리고 행복
강준호 지음 ○ 2020년 대한민국학술원 우수학술도서

010 세계관 전쟁: 근대 중국에서 과학신앙과 전통주의 논쟁
이용주 지음 ○ 2020년 세종도서 학술부문

011 빌리 브란트와 김대중: 아웃사이더에서 휴머니스트로
최영태 지음

012 충절의 아이콘, 백이와 숙제: 서사와 이미지 변용의 계보학
김민호 지음 ○ 2021년 세종도서 학술부문

013 중국인의 오브제: 답삿길에서 옛사람들의 눈과 마음을 읽는다
전호태 지음

014 고구려 벽화고분의 과거와 현재: 한국 역사문화예술 연구의 관문, 고구려 벽화고분들과 만나다
전호태 지음

015 동양의 광기와 예술: 동아시아 문인들의 자유와 창조의 미학
조민환 지음 ○ 2021년 세종도서 학술부문

016 조선 불교사상사: 유교의 시대를 가로지른 불교적 사유의 지형
김용태 지음 ○ 2021년 대한민국학술원 우수학술도서 · 제12회 원효학술상 수상도서

017 수용소와 음악: 일본 포로수용소, 아우슈비츠, 테레지엔슈타트의 음악
이경분 지음 ○ 2021년 세종도서 학술부문 · 제62회 한국출판문화상 최종 후보작(학술저술)

018 임진왜란: 2년 전쟁 12년 논쟁
김영진 지음 ○ 2021년 세종도서 학술부문·조선일보 선정 올해의 책10

019 한국의 여신들: 페미니즘의 신화적 근원
김화경 지음 ○ 2022년 대한민국학술원 우수학술도서

020 시인의 발견, 윤동주
정우택 지음 ○ 2022년 세종도서 학술부문

021 고대 한국의 풍경: 옛사람들의 삶의 무늬를 찾아서
전호태 지음 ○ 2022년 세종도서 교양부문

022 과거제도 형성사: 황제와 사인들의 줄다리기
하원수 지음 ○ 2022년 대한민국학술원 우수학술도서

023 동남아시아 도시들의 진화: 인간과 문화를 품은, 바닷길 열두 개의 거점들
한광야 지음 ○ 2022년 대한민국학술원 우수학술도서

024 감정의 귀환: 아리스토텔레스의 감정론 연구
한석환 지음 ○ 2022년 대한민국학술원 우수학술도서

025 학문이 서로 돕는다는 것: 현상학적 학문이론과 일반체계이론의 이중주
박승억 지음 ○ 2022년 세종도서 학술부문

026 로마 공화정 중기의 호민관: 공화 정치의 조정자
김경현 지음 ○ 2022년 세종도서 학술부문

027 문화 상징으로서의 인용음악: 현대음악의 상호텍스트성 미학
오희숙 지음 ○ 2023년 세종도서 학술부문

028 음악과 과학: 피타고라스에서 뉴턴까지
원준식 지음

029 일제 사진엽서, 시와 이미지의 문화정치학
최현식 지음 ○ 2023년 대한민국학술원 우수학술도서

030 중국사상과 죽음 이데올로기: 나는 존재하는가
정진배 지음 ○ 2023년 세종도서 학술부문

031 조선조 서예미학: 서예는 마음의 그림이다
조민환 지음

032 청대 중국의 경기변동과 시장: 전제국가의 협치와 경제성장
홍성화 지음 ○ 2023년 대한민국학술원 우수학술도서

033 반구대 이야기: 새김에서 기억으로
전호태 지음 ○ 2023년 세종도서 교양부문

034 증오를 품은 이를 위한 변명: 증오의 사회학, 그 첫 번째
엄한진 지음 ○ 2023년 대한민국학술원 우수학술도서

035 전쟁자본주의의 시간: 한국의 베트남전쟁 담론과 재현의 역사
김주현 지음

036 민중, 저항하는 주체: 민중의 개념사, 이론
강인철 지음

037 민중, 시대와 역사 속에서: 민중의 개념사, 통사
강인철 지음

038 문학이 정의를 말하다: 동아시아 고전 속 법과 범죄 이야기
박소현 지음

039 중세 서유럽의 흑사병: 사상 최악의 감염병과 인간의 일상
이상동 지음

040 일제 사진엽서, 식민지 조선을 노래하다
최현식 지음

041 한국 시화사
안대회 지음

042 30년의 위기: 탈단극 시대 미국과 세계
차태서 지음

출간 예정

20세기 한국 민중 서사 김경일
위계와 증오 엄한진
조선시대 노장 주석서 연구 조민환
광장의 문학, 한국과 러시아문학 김진영
도시마을의 변화과정 한광야
근대를 살다 김경일
일제 강점기 황도유학 신정근
서양 중세 제국 사상사 윤 비
'트랜스Trans'의 한 연구 변 혁
피식민자의 계몽주의 한기형
국가처벌과 미래의 형법 김성돈
지식의 제국과 동아시아 진재교
제국과 도시 기계형
고대 로마 종교사 최혜영
J. S. 밀과 현대사회의 쟁점 강준호
문학적 장면들, 고소설의 사회사 김수연
조선 땅의 프로필 박정애
제주형 지역공동체의 미래 배수호
제국의 시선으로 본 동아시아 소수민족 문혜진
루쉰, 수치와 유머의 역사 이보경
식민지 학병의 감수성 손혜숙
계몽시대 여성담론 및 여자교육 김경남
플라톤의 『테아이테토스』 연구 정준영
출토자료를 통해 본 고구려의 한자문화 권인한

지은이 안대회

성균관대학교 한문학과 교수로, 현재 문과대학 학장을 맡고 있다. 전통시대의 문화와 문헌을 학술적으로 엄밀히 분석하면서도 특유의 담백하고 정갈한 문체로 풀어내 독자들에게 고전의 가치와 의미를 전해왔다. 대동문화연구원장과 한국18세기학회 회장, 한국한문학회 회장 등을 역임하였고, 한국명승학회 회장으로 봉사하고 있다. 제34회 두계학술상과 제16회 지훈국학상, 2022년도 SKKU-Fellowship을 수상했다.
지은 책으로는 『한양의 도시인들』, 『조선의 명문장가들』, 『벽광나치오』, 『정조의 비밀편지』, 『궁극의 시학』, 『선비답게 산다는 것』, 『담바고 문화사』 등이 있고, 옮긴 책으로는 『채근담』, 『택리지』(공역), 『해동화식전』, 『한국산문선』(공역), 『소화시평』, 『북학의』, 『녹파잡기』 등이 있다.

知의회랑
arcade of knowledge
041

한국 시화사
韓國 詩話史

1판 1쇄 발행 2024년 2월 25일
1판 2쇄 발행 2024년 6월 15일

지 은 이 안대회
펴 낸 이 유지범
책임편집 현상철
편 집 신철호·구남희
마 케 팅 박정수·김지현

펴 낸 곳 성균관대학교출판부
등 록 1975년 5월 21일 제1975-9호
주 소 03063 서울특별시 종로구 성균관로 25-2
전 화 02)760-1253~4 팩스 02)762-7452
홈페이지 http://press.skku.edu

ISBN 979-11-5550-611-0 93810

값 40,000원